VERA BUCK

Das Buch der vergessenen Artisten

Vera Buck

Das Buch der vergessenen Artisten

Roman

LIMES

Sollte diese Publikation Links auf Webseiten Dritter enthalten,
so übernehmen wir für deren Inhalte keine Haftung,
da wir uns diese nicht zu eigen machen, sondern lediglich auf
deren Stand zum Zeitpunkt der Erstveröffentlichung verweisen.

Passage auf S. 7: vgl. Florian Weiland, »Die vergessene Generation«
(*Südkurier*, 14.04.2016)
Zitat auf S. 25: Messen-Jaschin/Dering/Cuneo/Sidler,
Die Welt der Schausteller vom XVI. bis zum XX. Jahrhundert
(Lausanne Editions des Trois Continents, 1986)
Zitat auf S. 625: Vicki Baum, *Es war alles ganz anders. Erinnerungen*
(Verlag Kiepenheuer & Witsch GmbH & Co. KG, Köln 1987)

Dieses Buch ist auch als E-Book erhältlich.

Verlagsgruppe Random House FSC® N001967

1. Auflage
Copyright © 2018 by Limes in der Verlagsgruppe Random House GmbH,
Neumarkter Str. 28, 81673 München
Redaktion: Angela Kuepper
Umschlaggestaltung: © Johannes Wiebel | punchdesign,
unter Verwendung von Motiven von shutterstock.com
AF · Herstellung: sto
Satz: Uhl + Massopust, Aalen
Druck und Bindung: GGP Media GmbH, Pößneck
Printed in Germany
ISBN 978-3-8090-2679-2

www.limes-verlag.de

Du hattest recht.
Sie könnten den Leuten einen Stock mit Perücke hinstellen.
Wird trotzdem gewählt.
Als hätten wir seit der letzten Vergangenheit rein gar nichts
dazugelernt.

Für Opa. Gegen das Vergessen.

Verschollene Generation (auch: vergessene Generation) ist die Bezeichnung für eine Gruppe deutscher Künstler, Musiker und Literaten der Jahrgänge 1890 bis 1914, die im Nazideutschland verfolgt wurden, weil sie jüdischen Glaubens waren, ihre politischen Ansichten dem Regime nicht passten oder weil sie homosexuell waren. Viele suchten ihr Heil in der Flucht, der Großteil blieb entwurzelt und litt existenzielle Not. Nur wenigen gelang es, ihre Karriere fortzusetzen. Andere überlebten nicht. Sie wurden deportiert und fanden in den Konzentrationslagern den Tod.
Die Namen dieser Künstler sind heute weitgehend vergessen …

Florian Weiland, *Die vergessene Generation*

PROLOG

Berlin, 1935

Wie eine Herde großer dösender Tiere standen die Wohnwagen auf der Hügelkuppe. Einige grüppchenweise, andere auf der Wiese verstreut. Ein disziplinloses Herumlungern, ein Vorort ohne Ordnung. In einer Zeit wie dieser war das geradezu ein politisches Manifest.

Der Fremde stieg aus dem Automobil und blickte sich auf dem ungeteerten Hügel um. Ein Windstoß fuhr in seinen Mantel und blähte ihn wie ein Segel, als er auf die Herde zuging.

Von Weitem wirkten die Wagen schläfrig. Doch tatsächlich waren da viele Augen, die den Mann kommen sahen. Sie sahen auch das Gewitter, das er mitbrachte. Als zöge der Fremde die Regenwolken an einer Leine hinter sich her. Kinder wurden beiseitegenommen, Türen und Gardinen geschlossen. Der Kettensprenger spuckte auf den Boden. Begrüßen wollte den Eindringling niemand. Und was sollte man auch sagen?

Wer in die Gerüchte eingeweiht war, der wusste, dass die gemächlichen Schritte des Mannes eine Tarnung waren. Dass er nicht da war, um spazieren zu gehen oder sich die heruntergekommene Kolonie anzusehen. Und eingeweiht war hier jeder.

Als ein Fremder im Mantel erschienen war und den Menschen Fragen gestellt hatte, als ein weiterer gekommen war und ihnen Blut abgenommen hatte und dann eines Nachts der erste Schausteller verschwunden war, da hatten die Menschen hier auf dem Hügel zu reden begonnen. Ungewöhnlich leise zu-

9

nächst, als könnten sie die Gerüchte noch zurücknehmen, wenn sie sie nur nicht zu laut hinausschrien. Aber die Worte waren trotzdem durch die Wohnwagenreihen gezogen, so unaufhaltsam wie die fremden Männer selbst. Da könne doch etwas nicht stimmen, hatten die zusammengewachsenen Schwestern der dicken bärtigen Zwergin zugeflüstert, und von ihnen waren die Worte weitergeweht, durch das Fenster des Ausbrecherkönigs und in dessen Ohr: Woher kamen die Männer mit ihren Mänteln? Was machten sie mit dem Blut, das sie den Menschen hier abzapften? Und wohin war der Flügelmensch Agosta so plötzlich verschwunden, und nach ihm die tätowierte Miss Ingeborg?

Beim letzten Wagen der kleinen Kolonie blieb der Fremde stehen. Die Karre war aus Holz gebaut und hatte verschieden große Fenster, die aussahen, als hätte ein verrückter Sammler sie aufgelesen und kreuz und quer in die Wände eingesetzt. Ein Schornstein thronte oben auf dem Blechdach wie eine stehen gelassene Konservenbüchse.

Unter der Büchse, auf der anderen Seite der Tür, stand der Wohnwagenbesitzer und hielt den Türknauf wie den Griff eines Degens. Seine rechte Hand hatte nur noch drei Finger, und die waren schweißnass.

Auch er hatte den Fremden kommen sehen. Nicht erst gerade, sondern schon vor Wochen, als der Albtraum begonnen hatte. Als der erste Fremde vor seinem Wohnwagen gestanden hatte, in den gleichen Mantel gehüllt wie dieser Mann hier, und es einen Streit gegeben hatte.

So ein Streit ließ sich kaum vermeiden, wenn derart verschiedene Interessen aufeinandertrafen. Wenn der eine Blut für seine »Untersuchungen zu Züchtungskreisen von Zigeunermischlingen und anderen asozialen Psychopathen« zapfen wollte. Und der andere der war, dem dieses Blut gehörte. Doch unüberlegt war es trotzdem gewesen. Es war gefährlich, sich in Zeiten wie diesen gegen die Bemäntelten zu stellen.

Zweimal klopfte der Fremde, bevor die Tür sich einen unwilligen Spaltbreit öffnete.

»Sind Sie Herr Mathis Bohnsack?« Der Fremde blinzelte durch den Spalt, einen Zettel in der Hand. Bis vor wenigen Monaten noch hätte auf dem noch gar nichts gestanden. Es hätte keinen Namen und keine Adresse gegeben, auf diesem weißen Stück Papier. Wenn der Fremde zu Mathis gewollt hätte, hätte er sich in der Kolonie durchfragen müssen. Und die Schausteller konnten verschwiegen sein.

»Sie wohnen hier mit Fräulein Meta Kirschbacher, ist das richtig?« Sein Blick glitt über den Wohnwagen. Er zog die Augenbrauen hoch. Mathis nickte, den Türknauf noch immer gegen den Besucher gerichtet.

»Mein Name ist Professor Thorak«, sagte der Fremde, als ihm auffiel, dass sein Gegenüber keinen Zettel hatte, der ihm das verraten konnte. »Ich würde gern mit Fräulein Kirschbacher sprechen.«

»Sie ist nicht hier.«

Thorak sah durch den Türspalt an Mathis vorbei. Zwischen seinen Brauen bildete sich eine misstrauische Falte. Ein berechtigter Riss in der Stirn, denn jene, die er suchte, war nur wenige Augenblicke zuvor durch das einzige Fenster gestiegen, dessen Größe ausreichte, um einer Frau wie ihr die Flucht zu erlauben.

»Wann kommt sie zurück?«

»Ich weiß nicht, das kann dauern.«

»Ich habe Zeit«, sagte Thorak, »ich werde warten.« Und damit meinte er nicht draußen auf der Wiese, über der es gerade zu regnen begann.

Thorak setzte einen Fuß auf die Stufe des Trittbretts und wippte ein paarmal, als müsste er erst überprüfen, ob diese windschiefe Karre seinem Besuch überhaupt standhalten konnte. Dann war er auch schon mit halbem Körper an Mathis vorbei und sah sich im Wagen um. Rechts unter dem Fenster stand ein kleiner Holztisch mit zwei Stühlen. Links davon be-

11

fanden sich ein Ofen, ein Küchenregal und der Vorhang, der die Bettnische abtrennte. An der linken Wand stand ein Kleiderschrank. Wer ganz genau hinsah, dem konnte auffallen, wie ungewöhnlich wuchtig der in dem kleinen Wagen wirkte. Und dass die hinteren Bretter neuer waren als der Rest.

»Möchten Sie sich nicht setzen?« Aus seiner Kehle schabte Mathis Worte hervor und streckte sie Thorak entgegen wie eine widerwillig gereichte Hand. Er zog einen Stuhl zurück, sodass dieser mit dem Rücken zum Schrank stand, und Thorak raffte die Hosenbeine, um Platz zu nehmen.

»Möchten Sie vielleicht etwas trinken? Wasser?«

»Bitte.«

Mathis holte zwei Gläser aus dem Küchenschrank.

»Berufsunfall?«, fragte Thorak und deutete auf Mathis' Hand, als dieser die Wasserkanne hob. Verkrüppelungen lösten nach wie vor eine Faszination in Menschen aus. Davon war auch der Professor nicht ausgenommen.

»So was in der Art, ja.« Mathis stellte die Karaffe ab und steckte die Finger in die Tasche. Er setzte sich Thorak gegenüber, der eine Zigarette aus dem Mantel kramte und sie anzündete.

Sie hatten sich wenig zu sagen, und so war es gut, dass das Prasseln des Regens auf dem Wellblechdach die Stille zwischen ihnen füllte. Während der Professor rauchte und schwieg, stellte Mathis sich vor, wie der Qualm sich in dessen Körper verteilte. Wie der Brustkorb und die Lungenflügel sich ausdehnten. Wie der Rauch von oben hereinströmte und eine kleine Schneelawine in die Lunge rutschte, bevor der Qualm sich ausbreitete und langsam über die Seiten zurück zur Luftröhre schlich. Die Luftröhre war der Schornstein des Körpers.

Berufsbedingt malte Mathis sich gern aus, was sich hinter den Dingen verbarg, und seinem Gast ging es wohl ganz ähnlich, denn der hatte den Blick in den Bettvorhang der Bettnische gekrallt.

Draußen zuckte ein Blitz. Ein paar Sekunden später donnerte es. Doch es war ein Krachen innerhalb des Wohnwagens, das sie aus dem gemeinsamen Schweigen riss. Thorak wandte sich zum Schrank um, und Mathis sprang alarmiert von seinem Stuhl auf. Aber was im nächsten Moment aufflog, war nicht die Schranktür, sondern die Tür des Wohnwagens selbst. Eine völlig durchnässte Meta stolperte herein.

»Musste dieses Arschloch ausgerechnet bei dem Sauwetter …!«

»Meta! Wir haben Besuch!«, rief Mathis. Sie blieb abrupt stehen und schluckte den Rest des Satzes herunter.

Thorak erhob sich und drückte den Scheitel über der Stelle zurecht, an der das Haar licht wurde. Auch den Sitz seiner Krawatte kontrollierte er. Als könnte seine tadellose Erscheinung den Umstand ausgleichen, dass da ein Mensch vor ihm stand, der aussah wie nach einem unfreiwilligen Bad in der Spree. Metas Hosensaum war voller Matsch, die sonst blonden Haare klebten ihr dunkel am Gesicht, und Rinnsale tropften in den Kragen ihrer Bluse. Thorak streckte die Hand aus, als bemerkte er es nicht, und Meta legte ihre nassen Finger hinein. Sie warf Mathis einen entgeisterten Blick zu.

»Meta, das ist Professor Thorak«, sagt Mathis so förmlich, als wären sie auf einer Abendveranstaltung. »Und das ist Meta Kirschbacher, meine … Partnerin.«

Mathis hätte lieber »meine Frau« gesagt, vor allem gegenüber einem wie Thorak, der Meta mit seinen Blicken geradezu verschlang.

Meta war einen guten Kopf größer als er, hatte kräftige Arme und ein breites Kreuz, aber nicht auf eine plumpe bäuerliche Art. Es war eine gewollte Breite. Meta hatte hart dafür gearbeitet, nahezu alles heben, stemmen und zu Boden ringen zu können, das sich ihr entgegenstellte. Einen Schmächtling wie diesen Thorak konnte sie am ausgestreckten Arm über Kopf halten.

Der Professor deutete seine Verbeugung nur an, um sich

nicht noch kleiner zu machen, als er neben ihr ohnehin schon war.

»Fräulein Kirschbacher. Ich freue mich!«

Eine Lüge wäre angebracht gewesen, aber Meta sagte nichts.

»Mein Name ist Josef Thorak. Sie erinnern sich vielleicht, dass vor einigen Wochen eine … freiwillige Blutspende in Ihrer Siedlung durchgeführt wurde.«

Meta und Mathis tauschten einen Blick.

»Ja, das ist mir in Erinnerung geblieben.«

»Ich hoffe, die Aktion hat Ihnen nicht allzu großes Unbehagen bereitet.«

»Die Schmerzen waren auszuhalten, wenn Sie das meinen.«

»Natürlich, da werden Sie ja ganz anderes gewöhnt sein, nicht wahr?« Thorak lächelte unbeholfen und tätschelte sich erneut den tadellosen Scheitel. »Nun, wie Sie sich vielleicht vorstellen können, muss das gespendete Blut natürlich überprüft werden, auf Krankheiten und so weiter. Und bei der Menge an Blutspenden, die da täglich so eingehen, sammeln die Experten aus dem Labor natürlich ganz zwangsläufig auch recht viele Informationen über die verschiedenen Bluttypen bei Zigeunern oder auch, ähm, Juden.«

Meta stand, tropfte und schwieg. Sie hatten damit gerechnet, dass irgendwann einer kommen würde.

Es war noch nicht lange her, seit das Arbeitsverbot für jüdische Artisten an die Laternenpfähle der Stadt und an die Wände des Zirkus Krone geschlagen worden war. Nur ein kleiner Punkt in einer langen Liste lächerlicher Beschränkungen, die niemand im Schaustellergewerbe befolgen konnte. Verbot artfremder Kostüme. Verbot des Auftritts von Negermischlingen und Negern. Verbot der Teilnahme von Juden an Darbietungen der deutschen Kultur. Endgültiges Verbot von »Swing-Tanz« und »Niggerjazz«.

»Nun, was ich sagen will«, fuhr Thorak fort, und jetzt, da er das schlimmste Wort hervorgewürgt hatte, ging ihm sein Anliegen leichter über die Lippen, »der Leiter des Labors ist ein guter Freund von mir. Und er weiß, dass ich auf der Suche nach einem bestimmten Typus Frau bin. Er hat mir Ihre Blutergebnisse und Dokumente gegeben, Fräulein Kirschbacher, und ich muss schon sagen: Ihre arische Blutslinie! Auf dem Amt haben Sie angegeben, dass die werten Vorfahren seit Generationen aus Norddeutschland stammen, bis auf den«, er zog den inzwischen zerdrückten Zettel aus der Tasche, »Ururgroßvater, der aus Skandinavien eingewandert ist?«

Meta starrte Thorak an, bis ihr auffiel, dass sie nicken sollte. Was er in den Händen hielt, waren nichts als Lügen. Als Kleinkinder waren sie und ihr Bruder vor dem Kinderheim in Köln abgestellt worden. Der Bruder hatte in einer Art Hahnenkorb gesteckt, aus dem nur sein Kopf herausschaute, und Meta, damals vier, hatte danebengestanden, die Hand um den geflochtenen Korbhenkel gewunden, als hätte sie den Bruder ganz allein hergeschleppt. Die Eltern hatten keine Papiere dagelassen, nicht einmal einen Brief, der etwas über die Kinder verraten hätte. Der beschnittene Penis ihres Bruders war der einzige Hinweis auf Metas familiäre Herkunft gewesen. Ein Penis als Familiengeschichte. Doch den hatte Meta ganz sicher nicht erwähnt, als sie auf dem Amt gewesen war und die Angaben für ihren Pass erfunden hatte.

»Sehr schön!« Thorak machte ein Gesicht, als verkündete er die Geburt eines putzmunteren Kindes. »Ich habe Sie auf Anraten besagten Laborleiters letzten Freitag im Theater am Weinbergsweg gesehen und muss Ihnen auch dahingehend mein Kompliment aussprechen, Fräulein Kirschbacher. Ihre sportlichen Leistungen und die Beschaffenheit Ihrer Muskeln! Verzeihen Sie, dass ich da ein bisschen näher hinsehen musste. Das ist berufsbedingt, müssen Sie verstehen, ich … Hat es gerade geklopft?«

Meta und Mathis sahen sich an. Sie hatten es beide ebenfalls gehört. Ein deutliches Pochen, das nicht zu dem Geräusch des

Regens gepasst hatte. Metas Augen flackerten für einen verräterischen Moment zum Schrank, doch Mathis drehte sich geistesgegenwärtig um und öffnete die Wohnwagentür.

»Nein, hier ist niemand.«

»Ich bin mir sicher, da hat jemand geklopft«, beharrte Thorak.

»Ich habe nichts gehört. Was wollten Sie gerade sagen?«

Thoraks Blick glitt zum Fenster, bevor er noch einmal skeptisch die Inneneinrichtung des Wagens musterte.

»Sie waren gerade bei meinen Muskeln«, erinnerte Meta ihn.

Thorak räusperte sich und nahm den Faden wieder auf, den Meta ihm entgegenhielt. »Fräulein Kirschbacher, verstehen Sie mich nicht falsch, das war als aufrichtiges Kompliment gemeint. Sie sind geradezu der Inbegriff des hellenischen Typus! Berufsbedingt habe ich schon viele muskulöse Herren gesehen, aber Sie als Frau …«

Meta hörte dem immer gleichen Gerede um Männer- und Frauenklischees nur mit halbem Ohr zu. Ihre eigentliche Aufmerksamkeit gehörte dem Schrank. Sie konnte die Unruhe darin geradezu spüren. Eine überschäumende Nervosität, die auch sie und Mathis bespritzte.

»Nun, bevor ich mich hier noch weiter verzettele, möchte ich ganz unumwunden sprechen«, sagte Thorak, als er Metas angespannte Miene bemerkte. »Fräulein Kirschbacher, ich würde Sie gerne skulpturieren.«

Das drang nun doch zu Meta durch. Fassungslos ließ sie die verschränkten Arme sinken.

»Bitte was?«

»Mit Ihrer Erlaubnis.«

Meta blickte Mathis an. Sie hatte keine Ahnung, wovon Thorak sprach. Sie war nicht dumm, aber zur Schule gegangen war sie auch nicht, und mit Fremdwörtern kannte sie sich gar nicht aus. Als sie den Mund öffnete, hatte Mathis Angst, dass sie »skulpturieren« mit »skalpieren« verwechselt haben könnte. Das nämlich war ein Wort, das man in ihrer Branche kannte.

»Er meint, eine Skulptur machen«, sagte er schnell. Meta klappte den Mund wieder zu.

»Das sagte ich doch«, meinte Thorak.

»Eine Statue«, sagte Mathis.

Thorak warf ihm einen irritierten Blick zu. Doch jetzt verstand auch Meta.

»Von mir?«

»Von Ihnen und keiner anderen!« Stolz erklärte Thorak, dass es um einen Wettbewerb gehe, den er gewinnen wolle. Vom Führer persönlich ausgeschrieben. Wenn alles gut laufe, würde Meta pünktlich zu den Olympischen Spielen das neue Stadion schmücken.

»Vom Führer?«, echote Meta mit etwas zu viel Entsetzen in der Stimme. Das war für sie nun wirklich kein Grund für einen Freudenausbruch. »Und wenn ich nicht will?«

Thoraks Lächeln verschwand schlagartig. Verblüfft tätschelte er seinen Scheitel, und die misstrauische Falte zwischen seinen Brauen kehrte zurück.

»Warum sollten Sie nicht wollen?«

»Ja, warum solltest du nicht wollen?«, echote Mathis. Meta sah ihn an, als hätte er völlig den Verstand verloren. Als könnte er vergessen haben, dass es sich beim »Führer« noch immer um den gleichen Idioten Adolf Hitler handelte, mit dem sie und er sich damals in Wien ein Klo geteilt hatten. Sie öffnete den Mund, doch da polterte es erneut im Schrank. Ein nicht zu überhörendes Donnern schwerer Fäuste gegen Holz. Mathis und Meta schraken zusammen. Und dann fegte Meta plötzlich schreiend die Wasserkaraffe vom Tisch. Sie krachte zu Boden und ergoss ihren Inhalt über den Teppich und Thoraks glänzende Schuhe. Der Professor sprang entsetzt zur Seite, während Meta sich gegen den Schrank warf und schluchzend das Gesicht in der Armbeuge begrub. Sie schlug mit der Faust gegen das Holz. Thorak blickte Mathis bestürzt an.

»Das … passiert schon mal«, sagte Mathis zögerlich. »Das ist das Temperament der Kraftfrau. Sie neigt dazu, ein wenig … aufbrausend zu sein.«

Meta begann zu kreischen.

»Hysterisch«, korrigierte Mathis sich, »wenn Sie so wollen.«

»Aber was habe ich denn gesagt, dass …«

»Nichts, gar nichts!« Mathis nahm den kreidebleichen Thorak am Arm, damit er sich endlich vom Schrank abwandte. »Wie gesagt, das ist das Temperament, Herr Professor. Neulich erst hat es sie einfach so beim Wäscheaufhängen überkommen.«

»Aber will sie denn nicht …?«

»Doch, doch. Sie will ja, sie will!«, versicherte Mathis schwitzend, während Meta mit ihrem Schreianfall fortfuhr und auf den Schrank eintrommelte wie eine Geistesgestörte. Sie konnten das Schauspiel nicht ewig durchhalten. Mathis musste sich irgendetwas einfallen lassen.

»Wie wäre es, wenn Sie uns Ihre Anschrift dalassen. Und wir melden uns bei Ihnen, sobald meine Partnerin sich ein bisschen beruhigt hat?«

Thorak war noch immer weiß im Gesicht, als er nervös eine Visitenkarte und einen Stift aus der Tasche fingerte.

»Donnerstag um vier Uhr in meinem Atelier. Ich schreibe Ihnen die Uhrzeit und meine private Telefonnummer auf. Viel länger kann ich leider nicht warten, wir müssen bald mit der Arbeit beginnen, damit ich den ersten Entwurf für den Wettbewerb …«

»Aaaaaarrrrggh«, brüllte Meta.

Thorak blickte entsetzt von ihr zu Mathis, der die Visitenkarte entgegennahm und den Professor am Arm zur Tür führte. Mittlerweile war dieser genauso froh über seinen Abgang wie seine Gastgeber.

»Donnerstag um vier in meinem Atelier«, wiederholte Thorak, als Mathis die Tür öffnete. Er warf noch einen letzten bestürzten Blick auf Meta und verabschiedete sich mit einem Nicken.

Draußen regnete es noch immer. Mathis sah zu, wie Thorak den tadellosen Scheitel mit der Hand bedeckte, als er über die triefend nasse Wiese zurücklief. Dann schloss er die Tür. Zur Sicherheit warteten sie noch eine Weile, Meta schreiend und Mathis mit dem Türknauf in der zergliederten Hand. Sie wussten beide, wie dünn die Wohnwagenwände waren. Schließlich drehte Mathis sich um und nahm Meta in die Arme. Ihre Haare waren nass und rochen nach Regen. Sie ließen sich gegeneinandersinken, und Mathis hätte Meta gern länger so festgehalten. Vielleicht hätten sie in ein paar Minuten sogar über das Schauspiel lachen können und darüber, wie Thorak darauf hereingefallen war. Aber der Schrank erzitterte schon unter dem nächsten wütenden Schlag, und Meta schob Mathis fort. Sie öffnete die Tür, noch bevor Mathis sie bitten konnte, ihnen einen Augenblick länger Zeit zu geben.

Ernsti sprang aus dem Versteck. Er hatte ein vor Wut rot und blau verfärbtes Gesicht. Der Mund war ein schmaler Strich, das Kinn zitterte. Mathis trat einen Schritt zurück, als er die geballten Fäuste sah. Ernsti entwickelte ungeheure Kräfte, wenn es darum ging, anderen wehzutun. Vor allem, wenn es sich bei diesen anderen um Mathis handelte. Meta aber riss ihren Bruder an sich und drückte seinen Kopf beschwichtigend in ihre Halsbeuge.

»Schschschschhh«, machte sie, doch jede Beruhigung kam zu spät. Das Gesicht an ihrem Hals vergraben, heulte Ernsti auf und schlug wild um sich. Mathis versuchte, alles, was er eben erreichen konnte, aus dem Weg zu räumen, die Gläser weg, Messer und spitze Gegenstände. Meta hielt Ernstis Kopf umklammert, sodass er sich nicht von ihr lösen konnte, als er die Fäuste schwang und schrie. Meta war stark, aber Ernsti war massig. Als er sich gegen ihren Griff stemmte, stolperte sie gegen den Tisch, der sich laut krachend verschob. Wer die Geschwister nicht kannte, der hätte meinen können, sie fochten einen Kampf auf Leben und Tod aus. Doch tatsächlich war Metas Schwitzkasten ein liebevoller.

»Bleib zurück«, rief sie, weil Mathis' Eingreifen alles nur noch schlimmer gemacht hätte. Ernsti drehte völlig durch, wenn Mathis auch nur versuchte, ihn anzufassen. Mathis stand mit verkrampftem Herzen da, während Ernstis Fäuste wieder und wieder auf Meta trafen, auf ihren Rücken, ihre Beine, ihren Kopf. Meta hatte viele Jahre ihr Geld damit verdient, sich mit Männern zu schlagen, und Mathis hatte sich daran gewöhnen müssen, ihr dabei zuzusehen, ohne sie von der Bühne zu reißen. Aber das waren keine Kämpfe wie diese gewesen. Dort im Ring hatte sie sich gewehrt und ihre Gegner mit Schlägen traktiert. Sie hätte niemandem erlaubt, mit den Fäusten auf sie einzutrommeln. So etwas durfte nur Ernsti.

»Schschschhhh«, machte Meta noch immer. Der Kopf ihres Bruders klemmte fest unter ihrer Armbeuge, als sie sich zu Boden sinken ließ. Ernstis Wutgebrüll ging in ein leiseres Heulen über. Seine Fäuste zuckten noch ein paarmal unkontrolliert durch die Luft. Doch sie trafen Meta nicht mehr so hart. Sie lehnte sich mit dem Rücken gegen das Tischbein und schaukelte Ernsti sanft hin und her, während er schwer atmend zur Ruhe kam.

Leise stieg Mathis über die Beine der Geschwister und ging zum offenen Schrank. Ernsti hatte alle Kleider von den Bügeln gerissen. Sie türmten sich auf dem Schrankboden. Mathis schob den wilden Haufen zur Seite. Unter einem alten Amazonenkostüm von Meta fanden seine Finger die Kerbe im Boden. Er öffnete das Geheimfach und musste zweimal nachtasten, bis er begriff, dass es leer war.

»Wo ist mein Notizbuch?« Er richtete sich auf und sah Ernsti an, der den Kopf mittlerweile auf Metas Brust gelegt hatte und sich wiegen ließ wie ein Baby.

»Wo ist das Manuskript?«

»Schscht, Mathis, er ist gerade dabei, sich zu beruhigen!«

»Wenn er irgendwas mit meinem Manuskript …«

»Jetzt hör schon auf zu schreien«, sagte Meta, obwohl Mathis gar nicht schrie.

Mathis tauchte zurück in den Schrank, um in den Sachen zu wühlen, die Ernsti auf dem Boden verteilt hatte. Eine ausgerissene Seite fiel ihm ins Auge, und wenig später, unter einem glitzernden Büstenhalter, kam das Notizbuch zum Vorschein. Der lederne Umschlag war zerkratzt. Die Seiten darin zerfleddert. Als Mathis es aufhob, rieselte ihm das Papier in Fetzen entgegen.

»Er hat mein Manuskript zerrissen!«

Ernsti hob den Kopf. In seinem verheulten Gesicht flackerte ein Grinsen auf, eins, das nur für Mathis bestimmt war. Meta gegenüber spielte er weiter das Kleinkind und kuschelte sich wieder an ihre Brust.

»Er war wütend, weil wir ihn in den Schrank gesperrt haben.«

»Wir haben ihn in den Schrank gesperrt, weil wir ihm den Kopf retten wollten!«

»Das hat er vergessen.«

»Vergessen!« In einer Geste der Hilflosigkeit warf Mathis die Hände in die Luft und versuchte seinerseits zu vergessen, dass er sie am liebsten um Ernstis Kehle legen würde. Die Arme fielen herab wie gekappte Seile. Das zerrissene Notizbuch klatschte gegen seinen Oberschenkel.

»Ich habe so lange daran geschrieben, Meta!«

»Das weiß ich wohl«, sagte sie spitz.

Meta hatte nie ganz verstanden, warum Mathis überhaupt mit dieser Schreiberei angefangen hatte. Es gäbe so viele wichtigere Dinge zu tun – Dinge, die das direkte Überleben sicherten und nicht bloß alte Erinnerungen. Die Zeit, die Mathis an seinen Notizen gesessen hatte, hätte er, wäre es nach Meta gegangen, ebenso gut darauf verwenden können, nach neuen Engagements zu suchen. Er hätte ihr dabei helfen sollen, ihre neue Schau einzustudieren, oder sich anderweitig nützlich machen können. Zum Beispiel indem er sich bei diesem Filmregisseur aus der Schweiz meldete, der einen naturwissenschaftlichen

21

Lehrfilm über das Röntgen drehen wollte. Oder er hätte einfach schlafen können. Selbst das war in Metas Augen nämlich noch hilfreicher, als an einem Tisch zu sitzen und zu lesen oder zu schreiben. Beim Schlafen erholte sich der Körper wenigstens. Mathis dagegen war nach ein paar Stunden Schreibarbeit völlig erschöpft.

Meta streichelte Ernstis Haar, das in den letzten Jahren licht geworden war, viel lichter als das von Mathis. Ernstis Körper war schneller gealtert, vielleicht zum Ausgleich dafür, dass er im Geist für immer ein Kind bleiben würde.

Mathis wandte sich ab und versuchte zu schweigen. Jedes Wort, das er jetzt sagen könnte, würde nur einen Streit heraufbeschwören. Und Ernsti war einer, der es liebte, wenn Meta und Mathis sich stritten. Er machte es sich in ihren Zankereien bequem, rutschte seinen Hintern darin zurecht wie in einem Nest und blickte selbstgefällig von einem Schreihals zum anderen. Mathis konnte seine Miene nicht ertragen, wenn er das tat.

»Er hat es bestimmt nicht extra gemacht«, sagte Meta. Von allen Dingen, die sie hätte sagen oder tun können – ausgerechnet das.

»Stimmt, er ist bestimmt nur ganz zufällig mit dem großen Zeh am Geheimfach hängen geblieben.« Mathis warf die Reste des Manuskripts hin. Sie rutschten über den Boden und blieben neben Ernstis Knien liegen. »Und dann hat er versehentlich das Notizbuch herausgeholt. Vielleicht ist er ja mit seinem geöffneten Gebiss darauf gefallen, dass es jetzt so zerfleddert aussieht, was meinst du?«

»Ich meine, dass du ungerecht bist.«

»Ich bin ungerecht?« Jetzt wurde Mathis doch laut, dabei wollte er sich beherrschen. »Du sitzt da und streichelst deinen Bruder, obwohl der gerade meine Arbeit von mehreren Monaten kaputt gemacht hat!«

»Deine Arbeit?! Was ist das für eine Arbeit, Mathis Bohnsack?

Bringt sie uns Geld? Essen? Sorgt sie dafür, dass wir den Winter überstehen?«

»Sie sorgt dafür, dass man Menschen wie Agosta oder auch wie deinen Ernsti hier – Menschen wie uns – nicht einfach so im Nichts verschwinden lassen kann! Das sind doch unsere Freunde, die da abgeholt und vergessen werden, Meta! Ich kann nicht einfach nur zusehen und so tun, als hätte es sie nie gegeben!«

»Ernsti ist hier bei uns.« Meta schob ihre Hand auf Ernstis Ohr, damit so ein Unfug gar nicht erst zu ihm durchdrang. »Er ist weder vergessen noch verschwunden!«

»Ja, und was meinst du, wie lange wird es noch dauern, bis einer kommt, der ein bisschen mehr Grips hat als dieser Thorak? Und ihn bei uns im Schrank entdeckt? Wenn er jedes Mal so einen Aufstand macht …«

»Das wird er nicht«, versicherte Meta, während sich Ernstis Gesicht zu genau dem Grinsen verzog, das Mathis befürchtet hatte. »Lass uns lieber froh sein, dass alles noch einmal gut ausgegangen ist. Es ist heute einfach einiges zusammengekommen. Die Enge da im Schrank, der Regen, das Gewitter … Warum hast du diesen Künstlerkerl auch hereingelassen? Dir musste doch klar sein, dass Ernsti es nicht so lange im Schrank aushalten kann.« Metas Hand lag noch immer auf Ernstis Ohr, auf seiner Wange. Mathis' Notizbuch sah sie nicht an. Es lag neben der Pfütze wie ein gestrandetes Stück Holz. Dabei hätte es einmal ein Schiff werden sollen, das Menschen an einen Ort brachte, an dem sie sicher waren.

Mathis seufzte, trat einen Schritt vor und hob das Strandgut mit beiden Händen auf. Er legte es auf den Tisch, zusammen mit Thoraks Visitenkarte.

Prof. Josef Thorak. Bildhauer, stand in schwarzen Lettern darauf. Und darunter, sehr klein und in zittriger Schnörkelschrift, Thoraks Telefonnummer sowie die Uhrzeit, zu der Meta sich in seinem Atelier einfinden sollte. Mathis hatte ein flaues Gefühl im Magen, als er die Karte betrachtete. Er hatte so eine Ahnung, dass Meta sich irrte. Dass sie nicht davon sprechen konnten, irgendetwas sei gut ausgegangen, ganz im Gegenteil.

Das hier war überhaupt erst der Anfang.

DER ANFANG
Elektrische Wunder

»Die Biegung des Wegs aber liegt im Schatten,
und Gott allein weiß, wo sie morgen sind,
die Schausteller, die im Dunkel der Nacht
verschwinden.«

Messen-Jaschin, Dering, Cuneo, Sidler,
Die Welt der Schausteller

ERSTES KAPITEL

Langweiler, 1902

Die Landschaft war gebrannter Zucker. Braun kandierte Felder, so weit das Auge reichte, ein gelbgoldener Wald und darüber die alles röstende Sonne. Die hatte sich ihre Strahlen für diesen Moment aufgespart. Den ganzen Sommer über hatte es geregnet, bis die Bohnen auf dem Feld ertranken. Heute aber schien sie, was das Zeug hielt.

Der fünfzehnjährige Mathis platschte durch das ausgeweidete Stoppelfeld. Seine Schuhe waren durchnässt. An seinem Hosensaum klebte Matsch, selbst oben am Knie, selbst am Hemd. Er war ein von Matsch besprenkelter Mensch, wie er da so über die Wiese lief und dem Geruch der gebrannten Mandeln folgte. Klebrig und warm und unglaublich süß hing der Duft in der Luft, so greifbar, als hätte der Wind die Kupferpfannen gleich mit den Hügel hinaufgetragen. Statt über den Zaun zu springen, hielt Mathis inne, verschnaufte und kletterte dann umständlich darüber. Ein Bein blieb fast hängen. Es war das rechte, natürlich.

Mathis wollte sich einreden, dass es nichts machte, wenn Lucas und Hans ihn zurückließen. Dass das an einem Tag wie diesem schon mal passieren konnte. Natürlich war der Jahrmarkt eine ganz spezielle Situation, und natürlich wollte niemand auch nur eine Minute verpassen, da konnten sie noch so gut befreundet sein. Alle wussten ja, dass die Gegend zurück in ihren öden Dornröschenschlaf fallen würde, wenn das Wochenende erst mal vorbei war, zurück in die Abwesenheit von jeder Landkarte.

Wie die Wagen überhaupt den Weg hierhergefunden hatten, war allen Bewohnern ein Rätsel. Ausgerechnet in dieses Dorf, in das doch sonst nichts gelangte: keine Neuerungen, keine Erfindungen, keine neuen Menschen, nichts. Alles, was die Bevölkerung produzierte und gebar, blieb, wo es hingehörte. Der Name des Dorfs war Langweiler, und man wusste schon, wieso. Aber jetzt waren da diese Wagen. Und sie hatten Dinge mitgebracht, von denen die meisten Dorfbewohner bislang nie etwas gehört hatten.

Mathis humpelte schneller, wütend über das Bein, das ihn mal wieder von allem abhalten sollte. Jeder Fünfjährige hätte ihn überholen können, doch für Mathis war dieses Tempo ein Sprint. Er bewegte sich sonst nur langsam oder gar nicht. So etwas tat er bloß für den Jahrmarkt. Auf den letzten Schritten den Hügel hinab ging ihm vollends die Puste aus. Er strauchelte und fiel und lag japsend auf dem Rücken, über ihm ein paar weiße Wattewolken und der Duft der gebrannten Mandeln. Mathis wartete darauf, dass Herz und Lunge wieder ihre normale Tätigkeit aufnehmen würden. Dann schob sich ein Kopf in sein Blickfeld.

»Alles klar bei dir, Junge?« Der Mann, der zu dem Kopf gehörte, hatte türkisfarbene Augen, war etwa zwanzig, unrasiert und trug lediglich ein Unterhemd. Die Bänder der Hose baumelten offen um seinen Schritt. Er hatte gerade gepinkelt, als er Mathis kippen sah.

»Ich bin Vincent. Komm, ich helf dir hoch.«

Mathis ergriff die feuchte Hand aus Mangel an Alternativen. Vincent riss ein wenig zu heftig an seinem Arm, als er ihm aufhalf. Mathis' Größe nach zu urteilen, hätte er eigentlich viel schwerer sein müssen. Doch durch das abgetragene Hemd sah man nicht, dass es den Rippen an Fleisch fehlte. Mathis flog ein Stück durch die Luft und fast an Vincent vorbei, der ihn im letzten Moment an der Schulter festhielt.

»Hoppla«, sagte Vincent.

»Alles in Ordnung.« Mathis klopfte sich verlegen die Hosenbeine ab. Bunte Schaubuden, Zelte, Karren und Waggons drängten sich dort aneinander, wo sonst nur grüne Eintönigkeit herrschte. In der Mitte des Platzes standen ein hölzernes Karussell und dahinter ein Festzelt. Irgendwo schrie ein Tier, das wie ein verletzter Vogel klang. Dann klingelte hinter ihnen eine Glocke, und jemand brüllte etwas in einer fremden Sprache. Vincent zog Mathis zur Seite, damit sie einem krummen kleinen Mann und seinem Kamel Platz machten. Das Tier schaukelte so nah an Mathis vorbei, dass er nur die Hand hätte ausstrecken müssen, um das sandgelbe Fell zu berühren. Ein Kamel! Normalerweise bekam Mathis nichts als Hunde, Katzen, Ziegen und Kühe zu Gesicht. Ein Kamel kannte er nur aus dem Schulbuch. Es kam ihm vor, als wäre er in eine fremde Welt gestolpert. Als hätte ihn Vincent mit seiner feuchten Hand in eine andere Realität gezogen.

»Danke«, sagt er heiser, doch sein Retter war bereits verschwunden. Er hatte sich die Bänder der Hose zugebunden und war mit der Menschenmenge verschmolzen, die sich auf dem Platz gebildet hatte. Mathis blickte sich um.

Links hatte ein Hundedresseur eine Bühne aufgebaut. Es gab eine Bude mit der Aufschrift: »Illusionstheater. Nur hier zu sehen: die Frau ohne Unterleib!« Direkt daneben drehten Kinder an einem hölzernen Glücksrad. Und rechts kletterte ein Mann auf das Podest einer Schaubude und breitete die Arme aus, als wollte er die ganze Dorfwiese umarmen.

»Meine Damen, meine Herren! Betrachten Sie Marianna, das Gorillamädchen, und Rosa Violetta, die lebende Schaufensterbüste! Sie ist eine erwachsene Frau, aber nur fünfzig Zentimeter groß! Ohne Arme und ohne Beine schreibt, malt und näht sie mit dem Mund. Sie ist reizend! Entzückend! Sie und Ihre Kinder werden sie lieben! Wir haben das Kleinste vom Kleinsten und das Größte vom Größten! Die niedlichste Weltdame Prinzessin Fou Fou, genannt die lebende Teepuppe. Und Pièche, den größten Indianerriesen der heutigen Zeit. Komplett misst er zwei Meter fünfundfünfzig, meine Damen, stellen Sie sich das nur mal vor! Der Clou der Gegenwart!«

Die Menschen auf dem Platz traten neugierig näher, und Mathis ließ sich fasziniert mitschwemmen. Er tastete nach den Münzen in seiner Hosentasche. Den Indianerriesen wollte er gern sehen, und diese Rosa Violetta interessierte ihn auch. Er konnte sich nicht vorstellen, wie so jemand aussah, ohne Arme und Beine. Und er hatte gedacht, das Schicksal hätte ihn hart getroffen.

»Mathis!«

Mathis drehte sich um. Hans bahnte sich einen Weg zu ihm. Er hatte Lucas im Schlepptau und der eine Ziege, die erschrocken meckerte, als sie mitten durch das Chaos an Hosenbeinen und Damenröcken gezogen wurde. Das Tier war dürr und krumm. Dreckklumpen hingen in seinem Fell.

»Hat er eben gewonnen«, erklärte Hans, als er Mathis' Blick sah. Lucas hielt das Ende des Stricks hoch. Er zog die störrische Ziege ein Stück weiter zu sich heran, als die ersten Jahrmarktsbesucher ins Stolpern gerieten. Die Schlinge um den Hals rutschte ihr fast über den Kopf, aber sie stemmte die astdünnen Beine in den Boden und leistete Gegenwehr.

»Glückwunsch.« Mathis schaffte es nicht, völlig überzeugend zu klingen.

»Danke«, sagte Lucas ebenso wenig enthusiastisch. »Der Hauptpreis war ein Pferd, aber das habe ich nicht bekommen.«

»Offensichtlich nicht.«

Zu dritt blickten sie auf das Tier hinunter. Die Ziege meckerte. Sie machte auch kein glücklicheres Gesicht als ihr neuer Besitzer.

»He! Ihr da!« Der Kassierer des Kuriositätenzelts wedelte verärgert mit der Hand. »Platz da, ihr steht im Weg!«

Offenbar hielt er die Jungen für herumlungernde Bauernbengel, die, statt zu zahlen, durch die Zeltnähte blinzeln wollten.

Und fast hätte er damit auch recht gehabt. Aber Mathis, Lucas und Hans hatten in Vorbereitung auf den Jahrmarkt Maulwürfe im Garten des Bürgermeisters von Langweiler gejagt und für jedes tote Tier fünfzehn Pfennige erhalten. Das machte sie zu ehrbaren Kunden.

»Wir können zahlen«, rief Mathis dem Mann zu, der gleich ein wenig freundlicher blickte. Doch als Mathis eine Münze aus seiner Tasche zog und in die Höhe hielt, riss Hans seinen Arm herunter.

»Bist du närrisch? Willst du das hart verdiente Geld etwa hier ausgeben?«

»Sie haben einen Indianerriesen und eine …«, begann Mathis, doch Hans hatte ihn bereits am Handgelenk gepackt und zog ihn aus der Menge.

»Lass uns lieber was Spannendes machen, Mathis!«

»Was soll das heißen? Laufen bei euch die Indianerriesen auf dem Kartoffelacker rum, oder wie?«

»Wir haben was entdeckt, da werden dir die Augen ausfallen. Eine elektrische Berg-und-Tal-Bahn!« Hans leckte sich über die trockenen Lippen, an denen Mathis jetzt Spuren von etwas Rosafarbenem entdeckte. Auch oben an seinem Hemdkragen klebte ein Rest.

»Was hast du da?« Er deutete auf Hans' Lippen, der sich erschrocken mit dem Ärmel darüberfuhr.

»Ach das«, sagte er.

»Habt ihr etwa ohne mich …?« Mathis entzog sich Hans' Griff und blieb stehen. Der Freund war verlegen.

»Tut mir echt leid, Mathis, aber du warst auf einmal nicht mehr hinter uns.«

»Ich war die ganze Zeit hinter euch. Ihr habt nur nicht darauf geachtet, wie weit!«

»Ja, vielleicht auch das. Aber es war wirklich nur eine ganz kleine Zuckerwatte. Stimmt doch, Luk?«

Lucas hatte sie eingeholt. Die widerspenstige Ziege sah mitt-

31

lerweile so aus, als wollte sie ihm die Hörner in die Kniekehle rammen.

»Was stimmt?«

»Ich habe Mathis gerade von der Zuckerwatte erzählt.«

»Oh ja, Mensch, die Zuckerwatte! Die war vielleicht lecker!« Lucas' Augen begannen zu leuchten. Den wütenden Blick, den Hans ihm zuwarf, bemerkte er gar nicht.

»Ist schon in Ordnung«, sagte Mathis, und es stimmte. Wenn er gekonnt hätte, wäre er auch schneller gelaufen, um Glücksräder zu drehen, Lose zu kaufen und die erste Zuckerwatte seines Lebens zu verdrücken.

»Wusste, du würdest es verstehen.« Hans klopfte ein wenig zu fest auf Mathis' Schulter, an der die Muskeln nicht wachsen wollten.

»Und jetzt?«, fragte Lucas, und die Freude darüber, dass die Antwort alles sein konnte, dass sie ausnahmsweise einmal nicht wussten, was der Tag bringen würde, stand den Freunden ins Gesicht geschrieben. Sie wollten sich nach elektrischen Wundern, nach Zwergen und kopflosen Frauen umschauen. Sie würden Zuckerwatte essen, bis ihnen die Bäuche wehtaten. Und vielleicht sogar ein Kamel reiten.

Lucas gab der Ziege einen Tritt in den Hintern, dass sie meckerte, und sie zogen los. Der Tag hatte noch Kapazitäten. An einem Tag wie diesem konnte ihnen alles begegnen.

Die Jungen wussten nicht, wo sie zuerst und zuletzt hinblicken sollten. Überall konnten sie etwas Neues sehen, schmecken oder riechen. All die spannenden Dinge, die das Leben ihnen in diesem Landstrich sonst vorenthielt, prasselten nun so dicht gedrängt auf sie ein, dass ihnen ganz schwindelig wurde. Sie hetzten von Bude zu Bude und wurden das Gefühl nicht los, trotzdem die Hälfte der Abenteuer zu verpassen.

»Ein *Unfall!*«, schrie plötzlich jemand, und die Jungen blieben atemlos stehen. Die Jahrmarktbesucher reckten die Hälse, und die drei Freunde drängten nach vorn, bis sie einen Jungen niedergestreckt auf der Wiese liegen sahen. Er war nicht viel älter als sie selbst. Vor ihm ragte eine seltsam aussehende Maschine auf einem Holzpodest auf, und daneben stand ein reichlich nervöser Mann. Der Junge sah aus, als wäre er tot, und tat entsprechend wenig. Und doch sahen ihm so viele Menschen dabei zu, dass jeder Schaubudenbesitzer vor Neid erblasste. Da hatten sie Haarmenschen, Zwerge und Riesen aus aller Herren Länder zusammengesammelt und mühsam in dieses Provinznest gekarrt, und dann stahl ausgerechnet ein regloser Normalmensch ihnen die Schau.

Die Menge begann zu tuscheln. Wer das Glück hatte, dabei gewesen zu sein, erklärte es allen anderen bis ins Detail: »Der Junge hat die Elektrisiermaschine angefasst«, sagten sie. »Ein Stromschlag, und: BUMM!« Vielleicht war er tot? Schade für jene, die es verpasst hatten.

»Platz da! Platz da!« Ein alter Mann bahnte sich einen Weg zu dem Jungen. Er trug einen Zylinder und einen überdimensionalen Schnurrbart. An seinem Frack glänzten mehrere Orden.

»Was ist das für einer?«, fragte Hans, der neben Mathis auf den Zehenspitzen stand. Mathis überragte ihn selbst jetzt noch um einen halben Kopf.

»Keine Ahnung, vielleicht ein Arzt?«

Doch als der Mann den Kreis betrat, warf er die Arme in die Höhe und brüllte: »Na großartig!«

Das schien Mathis für einen Arzt dann doch eher untypisch.

»Vielleicht der Vater«, schlug Lucas vor.

»Glaubst du, der Junge ist tot?« Hans richtete sich noch ein bisschen höher auf und hielt sich an Mathis' Schulter fest.

»Das ist die Elektrisiermaschine. Die haben wir vorhin beim ersten Durchlaufen schon gesehen«, sagte Lucas. »Kannst du erkennen, auf welcher Zahl der Hebel steht, Mathis?«

»Der Hebel auf der Farbscheibe?«, fragte Mathis, der auf die

33

Entfernung keine Zahlen ausmachen konnte. »Keine Ahnung, ich sehe nur einen roten Streifen.«

»Starkstrom!«, rief Hans und geriet nun völlig aus dem Häuschen. »Mannomann! Das ist ja was! Wir haben vorhin einen gesehen, dem hat es schon bei Gelb die Fußnägel umgebogen.«

»Und der war sicher doppelt so stark wie der da.« Lucas nickte beeindruckt. Er versuchte nun ebenfalls, auf die Zehenspitzen zu steigen, musste dafür aber mehr Gewicht hochstemmen und hielt sich nicht lange oben. »Dem Jungen muss wirklich mal einer auf die Schulter klopfen. Wenn er wieder zu sich kommt ... Meint ihr, er kommt wieder zu sich?«

»Kann mich mal jemand aufklären?«, fragte Mathis.

Lucas deutete auf das Metallmonster. »Siehst du die beiden Griffe an der Seite? Da fasst man an, und dann verschiebt der Besitzer den großen goldenen Hebel, damit Strom durch einen fließt. Und zwar so lange, bis der Kunde ›Halt!‹ ruft oder sonst wie anfängt zu schreien. Man bemerkt es schon, wenn einer es nicht mehr aushält. Und dann stoppt der Besitzer den Hebel, und man kann ablesen, wie stark man ist.«

»Erinnerst du dich, wie der andere bei Gelb schon gezittert hat, Luk?« Hans griff mit den Händen in die Luft und täuschte ein Schütteln vor, als wäre er selbst gerade an den Elektrisierapparat angeschlossen. »Er konnte gar nicht loslassen! Oh Mann! Ich hätte echt gern gesehen, wie der vom Podest gefegt wurde. Der liegt ja mindestens einen Meter davon weg!«

Eine Dame drehte sich um. Sie hob die Augenbrauen, bis diese fast an die Krempe ihres riesigen Huts reichten. Ihr Blick war ein einziger Vorwurf. Und dabei hatte sie eben selbst noch mit dem gereckten Hals gewackelt, um möglichst viel von der tragischen Szene zu sehen.

Mathis ignorierte sie und betrachtete den Apparat genauer. Er wirkte geradezu stolz, wie er da auf dem Podest stand, die Griffe wie Metallarme rechts und links in die Hüften gestemmt. Ein Sieger, der sich über dem Besiegten aufbaute.

Der Alte mit dem Schnurrbart hockte sich umständlich neben den Jungen und gab ihm ein paar ordentliche Backpfeifen. Selbst der alte Bauer Hoffmann vom Äppelberg wäre bei solchen Schlägen aus seinem Alkoholkoma erwacht. Doch der Junge blieb liegen.

»Wasser!«, rief der Mann. Ein Eimer wurde herangeschleppt und über dem Reglosen ausgegossen. Es spritzte. Die Schaulustigen schrien auf und sprangen zur Seite. Schuhe wurden gehoben, und einige Damen ergriffen die Gelegenheit, sich am Arm ihrer Begleitung festzuklammern.

»Wacht er auf?«, fragte Lucas. Aber die Frau, die sie zuvor so vorwurfsvoll angesehen hatte, bewegte den Kopf nun derart hektisch vor Mathis hin und her, dass sie ihm die Sicht versperrte. Er konnte die zwei Männer nicht sehen, die sich aus der Zuschauergruppe lösten und versuchten, den Jungen aufzurichten. Doch tatsächlich wäre es wohl einfacher gewesen, einen Sack Saatgut zum Sitzen zu bringen. Immer wieder kippte der Junge nach hinten. Er machte einen jämmerlichen Eindruck mit seinen zu Berge stehenden Haaren und der nassen Kleidung.

Der Besitzer des Elektrisierapparats versuchte die Situation zu retten, indem er kräftig Applaus spendete. Doch wer auch immer zuvor bei ihm angestanden hatte, machte nun einen Schritt zur Seite und tarnte sich als einfacher Schaulustiger. Das Klatschen des Schaustellers hallte einsam über die menschenvolle Wiese.

»Ich wette, ich würde mehr Strom ertragen als ihr beide zusammen!« Hans hatte noch immer glänzende Augen.

»Da bin ich mir nicht so sicher. Wenn Mathis sein Bein dranhalten würde … Sag mal, Mathis, glaubst du, dass du den Strom überhaupt spüren würdest? Mit deinem Bein?«

»Er fasst doch mit den Händen an die Griffe, du Dummkopf. Nicht mit den Füßen!«

Mathis vermied es, sich in die Spekulationen einzumischen. Er konnte nicht glauben, dass die Freunde tatsächlich darüber nachdachten, die Elektrisiermaschine auszuprobieren, während vorne noch Wiederbelebungsversuche am letzten Kunden veranstaltet wurden. Was für eine Verschwendung es wäre, am Jahrmarktstag bewusstlos auf der Wiese herumzuliegen!

»Ich glaube, Mathis würde als Erster wegkippen«, verkündete Hans. »Der wäre wie ein langer dünner Baum bei Gewitter. Und dann du und danach ich.«

»Ach ja? Und wer hat so einen Terz gemacht, als er letzten Monat in eine Biene getreten ist?«

»Das war eine Hornisse!«, rief Hans wütend. »Und die war echt riesig!«

»Ich glaube, der Junge kommt wieder zu sich«, sagte Mathis. Hans und Lucas verstummten. Der Junge auf der Wiese schwankte noch etwas mit dem Oberkörper, doch er saß nun, ohne wieder umzukippen, und fasste sich verwirrt an den Kopf. Der Mann mit dem Schnurrbart stand auf. Er sah nicht halb so zufrieden aus wie der Elektrisiermaschinenbesitzer, der im Hintergrund strahlte und sich verbeugte, als wäre ihm ein Kunststück gelungen.

»Ich glaub, da passiert nicht mehr viel«, sagte Mathis. »Was ist, wollt ihr den Apparat wirklich noch ausprobieren, oder …?« Er machte eine Kopfbewegung zur Seite.

»Wir können weiter«, sagte Lucas schnell.

»Jungs!«, rief Hans. »Nun kommt schon. Seid nicht so feige!«

»Du kannst das gerne ausprobieren, Hans. Wir warten hier auf dich«, sagte Lucas. Aber natürlich wollte Hans alleine auch nicht – gegen wen sollte er dann seine Kräfte messen, maulte er, das ergäbe doch überhaupt gar keinen Sinn! Doch er maulte leiser als die Ziege und ließ sich auch weniger störrisch mitziehen, als sie ihren Rundgang fortsetzten.

Hinter den Schaubuden gab es den Viehmarkt, und von dort aus gelangten sie zur »Berg-und-Tal-Bahn«, von der Hans gesprochen hatte. Sie war ein hölzerner Aufbau mit bunten Landschaftsbildern auf dem Dach. Darunter hing ein Kronleuch-

36

ter, um den sich laut ratternd die Waggons bewegten. Mathis staunte die Technik an. So viel Lärm, Leuchten und Bewegung auf einem Haufen! Hans fasste ihn an der Schulter und deutete auf einen knallrot bemalten Blechwagen, in dem drei kreischende Mädchen saßen. Die geflochtenen Zöpfe flogen ihnen um die Ohren. Jedes Mal, wenn die elektrische Bahn über den Hügel fuhr, quietschten die Mädchen laut auf und versuchten, ihre Röcke zu bändigen. Das Mädchen ganz rechts war blond und trug ein weißes Kleid mit blauem Kragen. Die anderen beiden hatten braune Locken und riesige Schleifen auf dem Kopf. Ihrer Ähnlichkeit nach zu urteilen, mussten sie Schwestern sein.

»Ein Mädel für jeden«, grinste Hans und drückte Mathis' Schulter. Lucas war nicht mehr neben ihnen. Er kämpfte mit seiner Ziege, die offensichtlich nicht vorhatte, sich weiter von Attraktion zu Attraktion zerren zu lassen. In der Mitte des Wegs hatte sie sich aufgestellt und stemmte die Beine in den Boden.

»Wie gefällt dir eine von den beiden Braunhaarigen?«

An der Art, wie Hans fragte, erkannte Mathis, dass sein Freund sich die Blonde ausgesucht hatte.

»Ja, ganz nett«, sagte Mathis. Er blickte sich nach Lucas um. Der schob die Ziege jetzt von hinten an und sah ziemlich lächerlich dabei aus. Einige Jahrmarktbesucher blieben stehen und sahen amüsiert zu.

»Welche?«, fragte Hans.

»Was?«

»Welches Mädchen, Mathis?«

»Ja – die mit den braunen Haaren.«

»Alle beide?«

»Du, ich glaub, Lucas kommt mit seiner Ziege nicht zurecht.«

»Jetzt lass doch mal den Lucas. Guck mal, die Bahn stoppt!« Hans' Hand schob sich von Mathis' Schulter zu seinem Kopf und drehte ihn in die gewünschte Richtung. Die Bremsen der Berg-und-Tal-Bahn quietschten, als die Waggons zum Stehen kamen. Berauscht von der Fahrt, standen die Mädchen auf. Sie griffen sich kichernd an den Händen und hoben die Röcke an, um sich gegenseitig über den Blechrand zu helfen. Die Geschwindigkeit und das ständige Kreisfahren hatten sie schwindelig gemacht. Kichernd und torkelnd stolperten sie die Treppe hinunter. In ihrer Bewegung erinnerten sie Mathis an gaukelnde Schmetterlinge.

»Los! Lad sie auf eine weitere Fahrt ein!«

»Ich?«, fragte Mathis. »Wieso ich? Du hast sie doch entdeckt!«

»Aber du bist der mit den vielen Cousinen in der Familie! Wie viele hast du noch mal? Acht?«

»Drei.«

»Siehst du.«

»Was sehe ich?«

»Das heißt, du weißt, wie man mit Mädchen redet.«

»Das heißt überhaupt nichts! Wir haben auch eine Kuh im Stall, und ich kann trotzdem nicht melken.«

»Wer hat denn von Melken geredet? Du sollst sie doch bloß ansprechen.«

»Außerdem habe ich meine Cousinen das letzte Mal zum Erntedankfest gesehen.«

»Jetzt mach schon, Mathis, bevor sie weg sind!« Hans gab ihm einen Schubs nach vorn. Die Mädchen hatten sie bereits entdeckt. Wie auch nicht – auffällig genug hatten sie sich ja benommen. Blitzschnell steckten sie die schleifengekrönten Köpfe zusammen und bildeten eine Mauer, die Mathis für jeden Angriff undurchdringlich erschien. Fragend blickte er sich zu Hans um. Lucas schleppte von hinten seine Ziege heran. Er trug sie nun in den Armen, wo sie verstört hing und zum Boden schielte. Am liebsten hätte Mathis in ihr widerwilliges Meckern eingestimmt. Aber Hans machte eine ungeduldige Handbewegung und forderte ihn auf weiterzugehen. Also trat er zwei Schritte vor. Die Hände vor den kichernden Mündern, drehten sich die Mädchen verstohlen um.

»Ähm«, machte Mathis. Er stand nun so dicht vor ihnen, dass Schweigen keine Option mehr war. »Hallo.«

Ihr Kichern verunsicherte ihn.

»Mein Freund da drüben lässt fragen, ob ihr mit der elektrischen Bahn fahren wollt.«

Hinter vorgehaltener Hand prusteten die Mädchen los. Einer der beiden Braunhaarigen rutschte vor lauter Lachen sogar die Schleife vom Kopf. Und noch immer drehten sie Mathis den Rücken zu.

»Was denn?«, fragte er verärgert, und daraufhin unterbrach zumindest die Blonde ihr Gegacker. Sie drehte sich um.

»Warum kommt dein Freund nicht selbst, um uns zu fragen?«

»Er … ist ein bisschen schüchtern«, log Mathis.

»Welcher ist es denn? Der mit der Ziege oder der andere?«

»Der andere.«

Neugierig blickten alle drei zu Hans, der dümmlich grinste und die Arme vor der Brust verschränkte.

»Der sieht aber gar nicht so schüchtern aus«, bemerkte die Blonde, und hatte damit wohl recht. Doch welche andere Begründung konnte Mathis schon geben? Die Sache mit den Kühen und Cousinen könnte leicht missverstanden werden.

»Was ist mit deinem Bein?«, fragte die Blonde.

»Wieso? Was soll damit sein?« Mathis zog das rechte Bein unter den Körper, damit es so dastand wie das andere.

»Wir haben dich humpeln sehen.«

»Kann sein.« Mathis zuckte die Schultern. Mit vier Jahren hatte ihn eine Kinderlähmung ans Bett gebunden, von der sich sein rechtes Bein nie ganz erholt hatte. Wenn er die Hose auszog, sah man, dass es krumm und dünn war. Das Knie bog sich nach hinten, als hätte jemand das Bein in seine Einzelteile zerlegt und verkehrt wieder zusammengesteckt. Es hinderte Mathis am Rennen. Es hinderte ihn am Arbeiten auf dem Feld. Und er war sich ganz sicher, dass es ihn auch daran hindern würde, ein Mädchen zu finden, das ihn mochte. Aber wenn er eine Hose trug, die weit genug war, und so dastand wie jetzt, dann fiel das krumme Bein kaum auf.

»Ihr müsst auch nicht mit uns fahren, wenn ihr nicht wollt.«

»Haben wir ja gar nicht gesagt, dass wir nicht wollen«, meinte die Blonde.

»Haben wir nicht gesagt«, bestätigten die beiden Braunhaarigen, als hätten sie den Satz im Chor einstudiert. Und dann kicherten sie wieder. Mathis verdrehte die Augen. Dann das Geld doch lieber für die Elektrisiermaschine ausgeben, dachte er.

»Neben wem möchtest du denn sitzen?«, fragt die Blonde. Sie legte eine Hand in die Hüfte, als sie das fragte, und blickte Mathis auf eine Art an, die seine Ohren ganz warm werden ließ.

»Ähm«, machte er. Er wusste schon, mit wem er am liebsten fahren wollte, aber er wusste auch, dass er mit Hans etwas anderes abgesprochen hatte. Deshalb hob er den Finger und deutete wahllos auf eine der beiden Braunhaarigen. »Mit … äh, der da.«

Die Blonde machte ein enttäuschtes Gesicht, und die beiden anderen gaben einen mitfühlenden Laut von sich, der Mathis verwirrte. Er hatte nicht gewusst, dass es auf die Frage eine falsche Antwort gab.

»Also gut, ihr dürft uns einladen.« Die Blonde warf die Haare zurück und blickte diesmal demonstrativ an Mathis vorbei. Er verkniff sich ein Danke und knibbelte an dem Geldstück in seiner Tasche.

Tatsächlich hätten sie das Geld besser in eins der Panoptiken investieren sollen. Das wurde Mathis umso klarer, als die Freunde an der Kasse standen und die Mädchen schon wieder grundlos kicherten. Aber Lucas und Hans interessierten sich nun mal mehr für diese Gänse als für naturwissenschaftliche Wunder. Deshalb gab Mathis sich größte Mühe, es ebenfalls zu tun.

»Wie heißt ihr eigentlich?«, fragte er. Und als er ihre Antwort hörte (Emma, Erna und Elsa), musste er wieder an die Sache mit den Kühen und dem Melken denken.

»Mathis, wir brauchen deinen Kreuzer!«

Schweren Herzens warf Mathis die Münze in die Metallschale des Kassierhäuschens. Damit wären sie jetzt wieder mittellos, seufzte er. Morgen würden sie durch die Zeltnähte blinzeln müssen, wenn nicht Lucas seinen Vater noch überreden konnte, ein paar Münzen beizusteuern. Lucas' Vater hatte das beste Kartoffelfeld in der Gegend, und niemand wusste, warum es jedes Jahr fast doppelt so viel Ernte abwarf wie die umliegenden Felder. »Der Fromm hat wieder seine Goldtoffeln geerntet«, sagten die Leute immer. Und nicht wenige Neider hatten auch schon heimlich nachgeschaut, nachts, wenn nur die Eulen und Katzen sie sahen. Sie hatten sich zum Feld geschlichen und die eine oder andere von Bauer Fromms Kartoffeln ausgegraben, um zu sehen, ob sie wirklich aus Gold waren.

Aber Lucas war nicht sehr gut darin, seinen Vater zu überreden. Und die Väter von Hans und Mathis hatten keine Kartoffeln aus Gold. So waren die Privilegien und Talente etwas unpraktisch verteilt.

Mathis wusste nicht mehr, auf welche der beiden Braunhaarigen er gezeigt hatte, und war froh, dass sie sich zumindest selbst auseinanderhalten konnten. Eine von ihnen stieg zu ihm in den Wagen. Es war das Mädchen mit der verrutschten Schleife, doch Mathis würde sich ein unveränderliches Kennzeichen suchen müssen, wenn er peinliche Verwechslungsszenen vermeiden wollte.

»Seid ihr Zwillinge, du und sie?« Er deutete auf die zweite Braunhaarige, Erna oder Emma, die vor ihnen gerade in den Wagen neben Lucas kletterte. Seine Sitznachbarin lachte zur Antwort.

»Was ist so komisch?«, fragte Mathis, und als sie nur noch mehr lachte, wandte er sich ab und blickte in eine andere Richtung.

Gegenüber der Bahn verkaufte ein Mann Luftballons. Dahinter stand ein kleines Podest mit einem Holzgestell und einem Vorhang, der auf einer Seite aufgezogen war. Und dann sah Mathis es: In der Kabine bewegte sich ein Skelett.

Ihm klappte der Mund auf, und ein Ton entwich ihm, so schnell, als hätte er schon heimlich in der Kehle gelauert. Nein, er hatte richtig gesehen! Das Skelett war da, und es hob den Arm. Es winkte in genau dem Moment, als die elektrische Bahn sich mit einem Ruck in Bewegung setzte. Sie fuhren los, und er verlor das Skelett aus dem Blick. Mathis brach der Schweiß aus. Man musste nicht abergläubisch sein, um es für ein schlechtes Zeichen zu halten, wenn der Tod einem schon mal freundlich mit der knöchernen Hand zuwinkte.

Er drehte sich zu Hans um, der im Wagen hinter ihm saß, die linke Hand auf der Lehne und wohl in der Hoffnung, dass die blonde Elsa ihm geradewegs in den Arm rutschen würde, sobald die elektrische Raupe Fahrt aufnahm.

»Ein Skelett«, rief Mathis, »ich habe ein Skelett gesehen!«

»Ein Skelett?«, echote Hans in einem Ton, als hätte Mathis den Verstand verloren. Und dabei hatte der noch nicht einmal erwähnt, dass es auch noch gewinkt hatte.

»Es ist da hinter dem Luftballonmann verschwunden, aber vielleicht kommt es zurück! Schau nach links, wenn wir gleich wieder vorbeikommen!«

Doch als sie die Runde gemacht hatten, fuhr die Raupe bereits zu schnell. Die Außenwelt bestand nur noch aus zusammengeschmolzenen Menschen, Schaustellern und Buden. Mathis versuchte, einen Punkt mit den Augen zu fixieren, er versuchte, die Stelle mit dem Skelett auszumachen. Angestrengt starrte er aus dem Wagen.

»Was machst du da, Mensch, entspann dich und genieß die Fahrt!«, brüllte Hans ihm in den Nacken.

»Ich bin mir ganz sicher, es war da!«, rief er zurück.

»Was sucht ihr?« Lucas drehte sich im Wagen um.

»Mathis will einen Toten gesehen haben.«

»Keinen Toten, ein Skelett«, korrigierte Mathis, als wäre das etwas Grundverschiedenes. Er musste jetzt schreien, weil das Mädchen neben Lucas laut zu kreischen begonnen hatte und weil die mit der verrutschten Schleife aus vollem Hals lachte, als hätte sie nicht mehr alle Tassen im Schrank. »Ich zeige es euch, wenn wir anhalten.«

»Was hast du gesagt?«

»Ich zeige es euch, wenn wir anhalten!«

Mathis sprang aus dem Wagen, noch bevor dieser vollständig zum Stehen kam. Ihm war schwindelig, und er fühlte sich wie eine schwankende Kompassnadel, als er sich zu der Stelle ausrichtete, wo er das hölzerne Podest gesehen hatte. Da war es! Doch der Vorhang der Kabine war jetzt zugezogen. Von einem Skelett war nichts zu sehen. Er stolperte die Treppenstufen der elektrischen Raupe hinunter.

»Mathis!«, rief Hans hinter ihm her, doch er drehte sich nicht um.

»Mathis!«

Da stand ein Mann neben dem Podest und bückte sich in eine Kiste.

»Entschuldigen Sie, mein Herr!« Mathis keuchte und griff sich an den Hals, als könnte die Hand ihm beim Atmen helfen. Der Mann drehte sich um. Es war derjenige mit dem Schnurrbart, den sie bei der Elektrisiermaschine gesehen hatten.

»Sie!«, rief Mathis überrascht.

»Ich?« Der Mann zog die Augenbrauen bis zum Zylinder hoch. Sein Schnurrbart war wirklich beeindruckend. Wuchtig thronte er in dem runzligen Gesicht. Mathis hätte Lust gehabt, an ihm zu ziehen, um zu sehen, ob er angeklebt war. Jetzt, aus der Nähe betrachtet, fiel ihm auf, dass auch Ohren und Nase des Alten groß waren, überproportional im Vergleich zu seinem schmalen Gesicht. Als gehörten die Gesichtszüge einem viel größeren Mann, dessen Schädel im Alter geschrumpft war.

»Sie waren vorhin bei dem Jungen, der bei der Elektrisiermaschine umgefallen ist.«

Die langhaarigen Brauen rutschten wieder nach unten und hingen jetzt grimmig über den Augen.

»Was willst du, Junge? Hat der Arzt dich geschickt?«

»Der Arzt? Nein! Ich weiß nichts von einem Arzt. Ich habe hier etwas gesehen …« Mathis wurde vorsichtig. Er wusste nicht, ob er dem Mann von dem Skelett erzählen sollte. Erwachsene sahen solche Dinge nicht mehr, sie verschwanden irgendwann aus ihrer Welt. Und eigentlich war auch Mathis schon zu alt, um sie zu sehen, immerhin war er fünfzehn. Der Mann blickte ihn aufmerksam an.

»Etwas gesehen?«, fragte er. »Was gesehen?«

Doch Mathis kam nicht mehr zu einer Antwort. Lucas, Hans und die drei Mädchen erreichten den Wohnwagen.

»Na, wo ist es, dein Skelett?« Hans gab ihm einen Knuff in den Oberarm, und Mathis schlug die Augen nieder.

»Ich habe es hier gesehen«, sagte er. Hans lachte. Doch zu seiner Überraschung trat der Mann mit dem Schnurrbart an seine Seite und legte ihm eine Hand auf die Schulter, die aussah, als wäre sie hundert Jahre alt.

»Natürlich hat euer Freund das«, sagte er. »Das Skelett war mein Kunde.«

ZWEITES KAPITEL

Berlin, 1935

Mathis und Meta waren sich im Grunde einig. Dieser Thorak war ein Trottel, und niemals würden sie freiwillig etwas zu einem Geschenk für Hitler beitragen. Nur war Mathis, wie so oft, der Umsichtigere von beiden und wusste, dass »freiwillig« derzeit ein Wort mit wenig Bedeutung war.

»Wir sind schon einmal negativ aufgefallen«, sagte er. »Was, wenn jemand auf die Idee kommt, wir hätten was gegen die Regierung?«

Meta zog nur die Augenbrauen hoch. Sie war genervt, dass Mathis das Thema schon wieder ansprechen musste.

»Dieser Thorak ist doch nur ein Künstler«, sagte sie. »Es ist ja nicht gerade so, als hätte uns Gobbel einen Besuch abgestattet.«

»Goebbels«, sagte Mathis.

»Du weißt, wen ich meine.«

Sie nahm ein Messer und stellte sich neben Mathis, der am Küchentisch Mettwurst schnitt. Vor ihnen saß Ernsti und baute sein vielleicht hundertfünfzigstes Kartenhaus.

»Gibst du mir mal das Brot?«, fragte sie Mathis, und er reichte es ihr.

»Ich habe ja nur Sorge, dass Thorak uns in den falschen Kreisen ankreiden könnte«, sagte er. »Eine Hausdurchsuchung wollen wir mit Ernsti sicher nicht riskieren.«

Mathis deutete mit dem Messer in die Richtung von Metas Bruder. In dem Versuch, dem Kartenhaus so nah wie möglich zu kommen, hatte sich Ernstis Hintern vom Stuhl gelöst, sein Bauch hing halb auf dem Küchentisch. Ein Stück Zunge schaute aus seinem Mundwinkel hervor, als er die nächsten Karten auf dem Turm platzierte.

»Er hat aber gesagt, die Statue ist für Adolf«, beharrte Meta. Die Brotkanten, die sie schnitt, waren dick wie Holzscheite, und Mathis passte die Stärke der nächsten Wurstscheiben schnell ihrem Appetit an. Sie hatte heute fünf Stunden lang für ihre Schau im Tingel-Tangel trainiert. Da musste er ihr nicht mit einem Hauch Wurst auf der Brotschnitte kommen.

»Was meinst du wohl, wie doof der aus der Wäsche gucken würde, wenn plötzlich seine ehemalige Nachbarin in Stein vor ihm stünde?«

»Es ist fast dreißig Jahre her, Meta. Ich glaube kaum, dass er sich an dich erinnert.«

»Nun, ich erinnere mich gut an ihn.« Sie stach ihr Brotmesser heftig in eine Scheibe Wurst und ließ sie in ihrem Mund verschwinden. Dann säbelte sie kauend weiter.

»Und ich frage mich immer noch, wie der es plötzlich zum Politiker gebracht hat. Aber mal ganz abgesehen davon, muss ich morgen dieser dämlichen Damenpyramide auf Carows Bühne helfen. Und abends ins Tingel-Tangel für meine Generalprobe. Wann soll ich dazwischen bitte schön noch Modell für irgend so einen Künstlerheini spielen?«

»Dann lass uns hoffen, dass er nur irgend so ein Künstlerheini ist«, seufzte Mathis.

Ein Schrei ließ sie beide zusammenfahren, und im nächsten Moment landete eine Karte auf dem Wurstteller. Ernsti fegte die Trümmer des eingestürzten Kartenhauses vom Tisch. Er brüllte vor Wut, schaufelte mit beiden Händen in den Karten herum und warf sie durch die Gegend. Er war so aufgebracht, dass er nicht mal eine einzige zu fassen bekam. Meta und Mathis sahen ihm stumm zu. Außer zu warten, bis der Wutanfall abebbte, konnten sie nichts tun. Danach würde Meta Ernsti hel-

46

fen, die Karten aufzusammeln, damit er ein neues Haus bauen konnte.

»Du hättest ihm wenigstens eine Nachricht zukommen lassen sollen«, sagte Mathis über Ernstis Geschrei hinweg. »Immerhin ist heute schon Mittwoch. Morgen erwartet Thorak dich in seinem Atelier.«

»Ich habe ihn angerufen. Heute zwischen den Proben im Tingel-Tangel. Er wird nicht wieder herkommen.«

Mathis sah sie überrascht an.

»Und was hast du ihm gesagt?«

Ernsti warf sich mit vollem Gewicht zurück auf den Stuhl, vergrub den Kopf in den Händen und wiegte sich wimmernd hin und her.

»Dass ich gerade kein Engagement als Statue annehmen kann, weil ich eine Verpflichtung im Tingel-Tangel habe. Und dass wir ohnehin sehr bald fortziehen werden …«

»Fortziehen«, sagte Mathis, »nach Amerika?«

»Wäre das etwa so unrealistisch? Dass ich dort ein Angebot bekäme?«

Ernsti setzte zu einem letzten Wutheulen an. Mathis sagte nichts. Das Thema Amerika war ein heikles. Meta durfte es anschneiden, wann immer sie wollte, ihre Vorstellung von dem Land und ihrem Leben darin ausleuchten. Doch sobald Mathis nur einmal das Wort Amerika in den Mund nahm, reagierte sie so patzig, als hätte er etwas berührt, das nur ihr gehörte.

»Wie hat Thorak reagiert?«, fragte er stattdessen.

»Er hat gesagt, dass er es bedauert. Und dass er hofft, ich überlege es mir noch mal.« Meta schnaubte, und dann schwiegen sie eine Weile, umzingelt vom Chaos der Karten.

»Ich glaube, Ernsti ist fertig«, sagte Mathis schließlich.

Meta stellte den Teller beiseite und bückte sich, um mit dem Aufräumen zu beginnen. Mathis klaubte die Karte zwischen den Wurstscheiben hervor. Einer plötzlichen Eingebung folgend, dachte er: Wenn es die Piksieben ist, dann werde ich morgen versuchen, das Notizbuch zu reparieren. Er drehte die Karte um. Es war der Herzbube. Mit dem Gesicht voran lag er in der Mettwurst.

Mathis hatte den Vorhang nur einen Spaltbreit aufgezogen, um Meta nicht zu wecken. Darum fiel lediglich ein schmaler Streifen Morgenlicht in den ansonsten dunklen Wagen. Eine Szene wie mit Kohle gezeichnet. Sie hatte etwas Heimlichtuerisches. Und tatsächlich fühlte Mathis sich wie ein ungezogenes Kind, als er versuchte, die zerfledderten Teile des Notizbuchs leise wieder zusammenzusetzen.

Meta würde ihn einen Starrkopf nennen. Sie würde ihm vorwerfen, Schlaf für etwas zu opfern, das weder Geld noch Essen ins Haus brachte. Aber geschlafen hatte Mathis schon Stunden zuvor nicht mehr. Er hatte im Bett gelegen und in seine Hand hineingehorcht. Wenn sie so schmerzte wie jetzt, dann stand bald die nächste Amputation eines Fingers an. Sofern Mathis denn den Arzt bezahlen konnte.

Eine gesetzliche Krankenversicherung gab es theoretisch zwar schon seit Bismarck. Doch besonders viele Anmeldungen hatte es nie gegeben. Die wenigsten Arbeiter hatten einen Arbeitgeber, der auch bereit war, in die Kasse einzuzahlen.

Von der Strahlenkrankheit betroffen war bislang nur Mathis' rechte Hand. Es war die, mit der er früher beim Röntgen die Gegenstände hinter den Schirm gehalten hatte und von der jetzt nur noch Daumen, Zeige- und Ringfinger übrig waren. Wenn auch die entfernt würden, wäre die Hand wie eine Otterpfote. Die Vorstellung ängstigte ihn. Otter konnten nicht schreiben. Sie konnten keine Stifte halten. Selbst im Zirkus konnten sie nur in die unförmigen Hände klatschen, um die Menschen zu unterhalten.

Aber Mathis wollte nicht unterhalten. Er wollte helfen. Und außer dem Bewahren von Erinnerungen fiel ihm nichts ein, das einer wie er gegen die Nazis einzusetzen hätte.

Er hatte sich also aus dem Bett geschlichen und die Reste zusammengesucht, die von seinem Notizbuch noch übrig waren. Weder eine Meta noch ein Herzbube in der Mettwurst würden ihm sagen, was er zu tun oder zu lassen hatte.

Das Morgenlicht fiel auf Mathis' Kopf, als wollte es ihn segnen. Die Tischplatte war übersät mit einzelnen Zettelstückchen, die er in keinen Zusammenhang mehr bringen konnte. Hier und da hatte Ernsti die Seiten nur in zwei Hälften gerissen. Aber anderswo fehlten ganze Wörter und Ecken. In der Zerstörung von Dingen war Ernsti erschreckend sorgfältig.

Vor dem Fenster drehte ein Singvogel durch. Mathis erstarrte, als Meta sich mit einem Seufzen im Bett umdrehte. Doch sie wachte nicht auf. Er schob die Schnipsel zu einem Haufen zusammen. Es hatte keinen Zweck – flicken ließ sich das Buch nicht mehr. Aber neu schreiben konnte er es. Und diesmal wollte er gründlicher sein, in der Wahl der Worte ebenso wie in der Wahl eines Verstecks vor Ernsti. Vorausgesetzt natürlich, ihm blieb die Zeit dazu.

Er besah seine rechte Hand im Morgenlicht. Selbst so sanft, wie die Sonne jetzt schien, brannte sie noch an den Stellen, an denen die Haut abgefallen war. Die verbliebenen Finger waren rot und schwarz gefleckt.

»Was machst du da?« Metas Stimme kroch schläfrig aus der Bettnische. Mathis' rechte Hand verschwand unter dem Tisch wie ein verbotener Brief.

»Ich konnte nicht mehr schlafen.«

»Willst du nicht zurück ins Bett kommen?«

Meta streckte den linken Arm nach ihm aus, und Mathis stellte sich vor, wie gemütlich es neben ihr unter der Decke wäre. Kurz nach dem Aufwachen strahlte Metas Körper eine Wärme und Weichheit aus, die alles übertraf, was er kannte. Doch dann fiel sein Blick auf Ernsti, der Metas rechten Arm für sich beanspruchte.

Ernsti hatte seinen eigenen Wagen nebenan, aber seit die ersten Artisten nachts abgeholt worden waren, schlief er bei Mathis und Meta in der Bettnische: Ernsti ganz links am Rand, Mathis ganz rechts und Meta in der Mitte. Eine andere Kombination wäre nicht denkbar.

Mathis und Meta hatten schon auf schmaleren Pritschen gelegen. Aber es gab einen Unterschied zwischen schmalen Betten und Betten, die zu schmal waren, weil eine dritte Person darin lag. Zudem machte Ernsti sich breit. Er schlief wie ein Embryo, das Gesicht zu Meta gewandt und die Beine vor den dicken Bauch gezogen. Einen Arm legte er über seine Schwester, um seinen Besitz zu markieren. Auch darum war Mathis morgens der Erste, der das Bett verließ.

»Solltest du nicht lieber aufstehen?« Mathis wandte sich ab, er knüllte die ausgerissenen Seiten zu einem großen Knäuel zusammen. »Immerhin hast du einen Termin auf der Lachbühne.«

»Ich weiß«, gähnte Meta.

»Ich komme mit dir.«

»Wirklich? Warum?«

»Ich muss in der Stadt noch ein neues Notizbuch kaufen, und dann werde ich sehen, ob ich mit Carow oder ein paar von diesen Pyramidendamen sprechen kann.«

Meta schwieg zur Antwort. Mathis stand vom Stuhl auf und goss Wasser in zwei Gläser. Sie zog den rechten Arm vorsichtig unter Ernsti hervor und setzte sich auf. Ihre Haare waren wirr. Im Gesicht hatte sie einen Kissenabdruck, auf der linken Seite. Sie hatte mit dem Gesicht in Mathis' Richtung geschlafen. Immerhin das.

»Du willst es noch einmal schreiben«, stellte sie fest, ohne nach dem Glas zu greifen, das Mathis ihr reichte.

»Ja.«

Sie schüttelte den Kopf und blickte fort. Mathis konnte es nicht ändern. Er hatte Meta vor vielen Jahren das Lesen beigebracht, aber das hatte sie nicht zur Leserin gemacht. Sie verstand nicht, warum man manche Geschichten festhalten musste, bevor sie einem durch die Finger rannen. Sie verstand nicht, wie Papier und Tinte Menschen vor dem Aussterben retten konnten.

»Und von welchem Geld willst du ein neues Notizbuch bezahlen?« Jede Wärme war aus ihrer Stimme gewichen. Sie schob beide Arme zurück unter die Decke, aber Mathis konnte sich vorstellen, dass es auch dort inzwischen eisig geworden war. Er stellte das Glas auf den Tisch, verließ den Wohnwagen und schlug die Tür hinter sich zu.

Draußen tobte der Frühling.

Erich Carows Lachbühne war ein großer unterirdischer Tunnelraum, in dem es immer noch nach den alten Bierfässern roch, die früher hier gelagert worden waren. Wenn abends die Vorstellungen begannen, war die Bühne in der Mitte dramatisch ausgeleuchtet, und der Zuschauerraum versank im schummrigen Licht. Jetzt aber war die Deckenbeleuchtung lieblos aufgedreht. Sie machte das Alter des Raums so sichtbar, als schaute ein faltiges Gesicht in einen zu grell beleuchteten Spiegel.

Carow hatte den Keller erst vor Kurzem für sein fünfundzwanzigjähriges Bühnenjubiläum saniert. Doch viel zu sehen war von diesen Arbeiten nicht mehr. Die rote Farbe der Holzsäulen war von Rissen durchzogen. Die Samtvorhänge waren staubig und der Boden voller Flecken. Wild über die Stühle verteilt lagen Kostüme und Tischdecken, und Mathis trat versehentlich gegen eine leere Flasche, als er durch die Reihen nach vorn ging. Es roch nach Alkohol und kaltem Zigarettenqualm. Dies war ein Keller, der sich schneller ablebte als andere Räume, so wie ein Mensch schneller alterte als der andere.

Carow saß in der ersten Reihe und beobachtete die Probe. Er hatte das Kinn in die Hand gestützt und trug einen Pullover über einer ausgesessenen Anzughose. Sein Seitenscheitel war in ebensolcher Unordnung wie der Raum. In seinen Haaren waren die Bahnen sichtbar, durch die er mit den Fingern fuhr.

Mathis ließ sich auf dem Stuhl neben Carow nieder, und

dieser blickte kurz auf, bevor er sich wieder auf den Turm aus Frauen auf der Bühne konzentrierte. Die drei untersten hielten sich an den Händen. Auf ihren Schultern standen zwei weitere Damen, und die sechste kletterte gerade ganz nach oben. Sie rutschte mit ihren Schläppchen mehrmals auf den glatten Kostümen ab. Das ganze Konstrukt schwankte bedenklich.

»Nein, nein, nein!« Meta betrat die Bühne. Neben ihr sahen die anderen Frauen wie dürre Hühner aus. »Über die linke Seite hochklettern, hab ich gesagt, nicht durch die Mitte! Woran willst du dich da festhalten? An ihrer Nase? Körperspannung da oben! Körperspannung! Körper…!«

Meta riss die Arme hoch, als könnte sie alle sechs Frauen auffangen. Die Pyramide schwankte nach links. Die Frauen unten versuchten noch hektisch mitzutippeln. Dann krachte das ganze Gebilde unter lautem Geschrei zusammen. Mathis musste an das Kartenhaus von Ernsti denken, als die Frauen durch- und übereinander auf den Bühnenboden fielen. Die oberste von ihnen krachte auf Meta, und Carow schlug die Hand vors Gesicht. Die Vorstellung sollte schon am nächsten Tag stattfinden, und die sechs Grazien konnten sich nicht einmal auf ihren eigenen dünnen Beinen halten.

»Vielleicht kann man noch eine Lachnummer daraus machen«, schlug Mathis vor. Das war ernst gemeint, kam aber nicht allzu gut bei Carow an. Er warf Mathis einen finsteren Blick zu. Der Besitzer der Lachbühne hatte früher selbst als Clown gearbeitet. Eine Lachnummer war für ihn die Krone der Zirkuskunst. Kein Notnagel, an dem man sechs unfähige Hühner aufhängte.

»Meta, kannst du morgen Abend nicht einspringen?«, jammerte er.

»Ich habe ein Engagement im Tingel-Tangel, Erich.«

»Was soll ich denn mit denen hier machen? Und was will überhaupt das Tingel-Tangel mit dir? Deine Nummer ist doch gar nicht politisch!«

»Ich glaube, genau darum geht es.« Meta zuckte die Schultern. »Denen wird die Bühne sonst bald dichtgemacht.«

Carow stöhnte, fuhr sich erneut durch die vorgefertigten Bahnen seiner Haare und klatschte dann wenig überzeugt in die Hände.

»Na, also dann. Noch ein Versuch.«

Doch weder er noch Mathis konnten zusehen, wie die sechs Grazien übereinander herfielen. Als die Pyramide diesmal zusammenkrachte, flog ihnen ein Damenschlappen entgegen. Carow war nah an einem Nervenzusammenbruch.

»Was machst du überhaupt hier?«, maulte er Mathis irgendwann an.

»Erzähl ich dir später beim Mittagessen.«

Doch auch zur Mittagszeit hatte sich Carows Laune nicht unbedingt verbessert.

»Ein Buch der vergessenen Artisten?«, brummte er, als Mathis ihm sein Vorhaben erklärte. Sie waren mit Meta und Carows Frau Luzie zum Gasthof auf der gegenüberliegenden Straßenseite gegangen und hatten sich in den Garten gesetzt. »Bin ich etwa schon vergessen, oder wie?«

Carow fand es befremdlich, ein Buch ohne Auftraggeber zu verfassen, einfach so, ins Blaue hinein. Und als er dann auch noch erfuhr, dass Artisten wie die Aztekenkinder oder der Flügelmensch Agosta darin vorkommen sollten, war er vollends entgeistert. Ob Mathis nichts von der Bücherverbrennung mitbekommen habe, wollte er wissen, auf dem Berliner Opernplatz. Und ob er sich mal die Gesetze dazu angesehen habe, was man heute überhaupt noch schreiben dürfe. Viel wäre das nämlich nicht mehr.

»Aber genau das ist doch der Punkt«, sagte Mathis. »Aus unserer Kolonie sind Menschen verschwunden. Und es reicht offenbar nicht, sie nur zu verschleppen. Sie sollen komplett aus dem Gedächtnis verschwinden. Ausgelöscht werden, indem man uns verbietet, über sie zu schreiben! Oder auch nur zu reden!«

»Pssscht!« Carow fuchtelte hektisch mit der Hand vor seinem Ohr herum, als könnte er die Worte fortwedeln. Alle am Tisch blickten sich ängstlich um. Vertreter dieses ominösen »man« konnten überall lauern. Gleich neben ihnen zum Beispiel gab es eine Gruppe junger Männer, alle um die zwanzig, mit strengem Seitenscheitel und Tatendrang in den Augen. Sie hatten die Jacken über die Stuhllehnen gehängt und wirkten vergnügt. So, als wollten sie einfach nur die ersten warmen Strahlen des Jahres genießen, diese Vorahnung des Sommers. Doch heutzutage hatte das nichts zu heißen. Man konnte die Sonne genießen und trotzdem die Ohren spitzen. Gegen die Partei zu sein war nicht gut. Nicht einmal für überhaupt nichts zu sein war noch gut. Es reichte schon, sich bloß für friedliche Lösungen einzusetzen, um über Nacht zu verschwinden.

Als Mathis vor ein paar Monaten mit dem Schreiben begonnen hatte, war die Idee schon gewagt gewesen. Doch inzwischen waren immer neue Verbote aus dem Boden gestampft worden. Die Situation hatte sich zugespitzt. Sie alle hatten von den Verhaftungen gehört.

»Aber wir können doch nicht einfach nur dasitzen und wegsehen«, zischte Mathis. »Ich bin es leid, dass …«

»Mathis Bohnsack.« Meta sah ihn scharf an. Sie schüttelte leicht den Kopf, und jetzt erst bemerkte er die Person, die neben ihn getreten war. Die Kellnerin war gekommen, um die Bestellung aufzunehmen. Mathis nahm die Menükarte vom Tisch und duckte sich hinter das Papier.

Carow bestellte viermal das Menü des Tages und vier Bier dazu, doch die Frau teilte ihnen mit, dass in dieser Lokalität Weinzwang bestünde.

»Was soll das heißen?«, fragte Carow.

»Dass es kein Bier gibt. Wir sind hier schließlich am Weinbergsweg«, sagte sie.

»Mein Theater ist auch am Weinbergsweg, Verehrteste«, sagte Carow und schaffte es, ihren schnippischen Tonfall genau

nachzuahmen, »aber ich werde den Teufel tun und meinen Gästen deshalb ihr Bier vorenthalten.«

Die Kellnerin zuckte mit den Schultern. Sie konnte nichts dafür, dass Carow einen schlechten Tag hatte.

»Wenn Sie nichts trinken wollen, kostet das Menü vierzig
Pfennig mehr«, sagte sie.

»Es kostet mehr, wenn wir nichts trinken?«

»Ja.«

»Das ist doch völlig absurd!«

»Dann nehmen wir vier Wein«, bestimmte Carows Frau Luzie,
bevor das Gespräch ausarten konnte. Carow versank in seinem
Pullover, als könnte der ihn vor weiteren Dämpfern an diesem
Tag schützen.

»Weinzwang«, brummte er. »Was denken die sich wohl als
Nächstes aus? Bier ohne Alkohol?«

»Bist du nicht auch müde von den ganzen Verboten, Carow?«,
fragte Mathis leise.

Carow blickte ihn an. Sein Gesicht sah an der Frühlingsluft
müder aus als im Scheinwerfer auf der Bühne.

»Ich bin Clown, Mathis«, sagte er. »Es war nie meine Rolle,
den Helden zu spielen.«

Als die vier nach dem Mittagessen zurück zum Theater schlen-
derten, gingen Carows Worte Mathis nicht aus dem Kopf. Es
stimmte schon, der Clown war kein Held. Aber Carow war
doch immerhin mit genügend politischen Problemfällen befreundet. Mit Kurt Tucholsky zum Beispiel, der inzwischen im
Exil in Göteborg wohnte. Und auch mit dem Sänger Fredy Sieg,
den Carow noch immer auf seiner Lachbühne auftreten ließ, obwohl der im Radio inzwischen verboten war und auf anderen
Bühnen keine Engagements mehr bekam.

Wenn nicht einmal einer wie Carow noch mit ihm aufstand,
um etwas zu unternehmen, wer würde es tun?

»Bleibst du noch bis zum Ende der Proben?«, fragte Meta ihn.

In Wahrheit wollte sie natürlich wissen, ob Mathis wegen ihr oder doch nur wegen des Gesprächs mit Carow hier war. Doch zu seinem Glück ahnte Mathis die Falle. Er war ja immerhin schon einunddreißig Jahre mit dieser Frau zusammen.

»Natürlich! Ich will doch bei deiner Probe zusehen!«, sagte er deshalb mit aller Überzeugung, die er für die Damenpyramide aufbringen konnte. Und dann blieb ihm nichts anderes übrig, als dem Desaster weiter beizuwohnen.

Die Bühnengrazien fuhren damit fort, bedröppelt und mit zitternden Gliedmaßen aufeinander herumzuklettern. So kraftlos, dass Luzie anzumerken wagte, man hätte die armen Mädchen vielleicht lieber zum Essen mitnehmen sollen, um sie ein wenig zu füttern. Mathis vertrieb sich die Zeit unterdessen damit, die fotobehangenen Wände des Theaters abzuschreiten.

Jedes der Bilder zeigte einen lachenden Carow an der Seite von Literaten und Schauspielern: Carow, der kameradschaftlich eine rechte Hand auf die Schulter von Kurt Tucholsky legte. Carow und Max Pallenberg, die gemeinsam Zigarette rauchten. Carow Arm in Arm mit Henny Porten.

Bei so vielen Berühmtheiten wäre es ein Leichtes für Carow gewesen, mehr Geld zu verdienen. Aber er hatte seine Bühne als Volkskabarett eröffnet und war seiner Linie treu geblieben. Deshalb gab es hier Unterhaltung für sechzig Reichspfennige pro Abend statt für acht Mark wie in der Scala. Es war kein Theater für Champagner trinkende Damen in feinen Perlenkleidern, sondern für Fabrikarbeiter, Gemüsehändler, Kneipenwirte und Ladenmädchen. Ein dankbares Publikum, das viel trank und dem die Scherze und Lieder gar nicht tief genug unter die Gürtellinie gehen konnten.

Bei einem gerahmten Foto von Carow und Charlie Chaplin blieb Mathis stehen. Das Bild war bei Chaplins Besuch in Berlin entstanden, im März 31. Mathis kannte das Datum so genau, weil es der Monat gewesen war, in dem er und Meta nach Berlin gezogen waren.

Sie hatten damals noch keine Woche Zeit gehabt, um sich in der neuen Stadt einzuleben. Berlin war ihnen lauter und schäbiger erschienen als Wien, und sie hatten gerade darüber gesprochen, ob es nicht besser wäre zurückzugehen, als plötzlich eine schwarze Limousine vor ihnen einbog. Mathis hatte Meta am Arm festgehalten, weil der Wagen ihr sonst über die Füße gefahren wäre. Die Limousine hatte in einer Hoteleinfahrt gehalten und war sofort von einer Traube Reportern umlagert worden. Im Blitzlichtgewitter war ein Mann ausgestiegen, in langem braunem Mantel aus feinem Stoff. Er hatte den Fotografen freundlich zugenickt, den Hut vom Kopf gezogen und sich einmal um die eigene Achse gedreht, mehr eine komische als eine galante Bewegung. Und dabei war sein Blick auf die beiden Sprachlosen in der Einfahrt getroffen. Meta hatte eine weiße Wolke in die Winterluft gekeucht, hinter der Chaplins Gesicht verschwunden war. Vielleicht hatte er sie erkannt, so wie sie ihn erkannt hatten. Doch ihr letztes Treffen hatte zu dem Zeitpunkt schon über zwanzig Jahre zurückgelegen, und damals war Chaplin noch mit der öffentlichen Kutsche gereist und nicht mit einer Limousine. Er hatte sich ohne ein Zeichen des Grußes wieder den Reportern zugewandt und war im prächtigen Eingang des Hotels verschwunden, wo er sich mit Marlene Dietrich treffen sollte.

Mathis hatte den Zufall damals witzig gefunden. Aber nicht Meta. Meta hatte es in einen dunklen Tunnel zurückgeworfen, an dem sie nun schon seit Jahren grub. Ein Tunnel, dessen Bau nie beendet wurde. Mathis nannte ihn den »Transatlantiktunnel«. Weil er von Europa geradewegs nach Amerika führen sollte.

»Beeindruckende Sammlung, wa?«

Mathis schreckte auf. Im ersten Moment sah er niemanden, der gesprochen haben könnte. Doch dann fiel ihm ein feiner Rauchfaden auf, der sich in Richtung Decke kräuselte.

Er trat näher und legte die Hand über die Augen, um das

Licht abzuschirmen. Im Schatten der Säule saß eine Frau am Tisch. Sie hatte kurze buschige Haare, rauchte Zigarre und trug einen Anzug, wie Mathis ihn bislang nur an Männern gesehen hatte. Ihr Gesicht wirkte wachsartig und schief. Das rechte Augenlid, die Wange und auch der Mundwinkel hingen, als hätte die Hitze der Zigarre die rechte Hälfte des Gesichts angeschmolzen. Ein wenig unheimlich wirkte es, wie sie da im einzigen Schatten saß, den sie in diesem ansonsten voll ausgeleuchteten Raum hatte finden können.

»Claire Waldoff.« Sie steckte sich die Zigarre in den Mundwinkel und hielt Mathis aus dem Dunkeln eine weiße, feste Hand entgegen.

»Waldoff?«, echote er und fragte sich im gleichen Moment, wie er sie nicht hatte erkennen können.

Seit mindestens zehn Jahren war Claire Waldoff eine Ikone in der Varieté-Welt. Jedes Kind in Berlin kannte ihre Lieder und ihre krakeelende Stimme. Nur hatte Mathis die Zeichnung ihres Gesichts auf den Schallplattenhüllen und Plakaten bislang für eine Karikatur gehalten.

Mit der freien Hand pflückte Waldoff die Zigarre aus dem Mund.

»Junge, Sie ham aber ooch schon wat mitjemacht!«, sagte sie mit einem Blick auf Mathis' Finger. Er schob die rechte Hand in die Tasche.

»Warum sitzen Sie hier im Schatten?«

»Steht mir besser.« Sie blies ihm eine Rauchwolke entgegen, die ihn fast erstickte. Dann grinste sie.

»Hätte dir ja fast ooch eene anjeboten.«

»Nein, vielen Dank«, sagte Mathis und hustete noch einmal. Er war ein wenig irritiert von der Geschwindigkeit, mit der sie vom Sie zum Du übergegangen war.

»Treten Sie auch morgen auf?«

»Auf dem Carow seener Bühne? Scheen wär't. Dit is schon Monate her, dit ick zum letzten Mal uff ner Bühne jestanden hätt.

Haste meene Lieder vielleicht kürzlich ma im Radio jehört? Ne? Siehste. Dit is wejen dem Land seene neue Rejierung. Ick erfüll denen ihr braunet Frauenideal nich jerade. Wundert mir, dit deen Liebchen da noch keene Probleme bekommen hat.«

Sie deutete in Richtung Bühne, wo Meta gerade eine der Frauen auf die Schultern einer anderen stellte. Es sah aus, als höbe sie ein Kind hoch.

»Heißt das, Sie haben Auftrittsverbot?«, fragte Mathis.

»Film- und Funkverbot, von Joebbels persönlich anjeordnet.« Waldoff klang fast ein bisschen stolz. »In meene Papiere konnten se nüscht finden, von wejen Juden und so. Da bin ick bis zum Blut meenes Jroßvaters Arierin. Aber mit meenen Texten und meenem Lebensstil könn'se nüscht anfangen. Von heute uff morjen ham'se meene Lieder plötzlich nich mehr im Radio jespielt. Und wenn de Rejierung dir erst mal uff'm Kieker hat, dann isset eh vorbei. Dann kriegste nirjendwo mehr een Enjagement. Will sich ja keener mit anlegen, wa? Solche feinen Etablissements wie de Scala oder dit Plaza schon mal jar nich. Da könn'se vorher noch so laut deene Lieder mitjegrölt ham. Wenn de Rejierung sacht: Nee, lass ma de Finger von der Waldoff, dann sind plötzlich alle janz still. Und eener wie der Carow, der is ooch nur froh, wenn se dem seine Bühne nich dichtmachn. Haste ja heute selba mitjekriecht, wa?«

Waldoff nahm einen weiteren Zug von ihrer Zigarre. Sie legte den Kopf in den Nacken, als sie den Qualm in Richtung Decke blies.

»Ich weiß nicht, wovon Sie sprechen«, sagte Mathis.

»Och, dit denk ick aber schon, dass de dit weest«, sagte sie. »Bist doch'n schlauet Kerlchen, wie ick dit mitjekriecht hab. N Schreiber, wa? Würd ick allerdings nich so mit hausiern jehn, wenn ick du wär. Nich mit dem Thema.«

Mathis bekam einen roten Kopf. Er versuchte, sich daran zu erinnern, ob er Claire Waldoff irgendwo beim Mittagessen an einem der Tische im Garten gesehen haben könnte. Neben

59

ihnen erklang das Poltern herabfallender Körper, gefolgt von Carows Geschrei.

»Woher …?«

»Hätt ick dir jleich sagen können, dass dit nüscht is für den Carow. Da is dem seene Bühne viel zu wichtich für. Aber du kanns' ja immer noch die Pyramidendamen nach denen ihrem Leben fragen …« Waldoff nickte mit dem Kopf in Richtung Bühne. »Oder aber ick bring dir zu eener echten Pyramide. Mit Frauen, die wirklich wat zu erzähln ham!«

»Eine echte Pyramide?«, echote Mathis.

Waldoff beugte sich vor und klopfte ihre Zigarre am Rand eines leeren Bierglases ab.

»Na ja, echta als die hier, will ick wohl meinen. Dit ist der Name von nem Club. Der Damenclub Pyramide. Früher war der unten im Topp-Keller, bevor de Rejierung ooch den dichtjemacht hat. Jetzt treffen wa uns ma hier, ma da. Aber den Namen ham wa behalten. Wenn Ort und Name wechseln, denn wees ja am Ende keener mehr wohin, wa?«

»Und dort treffen sich … vergessene Artisten?«

»Na ja, wat heest verjessen. Ick kenn'se alle noch. Malerinnen, Tänzerinnen, Schauspieler … Die ham eh alle'n Hass uff de Rejierung. Wejen dem Club. Und dann sind die meesten von denen ooch noch Selbstdarsteller. Die schnurrn dir'n Abend lang ihr Leben runter, wenn de willst.«

»Das würde ich unbedingt wollen, vielen Dank!«

»Du musst natürlich in nem andern Aufzuch mitkommn.« Waldoff deutete mit ihrer Zigarre auf Mathis' Hemd und Hose. »Wir ham nämlich so wat wie ne unausjesprochene Kleider…«

»Claire Waldoff! Wenn das mal nicht deine liebliche Stimme ist, die ich da vernehme!«, rief Carow. Er lehnte sich auf seinem Stuhl zurück, damit er um die Säule blicken konnte.

»Die könnteste ooch noch viel öfters vanehmn, wenn de mir ma wieder enjagiern tätest, Erich!«, rief Waldoff zurück. Der Clown stand auf und kam zu ihnen.

60

»Das würde ich auch glatt tun, meine Liebe, wenn du dich ein bisschen besser benehmen und an die Regeln halten würdest.«

»Och ne, lass ma. Die Rejeln ham Bekloppte uffjestellt, und Benehmen liecht mir nich so, wie de weest. Dafür haste mir ja damals uff de Bühne jeholt.«

Hinter Carow war die Damenpyramide zu einem verzweifelten Standbild eingefroren. Ohne die Aufmerksamkeit des Chefs wussten die sechs Damen noch weniger, wie sie sich bewegen sollten.

»Wie lange hockst du schon hier?«, fragte Carow.

»Lang jenuch, um zu wissen, dass dit morjen ne Katastrophe für dir werden wird!«

Carow lächelte. Trotz der Vorwürfe, die sie sich an den Kopf warfen, waren sich die beiden alternden Bühnenstars sympathisch.

»Ick hab jehört, den Fredy lässte immer noch bei dir ufftretn.«

»Fredy hält sich auch an die Regeln. Er singt nur noch lammfromme Lieder. Würdest du es machen wie er und …«

»Nee, lass mal. Da ruinier ick mir ja meenen janzen scheenen Ruf. Von mir wolln de Leute, dit ick üba meene Beene singe und üba de Dummheit von Männern und über dem Emil seine unanständije Lust.«

»Zeiten ändern sich, liebe Claire.«

»Na, umso wichtija, dit einije von uns die Jleichen bleibn.«

Carow seufzte und gab sich geschlagen.

»Kommst du morgen zur Vorstellung? Ich kann dir Plätze reservieren. Für dich und Olly.«

»'nen Platz im Schatten?« Waldoff zwinkerte Mathis mit ihrem geschmolzenen Auge zu. »Nee, lass ma, Erich. Dit Jehampel will ick mir nich antun. Außerdem hab ick ne Verabredung mit Mathis Bohnsack. So nennt se dir doch, oder, deene Freundin? Mathis Bohnsack? Oder darf ick Böhnchen zu dir sagen?«

»Mathis reicht«, erwiderte Mathis rasch.

Waldoff stand auf, eine Bewegung, die kaum auffiel, weil sie stehend nicht viel größer war als sitzend. Ihr buschiger Bubikopf reichte Mathis gerade mal bis zum Brustkorb, als sie aus dem Schatten hervorwatschelte und ihm erneut die Hand reichte.

»Also, dann seh ick dir morjen um halb acht, Böhnchen. Bei mir, Haberlandstraße sieben. Kannste dir dit merken?«

»Ja«, sagte Mathis. Und seine Freude über diese Einladung sollte genau so lange anhalten, bis er sich umdrehte und Meta mit verschränkten Armen auf der Bühne stehen sah.

Er würde ihr beichten müssen, dass er morgen nicht zu ihrer Vorstellung im Tingel-Tangel kommen konnte. Dass er stattdessen von Waldoff zu einem staatlich verbotenen Club unbekannter Lokalität geführt werden würde, um Geschichten von Artistinnen und Schauspielerinnen vor dem Vergessen zu bewahren.

Er konnte sich schon vorstellen, was sie dazu sagen würde.

DRITTES KAPITEL

Langweiler, 1902

Meister Bo, wie der Alte sich nannte, zog die Gardinen des Holzpodests mit einem Ratschen zu. Er hatte Hans die Aufgabe übertragen, die Kurbel eines geheimnisvollen Apparats zu drehen, der in der Ecke stand, und das Gerät machte ein schnarrendes und ratterndes Geräusch. Es warf Licht auf einen grünen Schirm in der Mitte des Podests. Ein blauer Funken sprang von einer Metallscheibe auf eine andere über und blieb als wild zuckender Blitz in der Kabine hängen. Er lud die Luft zwischen der Maschine und den Jugendlichen geradezu auf. Es war magisch.

»So, dann wollen wir mal sehen.« Meister Bo knüpfte Lucas das Portemonnaie ab und hielt es hinter den Schirm, wo es als verschwommenes grünes Rechteck sichtbar wurde. Mathis hielt die Luft an, als er die Münzen in der Börse erkannte. Sie zeichneten sich so deutlich ab, als hätte der Meister das Portemonnaie durchsichtig gezaubert. Schwarz auf grün hingen sie in der Luft. Dann verschob sich die Briefbörse nach links, und neben den schwebenden Pfennigen wurden die Knochen einer Hand sichtbar. Mathis entfuhr ein Keuchen. Es war wie eine Geistererscheinung. Der alte Mann mit dem Schnurrbart musste ein Zauberer sein!

»Wie viel ist das? Zehn Pfennige? Du wärst ein schlechter Kunde für mich, Junge!« Meister Bo drehte und wendete die Briefbörse, und die beiden tiefschwarzen Kreise und die Fingerknochen machten die Bewegung mit. Schwebend bewegten sie sich in der Luft, als wollten sie einen Totentanz aufführen. Ein Skeletttanz! Gebannt starrten die Jugendlichen auf das Schauspiel. Nur Hans, der am Rand des Podests nichts sah, weil er mit Kurbeln beschäftigt war, rief: »Zehn Pfennige? Vorhin an der elektrischen Bahn hast du gesagt, du hast kein Geld mehr!«, und ließ vor lauter Empörung den Hebel los.

Das gleichmäßige Knack-knack-knack des Apparats geriet aus dem Takt. Die leuchtende Birne flackerte. Eines der Mädchen stieß einen Schrei aus.

»Weiterdrehen!«, befahl Meister Bo, und Hans griff erschrocken nach der Kurbel. Die Maschine nahm ihr Schnarren, Knattern und Klackern wieder auf.

»Das ist unglaublich«, flüsterte Mathis. Aus den Augenwinkeln sah er, wie die braunhaarigen Schwestern die Hände ineinander verkeilten. Verängstigt drängte sich eine an die andere. Die Skeletthand öffnete die Briefbörse mit dem Daumen, drehte sie, und beide Münzen fielen heraus. Es klimperte, als sie auf dem Holzboden auftrafen. Der Schirm war nun leer.

»Was ist mit dir, Junge? Hast du mehr Geld in deiner Briefbörse, um meine Dienste zu bezahlen?« Meister Bo reichte Lucas das leere Portemonnaie zurück, und Mathis brauchte einen Moment, um zu begreifen, dass er mit dieser Frage gemeint war. Er klopfte an die Seiten seiner immer leeren Hose.

»Ich habe überhaupt keine Briefbörse, mein Herr.«

»Nun, davon möchte ich mich gerne selbst überzeugen.« Meister Bo bedeutete ihm, sich hinter den Schirm zu stellen. Mathis bewegte sich so mechanisch, als würde auch er von der elektrischen Maschine gesteuert. Das Summen und Klackern und der stechend scharfe Geruch, der die Luft der kleinen Kabine füllte, machten ihn schwindelig. Unsicher stellte er sich zwischen das flackernde Licht und den Schirm.

»Noch einen Schritt weiter! Stell dich richtig dahinter. So ist's gut.«

Von dieser Seite des Schirms sah Mathis selbst nichts, aber an den Gesichtern der anderen konnte er ablesen, wie erstaunlich der Anblick sein musste, der sich ihnen bot.

»Du bist …«, keuchte Lucas und suchte nach den richtigen Worten, »durchsichtig!«

Mathis wagte einen Blick über den Rand des Schirms, an seinem Körper herunter. Er erwartete alles und war trotzdem nicht gefasst auf den Anblick, der sich ihm bot: sein eigenes Knochengerüst, schwarz auf grün glimmendem Untergrund. Rippen wie Fischgräten, die an einem Seil entlangwuchsen. Darunter etwas, das aussah wie ein platt geklopftes Kotelett und wohl sein Becken sein musste. Und zwischen allem waberte sein Fleisch als formloser grüner Nebel. In Mathis' Kopf schrillte etwas. Ihm wurde noch schwindeliger. Aber statt zurückzuweichen, schwenkte er den Körper vorsichtig nach rechts und links, um zu beobachten, wie das Bild sich mitbewegte. Es war kein Trick! Aber wie konnte das möglich sein? Was für ein Zauber war das, der einen in den Körper blicken ließ? Hinter Stoff, durch Haut und in verschlossene Taschen?

»Mathis, man sieht deinen …«, rief Lucas plötzlich, und die Mädchen kreischten auf und wandten sich ab. Mathis sprang entsetzt zur Seite, stolperte dabei über ein Kabel und stieß mit Hans zusammen. Die Maschine bekam einen Schlag, und die Lampe zitterte und flackerte, als Hans die Kurbel losließ. Meister Bo riss die Hände in die Höhe.

»Vorsicht, ihr Bengel, das ist ein hochempfindlicher Apparat! Wenn ihr alle kein Geld habt, ist die Show sowieso beendet.« Er wollte die Gardinen aufziehen.

»Ich habe doch zehn Pfennige bezahlt«, protestierte Lucas.

»Und ich habe noch gar nicht gucken können«, sagte Hans.

»Zehn Pfennige reichen gerade mal fürs Durch-den-Vorhang-Blinzeln. Wenn ihr mehr wollt, kommt morgen mit Geld wieder.«

Die Jungen blickten sich an. Da morgen nicht mehr Geld in ihren Taschen sein würde als heute, würde es wohl keinen zweiten Durchleuchtungszauber geben. Hans sah zu Recht enttäuscht aus, zuckte dann aber die Schultern. Immerhin hatte er ein Mädchen ergattert, mit dem er weiter über den Jahrmarkt schlendern konnte. Er wandte sich ab, um das Podest zu verlassen. Aber in Mathis regte sich unerwartet ein Protest, ein kleines Leuchten im Brustkorb, das ihm so fremd war, als hätte es erst die Maschine dort angezündet. Das Gefühl überrumpelte ihn. Er öffnete den Mund, um etwas zu sagen. Er wollte diese Kabine nicht verlassen! Nicht, bevor er nicht verstanden hatte, wie das Gerät funktionierte! Mathis wollte Dinge hinter den Schirm schleppen und sie durchleuchten: Wie sah ein Stein von innen aus? Wie eine Kuh, wie ein Apfel und wie sein kaputtes Bein? Wäre dieses seltsame Licht tatsächlich in der Lage, alles, wirklich alles durchsichtig zu machen?

Mit einem Ruck zog Meister Bo den Vorhang zur Seite. Das Sonnenlicht blendete Mathis so heftig, als hätte er es tagelang nicht gesehen. Er kam sich vor wie ein Tier, das aus dem Schutz seines dunklen Baus gezerrt wurde.

»Bitte …«, sagte er, ohne zu wissen, wie er den Satz beenden sollte. Er blinzelte auf den Apparat, auf den jetzt ebenfalls das Tageslicht traf. Es ließ die Metallverstrebungen glänzen. Die Maschine sah prächtig aus. Diese ganze verwirrende Ansammlung von Drähten und Kabeln! Sie hatte ein Rad mit einer kleinen Kurbel an der Seite, fast wie ein Schleifstein. Und dieses Rad war über ein Kabel mit der Lampe verbunden, die vorhin das sonderbare glühende Licht erzeugt hatte. Das Licht musste also irgendwie beim Drehen der Kurbel entstehen, dachte Mathis. Aber wie nur?

»Ich habe noch etwas Geld«, sagte Elsa plötzlich und zog einen kleinen geblümten Stoffbeutel aus der Tasche. »Wie viel verlangen Sie für eine Vorführung?« Sie blickte Mathis an, als sie das fragte, und er begriff, dass sie das irgendwie für ihn tat. Er war dankbar, aber auch ein bisschen verwirrt, vor allem, als sie sich weigerte, selbst hinter den Schirm zu treten. Sie mochte

66

sich nicht die Kleider durchleuchten lassen, sagte sie, und ihre hühnerhaften Freundinnen kicherten.

»Wofür dann die zwanzig Pfennige?«, fragte Meister Bo, inzwischen gereizt, und Mathis kam eine Idee.

»Für die Ziege!«, sagte er. »Bitte durchleuchten Sie die Ziege!«

Es gab einen kleinen Tumult, als Lucas auffiel, dass er die Ziege bei der elektrischen Raupe vergessen hatte. Mit einem Aufschrei sprang er vom Podest und lief zum Fahrkartenschalter zurück, wo er dem verlotterten Tier um den Hals fiel, als handelte es sich um ein lange verschollenes Familienmitglied. Die Ziege meckerte unwillig. Sie war gerade beim Fressen gewesen und offenbar sehr froh darum, ausgesetzt worden zu sein. Vier Arme und Hände waren notwendig, um sie über den Platz zu Meister Bos Holzpodest zu schleppen, gegen das sie sich sträubte, als wäre es ihre Schlachtbank.

Meister Bo löste die Schrauben der Halterung, an der die Platte befestigt war, und fuhr den Schirm auf Ziegenhöhe hinab. Diesmal war es Lucas, der die Kurbel drehen durfte und den Apparat damit leise zum Summen und Knacken brachte. Die Lampe hinter dem Schirm begann zu flackern und zu glühen. Sie leuchtete durch die Ziege hindurch, durch ihr Fell, ihre Haut und ihren Magen, in dem das Gras darauf wartete, verdaut zu werden. Meister Bo zog die Gardinen zu. Die Knochen waren jetzt als klar gezeichnete schwarze Schatten auf dem Schirm sichtbar.

»Mann!«, sagte Hans und war nun doch froh, den Zauber mit eigenen Augen sehen zu können. Mathis antwortete nicht. Er war zu beschäftigt damit, das Tier anzustarren. Der Rumpf der Ziege sah aus, als bestünde er aus Nebel, durch den sich eine Eisenbahnlinie schlängelte. Das musste der Rücken sein. Vorn war der Schädel sichtbar, verzerrt wie der eines Ungeheuers, eines fremden Wesens aus einer anderen Welt. Und dabei handelte es sich um ein Tier, das Mathis glaubte, gut zu kennen, das er tausendmal gesehen hatte. Nur eben nicht auf diese Weise. Wie wenig wusste er eigentlich über eine Welt, in der er alles immer nur von außen sah? Es war, als öffnete der Apparat ein Fenster, durch das er in ein zweites Universum blicken konnte. Eines, in dem nichts verschlossen blieb, keine Tür und kein Körper. Ehrfürchtig trat er einen Schritt näher. Er streckte eine Hand aus, wollte durch das Fenster ins Innere der Ziege greifen und tat es dann doch nicht. Die Erscheinung war zu geisterhaft, zu unheimlich. Mathis konnte keinen Geist berühren.

Die Ziege bewegte sich, machte einen unruhigen Schritt vorwärts, und die Knochen bewegten sich mit ihr. Sie meckerte, aber sie tat es leise. Vielleicht spürte auch sie den Zauber, der durch ihren Körper ging.

Das Summen und Knattern des Apparats war verstörend und hypnotisierend. Mathis starrte und starrte und wünschte, Lucas würde nie wieder aufhören, die Kurbel zu drehen. Was würde er dafür geben, eine Maschine wie diese zu besitzen.

»So schön!«, flüsterte er und konnte nicht fassen, dass eines der Mädchen hinter ihm schon wieder kicherte. Wie konnte man so kindisch kichern, wenn man einem Wunder wie diesem gegenüberstand? Er drehte sich um und blickte direkt in das Gesicht von Elsa. Doch sie sah ernst aus. Es war nicht sie, die gelacht hatte. In dem glühenden Licht der Lampe wirkten ihre Haare grün, ihre Haut und auch ihre Augen, die ihn ohne jeden Spott anblickten, bevor sie sie rasch abwandte, als hätte Mathis sie bei etwas ertappt. Er registrierte, wie dicht sich Hans neben sie gestellt hatte, wie sein Arm zuckte, als überlegte er, ihn um ihre Schulter zu legen oder um ihre Taille. Hans' Aufmerksamkeit war von der Ziege zu Elsa gewandert, er betrachtete die flackernden Knochen nur noch zum Schein. Mathis' Augen dagegen flogen wie zwei Motten zurück zum Licht. Er konnte sich gar nicht sattsehen an dieser durchsichtigen Ziege.

Eine Sache, die ihm einmal in der Schule gesagt worden war, kam ihm in den Sinn. Dass nämlich der Mensch hauptsächlich aus Wasser bestünde. Die Information hatte Mathis damals verwirrt. Immerhin hatte der Pfarrer mindestens hundertmal erklärt, dass der Mensch hauptsächlich aus Leib und Seele bestünde. Aber der Lehrer war nur ein Aushilfslehrer gewesen, der nach Langweiler gekommen war, weil der eigentliche Herr Lehrer für mehr als drei Wochen mit Heufieber im Bett gelegen hatte. Ein Städter also, und obendrein auch noch Protestant, darum hatte Mathis nicht gewusst, wie viel man ihm glauben konnte. Und als der Herr Lehrer dann endlich zu Ende gefiebert hatte, war ja auch alles wieder seinen normalen Gang gegangen. Schule und Kirche hatten wieder Hand in Hand gearbeitet.

Aber jetzt war da diese Maschine. Und sie zeigte, dass das Innere einer Ziege und eines Menschen vielleicht ganz anders war, als alle gedacht hatten. Es war schwarz und grün. Es war so voll von Knochen und Organen, so voll von Nebel, dass weder Leib noch Seele Platz darin zu haben schienen. Und von Wasser konnte Mathis auch weit und breit nichts sehen. Sollten am Ende alle unrecht gehabt haben, der Pfarrer, der Herr Lehrer und auch seine unglückliche Aushilfe?

»So, das genügt, Ende der Veranstaltung.« Meister Bo schubste Lucas mit einem leichten Knuff zur Seite. Der ließ die Kurbel los, und die Blitze und das Rattern der Maschine erstarben. Die Knochen der Ziege zuckten noch ein paarmal schwarz auf grün auf dem Schirm auf. Dann war alles dunkel. Mathis seufzte, und es war ein Seufzen aus tiefstem Herzen. Sein Magen und seine Beine fühlten sich weich und verstörend wackelig an, als er die Stufen des Podests zurück auf die sonnenbeschienene Wiese wankte.

So wie es sich für jemanden gehörte, der gerade zum ersten Mal bis über beide Ohren verliebt war.

In der Nacht konnte Mathis nicht schlafen. Eine Erregung hatte ihn gepackt, die ihn innerlich und äußerlich umwälzte, dreihundertfünfzig gezählten Schafen zum Trotz. Mit weit geöffneten Augen lag er da, lauschte dem Schnarchen seiner Brüder und stellte sich sie alle als grüne Gerippe in ihren Betten vor. Er malte sich aus, wie sich Alfreds Wirbelsäule im Schlaf krümmte, wie Bruno seinen Schädel auf das zusammengeboxte Kissen bettete. Carl hatte die Armknochen aus dem Bett gehängt, Dethard die seinen unter den Kopf geschoben. Ernsts Arm- und Fingerknochen lagen wie aufgefaltet unter seinem Ohr. Ein Knochennest für einen Schädel.

Die Eltern hatten es mit den Bohnsack-Kindern wie mit den Kälbern im Stall gemacht und ihre Namen nach dem Abc sortiert. Der erste Wurf ein A, der zweite ein B und so weiter. Für Kälber und Hunde war das in vielen Regionen üblich, für Kinder nur in diesem Dorf. Irgendwer hatte irgendwann einmal damit angefangen, und der Brauch hatte sich durchgesetzt. Wenn ein Nachbar jetzt einen Jungen am Ohr packte, weil er ihn beim Maiskolbenstehlen oder Hühnertreten erwischte, dann musste er nur nach dem Namen fragen und wusste direkt, ob es der Erst-, Zweit- oder Drittgeborene einer Familie war. Mathis war also das dreizehnte Kind der Familie Bohnsack. Und er konnte jedes Vorurteil über diese Unglückszahl bestätigen.

Seine Mutter hatte sich bei Mathis' Geburt drei Tage im Bett gewälzt, während seine Brüder nur eben schnell zwischen der Hofarbeit und dem Essen aus ihrem Körper gerutscht waren. Am dritten Tag hatte der Vater den Arzt holen müssen, der verkündete, das halb geborene Kind habe die Mutter geschwächt und er könne nicht beide retten, Säugling und Mutter.

»Dann retten Sie meine Frau«, hatte der Vater gesagt, »Söhne hab ich schon genug.« Der Tod des Dreizehnten hätte ihn geärgert, natürlich, denn er hatte sich bislang als einziger Bauer weit und breit damit rühmen können, alle Kinder ohne Verluste durchgebracht zu haben. Aber es wäre ein kurzer Ärger gewesen, den er überwunden hätte. Mit Mathis' unverhofftem Überleben dagegen kam er sehr viel schlechter zurecht.

So wenig Herr Bohnsack den Arzt und vor allem dessen

Rechnungen auch mochte, so sehr war der Herr Doktor doch eine Autorität, die ein schreiender, blauköpfiger Säugling nicht zu untergraben hatte. Wo der Arzt den Tod prognostizierte, da wurde gefälligst gestorben, gottverdammt! So funktionierte das nun mal in dieser Dorfwelt. Bis Mathis kam und alles ein wenig ins Wanken brachte.

Argwöhnisch beobachtete Herr Bohnsack, wie sein Sohnemann, obwohl er offensichtlich alle Merkmale eines Jungen besaß, so gar nicht nach ihm schlagen wollte. Mathis war kränklich. Statt breiter und muskulöser zu werden wie alle seine Brüder, schoss er mit den Jahren nur immer mehr in die Höhe. Mathis' Haare färbten sich im Sommer hell und seine Haut rötlich statt braun. Er hatte die feingliedrigen Finger seiner Mutter und ihre schmalen Schultern, mit denen er durch jeden Zaun schlüpfen konnte. Doch drüberzuspringen gelang ihm nie so recht. Mathis lernte Lesen und Schreiben mit Leichtigkeit, konnte aber keine Karre Bohnen ziehen. Er war ein Träumer, ein Wolkengucker, ein Schmächtling, wo sein Vater eine weitere Kopie von sich selbst erwartet hatte.

Mathis' Brüder, die unter seiner strengen Aufsicht alle zu kräftigen Burschen heranwuchsen, nahmen den Prügelsack gern auf, der ihnen zugeworfen wurde. Viel mehr als der Vater waren sie der Grund dafür, warum Mathis selten ohne grünblaue Flecken zur Dorfschule kam. Nach dem Unterricht blieb er freiwillig länger, um Aufgaben zu übernehmen, wie die Tafel und Bänke zu putzen. Oder aber er setzte sich an sein Pult, hinten rechts am Fenster, und las. Lesen war für Mathis überhaupt die schönste Flucht von allen.

Doch der letzte und wohl beste Grund dafür, warum Herr Bohnsack Mathis' Existenz als persönliche Beleidigung empfand, war, dass der Junge zu allem Überfluss auch noch ein Problem mit Bohnen hatte. Wenn Mathis die aß, wurde seine Gesichtshaut rot, und sein Hals begann zu jucken, als hätte er einen Schwarm Mücken verschluckt. Für einen Bohnenbauern in achter Generation gab es wohl kaum etwas Schlimmeres als einen Sohn mit Bohnenallergie.

Mathis wälzte sich auf die andere Seite und versuchte noch einmal zu schlafen. Doch das Knacken der Maschine lag ihm in den Ohren, wann immer er die Augen schloss.

Am Frühstückstisch fühlte er sich wie gerädert. Mit einem Ohr bekam er mit, dass der Vater die Brüder heute auf dem Feld brauchte, um das schöne Wetter auszunutzen. Das andere Ohr registrierte die spitzen Kommentare von Alfred und Gustav, weil Mathis unterdessen der Mutter in der Küche zur Hand gehen sollte.

Carl stieß mit dem Ellbogen gegen den von Mathis, und zwar so plötzlich, dass Mathis' Teller über die Tischkante rutschte und laut auf dem Fußboden auftraf. Brot und Tellerscherben verteilten sich auf den Küchendielen. Die Mutter gab einen entsetzten Schrei von sich, und der Vater verpasste Mathis eine Ohrfeige, die alle am Tisch zusammenfahren ließ.

Mathis glitt von seinem Stuhl und begann mit rot brennender Wange, die Scherben aufzusammeln. Aber heute konnte der Hieb das Lächeln nicht aus seinem Gesicht wischen. Mathis wusste, dass die Arbeit der Brüder länger dauern würde als seine in der Küche. Er würde der Mutter mit den Kartoffeln und den Bohnen helfen und sie dann bitten, zum Jahrmarkt laufen zu dürfen, wo eine Zaubermaschine auf ihn wartete, so magisch und besonders, wie eine Maschine überhaupt nur sein konnte.

Meister Bo hatte dem Wiedersehen offensichtlich weniger entgegengefiebert als sein Verehrer. Missmutig steckte er den Schnäuzer aus dem Wohnwagen, als Mathis über die Wiese auf ihn zukam. Die Vorhänge um die wunderliche Maschine waren zugezogen, und weit und breit war kein Kunde zu sehen. Keiner außer Mathis, aber der rückte ohne Geld an. Das hatte Meister Bo nicht vergessen. Er hatte ihm die Taschen ja gestern erst eigenhändig durchleuchtet.

»Du schon wieder«, brummte er, und Mathis' leise Hoffnung, Meister Bo könnte ihm aus reiner Zuneigung eine weitere Darbietung schenken, zerschlug sich.

»Guten Tag.« Höflich zog er die Mütze vom Kopf und drückte sie zwischen den Händen.

»Guten Tag, guten Tag, jaja«, brummte Meister Bo. »Hab auch noch keinen besseren gesehen!«

Es war Mathis ein Rätsel, wie jemand trotz des Jahrmarkts so missmutig sein konnte. Die Sonne spielte noch immer Sommer, zwischen den Ständen tobten lachende Kinder umher. Das fröhliche Gedudel eines Leierkastens untermalte die Schreie der Ausrufer. Und neben ihnen stand, wenn auch verhüllt, die faszinierendste Maschine, die diese Welt wohl je gesehen hatte. Wenn das alles kein Grund zur Freude war! Unschlüssig setzte Mathis sich auf eine Kiste, die neben ihm stand. Er überlegte, wie er Meister Bo sein Glück begreiflich machen konnte.

»Was tust du da?«, bellte Meister Bo, und Mathis schnellte so erschrocken hoch, als hätte er sich den Hintern verbrannt.

»Ich … wollte mich auf die Kiste setzen.«

»Hier wird aber nicht gesessen! Such dir gefälligst 'nen anderen Ort.«

»Ich möchte nur ein bisschen zugucken, wenn ich darf, bitte.«

»Nein, darfst du nicht! Das hier ist nicht das Kasperletheater.«

Mathis sah auf seine Mütze und begann wieder, sie in den Händen zu kneten.

»Bitte«, sagte er noch einmal, weil das höflich war und ziemlich oft half.

»Hau ab!«

»Ich störe doch niemanden.«

»Wie solltest du auch, ist ja keiner da.«

»Zaubern Sie heute nicht?«

»Zaubern?«

»Mit der Maschine, die alles durchsichtig macht.« Mathis

deutete zum Vorhang. Beim Gedanken daran, was sich dahinter befand, wurde ihm heiß und kalt. Er hatte Lust, durch den Vorhang zu schlüpfen und die Maschine zu berühren. Doch stattdessen umklammerten seine Hände weiter die Mütze. Meister Bo verdrehte die Augen.

»Mit einer Maschine zaubert man nicht, Junge. Man bedient sie. Darum ist es ja schließlich eine Maschine. Oder glaubst du vielleicht, hinter jedem Kinematografen steht ein Zauberer, der Menschen aus Licht heraufbeschwört?« Er schnitt eine Grimasse und klimperte mit den Fingern in der Luft. Offenbar sah so für ihn ein Zauberer aus.

»Was ist ein Kinematograf?«

»Herr im Himmel!«

»Dann kann also jeder die Maschine bedienen?!«

Meister Bo betrachtete ihn eingehend. Er stemmte die Hände seitlich an den fülligen Bauch.

»Sie hat es dir ganz schön angetan, wie?«

»Sehr«, sagte Mathis ehrlich und wurde so rot, als sprächen sie über ein Mädchen. »Wie ist es möglich, dass sie ... Menschen durchsichtig macht?«

»Komplizierte Prozesse«, antwortete Meister Bo knapp, und daraus schloss Mathis, dass es etwas mit Elektrizität zu tun haben musste. Wenn es um Elektrizität ging, drückten die Erwachsenen sich immer sehr nebulös aus. In der Schule hatte er einmal Schläge mit dem Lineal bekommen, als er gefragt hatte, was genau denn der Unterschied zwischen Wechselstrom und Gleichstrom sei. Und er hatte fünfzehnmal den Satz schreiben müssen: »Ich will keine altklugen Fragen stellen.«

»Haben Sie ... den Apparat selbst gebaut?«, fragte er vorsichtig.

»Willst du mich verscheißern, Junge?«

»Nein!«

»So eine Maschine baut man doch nicht!«

Mathis war irritiert. Der Durchleuchtungsapparat konnte

74

kaum auf dem Feld gewachsen sein. Aber er fürchtete, dass er nahe daran war, wieder einmal altkluge Fragen zu stellen, und schwieg deshalb.

»Ich habe sie einem Hochstapler abgeknöpft«, sagte Meister Bo und tätschelte das Gerüst des Podests wie den Hals eines Pferds. »Da war ich gerade aus Sansibar heimgekehrt und habe versucht, den ehrwürdigen Namen zurückzuerlangen, den ich einmal unter den Schaustellern hatte.« Er ließ den Blick über die Dächer der Buden streifen, als läge besagtes Sansibar gleich dahinter. Und dabei reichte die Sicht von hier gerade mal bis zum Kirchturm auf dem Dorfplatz. »Aber in der Jahrmarkts-welt kommt man nicht einfach so zurück und macht weiter, wo man aufgehört hat.«

»Warum nicht?«

»Warum nicht? Du stellst vielleicht Fragen, Junge! Weil die Welt sich dreht! Auf dem Jahrmarkt noch schneller als an-derswo. Ihr junges Pack denkt vielleicht, es war schon immer alles so, wie es jetzt ist. Aber als ich in deinem Alter war, da gab es noch keine Glühlampen oder Kinematografen oder ... Luft-schiffe! Und wenn du Pech hast, ha!, dann studierst du heute eine Nummer ein, und nächstes Jahr – pfffff – interessiert sich schon niemand mehr dafür. Jongleure! Damen ohne Unterleib! Wie viele hat man von denen mittlerweile wohl gesehen? Mehr wahrscheinlich als von Damen mit Unterleib! Hier auf dem Land mag so was noch ein paar Jährchen funktionieren, aber in der Stadt – da lockst du damit keine müde Maus mehr hinterm Ofen hervor. Kinematografen? Davon werden die Städter bald nichts mehr wissen wollen, wenn erst mal die ersten Kinema-tografenlokale eingerichtet sind. Dann will niemand mehr un-ter Zeltplanen kriechen und Filme auf Bettlaken angucken. Wer als Schausteller verdienen will, der muss solche Entwicklungen vorausahnen.« Er beugte sich vor und tippte sich verschwöre-risch an die Riesennase. »Man muss wissen, wohin der Hase als Nächstes scheißt.«

Mathis schwieg beeindruckt. Er hatte keine Ahnung, wovon Meister Bo redete. Filme und Kinematografenlokale – bis in diesen Winkel der Erde war von alldem noch nichts vorgedrungen.

»Und wohin scheißt der Hase als Nächstes?«, fragte er deshalb eifrig, und Meister Bos Gesicht verschloss sich wieder.

»Na, so aus dem Effeff kann ich das jetzt auch nicht sagen, oder? Aber auf jeden Fall weiß ich, dass hier in fünf Jahren alles schon wieder ganz anders aussehen wird. Ganz anders!«

»Wahnsinn!«, rief Mathis enthusiastisch.

Meister Bo blickte ihn mit zusammengezogenen Brauen an. Er fühlte sich auf den Arm genommen. Aber Mathis meinte es ernst. In einer Region wie dieser kamen Veränderungen so häufig vor wie eine Sonnenfinsternis.

»Und das Interesse an dem Durchleuchtungsapparat haben Sie also auch vorausgesehen?«

»Die Zukunft liegt in den Maschinen«, verkündete Meister Bo. »Als dieser Kerl mit dem Durchleuchtungsapparat auftauchte – Junge, ich wusste, dass ich unbedingt so etwas brauchte! Das war auf dem Hamburger Dom. Vor sechs, nein, sieben Jahren.«

»Er hat den Apparat in einen Dom gebracht?«

»Quatsch, nicht in einen Dom, du Hohlnuss! Auf den Dom in Hamburg! Das ist das größte Volksfest des Nordens.«

»Noch größer als dieses hier?« Mathis riss die Augen auf, aber als er Meister Bos Blick sah, wechselte er schnell die Frage. »Und der Mann hat Ihnen den Apparat einfach so geschenkt?«

»Natürlich nicht. Wer würde ein derartiges Prachtstück wohl einfach so verschenken, he? Ich musste die Maschine gewinnen.« Ein Lächeln schlich sich unter Meister Bos Schnäuzer, als er erzählte, der Mann habe neben dem elektrischen Apparat eine ganze Sammlung an Waffen dabeigehabt. Und da habe Meister Bo ihn vor dem versammelten Publikum zu einem Duell herausgefordert.

»Sie haben mit ihm gekämpft?«, fragte Mathis. Meister Bo sah eigentlich nicht so aus, als könnte er sich in einem Zweikampf lange auf den Beinen halten. Dort, wo Mathis herkam, saßen alte Männer wie er auf einer Holzbank vor dem Haus und stützten sich mit beiden Händen auf einem Stock ab, um auf das wechselnde Wetter über den Feldern zu starren. Ganz unvorstellbar, dass einer von ihnen mit einem Schwert auf dem Hof herumfuchteln würde.

»Doch nicht so ein Duell«, sagte Meister Bo. »Ein Duell ums Schwerterschlucken! Der Kerl hat sich damit gerühmt, der einzige Mann der Welt zu sein, der ein Schwert von einer halben Handbreite und einem Meter Länge schlucken könne. Aber ich erkenne Schwerter, die getürkt sind, Junge. Und dieses Schwert war es! Der Verlierer musste dem Gewinner hundert Goldmark geben. Die hatte ich natürlich nicht, aber was soll's, ich war ja sicher, dass ich nicht verliere.« Meister Bo kratzte sich ausgiebig am Bart. »Natürlich konnte der Kerl das Angebot nicht ausschlagen. Nicht bei der Summe, und noch dazu nach der Vorrede, die er gebracht hatte, von wegen bester Schwertschlucker der Welt. Aber nachdem er eingeschlagen hatte, habe ich gesagt, dass wir den Wettkampf zur Kontrolle hinter seinem Durchleuchtungsapparat durchführen, damit die Zuschauer das Schwert bis in unsere Bäuche wandern sehen. Ohooo! Du kannst dir gar nicht vorstellen, wie er geguckt hat! Und was da los war! So etwas war natürlich noch nie da gewesen! Alle wollten in die Kabine und den Wettkampf sehen – das Schwert im Hals! Wie sieht so was aus? Wo geht das hin? Das haben sich die Leute doch schon immer gefragt, wenn sie einen Schwertschlucker gesehen haben. Schon mit dem Eintrittsgeld haben wir ein kleines Vermögen gemacht. Aber der Kerl wurde natürlich mit jedem Zuschauer blasser. Ha! Der konnte in Wahrheit nämlich nicht einmal ein Brotmesser schlucken. Sein Schwert hatte oben ein Scharnier, durch das die Klinge mit einem Klick im Griff verschwand, sobald er so tat, als schluckte er es. Ein ganz alter

Trick! Auf diese Weise kann man selbst ein Breitschwert problemlos im Mund verschwinden lassen.«

»Und was hat er dann gemacht?«

»Gezittert wie ein unterkühlter Hund! Und mir großzügig den Vortritt überlassen.«

»Und haben Sie …?«

»Natürlich!«

»Sie können Schwerter schlucken?!«

»Meine Eltern waren beim Zirkus, Junge. Ich hab schon als Kleinkind den Brei mit Klingen gegessen.«

Mathis staunte mit offenem Mund. Wie gern hätte er auch Eltern gehabt, die ihm damals Brei von der Klinge gefüttert hätten.

»Als ich das Schwert dann aus meinem Hals gezogen habe, war der Kerl an der Reihe. Der war nun noch blasser als vorher, weil er ja über die Maschine gesehen hatte, dass das Schwert tatsächlich in meinem Hals gesteckt hatte. Eigentlich hätte er da gleich aufgeben können. Aber dann wären hundert Mäuse futsch gewesen, was so ungefähr der Wert seines ganzen Besitzes war. Also hat er das Schwert genommen, hat es sich in den Hals gesteckt und – krtsch.« Meister Bo legte die Hand an den Hals und machte eine Bewegung, die Mathis durch Mark und Bein ging.

»Er hat sich erstochen?«

»Exakt. Der Flatterhans hatte solche Angst davor aufzufliegen, dass er wohl gedacht hat, irgendwie würde er das schon hinbekommen. Bei meinem alten Hals hatte es ja auch geklappt, wird er gedacht haben. Ha! Und dann hat er den schlimmsten aller Kardinalfehler überhaupt begangen, als er sich das Schwert in den Hals gesteckt hat.«

»Welchen denn?«

»Er hat geschluckt.«

Meister Bo richtete zufrieden das Revers seiner Jacke, während Mathis die Hand an seine eigene Kehle legte.

»Und ist er … gestorben?«, fragte er atemlos.

»Na, was denkst du wohl? Die Menschen waren in purer Aufregung! Sie haben einen Arzt geholt, und der hat den Tod des Idioten festgestellt. Und ich habe zugesehen, dass ich mich mit dem Wagen und dem ganzen Krempel aus dem Staub mache.«

»Sie haben einen Toten bestohlen?«

»Wieso bestohlen? Ich hatte doch gewonnen, der Besitz gehörte also mir! Das haben alle Anwesenden mitbekommen.«

Meister Bo verschränkte die Arme vor der Brust und schob trotzig die Unterlippe vor, bis sie sogar noch weiter aus seinem Gesicht ragte als der Schnäuzer. Mathis ließ den Blick zum Wohnwagen wandern. Erst jetzt fiel ihm auf, dass mit großen, selbst gepinselten Buchstaben *Alfredo – bester Schwertschlucker von Welt* darauf stand.

»Hatte es nicht so mit der deutschen Sprache«, erklärte Meister Bo. Mathis nickte beklommen. Ob die Schwerter des erstochenen Alfredo wohl noch immer in diesem Wohnwagen lagerten?

Etwas entfernt kreischten die Kinder in der elektrischen Raupe. Neben dem Podest war ein Pärchen stehen geblieben und blickte neugierig zu Meister Bo herüber. Es wäre jetzt an ihm gewesen, mit lautem Eigenlob auf sich und seine Attraktionen aufmerksam zu machen, so wie es alle Schausteller taten. Wie sollte das Pärchen sonst wissen, dass er eine Maschine hatte, die ihr Leben verändern konnte? Aber Meister Bo stand auf seinem Stück Wiese, als gehörte er gar nicht zum bunten Treiben, und blickte das Pärchen so grimmig an, dass der Mann seine Frau verunsichert weiterschob.

»Wollen Sie heute wirklich überhaupt nicht zau… äh bedienen?«

»Von Wollen kann nicht die Rede sein. Aber da mein Assistent entschieden hat, sich selbst zu elektrisieren …«

»Der junge Mann von gestern!«, rief Mathis. »Was ist mit ihm? Geht es ihm gut? Ist er Ihr Sohn?«

»Gott bewahre! So einen dummen Strunzel wünsche ich wirklich niemandem zum Sohn! Wobei es wohl irgendwo schon einen armen Tropf geben muss, der sein Vater ist. Zwangsläufig. Jetzt ist er jedenfalls meschugge geworden. Plemplem! Der Doktor sagt, sein Kopf hat die Elektrizität nicht vertragen. Die Spannung war zu hoch. Da gebe ich ihm Handgeld für den Jahrmarkt, und was macht er?« Ein Schnaufen erschütterte Meister Bos Schnäuzer. »Jetzt soll er in irgendein Genesungsheim kommen. Und wer soll dafür aufkommen? Ich natürlich! Als hätte ich das Geld. Als wäre das überhaupt meine Verantwortung!«

»Aber Sie haben doch gestern auch ohne ihn Vorstellungen gegeben. Das Skelett, das ich gesehen habe, als ich in der Raupe saß!«

»Das war ein Polizist. Der ist gekommen, um mich über das Ausmaß an Dämlichkeit meines Assistenten aufzuklären. Und dann wollte er eine Kostprobe von der Maschine. Natürlich unbezahlt.«

»Wird er denn wieder gesund?«, fragte Mathis.

»Wer?«

»Ihr Assistent.«

»Was weiß ich.«

»Und welche Aufgabe hatte er?«

Es war der plötzlich helle Ton in Mathis' Stimme, der ihnen beiden den Geistesblitz gab. Der alte Mann und der Junge blickten sich an und verstanden einander. Es lag sogar ein bisschen Verblüffung in Meister Bos Gesicht. Als ob er nicht begreifen könnte, warum er nicht früher auf diese Idee gekommen war.

»Meister Bo!«, rief Mathis und vergaß vor lauter Aufregung sein lahmes Bein, als er in die Luft sprang. »Schnell, trommeln Sie die Leute zusammen! Ich bin heute Ihr Assistent!«

VIERTES KAPITEL

Berlin, 1935

»Du hast vor, was zu tun?« Meta sah Mathis fassungslos an. Sie stand nur mit ihrem weißen Büstenhalter bekleidet vor ihm und hatte die Hände in die nackte Taille gestemmt. Wenn sie sich so breit machte, verdeckte sie beinahe den Kleiderschrank.

Mathis erklärte noch einmal, dass sein Besuch in der Damenpyramide einzig und allein dem Zweck diene, vergessene Artisten für sein Buch zu treffen.

»Mathis Bohnsack, du weißt wohl nicht, was für ein Etablissement diese Damenpyramide ist!«

»Ein Club.«

»Ein verbotener!«

»Ich weiß.«

»Für ein lesbisches Publikum!«

»Das wusste ich nicht«, gab Mathis zu.

»Nun, jetzt weißt du es. Außerdem ist heute Abend mein Auftritt im Tingel-Tangel.«

Das wiederum wusste Mathis.

»Ich bin noch nie im Tingel-Tangel aufgetreten!«

Auch das wusste Mathis.

»Aber du triffst dich trotzdem lieber mit Claire Waldoff«, spuckte Meta verächtlich aus, »und treibst dich in einem staatlich verbotenen Lesbenclub rum!«

»Wenn wir nur Dinge täten, die heute nicht staatlich verboten wären, dann …«

»Darum geht es doch gar nicht.«

81

Neben ihr öffnete sich die Tür. Ernsti blickte in den Wohnwagen. Der Streit hatte ihn angelockt wie ein verwundetes Tier einen Aasfresser. Mathis verdrehte die Augen.

»Nicht jetzt, Ernsti«, sagte Meta und nahm eine Unterhose aus dem Schrank, die sie anzog. Ernsti schob angesichts des ungewohnt strengen Tons seiner Schwester die Unterlippe vor, blieb aber auf dem Eingangstreppchen stehen. Durch das Fenster konnte man die Spielkarten sehen, die draußen auf dem Klapptisch verteilt lagen.

»Wie willst du überhaupt in diesen blöden Club reinkommen? Als Mann!«

Mathis zuckte die Schultern.

»Claire Waldoff hat gesagt, sie nimmt mich mit. Sie scheint die Leute dort zu kennen.«

»Natürlich kennt sie die. Sie ist die Ikone der Lesben!«

Mathis schwieg. Schon wieder etwas, das er nicht gewusst hatte. Ihm fiel ein, dass Waldoff etwas über seine Kleidung gesagt hatte. Etwas von einem Kleiderzwang? Mathis betrachtete Meta in ihrer Unterwäsche, und ein Gedanke beschlich ihn.

»Was?«, blaffte Meta. »Was starrst du jetzt so?«

»Ich glaube, ich weiß, wie Waldoff mich da reinbringen will … Sie will, dass ich mich als Frau verkleide!«

Meta verdrehte die Augen.

»Herr im Himmel!«, rief sie. »Sag mir, dass das nicht wahr ist.«

»Es ist mir auch erst jetzt klar geworden. Weil du sagtest, es sei ein Club nur für Frauen …«

»Das hätte man aus dem Wort Damenpyramide aber auch gar nicht schließen können.«

»Kann ich mir ein Kleid von dir leihen?«

»Ich kann nicht fassen, dass du das fragst!«

»Ich kann auch so einiges nicht fassen.« Mathis nickte in Richtung Tür. »Dass dein Bruder jede Nacht in unserem Bett schläft, zum Beispiel.«

82

»Lass Ernsti aus dem Spiel. Er hat nichts damit zu tun.«

»Ach ja? Und warum steht er dann in der Tür und grinst?«
Mathis deutete mit ausgestrecktem Arm auf den Zuschauer,
den er nicht haben wollte. Ernstis Grinsen wurde noch breiter.

»Du weißt genau, warum er bei uns schlafen muss. Ich will
nicht eines Morgens in Ernstis Wohnwagen kommen, und er ist
weg!«

Das Verschwinden ihres Bruders war schon seit langer Zeit
Metas größte Angst. Die Vorstellung, keine Aufträge mehr zu
bekommen, kein Geld mehr zu haben und nichts zu essen – all
das verblasste angesichts ihrer Furcht, die Bemäntelten könnten
eines Tages Ernsti abholen.

Mathis seufzte.

»Das weiß ich doch, Meta. Und ich mache ja alles mit, weil
ich …« Er stockte. Wie immer, wenn Ernsti in der Nähe war,
wollte ihm das Wort Liebe einfach nicht über die Zunge rutschen. »Weil ich weiß, wie wichtig es dir ist«, erklärte er stattdessen.

»Und damit möchtest du mir jetzt sagen, ich muss das, was
dir wichtig ist, auch mitmachen.«

Das war es eigentlich nicht, was Mathis hatte sagen wollen.

»Du kannst doch nicht meine Sorge um Ernsti mit deiner …
Lust auf einen Damenclub vergleichen!«

»Was heißt denn hier Lust auf einen Damenclub? Ich will einfach Menschen treffen, die mir ihre Geschichten erzählen, bevor
sie in Vergessenheit geraten!«

»Und diese Menschen sind zufällig alle Frauen.«

»Lesben!«, korrigierte Mathis.

»Lesben, wie beruhigend. Na, dann habe ich ja nichts zu befürchten. Mathis Bohnsack verschwindet freitagnachts in einem
illegalen Damenclub, um Frauen kennenzulernen. In meinem
Kleid! Und währenddessen stehe ich auf irgendeiner Bühne
und habe keine Ahnung, ob du nicht vielleicht gerade festgenommen wirst oder …«

83

»Mit welcher Begründung sollten sie mich denn festnehmen? Für lesbisch werden sie mich wohl nicht halten.« Mathis lachte, unterbrach sich aber hastig, als er Metas Gesicht sah.

»Damit macht man keine Scherze«, zischte sie, die Augen schmal. »Du weißt so gut wie ich, dass sie immer einen Grund finden, jemanden festzunehmen, wenn sie wollen.«

»Ja. Es war ein dummer Kommentar. Tut mir leid.«

Meta schnaubte. Ernsti gab von der Tür her einen Grunzlaut von sich, um sie zu ermuntern weiterzustreiten. Aber Meta hatte bereits resigniert. Mathis hatte ihr den Wind aus den Segeln genommen. Sie rieb sich die Stirn.

»Du bist ein Dickschädel, Mathis Bohnsack, hat dir das schon mal jemand gesagt?«

»Du hast es ein paarmal erwähnt, ja. Vielleicht so an die dreihundert Mal.«

»Weil es stimmt.« Sie drehte sich zum Schrank und riss die Kleiderbügel so heftig auseinander, dass es quietschte. Dann warf sie ihm ein grünes Kleid gegen die Brust.

»Du wirst aber auch darin nicht aussehen wie eine Frau! Du bist viel zu groß!«

»Du bist genauso groß wie ich.«

»Ja, aber ich habe die hier.« Sie fasste sich an die Brüste. »Und Hüften und einen Hintern. Du hast … gar nichts!«

»Vielen Dank«, sagte Mathis.

»Das Kleid wird dir wahrscheinlich um den Leib schlottern. Vielleicht kann ein Gürtel noch was retten. Aber ich kann nicht versprechen, dass du am Ende nicht aussiehst wie ein abgehalfterter Damenimitator.«

Entgegen Metas düsterer Prophezeiung gab Mathis nach gut anderthalb Stunden eine recht passable Dame ab. Und auch wenn Meta es nie zugegeben hätte, hatte sie am Ende richtig Spaß daran gehabt, ihn bis zur Perfektion auszustaffieren.

In den vielen Jahren, die sie bereits im Schaustellergewerbe unterwegs waren, hatte sich so einiges im Kleiderschrank angesammelt. Kostüme und Accessoires, an die sich Mathis nicht einmal erinnern konnte. Am Ende war er nicht nur mit dem grünen Kleid, sondern mit Perlenkette, Schläppchen, Fächer und einer überdimensionalen Stoffblume ausgerüstet, die Meta ihm seitlich am Dekolleté feststeckte, damit sie verhinderte, dass jemand Mathis' Brüste als das erkannte, was sie waren: abgetragene Herrenstrümpfe in einem Büstenhalter.

Die Person, die Mathis schließlich im Spiegel entgegenblickte, sah zwar noch immer aus, als wäre sie mit einer hochgewachsenen Staudenpflanze verwandt, hatte aber auch deutlich weibliche Merkmale. Zum Glück hatte Mathis die Züge seiner Mutter geerbt. Beim wettergegerbten Bauerngesicht des Vaters hätte wohl nur ein Schleier geholfen.

Mathis betrachtete die rot geschminkten Lippen im Spiegel, während Meta ihm von hinten einen lilafarbenen Hut aufsetzte.

»Ich hab auch Handschuhe rausgesucht. Wenn jemand deine Finger sieht, hätten wir uns die Kostümierung gleich sparen können.«

»Du bist so feinfühlig«, sagte Mathis.

Sie zupfte das Band an dem Hut zurecht und trat dabei so dicht neben ihn, dass er ihre Haut riechen konnte. Noch immer trug sie nur ihren Büstenhalter und ihre Unterhose. Er zog sie an sich, um sie zu küssen.

»Mathis Bohnsack, du trägst Lippenstift! Wie wird das aussehen, wenn ich später mit Kussabdrücken im Gesicht auf die Bühne trete!«

Meta entwand sich der Umarmung. Ihr Blick huschte zu Ernsti, der inzwischen auf dem Bett hockte und das Treiben beobachtete. Seine Augen waren starr und kalt. Er konnte es nicht leiden, wenn seine Schwester angefasst wurde.

»Ernsti! Wegsehen!« Mathis packte Metas Kopf mit beiden Händen und küsste sie trotzdem. Sehr sorgfältig verteilte er rote Farbe auf ihrem Gesicht und ignorierte Ernstis empörtes Schnauben. Zum ersten Mal seit langer Zeit lachte Meta.

»Danke«, sagte Mathis, als er fertig war, und blickte fasziniert auf das lebende Kunstwerk, das da vor ihm stand.

Claire Waldoff war ein bunter Hund in Berlin, doch die wenigsten wussten wirklich etwas über sie. Dass sie in Wahrheit gar nicht von hier kam, sondern aus dem Ruhrgebiet, zum Beispiel, und ihren Dialekt nur für die Bühnenkarriere gelernt hatte. Wenn nicht gerade ein überlanger Damenimitator vor ihrer Tür stand, beherrschte sie ihre Rolle nämlich in Perfektion.

»Ach du meine Güte!«, sagte sie jetzt in reinstem Hochdeutsch und blinzelte vor lauter Überraschung kräftig. »Mathis Bohnsack?«

Mathis deutete eine Verbeugung an.

»Du meine Güte!« Wenn sie die Augen so aufriss wie jetzt, sah Waldoff aus wie eine kleine, rundliche Kröte. »Kiek mal, Olly! Dit jibs ja nich!«

Im Türspalt erschien eine ganze Horde Frauen, allesamt mit Bowlegläsern in den Händen. Die Tür wurde weiter geöffnet, damit sie Mathis bestaunen konnten. Warme Jazzmusik quoll aus der Wohnung.

»Himmel! Mathis Bohnsack! Wat soll'n dieser Aufzuch?«

Waldoffs Lachen wurde von den Frauen aufgenommen. Ein helles, schnatterndes Lachen aus vielen rot geschminkten Mündern.

»Ich dachte, ich sollte ein Kleid tragen, um in die Pyramide gelassen zu werden.«

»Een Kleid? Anständije Kleidung hätt ja schon jereicht ... Aber wat soll't! Knorke, deen Kostüm! Da wirste jut reinpassen!«

»Knorke« war ein Wort, das außer Claire Waldoff kaum ein Erwachsener je in den Mund genommen hätte. Doch Waldoff hatte das Recht dazu. Immerhin war sie Schöpferin dieses Aus-

86

drucks, der unter den Jugendlichen längst Mode geworden war.
Die Traube lachender Frauen umschloss Mathis wie Wasser, als
er die Wohnung betrat. Er war froh, endlich in geschützter Umgebung zu sein. Auf der Straße hatte er recht viele Blicke auf
sich gezogen.

Die Wohnung war groß, doch den Eindruck hatte er bei jedem Raum, den er betrat, seit Meta und er in einem Wohnwagen lebten. Rechts unter dem Fenster standen ein grünes Sofa
mit zwei Sesseln und ein niedriger Couchtisch. Links gab es
einen Esstisch vor einem dunklen, wuchtigen Schrank. Alles
war überladen: das Sofa mit Kissen, die Wände mit Bildern und
der Tisch mit Gläsern und Alkohol. In der Zimmerecke dudelte
ein Plattenspieler.

»Claire! Du hast mir nicht gesagt, dass sie so gut aussieht.«
Eine schlanke Frau mit dunkler Bubikopffrisur löste sich aus
der Frauengruppe. Ihre rechte Hand drängte Mathis ein rand-
volles Bowleglas auf, die linke legte sich auf seine Schulter.
»Wenn ich nicht schon vergeben wär, könnte ich mich glatt in
sie verlieben!«

Mathis lächelte schief. Doch als er Waldoffs finsteren Blick
bemerkte, nahm er schnell einen Schluck Bowle. Die Dunkelhaarige mit dem Bubikopf war ihre Lebenspartnerin Olly.

»Hab ick euch eijentlich schon ma erzählt, wat ick in meenem
Nachtkästchen hab!«

Olly verdrehte die Augen, als Waldoff sich umdrehte und auf
ihren kurzen Beinen ins Schlafzimmer watschelte.

»Claire, du verstehst aber auch keinen Spaß! Es wissen inzwischen alle, was du in deinem Nachtkästchen aufbewahrst.«

»Böhnchen wees et sicha noch nich!«

Mathis wollte eigentlich gar nicht wissen, was Claire Waldoff
in ihrem Nachtkästchen aufbewahrte. Doch offenbar spielte sein
Interesse oder Nichtinteresse an diesem intimen Detail ihres Lebens keine Rolle. Ebenso wenig wie sein Wunsch, nicht von ihr
Böhnchen genannt zu werden. Er nahm vorsichtshalber noch

einen Schluck Bowle, um sich auf das vorzubereiten, was da kommen mochte. Als Waldoff zurückkehrte, schwenkte sie triumphierend etwas über dem Kopf.

»Ein Schuh«, stellte Mathis fest.

»Dit is nich' irjendeen Schuh.« Waldoffs verschmitztes Lächeln ließ ihr Gesicht noch schiefer wirken. »Dit is der Schuh von der juten Marlene!«

Olly verdrehte erneut die Augen und wandte sich ab.

»Welche Marlene?«, fragte Mathis.

»Welche Marlene? Welche Marlene? Na, Marlene Dietrich!«

Eine blonde Frau in einem viel zu luftigen Kleid klärte Mathis darüber auf, dass Marlene Dietrich seit Jahren eine gute Freundin von Claire sei, seit diese ihr Gesangsunterricht gegeben habe.

»Claire Waldoff hat Marlene Dietrich Gesangsunterricht gegeben?«, echote Mathis.

»Und einige Zeit auch Unterricht in anderen Dingen …«, fügte die Blonde augenzwinkernd hinzu. »Das Techtelmechtel zwischen den beiden ist inzwischen schon fast zehn Jahre her. Aber wann immer Claire eifersüchtig ist, kommt sie mit dieser Marlene-Dietrich-Pantoffel-Geschichte um die Ecke, um Olly zu quälen.«

Sie deutete in Ollys Richtung, die inzwischen zum Bowlegefäß getreten war und sich scheinbar seelenruhig nachschenkte.

»Mit mir ist die jute Marlene zum ersten Mal uffn Lesbenball jejangen. Ick sach euch, dit warn Abende! Und scheen ist die Frau. So scheen!«

»Jetzt lass doch gut sein, Claire! Du weißt doch, dass Olly das nicht ernst gemeint hat. Und statt die ganze Zeit von der juten Marlene zu quatschen, kannst du uns lieber mal vorstellen.« Die Blonde streckte Mathis lächelnd die Hand entgegen, um diese Aufgabe gleich selbst zu übernehmen. »Anni Vara«, sagte sie. »Ich habe gehört, Sie wollen ein Buch über uns schreiben?«

»Ich bin auf der Suche nach interessanten Geschichten«, sagte Mathis ausweichend.

»Tja, Geschichten finden Sie hier reichlich. Die von Claire und Marlene haben Sie ja jetzt schon gehört.« Olly warf einen vernichtenden Blick auf ihre Partnerin, die noch immer den Pantoffel in der Hand hielt, als probte sie für einen Auftritt als Aschenputtel.

Anni Vara zählte mindestens fünfzehn Namen auf, die Mathis sich zu merken versuchte, während er Hände schüttelte. Die Vorstellungsrunde schloss mit einer Dame namens Augusta von Zitzewitz.

»Augusta war Künstlerin, bis die Nazis ihre Bilder vor zwei Jahren zensierten«, sagte Anni Vara.

»Ich bin immer noch Künstlerin«, korrigierte die Vorgestellte in einem Tonfall, dem man das »von« anhörte. »Ich habe lediglich Berufsverbot.«

Mathis nahm die feingliedrige Hand, die sie ihm reichte. Sie hielt den Kopf so weit erhoben, dass nur große Menschen wie er die feinen Silbersträhnen sehen konnten, die am Ansatz ihres Scheitels lauerten.

»Ich male Porträts.« Sie deutete auf ein Bild, das über dem Tisch hing. Es zeigte eine junge, kurzhaarige Frau, die sich elegant an ein Kissen lehnte. Mathis musste zweimal hinsehen, um zu erkennen, dass diese damenhafte Gestalt Claire Waldoff darstellen sollte. Die markanten Augenbrauen und der entschieden vorgeschobene Mund hatten ihn im ersten Moment an ein Selbstporträt der Künstlerin denken lassen.

Er überlegte noch, was er sagen könnte, ohne Augusta von Zitzewitz zu beleidigen, als ein Klopfen an der Tür die ganze Gesellschaft zusammenfahren ließ. Schlagartig wurde es ruhig. Nur die warme Jazzmusik des Plattenspielers waberte durch die Erstarrten.

»Sollte noch jemand kommen?«, fragte Vara. Die Angst in ihrer Stimme war eine junge, noch nicht älter als ein Jahr. Die

Kleider, die Musik, die Bowle – alles wurde in dieser Wohnung getan, um die Zwanzigerjahre aufrechtzuerhalten. Aber ein einfaches Klopfen an der Tür reichte, um sie in die Gegenwart zurückzuholen.

Jemand hob die Nadel vom Plattenspieler. Nun war es ganz still im Raum. Claire Waldoff marschierte zur Tür, den Marlene-Pantoffel an die Brust gedrückt. Sie atmete ein und öffnete.

Draußen auf dem Flur stand eine blonde, äußerst dünne Frau, die aussah, als hätte sie die meiste Zeit ihres Lebens Hunger gehabt. Inzwischen war sie Mitte fünfzig und hatte müde Augen. Ihr kurzes Haar, das am Morgen noch gewellt gewesen war, hing ihr platt am Kopf.

»Elsi!«

»Claire.« Die Besucherin musste sich zu Waldoff hinunterbeugen, um sie in ihre lianenartigen Arme zu schließen.

»Ick hab jedacht, du wärst uffm Wech nach Paris!«

»Ich hab's mir anders überlegt. Die Franzosen mit ihrer komischen Sprache … Und was sollte ich dort wohl so ganz allein ohne euch?«

Ein kollektives Seufzen ging durch die Umstehenden. Sie eilten zur Tür, um Elsi zu umarmen.

»Ich sehe natürlich schrecklich aus … Habe immer noch meine Reisekleidung an. Und keine Wohnung mehr …«

Sie deutete auf die zwei übergroßen Koffer zu ihren Füßen, und Mathis fragte sich, wie sie die mit ihren ausgezehrten Armen wohl die Treppen hochgeschleppt hatte.

»Du bleibst bei uns, bis de wat Neuet jefunden hast«, bestimmte Claire prompt.

Paris, dachte Mathis. Viele Theaterdirektoren, Essayisten, Schriftsteller und Maler flohen dorthin, seit im vergangenen Jahr der Reichstag gebrannt und Hitler den Ausnahmezustand verkündet hatte. Wer heutzutage nach Paris, Zürich oder Wien auswanderte, der hatte normalerweise nur einen Grund dafür. Und dieser Grund war mit Elsi hiergeblieben.

»Du kommst gerade noch rechtzeitig für einen letzten Schluck Bowle, Elsi.« Olly griff nach dem Glasgefäß und kippte es. Im Topf blieben nur gewürfelte Apfelsinenstücke zurück, als sie Elsi eingegossen hatte.

»Das ist doch nicht …!«

»La plata d'amour«, bestätigte Olly in so breitem Berlinerisch, dass der französische Ursprung des Wortes kaum noch zu erkennen war. »Meenste, wir lassen uns von der Rejierung ooch noch die Jetränke vorschreiben?«

Sie prosteten sich zu. Elsi nippte, verdrehte die Augen und legte theatralisch die Hand an ihre Stirn. Dann warf sie ungeniert ihren Mantel zu Boden und verschwand in Waldoffs Schlafzimmer, um kurze Zeit darauf in ein dünnes Chiffonkleid gehüllt wieder aufzutauchen. Unter dem durchsichtigen Stoff leuchtete ein weißer Büstenhalter. Sie lächelte mit knallrotem Mund, während sie sich vor der Versammlung in Pose warf, als erwartete sie ein Blitzlichtgewitter.

»Dit soll mir mal jepasst haben?«, rief Waldoff, die gerade einen weiteren Arm voll Weißweinflaschen aus der Küche hereinschleppte. Die Damen der Runde klatschten, ob nun für Elsi oder den Nachschub an Alkohol, wusste Mathis nicht zu sagen. Überhaupt begann die Bowle langsam Wirkung zu zeigen. Sie stupste Gedanken um und verzerrte ein paar Dinge, die vorher noch ganz klar gewesen waren. Was auch immer die Zutaten waren, es war wenig getan worden, um den Alkohol zu verdünnen. Als sich Elsi links neben Mathis auf das Sofa warf, fühlte es sich an, als bewegten sich unter ihm die Planken eines Schiffs. Elsi sah Mathis an, als wartete sie darauf, dass er sie um ein Autogramm bat.

Mathis versuchte, ihr Gesicht mit einem abzugleichen, das er vielleicht kennen sollte. Aber sie kam ihm nicht bekannt vor.

»Also, für welche Zeitung schreiben Sie?«, fragte Elsi schließlich, als Mathis so gar keine Anstalten machte, irgendetwas Bewunderndes zu ihr zu sagen.

»Für keine. Es wird … ein Buch.«

Elsi legte den Arm auf die Lehne des Sofas. Selbst diese Geste wirkte theatralisch.

»Tatsächlich, wie spannend. Und was ist der Titel?«

»Das Buch der vergessenen …« Weiter kam Mathis nicht. Hinten im Raum wurde eine Tür aufgestoßen, und eine gebeugte alte Frau mit Schürze kam herein, zusammen mit einer Wolke aus Dampf und Küchenduft. Die Frauen schrien auf. Einige sprangen von ihren Plätzen, um Beifall zu spenden. Doch die Köchin knallte das Tablett nur mit einem grimmigen Gesichtsausdruck auf den Esszimmertisch, sodass der Riesenfisch darauf fast zu Boden glitt. Ihre Mundwinkel waren bis zum Kinn herabgezogen.

»Idka!« Olly blickte entschuldigend in die Runde, bevor sie der alten Frau entgegeneilte.

»Glühwürmchen!«, schrie Idka. »Die ganze Küche ist voll. Haben mir fast den Fisch aufgefressen.«

»Glühwürmchen? Idka, es gibt hier keine Glühwürmchen! Der Fisch sieht doch ganz wunderbar aus …«

»Glühwürmchen!«, schrie die Köchin noch einmal und sah aus, als wollte sie sich auf der Stelle die Schürze herunterreißen und kündigen. Olly wirkte beschämt. Doch Waldoff packte die alte Frau am Arm.

»Allet jut, Idka. Denn lass ma kieken, wo dit Jewürm is.« Sie zwinkerte der Runde mit ihrem geschmolzenen Auge zu. Doch Olly sagte nachdrücklich: »Wir haben keine Würmer in der Küche!« Woraufhin die Köchin sich zu ihr umdrehte, die Schürze herunterriss und auf den Boden knallte. Einen Augenblick später waren sie und Waldoff in der Küche verschwunden.

Mathis war völlig perplex. Die Köchin hatte ihn an etwas erinnert, das schon viele Jahre zurücklag.

»Glühwürmchen?«, fragte er die Frau zu seiner Rechten, die sich ein Tuch um den Kopf gebunden hatte, als hätte sie eine Kopfverletzung erlitten. Sie trug ein langärmliges blaues Spitzenkleid. Mathis erinnerte sich daran, dass Vara sie ihm als Schriftstellerin vorgestellt hatte. Evalyn Byrd, wenn er sich nicht irrte.

»Bei Idka sitzen ein paar Schrauben locker. Manchmal kocht sie auch gar nicht und schimpft nur. Oder sie backt Salz und Speck in ihren Schokoladenkuchen ein. Obwohl der gar nicht so schlecht war.« Sie nahm eine Zigarette aus einem Etui und zündete sie an. »Sie waren gerade dabei, uns den Arbeitstitel Ihres Buchs zu nennen?«

»Ja, ich … möchte über vergessene Artisten schreiben.«

Byrd nickte, aber Mathis entging nicht, dass sie bei dem Wort »vergessen« leicht zusammenzuckte.

»Ein schwieriges Unterfangen«, mischte Elsi sich ein. »Wie wollen Sie die Geschichten denn aufschreiben, wenn sie vergessen sind?«

»Das eben will ich ja verhindern – dass sie vergessen werden. Sehen Sie, wenn wir einfach so zusehen, wie die Erinnerung an eine ganze Generation von Künstlern kurzerhand ausgelöscht wird, dann rauben wir der Geschichte doch ihren Sinn, oder? Diese Künstler stehen für etwas! Sie haben einen Platz in der Geschichte!«

Byrd nickte nachdenklich mit dem Turban. Dann meinte sie: »Das wirklich schwierige Unterfangen daran ist eher, dass so etwas heute niemand mehr veröffentlichen wird.«

»Das ist mir wohl bewusst«, sagte Mathis.

Elsi zog die Brauen hoch und stand auf. An einem Interview, das nie veröffentlicht werden würde, war sie nicht interessiert.

»Was ist mit Ihren Büchern?«, fragte Mathis.

»*Mondsuche* und *Der Wolkenherbst*. Suchen Sie nicht in der Buchhandlung danach.« Byrd lachte bitter, und diesmal zitterte ihre Hand, als sie die Zigarette zum Mund führte. Das glimmende Ende spiegelte sich in ihren Augen, als wäre es das Feuer der Bücherverbrennung selbst.

»Ich schreibe jetzt für den *Querschnitt*«, sagte Byrd. »Den kennen Sie wohl?«

»Das Kunstmagazin.«

»Das Magazin der aktuellen Ewigkeitswerte«, korrigierte Byrd. »Wir schreiben über Kunst, Literatur und Boxsport.«

»Das ist aber ein breiter Querschnitt.«

Sie sah ihn gekränkt an.

»Das passt sehr gut zusammen! Viele Schriftsteller und Intellektuelle begeistern sich fürs Boxen. Es ist ein Sport, der Genauigkeit, Kombinatorik und Intelligenz erfordert.«

»Entschuldigen Sie. Das wollte ich gar nicht bestreiten.« Die Bowle stiftete Mathis zu Kommentaren an, die er eigentlich für sich behalten wollte. Er war froh, als jemand ihm einen Teller mit Fisch und Kartoffeln reichte.

»Zufällig schreibe ich für genau diese Sparte des Magazins.« Byrd klang noch immer so, als müsste sie sich verteidigen. »Und ich boxe auch selbst. Jeden Morgen um acht im Studio von Sabri Mahir.«

»Eine Boxerin?« Mathis biss ein großes Stück Kartoffel ab. Der Fisch auf seinem Teller war Hecht.

»Das überrascht Sie wohl! Aber ja, stellen Sie sich vor, auch Frauen boxen. Ich weiß schon, dass so was bei Frauen eigentlich nicht erwünscht ist. Bloß nichts, bei dem wir schwitzen könnten! Oder stark werden. Aber ich will Ihnen mal was sagen. Nicht alle von uns geben sich damit zufrieden, zu Hause den Besen zu schwingen oder höchstens einmal Charleston zu tanzen, während die Männer in exklusiven Herrenboxclubs ihre Männlichkeitsrituale zele…«

»Ich würde sie sehr gern lesen.«

»Wie bitte?«

»Ihre Artikel, ich würde sie sehr gern lesen.«

Irritiert wollte Byrd sich durch die Haare fahren, doch die steckten ja unter dem dick gewickelten Turban. Das Tuch verrutschte und saß jetzt schief auf ihrem Kopf.

»Sie machen sich über mich lustig.«

»Überhaupt nicht. Und im Übrigen habe ich in meinem ganzen Leben noch kein Männlichkeitsritual zelebriert. Meine Lebenspartnerin arbeitet als Kraftfrau. Heute Abend hat sie einen Auftritt im Tingel-Tangel.«

Byrd lächelte verwirrt ihrem Hecht zu, als könnte der ihr aus dieser peinlichen Situation helfen. Dabei nahm Mathis ihr die feurige Rede gar nicht übel. Sie hatte ihn sogar ein wenig an Meta erinnert.

»Meine Artikel werden unter einem Pseudonym veröffentlicht«, teilte Byrd dem Fisch mit. »Hans Neuhaus. Wegen der Bücherverbrennung. Wir haben es besser gefunden, einen anderen Namen …« Sie unterbrach sich. Mathis nickte und verstand. Ein Männername als Pseudonym. Weil Deutschland noch immer nicht so weit war, Artikel übers Boxen zu lesen, die von einer Frau geschrieben wurden.

»Ich werde mir eine nächste Ausgabe kaufen«, versprach er. »Sagen Sie, haben Sie auch das Gefühl, dass der Hecht ein wenig nach … Weihnachten schmeckt?«

»Marzipan.« Byrd fischte sich seelenruhig eine Gräte aus dem Mund. »Wenn Sie Idkas Kreationen nicht mögen, geben Sie sie ruhig mir.«

Nach dem Essen wurden Mokka und Likör gereicht. Wie Elsi ließen nun auch weitere Gäste die Hüllen fallen. Mathis verschluckte sich an seinem Kaffee, als die ersten Damen in Rüschenunterhosen und Büstenhalter ausgelassen an ihm vorbeihopsten. Dann verschwanden sie kichernd im Schlafzimmer, wo sie sich ungeniert an Waldoffs großem Kleiderschrank bedienten. Der Alkohol hatte ihnen ein bisschen Jugend in die alten Wangen zurückgezaubert – und ins Gehirn ebenfalls.

»Hier sind die Zwanziger noch nicht vorbei«, sagte Byrd, die glücklicherweise noch immer bekleidet neben Mathis saß. »Für viele war das die beste Zeit. Vor der Wahl dieses Trottels. Je-

95

den Abend Theaterstücke, Bälle, endlose Partys. Jetzt stehen die meisten von ihnen auf der schwarzen Liste. Es wird ihnen vorgeschrieben, was sie zu singen haben. Oder zu malen. Oder zu schreiben. Wussten Sie, dass Claire nächste Woche eigentlich einen Auftritt in der Flora in Hamburg haben sollte? Claire Waldoff – die Einzigartige, die Königin des Humors!« Mit den Händen spannte Byrd ein Werbebanner in die Luft. »Sie hat zig Plakate drucken lassen. Aber jetzt hat sich die Ortsgruppe des ›Kampfbundes für deutsche Kultur‹ gemeldet. Sie wollen nicht, dass Claire auftritt, weil ihre Lieder angeblich voller jüdischer Zweideutigkeiten wären und der Jugend Schande zufügen würden. Sie haben an Staatskommissar Hinkel im preußischen Ministerium geschrieben. Und der müsste nur mit dem Finger schnippen, und Claire dürfte gar nicht mehr auftreten.«

»Denken Sie denn, das wird er tun?«

Byrd zuckte die Schultern.

»Schwer zu sagen. Ich weiß, dass Hinkel ziemlich genervt vom Kampfbund ist. Aber andererseits ist Claire auch schon früher mit ihm aneinandergeraten. Auf ihrer Deutschlandtournee vor einigen Jahren haben irgendwelche Leute aus dem Publikum an die Reichskulturkammer geschrieben, weil Claire einige Zeilen aus ihrem Lied umgedichtet hatte. Es war ein Soldatenlied von früher, und sie hatte es geändert. Nichts Dramatisches. Sie hat nur am Ende gesungen, dass die Soldatenmädchen neu verheiratet waren, als die Soldaten aus dem Krieg zurückkamen. Aber den Nazis passte das gar nicht. Und dann hieß es auch noch, Staatskommissar Hinkel habe selbst während Claires Auftritt herzlich gelacht. Das musste der natürlich vehement bestreiten! Das genaue Gegenteil sei der Fall, hat Hinkel gesagt. Er habe sich schon in der Scala über Claire Waldoff beschwert, weil sie ein unanständiges Lied ›vom Bett‹ gesungen habe.«

»Wat werden denn hier für ernste Töne angeschlagen?« Ein ziemlich runder Schatten legte sich über das Sofa. Claire Waldoff kam mit einem halb vollen Likörglas angewatschelt. »Ihr sollt trinken, Kinda, nich Politik quatschen!«

Byrd lächelte entschuldigend. »Ich habe gerade von deinem neuesten Konflikt mit Hinkel gesprochen.«

»Ach das!« Waldoff drehte sich um. Mathis erkannte gerade noch rechtzeitig, dass sie sich neben ihn aufs Sofa fallen lassen wollte, und rückte hastig zur Seite. Doch für dreieinhalb Personen war das Möbelstück zu klein. Halb saß Mathis jetzt auf Byrds Schoß und halb unter Waldoffs breitem Hinterteil. Byrd musste die Hand auf die Lehne legen, um nicht vom Sofa zu fallen.

»Die Leute ham se echt nich mehr alle!« Waldoff bekam nichts von Byrds und Mathis' Not mit. »Letztens ham sich welche über'n Filmplakat vom Theo Lingen beschwert, weil dem seene Nase wohl so ›rassenfremd‹ rausstand. Uff so wat muss ma erst ma kommen: Die Nase zu rassenfremd! Die ham echt een anner Klatsche! Dem Theo Lingen seene Nase stand doch schon immer so raus. Aber Hauptsache, die Nazis jeben überall ihr'n Senf druff. Da hab ick echt manchmal Lust, denen uff'n Kopp zu haun, dit se durch de Rippen kieken wie de Affen durchs Jitter!«

Waldoff legte den Kopf in den Nacken und kippte den Rest Likör. Mathis versuchte, sich aus der unbequemen Haltung zu befreien, aber er war fest zwischen den beiden Frauen eingeklemmt. Bevor nicht die eine fiel oder die andere aufstand, war er gefangen. Er begann zu schwitzen, während Waldoff erzählte, dass sie ihre Platten zwar weiterhin produzieren und verkaufen dürfe, allerdings ohne die Namen der jüdischen Musiker auf den Plattenhüllen.

»Meen Komponist, Ludwig Mendelssohn, heest jetzt zum Bespiel ›Adolf Walter‹. Da hätten se sich ja ooch keenen scheeneren Namen überlejen können, wa? Adolf Walter …«

»Ich möchte nicht unhöflich sein, aber mir ist ein bisschen warm«, keuchte Mathis. Waldoff blickte erstaunt, sie bemerkte erst jetzt, dass da ein fremder Oberschenkel unter ihrem Gesäß steckte. Sie hob die rechte Pobacke an, und Mathis wand sich aus den Tiefen des Sofas.

»Ich könnte auch ein bisschen frische Luft vertragen«, sagte Byrd.

»Jeduld! Een Likörchen trinken wa noch, Kinders. Und danach jeht's ab in die Pyramide!«

FÜNFTES KAPITEL

Langweiler, 1902

Es lässt sich mit Fug und Recht behaupten, dass es in der Geschichte des Jahrmarktröntgens nie einen so arbeitsfreudigen Assistenten wie Mathis Bohnsack gegeben hat. Er drehte die Kurbel bis zur Erschöpfung, bis seine Arme gummiartig am Körper herunterhingen. Er wollte sich unersetzlich machen, der beste Junge sein, den Meister Bo je gehabt hatte. Was einerseits eine Herausforderung war, denn der Meister hatte schon viele Jungen gehabt. Andererseits aber auch nicht, denn alle davon waren in seinen Augen Knalltüten gewesen.

Den Röntgenschirm konnte Mathis während der Arbeit nicht sehen, dafür aber die Mienen der Zuschauer, die das Schauspiel beobachteten. Einige waren ängstlich und andere skeptisch. Doch ausnahmslos alle hatten ein erwartungsvolles Glänzen in den Augen, das Mathis' eigene Aufregung nur noch anpeitschte.

Meister Bo war wie verwandelt. Er spielte den Gentleman, reichte den Damen die Hand, um ihnen aufs Podest zu helfen, und riss Witze, wenn sie die düstere Atmosphäre und der Gestank der Maschine ängstigten. Er komplimentierte sie hinter den Schirm, wo sie sich unter dem Aufschrei aller Anwesenden in ein lebendes Skelett verwandelten. Wie schon am Vortag schätzte er den Inhalt der Briefbörsen und Taschen, die sie ihm reichten, und nahm seinen Kunden so ganz geschickt mehr Eintrittsgeld ab, als sie je bezahlt hätten. Die Münzen fielen zu Boden und verschwanden in den Ritzen zwischen den Brettern.

Dort unten, unter dem Podest, musste eine wahre kleine Schatz-kammer liegen.

Doch es gab auch Zuschauer, die trotz aller Überredungs-künste Angst davor hatten, hinter den Schirm zu treten. Sie fürchteten sich vor der gespenstischen Aura, die von der Ma-schine ausging, vor ihren Funken und dem Knacken. Sie fürch-teten sich davor, ihrem eigenen Tod ins Gesicht zu sehen. Dann rief Meister Bo Mathis heran und betraute einen der Zuschauer mit dem Rad der Maschine. Und das waren die überhaupt schönsten Momente des ganzen Tages.

Mit klopfendem Herzen trat Mathis hinter den Schirm. Er sah in die fassungslosen Mienen des Publikums und wie die Frauen sich an ihren Männern festhielten.

Sein Leben lang hatte Mathis angenommen, er sei krüppelig und zu nichts zu gebrauchen. Von der Hüfte abwärts hatte er sich für einen hässlichen, missgestalteten Jungen gehalten. Aber die Zuschauer sahen ihn an, als wäre er der wiedergeborene Herkules. Er hatte sich noch nie so stark gefühlt wie in diesen durchsichtigen Momenten, so ganz und gar vollständig. Mathis' durchsichtiger Anblick faszinierte jeden.

Wenn der Meister ihm das Zeichen gab, den Arm zu heben, hob Mathis den Arm. Er spreizte die Finger, wenn er die Finger spreizen sollte, und griff nach einem Apfel, den Meister Bo ihm reichte. Er war ein dressiertes Hündchen, das auf die Komman-dos seines Herrn wartete. Doch schon nach der dritten Durch-leuchtungsvorführung kam Mathis auf eigene Ideen.

Als Meister Bo ihm das nächste Mal den Apfel reichte und sich wieder zum Publikum wandte, zögerte Mathis kurz und biss dann geräuschvoll in das Obststück. Meister Bo fuhr herum, mit einem wilden Ausdruck im Gesicht, weil sein Assis-tent etwas getan hatte, das er nicht angekündigt hatte. Doch dann wanderte sein Blick zum Schirm und zu dem Apfelstück, das Mathis' Speiseröhre hinunterwanderte. Und als seine Zu-schauer fasziniert zu klatschen begannen, lächelte Meister Bo.

Ein andermal kam Mathis auf die Idee, seine Lunge mit Luft zu füllen, bis sie zu platzen drohte, sodass die Zuschauer sahen, wie seine Rippen sich ausdehnten. Mathis brachte Leben in das schwarze Skelett auf dem Schirm. Mit Tod hatte das nichts zu tun. Eher mit einer Lebendigkeit, die er nie zuvor gespürt hatte. Er war zu etwas nutze! Er arbeitete, und er machte es gut, das sah er an Meister Bos zufriedener Miene, wenn er hinter dem Schirm hervortrat und seinen Platz an der Kurbel wieder einnahm. Hier in der Kabine war er kein schwächlicher Bauernsohn mehr, der störrisch überlebende Querschläger einer ansonsten völlig gesunden Familie. Die Maschine machte Mathis zum Mann. Wenn er gedurft hätte, hätte er sich für immer in ihrer grünen Umarmung versteckt.

Sie gaben eine Aufführung nach der anderen, ohne dass Mathis der Durchsichtigkeit müde wurde. Lediglich seine Arme waren schwer und taub, und er fühlte sich benommen, als die Dunkelheit sich über den Jahrmarkt legte und Meister Bo verkündete, dies sei nun ihre letzte Vorstellung gewesen.

Durch den Vorhang auf die Wiese zu treten, deren Gras von der Abenddämmerung feucht war, war wie der Rückschritt in eine alte Welt. Als wachte Mathis aus einem Traum auf, in dem er gerne noch länger geblieben wäre.

Draußen war es kalt geworden. Der Junge und der Alte blickten sich an, und Letzterer kramte nach einigem Zögern zwei Münzen aus der Tasche und drückte sie Mathis verärgert in die Hand. Mathis sah auf seine Handfläche, die wegen des Dämmerlichts oder der Kälte bläulich war. Die Kupferpfennige wirkten wie dunkle Löcher in seiner Haut.

»Was ist? Reicht dir das etwa nicht, du Bengel?«, bellte Meister Bo, als Mathis keine Anstalten machte, die klammen Finger um die Münzen zu schließen.

»Meister Bo ...«

»Hat man dir nicht beigebracht, mit dem zufrieden zu sein, was man dir gibt?«

Mathis dachte an den Rest des kleinen Vermögens, der unter dem Podest versteckt lag, bis Meister Bo den Schatz heben würde. Es interessierte ihn nicht. Was Mathis wollte, war darüber, es stand auf dem Holzfußboden.

»Ich habe überhaupt kein Geld erwartet«, sagte er ehrlich.

»Na, dann gib es wieder her!« Meister Bo wollte die Münzen zurücknehmen. Doch jetzt schloss Mathis doch die Hand darum und steckte sie in die Tasche.

»Danke«, sagte er.

Meister Bo verzog das Gesicht. »Wofür?« Ohne Kunden um sich, die er bezirzen konnte, hatte er zu seiner alten Unfreundlichkeit zurückgefunden.

»Für diesen Tag. Ich … das war wirklich etwas ganz Besonderes.«

»Ach, hör schon auf.« Der Alte kratzte sich umständlich am Hinterkopf. Abschiedsszenen behagten ihm nicht, und das hier musste wohl eine sein. Warum sonst fühlte sich mit einem Mal alles so schwer und traurig an?

»Ich danke Ihnen wirklich!«

»Jaja, jetzt ist es genug.«

Mathis schob die Finger mit dem selbst verdienten Geld bis in den Zipfel seiner Hosentasche und hielt es dort fest.

»Wie heißt du überhaupt?«, fragte Meister Bo.

»Mathis.«

»Und du bist …«

»Fünfzehn.«

»Du bist groß für dein Alter.«

»Ich weiß.«

»Ein bisschen schmächtig, aber groß.«

Mathis schwieg unter dem abschätzenden Blick. Meister Bo bewertete ihn wie ein Pferd auf dem Viehmarkt.

»Gehst du noch zur Schule?«

»Ein Jahr.«

»So.« Wieder kratzte Meister Bo sich am Kopf. Entweder

hatte er Läuse, oder er wurde gerade sehr nervös. Neben ihnen ratterte die elektrische Raupenbahn ihre letzten Runden auf den Schienen. Sie hörten die Schreie der Fahrenden, die jetzt, kurz vor Schluss, besonders laut waren. Als müsste jeder Besucher noch einmal so geräuschvoll wie möglich Spaß haben, bevor der Jahrmarkt schloss. Bevor er für ein Jahr wieder in der Ferne verschwand. Mathis blickte sich um. Plötzlich spürte er die Kälte mehr als zuvor.

»Wenn du ein bisschen älter wärst …« Meister Bo beendete den Satz nicht. Stattdessen räusperte er sich, strich die zerkratzten dünnen Haare auf dem Kopf glatt und sagte: »Na ja, nun mach schon, dass du wegkommst.«

»Auf Wiedersehen, Meister Bo.«

»Jaja, hau endlich ab.«

Mathis schenkte auch der Maschine noch einen stummen Abschiedsgruß, dann ging er mit gesenktem Kopf davon.

Auf dem ganzen Weg über die Dorfwiese hielt er die Münzen in seiner Tasche fest. Er könnte sie noch immer auf dem Jahrmarkt ausgeben. Hier wären sie besser investiert als in dem Leben, in das er zurückkehrte. Einige Fahrgeschäfte und die Panoptiken hatten noch nicht mit dem Abbau begonnen, und die kleinste Prinzessin der Welt und den Indianerriesen hatte Mathis immer noch nicht gesehen. Aber sein Interesse daran war mit dem Auftauchen der Maschine, die alles durchsichtig machte, verblasst.

Mathis hatte heute an der größten Attraktion gearbeitet, die der Jahrmarkt zu bieten hatte. Die Begeisterung der Zuschauer gab ihm recht. Alle waren sie gekommen, um seine Knochen zu bestaunen! Alle außer Lucas und Hans. Die hatte Mathis den ganzen Tag nicht mehr gesehen. Um zehn Uhr waren sie zu seinem Haus gekommen, um ihn abzuholen, aber da hatte er der Mutter noch beim Bohnenschälen geholfen. Vielleicht hatten sie die Mädchen wiedergetroffen, während Mathis hinter Meister Bos Vorhang das Gerippe gegeben hatte. Vielleicht hatten sie jetzt beide eine Freundin, und nur Mathis würde für immer allein bleiben. Aber nicht einmal gegen einen Kuss von Elsa hätte Mathis seinen Tag getauscht.

Wenn er nur ein bisschen älter wäre ...

Er blieb neben einem Zelt stehen, das er gestern nicht weiter beachtet hatte, weil hier nichts blinkte oder elektrisch schnarrte. Es befand sich ganz am Rand der Wiese. Auf der Seite stand in großen schnörkeligen Buchstaben »Cassandra«. Und vor dem Eingang war ein Ast mit bunten Tüchern und allerlei kuriosen Gegenständen aufgehängt. Mathis entdeckte einen toten Tierkopf und kleine ausgesägte Holzstücke mit aufgemalten Sternen. Dazwischen hingen zwei Gaslaternen. Die Tücher wehten sanft im Abendwind.

»Na, Iubiricǎ, soll ich dir Zukunft voraussagen?«

Eine Frau in einem sehr bunten Kleid trat neben Mathis. Sie steckte sich eine Zigarette zwischen die Lippen, um die Hände frei zu haben, und rückte dann ein schwer aussehendes Gebilde auf ihrem Kopf zurecht. Es war eine Art hölzerne Krone. Vorne waren zwei Hörner festgemacht, und hinten fielen Federn über ihre langen offenen Haare. Um ihre Augen hatte sie dunkle Ringe gemalt, so tiefschwarz, als wäre sie mit dem Gesicht voran in einen Kohlentopf gefallen. Mathis wusste gar nicht, was von ihrer Erscheinung er am kuriosesten finden sollte. Schließlich entschied er sich für die Zigarette. Er hatte noch nie eine rauchende Frau gesehen.

Sie trat einen weiteren Schritt vor, ganz dicht an Mathis heran. Von ihrem Körper ging ein Geruch aus, der ihn irgendwie an Kirche erinnerte, aber viel, viel süßer war. Ihre Kleidung machte hundert klirrende Geräusche. Erst jetzt sah er, dass sie Glöckchen an ihrem Rock und den Ärmeln ihrer Bluse trug. Wie hatte sie sich damit vorhin so leise anschleichen können?

»Na, was ist?« Sie schnipste die Zigarette fort.

»Nein, vielen Dank.«

»Zehn Pfennige für Blick in Zukunft seien gute Investition.«

»Ich kenne meine Zukunft schon, vielen Dank.« Mathis machte einen Schritt zurück. Die Frau lächelte, als hätte er einen Scherz gemacht. Sie war jünger, als er auf den ersten Blick gedacht hatte. Deutlich jünger als seine Mutter. Er ließ den Blick zu ihrem Zelt wandern. Der Wind wehte auch von dort diesen Kirchenduft herüber, der Mathis verwirrte. Ein Zelt, das nach Kirche roch.

»Wo kommen her?«, fragte die Frau.

»Ich? Von da.« Mathis deutete hinter sich. »Und Sie, Frau, äh … Cassandra?«

»Bukarest.«

Mathis hatte keine Ahnung, wo Bukarest lag, aber offensichtlich musste es ein guter Ort sein, denn die Frau sah mit einem Mal sehr stolz aus. Es klirrte, als sie das Kinn hob und ihre Krone verrutschte.

»Na also … tschüss dann«, sagte Mathis verlegen und wünschte ihr noch einen schönen Abend.

»Keine Zukunft?«, fragte sie.

»Nein«, sagte Mathis und wurde sich der Bedeutung dieser Antwort erst im Gehen bewusst.

Tatsächlich gab es keine Zukunft für ihn, zumindest keine, die groß genug war, als dass eine Durchleuchtungsmaschine Platz darin gehabt hätte. Mathis' Zukunft war so übersichtlich wie das Land um ihn herum. Ein enges, eingegrenztes Feld, auf dem er nur eine Sache pflanzen konnte: Bohnen. Acker- oder Feldbohnen, Pferde- oder Saubohnen, grüne oder dicke Bohnen, zumindest darüber würde er in seinem Leben vielleicht noch entscheiden können. Aber allergisch war er auf alle, und ansonsten gab es da keine Freiheiten. Mathis' Zukunft würde genauso aussehen wie seine Vergangenheit.

Er trat gegen einen herumliegenden Stein, der dumpf über die Wiese rollte. Was er brauchte, war jemand, der ihm eine andere Zukunft gab. Aber er hatte Zweifel, dass die klimpernde Frau mit den schwarz umrandeten Augen dazu in der Lage

105

wäre. Er drehte sich trotzdem noch einmal um, nur für den Fall. Sie stand auf dem Weg und sah ihm hinterher. Ihr Umriss mit der hohen Krone auf dem Kopf wirkte aus der Entfernung gespenstisch. Mathis holte Luft.

»Kennen Sie sich auch mit Magie aus, Frau Cassandra?«, rief er über den Platz.

»Kartenlegen, Handlesen, Kaffeesatz«, rief sie zurück. Es klang wie eine Einkaufsliste für den Krämerladen.

»Nein, ich meine … Magie.« Mathis hob die Hände, um etwas zu fassen, das sich gar nicht fassen ließ. Und irgendwie verhielt es sich mit Magie ja genauso. »Können Sie mir eine andere Zukunft geben, Frau Cassandra?«

Ihr helles Lachen klang wie ein Käuzchenruf.

»Niemand kann andere Zukunft zu dir geben, Iubi! Du lebst mit was du bekommst.«

Du lebst mit was du bekommst.

Noch aus der Entfernung konnte Mathis ihre Kleidung klingeln hören, als sie sich umdrehte und durch den Zelteingang schlüpfte. Betroffen ließ er die Arme hängen. Es dauerte eine Ewigkeit, bis er sich wieder in Bewegung setzte und den Rest des Heimwegs antrat.

Diese Frau Cassandra hatte gut reden, mit ihrem Gestrüpp auf dem Kopf und ihrem Kaffeesatz, dachte er. Wahrscheinlich hatte sie ein wahnsinnig spannendes Leben und keinen Grund, ihre Zukunft ändern zu wollen. Sie würde ihr Zelt abbrechen und mit den anderen weiterziehen, neue Städte und Länder entdecken, Hamburg oder Bukarest zum Beispiel. Aber Mathis war Sohn, Enkel und Urenkel eines Bauern. Er war der Bruder von zukünftigen Bauern und würde irgendwann Mann einer Bäuerin sein. Vorausgesetzt, er würde ein Mädchen finden, das bei seinem verdrehten Bein und seiner Unfähigkeit, ein Feld zu bestellen, nicht sofort die Flucht ergriff.

Wenn er nur ein bisschen älter wäre, hatte Meister Bo gesagt. Aber was dann? Würde er ihn zum Assistenten machen? Und

würde Mathis dann seine Sachen packen? Fortlaufen mit dem
Jahrmarkt? Fort aus der Region und von der Familie? Ein eigenes Leben führen, und zwar eins, in dem es egal war, dass er ein
Krüppel war? Er kletterte durch die Bretter eines Zauns und betrat die
nächste Wiese. Sein Bein schmerzte. In der dichten, tintenarti-
gen Dämmerung waren die Bäume nur noch schwarze Silhouetten. Und die Gestalten, die sich am Rand des Zauns in die
Schatten drückten, für sein Auge praktisch unsichtbar.

✿

»Josef und Maria!«
Mathis griff sich an die Brust, auf Höhe des Herzens. Der
Schreck fuhr ihm in jeden seiner durchleuchteten Knochen. Na-
türlich waren es nicht Josef und Maria, die da im Schatten der
Bäume erschrocken auseinanderstoben. Es waren Hans und
Elsa. Mathis ließ den Blick zwischen ihnen hin und her wan-
dern. Es war nicht schwer zu erkennen, was sie hier getrieben
hatten, im Dunkeln unter der Eiche.
»Mathis!«
Hastig murmelte Mathis eine Entschuldigung und wollte
sich abwenden. Er war ohnehin schon so spät, dass es zu Hause
Ärger geben würde. Doch Hans trat vor und hielt ihn zurück.
»Mensch, Mathis, wo hast du den ganzen Tag gesteckt?«
Elsa wandte sich mit verlegener Geste ab und ordnete die
Zöpfe rechts und links ihrer Ohren neu.
»Ich war bei Meister Bo.«
»Bei dem Skelettmann?«, fragte Hans. Hinter seinem Rücken
suchte seine Hand die von Elsa, doch die tat, als bemerkte sie es
nicht. Einen Zopf in den Händen, begegnete sie Mathis' Blick.
Er war froh, dass sie in der Dunkelheit nicht sehen konnte, wie
rot er wurde.
Mathis holte Luft.

»Ja, der Mann mit den Skeletten«, sagte er.

»Du warst den ganzen Tag da? Warum?«

Die viel bessere Frage wäre wohl gewesen, warum jemand anderswo sein wollte, wenn er bei Meister Bo und der Maschine sein konnte. Und Mathis hätte es Hans gern erklärt. Der Tag war so wunderbar, so randvoll mit Erlebnissen, die berichtet werden wollten, dass sie ihm von innen gegen den Brustkorb drückten. Doch Hans war nicht allein. Er war mit Elsa hier. Und da lag dieser Ausdruck in seinen Augen, der verriet, dass Skelette ihn eigentlich gerade nicht so interessierten.

»Nein, nein, nicht den ganzen Tag«, sagte Mathis deshalb nur. »Ich hab doch morgens meiner Mutter in der Küche geholfen.« Das war ein dröger, ein ziemlich handfester Satz, einer, der zu Mathis' Leben passte. Das bunte Flattern und Wirbeln in seinem Brustkorb ließ nach. Die Schultern hingen wieder an Ort und Stelle.

»Aha«, sagte Hans angesichts dieser Langweiligkeit und war mit seiner Aufmerksamkeit wieder bei Elsa. Seine Hand war wie eine Wespe, die immer und immer wieder auf dem Marmeladenbrot zu landen versuchte, egal wie oft man sie fortwedelte. Elsa musste sich zunehmend gegen die Finger wehren, die ihre umfassen wollten. Hans legte Elsa den Arm um, wollte sie an sich ziehen, doch sie machte einen Schritt zur Seite. Was eine heimliche kleine Annäherung hatte sein sollen, wurde nun zu einem regelrechten Gerangel, von dem Mathis nicht mehr so tun konnte, als bemerkte er es nicht. Das Zuschauen wurde ihm unangenehm. Elsa tat ihm leid.

»Hans, jetzt lass sie doch.« Mathis wusste sofort, dass die Einmischung ein Fehler gewesen war. Hans ließ von Elsa ab, er sah Mathis an und trat vor. Sein Blick war hitzig. Die Oberlippe verzog sich vor Wut. Ganz eckig wirkte sein Mund.

»Was hast du gesagt?«

Mathis hob die Hände.

»Lass doch gut sein.«

»Hast du ein Auge auf sie geworfen?«

»Ich? Ich habe doch …« Ehe er den Satz beenden konnte, warf ihn Hans' Schlag gegen den Brustkorb zurück. Mathis' lahmes Bein funktionierte nach hinten noch weniger als nach vorne. Er stolperte und fiel. Die Wiese war kälter und härter, als er erwartet hatte. Beim Sturz traf sein Steißbein irgendeine Wurzel oder einen Dreckklumpen. Mathis verzog das Gesicht, und Elsa schrie vor Entsetzen auf. Als Hans sich auf ihn stürzte, konnte Mathis riechen, dass der Freund irgendwo Bier getrunken hatte. Mathis hob die Arme, um die Schläge abzuwehren, und hörte sich Hans' Namen rufen. Dann tauchte Elsa hinter Hans auf. Sie wollte ihn an der Schulter zurückziehen, doch Hans war nun nicht mehr zu bremsen. Er schüttelte sie ab, und zwischen den Schlägen, die er Mathis verpasste, sah der, wie sie hilflos stehen blieb und die Hände vor den Mund presste. Sie schaute zu, wie die Jungen sich prügelten, beziehungsweise wie der eine den anderen verprügelte. Denn so liefen die Kämpfe immer ab. Selbst ein Einarmiger hätte gegen Mathis gewonnen. Seine Schläge waren lahm und ungezielt. Darum sah er am Ende jedes Kampfes aus, als wäre er unter die Räder einer Kutsche geraten, während man bei seinen Gegnern eher denken konnte, ihnen sei lediglich ein Wind durch die Haare gefahren.

Ein Schlag traf seinen Wangenknochen. Mathis schrie auf. Seine Hand fuhr hoch zum Gesicht, und damit gab er auch den letzten Rest seiner Deckung auf. Der nächste Schlag traf ihn in den Magen. Als er würgte, kam ihm der absurde Gedanke, wie es wohl auf dem Schirm der Maschine aussehen musste, wenn Hans' Faust in seinen Bauchraum traf: geballte Knochen, in eine graue Masse gerammt. Darüber war der Brustkorb, dieses wunderschöne Gebilde aus Rippen. Was, wenn man einen Bildschirm bauen könnte, groß wie eine Theaterbühne, hinter dem dann Menschen alle möglichen Stücke spielten, sichtbar nur als Skelette auf dem Schirm? Vielleicht könnten sie mit Degen kämpfen, vielleicht auch tanzen. Mathis würde eines wie das andere gefallen.

»Elsa!«, rief Hans plötzlich, und als Mathis das rechte Auge öffnete, schwebte die Faust des Freundes fünf Zentimeter über seinem Gesicht und bewegte sich nicht. Hans saß auf Mathis' Bauch und drehte sich in die Richtung, in die Elsa verschwunden war. In der Dämmerung leuchtete nur noch ihr hüpfendes weißes Kleid. Arme und Beine waren nicht mehr zu erkennen.

Hans stöhnte auf, er rammte die Faust ins klamme Gras, und als Mathis den dumpfen Schlag hörte, war er erleichtert, dass es nicht sein Gesicht war, das da getroffen worden war. Hans ließ sich neben ihn auf die Wiese gleiten. Er rollte sich auf den Rücken und blieb liegen.

»Na toll, jetzt ist sie weg«, sagte er so vorwurfsvoll, als wäre das alles Mathis' Schuld. Mathis antwortete nicht. Er war zu sehr damit beschäftigt zu überprüfen, ob noch alle Zähne da waren, wo sie hingehörten. Er tastete seinen schmerzenden Kiefer ab und schmeckte Blut.

»Ich mochte sie wirklich«, sagte Hans.

»Hans, ich glaube, du hast mir den Wangenknochen gebrochen.«

»Quatsch.«

»Doch. Ich glaub schon.«

»So was bricht doch nicht«, sagte Hans. »Zeig her.« Er rollte sich auf die Seite und stach mit dem Finger in die schmerzende Wange. Mathis jaulte auf.

»Ist nicht gebrochen«, sagte Hans, als wäre er der Fachmann. »Du hast da nur eine Schramme.«

»Und das hast du jetzt mit deinem Zeigefinger festgestellt, oder wie?«

»Eine Wange bricht doch nicht, Mathis!«

»Da ist ein Knochen, also kann sie auch brechen«, beharrte Mathis und dachte daran, wie nützlich die Durchleuchtungsmaschine jetzt wäre, um die Streitfrage zu klären. Die Maschine

110

würde schon zeigen, wer recht hatte und wer nicht. Ihm fiel auf, dass er gar nicht wusste, wie dieser Knochen unter dem Auge aussah. Bei den Vorführungen hatte Meister Bo nur den Körper vom Hals abwärts durchleuchtet, den Brustkorb, das Becken, die Hände. Vorsichtig tastete er sein Gesicht weiter ab. War im Kopf alles ein Teil? Ein einziger großer Schädel, an dem Wangen, Kiefer und Zähne festgemacht waren, oder gab es mehrere Teile? Warum war er nicht auf die Idee gekommen, auch den Kopf zu durchleuchten?

»Ich weiß noch nicht einmal, wo sie wohnt«, jammerte Hans, der sich gerade in einer ähnlichen Herzschmerzsituation befand. Ähnlich und doch ganz anders. Denn Elsa konnte ihm noch immer zufällig über den Weg laufen. Elsa würde nicht auf einem Schaustellerwagen das Land durchqueren und sich dabei immer weiter von dieser Region entfernen, in der die Menschen nicht nur auf-, sondern auch festgewachsen waren. In der Kirche oder auf dem Wochenmarkt würden sie und Hans sich begegnen, vielleicht schon nächste Woche. Es gab hier ja nicht viel, hinter dem man sich verstecken konnte. Die Maschine dagegen würde das Dorf morgen schon wieder verlassen. Der Gedanke, dass Mathis sie vielleicht nie wiedersehen würde, formte einen beängstigend großen Klumpen in seiner Brust.

»Warum musstest du auch ausgerechnet jetzt auftauchen! Den ganzen Tag haben wir dich gesucht, aber jetzt, wo ich Elsa gerade so weit hatte …«

Hans schwieg bedeutungsvoll. Er wartete darauf, dass Mathis fragte, wie weit er sie denn gehabt hatte, aber das wollte Mathis gar nicht wissen. Er wollte lieber in den Abendhimmel starren und sich über sein eigenes Unglück Gedanken machen.

»Wir haben uns geküsst, weißt du? Also angefangen. Ich zumindest. Sie hat sich, glaub ich, noch nicht so richtig getraut. Aber ich hab dabei ihre Brust angefasst. Die rechte. Hast du das schon mal gemacht?« Er wartete kurz, ob Mathis antworten würde. Und als das nicht der Fall war, schlussfolgerte er: »Na-

111

türlich nicht, bei wem solltest du auch. Fühlt sich aber gut an.
Irgendwie … fest und warm. Ich …«

»Hans?«

»Lass sie mir, Mathis, in Ordnung? Ich mag sie wirklich.
Wenn du was bei ihr versuchst, muss ich dich wieder verprügeln. Oder dir die Freundschaft kündigen. Oder beides.«

»Vielleicht gehe ich fort.«

»Ich würde dich finden.«

»Nein, ich meine, fort. Nicht mit Elsa, alleine.«

»Was meinst du, fort? Wohin?«

Dass jemand vorhatte, ohne Elsa fortzugehen, erschien Hans
in diesem Moment völlig absurd.

Mathis zuckte die Schultern, aber natürlich konnte Hans das
nicht sehen. Es war zu dunkel auf der Wiese, und sie starrten
beide hoch zum Himmel, an dem die Sterne aufzogen. Mathis
würde gern wissen, wie so ein Stern von innen aussah. Ob er
auch von innen leuchtete oder hohl war wie die Erde, in der es
immer kälter und kälter wurde, je tiefer man sich hineingrub.
Wahrscheinlich würde es noch eine Weile dauern, bis man eine
Maschine baute, mit der man auch die Sterne durchleuchten
konnte. Oder den Boden.

»Wohin, Mathis?«, fragte Hans noch einmal.

Mathis begann auf der Wiese zu frieren.

»Fort, einfach weg.«

»Das ist doch Unsinn«, sagte Hans und: »He, tut mir leid,
dass ich dich geschlagen hab.«

»Ist schon in Ordnung.«

Vielleicht hatte Hans recht, dachte Mathis. Es war wirklich
Unsinn, wahrscheinlich war es das. Aber warum fühlte sich
dann die Situation hier im Gras, neben seinem Freund, so sehr
nach einem Abschied an?

Hans stand auf, er klopfte sich die Hose ab und reichte Mathis die Hand, um ihm aufzuhelfen, aber der wollte noch ein
bisschen liegen und frieren. Für ihn war es wirklich in Ord-

nung, dass Hans ihn geschlagen hatte. Er hätte nicht darum gebeten, wenn er in diesem Punkt hätte mitentscheiden dürfen. Aber er wusste, dass Hans einfach war, wie er war. Es kam öfter vor, dass er so ausrastete, und jedes Mal war danach alles wieder gut zwischen ihnen. Hans war wie ein Gewitter, das sich manchmal entladen musste. Und wer würde schon auf die Idee kommen, auf ein Gewitter sauer zu sein?

»Jetzt komm schon«, sagte Hans, mit noch immer ausgestreckter Hand, und endlich ergriff Mathis sie. Hans zog Mathis auf die labilen Beine.

»Danke«, sagte Mathis, obwohl ihm noch immer der Wangenknochen schmerzte und jetzt auch der Bauch, in den Hans seine Faust gerammt hatte. »Du bist wirklich ein guter Freund, Hans.«

Der gute Freund sah ihn verwirrt an. Er musste wohl darüber nachdenken, ob Mathis das ernst meinte, wo er ihn doch gerade so richtig doll verhauen hatte. Aber Mathis sah ihn aufrichtig an. Hans grinste.

»Und du bist echt ein komischer Hund, Mathis.« Er schlug ihm mit der Rechten gegen die Schulter, und das war nicht gut. Die Schulter schmerzte ebenfalls. Mathis' Hand verschob sich von der Wange zum Oberarm.

»Ich muss jetzt nach Hause. Mach's gut.«

»Wir sehen uns«, sagte Hans. »Das tun wir doch, oder?« Er sah Mathis eindringlich an, vielleicht, weil er sich erinnerte, was Mathis da eben für komisches Zeug erzählt hatte. Oder er spürte es jetzt auch: das Gefühl, dass dies ein Abschied war. Es hing zwischen ihnen wie das Zirpen der Grillen im hohen Gras. Mathis hatte diese Tiere noch nie finden können, da konnten sie noch so viel Krach machen. Sie versteckten sich hinter irgendwelchen Halmen und verstummten, sobald man sie suchte.

»Klar.« Mathis versuchte zu lächeln. »Kein Abschied ist für immer, oder?«

Binsenweisheiten wie diese waren dafür gemacht, dass man

sie in die Nachtluft warf. Dass man sie in die Augen des anderen streute wie Schlafsand. Hans wirkte ein bisschen irritiert, aber auch beruhigt, und das war schließlich der Sinn von Schlafsand. Er dachte daran, dass ein Satz mit so viel Wahrheitsgehalt bestimmt auch auf ihn und Elsa zutraf.

»Na dann«, grinste er. »Wir sehen uns.«

»Genau«, sagte Mathis, drehte sich um und ging. Das Zirpen der Grillen klang plötzlich so schrill in seinen Ohren, als wollten sie ihn verraten.

Diesmal warteten die Brüder im Schatten des Kuhstalls. Sie sprangen hervor wie ein Rudel Wölfe, stürzten sich auf Mathis und drückten ihn mit dem Gesicht voran in den Dreck. Sie waren auf Rache aus. Den ganzen Tag hatten sie auf dem Feld ackern müssen, während ihr kleiner Bruder, der privilegierte Krüppel, zwischen Schaubuden umhertollte. Sie hatten den Jahrmarkt verpasst und damit vielleicht auch die beste und einzige Möglichkeit, Mädchen kennenzulernen. Die Bohnsack-Jungs waren allesamt im heiratsfähigen Alter, doch keiner von ihnen hatte je ein Mädchen mit nach Hause gebracht. Auf dem Bohnenfeld und zwischen Viehweiden war es schwer, eins zu treffen. Da musste man noch nicht einmal besonders wählerisch sein.

Mathis hing zwischen ihnen wie ein geschlachtetes Kalb, als sie ihn zur Kuhtränke schleppten. Jeweils zwei Brüder an den Armen und zwei, die seine Füße hielten. Der Rest vom Pack rannte einfach mit und lachte. Im Haus wurde eine Gardine aufgezogen, dahinter beleuchtete eine Kerze das Gesicht des Vaters. Er stand mit gespannter Brust hinter der Scheibe. Das Fensterkreuz wirkte wie eine Schablone für seine breiten Schultern.

Tatsächlich hatte Herr Bohnsack ein beachtliches Kreuz, das sich im Leben oft gebückt und doch niemals gebeugt hatte, wie er immer wieder betonte – nicht einmal vor der Tatsache, dass

Gott ihn mit einem verkrüppelten Sohn gestraft hatte. Er zog die Gardinen zu, am besten war es nämlich, wenn man einfach nicht hinsah. Das war auf dem Land in so manchen Situationen eine bewährte Taktik.

Mathis gab sich alle Mühe, nicht nach der Mutter zu schreien, als die Brüder seinen Kopf in die Tränke tauchten. Er hörte ihr Lachen, als er strampelte, und einen Moment dachte er tatsächlich, diesmal würden sie ihn umbringen. Doch als er so viel kaltes, grasiges Wasser geschluckt hatte, dass er nur noch husten konnte, gaben sie ihm einen Stoß und ließen von ihm ab. Bis zur Brust steckte Mathis in der Tränke. Zwei Kämpfe an einem Abend waren zu viel. Sein Baumwollhemd war nass und klebte ihm eiskalt am Körper. Er hustete und spuckte und ließ sich dann am schwarz verfärbten Holz hinuntergleiten, um für immer sitzen zu bleiben.

Die Mutter kam aus dem Haus, als Mathis' Brüder es betraten. Sie stieß einen ihrer Söhne zur Seite, blickte sich panisch um, entdeckte Mathis und lief mit einem Aufschrei zu ihm.

»Mein Junge«, rief sie, als wäre er der einzige Sohn, den sie hatte. Sie kniete sich neben ihn, und er ließ es widerstrebend zu, dass sie ihn an sich drückte und ihm über die nassen Haare strich. Ihre Fürsorge würde auf Dauer nicht genügen, im Gegenteil. Sie gab Mathis' Brüdern nur einen Grund, ihn umso mehr zu hassen. Aber die Mutter roch gut. Nach Apfelkuchen, nach frisch gewaschener Wäsche und ein bisschen nach Schweiß. Mathis atmete ein. Er wollte, dass ein Geruch zu dem Bild gehörte, das er von ihr hatte, falls er gehen musste.

Sie strich weiter über sein nasses Haar, um es notdürftig zu trocknen. Frisches Blut tropfte ihm aus der Nase. Er bemerkte es erst, als er die roten Flecken sah, die sich auf ihrer Bluse ausbreiteten. Da löste er sich aus der Umarmung und zog sich am Trog auf die Beine. Die Mutter blieb knien und weinte.

»Schon gut, Mama.« Das Wasser rasselte bei jedem Atemzug in seiner Lunge, aber er versuchte, nicht zu husten. Er reichte der Mutter die Hand. Das mit den Flecken auf ihrer Bluse tat ihm leid und alles andere auch. Er wollte ihr aufhelfen, doch sein Körper war zu instabil. Das war es, was er am meisten hasste. Nicht einmal seiner eigenen Mutter konnte er auf die Beine helfen. Sie musste die Hand auf den Rand des Wassertrogs legen, um sich hochzuziehen, sonst hätte sie ihren Sohn umgerissen.

Als sie das Haus betraten, stand der Vater noch immer am Fenster, als hätte er die geschlossenen Gardinen bewacht. Als hätte er aufpassen müssen, dass niemand sie aufzog und hinausschaute, um zu sehen, was für einen schwächlichen Sohn er hatte. Und dabei waren alle Hausbewohner an der Erniedrigung beteiligt gewesen. Die Gardinen hatten nur zum Schutz des Vaters selbst gedient.

Sein Gesicht war gebräunt und voll tiefer Falten, wie ein gepflügter Acker. Die Augen darin blickten müde und enttäuscht.

»Geh nach oben und wasch dich«, befahl er seinem Jüngsten, obwohl dieser schon nass genug war. Ein Handtuch und eine warme Milch wären die naheliegendere Lösung gewesen.

»Ich habe Hunger«, sagte Mathis mit geschwollener Lippe. Gegen den Vater protestierte man im Hause Bohnsack sonst nicht. Aber Mathis baute darauf, dass sein zerschundenes Gesicht ihn vor weiteren Ohrfeigen schützen würde.

»Dann hättest du pünktlich sein sollen.« Der Vater wurde mit jedem Wort lauter. Eine Ader pochte an seinem Hals. »Sich bis nachts auf dem Jahrmarkt herumtreiben und zu Hause auch noch belohnt werden wollen!«

Tatsächlich hätte ein Abendessen in Mathis' Fall weniger mit Belohnung als mit purem Überleben zu tun gehabt. Seit dem Frühstück hatte er nichts mehr gegessen, hatte stundenlang die Kurbel einer Wundermaschine gedreht und zwei Kämpfe überlebt. Doch Mathis traute sich kein zweites Mal zu widersprechen.

Er ging nach oben, wusch sich das Gesicht in der Wachschüssel und versuchte, die Schrammen notdürftig zu reinigen. Doch der Dreck von zwei verschiedenen Böden klebte darin, und die Wunden brannten umso schlimmer, je mehr er an ihnen herumtupfte. Schließlich gab Mathis es auf und ließ sich aufs Bett fallen. Der bohrende Hunger machte ihn schwach und gleichzeitig wütend. Er machte, dass in seinem Kopf langsam ein Fluchtplan Gestalt annahm.

Der Jahrmarkt hatte kurzfristig ein Stück Welt in das kleine Dorf gebracht. Als hätte er ein Fenster geöffnet, durch das jeder Dorfbewohner einmal hatte blinzeln dürfen. Zwei Tage lang hatten sie gestaunt und gelacht, aber jeder doch vorsichtig und in dem Wissen, dass die Wagen wieder abziehen würden. Und mit ihnen die Welt. Ab Morgen würde alles wieder beim Alten sein, wussten die Langweiler, und das war gut so – zumindest für die meisten. Der eine oder andere von ihnen würde später schon noch ein paar Stunden daliegen und sich an die Wunder erinnern; würde sich fragen, ob das jetzt wohl schon alles war und von welchem fremden Stern die Wagen eigentlich gekommen waren.

Aber so unbedacht wie Mathis Bohnsack hatte sich keiner von ihnen in diese Welt gestürzt. Mathis mit seinen offenen Armen und seinem offenen Herzen. Er war einer, der auf dem Küchenschemel, vor den Bohnen, zu viel Zeit zum Träumen gehabt hatte. Er hatte Zeit gehabt, Luftschlösser in den Himmel über dem Hof zu bauen, nicht nur eins, sondern viele. Und aus einem davon sah Mathis sich jetzt laufen: über die königliche Zugbrücke und mit einem Satz über den Zaun, durch die ausgeweideten Sträucher des Bohnenfelds und in den Wald. Dort in der Ferne, hinter den sieben Hügeln und Bauer Sackkamps mondbeschienener Kuhwiese, dort warteten keine Gefahren auf ihn, sondern nur das Abenteuer. Dort gab es Automobile, mit denen man angeblich schneller sein sollte als mit jedem Pferd. Es gab Städte mit elektrischem Licht. Luftschiffe, die den Himmel teilten wie ein Meer. Und es gab eine Maschine, die die Menschen durchsichtig machte.

Das Einzige, vor dem Mathis sich fürchtete, wohnte jedenfalls nicht dort hinter diesen Hügeln. Das wohnte hier unter einem Dach mit ihm, und zwar in zwölffach identischer Gestalt. Und jetzt hörte er sie die Treppe hochpoltern. Noch in seiner dreckigen Kleidung sprang Mathis ins Bett, riss sich die Decke über den Kopf und stellte sich schlafend. Er wollte heute Abend keinen von ihnen mehr sehen und wusste doch, dass das der versponnenste Wunsch von allen war. Er hörte seine Mutter unten rufen, die ihn beschützen wollte. Und seinen Vater, der brüllte, weil ihm die Mutter mit ihrem Beschützerdrang auf die Nerven ging. Die Brüder stießen die Tür auf, kamen in den Raum gestampft, und Mathis drückte die Augen zu und zog die Knie fest an den Bauch.

SECHSTES KAPITEL

Berlin, 1935

Man hätte sich vielleicht besser mit allem abfinden können, wenn man die Freiheit nicht gekannt hätte. Aber bevor die Nazis kamen, galt Deutschland, ausgerechnet Deutschland, als eins der liberalsten Länder überhaupt, wenn es um Homosexualität ging. Und Berlin war der Ort, an dem der Regenbogen die Erde traf.

Damals priesen Reiseführer die Travestie-Shows im Eldorado an, wo Hetero- und Homosexuelle einträchtig Champagner tranken und zu schrillen Pariser Chansons tanzten. Es gab rauschende Partys, »Böse-Buben-Bälle« und Veranstaltungen wie das »Apachenfest«, bei dem sich zig knapp kostümierte Apachenhäuptlinge um einen Kostümpreis rissen. Berlin brachte *Die Freundin* raus, die erste lesbische Zeitschrift überhaupt. Und wenn sich dann doch mal jemand daran erinnerte, dass es da diesen Paragrafen gab, der ja eigentlich Liebe zwischen Männern und Männern verbot, dann wurde nur sehr sporadisch eine Razzia durchgeführt, mehr um den Schein zu wahren.

Kein Wunder, dass das ein bisschen zu viel Freude und Farbe für die monotonieliebenden Nationalsozialisten war. Und dass man Hitler, ausgerechnet Hitler, im Hintergrund schon dazu drängte, den wiedergefundenen Paragrafen 175 noch zu verschärfen. Aber dazu später mehr.

Jetzt jedenfalls war der Veranstaltungsort der Damenpyramide ein gut gehütetes Geheimnis, das umso geheimnisvoller wurde, weil die Adresse sich ständig änderte. Waldoffs Gäste teilten sich in drei Gruppen auf, um nicht zu viel Aufsehen zu erregen. Und wie in einer abstrusen Schnitzeljagd folgte Mathis ihnen bei ihrer Suche nach farbig bemalten Blumentöpfen und lila Blusen, die sich auf Wäscheleinen im Abendwind blähten, durch das nächtliche Berlin. Bis sie schließlich in einem verschwiegenen Hinterhof standen, in dem es nicht viel mehr als ein paar Abflussrohre und eine Kellertreppe gab. Gedämpfte Musik drang durch die Kellertür. Waldoff stieg die Stufen hinab und klopfte ein paarmal kräftig, bis eine Frau öffnete. Das Dunkel des Treppenabgangs verbarg das Misstrauen in ihrem Gesicht. Als sie Waldoff erkannte, durfte die Gruppe eintreten.

Der niedrige Kellerraum war rauchvernebelt und voller Menschen. Aufgestellte Weinfässer dienten als Stehtische. Ein paar Gäste versuchten in der Nähe der Bar zu tanzen. Doch in dem Gedränge war es mehr eine Gewichtsverlagerung von einem Bein aufs andere. Ein Aneinanderschmiegen in äußerst stickiger Luft.

Der Keller roch nach Feuchtigkeit und Schimmel und nach einer Mischung aus Alkohol, Parfum und Schweiß. Auf den Weinfässern flackerten Kerzen in Einmachgläsern. Und über der Bar baumelten provisorische Öllampen und ein Holzschild mit der Aufschrift: »Wir sind die neue Geistigkeit. Wir machen es mit Dreistigkeit!«

Das also war von dem berühmtesten Lesbenclub Berlins übrig geblieben.

»Warum heißt es Damenclub, wenn hier hauptsächlich Männer rumlaufen?«, rief Mathis ins nächstbeste Ohr. Es gehörte Byrd.

»Die Männer laufen hier rum, weil es Damenclub heißt«, rief sie zurück.

Mathis musste zugeben, dass das eine plausible Antwort war, und nahm sich vor, Meta zu Hause gleich mal darüber aufzuklären, dass der lesbische Damenclub tatsächlich wenig mit lesbischen Damen zu tun hatte.

Sie hatten ihn ganz umsonst als Frau ausstaffiert.

»Claire, wir sind genau zum richtigen Zeitpunkt da! Ich glaub, gleich kommt die Cognac-Polonaise!« Ani Vara deutete zur Theke, wo die zwei Barmänner gerade eine Reihe von Cognac-Gläsern aufstellten. Waldoff jauchzte zur Antwort, packte Vara und Olly an den Händen und zog sie in die Menge hinein, ohne sich noch einmal umzusehen. Mathis blieb mit Byrd zurück.

»Cognac-Polonaise?« Er sah sie fragend an.

»Sagen Sie bloß, Sie haben noch nie Cognac-Polonaise getanzt.«

»Nein.«

»Na, dann kommen Sie jetzt nicht mehr drum rum.« Sie lächelte und rückte ihren Turban zurecht. »Auf geht's, das wird Ihre Polonaise-Entjungferung. Und danach stelle ich Sie ein paar Leuten vor, die Sie sicher interessieren.«

Wegen seines verrenkten Beins war Mathis generell kein guter Tänzer. Aber die Cognac-Polonaise war schlimmer als alles, an dem er sich bisher versucht hatte. Die Idee bestand darin, ein gefülltes Cognac-Glas in der Hand zu halten und keinen Tropfen zu verschütten, während man auf dem Boden kniend vorwärtsrutschte und dabei möglichst stark mit dem Körper wackelte. Wer auch immer sich diesen Tanz ausgedacht hatte, konnte nicht älter als fünf Jahre gewesen sein und musste einen sehr weichen Teppich gehabt haben. In diesem Keller allerdings gab es nur nackten Steinfußboden, auf dem Metas Strümpfe und Mathis' Knie aufrissen, bevor er auch nur fünf Zentimeter vorwärtsgekrochen war. Mathis versuchte aufzustehen, doch es gab nichts, an dem er sich hätte hochziehen können. Um ihn waren nur Polonaise tanzende Menschen, die es irgendwie nicht nur schafften, auf dem Boden zu zappeln, sondern auch noch fröhlich dabei auszusehen.

»Ach kommen Sie, das macht doch Spaß, oder?«, rief Byrd, als sie Mathis' schmerzverzerrtes Gesicht bemerkte, und rutschte ein Stück zu ihm hinüber. Er fragte sich, wie sie es schaffte, in dieser knienden Haltung vorwärtszukommen.

»Ich bin zu alt dafür!«

Byrd lachte, als hätte er lediglich einen Scherz gemacht. Von allen Seiten rückten und drängten betrunkene Menschen herbei, die offenbar erwarteten, dass Mathis Platz machte, damit sie mit ihrer Polonaise vorankamen. Aber Mathis war schon froh, dass er auf dem Fleck, auf dem er hockte, nicht umfiel.

»Sie müssen Ihre Arme bewegen!«, rief Byrd. »Und den Oberkörper. So!«

»Ich verschütte meinen Cognac!«

»Darum geht es ja!«

Mathis war der Verzweiflung nahe, doch um Byrd einen Gefallen zu tun, ahmte er ihre Bewegung nach. Er fühlte sich wie ein zappelnder angeschossener Fasan.

Byrd legte den Kopf in den Nacken und lachte über den Lärm hinweg.

»Prima! Weiter!«, rief sie, und dann robbte sie von dannen. Mathis sah ihr entsetzt nach und fragte sich, wer ihm jetzt aufhelfen sollte. Um ihn bewegte sich die Menge wie ein Strudel. Dann war die Polonaise vorbei, die Kriechenden prosteten sich zu, kippten den Rest des Cognacs hinunter, der nach dem Wahnsinn noch übrig geblieben war, und standen auf. Nur Mathis blieb knien, das halb leere Cognacglas in der zitternden Hand. Ihm brach der Schweiß aus.

»Darf ich Ihnen helfen, meine Dame?« Eine derbe Hand streckte sich ihm entgegen. Mathis ergriff sie dankbar, noch ehe er den dazugehörigen Menschen überhaupt gesehen hatte. Ein ordentlicher Zug war nötig, um ihm auf die Beine zu helfen. Vor ihm stand eine große, runde Frau. Sie hatte ihre Körpermasse unten in ein derart enges Kleid gezwängt, dass diese oben wie ein aufgegangenes Törtchen daraus hervorquoll. Es war unmöglich, an ihrer üppigen Oberweite vorbeizusehen. Doch das

Gesicht unter den kurzen, schwarz gelockten Haaren war breit. Und sie hatte die Hände eines Mannes. Mathis brauchte einen Moment, um zu erkennen, wer da vor ihm stand.

»Raspania?«

Erstaunen machte sich auf Raspanias Gesicht breit, und dazu hatte es eine Menge Platz. Doch dann verschloss sich die Miene wieder.

»Ich kenne keine Raspania«, sagte Raspania.

»Ich bin Mathis Bohnsack! Der mit der Röntgenmaschine! Wir haben uns in Wien kennengelernt. Das muss jetzt schon …«

»Sie müssen mich verwechseln«, sagte Raspania schrill. Mathis schwieg betreten.

Raspania hatte Mathis einmal in einer Durchleuchtungsvorführung assistiert. Sie war das Modell gewesen, ein Hermaphrodit, halb Mann halb Frau, dessen Geschichte von der interessierten Wissenschaft breitgetreten worden war. Es war für alle eine Sensation gewesen: der Mensch mit den zwei Geschlechtern, sichtbar hinter dem Schirm der Röntgenmaschine.

Nur für Raspania selbst war die Vorführung eine Qual gewesen. Es hatte eine Zeit gegeben, da hatte außer ihrer Mutter niemand etwas von ihrer Zwittrigkeit gewusst, nicht einmal Raspania.

Bei der Hebamme, die das frisch geborene Kind 1890 in die Arme der Mutter gelegt hatte, hatte es sich um die Nachbarin Alberta gehandelt, die an grauem Star litt und gerade mal so die Beine der Gebärenden hatte finden können. Und, weil sie Glück gehabt hatten und die Geburt bei Tage stattfand, auch noch die Nabelschnur. So war es dann ganz der Mutter überlassen gewesen, was sie aus ihrem Nachwuchs machen wollte. Und die wollte ein Mädchen. Darum hatte Raspania zu dem Zeitpunkt, an dem ihre Erinnerung einsetzte, bereits in Mädchenkleidern gesteckt und sich wie ein ganz normales Kind gefühlt. Ihre Zwittrigkeit war nie ein Thema gewesen, denn von dem, was man unter dem Rock verbarg, hatte man ohnehin nicht zu sprechen, weder in der Schule noch zu Hause. Raspania war also aufgewachsen und hatte den Nachbarsjungen Franzl geheiratet, der ihr in puncto Naivität in nichts nachgestanden hatte. Es war den beiden frisch Vermählten wohl aufgefallen, dass das mit dem Ehevollzug nicht ganz so einfach war wie gedacht. Doch letztendlich konnte es ja durchaus sein, dass man untenrum eben ziemlich gleich aussah. Und so hätte wohl die Naivität gesiegt, und alles wäre unter der ehelichen Bettdecke verschwunden, hätte Franzl sich nicht eines Tages einen guten Schwips angetrunken und der ältesten Wirtstochter unter den Rock gefasst. Und was er da vorgefunden beziehungsweise nicht vorgefunden hatte, hatte ihn mit einem Schlag nüchtern gemacht. Nun hatte Franzl natürlich nicht gewusst, ob es sich bei dieser Stichprobe womöglich nur um einen Einzelfall gehandelt hatte und die Wirtstochter untenrum eben etwas unnormal war. Deshalb war er auch noch mit der jüngsten Wirtstochter ins Bett gestiegen. Und, weil die Absonderlichkeit vielleicht nur in der Wirtsfamilie vererbt sein mochte, auch noch mit der Tochter des Hufschmieds. Erst danach hatte er sich an einen Arzt gewandt.

Der fachkundige Doktor hatte Raspania untersucht und Franzl kopfkratzend mitgeteilt, dass es sich bei seiner Frau streng genommen gar nicht um eine Frau handelte. Dass er aber auch nicht so genau sagen könne, was sie denn sonst sei. Jedenfalls sei das sehr wahrscheinlich der Grund, warum Franzl und Raspania sich seit fünf Jahren vergeblich um eine Schwangerschaft bemüht hätten. Um schwanger zu werden, brauche man nämlich eine Vagina und eine Gebärmutter, unter anderem. Ob Franzl selbige mal auf einem Bild sehen wolle. Der unglückliche Franzl hatte es sich im letzten Moment noch verkneifen können zu sagen, er habe bereits Begegnung mit besagter Vagina gemacht, deswegen sei er ja hergekommen. Mit der Frage, ob die Ehe damit noch rechtsgültig sei, war der Arzt überfragt gewesen. Daraufhin waren der Pfarrer und in letzter Instanz noch Gott zurate gezogen worden, von denen Ersterer die Ehe schließlich annulliert hatte. Und obwohl der Arzt und auch der Pfarrer bekanntermaßen ein Schweigegelübde abgelegt hatten und auch Gott nur selten zu den Menschen sprach, hatte es auf einmal das ganze Dorf gewusst.

Raspania hatte nichts anderes tun können, als ihre Heimat zu verlassen. Sie hatte Arbeit in einem Kuriositätenkabinett gefunden und sich abends nach der Vorstellung in einem Zelt, das nur volljährige Männer betreten durften, nackt ausgezogen. Tagsüber hatte sie Postkarten unterschrieben, auf denen stand: »Mann oder Weib? Raspania die Abnormität.« Eine dieser Karten hatte jahrelang in Mathis' Schublade in der Wohnung in Wien gelegen.

»Mein Name ist Erna Winkelhuber«, sagte Raspania laut. »Ich bin als Erna Elisabeth Winkelhuber in München geboren und arbeite als Bardame im Romanischen Café.«

Mathis zog die Augenbrauen hoch. Das Romanische Café war früher einmal das Künstlercafé schlechthin gewesen, der Treffpunkt aller kreativen Köpfe Berlins. Aber seit vor ein oder zwei Jahren die Gestapo in dem Kaffeehaus eingezogen war und sich einen Stammtisch gesichert hatte, waren die Künstler von dort verschwunden.

Mathis hätte gerne gewusst, wie Raspania dort gelandet war. Ausgerechnet ein Hermaphrodit in einer Bar, in der die Nazis hockten. Doch statt weiter nachzuhaken, rief er höflich: »Tut mir leid, dann muss ich Sie verwechselt haben!«

Raspania nickte besänftigt. Über den Lärm hinweg erzählte sie Mathis ein paar Details ihres neu erfundenen Lebens. Und sie waren so ins Gespräch vertieft, dass keiner von ihnen den Luftzug bemerkte, der von draußen hereinkam und den Zigarettennebel aufwirbelte. Keiner von ihnen sah die aufgelöste Frau, die sich in die Menge stürzte, ohne den Mantel auszuziehen, und die nächststehende Person bei der Schulter fasste. Die Frau rief etwas in ein paar Ohren, und die Menschen, denen die Ohren gehörten, blickten sich erschrocken an und gaben die

Nachricht an den Nächsten weiter. Ein ansteckendes Entsetzen war es, das die Frau von draußen mitgebracht hatte. Über der Theke wurde plötzlich eine Glocke geläutet, und jemand schrie: »Beinwettbewerb!« Einige Gäste begannen zu kreischen und zu klatschen.

»Weinwettbewerb?«, rief Mathis.

»Beinwettbewerb!«, brüllte Raspania alias Erna Elisabeth Winkelhuber zurück und deutete auf ihre eigenen Beine. Von denen sah Mathis unter dem langen Kleid nur die rasierten Knöchel. »Wird hier immer so gemacht. Gekürt werden die schönsten Frauenbeine. Zwei Stunden später dann noch die schönsten Frauenbrüste. Und ich hab schon zweimal gewonnen.«

»Glückwunsch«, rief Mathis. Sein Blick wanderte wieder zu der Frau im Mantel, doch die war im Gedränge verschwunden.

»Wollen Sie mal sehen?«

»Wie bitte?«

»Ob Sie mal sehen wollen!« Raspania trat einen Schritt näher.

Mathis blickte sie verwirrt an. »Ihre Beine?«

Sie warf den Kopf in den Nacken und lachte. Es klang tief und kehlig und überhaupt nicht nach einer Erna Elisabeth Winkelhuber.

»Na, mit denen habe ich sicher nicht gewonnen«, rief sie und trat noch einen Schritt näher.

Mathis schoss das Blut ins Gesicht. Doch er wurde einer Antwort enthoben, denn plötzlich fasste ihn jemand von hinten am Arm. Es war Byrd. Sie griff mit beiden Händen zu, als müsste sie Mathis davon abhalten, eine Klippe hinunterzufallen. Jedes Lachen war aus ihrem Gesicht verschwunden. Sie hatte einen gehetzten Ausdruck in den Augen. Der Turban saß schief auf ihrem Kopf.

»Mathis!«, rief sie, obwohl sie sich bisher noch nicht beim Vornamen genannt hatten. »Wo, sagten Sie, arbeitet Ihre Freundin heute Abend?«

Mathis' Mund wurde trocken. Er drückte sein Cognacglas

126

zu fest und spürte, wie es unter seinen Fingern einen Riss bekam.

»Tingel-Tangel. Kantstraße zwölf.«

Hinter Byrd bildete sich ein Zuschauerkreis um die Frauen, die zum Beinwettbewerb antreten wollten.

»Es gab eine Razzia!«, rief Byrd über den Lärm hinweg. »Die Polizei hat alle mitgenommen.«

Mathis kam es vor, als bewegte er sich durch Wasser. Alle Menschen auf der Straße kamen ihm entgegen, viele Arm in Arm, einige betrunken. Sie strömten aus Restaurants, aus Bars und Theatern und waren auf dem Weg nach Hause. Nur Mathis musste in eine andere Richtung, in Richtung Polizeiamt. Natürlich wollte dort niemand außer ihm freiwillig hin.

Das Gebäude war alt und so finster, als wäre es allein zur Einschüchterung des Menschen gebaut worden. Die Statuen am Eingang hielten die Köpfe gesenkt. Im gelben Licht der Laterne waren ihre Augen schwarze Höhlen. Als Mathis die Treppe erreichte, rang er nach Atem. Seine Lunge schmerzte, das rechte Bein und das rechte Knie noch mehr. Kaum zu fassen, dass er vor nicht einmal einer Stunde noch gedacht hatte, schlimmer als die Cognac-Polonaise könne es an diesem Abend nicht mehr kommen.

Die Straße war leer bis auf einen Gefangenentransportwagen vor dem Eingang, einen schwarzen Käfigbus. Mathis kam der Gedanke, dass Meta sich tief bücken müsste, um durch die vergitterten Türen zu passen.

Er läutete, zog hektisch die Handschuhe aus und rieb sich über den Mund, um zumindest die Lippenstiftreste abzuwischen, die dort klebten. Doch auch das sollte die Sache nicht unbedingt besser machen.

Bei jedem Privatmenschen hätte sich die Tür um diese Uhrzeit erst einmal um einen vorsichtigen Spalt geöffnet. Hier aber flog sie mit einer Wucht auf, als wäre sie beleidigt worden.

Ein dicker Mann in Uniform blickte Mathis unwirsch an. Er hatte ein Schweinsgesicht, Hängewangen und zu wenig Haare auf der Stirn.

Mathis riss sich den Damenhut vom Kopf, nannte seinen Namen und mutmaßte, dass seine Verlobte sich in diesem Gebäude befände.

»Verlobte?« Die Augen des Mannes passten sich der Form seines Bauches an. Er ließ den Blick über Mathis' langen Körper, die verwischte Schminke und die zerrissenen Strümpfe gleiten, die unter dem Mantel hervorschauten.

»Angehörige von Gefangenen haben draußen zu warten«, sagte er. Doch nach einem weiteren skeptischen Blick auf Mathis' Erscheinungsbild kam er zu dem Schluss, dass sich an dessen Status schnell etwas ändern ließ. »Haben Sie Ihre Papiere dabei?«

Mathis suchte in den Taschen des Mantels und reichte ihm den Ausweis. Die Schweinsaugen blieben an Mathis' Fingern hängen. Die Verkrüppelung machte den ganzen Auftritt dieses Verkleideten nur noch kurioser.

»Mitkommen!« Das klang zu Recht weniger nach einer Einladung als nach einer Verhaftung. Mathis wurde durch eine große, dunkle Eingangshalle in ein Büro abgeführt. Im Raum gab es einen Schreibtisch, zwei Stühle, eine Landkarte und das obligatorische Bild eines Hakenkreuzes.

»Setzen!«

Sie setzten sich.

»Sie sind also Mathis Bohnsack, geboren 1890 in ... wo?«

»Langweiler«, sagte Mathis.

Der Mann blickte ihn entrüstet an.

»Das ist der Name«, versicherte Mathis schnell. »Langweiler, im Pfarrbezirk Laurenzberg.«

»Wo soll das denn sein?« Die Frage war so vorwurfsvoll, als hätte Mathis die Wahl gehabt, in einem anderen Ort geboren zu werden.

128

»Ein Pfarrbezirk in der Rheinprovinz«, sagte Mathis.

Der Mann brummte unwillig und warf einen Blick auf die Landkarte, um nachzusehen, an welchem Weltende sich die Rheinprovinz nun wieder befand. Und ob sie derzeit überhaupt zum Deutschen Reich gehörte. Wenn nicht, dann war dieser Verrückte nämlich Ausländer, und die ganze Sache würde noch einfacher werden.

»Und Sie wohnen jetzt in Berlin.«

»Ja.«

»Seit 1931?«

»Ja.«

»Und Sie sind Mitglied?«

Mathis wurde rot.

»Noch nicht.«

»Wieso nicht?«

»Ich … habe noch keine Zeit gefunden, den Antrag zu stellen.«

»Sie sind doch für die Partei?«

Das war eine rhetorische Frage. Mathis nickte. Was sollte er anderes tun.

»Na, dann stellen Sie ihn bald, bevor es zu spät ist.« Der Mann raschelte in Mathis' Papieren, ging die Angaben durch, und Mathis bestätigte alles, während er mit einem Ohr in das stille Gebäude hineinhorchte. Wenn Meta und die anderen tatsächlich hierhergebracht worden waren, mussten auch sie irgendwo verhört werden. Vielleicht in einem der angrenzenden Zimmer. Doch bis auf den dicken Uniformierten und Mathis hatte das Gebäude völlig ausgestorben gewirkt. Mathis betete, dass er nicht zur falschen Dienststelle gekommen war.

»Ich habe Sie etwas gefragt«, bellte der Beamte.

»Ja«, sagte Mathis automatisch.

»Aha!«, sagte der Beamte, zum ersten Mal zufrieden, und machte sich eine Notiz. Mathis bekam das ungute Gefühl, dass er etwas Falsches gesagt hatte.

»Und tun Sie das, weil Sie denken, dass Sie in Wahrheit eine Frau sind?«

»Was? Nein!«

»Es gibt ja mitunter verirrte Männer, die das von sich denken mögen ...«

»Ich nicht«, sagte Mathis.

»Lassen Sie sich manchmal auf andere Männer ein?«

»Nein!«

Jetzt wünschte Mathis sich doch, der Beamte würde seine Frage von vorhin noch einmal wiederholen. Wozu hatte er eben Ja gesagt?

»Sind Sie sich bewusst, dass Homosexualität ein Merkmal des zu bekämpfenden Verfalls des deutschen Volkes ist? Und damit strafbar?« Der Beamte blickte sehr selbstzufrieden. Er hatte lange gebraucht, um diesen neuen Verfallssatz auswendig zu lernen.

»Ich bin nicht homosexuell«, rief Mathis. »Ich habe eine Verlobte!«

»Ach ja, die liebe Verlobte.« Verschmitzt lächelte der Mann die Papiere an.

»Meta Kirschbacher«, versicherte Mathis, »sie ist heute Abend im Tingel-Tangel aufgetreten. Als Kraftfrau!«

Der Dicke sah überrascht auf.

»Sie ist doch hier, oder?«, fragte Mathis ängstlich.

Schritte näherten sich, und im nächsten Moment schlug ein Fingerknöchel gegen das Holz. Es war mehr ein Hämmern als ein Klopfen.

»Herein«, sagte der Dicke.

Ein zweiter Uniformierter kam ins Zimmer. Er war schmaler als der erste, weil das Gegenteil schwierig gewesen wäre. Mathis schätzte sein Alter auf etwa dreißig Jahre. Seine kurz geschorenen Haare waren so blond, als wollte er Hitler mit allem Nachdruck gefallen. Er hatte hohe Wangenknochen, kalte Augen und einen sehr markanten Unterkiefer, den er vorschob und bewegte, als müsste er etwas zermalmen.

130

»Die Festgenommenen sind jetzt zum Verhör bereit, Herr Kommissar«, sagte er so laut, als läge zwischen ihm und dem Dicken eine viel befahrene Straße. Dann entdeckte er Mathis. »Wer ist die da?«

»Der da«, korrigierte der Kommissar. »Er kann hier sitzen bleiben. Bringen Sie mir zuerst die Frau.«

»Kriminaldirektor Schnarrenburg hat angeordnet, dass das Verhör oben stattfindet, in den Verhörräumen im zweiten Stock.«

Der Kommissar seufzte. Er gehörte nicht zu den Leuten, die sich gern in den zweiten Stock bewegten. Doch das Amt des Höhergestellten ließ ihm keine andere Wahl, als sich vom Stuhl aufzustemmen, in den er sich vorhin so erleichtert hatte fallen lassen.

»Soll ich den da abführen?«, fragte der Kurzgeschorene.

»Soll er Sie abführen?«, fragte der Dicke Mathis. Mathis schüttelte den Kopf.

»Ich glaube nicht, dass das nötig ist«, sagte der Kommissar. »Herr Bohnsack ist ganz freiwillig zu uns gekommen.«

Seinem Tonfall war anzuhören, dass er das von allen Dingen, die mit Mathis zu tun hatten, noch für das Kurioseste hielt.

Der Polizist mit den kalten Augen flankierte Mathis zur Rechten, als dieser sich und sein lahmes Bein die Treppe hochzog. Daneben schnaufte der Kommissar die Stufen hinauf. Die Wände waren kahl bis auf die Hakenkreuzbanner. Ein endlos langer Gang mündete in eine Tür. Sie betraten den Verhörraum.

Meta saß auf einem Stuhl in der Raummitte. Sie trug noch ihr Bühnenkostüm, einen schwarzen Einteiler, der nur wenig länger als ein Badeanzug war und auf der Bühne ihre Muskeln zur Geltung brachte. In diesem Raum jedoch und mit den Handschellen, die sie ans Tischbein banden, wirkte sie damit nackt und fehlplatziert. Der Polizist neben ihr sah müde aus, war aber unverletzt. Das erleichterte Mathis. Bei Meta wusste man nie.

131

Mathis hatte sie Hundertzwanzig-Kilo-Männer zu Boden ringen sehen. Und der kleine Uniformierte neben ihr wog höchstens siebzig.

Tatsächlich hatte der Beamte sich ganz ähnliche Gedanken gemacht und blickte erleichtert auf, als er nun endlich Verstärkung bekam. Er griff nach einem Notizblock auf dem Tisch und setzte sich auf einen Stuhl in der Zimmerecke, weit weg von Meta.

»Ist das Ihre Verlobte?«, fragte der Dicke, und Meta drehte sich mit Schwung um. Mathis hatte nicht einen Moment daran gezweifelt, dass er herkommen musste. Doch das änderte sich jetzt, als er ihren Gesichtsausdruck sah. Metas Augen zogen sich zusammen, als hätte jemand mit dem Finger hineingestochen. Ihr Blick glitt von Mathis' Kleid zu seinen aufgerissenen Strümpfen und schließlich hoch zu seinem Gesicht. Sie wusste gar nicht, was sie zuerst und was zuletzt missbilligen sollte.

Mathis trat neben sie. Er hätte sie gern umarmt, aber da waren die Handschellen, und auch sonst sah Meta nicht so aus, als sehnte sie sich gerade nach seiner Nähe.

»Ihr Verlobter hat sich Sorgen um Sie gemacht.« Der Dicke nahm am Schreibtisch Platz. Er musste den Stuhl einen halben Meter nach hinten rücken, um seinen Bauch hinter die Tischkante zu bugsieren. »Und das völlig zu Recht, immerhin hatten Sie heute Abend einen Auftritt in einer staatsfeindlichen Einrichtung.«

»Wegen des Auftritts hat er sich sicher keine Sorgen gemacht«, sagte Meta. »Es könnte eher was damit zu tun haben, dass Sie mich festgenommen haben.«

»Und wollen Sie bezweifeln, dass wir das Recht dazu hatten?«

»Meine Verlobte hat ein völlig unpolitisches Bühnenprogramm«, sagte Mathis, bevor Meta etwas weniger besonnen antworten konnte. Er ignorierte den finsteren Seitenblick, mit dem sie den erlogenen Beziehungsstatus quittierte. »Sie tritt als Kraftfrau auf.«

»Ja, das steht hier.« Der Kommissar blätterte sich durch die Unterlagen. Ein Foto rutschte auf den Tisch. Es zeigte Metas Gesicht von drei Seiten, die Augen so grantig, als hätte sie ein Loch in die Kameralinse schmoren wollen.

»Kaltenhoff, Sie haben Fräulein Kirschbachers Auftritt doch mitverfolgt. Berichten Sie mal.«

Der Kurzgeschorene straffte den Körper und reckte das Kinn vor. Er sah aus wie einer, der selbst ein Damenkaffeekränzchen hochgehen lassen würde.

»Das Tingel-Tangel ist eine staatsfeindliche Bühne, Herr Kommissar. Wir müssen davon ausgehen, dass alles, was dort gezeigt wird, im Dienste sittlicher Verkommenheit geschieht.«

Im Dienste sittlicher Verkommenheit?, dachte Mathis. War das überhaupt ein Satz?

»Ich bin da doch nicht zur sittlichen Verkommenheit gewesen, sondern um die Leute zu unterhalten!«, rief Meta.

»Fräulein Kirschbacher, Sie sind jetzt mal still. Und Sie, Kaltenhoff, beschreiben bitte einfach Fräulein Kirschbachers Auftritt, damit wir hier vorankommen. Der verkommene Charakter der Bühne ist uns ja schon lange bekannt.«

Meta drehte sich auf dem Stuhl um und sah Kaltenhoff direkt in die Augen. Ihr Gesicht zeigte mindestens ebenso viel offensive Abscheu wie seines.

»Fräulein Kirschbacher nimmt sich heraus, die Ordnung dieser Gesellschaft zu verhöhnen, indem sie Gewichte stemmt wie ein Mann.«

Meta ließ ein entrüstetes Lachen hören.

»Sie nimmt sich außerdem heraus, die Männer im Publikum zu Duellen herauszufordern. Und sie hat Kriminalassistenzanwärter Strauß vor aller Augen zu Boden geworfen, was wir als Angriff auf einen Staatsbeamten …«

»Wirklich? Sie hat Strauß niedergerungen?« Die Aufregung in der Stimme des Kommissars war nicht zu überhören. »Der ist doch ehemaliger Boxer, nicht?«

133

»Und ein Staatsbeamter, Herr Kommissar!«, erinnerte Kaltenhoff ihn, weil sein Vorgesetzter dieses Detail offensichtlich vergessen hatte.

»Es ist ja nun nicht so, als wäre ich von der Bühne gesprungen und hätte mich auf ihn geworfen!«, sagte Meta. »Er hat sich freiwillig gemeldet.«

»Sie haben ihn niedergerungen und damit beschämt!«, rief Kaltenhoff. Adern traten am Hals und an den Schläfen seines markanten Schädels hervor.

»Das war ja auch meine Aufgabe«, sagte Meta.

»Sehen Sie, Herr Kommissar?« Kaltenhoff zeigte mit dem Finger auf die Verhaftete. Er schrie jetzt. »Sie betrachtet es als ihre Aufgabe, Staatsmänner niederzuprügeln und …«

»Ich wusste ja nicht mal, dass er Polizist ist! Er hatte überhaupt keine Uniform an!«

»Ein Beamter der Gestapo bleibt ein Beamter der Gestapo – ob mit oder ohne Uniform.«

»Fräulein Kirschbacher«, unterbrach der Kommissar das Gebrüll. »Hätten Sie Kriminalassistenzanwärter Strauß auch niedergerungen, wenn er eine Uniform getragen hätte?«

»Natürlich hätte sie das nicht«, sagte Mathis schnell.

»Wenn er sich freiwillig gemeldet hätte?«, warf Meta ein. Mathis stöhnte auf. Plötzlich hatte er Zweifel, ob sie diese Polizeistation je wieder verlassen dürften.

»Sehen Sie, Herr Kommissar?« Kaltenhoff stach noch einmal mit dem Finger in der Luft nach. Der Kommissar hob beschwichtigend die Hand.

»Ist ja gut, Kaltenhoff, Sie brauchen nicht so zu brüllen. Wie wir Ihrer Aussage entnommen haben, will das Fräulein Kirschbacher Gewichte stemmen wie ein Mann. Was stemmt es denn so?« Neugierig ließ er den Blick über den Körper des besagten Fräuleins gleiten, als wollte er noch schnell einen Tipp dazu abgeben.

»Fünfundneunzig Kilo«, sagte Meta.

»Wirklich? Über Kopf?« Der Kommissar war nun völlig aus

dem Häuschen. Er drehte sich zu dem kleinen Polizisten um, der dasaß und das Gesagte protokollierte. »Haben Sie das gehört, Piepenkopf? Die Dame hier könnte Sie locker mit einer Hand heben!«

Piepenkopfs Kopf wurde rot.

»Abartig!« Kaltenhoff sah aus, als hätte ihm jemand Salz ins Bier gestreut. »Und so etwas will heiraten?«

»Das kommt darauf an, wer fragt«, zischte Meta. »Sie würden sich sicherlich umsonst auf die Knie bemühen.«

»Vor Ihnen würde ich sicher nicht in die Knie gehen.«

»Es sei denn, sie zwingt Sie dahin, Kaltenhoff«, sagte der Kommissar amüsiert. Er war der Einzige, dem das Verhör offensichtlich Spaß machte. Alle anderen Gesichter waren entweder pink oder gequält. »Hat Fräulein Kirschbacher denn während des Auftritts sonst noch irgendetwas gesagt oder getan, was wir zu Protokoll nehmen sollten?«

»Sie hat eine Kette zerrissen, die man ihr um die Brust gelegt hat«, sagte Kaltenhoff hörbar beleidigt. »Ein symbolischer Befreiungsakt von unserem politischen und gesellschaftlichen System.«

Mathis legte die Hand auf Metas Schulter, um sie zur Ruhe zu mahnen, doch sie schüttelte sie verärgert ab. Der Kommissar hinter dem Schreibtisch sah es mit einem Lächeln.

»Sie sind im Haus wohl nicht derjenige, der die Hosen anhat, Herr Bohnsack?«, meinte er mit einem vielsagenden Blick auf Mathis' Kleidung. Der kleine Polizeibeamte mit dem Notizblock hustete unterdrückt.

»Nein, das kann man wohl nicht behaupten«, sagte Mathis ruhig.

»Und das Kochen? Übernehmen Sie das auch?«

»Widernatürlich!«, spuckte Kaltenhoff, noch ehe Mathis zu einer Antwort kam. »Ein Mannweib und ein Weibsmann!«

»Denn wenn es so wäre, Herr Bohnsack, müsste ich mir Gedanken über eine Internierung machen«, sagte der Kommissar.

»Weil ich koche?!«

»Das tun Sie also? Piepenkopf, nehmen Sie das zu Protokoll!« Der kleine Polizist mit dem Notizblock wäre der Aufforderung gern nachgekommen, wäre er nicht vor lauter unterdrücktem Kichern halb erstickt.

»Sie können doch niemanden einsperren, weil er im Haushalt hilft«, sagte Meta.

»Wenn er dabei so herumläuft wie Ihr Verlobter, dann schon.« Der Kommissar drückte das Kinn in den speckigen Hals. »Dann müsste ich nämlich zu dem Schluss kommen, dass mit seinem Geisteszustand etwas nicht stimmt.«

»Mit seinem Geisteszustand ist alles normal«, fauchte Meta.

»Und mit seiner Kleidung normalerweise auch.«

»Ach«, sagte der Kommissar. »Dann läuft er nicht immer so herum?«

»Nein«, erwiderte Meta.

»Oder häufiger?«, hakte der Kommissar nach.

»Nein.«

»Sie wollen mir also erzählen, dass Herr Bohnsack dieses Kleid nur angezogen hat, um in unsere Polizeiwache zu spazieren?«

»Mein Verlobter«, Meta warf Mathis bei dem Wort einen Seitenblick zu, nach dem er ganz sicher auch nicht mehr vor ihr auf die Knie gehen würde, »versucht sich als Schauspieler. Er hatte eine Probe.«

»Ach. Ein Schauspieler.« Der Kommissar gab Kaltenhoff ein Zeichen, woraufhin dieser die Hacken zusammenschlug und den Raum mit soldatischem Schritt verließ. Mathis hatte das ungute Gefühl, dass das nichts Gutes bedeuten konnte.

»Und welche Art von Probe soll das sein, in der sich ein Mann als Frau verkleiden muss?«

»Ein Vorsprechen«, sagte Meta, »für *Charleys Tante*.«

»Wer zum Geier ist Charleys Tante?« Der Kommissar hätte ebenso gut fragen können, wer zum Geier Hamlet sei. *Charleys*

Tante gehörte zurzeit zu den meist gespielten Bühnenstücken Deutschlands, wenn nicht der Welt.

Mathis sah Metas hochgezogene Augenbrauen und mischte sich ein, bevor sie auf die kulturelle Bildung des Kommissars zu sprechen kommen konnte. »Es ist eine Komödie«, erklärte er schnell. »Zwei Studenten wollen ihre Freundinnen treffen. Aber weil sie eine Anstandsdame dazu brauchen und die dafür zuständige Tante nicht auftaucht, überreden sie einen Freund – das bin ich –, sich als Frau zu verkleiden. Ich spiele also die Anstandsdame, Charleys Tante.«

»Piepenkopf, haben Sie das notiert?«

»Ich kenne die Handlung des Stücks, Herr Komm…« Piepenkopf unterbrach sich, als der Kommissar sich wütend zu ihm umdrehte.

»Zum Teufel, dann suchen Sie raus, ob es auf der schwarzen Liste steht!«

Piepenkopf zuckte zusammen, das Protokoll glitt ihm aus den Händen. Er wollte es gerade aufheben, als die Tür aufgerissen wurde und Kaltenhoff zurückkam. Der Kommissar blickte auch ihn unwirsch an.

»Und?«, sagte er unfreundlich.

»Er ist in der Reichstheaterkammer verzeichnet, Herr Kommissar«, sagte Kaltenhoff. »Allerdings nicht in der Fachschaft Bühne, sondern als Schausteller.«

»Aha. Haben Sie gehört, Herr Bohnsack? Ist Ihnen bewusst, dass Sie als Schausteller ohne einen entsprechenden Eintrag in der Reichstheaterkammer gar nicht als Schauspieler tätig sein dürfen?«

»Bin ich ja nicht«, sagte Mathis, »es war lediglich ein Vorsprechen. Hätte ich die Rolle bekommen, dann hätte ich mich selbstverständlich …«

»Jaja«, sagte der Kommissar, der Mathis kein Wort glaubte. »Piepenkopf, haben Sie nicht gehört, was ich gesagt habe? Ich

möchte, dass Sie nachsehen, ob diese *Tante Charley* auf der Liste
des schädlichen Schrifttums steht.«

Piepenkopf bewegte sich nicht. Er sah den Kommissar an, als
täte ihm körperlich etwas weh.

»Was denn, Piepenkopf?!«

»Das Stück steht ... nicht auf der schwarzen Liste, Herr Kommissar. Ich habe es erst vor einiger Zeit mit meiner Frau im
Deutschen Theater gesehen. Mit Werner Krauß in der Hauptrolle. Dem ... berühmten Staatsschauspieler Werner Krauß?«,
piepte Piepenkopf. Dann ließ er sich hastig vom Stuhl gleiten.
»Ich sehe gleich auf der Liste nach, Herr Kommissar.«

»Na also, warum denn nicht gleich so. Und Sie, Kaltenhoff,
sorgen Sie bitte dafür, dass man Fotos von Herrn Bohnsack
macht. Und dann bringen Sie die beiden zu den anderen Verhafteten in die Arrestzellen. Der Kriminaldirektor wird morgen
darüber entscheiden, wie mit ihnen zu verfahren ist.«

»Wir dürfen nicht nach Hause?« Meta stand auf, so weit die
Handschellen es ihr erlaubten. Mit einem Schritt war Kaltenhoff
bei ihr und fasste sie am Arm, als könnte sie vorhaben, mitsamt
dem Tisch durch die Tür zu brechen.

»Heute Nacht leider nicht, Fräulein Kirschbacher«, sagte der
Kommissar. »Aber zu Ihrem Glück ist ja Ihr Verlobter noch vorbeigekommen. Da wird Ihnen die Zeit im Arrest nicht allzu
lang, nehme ich an.«

Metas Blick verriet, dass sie Mathis' Anwesenheit für überhaupt kein Glück hielt. Es wäre ihr lieber gewesen, er wäre zu
Hause geblieben, bei Ernsti, damit sie sich zumindest um den
keine Sorgen machen musste.

Mathis konnte sich nicht daran erinnern, wann sie Metas Bruder das letzte Mal eine ganze Nacht allein gelassen hatten.

Auf den Verbrecherfotos sah Mathis aus wie ein verschmier-
ter Clown. Er hatte gehofft, dass man ihm zumindest erlauben
würde, sich die Schminke vom Gesicht zu waschen, bevor die

138

Fotos geschossen wurden. Doch Kaltenhoff hatte seinen Spaß daran, Mathis gerade so vor die Linse zu zerren, wie er gekommen war.

Er führte die beiden in die Arrestzelle und gab Meta einen Stoß. Doch als sie zu Kaltenhoff herumfuhr, warf er die Tür so hastig ins Schloss, als hätte er keine Frau, sondern einen Tiger in den Käfig gesperrt. Erst mit den schweren Eisenstäben zwischen ihnen fand er zu seiner Überlegenheit zurück. Er trat nah an die Tür heran.

»Sie wären wohl lieber ein Mann, Fräulein Kirschbacher?«, höhnte er.

»Und Sie, Herr Kaltenhoff?«, zischte Meta und brachte ihr Gesicht so nah an die Stäbe, dass sich ihre Nasen fast berührten. »Wären Sie auch gern einer?«

Kaltenhoff verzog den Mund und mahlte mit dem Kiefer. Dann drehte er sich abrupt um und stolzierte ohne ein weiteres Wort davon. Mathis stand in der Ecke der Zelle und seufzte.

Meta hatte sich mal wieder einen neuen Freund gemacht.

Zusammen mit Meta waren auch der Ansager des Tingel-Tangels und ein paar Vortragskünstler verhaftet worden. Und wo die Polizei ohnehin schon mal so gut dabei war mit dem Räumen und Verhaften, hatte sie auch gleich noch die Bühne der Katakombe dichtgemacht. Die Ära des großen Berliner Kabaretts war damit endgültig gestorben. Das Tingel-Tangel und die Katakombe waren die letzten Bühnen gewesen, die sich noch getraut hatten, der Regierung die Stirn zu bieten.

Es fehlte der Wein, um auf das traurige Ereignis anzustoßen. Aber an Geschichten fehlte es nicht, und die reichten die Gefangenen nun durch die Gitterstäbe weiter. Nacheinander erinnerten sie sich an die besten Bühnenmomente. Im Flüsterton wurden Witze und Dreistigkeiten gegenüber der Regierung wiederholt. Es klang wie ein unverschämter Nachruf auf eine Zeit, deren Ende noch keiner von ihnen fassen konnte.

Die Pritsche in Mathis' und Metas Zelle bot nur Platz für eine halbe Person. Mathis hatte sie Meta überlassen. Er hockte an den Bettpfosten gelehnt auf dem kalten Steinfußboden. Die Beine musste er anziehen, weil er sonst mit den Füßen gegen das Gitter gestoßen wäre.

Sie hörten dem Ansager der Katakombe zu, Werner Finck. Finck war der Einzige unter ihnen, der sich nicht die Mühe machte zu flüstern. Was er von der Regierung hielt, wusste die Gestapo ohnehin. Sie war schon seit zwei Jahren regelmäßig zu Gast in der Katakombe und hatte nur auf eine Gelegenheit gewartet, den Laden endlich zu schließen. Finck hatte das gewusst. Doch es hatte ihn nicht daran gehindert, die Beamten in ihrer schlechten Tarnung von der Bühne aus zu verspotten.

Irgendwann zwischen Fincks Erzählungen und den leisen Lachern der anderen nickte Mathis trotz der unbequemen Haltung ein. Er wachte erst wieder auf, als eine Kette gegen die Gitterstäbe rasselte und die Zellentür aufgerissen wurde. Ein Uniformierter stand im Morgenlicht und befahl ihnen mitzukommen.

»Wird's bald«, sagte er, ungeachtet der Tatsache, dass Mathis und Meta ihre Augen gerade erst geöffnet hatten. Die anderen Künstler schliefen noch in ihren Zellen. Alle bis auf Werner Finck, der in seinem besten Anzug auf dem Boden saß und sich die Fingernägel säuberte. Er sah auf, als Mathis und Meta an seiner Zellentür vorbeigingen, und brachte sogar ein Lächeln zustande. Mathis erwiderte es. In der Zelle neben Finck saß Walter Lieck, der Ansager vom Tingel-Tangel. Er hatte den Kopf gegen das Gitter gelehnt und einen Arm durch die Stäbe gesteckt, als wollte er sich im Traum in die Freiheit winden.

Sie wurden in den Raum geführt, in dem der Kommissar Mathis gestern Nacht empfangen hatte. Nun stand da ein Mann am Fenster. Das Morgenlicht, das durch die akribisch geputzten Glasscheiben fiel, sah so sanft und rosig aus, dass Mathis annahm, es müsse etwa sieben Uhr sein. Die Uhrzeit anhand des

140

Tageslichts abzuschätzen hatte er seit seiner Kindheit in Langweiler nie verlernt.

Der Mann am Fenster hatte ihnen den Rücken zugewandt und sah hinaus. Erst als er sich umdrehte, erkannten Mathis und Meta ihn. Es war Josef Thorak.

»Fräulein Kirschbacher! Was für eine unangenehme Überraschung, Sie ausgerechnet an einem Ort wie diesem wiederzusehen.« Thorak ging auf Meta zu und gab ihr einen Handkuss. Den langen Mantel hatte er lässig über den Arm gehängt.

Metas Begrüßung fiel eine Spur weniger galant aus. Sie starrte Thorak mit offenem Mund an.

»Was machen Sie denn hier?«

»Sie aus Ihrer misslichen Lage befreien, mein Fräulein.«

»Mich aus meiner …? Aber woher wissen Sie …?«

»Ich bitte Sie, das bleibt doch nicht unbekannt, wenn zwei große Kabaretts geschlossen werden.«

Mathis' Blick glitt erneut zum Fenster. Thorak musste sehr, sehr früh aufgestanden sein, wenn er die Nachricht von der Verhaftung in der Zeitung hatte lesen wollen. So früh, dass Mathis sich nicht sicher war, ob die Neuigkeit überhaupt schon gedruckt worden war.

»Es ist bereits alles geregelt.« Thorak bemerkte Mathis' kritischen Blick nicht. Er hatte nur Augen für das Fräulein Meta, welchem er nun mitteilte, er sei so frei gewesen, eine Kaution zu hinterlegen und den Beamten zu erklären, dass es für eine Statue Modell stünde, die dem Führer persönlich übergeben werde. Da hätten die Beamten natürlich keine Notwendigkeit mehr gesehen, Meta noch länger in Untersuchungshaft zu halten. Die Anschuldigungen seien fallen gelassen worden. Meta stehe es frei zu gehen.

Er lächelte. Meta blickte zwischen Thorak und der unverschlossenen Tür hin und her, als könnte sich eins von beiden doch noch als schlechter Scherz erweisen. Dann wanderte ihr Blick zu Mathis.

141

»Und mein ... Verlobter?«, fragte sie. Mathis wusste, dass ihr neuer Beziehungsstatus genau so lange halten würde, bis sie die Polizeistation verlassen hatten.

Thorak tätschelte sich angesichts des unangenehmen Worts den Scheitel und sah Mathis abfällig an. Der hatte schon am Vorabend einen lächerlichen Anblick geboten. Doch jetzt war seine Kostümierung obendrein auch noch zerrupft und zerknittert. Mathis wischte sich über das Gesicht. Als er in seine Handfläche sah, war sie voller Schminke.

»Ich werde mich erkundigen, was die Kaution für ihn kostet, und auch diese hinterlegen.« Thorak zog sein Portemonnaie hervor und wühlte etwas zu großzügig darin herum. Mathis kam sich vor, als würde er verkauft. »Die Beamten werden ihm wahrscheinlich das Verbot auferlegen, sich weiterhin in Frauenkleidern zu bewegen. Wegen der gesellschaftlichen Ordnung. Aber wenn er sich daran hält, sollten Sie nichts zu befürchten haben.« Er warf einen weiteren abwertenden Blick auf das Kleid und wandte sich dann wieder Meta zu. »Wie Sie sehen, lohnt es sich immer, die richtigen Freunde zu haben.«

Er wartete auf eine Zustimmung, auf ein Danke, doch Meta schwieg. Also klopfte Thorak sich nur wieder beruhigend den Scheitel und rückte mit dem Rest raus, den er noch loswerden wollte. Dass er nämlich hoffe, Meta das nächste Mal in etwas angenehmerer Atmosphäre zu sehen. Sein Atelier sei komfortabel und stehe ihr nach wie vor offen. Er wolle seine Anfrage hiermit erneuern. Vor allem jetzt, wo sie ihrer Pflichten an der Tingel-Tangel-Bühne vorläufig entbunden sei ... Thorak lächelte vielsagend. »Pflichten« war genau das Wort, das Meta gebraucht hatte, als sie ihm am Telefon eine Absage erteilt hatte. »Sagen wir Dienstag um 14 Uhr?«

Meta war so überrumpelt, dass sie vergaß, den Kopf zu schütteln. Das deutete Thorak als Zustimmung. »Prima!«, sagte er. »Ich komme Sie mit dem Auto abholen. Einen schönen Tag wünsche ich Ihnen.«

142

Er nahm seinen Hut vom Fensterbrett, fasste den Mantel fester und ging.

Mathis und Meta blickten sich an. Sie wussten beide, dass Meta diesmal keine andere Wahl haben würde, als sich tatsächlich bei Thorak blicken zu lassen. Und Mathis beschlich die Angst, dass genau das Thoraks Idee gewesen sein könnte. »Es lohnt sich immer, die richtigen Freunde zu haben«, hatte er gesagt. Wie weit würde einer wie Thorak gehen, um an ein Modell zu kommen, das sich ihm verweigert hatte?

»Glaubst du, er hatte was mit der Verhaftung zu tun?«, flüsterte er. Doch Metas Gedanken kreisten bereits um eine ganz andere Sorge. Ernsti war die ganze Nacht allein gewesen.

Ernsti war verstimmt, als sie die Wohnwagenkolonie erreichten. Aber er war anwesend und lebte. Ebenso wie alle anderen Bewohner der Kolonie, was schon mal mehr war, als Mathis zu hoffen gewagt hatte. Er widerstand dem Drang, herumzulaufen und durchzuzählen, nur um ganz sicher zu sein. Lediglich der Kleiderschrank war Opfer von Metas Bruder geworden.

Auf der Suche nach etwas, das er kaputt machen konnte, hatte Ernsti das Geheimfach im Schrank geöffnet. Doch Mathis hielt sein Notizbuch längst nicht mehr im Wagen versteckt. Es lag auf einem Brett unter der Achse des Wagens, den sie ohnehin nie vom Fleck bewegten. Darum hatte Ernsti sich Mathis' Kleidung gewidmet. Und bei der sorgfältigen Zerlegung der Hemden und Hosen hatte auch das ein oder andere Kleid von Meta daran glauben müssen. Wie Strandgut lagen die Fetzen auf dem Boden verteilt. Hier ein Ärmel und dort ein Stückchen Hose. Nicht ein Kleidungsstück war heil geblieben. Und dabei hatte Mathis sich nichts sehnlicher gewünscht, als endlich das verdammte grüne Kleid auszuziehen.

Ungeachtet der Zerstörungswut schloss Meta ihren Bruder so fest in die Arme, dass Mathis bereits hoffte, Ernsti möge ersticken.

»Nun mach hier bitte keine Szene«, sagte sie zu dem unglücklichen Mathis. »Sei lieber froh, dass Ernsti nichts passiert ist.« Dass Ernsti etwas passiert sein könnte, auf den Gedanken wäre Mathis als Letztes gekommen. Doch natürlich zeigte Meta wie immer Verständnis für ihren Bruder. Es sei schließlich nicht seine Schuld gewesen, dass Meta verhaftet worden und Mathis ihr dann auch noch in die Zelle gefolgt sei, statt hier zu Hause auf Ernsti aufzupassen.

Selbst als Mathis zwischen all dem Chaos eine tote Katze fand, deren Kopf jemand sehr sorgfältig auf den Rücken gedreht hatte, klopfte Meta ihrem Bruder nur beruhigend auf den Rücken und informierte ihn freundlich, dass so etwas aber nicht sehr nett sei.

»Ich will mich umziehen!«, jammerte Mathis.

»Dann geh und nimm dir erst mal was von Ernsti.«

Doch als Ernsti daraufhin Theater machte, musste Mathis stattdessen zu ihrem Nachbarn gehen, Hansi Elastik, dem Hautmenschen.

Hansi war zu Hause, wie es jeder am Vormittag war, der keine Arbeit hatte. Seine Fähigkeit, die Haut vom Hals bis über das Gesicht zu ziehen, hatte die Menschen in den letzten zwanzig Jahren gut unterhalten. Aber jetzt war es nicht mehr erlaubt, solche Abnormitäten zu beklatschen. Jetzt war Hansis Kunst nur eine Zellgewebserkrankung, die man ebenso wenig auf der Bühne ausstellte wie einen Husten.

Dass Ernsti in der Nacht den halben Wagen auseinandergenommen hatte, war Hansi zwangsläufig aufgefallen. Doch richtig interessiert an der Geschichte war er erst, als er die Tür öffnete und Mathis in seinem lächerlichen Aufzug sah.

Er bat den Unglücklichen herein und erkannte schnell, dass Mathis etwas Stärkeres als nur eine Hose brauchte. Einen kräftigen Schnaps nämlich, der bereits auf dem Tisch stand und nun großzügig eingeschenkt wurde. Es war halb neun am Morgen. Genug Zeit für Hansi, um über den Tag wieder auszunüchtern.

Die Ärmel von Hansis Hemd waren Mathis zu kurz, und seine Beine schauten unten zehn Zentimeter aus der Hose heraus. Doch alles dazwischen passte Mathis eigentlich gar nicht so schlecht. An Hansi war außer Haut nämlich auch nicht viel dran.

Mathis bedankte sich und versprach, die Sachen zurückzugeben, sobald er seine eigenen geflickt hatte. Doch Hansi winkte ab. »Ist schon in Ordnung«, meinte er. »Vielleicht kannst du stattdessen lieber hin und wieder mal was zu essen vorbeibringen, sofern ihr denn etwas habt.« Der Hautmensch fühlte sich inzwischen nämlich wirklich so, als schlotterte ihm die Haut um den Körper. Zum Beweis griff er sich an den Bauch und zog die Haut einen halben Meter nach vorn, wie einen zu groß gewordenen Hosenbund. Ob Mathis übrigens noch einen Schnaps wolle?

»Und sie haben alle von den Kabarettbühnen mitgenommen?«, fragte er, als er zwei Stunden später die zweite Flasche öffnete. »Wie seid ihr denn da rausgekommen?«

Mathis zuckte die Schultern. Die Ereignisse der letzten Stunden verschwammen inzwischen in einem besänftigenden Nebel, den er dem billigen Fusel zu verdanken hatte.

»So ganz weiß ich das auch nicht … Wir kannten wen, der wen kannte.«

»Das ist immer gut«, meinte Hansi Elastik und war damit bereits der Zweite am Morgen, der diese Weisheit von sich gab.

145

SIEBTES KAPITEL

Langweiler, 1902

Mathis wachte auf, weil etwas unter seinem Gesicht knarrte. Da war ein Geräusch, jemand bewegte sich im Haus, hörbar nur für einen Jungen, der mit dem Ohr auf dem Fußboden lag. Hinter Mathis schliefen die Brüder in den Betten. Ein Fußboden konnte sie nicht wecken, und das war gut so. Wenn sie schliefen, verstand Mathis sich besser mit ihnen. Er blinzelte durch den Türspalt. Etwas oder jemand war da vor der Tür, ein schwarzes Ding, vielleicht ein Schuh. Er wartete, doch nichts rührte sich. Mathis hatte früh gelernt, sich leise zu bewegen. Er hielt die Luft an, als er die Tür öffnete und in den Flur sah. Der Schatten auf dem Boden war ein Teller. Kalte Kartoffeln lagen darauf, und darüber hatte jemand etwas Petersilie gestreut, die Unterschrift einer Mutter.

Mathis blickte in Richtung Elternschlafzimmer. Dort war alles still. Die Mutter war verschwunden, hatte sich unsichtbar gemacht wie ein guter Geist.

Er nahm den Teller, schloss leise die Tür und stopfte sich die Kartoffeln in den Mund, bevor einer seiner Brüder aufwachen und sie ihm streitig machen konnte. Das letzte Mal hatte er gegessen, bevor er am Mittag zum Jahrmarkt gegangen war. Jetzt erinnerte er sich daran, dass er von gebrannten Mandeln geträumt hatte, von Zuckerwatte und von etwas anderem Süßen, von dem nur noch ein Gefühl zurückgeblieben war. Vielleicht war es der Anblick seiner Knochen auf dem grünen Schirm.

Der Mond zeichnete einen Kasten Licht ins Zimmer, doch die

Nacht war bereits auf dem Rückzug. Nicht mehr lange, und ein erster rosa Streifen würde sich am Horizont zeigen. Und mit dem neuen Tag würde auch Mathis' altes Leben wieder anbrechen, mit Bohnenschälen und brüderlichen Erniedrigungen und allem, was dazugehörte. Die Kirmes würde verschwunden sein, wenn er das nächste Mal zur Dorfwiese käme. Mathis blickte auf den Teller. Ein paar Petersilienkrümel hatten sich auf den Rand verirrt. Er pickte sie mit dem Zeigefinger auf und fühlte die Eintönigkeit über sich zusammenschlagen wie eine Woge.

So würde es für ihn weitergehen, Mathis und die Petersilienkrümel, eingesperrt auf dem Hof, eingesperrt in der Küche seiner Mutter, die zwar sein guter Geist war, aber ihm auch nicht helfen konnte, wenn es die Brüder wieder einmal überkam. Ab dem kommenden Sommer würde Mathis nicht einmal mehr zur Schule gehen. Es gab nur zwei Klassen, und er stieß jetzt schon mit den Knien gegen das Pult. Jüngere Kinder würden in den Bänken nachrücken. Was sollte er dann den ganzen Tag über tun?

Plötzlich wünschte er sich, er könnte seiner Mutter die Maschine vorführen. Er wollte ihr das wundersame Leuchten zeigen und wie die Dinge von innen aussahen. Aber die Mutter ging nicht auf den Jahrmarkt. Von allen sieben Hügeln, die es zu überqueren galt, um diesen Ort zu verlassen, hatte sie nicht einmal den ersten bewältigt.

Mathis blickte den Ausschnitt Himmel an, den er durch das Dachfenster sah. Wann brachen die Schausteller ihre Zelte ab, und wohin fuhren sie als Nächstes? Er stellte sich vor, wie sie ihre Buden an neuen, unbekannten Orten aufbauten, vielleicht sogar in der Nähe einer großen Stadt – Mathis würde so gern einmal eine sehen. Er stellte sich vor, wie ein anderer Junge auf Meister Bos Podest stand und die Kurbel drehte. Lange konnte es nicht dauern, bis sich jemand für die Arbeit fand. Die Bewerber mussten doch Schlange stehen für so eine tolle Aufgabe!

Ingbert drehte sich im Bett um, und Mathis hielt die Luft an.

Die Kartoffeln drückten im Magen, als hätten sie sich zusammengetan und einen Riesenknödel gebildet. In dem schmalen Schrank am Ende des Raums befanden sich die Sonntagshosen aller Jungen. Mathis glaubte nicht, dass er auf dem Jahrmarkt eine gebrauchen konnte. Sein Nachthemd aber hätte er gern mitgenommen. Nur lag da Dethard drauf und schlief mit offenem Mund.

Er trug noch seine Kleidung vom Vortag, als er leise die Schuhe in die Hand nahm und die Treppe hinunter in die Küche tappte, wo er einen Laib Brot und ein paar Äpfel in das älteste Tischtuch wickelte, das er finden konnte. Niemand in der Familie besaß einen Koffer, denn das wäre ein sinnloser Besitz gewesen. Die Bohnsacks lebten schon seit Generationen auf diesem Hof, und ein Koffer hätte am Ende nur zum Verreisen verleitet. Das aber wollte man tunlichst vermeiden. Das eigene Leben hätte dem Vergleich mit da draußen ohnehin nicht standgehalten. Wer wegging, der kam traurig und mit verwirrtem Kopf zurück, das wussten doch alle, deswegen war es besser, gleich hierzubleiben.

Ein Spruch fiel Mathis ein, den er irgendwann einmal in der Schule gehört hatte: »Der Held ist einer, der fünf Minuten länger tapfer ist als der gewöhnliche Mann.« Jetzt endlich wusste er, was damit gemeint war. Sein Vorhaben kam Mathis plötzlich unglaublich tollkühn vor.

Die Schuhe in der einen und das zugeknotete Tischtuch in der anderen Hand, schlich er sich zur Haustür und schlüpfte in die Dunkelheit.

Es dauerte keine fünf Minuten, bis die fünf Minuten verstrichen waren. Dann war auch schon die ganze schöne Tapferkeit dahin. Mathis fand sich auf dem Feld seines Vaters wieder, das er für immer verlassen wollte, in den Händen nichts weiter als ein blödes Tischtuch mit unzureichendem Proviant. Er hatte nichts dabei, um sich gegen das zu verteidigen, was im Wald auf ihn lauern könnte, oder hinter dem Wald, in der Welt. Nicht einmal gegen Kälte könnte er sich wehren. Die Wintermäntel waren in der Truhe im Elternschlafzimmer eingeschlossen.

Mathis begann zu frieren und blieb stehen. Er war kurz davor, wieder umzudrehen. Niemand hatte sein Verschwinden bislang bemerkt. Bis die Mutter mit dem ersten Hahnenschrei aufstand und sich kurz darauf auch der Vater aus dem Bett wälzte, bis alle zwölf Brüder am Frühstückstisch durchgezählt waren und auffiel, dass einer fehlte und dass dieser eine nicht auf der Toilette war, nicht draußen in der Tränke und auch sonst nirgendwo in Ziegenstrickweite des Hofs, könnte Mathis sich längst wieder ins Zimmer gestohlen haben. Er könnte sich zurück auf den Fußboden legen und behaupten, die Brüder seien einfach über ihn hinweggetrampelt. So etwas kam hin und wieder vor.

Aber andererseits – und das war das Problem –, andererseits könnte Mathis auch schon längst woanders sein, wenn es so weit wäre, wenn die Familie am Tisch saß und bemerkte, dass der dreizehnte Sohn fehlte. Weit weg von Hahn und Huhn und Bohne könnte er sein. Weg von den Brüdern.

Über ihm drehte jemand das Licht auf, und Mathis blickte nach oben. Hoch über dem Waldrand verzog sich eine Wolke, und der Mond, der auf die heimatliche Landschaft schien, war definitiv größer als normal. Groß, rund und ein wenig fleckig hing er über dem Wald, und das musste doch einfach ein Zeichen sein! Mathis fasste das Tischtuch fester, stellvertretend für sein Herz. Dann setzte er sich wieder in Bewegung und redete sich ein, dass das Humpeln allein von den Furchen im Boden kam.

Viele Schausteller hatten ihre Stände bereits abgebaut, als Mathis den Platz in der Morgendämmerung erreichte. Das platt gedrückte Gras, das sich unter den Zelten auftat, war so welk, als hätte es nicht bloß zwei Tage, sondern einen ganzen Sommer unter den Holzböden begraben gelegen. Die Wiese gähnte mit wiedergewonnener Öde.

Mathis drängte sich an müden Artisten vorbei, die Gerüste und Bretter auf ihren Wagen verstauten. Keuchend setzten sie Brechstangen an, um die schweren Teile anzuheben. Er sah das Kamel wieder, das er schon am ersten Tag bemerkt hatte. Der Besitzer hielt es an einem Strick, als führte er einen Hund Gassi. Kauend und malmend pisste es auf die Wiese, einen gelben See von beeindruckender Größe. Mathis musste einen Satz zur Seite machen, um nicht knöcheltief darin zu versinken.

Auch die elektrische Raupe war schon zur Hälfte abgebaut. In ihrer Nacktheit lag etwas Verletzliches. Überall ragten Schienen und Eisenstangen in den sich rosa verfärbenden Himmel. Die Wagen, in denen Hans, Lucas und Mathis zwei Tage zuvor mit den Mädchen gefahren waren, lagen umgekippt auf dem Boden. Doch Meister Bos Wohnwagen und das Podest standen noch am selben Fleck.

»Meister Bo!« Mathis humpelte die drei Holzstufen hoch und klopfte im Takt seines Herzens an die Tür: Toktoktok – das war ein wenig hektisch, passte aber zur Dringlichkeit, die er empfand.

»Meister Bo«, rief er noch einmal. Als die Tür endlich aufgerissen wurde, sprang ihm die Laune des Alten ins Gesicht wie ein bissiger Köter.

»Was zum Henker?« Meister Bo hielt erstaunt inne, als er Mathis sah. Er ließ den Blick an dem Jungen hoch- und runtergleiten, und der erwiderte die ungläubige Musterung. Meister Bo trug noch sein Nachtgewand, einen weißen Einteiler mit Knöpfen an der Vorderseite, mit dem er aussah wie ein dickes, verschlafenes Kind. Die Knöpfe waren falsch zugemacht, und wo sie auseinanderklafften, gaben sie den Blick auf eine rötliche Haut frei. Haare und Schnäuzer standen in verschiedene Richtungen ab. Meister Bo hatte friedlich geschlafen, während ihm der Jahrmarkt quasi unter dem Hintern weggebaut worden

150

war. Vor lauter Erleichterung hätte Mathis den Alten am liebsten umarmt.

»Was machst du hier, Junge?«

»Ich wollte zu Ihnen, Meister Bo.«

»Das hab ich befürchtet. Wie spät ist es?«

»Vielleicht … halb sieben?« Mathis warf einen Blick an den Himmel. Erste Nebelgeister stiegen unter dem Lichtstreifen am Horizont auf. Es sah aus, als wäre die Dorfwiese voll heißer Wäsche, die in der kühlen Luft ausdampfte. Die Mutter musste bereits wach sein. Sie stand immer als Erste auf. Hoffentlich dauerte es noch ein wenig, bis sie sein Verschwinden bemerkte. Mathis kam sich plötzlich wie ein Verräter vor.

»Vielleicht halb sieben«, brummte Meister Bo. »Und was machst du um vielleicht halb sieben an meiner Tür, du Bengel?«

»Meister Bo … was wäre … wenn ich nun einmal eben älter wäre?«

»Hä?«, machte Meister Bo.

Mathis musste sich eingestehen, dass das ein selten dämlicher Satz gewesen war.

»Ich meine … darf ich für Sie arbeiten, Meister?« Eine atemlose Pause entstand. Mathis wurde vorsorglich rot. Bis zu den Ohren hinauf kletterte die Aufregung, diese plötzliche Gewissheit, dass er nie wieder froh sein würde, wenn Meister Bo ihn nun fortschickte. Mathis wollte mit der Maschine zusammen sein!

Meister Bo betrachtete ihn von Kopf bis Fuß. »Mathias …«

»Mathis.«

»Mathis, Mathias! Wo ist denn da der Unterschied!«, keifte Meister Bo. »Wie alt bist du noch mal, hast du gesagt?«

»Sechzehn.«

»Gestern warst du doch noch fünfzehn!«

Mathis biss sich auf die Lippe. Warum fragte dieser Meister überhaupt, wenn er sich so genau daran erinnern konnte?

»Ich habe heute Geburtstag.«

»Was du nicht sagst.« Meister Bos Blick war so durchdringend, als wäre er sein eigener Apparat. Mathis war sich sicher, dass er auch die Lüge sehen konnte, die jetzt in seiner Brust steckte. Kräftig klopfend machte sie auf sich aufmerksam. »Du bist ausgebüxt«, stellte Meister Bo fest und deutete auf das karierte Bündel.

»Nein«, rief Mathis.

»Und wie erklärst du mir dann, dass du in aller Herrgottsfrühe mit einer – was ist das überhaupt? – zusammengeschnürten Tischdecke vor mir stehst? An deinem Geburtstag?« Meister Bo wandte sich kopfschüttelnd ab. »Ausbüxende Kinder kann ich nicht gebrauchen. Da hab ich schneller Ärger mit deinen Eltern, als ich meinen Namen sagen kann ... Und der ist kurz«, fügte er nach einer Pause hinzu.

»Ich hatte keinen Koffer. Darum das Tischtuch.«

»Lügende Kinder kann ich auch nicht gebrauchen.«

»Bitte, Meister! Wir sind zu Hause dreizehn Jungen!«

»Dann hoffe ich für deine Eltern, dass sich auch ein paar Gescheitere darunter befinden.«

»Ob ich zu Hause fehle, fällt doch sowieso niemandem auf.«

»Natürlich fällt das auf, Junge! Und dann hab ich deinen Vater mit der Mistgabel hinter mir ...«

»Bitte, Meister Bo! Ich habe mich noch nie so nützlich und ... ganz gefühlt wie gestern! Das war der schönste Tag meines ...«

»Sag mal, willst du mich verscheißern?«

»Was? Wieso? Nein! Ich ... habe mich einfach ... ich habe mich in sie verliebt, Meister.«

»In mich?!«

»Doch nicht in Sie!« Mathis wurde knallrot und deutete auf das Podest. »In sie!«

Der Alte blickte dem Finger erstaunt nach. Die haarigen dicken Raupen auf seiner Stirn krochen aufeinander zu.

»Was für ein hingeschissener Unsinn! In so was verliebt man sich doch nicht, Junge! Es ist eine Maschine!«

»Aber ich …«

»Die besteht aus Drähten und Kabeln und was weiß ich noch alles.«

»Bei Ihnen war es doch auch nicht anders, als Sie sie zum ersten Mal gesehen haben. Sie haben selbst gesagt …«

»Dass ich sie haben wollte, ja! Weil ich das Geld gesehen habe, das ich mit ihr machen kann! Und glaub mir, wenn es damit vorbei ist, dann habe ich kein Problem damit, das Ding im nächstbesten Straßengraben zu entsorgen.«

Mathis presste die Lippen aufeinander. Er hoffte inständig, die arme Maschine möge dem verwirrten Alten diese Aussage nicht übel nehmen.

»Verliebt!« Meister Bo spuckte neben seine Treppe. »Das ist ja wohl das Dümmste …« Er brach ab, als sich eine zottelige orangefarbene Mähne in den Türspalt schob, den Meister Bo gewissenhaft klein gehalten hatte. Unter kajalumrandeten Augen gähnte ein verwischter Mund. Schlafverquollen, wie die Frau war, wirkte ihre Haut schlaff und alt, doch sie war mindestens zwanzig Jahre jünger als Meister Bo. Mathis, der nicht gewusst hatte, dass der Meister mit einer Frau in diesem Wagen wohnte, riss sich erschrocken die Mütze vom Kopf und legte damit seine hochroten Ohren frei.

»Was ist das Dümmste?« Sie gähnte noch einmal ungeniert.

»Du natürlich!«, blaffte Meister Bo. Doch er ließ es sich gefallen, dass ihre Hand auf seine Schulter glitt wie eine Schlange. Die Hälfte ihrer langen, rot bemalten Fingernägel war abgebrochen, der Rest blätterte wie eine schlecht gestrichene Scheunenwand. Mathis ließ den Blick hinabwandern und versenkte seine Hände im Stoff der Mütze, als ihm auffiel, dass die Dame nur ihr Unterkleid trug. Um sie nicht zu beschämen, blickte er auf seine Füße.

»Was du am frühen Morgen für einen Lärm machst.«

»Ach, halt die Klappe, Hilda. Wir sprechen über Dinge, von denen du eh nichts verstehst.«

»Und was soll das sein, du alter Bettbrunzer?«

»Liebe.« Das Wort kam aus Meister Bos Mund wie ein unterdrückter Schluckauf.

»Na, da ist der Kleine ja zum Experten gekommen«, sagte Hilda spöttisch und hängte nun auch die zweite Hand an Meister Bos Schulter. Er umfasste ihre Taille und zog sie an sich. Mathis senkte den Kopf schnell noch etwas tiefer. Er wusste gar nicht, was ihn mehr verstörte: das öffentliche Geschmuse der beiden oder die Schimpfwörter, die sie sich dabei an den Kopf warfen.

»In wen bist du denn verliebt, Kleiner?«, fragte Hilda, doch die Schnürsenkellöcher an seinen Bauernschuhen beanspruchten Mathis' ganze Aufmerksamkeit. Außerdem hatte er nicht vor, sein Gefühlsleben vor einer fremden Dame in Unterwäsche auszubreiten.

»In meinen Durchleuchtungsapparat«, sagte Meister Bo.

»Nee, ne? Ist ja süß.«

»Hat gestern für mich gearbeitet. Und jetzt will er mitgenommen werden.«

»Ach, der ist das! Bo hat mir schon von dir erzählt. Er war ja ganz begeistert von dir!«

»War ich nicht!«

»Zumindest für seine Verhältnisse.«

»Ach, halt den Rand, Hilda«, maulte Meister Bo.

»Und willst du ihn denn mitnehmen?«, fragte Hilda, als handelte es sich bei Mathis um einen neuen Zwiebeltopf für die Küche. »Wie heißt du denn, Kleiner?«

»Mathis Bohnsack, Frau ... äh ... Bo«, sagte Mathis. Er machte eine Verbeugung. Hilda und Meister Bo sahen ihn irritiert an.

»Niedlich«, kommentierte Hilda schließlich, »und so jung.«

»Ich bin sechzehn«, protestierte Mathis.

»Genau! Er hat nämlich heute Geburtstag«, spottete Meister Bo.

»Ist ja süß«, sagte Hilda wieder.

»Na ja, so süß nun auch wieder nicht«, erwiderte Meister Bo.

»Mit sechzehn habe ich schon als Zersägter in Mailand gearbeitet und den Damen aus der Hand gelesen. Und was du gemacht hast, will ich gar nicht erst wissen ...«

Hilda zog eine Schnute. Mit dem verwischten Lippenstift und den Korkenzieherlocken erinnerte sie ihn an einen Clown. »Ich habe mit vierzehn auf dem Jahrmarkt angefangen. Aber nicht so, wie du denkst.« Sie schlängelte sich aus dem Griff, der sich inzwischen fest um ihren Hintern geschlossen hatte.

Meister Bo wandte sich wieder Mathis zu. »Wie siehst du überhaupt aus? Als ich dich gestern gesehen habe, war deine Nase noch gerade. Hast du dich geprügelt?«

»Nein.«

»Und wie kommen dann die ganzen bunten Flecken in dein Gesicht? Die hat wohl das Sandmännchen dahin gemalt! Ich kann keine Jungen brauchen, die sich prügeln. Meine Helfer müssen arbeiten!«

»Ich prügele mich nicht. Ich werde nur gehauen.«

»Na, das ist natürlich viel besser!«

Hilda hob die Arme und begann damit, ihre buschig abstehenden Haare mit den Fingern zu kämmen. Ein Geruch nach Schweiß und Schlaf drängte sich Mathis entgegen.

»Hat dein Vater das getan?«, fragte sie mitfühlend.

»Meine Brüder.« Mathis blickte wieder auf seine Füße und entschied, Hans aus der Sache rauszuhalten. Es machte sicherlich keinen guten Eindruck, wenn man nicht nur von der eigenen Familie, sondern auch noch von den Freunden verprügelt wurde. »Ich bin der Jüngste in der Familie.«

»Das ist doch kein Grund«, bestimmte Meister Bo. »Ich war auch der Jüngste und habe immer gut ausgeteilt!«

»Ich kann nicht austeilen. Nur einstecken.«

»Das sehe ich.« Meister Bo verschränkte die Arme vor dem Bauch. Mathis fiel auf, dass seine Hände nicht nur uralt aussahen, sondern auch komplett unbehaart waren. »Hast du deinen Eltern von mir erzählt?«

Mathis schüttelte den Kopf.

»Sie wissen also nicht, dass du hier bist?«

»Nein.«

»Also doch ausgebüxt.«

Mathis zuckte die Schultern und schlug die Augen nieder.

»Und was denkst du, wird dein Vater tun, wenn er erst mal merkt, dass du weg bist?«

Wieder zuckte Mathis mit den Schultern.

»Also entweder, du gibst mir jetzt vernünftige Antworten, Junge, oder wir können das Ganze gleich bleiben lassen. Ich führe doch hier kein Selbstgespräch, Herrschaftszeiten!«

»Nichts.«

»Was, nichts?«

»Er würde nichts tun. Ich glaube, er wäre froh, dass ich weg bin. Ein Maul weniger zu stopfen. Vor allem ...« Er wollte sagen: »Eins, das keine Hilfe ist«, verschluckte diesen Teil aber lieber. Bei einem Vorstellungsgespräch machte sich so ein Detail bestimmt nicht gut.

»Vor allem was?«

»Ich ... hab ein lahmes Bein«, sagte Mathis vage.

»Das ist mir schon aufgefallen. Na und?«

»Bei der Arbeit auf dem Bohnenfeld ist das nicht unbedingt praktisch.«

Meister Bos linke haarlose Hand ging zum Schnäuzer. Er bekam ein Ende zu fassen und drehte es, bis es so buschig war wie Hildas Lockenkopf.

»Also ich finde, du solltest ihn mitnehmen, Bo«, sagte Hilda. Sie zwinkerte Mathis zu, während sich ihre Hand in einer fast knochenlosen Bewegung zurück auf Meister Bos Schulter schlängelte. »Du brauchst doch sowieso jemanden.«

»Jetzt halt mal den Rand, Hilda. Ich kann ja gar nicht denken.«

»Zum Denken braucht man auch nicht die Ohren, sondern was anderes. Aber das haste dir ja weggesoffen, du alter Schnapshals.«

156

Die Art und Weise, wie Hilda mit Meister Bo sprach, war für Mathis befremdlich. Vorhin hatte ihre Stimme ganz weich und süß geklungen, aber von einem Moment auf den anderen war sie wieder hart und schroff. Und woher kannte diese Frau überhaupt so viele Schimpfwörter?

»Hast du dir das auch gut überlegt, Junge?«, fragte Meister Bo. »So bunt, wie du dir den Jahrmarkt vorstellst, ist der nämlich nicht. Hinter den Kulissen stecken 'ne Sauarbeit und 'ne ganze Menge Scheiße. Und wenn wir erst mal auf der Straße sind, dann gibt es kein Zurück und kein Gejammer. Dann drehen wir nicht plötzlich um, weil du Heimweh bekommst.« Er musterte Mathis mit zusammengekniffenen Augen. »Willst du wirklich alles zurücklassen und von Ort zu Ort tingeln? Aufbauen, abbauen, aufbauen, abbauen … Nirgends bleiben, kein festes Dach über dem Kopf, keine Freunde, keine Familie bis auf ein Pack, das sich immer wieder verstreut und genauso unzuverlässig ist wie man selbst? Vor einem Jahr werden wir nämlich nicht wieder hier sein. Und wahrscheinlich nicht einmal dann.«

Von der Warnung in Meister Bos Stimme bekam Mathis nichts mit. In seinen Ohren rauschte das Glück. Er wurde vor eine Wahl gestellt, zum allerersten Mal in seinem Leben wurde er gefragt, ob er das eine oder das andere wolle. Und er wusste, dass er das andere wollte! Alles, woran er denken konnte, war das andere!

Dem Durchleuchtungsapparat in Meister Bos Gepäck würde Mathis sogar in die Wüste folgen oder bis Mailand, wo auch immer das lag. Der Name wollte ihm nicht mehr aus dem Kopf gehen, seit Meister Bo ihn genannt hatte: Mailand, das klang ganz wunderbar. Nach Blumen und Blüten und Rhabarber. Fast ein bisschen märchenhaft. In Mathis' Alter hatte Meister Bo schon als Zersägter in Mailand gearbeitet, hatte er gesagt. Was für ein aufregendes Leben das gewesen sein musste! Ein Zersägter!

»Ja, das will ich.« Mathis krächzte die Worte so heiser und feierlich in den Morgen, als wollte er die Maschine tatsächlich ehelichen. Doch Meister Bo gab einen sehr skeptischen Brautvater ab. Eine halbe Ewigkeit verstrich, in der er nichts weiter tat, als den Jungen noch einmal gründlich zu mustern. Dann rang er sich zu einem Entschluss durch.

»Kost und Logis für das erste halbe Jahr. Und wenn du dich bewährst, gibt's ab dem zweiten halben Jahr drei achtzig die Woche.«

Hilda schnaubte wie ein Kutschpferd.

»Lass dich nicht lumpen, Kleiner. Bo ist ein alter Geizkragen.« Sie duckte sich vor der Hand, die Meister Bo halbherzig hob, und verschwand im hinteren Teil des Wagens.

»Einverstanden«, sagte Mathis.

»Wirklich? Gar keine Einwände?« Meister Bo war selbst überrascht.

»Du bist verloren, Kleiner!«, rief Hilda aus dem Wagen.

»Jetzt halt endlich den Rand, Hilda.«

»Halt selbst den Rand, Bo, du alter Beutelschneider. Ich rede, wie es mir passt, und das weißt du auch.«

»Ich bin einverstanden«, wiederholte Mathis, bevor der Streit zwischen den beiden noch alles zunichtemachte. Essen und ein Bett im ersten halben Jahr – etwas Besseres gab es für ihn zu Hause ja auch nicht. Und die drei Mark achtzig pro Woche, die er danach bekommen würde, waren mehr, als Mathis in seinem ganzen Leben je besessen hatte.

»Und noch etwas. Keine Prügeleien mehr! Ich habe keine Lust, ständig neue Jungen anzulernen, die sich dann auf die eine oder andere Art zu Boden strecken lassen.«

»Keine Prügeleien«, wiederholte Mathis, obwohl er nicht sicher war, ob man so etwas versprechen konnte. Wenn er gewusst hätte, wie man nicht gehauen wird, hätte er schließlich schon vor fünfzehn Jahren damit angefangen.

Meister Bos Pranke schwang Mathis entgegen, und er schlug

ein, bevor sie sich wieder zurückziehen konnte. Jetzt müsste etwas gesagt werden, was der Größe dieses Moments angemessen wäre. Aber Mathis fiel nichts ein, und Meister Bo fühlte die Größe nicht.

»So, dann hätten wir das ja geklärt. Wirf alles, was du dabeihast, hinten in den Wagen.« Er deutete mit dem Daumen über die Schulter. »Da liegt auch noch der Schlafsack von dem Jungen, der vor dir die Arbeit gemacht hat.«

»Ich hab nicht viel dabei.«

»Das habe ich schon bemerkt. Ein Tischtuch! Weiß der Henker, was wir damit sollen.« Meister Bo öffnete die Tür und ließ Mathis eintreten. Der Wohnwagen war innen geräumiger, als er von außen wirkte. Es gab einen Tisch, einen Stuhl und zwei schmale Betten, rechts und links an den Wänden. Auf dem Tisch stand eine Waschschüssel und auf dem Stuhl ein nacktes Frauenbein. Hilda zog sich ungeniert die Strümpfe an. Mathis erstarrte, als er ihre Unterhose sah. Vor allem die Rüschen an den prallen Oberschenkeln irritierten ihn. In den intimen Geruch nach Schweiß und Schlaf einzudringen, den er schon an der Tür wahrgenommen hatte, kam ihm vor wie eine feindliche Invasion. Hilda dagegen war weniger peinlich berührt.

»Hast du meine Strumpfnadel gesehen, Bo?«

»Was soll ich wohl mit deiner Strumpfnadel? Sie mir durch die Nase stechen und Yabara tanzen? Jetzt mach mal ein bisschen Platz da, Hilda.«

Meister Bo schob Mathis auf Hilda zu. Doch ihr wuchtiges Bein war wie eine Schranke, die ihm den Weg versperrte. Mathis lehnte sich gegen die Hände in seinem Rücken, und Hilda warf ihm einen Blick zu, der ihm verriet, dass er gerade wieder süß war. Betont langsam nahm sie ihr halb bestrumpftes Bein vom Stuhl und gab den Weg frei.

»Tu die Sachen hier rein.« Meister Bo öffnete einen schmalen Schrank, der zwischen den Betten in die Wand eingelassen war. Darin befanden sich ein Spiegel, ein paar Bücher, Kleidung, mehrere Kostüme und allerlei Krimskrams. Mathis studierte die Buchrücken. In der Schule hatte er immer gern gelesen, aber auf dem Hof gab es nur ein einziges Buch, das in der Stube auf dem Kaminrand stand und alle paar Wochen von Ruß befreit wurde, falls der Pastor einmal vorbeikommen würde.

»Hast du schon gefrühstückt?«, brummte Meister Bo. Mathis dachte an die hastig heruntergeschlungenen Kartoffeln und schüttelte den Kopf.

»Kannst du Eier kochen?«

»Ja.«

»Schinken anbraten? Butter schlagen? Brot backen und einen Geburtstagskuchen für dich?«

Mathis sah den Meister verblüfft an.

»Das war ein Witz. Du bist aber auch ein Bohnenjockel! Kapierst wohl gar nichts, oder? Wir haben nichts da zum Futtern. Hilda hat mich mal wieder arm gefressen.« Er gab ihr einen Klaps auf das ausladende Hinterteil, das mittlerweile in einem schrill bunten Kleid steckte. Hilda, die dabei war, die Enden der Ohrringe durch ihre Ohrlöcher zu manövrieren, verzog das Gesicht.

»Als ob es bei dir je was anderes gegeben hätte als Schnaps, Bo.« Sie schüttelte probehalber den Kopf. Die Ohrringe gaben ein leise klingelndes Geräusch von sich, als sie gegen ihre Wangen baumelten. »Wenn ich nichts mitbringen würde, gäbe es hier gar kein Abendbrot.«

»Du kommst ja auch kaum für das gute Essen her.«

»Da hast du recht, Bo. Und manchmal frage ich mich, warum ich überhaupt herkomme.« Sie seufzte, drückte Meister Bo aber dennoch einen Abschiedskuss unter den struppigen Schnäuzer. Dann legte sie Mathis die Schlangenfinger mit den abgebrochenen Nägeln auf den Kopf und öffnete die Tür.

»Heilige Scheiße, hier ist ja schon alles abgebaut!«, rief sie. Und dann war Hilda weg. Die Tür fiel zu. Meister Bo und Mathis waren allein.

160

»Wo geht sie denn jetzt hin?«, fragte Mathis.

»Na, wohin wohl«, brummte Bo. »Hast du sie am Wochenende nicht gesehen? Sie ist die Frau ohne Unterleib aus Mackes Illusionstheater.«

»Die Frau ohne …?« Mathis stockte. »Aber sie hat doch …?« Er wurde rot.

»Es ist eine Illusion, Junge, wie der Name schon sagt! Natürlich hat sie einen Unterleib. Du hast ihn eben gesehen, und ich muss es schließlich auch wissen.« Meister Bo lachte schnaubend. »Wobei es schon irgendwie ein Hohn ist, jetzt, wo du es sagst. Ausgerechnet Hilda! Ohne Unterleib! Wo der doch außerhalb des Theaters ihr bestes Kapital … Na ja, lassen wir das. Im Grunde ist sie ein einwandfreies Mädchen.«

Mathis antwortete nicht. Als Mädchen hätte er Hilda nicht unbedingt bezeichnet, ganz zu schweigen von einwandfrei. Allein in seiner Anwesenheit hatte sie sicherlich fünf ungebührliche Schimpfwörter gebraucht. Sein Blick fiel auf das ungemachte linke Bett und die zerwühlten Laken, von denen der süßsaure Geruch ausging. Er dachte daran, in welchem Aufzug Hilda an der Tür erschienen war. Es ließ sich nicht wegleugnen, dass sie hier übernachtet haben musste.

»Dann sind Sie und sie nicht …«

»Nicht was?«

»Äh … Mann und Frau?«

»Verheiratet?«, rief Meister Bo. »Gott bewahre!«

Mathis wusste eigentlich nicht, was Gott da zu bewahren hatte. Der sollte Mann und Frau doch eigentlich erst zusammenführen, oder nicht? Und es würde ihm sicher nicht gefallen, dass Meister Bo und Hilda hier ganz und gar unehelich unter einem Dach schliefen. Noch dazu auf einer schmalen Pritsche wie dieser. Was da alles passieren konnte! Aber Mathis war nicht der Dorfpriester. Und er hätte sich eher die Zunge abgebissen, als seinem neuen Meister Vorwürfe zu machen. Wo ihn doch gerade mal ein Handschlag von seinem alten Leben trennte.

161

»Kennst du die Familie Fromm?«, fragte Meister Bo.

»Ja.«

Tatsächlich war es schwer, in dieser Gegend jemanden nicht zu kennen. Die Familie Fromm gehörte zur jüdischen Gemeinde von Langweiler. Siegfried Fromm war Metzger und Viehhändler und seine Frau bekannt für ihre kräftige Rindfleischsuppe, die sie in Gottes Namen an hilfebedürftige Dorfbewohner verteilte. Sie hatten auch einen Sohn, Edgar, der in Mathis' Alter war und viel Spielzeug besaß, weil die Familie Fromm nicht nur fromm war, sondern auch bescheiden und sparsam. Auf diese Weise waren sie im Laufe der Jahre zu Wohlstand gelangt.

»Bei ihnen steht mein Pferd. Hol es, und dann spannen wir an. Sag einfach, dass August Bohe dich geschickt hat. Und frag ihn, ob er etwas Brot und Wurst übrig hat. Irgendwas zum Frühstücken. Ich habe Hunger.« Er streckte den Bauch heraus, der aussah, als wäre er vor gar nicht langer Zeit noch gut genährt worden, und strich über die falsch zugeknöpften Knöpfe.

»Ich habe ein Brot dabei. Und Äpfel«, sagte Mathis.

»Wirklich? Na immerhin etwas! Dann hol eben nur die Wurst und mein Pferd.«

»Ich weiß nicht, ob das so eine gute Idee ist. Der Fromm kennt mich und ...«

»Dann wird er wissen, dass du mit dem Jahrmarkt durchgebrannt bist. Freiwillig.«

»Aber er wird es meinen Eltern sagen!«

»Das ist ja der Plan, du Dummfred.« Meister Bo kramte ein kleines Säckchen aus dem Fach im Schrank und öffnete es. Er zögerte, bevor er Mathis zwei Münzen daraus in die Hand drückte. Für das Pferd und die Wurst. »Wenn du mit dem hier durchbrennst«, er deutete auf das Geld, »dann finde ich dich überall! Ist das klar?«

Mathis nickte.

»Überall hat hier keinen großen Radius«, sagte er.

»Hä?«

Mathis hatte den Alten eigentlich nur beruhigen wollen, erkannte jetzt aber, dass er wieder mal ein altkluges Wort verwendet hatte. Das sollte er sich wirklich mal abgewöhnen.

»Ich komme zurück«, sagte er hastig. Er blickte auf das Geld in seiner Handfläche, und die Vorfreude auf das, was die Zukunft plötzlich doch noch für ihn bereithielt, für ihn, Mathis Bohnsack, den krüppeligen Sohn eines Bohnenbauern, kitzelte in seinem Bauch, viel stärker, als zwanzig Fahrten mit der elektrischen Raupe es gekonnt hätten. Er öffnete die Tür, und das Glück öffnete eine Luke in seinem Magen, die ihn vollständig verschlang.

Von Bismarck war ein stämmiger Gaul, der aussah, als hätte ein Elefant bei seiner Zeugung eine nicht zu unterschätzende Rolle gespielt. Er war grau, hatte mächtige Beine und einen großen Kopf, der bei jedem Schritt gelassen hin und her schwang, als er den Wohnwagen samt Anhänger über die Wiese zog.

Meister Bo saß auf einem Hocker auf dem Trittbrett, und Mathis kauerte neben ihm und versuchte, von so wenig Menschen wie möglich gesehen zu werden. Vor die größeren Wagen, die mit Karussells und Fahrgeschäften beladen waren, waren nun Ochsen aus der Region gespannt. Die Ochsenbesitzer trieben sie mit Stöcken an, und unglücklicherweise kannte Mathis sie alle, Ochsen wie Bauern.

Jedes Mal, wenn der Wohnwagen an einem der Männer vorbeiholperte, klammerte Mathis sich vorsorglich an die hochgeklappte Stiege des Trittbretts. Man konnte ja nie wissen, ob nicht doch noch jemand auf die Idee kam, beherzt zuzugreifen und den Bohnenjungen vom Wagen zu zerren. Denn natürlich erkannten sie, dass er ausgerissen war. Mathis konnte es in ihren Gesichtern lesen. Aber keiner rührte einen Finger. Sie blickten ihn nur an, mit dem gleichen vorwurfsvollen Blick, mit dem auch Herr Fromm ihn bedacht hatte, als Mathis an seine Tür geklopft und kleinlaut nach Von Bismarck und einem Frühstück für August Bohe gefragt hatte. Die Summe ihrer Blicke brannte auf Mathis' Haut, und über seinem Kopf begleiteten Krähen die Abreise der Wagen. Sie schrien so laut, als wollten sie den Verrat bis zu Mathis' Elternhaus tragen.

Es würde keine zwei Stunden dauern, bis seine Mutter erfuhr, was der jüngste Sohn getan hatte. Neuigkeiten verbreiteten sich in Langweiler schneller als die Grippe. Mathis' beschämtes Gesicht befand sich bereits auf Bodenhöhe, als er plötzlich etwas Weißes neben den Rädern des Wagens auftauchen sah. Er erkannte gerade noch, dass es ein Tier war, am Zaun neben dem Wegrand festgebunden. Dann verdeckte der Wohnwagen ihm die Sicht. Mathis lehnte sich vor und hielt sich am Trittbrett fest.

»Wenn du mit deinen Turnübungen fertig bist, setz dich wieder hin«, bellte Meister Bo. »Ich halte nicht an, wenn du vom Wagen fällst.«

»Da ist eine Ziege!«

»Ja, hier sind auch Papageien und Kamele. Dies ist ein Jahrmarkt, falls es dir noch nicht aufgefallen ist.«

»Nein, ich meine, da am Zaun! Jemand hat sie vergessen. Vielleicht ... war es mein Freund Lucas.«

Meister Bo drehte sich auf seinem improvisierten Kutschbock um, konnte das Tier aber nicht entdecken.

»Es war die Ziege, die wir vor zwei Tagen durchleuchtet haben«, beharrte Mathis. »Vielleicht können wir sie mitnehmen. Für unsere Vorführungen mit dem Apparat!«

Meister Bo zog an den Zügeln. Er musste sich mit ganzem Gewicht nach hinten lehnen, damit der Befehl bis zu dem unerschütterlichen Von Bismarck durchdrang.

»Du willst deinem Freund die Ziege klauen?«, fragte er.

So hatte Mathis das nicht gesehen.

»Er wollte sie sowieso nicht«, verteidigte er sich. »Lucas' Vater ist Kartoffelbauer. Vielleicht hat Lucas sie extra auf dem Jahrmarktplatz gelassen.«

»Wieso sollte er das wohl tun?«

Mathis zuckte mit den Schultern.

»Ich hätte Ideen, was wir mit einer Ziege in den Durchleuchtungsvorstellungen machen könnten«, sagte er. Das stimmte zwar nicht ganz, doch bis zur nächsten Vorführung würde ihm sicher was einfallen. Und Mathis gefiel der Gedanke, etwas bei sich zu haben, das seinem Freund gehört hatte.

»Also schön, zum Teufel«, sagte Meister Bo, dessen schlechtes Gewissen sich bei der Entwendung fremden Eigentums generell in Grenzen hielt. »Lauf und hol sie her. Wir können sie hinten am Wagen festbinden, wenn sie mit Von Bismarck Schritt halten kann. Aber wenn sie sich nicht für die Durchleuchtungsvorführung eignet, stecken wir sie auf einen Spieß und braten sie.«

Meister Bo klang, als hielte er das ohnehin für die beste Idee von allen.

Die Ziege wehrte sich störrisch, als Mathis ihren Strick an einem kleinen Eisenring hinter dem Wagen befestigte. Doch Von Bismarck gewann das Tauziehen ziemlich schnell, und sie trippelte beleidigt meckernd hinterher. Mathis fiel auf, dass sie beinahe genauso krumme Beine hatte wie er.

Die Wagenkolonne löste sich zunehmend auf, als wäre sie selbst ein Teil des Nebels über den Feldern. Hatte sich am Anfang noch eine deutlich erkennbare Karawane über die Straße geschlängelt, spalteten sich die Wagen nun nach und nach ab und fuhren grußlos in die eine oder andere Richtung. Sie folgten Spuren, die für Mathis unsichtbar waren. Schließlich waren nur noch drei Wohnwagen vor ihnen.

»Wohin fahren die anderen?«, fragte Mathis. Er hatte angenommen, dass so ein Jahrmarkt als geschlossenes Ganzes von Ort zu Ort tingelte. Meister Bo rümpfte den Schnäuzer.

»Keine Ahnung. Hierhin und dahin. Die Wagen mit den Ochsen werden zur Eisenbahnstation gebracht und legen die größte Strecke auf Schienen zurück.«

»Und wohin fahren wir?«

Meister Bo sagte es ihm, aber der Name war nicht mehr als ein unbekannter Laut für Mathis. Er wusste nicht einmal, ob es sich um ein Dorf oder eine Stadt handelte. In der Schule hatte der Lehrer den Erdkundeunterricht nicht so wichtig genommen, weil es ohnehin nur eine Erde gab, in der die Kinder von Langweiler herumwühlen sollten, und das war die eigene, zu Hause auf dem Feld. Alles war darauf ausgelegt, dass niemand die Region verließ, und die Tatsache, dass Mathis es doch getan hatte, ließ ihn staunend aufblicken. Noch nie war er so weit von zu Hause fort gewesen. Ab hier wusste er nicht mehr, was kam. Außer, dass es ein Abenteuer sein würde, von dem er noch seinen Kindern erzählen wollte.

Er rückte sich in Position, als sie die Kuppe erreichten, die die Grenze der sieben Hügel markierte. Von Bismarck stampfte voran. Ein Rest Morgennebel lag noch auf den Feldern, wie eine Schicht Sahne auf einem trockenen Kuchenstück. Und mittendrin befand sich die Landstraße, ausgebreitet als sandfarbener Teppich. Aus dem Nirgendwo führte sie hinaus. Und hinein in die große weite Welt.

Die große weite Welt und noch mehr Wunder

»Es ist, als ob man in einem rasenden Zug säße
und nicht weiß, wohin die Schienen gestellt sind.«

Max Weber, Soziologe, über das anbrechende
20. Jahrhundert und Berlin

ACHTES KAPITEL

Berlin, 1935

Es war ein grauer, feuchter Tag. Frieda Farinsky, vierundfünfzigjährig und sechsundachtzig Zentimeter groß, zog sich einen Stuhl heran und kletterte zu der Wäscheleine hoch, die zwischen ihrem und Mathis' Wohnwagen gespannt war. Das Kleid, zu dem sie sich streckte, war noch feuchter, als es beim Aufhängen gewesen war. Die Sonne hatte am Morgen nur kurz am nassen Gras geleckt und sich dann wieder zur Ruhe gelegt. Sehr geschwächt und fast so, als wäre der Tag schon alt. Um ein Kleid zu trocknen, reichte das natürlich nicht.

Auf der anderen Seite der Leine öffnete sich die Tür. Frieda hob die Hand zum Gruß, doch Meta beachtete die Zwergin gar nicht. Sie duckte sich lediglich unter der Wäscheleine hindurch und stapfte mit verschlossener Miene weiter. Die karierte Bluse hatte sie in eine kakifarbene Hose gesteckt und ihre Fäuste in die weiten Taschen gebohrt. Verglichen mit Metas Bühnenkostümen war das ein geradezu gedecktes Erscheinungsbild. Aber bürgerlich war es nicht.

Auch mehr als zwanzig Jahre nachdem die ersten Frauen ihre Beine in zwei Röhren präsentiert hatten, traute sich noch immer kaum eine, Hosen zu tragen. So etwas taten nur Lesben oder Emanzen oder Mannequins in Modezeitschriften oder Schauspielerinnen wie Marlene Dietrich. Und Meta natürlich. Frieda konnte es nicht wissen, doch Meta baute darauf, dass einem gewissen Josef Thorak dieser Aufzug missfallen würde.

Wo Friedas Hand nun schon mal in der Luft hing, konnte sie ihren Gruß auch gleich einer aufmerksameren Person schenken. Mathis Bohnsack nämlich, der hinter dem Fenster saß und Meta nachschaute wie ein trauriger Hund. Als Frieda ihm zaghaft winkte, schreckte er aus seiner Schwermut auf und winkte zurück. Frieda lächelte. Von den vielen verschrobenen Nachbarn, die sie hatte, war Mathis ihr noch immer der sympathischste. Sie überlegte sogar, ob sie Mathis nicht vielleicht doch einmal ihre Geschichte erzählen sollte, für dieses Buch, an dem er schrieb. Oft genug gefragt hatte er ja, nur fand Frieda, dass dieses Buchprojekt völlig unsinnig und ihr Leben so außergewöhnlich nicht war. Gut, sie war als junges Mädchen mal als singende und tanzende Zwergenprinzessin Mei Chakrahatan in falschem Goldschmuck aufgetreten. Und ein märchenversessener Besitzer hatte sie zwangsweise mit einem Riesen verheiratet. Aber das war nun wirklich keine spannende Geschichte! Und zu einer richtigen Artistin machte sie das auch nicht. Ein richtiger Artist, das war in Friedas Augen so jemand wie ihr Mann, Toni Farinsky, den sie seit ihrer Eheschließung vor fünfzehn Jahren noch immer furios liebte.

Frieda und Toni hatten sich in einer Bäckerei in der Nähe von Münster kennengelernt. Frieda war nach ihrer Ehe mit dem Riesen dorthin geflohen. Ihre erste Aufgabe hatte darin bestanden, in Backöfen zu kriechen und die von der Schaufel gefallenen Brote aus den Röhren zu kratzen. Doch zu dem Zeitpunkt, als sie Toni kennenlernte, hatten die Besitzer der Bäckerei bereits herausgefunden, dass Frieda mehr Geld einbrachte, wenn sie auf einem Stuhl hinter der Theke stand und als »kleinste Bäckerin der Welt« Gebäck anbot. So vermarkteten sie nun Zwergentörtchen, Zwergenbrötchen, Zwergenberliner und Zwergenzwieback. Dass Frieda nichts von alldem selbst gebacken hatte und die Zwergenbrötchen auch nicht kleiner waren als die normalen Brötchen, störte dabei niemanden. Die Kunden liebten

Frieda. Die Bäckerei verkaufte in jenem Jahr mehr Backwaren als in den gesamten fünf Jahren davor. Und das, obwohl noch immer Krieg herrschte.

Wahrscheinlich wäre Frieda sogar in der Bäckerei geblieben, denn auf dem Stuhl hinter der Theke war es immer noch besser als im Bett des Riesen oder im Ofen bei den Broten. Aber dann kam eines schönen Sommertags im Jahr 1920 Toni Farinsky zur Ladentür hereinspaziert.

Toni maß vierundneunzig Zentimeter und war der »Zwergenathlet ohne Konkurrenz«. Er arbeitete als Miniaturgewichtheber und -boxer und hatte sich gerade die spektakulärste Nummer seiner Karriere ausgedacht: der Zwerg im Maul des Riesenkrokodils. Ein echtes Krokodil hatte er bereits erstanden, es hieß Gerd. Weil Toni aber nicht nur unglaublich stark, sondern auch unglaublich vorsichtig war, wollte er die neue Nummer zunächst einmal mithilfe einiger vierundneunzig Zentimeter langer Stangenweißbrote ausprobieren. Die nämlich sollten Gerd so lange zwischen die Zähne geklemmt werden, bis das Krokodil hoffentlich verstanden haben würde, worum es bei der Nummer ging.

Frieda verliebte sich in den kleinen Mann mit dem Schnauzbart, noch bevor dieser seine umfangreiche Bestellung aufgegeben hatte. Sie ging mit ihm fort, nahm ohne Umschweife seinen Nachnamen an und tourte mit ihm durchs Land. Gemeinsam traten Frieda und Toni als »das kleinste Duo der Welt« auf, was nicht ganz stimmte, denn es gab kleinere Duos als sie. Aber der Titel »eines der zehn kleinsten Duos der Welt« hätte sich auf den Plakaten einfach nicht gut gemacht.

Frieda erweiterte die Krokodilnummer, indem sie das Tier zu Beginn der Vorstellung auf die Bühne ritt. Doch der Star blieb Toni selbst, der Zwerg im Maul des Krokodils. Es waren die Zwanziger, und die Menschen waren verrückt nach solchen exotischen, verrückten Dingen. Frieda und Toni traten auf Varietébühnen und sogar auf privaten Partys auf. Erst die Weltwirt-

171

schaftskrise setzte den goldenen Jahren ein Ende. Da ging es dem kleinen Duo nicht anders als dem Rest der Artisten.

Frieda kletterte seufzend vom Stuhl und beugte sich zu dem Tier unter dem Wagen. Gerd lebte immer noch bei ihnen. Er war inzwischen alt, und sie mussten ihm künstliche Zähne ins Maul kleben, damit die Nummer überhaupt noch gefährlich wirkte. Doch an ein anderes Krokodil war in Zeiten wie diesen nicht leicht zu kommen. Ganz zu schweigen von den entsprechenden Weißbroten, die man zur Ausbildung des neuen Tiers benötigen würde. Da blieben Frieda und Toni lieber beim Altbewährten. Sie hatten sich sowieso schon viel zu sehr an Gerd gewöhnt. Frieda tätschelte ihm den Kopf, der müde im Schlamm lag, und verschwand dann im Wohnwagen, um mit Toni zu sprechen. Vielleicht ließ der sich ja doch noch dazu überreden, dem netten Mathis seine Geschichte zu erzählen.

Der nette Mathis am Fenster gegenüber hatte einen ganz ähnlichen Gedankengang wie Frieda. Noch als er sie den Krokodilkopf klopfen sah, dachte er, wie gern er jetzt mit seinem Notizbuch zu ihr gehen und sie nach ihrer Lebensgeschichte fragen wollte. Mathis hatte nur eine vage Vorstellung davon, wie Toni und Frieda zu dem Krokodil gekommen waren. Und was sie getan hatten, bevor sie eins der zehn kleinsten Duos der Welt geworden waren.

Aber er hatte Meta versprochen, endlich die restlichen Kleider zu flicken, während sie bei Thorak war.

Thoraks Atelier lag außerhalb der Stadt in Bad Saarow, darum musste Meta sich von ihm abholen und wieder herbringen lassen. Es würde sich auf Dauer kaum vermeiden lassen, dass die Nachbarn Wind von ihrer Liaison mit dem Teufel bekamen. Aber wovor Mathis und Meta sich viel mehr fürchteten, war, dass Thorak in der Siedlung Dinge sah, die er nicht sehen durfte. Und davon gab es hier schließlich reichlich.

Zwei Wohnwagen weiter zum Beispiel wohnte Cora Eckers, die dicke bärtige Zwergin. Wie der Name schon vermuten ließ, war diese gleichzeitig dick, bärtig und klein. Zu ihren besten Zeiten hatte sie darum eine ganze Show allein geschmissen und dreimal so viel verdient wie jeder andere in der Siedlung. Zwischen den Auftritten, bei denen sie eigentlich nur dastand und sich angaffen ließ, hatte sie lediglich das Kostüm wechseln müssen.

Doch von Coras Vermögen und auch von ihr selbst war inzwischen nicht mehr viel zu sehen. Die meiste Zeit über saß sie im Wagen und versuchte, so unauffällig wie möglich zu sein. Wenn sie heute auf die Idee käme, eine ihrer drei Eigenschaften auszustellen, würde sie Gefahr laufen, verprügelt oder festgenommen zu werden.

Mathis besah sich die Hose und das Hemd, die er zuerst zusammengestückelt hatte, weil er die Hochwasserkleidung von Hansi Elastik schließlich nicht für immer tragen konnte. Mit den unbeholfenen Nähten sahen sie bestenfalls aus wie eine Modekreation von Frankenstein. Doch eine sauberere Naht bekam Mathis mit nur drei Fingern nicht zustande.

Er pflückte als Nächstes einen von Metas Einteilern aus dem Kleiderberg. Es war ein rotes Fransenkleid und sah aus, als hätte Ernsti in seiner Wut ein Stück aus ihm herausgebissen. Mathis hatte nur weißes und schwarzes Garn. Aber unter den Fransen würde man die Farbe nicht sehen, ebenso wenig wie die unbeholfene Naht.

Während Mathis sich mit der Nadel abmühte, warf er immer wieder Blicke aus dem Fenster. Doch es sollte noch bis zur Abenddämmerung dauern, bis Meta den Hügel wieder heraufkam. Sie brachte noch mehr Feuchtigkeit mit, die durch die Wände kroch und das Kostüm mit dem Leopardenmuster aufweichte, das Mathis in den Händen hielt.

»Da bin ich wieder.« Meta sah gar nicht so bekümmert aus, wie Mathis erwartet hatte. Sie lächelte sogar und war leicht beschwipst. Mathis merkte es an ihrem Gang, und da rückten seine Fragen über Thorak und den Verbleib der anderen Kabarettkünstler plötzlich in den Hintergrund. Dabei gab es so vieles, das er hätte wissen wollen. Doch jetzt zog sich etwas in Mathis' Brust zusammen. Er stand auf. Das Leopardenkostüm rutschte zu Boden.

»Und?«, fragte er.

Meta zuckte die Schultern. »Er hat ein schönes Atelier.«

»Er hat ein schönes Atelier?«

»Ziemlich im Grünen gelegen. Du könntest einen ganzen Zirkus dort unterbringen.« In aller Ruhe zog sie ihren Mantel aus, und Mathis stand reglos da und fragte sich, warum sie das erzählte. Sie hängte den Mantel an den Haken und strich sich im Spiegel die Haare glatt. Mathis fiel auf, dass die Knöpfe ihrer karierten Bluse im Nacken offen standen.

»Dein Kragen ist offen«, sagte er.

»Ach ja?« Sie griff sich in den Nacken und bekam die beerengroßen Knöpfe zu fassen. Die Bewegung war etwas zu hastig.

»Wieso ist dein Kragen offen?«

Sie antwortete nicht.

»Hast du …? Hat er …?«

Wie bereits gesagt, gab es wichtigere Fragen. Vor der verrammelten Tür des Tingel-Tangel hing jetzt ein Gestaposchild, und der Besitzer und die Künstler waren verschwunden. In keiner Zeitung hatte Mathis etwas zu ihrem Verbleib finden können. Thorak wusste vielleicht mehr. Er war mit diesen Leuten befreundet, das hatte er selbst gesagt. Vielleicht hatte er ja tatsächlich etwas mit der Verhaftung zu tun. Aber statt aller möglichen wichtigen Fragen wählte Mathis ausgerechnet diese: »Hast du dich vor ihm ausgezogen?«

Meta drehte sich um und ließ die Knöpfe los. Sie stemmte die Fäuste in die Hüfte.

»Hast du schon einmal eine bekleidete Statue gesehen, Mathis Bohnsack?«

Das war dann wohl die Antwort.

»Napoleon Bonaparte«, sagte Mathis prompt, »oder Kaiser Franz Joseph der Erste, in Wien. Oder … die Freiheitsstatue!«

»Du bist ein blöder Klugscheißer. Weißt du das?«

»Hat er dich angefasst?«

Meta verdrehte die Augen. Die Knöpfe in ihrem Nacken standen noch immer offen, Mathis sah es im Spiegel. Und jetzt begann es, ihn richtig zu stören.

»Hat er, oder hat er nicht?!«

»Ist das alles, was euch Männer interessiert?«

»Ist das ein Ja?«

»Er hat mich am Ellbogen berührt.« Sie deutete übertrieben auf die Stelle. »Um mir zu zeigen, wie ich den Arm halten soll. Das war alles. Ansonsten war er sogar sehr zuvorkommend. Er hat Champagner ausgeschenkt, als wir in seinem Atelier angekommen sind. Damit ich lockerer werde und mich nicht blöd fühle, wenn ich da so nackt vor ihm stehen muss. Aber ich glaube, er war nervöser als ich. Und nach dem Schampus auch beschwipster.«

Sie lachte, aber Mathis lachte nicht mit ihr. Er starrte das dumme Leopardenkostüm zu seinen Füßen an und überlegte, wann er das letzte Mal Champagner mit Meta getrunken hatte. Das musste vor fast zehn Jahren gewesen sein, nach der Premiere von »Tiere, Nubier und Abnormitäten« in Wien. Jakob Staub hatte ein paar Flaschen für die Truppe ausgeschenkt, aber Mathis wusste nicht, ob das zählte. Immerhin hatte er die Flasche nicht selbst gekauft. Außerdem hatte es in Wien Anfang der Zwanziger überall Champagner gegeben.

»Mal ehrlich. Wenn Thorak darauf aus wäre, eine Frau in sein Atelier zu locken, dann würde er sich wohl irgendein wehrloseres Opfer suchen als ausgerechnet eine Kraftfrau, oder?«

Mathis antwortete nicht. Er überlegte, ob er Meta von der nächsten Gage auf ein Getränk in der Stadt einladen sollte. Sie könnten ins Kakadu gehen, so wie früher. Einen Champagner konnte man sich da nicht leisten. Aber vielleicht reichte es für einen Sekt. Vorausgesetzt, Mathis bekäme irgendwann mal wieder einen Auftrag, der zu einer Gage führen würde.

Vor dem Fenster trollte Ernsti auf den Wagen zu. Während Meta im Atelier gewesen war, hatte er in seinem eigenen Wagen gehockt. Es hatte ihn nicht sonderlich interessiert, wie Mathis die Kleider reparierte, die er kaputt gemacht hatte. Aber wenn Mathis und Meta gemeinsam im Wohnwagen waren, gab es vielleicht Aussicht auf Streit.

Mit seiner schlurfenden Gangart und dem Bauch, den er vorne raushängen ließ, erinnerte er Mathis an einen Zirkusbären auf zwei Beinen. Ernsti polterte die Treppe hoch und riss die Tür auf, ohne anzuklopfen. Als Meta ihn sah, streckte sie den Arm aus, um ihn zu begrüßen. Doch er blieb auf der Treppe stehen, Kopf und Bauch im Wagen, der Rest von ihm draußen.

»Ich habe nie geglaubt, dass er dich in sein Atelier locken wollte«, sagte Mathis endlich. »Aber wenn sich die Gelegenheit für ihn ergibt …«

»Für ihn? Und glaubst du nicht, da hätte ich auch noch ein Wort mitzureden? Glaubst du, bloß weil er einen albernen Professortitel und Champagner hat, werfe ich mich ihm an den Hals? Der reicht mir nämlich gerade mal bis zur Brust!« Sie zeigte Mathis die Höhe. So lange, wie sie nicht mehr miteinander geschlafen hatten, konnte man ja schon mal vergessen, wo sich ihre Brüste befanden.

»Aber er hat ein schönes Atelier«, erinnerte Mathis sie.

Meta warf die Hände in die Höhe. »Wen interessiert denn sein doofes Atelier?«

»Es war das Erste, was du gesagt hast, als du reingekommen bist.«

»Ja, was hätte ich denn sonst sagen sollen? Guten Abend, Mathis Bohnsack, ich habe gerade nackt vor einem Nazi gestanden?«

Ernsti gab grunzende Laute von sich, als hätte Meta einen besonders lustigen Witz gemacht. Er lachte immer an den unpassendsten Stellen. Meistens, wenn irgendjemand besonders traurig war oder sich wehtat. Mathis versuchte, ihn zu ignorieren, und hob das Kostüm vom Boden auf.

»Habt ihr über das Tingel-Tangel gesprochen?«, fragte er. »Über die Ereignisse vom Freitagabend?«

»Ja, er hat es angesprochen.« Meta löste den Knoten ihrer Haare und schüttelte den Kopf. »Ich glaube nicht, dass er etwas damit zu tun hatte. Er hat gesagt, er finde es einen Jammer … Warum guckst du jetzt so?«

»Wie gucke ich denn?«, fragte Mathis.

»Du hast den Mund so verzogen.« Meta machte es ihm vor. Es sah so übertrieben aus, dass Mathis nicht glaubte, wirklich so geguckt zu haben. Aber Ernsti fand es offenbar amüsant. Sein Grunzen ging in ein Röcheln über. Er klang wie ein sterbender Troll.

»Tut mir leid, aber ich bezweifle, dass Thorak es zugeben würde, wenn er etwas mit der Verhaftung zu tun hätte. Was soll er denn anderes sagen außer, dass es ein Jammer ist?«

»Mir kam er wirklich betroffen vor.«

»Weiß er was von Finck, Gross und den anderen?«

»Nein, bisher nicht. Aber er hat versprochen, sich umzuhören. Vielleicht kann er mir nächstes Mal schon mehr sagen.«

»Nächstes Mal?«

»Was hast du denn gedacht? Dass er die Statue an einem einzigen Tag fertigstellt? Er hat heute nur Skizzen gemacht.«

»Du warst fünf Stunden bei ihm!«

»Vier.«

»Plus die eine Stunde, die ihr Champagner getrunken habt.«

»Plus die Zeit, die es gebraucht hat, um in sein verfluchtes Atelier zu kommen!«

Ernsti grunzte erneut. Mathis wünschte, er würde endlich reinkommen und die Tür zumachen. Oder noch besser: draußen bleiben und die Tür zumachen.

»Komm da weg, Ernsti«, sagte Meta, die ebenso wenig Lust hatte, diese Diskussion vor der gesamten Kolonie auszutragen. Aber Ernsti gefiel es in der Tür. Vor allem deshalb, weil es Mathis und Meta nicht gefiel. Er brummte, als Meta ihn reinziehen wollte, und hielt sich mit einer Hand am Türrahmen fest, während er mit der anderen ausholte und nach Meta schlug. Sie wich der Pranke aus.

»Außerdem«, meinte sie, die Haare ebenso aufgelöst wie ihre Stimme, »hast du vor nicht einmal einer Woche noch selbst gesagt, ich solle besser hingehen, weil wir Thorak nicht einschätzen können.«

»Jetzt kann ich ihn einschätzen.«

»Wirklich. Und was schlägst du also vor? Dass ich nicht mehr hingehe?«

Ernsti gab protestierende Laute von sich, als Meta ihn mit beiden Armen packte und kräftiger ins Wageninnere zog.

»Pscht, Ernsti«, machte Meta beruhigend. Aber Ernsti beruhigte sich nicht.

»Vielleicht solltest du mich noch mal beleidigen. Damit er wieder lacht, statt zu brüllen. Das war ja immerhin noch besser.«

»Du bist unmöglich, Mathis Bohnsack!«

»Hm, nein, hat nicht funktioniert.«

Ernsti hing mittlerweile nur noch mit einer Hand und dem linken klobigen Schuh am Türrahmen, von dem Meta ihn losreißen wollte. Alles andere von ihm war drinnen. Als Mathis sah, wie sehr sie sich bemühte, ihn zu beruhigen, fiel der Ärger von ihm ab. Es stimmte schon, was hatte er Meta eigentlich vorzuwerfen? Dass sie es bei Thorak nicht ganz so grässlich gefunden hatte, wie er gehofft hatte? Sie hatte keine andere Wahl, als hinzugehen.

»Wir haben kein Brot mehr«, sagte er laut genug, um die Kämpfenden zu übertönen. »Und wir sollten wieder anfangen, mit den Nahrungsmitteln zu haushalten. Solange wir beide keine Auftritte haben.«

»Vielleicht habe ich bald wieder welche.« Meta gab auf. Sie ließ ihren schweren Bruder los, der mit triumphierendem Gebrüll zurück in die Tür sprang.

»Ich fürchte, das wird sein neuer Lieblingsort. Jetzt, wo er weiß, dass er uns damit ärgern kann«, sagte Mathis.

Meta wischte sich über die schweißnasse Stirn. Auf den Kommentar ging sie nicht ein.

»Thorak weiß, dass ich während der Zeit, in der ich für ihn Modell stehe, nicht arbeiten kann. Und dass mir wegen der Schließung des Tingel-Tangel sechs Freitagabendgagen durch die Lappen gehen. Er will sich umhören. Er kennt Leute.«

Mathis nickte. Dass er Leute kannte, betonte Thorak ja besonders gern. Ernsti hatte inzwischen mit wildem Grunzen den Türrahmen gepackt und schwang hin und her. Der ganze Wagen wackelte und schepperte. Mathis kontrollierte, ob der Geschirrschrank richtig geschlossen war.

»Vielleicht hat Thorak in einem recht«, sagte Meta. »Vielleicht lohnt es sich, sich mit den richtigen Leuten anzufreunden. Darauf haben wir in unserem Leben nie besonders geachtet.«

Mathis' Blick wanderte zum Fenster. Durch die Scheibe sah er, dass die Tür von Friedas und Tonis Wohnwagen geöffnet war. Aus dem Innenraum drang schwaches Licht, gegen das sich eine kleine Gestalt abhob. Friedas kurzer Arm streckte eine Lampe in den Abend, die ihr Gesicht beleuchtete. Ihre Miene war besorgt. Sie war sicher nicht die Einzige, die den tobenden Ernsti gehört hatte. Aber sie war die Einzige, die bereit war, Mathis und Meta zu Hilfe zu eilen. Dabei reichte sie Ernsti gerade mal bis zum Hosenbund.

»Wir haben uns in unserem Leben immer mit den richtigen Leuten angefreundet«, sagte Mathis bestimmt. Er hob das Kostüm auf, klemmte sich den Faden zwischen die Zähne und biss ihn ab.

Tatsächlich hielt Thorak Wort und verschaffte Meta einen neuen Auftritt. Die Anfrage kam von einer kleinen Bühne und war auch nur auf Vorführungen beschränkt, die alle zwei Wochen stattfanden. Wie geschaffen für eine Artistin, die ihr Hauptaugenmerk auf eine andere Arbeit legen sollte. Und die fand schließlich in Thoraks Atelier statt.

»Es bringt immerhin Geld, Mathis Bohnsack«, sagte Meta, als Mathis knurrte, das habe Thorak doch absichtlich so geplant. »Du magst Josef aus reinem Prinzip nicht!«

Der Vorwurf war nicht völlig aus der Luft gegriffen. Und jetzt, wo Meta Thorak auch noch beim Vornamen nannte, kochte Mathis geradezu. Sie verbrachte inzwischen mehr Zeit mit Thorak als mit ihm – die nächtlichen Stunden einmal abgezogen, in denen Mathis sie mit Ernsti teilen musste.

Wie erwartet, entging die neue Bekanntschaft auch den anderen Artisten der Siedlung nicht. Als Erstes kamen die zusammengewachsenen Schwestern vorbei, weil sie angeblich zu viel Kaffee gekocht hatten. Der Kettensprenger wollte doch seit Ewigkeiten schon mal nach Metas und Mathis' defektem Türschloss sehen. Und das menschliche Nadelkissen Rosendo hatte noch Schnaps unter dem Kopfkissen gefunden, der unbedingt vernichtet werden wollte. Doch nach ein paar Schlucken und Geplauder fragten sie alle mit schlecht versteckter Neugier, wer dieser unbekannte Mann mit dem schicken Auto denn sei, der Meta da ständig abhole. Und wieso sie plötzlich vor Publikum auftrat, das hauptsächlich aus Nazis bestand.

Als Hansi Elastik schließlich spätabends vorbeikam und vorgab, Mathis noch ein zweites Unterhemd bringen zu wollen, damit er nachts nicht fror, rief Meta:»Es ist Juni, zum Teufel noch mal!«, und schlug ihm kurzerhand die Tür vor der Nase zu.

Doch Mathis begriff, dass er die Besuche für sich und sein Buch nutzen konnte, wenn er eine Art Neugierdeaustausch aus ihnen machte.

180

Als sie kurz darauf Besuch von Miss Cärri erhielten, die ein verzuckertes Glas Löwenzahnhonig vorbeibrachte und sich ganz nebenbei nach dem Herrn in dem schicken Auto erkundigte, da bot Mathis ihr höflichst einen Klappstuhl vor dem Wagen an. Er hatte alles bereitgestellt. Auf dem Tisch lag eine Decke, darauf befanden sich sein Notizbuch und ein Teller mit Keksen. Trotzdem wollte die Szene nicht so richtig wie ein bürgerliches Kaffeekränzchen aussehen. Schuld daran waren die übergroße Papierblume in Miss Cärris weißem Haar und die Farbvielfalt, mit der sie die Falten an Mund und Augen übermalt hatte. Die Bilder auf ihrer Haut wirkten richtig blass gegen diese Maskerade.

Mathis fragte sie ein bisschen aus über ihr Leben und was sie mit dem so angestellt hatte, als sie noch nicht hier in Berlin auf dem Hügel lebte. Und tatsächlich erzählte Miss Cärri.

Dass sie mit acht Jahren von Sioux-Indianern gekidnappt worden sei, zum Beispiel. Da habe sie gerade mit ihren Puppen im Garten gespielt. Die Sioux-Indianer seien vom Dakota-Stamm gewesen und hätten in dem Gebüsch gesessen, in das sie als kleines Mädchen zum Spielen gekrabbelt sei. Die Indianer hätten sie mitgenommen, weil sie so ein hübsches Ding mit blonden Haaren gewesen sei. Sie hätten sie von ihrem Geburtsort in Finnland nach Amerika verschleppt und mit tausend Feingoldnadeln zwangstätowiert, bevor ihr Impresario gekommen sei und sie freigekauft habe. Sofern man denn in einem Besitzverhältnis von Freiheit sprechen könne. Letztendlich sei sie ja nur vom Besitz der Sioux-Indianer in den des Impresarios übergegangen.

Mathis ließ den Stift sinken und massierte sich die schmerzende Hand, während Miss Cärri an ihrem Kaffee nippte und die Nase in die Sonne hielt. Es war ihm nicht entgangen, dass die Geschichte von Miss Cärri der Geschichte von Miss Ingeborg und Miss Anita bis aufs Haar glich.

»Was haben die Indianer vom Dakota-Stamm denn in Finnland gesucht?«, fragte er vorsichtig.

181

»Streifzüge.« Miss Cärri senkte geheimnisvoll die blau angemalten Lider. »Die Sioux-Indianer mögen kleine blonde Mädchen.«

»Die müssen sie aber wirklich gern gemocht haben, wenn sie dafür ihre Streifzüge extra bis nach Nordeuropa ausgedehnt haben.«

Als Mathis Miss Cärris Gesichtsausdruck sah, bot er ihr hastig einen Keks an. Er hatte ihr nicht unterstellen wollen, dass sie ihn absichtlich belog. Vielleicht glaubte sie ja mittlerweile tatsächlich an diese Geschichte, die sie immer und immer wieder erzählt hatte. Viel wahrscheinlicher war jedenfalls, dass sie, wie die meisten auf diesem Hügel, in einem Wohnwagen aufgewachsen war. Dass sie ständig dieselben Straßen hoch- und runtergefahren war, mit Eltern, die das Gleiche gemacht hatten wie sie.

»Das ist doch langweilig«, zeterte Miss Cärri. »Wer soll das denn lesen wollen?«

Als Mathis ihr daraufhin erzählte, dass er als dreizehnter Sohn auf einem Bohnenbauernhof aufgewachsen war, schaute Miss Cärri in die Ferne und gähnte ausgiebig. Dass andere ein noch langweiligeres Leben gehabt hatten als sie, bedeutete ja nicht gleich, dass sie von ihrem eigenen berichten musste.

Nach sechzehn Tagen wildester Entführungs-, Raub- und Königsblutgeschichten dieser Art hatte Mathis schließlich genug. Seine Hand tat weh, und er vermisste Meta, die bei Thorak war. Er hatte mit allen Nachbarn gesprochen, bis auf Jonathan, den verknöcherten Mann, und bis auf Cassandra. Letztere war nicht zu Mathis gekommen, weil sie nie zu jemandem kam. Neugierde war keine überzeugende Eigenschaft einer Wahrsagerin. Es hätte die Illusion zerstört, dass sie ohnehin alles wusste, was um sie geschah.

Cassandra wohnte etwas abseits von den anderen am Rand des Waldes, und das hatte seinen Grund. Aus der geheimnisvollen, klingelnden jungen Dame, die Mathis vor vielen Jahren auf dem Jahrmarkt in Langweiler kennengelernt hatte, war eine schrullige alte Frau geworden, die keinen Hehl daraus machte, dass sie alle anderen außer sich für verrückt hielt. Und wie so oft bei dieser Art von Menschen beruhte die Einschätzung auf Gegenseitigkeit.

Mathis würde Cassandra nie mit Fragen betrauen, die weiter als eine Stunde in die Zukunft reichten. (Noch ein paar Tage vor der Wahl des Reichspräsidenten 1933 zum Beispiel hatte sie prophezeit, dass Adolf Hitler niemals an die Macht kommen würde.) Doch er mochte die alte Frau. Seit er sie in dieser Kolonie wiedergetroffen hatte, war sie eine gute Freundin geworden.

Das Zelt von damals hatte Cassandra gegen einen Wohnwagen eingetauscht. Das exzentrische Schmücken ließ sie sich deshalb aber nicht nehmen. Die Regenrinne des gebückten Wagens war mit Steinen jeder Form und Größe bestückt. Tierfiguren baumelten vor der Tür, und an den Stöcken rechts und links des Eingangs hatte sie Laternen und bunt glitzernde Tücher befestigt.

Wie immer, wenn Mathis sie besuchte, kam er sich vor, als tauchte er in ein Märchen aus 1001 Nacht ab.

»Wieso du läufst überhaupt Geschichten von fremde Leute hinterher?«, fragte Cassandra mit ihrem unverwechselbaren Akzent. Auch nach vierzig Jahren auf deutschem Boden weigerte sie sich hartnäckig, einen Artikel in den Mund zu nehmen.

Mathis saß bei Tee und einem komisch grünlichen Gebäck in ihrem eingeräucherten Wagen und erzählte Cassandra von dem Atlasmann, den Meister Bo und er vor vielen Jahren getroffen hatten. Ein Mann, der ein Buch über vergessene Orte hatte schreiben wollen. Der Atlasmann hatte eine ganze Menge

183

Karten dabeigehabt, auf denen Leute, die ihm von vergessenen Orten erzählten, die ungefähre Stelle einzeichneten. Genau stimmten die Koordinaten natürlich nie, weil die Orte ja vergessen waren. Aber der Atlasmann hatte es sich zur Aufgabe gemacht, diese Orte aufzusuchen und in einem Atlas zu verzeichnen: dem Atlas der verschollenen Orte.

Er hatte die ganze Welt bereist und war dünn und ausgemergelt gewesen, weil man kein Geld mit einer Tätigkeit verdienen konnte, die nur darin bestand, Vergessenes vor dem Vergessen zu bewahren. Aber unter dem Dreck und den Haaren, die ihm ins Gesicht gehangen hatten, hatte Mathis ein Leuchten in seinen Augen sehen können, das ihn nie wieder losließ.

»Jeder Ort birgt eine Geschichte«, hatte der Atlasmann gesagt, als sie zwischen seinem und Meister Bos Wohnwagen ins gemeinsame Feuer gestarrt und Schnaps und Kaninchenkeulen miteinander geteilt hatten. »Sie sind aus Worten gemacht, die wir lesen und aufschreiben können. Der Krämerladen im letzten Ort war ein Lexikon, der Kirchturm ein Gedichtband. Ein Ort kann ein schönes Lied sein oder ein langer Roman. Meine Aufgabe ist es, die Wörter einzusammeln, bevor sie verschwinden.«

Mathis hatte ihm den ganzen Abend gelauscht. Das Prasseln des Feuers hatte seine Erzählungen zu fremden Ländern und Orten begleitet. Und als am nächsten Tag die Zeit für den Abschied gekommen war, hatte er Mathis gefragt, ob dieser gern auf seine Expedition mitkommen wolle. Er hatte dabei wirklich so ausgesehen, als würde ihm das gefallen. Aber Mathis hatte dankend abgelehnt. Er hatte seinen Platz bei der Maschine gefunden. Allerdings hatte er dem Atlasmann noch diesen Tipp mit dem Ort gegeben, den er für wirklich vergessen hielt, und Langweiler auf der Karte gesucht. Die Siedlung, aus der er kam, hatte nicht einmal als Punkt existiert. Nicht einmal als Fliegenschiss. Mathis hatte die Zunge zwischen die Lippen klemmen und das Dorf einzeichnen müssen. Der Mann hatte überglücklich gelächelt und einen Satz gesagt, den Mathis damals noch nicht verstanden hatte. Etwas von einem Baum, der Wurzeln habe und Blätter. Aber es seien nur die Blätter, die davonfliegen könnten. An diesem Punkt seiner Erzählung wurden Mathis' Augen glasig und sein Blick verschwommen.

»Er war ein Idealist mit den Augen eines Kindes und den Sätzen eines Philosophen«, sagte er zu Cassandra.

»Vielleicht er war auch Idiot mit Augen von Mondkalb«, antwortete sie. »Warum will er nicht vergessen? Ist er Elefant? Reicht nicht, dass wir uns Gedanken um Zukunft machen?«

Mathis nahm seine Tasse in die unvollständigen Hände und blickte in die bräunliche Flüssigkeit. In den Augen einer Wahrsagerin mochte das, was Cassandra sagte, stimmen. Aber in den Augen von einem, der Bücher liebte, nicht.

»Ohne Geschichte gibt es keine Zukunft«, murmelte er, während er sich fragte, ob es die Räucherstäbchen oder die Kuchenteile waren, die ihm die Sinne vernebelten. Er hatte nur eins davon gegessen und fühlte sich, als hätte jemand seinen Kopf mit Watte ausgestopft. »Wenn wir die Vergangenheit vergessen, sind wir gezwungen, sie zu wiederholen. Und dann ist alles umsonst passiert.«

Cassandra legte den Kopf schief. Sie klingelte, als sie ihre Teetasse aufnahm. Wie damals war sie noch immer mit Glöckchen und allerlei Glitzer ausstaffiert, das wie Lametta an einer alten Tanne hing. Ihr Umhang war weit und mit schimmernden Fäden durchzogen. Selbst ihre Schuhe glitzerten. Sie waren paillettenbesetzt, mit einer kleinen Glocke an der hochgebogenen Spitze.

»Na, und warum dafür andere Leute hinterherlaufen? Du bist dreißig Jahre auf viele Straße unterwegs und hast so viel gesehen. Warum schreibst du nicht eigene Geschichte?«

Tatsächlich war es Mathis nie eingefallen, bei seiner eigenen Geschichte anzufangen. Vielleicht aus dem gleichen Grund, den auch Miss Cärri genannt hatte: Ihm schien, dass andere die erzählenswerteren Vergangenheiten hatten.

»Soll ich dir Teesatz lesen?«, fragte Cassandra, weil er noch immer in die Tasse starrte, ohne zu antworten.

Mathis lehnte dankend ab und wollte wissen, was da eigentlich in dem Kuchen drin sei.

»Wieso? Das ist ganz normale Kuchen.«

Mathis nickte, vermied es aber, ein weiteres Stück zu essen, und nippte an seinem Tee. Die Watte in seinem Kopf reichte inzwischen bis hoch unter die Schädeldecke und in die Gehörgänge. Sie löste traurige Erinnerungen in ihm aus. Zum Beispiel an Miss Ingeborg, die vor einigen Wochen über Nacht aus der Kolonie verschwunden war.

Früher waren ganze Straßen mit Miss Ingeborgs Plakaten gepflastert gewesen. Sie hatte mit ihren Tätowierungen Preise gewonnen. Die Menschen waren von weit her gereist, um sie zu bewundern. Aber jetzt waren die Plakate mit Hakenkreuzen und Parteiprogrammen überklebt, und keiner konnte sich an Miss Ingeborg erinnern. An ihren richtigen Namen zum Beispiel. An ihre Vergangenheit. Nicht einmal an den falschen Namen würde man sich bald noch erinnern.

»Richtig und falsch, richtig und falsch«, ätzte Cassandra. »Du hast Problem mit diese Wahrheitssache. Wahrheit ist doch ganz bürgerliche Kategorie.«

Mathis schwieg und dachte bei sich, was so ein Kommentar aus einer Wahrsagerin machte.

»Und wirst du also schreiben?«, fragte Cassandra.

»Was?«

»Dein Geschichte.«

»Nein, ich glaube nicht.«

»Warum?«

»Es käme mir … irgendwie anmaßend vor.«

Ein Buch über Mathis Bohnsack, Sohn eines Bohnenbauern aus der Rheinprovinz. Das hätte dem Buchmarkt gerade noch gefehlt.

Mathis war nicht wie Miss Ingeborg. Er war nie auf irgend-

186

welchen Plakaten gewesen. Er hatte keine Preise gewonnen. Er war nicht verboten.

»Willst du Heldengeschichte schreiben«, fragte Cassandra, »oder Geschichte gegen Vergessen?«

»Eine Geschichte gegen das Vergessen«, sagte Mathis, wobei er jeden Artikel betonte.

»Dann ist jede Geschichte gut wie andere«, sagte sie, »denn vergessen werden wir alle. In Zukunft.«

Mathis sah Cassandra an. Ihr Gesicht und ihre Arme blickten aus dem weiten bunten Gewand hervor und waren voller Runzeln und Falten. Das Alter hatte Cassandra letztendlich die Aura der Weisheit geschenkt, die sie in ihrem Beruf als Weissagerin nie hatte aufbauen können. Vielleicht war es aber auch der Nebel in Mathis' Kopf, der ihn diese Aura sehen ließ. Irgendwie war es insgesamt ziemlich verschwommen im Wagen.

»Noch Tee?«, fragte Cassandra.

»Danke, ich habe noch.«

»Probiere Mischung erstes Mal. Ist Stechapfel und Wahrsagesalbei.«

»Wahrsage-was?«

»Salvia divinorum.« Aus Cassandras Mund klang allein der Name wie eine Zauberformel. »Schamane hat mir schon vor zwei Jahren kleine Pflanze aus Mexiko mitgebracht. Habe ich angepflanzt. Aber erst jetzt ist gewachsen. Mazateken-Indianer nehmen für Heilung und für Zugang zu Geisterreich.«

Mathis stellte die Tasse ab.

»Vielleicht zu viel Blätter drin«, sagte Cassandra.

»Vielleicht«, meinte Mathis.

Sie nahm probeweise noch einen Schluck und wiegte abschätzend den Kopf. Mathis stand auf. Der dunkle Holzboden waberte unter seinen Füßen, und er musste sich an der Stuhllehne festhalten, um nicht zu fallen. Als er auf die Tür zuwankte, fiel ihm auf, dass das Astgebilde, das Cassandra früher auf dem Kopf getragen hatte, jetzt auf einem Besenstiel neben der Tür thronte und ihr als Kleiderständer diente. Der Anblick löste einen Lachdrang in ihm aus, der ein paar Sekunden dauerte. Dann war Mathis wieder ernst. Eigentlich fand er sogar alles ziemlich traurig. Zum Weinen fast. Er fischte nach dem Türknauf, und zweimal entwischte der ihm.

»Was glaubst du, was mit Froecken und ihrer Tochter passiert ist?«, fragte er plötzlich. Die Frage beschäftigte ihn schon ewig. Er hatte mit den verschiedensten Leuten darüber spekuliert. Nur Cassandra hatte er noch nie danach gefragt. Eigentlich hatte er es auch nie vorgehabt.

»Wer?«

»Froecken Ingeborg. Die lebende Bildergalerie. Das lebende Kunstgemälde.«

»Ach, Miss Ingeborg!«, sagte Cassandra, als wäre Miss ein eingetragener Vorname. »Ich gleich gesagt, dass keine gute Idee ist, Annonce öffentlich in Zeitung aufzugeben!«

»Du glaubst also auch, dass sie abgeholt wurde und nicht über Nacht das Land verlassen hat.«

Als Cassandra nicht gleich antwortete, blickte er zu ihr und versuchte sie im Nebel ausfindig zu machen. Sie saß da und starrte an die Decke.

»Cassandra?«

Sie hob die Hand.

»Ich habe Vision.«

Und ehe Mathis sich noch ermahnen konnte, dass er sich nie bei Cassandra nach ihren Visionen erkundigen sollte, fragte er: »Was für eine Vision?«

Und Cassandra erzählte. Sie sehe, wie ein Lastwagen Miss Ingeborg und ihre Tochter fortkarrte. Viele Menschen in einem engen Wagen. Sie sehe Nebel (was Mathis nicht verwunderte, denn den sah er auch). Aber in Cassandras Nebel gebe es einen Mann in Uniform, der Miss Ingeborgs Haut abzöge. Und da sei auch eine Frau, die ein Taschentuch vor ihren Mund drücke und über den Leichen stehe. Die Frau des Uniformierten.

»Ihr gefallen Tätowierungen«, sagte Cassandra und blickte weiter an die Decke, als würde die Vision dort als Film angestrahlt. »Sie will Haut gerben und Erinnerungsstücke machen. Lampenschirme. Wandbezüge. Bucheinband.«

Mathis stand stocksteif da und sah die alte Frau an, die hinter ihrem eigenen wabernden Nebel verschwand. Hinter dem Qualm ihrer Lampen und Räucherstäbchen.

»Danke«, sagte er mit belegter Stimme, doch sie starrte noch immer entsetzt an die Decke und antwortete nicht. Mathis' Hand fand den Türknauf. Er drehte ihn. Raus hier. Er konnte nur hoffen, dass der Wahrsagesalbei lediglich Halluzinationen hervorrief. Dass Cassandra mit dieser Prophezeiung genauso falschlag wie mit der Sache mit Adolf Hitler. Und mit allem anderen auch.

NEUNTES KAPITEL

Deutschland, 1902

Mathis hatte sich keine Vorstellung von der Weite des Landes gemacht. Oder davon, wie lange man auf den Straßen umherzockeln konnte, ohne ein Ende zu erreichen. Er sah die ersten Züge und die ersten Fabrikschornsteine seines Lebens und überschlug sich vor Begeisterung, als ein Auto sie hupend überholte. Aber Meister Bo war bald ziemlich genervt von Mathis' Herumgehampel und seinen ständigen Fragen, was denn dieses oder jenes sei. Und so hielt Mathis irgendwann den Mund und staunte in Stille vor sich hin.

Sie bewegten sich in Richtung Südosten und machten immer wieder in kleinen Dörfern halt. Meister Bo brauchte keine Uhr und keinen Kalender. Er folgte irgendeinem inneren Zeitplan, der sie an den richtigen Tagen immer genau in die Orte führte, in denen auch andere Wagen haltmachten. Die Dorfkinder liefen ihnen schon auf dem Weg zum Festplatz entgegen. Sie sprangen um den Wagen herum und reckten ihnen Gesichter und Arme entgegen, als wären die Schausteller ein willkommener Regen nach einem sehr heißen Sommer. Später dann hingen sie neugierig über Zäunen und Mauern und sahen bei den Aufbauarbeiten zu. Mathis fiel die Bewunderung in ihren Augen auf. Er konnte es kaum fassen, dass er noch vor so kurzer Zeit einer von ihnen gewesen war und sich jetzt hier befand, auf der »dunklen Seite«, wie Meister Bo das Schaustellerleben nannte. Auch wenn Mathis noch nicht verstand, wieso.

Die Jahrmarktwelt schien ihm alles andere als dunkel. Die

Schausteller trugen schrille Kostüme und malten sich die Gesichter an. Überall wurde mit offenem Mund gelacht, gebrüllt und gerülpst. Wo neue elektrische Wunder vorgestellt wurden, sprühte es Funken, die das Publikum aufschreien und einen Satz zurücktun ließen. Und zwischen dem Trubel spazierten Riesen, Zwerge und exotische Tiere umher.

Mathis gewöhnte sich daran, dass nicht alle wissenschaftlichen Kuriositäten einer wissenschaftlichen Prüfung standhielten. Eine »haarige Meerjungfrau«, die er auf einer Kirmes bestaunte, entpuppte sich beim Abbau als Affe mit angeklebtem Fischschwanz. Und die meisten Frauen, die tagsüber ohne Unterleib ausgestellt wurden, staksten am Abend mit zwei vollständigen Beinen durch die aufgeschlagenen Zelte. Überhaupt wurde viel gelogen. Und es gab Meinungsverschiedenheiten, die – vor allem, weil selten einmal jemand nüchtern war – schnell in Handgreiflichkeiten ausarteten.

Auf einem Viehmarkt in der Nähe von Koblenz, wo sie Anfang September haltmachten, hatten sich zum Beispiel drei Impresarios in den Haaren, weil jeder von ihnen die dickste Dame der Welt im Gepäck haben wollte. Der eine präsentierte Flora Le Dirt, die schönste und schwerste Riesendame der Jetztzeit, der andere Olga das Kolossalmädchen, das schwerste, das je gelebt habe. Und der dritte warb auf den Plakaten einfach nur mit Therese, der gemütlichen Sächsin, behauptete auf den Postkarten aber, auch sie sei Deutschlands dickste und überhaupt einzig reisende Kolossaldame.

So viele schwerste Frauen auf einem Haufen konnten natürlich selbst einem unkritischen Jahrmarktbesucher schnell mal komisch vorkommen. Darum wollten die Impresarios, dass zwei der drei Schausteller weiterzogen. Nur wer das war, darüber wurden sie sich nicht einig.

Als Meister Bo und Mathis den Markt erreichten, hatte sich bereits ein Kreis von Schaulustigen um die Streithähne gebildet. Es war später Nachmittag. Der Viehmarkt sollte erst am nächsten Tag beginnen, doch das meiste war bereits aufgebaut. Wein- und Schnapsflaschen lagen im Gras und neben ihnen die Schausteller und Viehbesitzer, die den freien Abend und den fremden Streit genossen.

Die beiden ersten Impresarios waren dünn und dick. Der dritte trug ein kariertes Hemd.

»Ich war als Erster hier. Also weiß ich nicht, warum ich gehen sollte!« Der mit dem Hemd verschränkte die Arme vor dem Karomuster.

»Weil deine gemütliche Sächsin ja noch nicht einmal eine Kolossin ist!«, rief der Dicke, dem wenig fehlte, und er hätte sich selbst ausstellen können. »Und die einzige reisende Kolossaldame ist sie ja ganz offensichtlich auch nicht!«

»Flora is' ja auch nicht die schwerste Riesendame der Jetztzeit! Oder die schönste!« Das Karomuster lachte verächtlich.

Mathis warf einen Blick auf die drei Frauen, die auf einer ausgebreiteten Decke saßen und einträchtig Leberwurststullen verspeisten. Er musste dem Impresario recht geben. Keine hob sich durch auffallende Schönheit von den anderen ab. Allerdings war auch keine von ihnen auffallend schlanker als die andere.

»Warum stellen sie die Frauen nicht einfach gemeinsam aus? Als die drei dicksten Damen der Welt?«, fragte er Meister Bo. Doch der brummte nur auf seine unwillige, mürrische Art. Um eine Konfliktlösung wollte er sich keine Gedanken machen. Die hätte nur das Ende eines Streits bedeutet, den hier alle höchst amüsant fanden.

»Flora wiegt dreihundertachtzig Pfund!« Der Dicke hob drohend den Zeigefinger und machte einen Schritt auf das Hemd zu.

»Olga wiegt vierhundert. Ihr könnt also beide einpacken«, sagte der dünne Impresario seelenruhig. Er spuckte auf den Boden. Die Hose schlabberte ihm um die Beine. Wahrscheinlich überließ er alle Mahlzeiten seinem Ausstellungsstück.

»Vierhundert Pfund! Das sieht doch ein Blinder, dass das gelogen ist! Deine dicke Frau ist viel kleiner als meine dicke Frau!«

»Na und? Meine hat eben schwere Knochen«, sagte der Dünne.

»Könnten wir mit der Durchleuchtungsmaschine sehen, ob die Knochen wirklich schwerer sind?«, flüsterte Mathis. Doch Meister Bo brummte wieder nur und starrte nach vorn.

»Ich war zuerst hier. Also packe ich überhaupt nichts ein!«, beharrte der Gemusterte. »Außerdem wiegt Therese vierhundertzwanzig Pfund.«

»Vierhundertzwanzig Pfund!« Der Dicke brüllte jetzt. »Na, wenn das so ist, wiegt Flora vierhundertfünfzig!«

»Eben wog sie doch noch dreihundertachtzig«, meckerte der Therese-Besitzer.

»Eben war deine Therese auch noch eine gemütliche Sächsin. Und kein Wal!«

»Sie ist beides! Und im Übrigen bist du derjenige, der hier angefangen hat, die Gewichte hochzuschrauben.«

»Weil ich gesehen habe, dass Flora am Essen ist.« Der Dicke deutete auf die drei Damen unter dem Baum, die immer noch so taten, als hätten sie mit dem Streit gar nichts zu tun. Sie kauten weiter an ihren Broten. Vielleicht versuchten sie, mit dem Gewicht nachzukommen, wo ihre Impresarios es ja gerade immer weiter erhöhten.

»Siebzig Pfund Wurstbrot, oder was?«, witzelte der Gemusterte.

»Warum wiegen sie denn die Frauen nicht einfach?«, fragte Mathis leise.

»Wozu?«, brummte Meister Bo.

»Um zu sehen, wer recht hat.«

»Hier geht's doch gar nicht darum, wer recht hat, du Hahnenjockel! Sondern darum, wer gewinnt! Halt einfach den Rand und sieh zu!«

Jetzt war es wieder an dem Dicken zu brüllen: »Deine Olga kann sich hinter Flora verstecken und umziehen, ohne dass man ihren mageren Hintern sehen würde!«

»Was zählt denn jetzt?«, fragte Mathis, noch immer flüsternd. »Die Größe oder das Gewicht?«

»Hier zählt, dass ich dir gleich 'nen paar hinter die Löffel haue, wenn du nicht endlich den Mund hältst!«

»Ich dachte ja nur, weil – wenn es um das Gewicht geht – jeder gute Bauer eine Sackwaage hat, mit der …« Er brach ab und duckte sich unter Meister Bos Hand weg.

Wer bleiben durfte und wer nicht, entschieden am Ende weder das Gewicht der Damen noch der Zeitpunkt, zu dem sie gekommen waren, sondern die Fäuste der Impresarios. Ein paar der vordersten Zuschauer, die nur auf diesen Moment gewartet hatten, erhoben sich aus dem Gras, krempelten die Ärmel hoch und stiegen in den Kampf ein. Doch sie sorgten nur dafür, dass die Kämpfenden ein paar mehr Schrammen abbekamen, als notwendig gewesen wäre. Die entscheidenden Schläge wurden zwischen den Besitzern der Kolossinnen ausgetauscht. Die Männer schrien und wälzten sich am Boden, und Mathis war froh darum, einer Prügelei endlich einmal nur zusehen zu dürfen, ohne selbst unter dem Haufen zu liegen. Es war eine ganz neue Erfahrung.

Am Ende war es der Dicke, der sich als Sieger herausschälte. Er hatte den Dünnen gleich zu Anfang niedergehauen und dem Karierten schließlich einen Schlag verpasst, der diesen zu Boden sinken ließ. Ein letzter Kinnhaken traf einen jungen Mann, der gar nicht in den Kampf verwickelt gewesen war. Dann lagen alle bis auf den Sieger am Boden. Und der baute sich schwer atmend über ihnen auf.

»Guter Schlag, Albert«, rief Meister Bo, der den Kampf ansonsten schweigend verfolgt hatte. Der Dicke verneigte sich hoheitsvoll. Meister Bo packte Mathis am Kragen und zog ihn mit sich, als er zu dem Mann ging und ihn begrüßte.

Er war Albert Scheuer, Schausteller und Impresario einer Handvoll Kuriositäten und Besitzer von Scheuers Puppenbühne und Liliputaner-Theater in Hamburg. Von dort hatte er die Kolossin und vier seiner Zwerge mitgenommen, die er jetzt herbeirief, damit sie Mathis die Hand schütteln konnten. Natürlich hatte Mathis Zwerge aus dem Märchen gekannt. Aber diese hier waren ganz anders. Sie trugen keine Zipfelmützen und hatten auch keine knolligen Nasen oder Pausbacken. Im Grunde sahen sie aus wie Menschen. Nur viel, viel kleiner.

»Gefallen sie dir?«, fragte Scheuer, als er sah, wie befangen Mathis die winzigen Hände in seine nahm. »Anni, gib dem Jungen doch eine Autogrammkarte von euch.«

Annis Umhängetasche hatte die Form und Größe einer Postkarte. Sie zog eine Karte hervor und überreichte sie Mathis. »Zur Erinnerung an die lustigen Zwerge Frl. Münster, Hr. Scheibe, Hr. Blankenhagen, Frl. Welson«, stand unter dem Foto, das die vier Liliputaner in schicker Sonntagskleidung zeigte.

»Sammelst du Autogrammkarten?«, fragte Scheuer.

»Ja«, sagte Mathis, obwohl dies in Wahrheit die erste war, die er überhaupt in den Händen hielt.

»Du kannst auch eine von Flora haben. Geh nur hin und frag sie. Wenn du sagst, dass du von mir kommst, kriegst du sie kostenlos.« Der Sieg hatte Scheuer offenbar in Spendierlaune versetzt.

»Hol dir gleich mehrere«, sagte Meister Bo, der immer wusste, wie man etwas zu Geld machte. Dann wandte er sich an Scheuer. »Was ist mit deiner tätowierten Dame? Ist die auch wieder dabei?«

»Elise?« Scheuer klopfte sich mit einem verschmitzten Augenzwinkern an die Nase. »Ahh, ich weiß, warum du fragst, Bo. Eine Schönheit, meine Elise, nicht wahr? Leider haben sie und ich ein kleines vertragliches Problem gehabt, und jetzt musste ich eine andere tätowierte Schönheit mitbringen. Emmy. Wenn du den Jungen zu Flora rüberschickst, werde ich sie dir zeigen …«

Der Stoß in Richtung Kolossaldamen kam schneller, als Mathis sich überhaupt in Bewegung setzen konnte. Er rieb sich den

Arm und ging zur Picknickdecke, während Scheuer und Meister Bo in die entgegengesetzte Richtung verschwanden. Sie ließen die anderen Männer auf der Wiese zurück wie einen Haufen gehacktes Holz.

Die Postkarte der Zwerge an die Brust gedrückt, pirschte Mathis sich an die drei kolossalen Damen an und begrüßte sie schüchtern. Er war froh, dass er damit nicht wieder ein Kichern auslöste – wie beim letzten Mal, als man ihm aufgetragen hatte, sich drei Vertreterinnen des weiblichen Geschlechts zu nähern. Diese drei Damen blickten lediglich zu Mathis hoch. Eine von ihnen kaute noch.

»Albert Scheuer schickt mich«, sagte Mathis. Diejenige, die an den Baum gelehnt dasaß, bewegte sich, es musste sich wohl um Flora handeln. Das krause schwarze Haar wirkte wie ein Gebüsch auf ihrem Kopf. Sie hatte den gleichen mächtigen Umfang wie der Stamm hinter ihr und trug ein Trägerkleid aus weißer Spitze. Ab Höhe der Oberschenkel wuchsen ihre Beine wie wuchtige Wurzeln darunter hervor. Ein kleines Mädchen drückte sich an Floras weichen Bauch.

»Was will er denn? Müssen wir aufbrechen?«

»Ähm, nein, er hat gewonnen.«

Flora nickte, eine Bewegung, bei der ihr Samthalsband ganz unter dem speckigen Kropf verschwand.

»Mir ist es ja wurscht, in welchem Kaff ich auftrete. Ich hätt nur wenig Lust, bei dem herrlichen Wetter noch mal stundenlang im Wagen zu hocken und zu schwitzen.«

»Ja, geht mir auch so«, sagte eine der anderen dicken Damen. Von allen drei Frauen hatte sie am wenigsten Hals. »Allein das Einsteigen ist bei diesem Wetter 'ne Qual. Und das ist jetzt schon das zweite Mal, dass wir die Zelte abbrechen und weiterziehen. Ich glaub, wenn mein Vertrag ausläuft, such ich mir 'nen neuen Impresario.« Sie gehörte dem Schmächtigen, den schon der erste Schlag zu Boden gerissen hatte.

»Willst du dich zu uns setzen, Kleiner?«, fragte die Kauende kauend. Sie wälzte ihren Körper um einige Zentimeter nach rechts und patschte auffordernd neben sich. Decke kam durch diese Verschiebung nicht zum Vorschein, aber zumindest ein Stück plattgesessenes Gras. Die Halme waren traurig eingeknickt. Mathis ließ sich nieder.

»Herr Scheuer sagt, Sie hätten vielleicht eine Postkarte für mich.«

»Emma!«, rief Flora. Ein zweites Mädchen blickte um die Ecke des Wohnwagens und watschelte heran. Es war keine zehn Jahre alt, aber es hatte mindestens dreißig Kilo mehr auf den Rippen als Mathis. Ohne Zweifel würde sie einmal in die Fußstapfen ihrer Mutter treten. »Gib dem Jungen hier eine Postkarte! Die liegen im Korb unter dem Bett.«

Emma verzog das runde Gesicht, gehorchte aber.

»Danke«, sagte Mathis. Flora machte eine abwehrende Handbewegung, bei der die Fettlappen an ihrem Arm pendelten.

Mathis spürte eine Hand auf seinem Bein. Es war das kleine Mädchen neben Flora, das sich vorsichtig an ihn herangetastet hatte. Es mochte vielleicht drei Jahre alt sein und hatte noch nichts von der übertriebenen Fülle der Mutter oder der übergroßen Schwester an sich. Ganz gewöhnlicher weicher Babyspeck wuchs am Körper der Kleinen.

»Hallo«, sagte Mathis lächelnd. Ihre großen braunen Augen blickten staunend zu ihm auf. Sie war ein hübsches Kind. Doch sie befühlte Mathis' Dünnheit, als wäre es das Kurioseste, was sie je gesehen hatte.

»Komm weg da, Maria, und iss dein Brot auf!«

»Ist schon in Ordnung«, sagte Mathis. Doch mit dem Ausdruck einer strengen Mutter riss Flora das Mädchen zurück und setzte es so unsanft neben sich, dass es aufheulte. Dann drückte sie dem schreienden Kind eine reichlich gebutterte Brotschnitte in die Hand, aus dem kleine Zähnchen bereits einen Teil herausgebissen hatten. Maria warf das Brot auf die Decke, und es landete mit der Butterseite voran auf dem Stoff. Das machte Flora wütend. Sie packte die Schnitte mit der einen und ihre Tochter mit der anderen Hand und schob das Brot einfach in den plärrenden Schnabel. Krümel, Kinderschnodder und Tränen flogen über die Decke, als Maria hustete. Sie tat Mathis leid. Andere Töchter und Söhne hatten offenbar genauso wenig Mitspracherecht, wenn es um ihre Zukunft ging. Kolossinnentöchter sollten zu Kolossinnen werden, so wie Bohnenbauernsöhne zu Bohnenbauern wurden. Nur Mathis war diesem Schicksal irgendwie entkommen. Dankbar blickte er zum Wohnwagen, gerade in dem Moment, als Meister Bo mit einer tätowierten Schönheit darin verschwand.

Meister Bo hatte eine Schwäche für bunt gestochene Damen. Auf ihrem Weg nach Süden sammelte er sie wie andere Leute Autogrammkarten. Die meisten waren jünger und schöner als er. Aber was sie und er gemeinsam hatten, war die Unglaubwürdigkeit ihrer abenteuerlichen Geschichten.

Die tätowierte Emmy zum Beispiel hatte einen tätowierten Wunderhund namens Ewald. Sie erzählte Mathis, dass sie als Emilia von Hohenstein geboren sei und ursprünglich aus adliger Familie stamme. Doch auf einer Reise durch Asien seien sie und Ewald bei einem Überfall von den Eltern getrennt und verschleppt worden. Emilia sei einem indischen König zum Geschenk gemacht und zusammen mit Ewald und den sieben Ehefrauen des Königs in dessen reich geschmückte Haremsgemächer gesperrt worden. Bis zur Eheschließung habe sie drei Wochen gehabt. In der ersten Woche habe man sie in den Gepflogenheiten des Landes unterrichtet. In der zweiten Woche in der Kunst der Liebe. Und in der dritten Woche sei sie zwangstätowiert worden.

In Indien ließen die Könige jeden Zentimeter ihrer Palastwände mit bunten Bildern bemalen, erzählte Emmy, und das Gleiche machten sie mit den Körpern ihrer Ehefrauen. Nur die

Gesichter sparten sie aus. Und wo man schon mal so gut dabei gewesen sei mit dem Tätowieren, habe man bei Ewald auch gleich die Nadel angesetzt. Damit er besser ins Interieur der Gemächer passte.

Als Prinzessin Sunderajee sei Emilia anschließend fünf Jahre Gefangene im Palast des indischen Königs gewesen, bevor ihr die Flucht gelungen sei. Doch mit den Tätowierungen auf ihrem Körper habe sie nicht in den adeligen Schoß ihrer Familie zurückkehren können. So sei Ewald der Einzige, der ihr geblieben sei. Und Emilia habe sich gezwungen gesehen, als tätowierte Dame ihr Geld zu verdienen.

Nun wollte Emilia ihrer Familie natürlich keine Schande machen, indem sie als eine von Hohenstein durch die Gegend reiste. Und noch weniger wollte sie Prinzessin Sunderajee bleiben. Die Bilder, die man ihr und ihrem Haustier gewaltsam in die Haut gestochen habe, seien schon Andenken genug an diese schreckliche Zeit. Darum habe sie sich Scheuers Gruppe nur unter der Bedingung angeschlossen, einen bürgerlichen Namen annehmen zu dürfen.

Während Emmy diese Geschichte erzählte, spielte der Feuerschein mit den Bildern auf ihrer Haut. Sie saßen neben dem Wohnwagen, und Emmy hatte eine Art Bettlaken um sich gewickelt, das die meisten ihrer Körperteile frei ließ. Mathis konnte die Sphinxe, Schlangen, Elefanten und Menschengesichter sehen, die sie auf Brustkorb, Armen und Beinen trug. Warum indische Eunuchen allerdings Darstellungen des Leidens Christi auf ihren Oberarm gestochen hatten, war ihm ein Rätsel. Und auch das Wappen von Österreich-Ungarn auf dem Rücken von Ewald konnte er nicht ganz einordnen.

Doch als er Emmy danach fragte, gab Meister Bo ihm einen Tritt gegen das Schienbein, und so hielt er den Mund und kraulte stattdessen den tätowierten Wunderhund hinter den frisch rasierten Ohren. Ewald legte den Kopf auf Mathis' Bein und blickte ihn traurig an.

Meister Bos zweite Schwäche war die internationale Politik. Er hatte zwar wenig Ahnung davon, aber immerhin eine Meinung. Und die genügte, um sich den ganzen Tag aufzuregen. Mathis, der noch viel weniger Ahnung hatte, konnte dem Meister nicht widersprechen. Er hatte ohnehin festgestellt, dass das für ein konfliktfreies Zusammenleben von Vorteil war.

Am liebsten regte Meister Bo sich über Georg von Sachsen auf, der in diesem Jahr den sächsischen Thron bestiegen hatte. Meister Bos Abneigung wurde dabei vor allem durch zwei Dinge gespeist, für die Georg, dieser Schweinehund, eigentlich gar nichts konnte. Das erste Ding war sein breiter sächsischer Dialekt und das zweite sein Name. Denn Georg war getauft auf den Namen Friedrich August Georg Ludwig Wilhelm Maximilian Karl Maria Nepomuk Baptist Xaver Cyriacus Romanus von Sachsen. Als Mathis dieses Monstrum von einem Namen zum ersten Mal hörte, fragte er Meister Bo, ob die Eltern von Georg keine anderen Kinder bekommen hätten, dass sie alle Namen auf einen verteilen mussten. Aber das hatten die Eltern sehr wohl. Tatsächlich hatte Georg, dieser Schweinehund, acht Geschwister, die ebenfalls an die einhundert Namen trugen. Die Eltern mussten viel Kreativität und ein ziemlich gutes Gedächtnis haben, fand Mathis. Eine Eigenschaft, die sich leider nicht auf den Sohn übertragen hatte.

Wenn man es milde ausdrücken wollte, war der fünfte Sohn leicht beschränkt geraten. Er war groß, hatte einen eckigen Kopf und ging immer leicht vornübergebeugt. Die Annehmlichkeiten seines adeligen Hauses verließ er nicht gern, und auch mit anderen Menschen hatte er es nicht so. Schlechte Voraussetzungen für einen Kommandanten der Ersten Infanteriedivision, als den Meister Bo ihn im Deutsch-Französischen Krieg kennenlernte.

»Sie haben im Deutsch-Französischen Krieg gekämpft?«, fragte Mathis erstaunt.

»Natürlich habe ich gekämpft! Wie hätten wir wohl sonst

die Schlacht von Sedan gewinnen können? An dem Arschloch Georg lag dieser Sieg sicher nicht.«

Wie Meister Bo erzählte, habe Georg sein Korps bei Nacht und Nebel nämlich in einen viel zu dichten Wald gejagt, wo die Männer im Unterholz stecken blieben. Er habe wütend auf den Moosboden gestampft und im breiten sächsischen Dialekt verkündet, er sei nun müde, und die Herren könnten ihren Drägg jetzt gefällischt alleeine machen. Und dann sei er zurück zu den Annehmlichkeiten seines Schlosses gerannt.

Als er im Juni 1902 den Thron bestieg, war er fast siebzig Jahre alt. Auch das keine gute Voraussetzung für einen Regenten. Ganz Sachsen hatte gehofft, dass er das Amt seinem Sohn überlassen würde. Doch nachdem Georgs älterer Bruder Friedrich August Albert Anton Ferdinand Joseph Karl Maria Baptist Nepomuk Wilhelm Xaver Georg Fidelis von Sachsen den Thron nun schon neunundzwanzig Jahre eingesessen hatte, ohne auch nur einen Tag Platz zu machen, wollte Georg »wirklich jezze« auch endlich mal dran sein mit dem Regieren. Seinen kindlichen Trotz hatte er sich bis ins hohe Alter bewahrt.

Wenn Meister Bo dann mit Georg von Sachsen fertig war, kam in der Regel als Nächstes der deutsche Kaiser dran. Und das, obwohl der nicht sächselte und nur vier Namen hatte statt dreizehn. Doch es gab auch so genug Negatives, das man gegen Wilhelm II. hervorkramen konnte, zum Beispiel, dass er ein selbstverliebter kleiner Brunzprophet sei, wie Meister Bo sich ausdrückte, der in jedem Hafen ein Schiff und eine Hure liegen habe.

Der Grund dafür, dass der Kaiser seine Körpersäfte so unter Beweis stellen müsse, sei im Übrigen, dass er körperlich ansonsten nicht viel hatte, mit dem er sich beweisen konnte. Der junge Prinz war nämlich mit einem verkrüppelten Arm in die königliche Familie hineingeboren worden. Ein ärztlicher Fehler, weil dem Säugling bei der Geburt der Körper abgeschnürt worden war.

Die Kronprinzenfamilie hatte natürlich gleich sichergestellt, dass der Arzt in seinem Leben keinen zweiten Fehler begehen konnte. Aber an der Schande eines verkrüppelten Sohns änderte das nichts. Vielleicht hätte man ihn noch verstecken können, wenn er nicht zu allem Unglück auch noch der Erstgeborene gewesen wäre. Er sollte reiten können, im Krieg ein Regiment führen und später mal ein Land. Ohne einen funktionstüchtigen linken Arm für die Familie undenkbar. Der Plan war deshalb gewesen, die königliche Unversehrtheit wiederherzustellen. Das Kind war auf Anraten eines zweifelhaften Heilers in Hasenblut gebadet und in Streckmaschinen gespannt worden. Doch nichts hatte etwas an der Tatsache geändert, dass das adelige Kind nicht gewachsen war, wie es der Adel vorschrieb.

Mathis mochte diese Geschichte, denn sie erinnerte ihn ziemlich an sein eigenes Schicksal. Mal abgesehen davon, dass er niemals dazu bestimmt gewesen war, ein Regiment zu führen oder ein Land zu regieren.

»Auf Bildern versteckt er es, dieser Bettschisser«, sagte Meister Bo. »Du wirst im ganzen Kaiserreich keins finden, auf dem er den linken Arm gebraucht.«

Mathis war inzwischen klug genug, um seine Sympathie für Wilhelm II. für sich zu behalten. Meister Bo wusste schließlich nicht, wie es sich anfühlte, den Vorstellungen des Vaters nicht zu entsprechen. Und die Rolle nicht ausfüllen zu können, in die man hineingeboren worden war. In jedem Fall machte die Geschichte ihm Mut. Wenn es möglich war, ein ganzes Land mit nur einem funktionstüchtigen Arm zu regieren, dann war es sicher allemal möglich, mit nur einem funktionstüchtigen Bein eine Durchleuchtungsmaschine zu bedienen.

Er kümmerte sich mit Hingabe um die Maschine, polierte und fettete sie, bis Meister Bo ihn unwirsch anfuhr, wenn er so weitermache, würde das Material bald durchgerieben sein und der ganze Scheiß auseinanderfallen. Daraufhin berührte Mathis die Maschine nur noch liebevoll mit dem Lappen, wenn Meister Bo nicht hinsah.

Die ersten Wochen der Reise kamen ihm vor wie ein umgekehrter Schlafprozess. Tagsüber wandelte er umher wie ein Träumender, und nachts wälzte er sich auf der Matratze, wo er wieder den Brüdern gegenüberzustehen glaubte. Aber diese Umkehrung brachte es mit sich, dass Mathis' blaue Flecken verheilten und die Wunden sich schlossen. Es war ein wunderbares Gefühl, einmal für so lange Zeit nicht verhauen zu werden. Und das Gefühl passte zu Mathis' wunderbarem neuem Leben, in dem sich selbst die blöde Ziege als wahrer Glücksfall erwies.

Meister Bo zufolge meckerte sie zwar mehr als ein ganzes Damenkränzchen am Kaffeetisch, aber ihr Auftritt hinter dem Schirm zog jedes Mal eine begeisterte Menge von Zuschauern an. Während Mathis die Kurbel drehte, durften die Besucher die Ziege mit Gras oder trockenem Brot füttern und dann zusehen, wie sich der Bauch um das Zerkaute herum bewegte. Das Tier brach damit den Bann des Unheimlichen, der die Maschine umgab. Fast alle Zuschauer waren bereit, selbst hinter den Schirm zu treten, wenn Meister Bo die vollgefressene Ziege wegführte. Und so rollten mehr und mehr Münzen zwischen die Ritzen der Podestbretter und landeten in Meister Bos improvisierter Schatzkammer.

Nachdem sie das Moselgebiet und das Saarland hinter sich gelassen hatten, machten sie einen Schlenker über die Pfalz nach Baden. Es war ein schöner Herbst mit viel Sonne. Ein Glücksfall für jeden Bauern, aber auch für Mathis, der sich während der Fahrt aufs Dach des Wohnwagens zurückzog. Der Wagen holperte und sprang, sodass der Komfort sich in Grenzen hielt. Aber Mathis mochte es, auf dem Rücken zu liegen und in den Himmel zu blicken, der ihm hier blauer vorkam als zu Hause.

203

So viel Blau war in diesem Himmel, dass ein wenig davon sogar auf die Berge am Horizont abfärbte.

Überhaupt war das Land hier im Süden völlig anders als in Langweiler. Es war voller Schlösser und Weinhänge, von denen Letztere auch bei Meister Bo für zunehmend bessere Laune sorgten. Sie fuhren nun abends häufiger ein Gasthaus oder Weingut an. Die meisten Besitzer kannten Meister Bo bereits. Für ein paar Groschen gaben sie ihm ein einfaches Zimmer mit Frühstück, weil sie wussten, dass er das, was er bei der Übernachtung sparte, doppelt und dreifach für den Wein in ihrer Stube ausgeben würde. So war der verbilligte Zimmerpreis für alle Beteiligten ein gutes Geschäft. Zumal Meister Bo mit seinen Geschichten vom Jahrmarkt ganze Runden unterhielt.

»Mein Großvater war ein Hausierer, der Fette verkaufte«, verkündete er zum Beispiel nach dem vierten Glas Wein völlig unvermittelt. Durch seine Arbeit als Ausrufer hatte Meister Bo ein derart durchdringendes Stimmorgan entwickelt, dass alle Gäste im Schankraum irritiert von ihren Flädlesuppen aufblickten. »Das Fahren lag meiner Familie also im Blut. Der Sprung zum Jahrmarkt war da nicht mehr groß. Mein Großvater begann seine Karriere mit einem Karussell und einem blinden Gaul. Wenn er pfiff, setzte der Gaul sich in Bewegung. Pfiff er wieder, hielt das Pferd an.« Meister Bo pfiff zweimal durchdringend, und spätestens jetzt genoss er die Aufmerksamkeit aller Gäste im Schankraum. Sie ließen die Suppenlöffel sinken und blickten Meister Bo stumm an. Es sah aus, als warteten auch sie auf den Pfiff, der ihnen das Essen wieder erlaubte.

»Dann starb der Gaul, und mein Großvater ersetzte die Pferde durch drei stämmige Burschen. Wenn er pfiff, setzten sie sich in Bewegung, und wenn er wieder pfiff, hielten sie an. Die Burschen haben sich die Schuhsohlen beim Drehen und Bremsen des Karussells abgelaufen. So war das. Vor der Elektrizität war das alles noch richtige körperliche Arbeit. Ehrliche Arbeit!«

Meister Bo knallte die Faust auf den Tisch wie einen Richterhammer und hob dann das leere Weinglas in Richtung der Kellnerin. Die anderen Gäste warteten. Doch als Meister Bo nicht fortfuhr, widmete sich einer nach dem anderen wieder seiner Suppe.

Die Kellnerin schenkte auch Mathis ein. Sie musste sich über ihn beugen, um das Glas zu erreichen, und dabei streifte ihr Schultertuch seine Wange. Mathis saß stocksteif da. Er wusste nicht, warum er plötzlich an seine Mutter denken musste und warum ihm das auch noch peinlich war. Die Kellnerin roch ganz anders als seine Mutter. Irgendwie nach Holz oder Harz. Sie roch wie ein nasser Baum.

»Also dann, zum Wohl!« Meister Bo hob sein fünftes Glas. Mathis langte nach dem Stiel. Vielleicht sollte er dem Meister sagen, dass er nicht ans Trinken gewöhnt war. Doch da erhob Meister Bo schon wieder die Stimme.

Als hätte es gar keine Pause zwischen dem ersten und zweiten Teil seiner Familiengeschichte gegeben, rief er: »Mein Vater ist als Herkules in einer Menagerie aufgetreten und hat mit Bären gekämpft. Er war ein stattlicher Mann. Er heiratete meine Mutter, eine Polin, die mit Kängurus boxte. Nach der Hochzeit begann sie, ebenfalls mit Bären zu kämpfen. Aber dann zerfetzte ein Tatzenhieb ihr die Brust, also ging sie zurück zu den Kängurus. Was kann einer wie ich wohl anderes werden als ein Schausteller! Wenn man an einer Brust gestillt wurde, die ein Bär zerfetzt hat!«

Erneutes Schweigen legte sich über die Tische im Schankraum. Alle blickten Meister Bo groß an, und am größten blickte Mathis. Erst vor zwei Tagen hatte der Meister noch erzählt, seine Mutter hätte in London als Gehilfin eines ständig betrunkenen Messerwerfers gearbeitet. War das nun vor oder nach ihrer Karriere als polnische Känguruboxerin gewesen?

Meister Bo blickte in sein Glas, als suchte er auf dessen Grund nach der Fortsetzung seiner Erinnerung.

»Kurz nach meiner Geburt kauften meine Eltern einen See-

205

hund. Ich wuchs mit ihm auf, er konnte Bälle und Gegenstände auf der Nase balancieren. Mein Vater war ein ungeduldiger Mann. Ich war noch kein Jahr alt, da stellte er ein Brett auf die Nase dieses Seehunds und mich kleinen Dötz oben drauf. Ich hatte keine große Wahl, entweder tänzeln oder fallen. Also lernte ich balancieren, früher als andere Kinder überhaupt stehen können. Und als ich das geschafft hatte, sägte mein Vater das Brett kleiner, sodass ich nur noch mit einem Fuß draufpasste. Und kleiner. Und noch kleiner. Und am Ende gab es kein Brett mehr. So gab ich meinen Einstand auf dem Jahrmarkt. Oben auf der Seehundschnauze, mein Vater dahinter mit seinen Bären, und meine Mutter, die mit ihrem Känguru boxte. Das waren Zeiten! Wir tourten durch ganz Europa. Mit sieben konnte ich zaubern und wahrsagen. Mit acht Schwerter schlucken, die waren größer als ich selbst!«

Meister Bo riss die Arme auseinander, um die Größe anzuzeigen, und schlug dabei versehentlich in das ungläubige Gesicht eines Mannes, der zum Zuhören näher gerückt war.

Der Meister musste ein ziemlich großer Achtjähriger gewesen sein, dachte Mathis beeindruckt.

»Ich hatte auch einen Bruder und eine Schwester«, verkündete Meister Bo allen, die es hören wollten, und auch jenen, die es nicht hören wollten. »Als sie zur Welt kamen, hatte mein Vater damit begonnen, Bären zu züchten und an Zoos und Zirkusse zu verkaufen. Ich erinnere mich noch genau, wie meine Schwester die Bärenjungen an einem Bändchen durch die Gegend führte, als wären es ihre Hündchen. Sie war ein unerschrockenes Ding. Den älteren Bären kletterte sie auf den Rücken, und manchmal fanden wir sie zusammengerollt wie eine Raupe zwischen den mächtigen Tatzen. Schlafend. Das war ein Anblick!«

Inzwischen war auch die Wirtin herangekommen, um Meister Bo zuzuhören. Das Tablett in die Speckfalten ihres Bauchs geklemmt, stand sie da und lächelte.

»Und was ist mit deinem Halbbruder, Bo?«, fragte sie vergnügt. »Konnte der fliegen?«

»Es wäre wohl besser gewesen, wenn er das gekonnt hätte, Gerda.« Meister Bo wurde plötzlich ernst. »Aber sein Schicksal ist leider ein tragisches. In Spanien verschwand er völlig unerwartet über Nacht. Wir konnten ihn nicht mehr finden, sosehr wir ihn auch suchten. Erst Jahre später sahen wir ihn wieder. Ausgestellt als arm- und beinlose menschliche Puppe in einer Schaubude.«

Die Kellnerin griff ihr Serviertablett fester. Das Lächeln auf ihrem Gesicht gefror. Aus der erwartungsvollen Stille im Raum wurde bestürztes Schweigen, so vollständig, dass man das Prasseln des Feuers im großen Kamin hörte.

»Kinderfänger.« Meister Bo nickte ernst. »Die Nachfrage an Krüppeln für die Kuriositätenkabinette war hoch. Und, tja, wenn die Natur nicht von alleine liefert ...« Er ließ den Satz unbeendet und trank seinen Wein aus.

Zusammen mit allen anderen starrte Mathis seinen Meister an. Hatte er es richtig verstanden, dass es Menschen gab, die Kinder fingen und verkrüppelten, um sie dann auf dem Jahrmarkt auszustellen? Plötzlich drückte seine Blase. Natürlich hatte sie auf den schlechtestmöglichen Moment gewartet. Mathis ließ den nicht mehr ganz scharfen Blick zum Fenster gleiten, hinter dem es dunkel wurde. Das Klohäuschen befand sich am Rand des nahen Waldes.

Er versuchte, seine Zunge wieder in seine Gewalt zu bringen, um eine wichtige Frage zu stellen: »Aber ... diese Kinderfänger, die gibt es doch nur in ... Spanien?«

Meister Bo zuckte die Schultern. »Nein, die gibt es überall, aber an langen Lulatschen wie dir hätten sie weder in Spanien noch in Timbuktu Interesse. Also mach, dass du auf die Toilette kommst, ich sehe dich ja schon zappeln.«

Die Zuhörer an den Tischen lachten erleichtert. Sie nahmen ihre Gläser und die lose umherflatternden Gesprächsfäden wieder auf. Die Geisterstunde war vorbei. Zumindest für jene, die nicht mehr fünfzehn waren und auf die Toilette mussten.

Mathis drückte sich so unauffällig durch den Spalt der schweren Wirtshaustür, als könnte die Dunkelheit ihn dadurch übersehen. Doch die hatte sich draußen zwischen den Büschen und den hohen Bäumen eingenistet und grinste ihn böse an. Dazu schwankte der Boden unter seinen Füßen leicht. So als wäre Mathis nicht aus einem Wirtshaus, sondern einem Boot gestiegen.

Seine Brüder hätten die Situation für sich zu nutzen gewusst. Sie hätten sich irgendwo hinter der Hausecke oder einem der Büsche versteckt. Der Gedanke wollte Mathis nicht loslassen.

Er konzentrierte sich aufs Atmen und setzte einen Fuß vor den anderen. Die kühle Luft machte seinen Kopf etwas klarer. Ein leicht wackliges Gefühl in den Knien und im Magen war alles, was blieb. Und dann, keine zehn Meter mehr von dem windschiefen, schwarzen Schatten entfernt, der das Klohäuschen war, raschelte es hinter ihm. Mathis fuhr herum. Etwas oder jemand hatte in den Zweigen des Gebüschs gewühlt. Es klingelte in Mathis' Ohren. Die Nachtluft begann zu flimmern. Es sah aus, als würde ein Schwarm Glühwürmchen aus dem Gras aufsteigen und sich in der Luft zusammenschließen. Nur dass ihre Bewegungen nichts Natürliches an sich hatten. Es war vielmehr so, als würden sie durch ihr Leuchten und Schwirren ein Stück Schwarz aus der Nacht herausschneiden und zur Seite drängen. Dann schob sich ein Schatten vor das Flimmern. Etwas Spitzes wurde zwischen den Bäumen sichtbar, darunter eindeutig die Umrisse eines Menschen. Mathis machte einen Satz zurück und stolperte über sein eigenes unfähiges Bein. Er fiel zu Boden und schrie auf, als die Gestalt sich zu ihrer vollen Größe aufrichtete. Still und schwarz stand sie vor dem Leuchten, ein Mensch mit hohem spitzem Hut. Mathis konnte weder Gesicht noch Augen erkennen, doch er ahnte, dass er ihn ansah.

Hastig griff er mit den Händen hinter sich und krabbelte

rückwärts fort, drehte sich um, zog sich an einem dürren Baumstamm hoch und rannte, ohne weiter darüber nachzudenken, auf das Klohäuschen zu. Er riss die Tür auf, stolperte hinein und warf den Holzriegel vor die Tür. Aber der war so lächerlich klein, dass er nicht einmal ein Kind davon abgehalten hätte, die Tür zu öffnen. Dies war ein Klohäuschen und keine Burg.

Schwer atmend legte Mathis die Hände gegen die Tür. Auf Augenhöhe war ein kleines Herz ins Holz geritzt, durch das er den Wald und die Umrisse des Wirtshauses erkennen konnte. Unter dessen tief hängendem Dach fiel Licht durch die Fenster. Er wartete und schaute. Doch jetzt meldete sich seine Blase wieder, und diesmal mit Nachdruck. Wahrscheinlich spürte sie, dass ihr Ziel ganz in der Nähe war. Mathis entschied, lieber jetzt gleich zu erledigen, wofür er hergekommen war, und dann so schnell es ging ins Haus zurückzukehren. Vielleicht war der Schatten nur ein Landstreicher gewesen, der hinter dem Gebüsch gelegen und genauso wenig Interesse an einem Zusammenstoß mit Mathis hatte wie umgekehrt. Mathis knöpfte die Hose auf, und weil er sich nicht traute, der Tür den Rücken zuzudrehen, hockte er sich wie ein Mädchen auf das Loch. Zitternd lauschte er nach draußen, ohne mehr zu hören als sein eigenes Plätschern. Und danach hörte er gar nichts mehr. Diese Tatsache war die vielleicht beunruhigendste von allen. Der Wald war merkwürdig still, so als hätte er alle natürlichen Geräusche aufgegeben und hielte mit Mathis zusammen die Luft an. Durch das dünne Holz hätte man leicht das Rufen der Nachtvögel und das Zirpen der Grillen hören müssen. Aber da war nichts. Hastig schnürte er seine Hose zu und presste ein Auge vor das ausgeschnittene Herz in der Tür. Die Waldlandschaft schien ihm jetzt etwas heller. Vielleicht hatte sich Mondlicht durch die Wolkendecke gekämpft. Dann aber fiel ihm wieder das Flimmern auf. Das war kein Mondlicht. Es sah vielmehr so aus, als hätte der Glühwürmchenschwarm sich ausgebreitet. Oder als wäre er ihm gefolgt.

Mathis zuckte zusammen, als sich die schwarze Gestalt in sein Blickfeld schob. Mitten vor dem Herzen des Klohäuschens erschien der Spitzhut. Mathis stürzte rücklings auf das Sitzbrett des Plumpsklos. Die Person, wer auch immer sie war, stand jetzt direkt vor der Toilettentür.

Panik überfiel ihn. Die Geschichte mit den Kinderfängern war ihm noch allzu klar im Gedächtnis. Warum zum Henker hatte er nicht einfach neben die Wirtshaustür gepinkelt wie ein erwachsener Mann? Er drückte sich fest gegen das dünne Holz in seinem Rücken. So fest, dass es wohl hinter ihm zerbrochen wäre, wenn Mathis nur ein bisschen stärker oder schwerer gewesen wäre.

Er wartete eine Minute. Und dann noch eine. Draußen war noch immer alles still. Als hätte man den Wald mit Watte ausgestopft. Mathis legte die Hände an die Toilettenwände, zog sich leise hoch und näherte sich vorsichtig dem Herzen in der Tür. Er fürchtete sich davor, dass die Gestalt zu ihm hineinstierte und sich ihre Blicke treffen würden, Auge in Auge im ausgeschnittenen Kloherzen. Aber weiter über diesem stinkenden Loch zu hocken, war ebenfalls keine besonders schöne Aussicht.

Das Gesicht eine Handbreit von der Tür entfernt, hielt Mathis inne und kniff das rechte Auge zusammen. Die Gestalt war noch immer da, einen guten Meter entfernt stand sie auf dem diffus leuchtenden Weg. Sie war kleiner, als es Mathis bislang vorgekommen war. Eine alte Frau in einem schwarzen Kleid. Selbst mit dem Spitzhut würde sie Mathis nur bis zur Nasenspitze reichen. Sie hielt ein Einmachglas in der Hand, in dem irgendetwas leuchtete. Glühwürmchen. Sie sammelte Glühwürmchen! Aber zu welchem Zweck?

Mathis bemerkte, dass sich ihre Lippen bewegten. Sie flüsterte etwas. Er legte das Ohr ans Kloherz, konnte aber zunächst nur die S-Laute hören, die sie ausstieß, es klang wie eine Beschwörung. Erst nach und nach schälten sich einzelne Worte aus dem Gezische der Frau heraus, die Mathis bekannt vorkamen: »Grüßet ... ist ... bist ... ist ... deines Leibes ... uns Sünder. ... jetzt ... Stunde unseres Todes.«

Die Frau sprach das Ave Maria.

Er wich so weit es ging von der Tür zurück, was in etwa eine Fußbreite war. Bestimmt war die Frau eine Hexe. Konnte man jemanden mit dem Ave Maria verhexen? Konnten Hexen überhaupt das Ave Maria sprechen, ohne zu verbrennen? Mathis erinnerte sich nicht, jemals etwas von einer betenden Hexe gehört zu haben. Andererseits war er auch nicht gerade ein Experte, was Übernatürliches betraf. Er kannte nur eine Geschichte, die seine Großmutter manchmal erzählt hatte, als sie noch lebte. Von Hexen, die im Kornfeld lebten. Sie hatten gelbe Haare wie die Ähren des Weizens, zwischen denen sie hausten, sodass man sie nicht sah. Nachts zogen sie umherstreifende Kinder oder knutschende Pärchen, die im Kornfeld Unzucht treiben wollten, in ihre Mitte und fraßen sie auf, bis nichts von den Frevlern übrig blieb als ein schwarzer Punkt im Kopf der Kornähre. Der schwarze Punkt war der Krümel im Mundwinkel der Hexen. Der sichtbare Beweis dafür, dass diese Geschichten stimmten.

Kein Junge im Dorf hätte sich je getraut, nach Einbruch der Dunkelheit in die Nähe eines Kornfelds zu gehen oder gar darin herumzuknutschen. Und wenn es Hexen gab, die zwischen den Ähren lebten, dann gab es bestimmt auch welche im Wald. Vielleicht solche, die Glühwürmchen fingen.

Plötzlich wurde an der Tür gerüttelt.

»Besetzt!«, schrie Mathis entsetzt. Es war, zugegeben, vielleicht nicht die einfallsreichste Reaktion. Die Frau rappelte weiter an der Tür, als hätte er gar nichts gesagt. Als würde die Klotür lediglich klemmen.

»Was wollen Sie von mir? Wer sind Sie?« Mathis' Angst war so groß, dass er sogar durch das Loch in die Klogrube gesprungen wäre, wenn das eine Option gewesen wäre. Aber das Loch hatte gerade mal die Größe seines Kopfes. Und er vermutete, dass die Zahl der Fluchtwege dort unten eher eingeschränkt war. Der Holzriegel erzitterte unter dem Gerüttel an der Tür. Lange würde er nicht mehr standhalten, und dann würde die Hexe bei Mathis im Klo stehen! Er stürzte vor, um den Griff festzuhalten. Sein Körpergewicht mochte nicht beeindruckend sein, aber eine alte Frau würde es doch hoffentlich aufhalten können! Wie viel wogen Hexen eigentlich?

»Jetzt hören Sie schon endlich auf! Was wollen Sie denn?« Mathis lehnte sich mit allem, was er hatte, gegen die Tür. Den gesunden Fuß stemmte er gegen die Sitzbank. Doch dann ließ die alte Frau auf der anderen Seite plötzlich von ihren Versuchen ab. Mathis wartete ängstlich und rührte sich nicht, für den Fall, dass die Alte ihn hereinlegen wollte. Er musste nicht durch das Herz sehen, um zu wissen, dass sie noch immer vor dem Klohäuschen stand.

»Wilhelm?«, flüsterte die Frau durch das Holz. Mathis hätte sich nicht mehr erschrecken können, wenn sie sich wieder gegen die Tür geworfen hätte. Wer um alles in der Welt war Wilhelm?

»Hier gibt es keinen Wilhelm«, rief er, »ich bin nicht Wilhelm! Sie müssen mich verwechseln!«

Sie seufzte. Dann trat eine kurze Stille ein, bevor sie erneut flüsterte. »Bist du wirklich nicht Wilhelm?«

»Wirklich nicht. Mein Name ist Mathis Bohnsack.«

»Warum hältst du die Tür vor mir zu, wenn du nicht Wilhelm bist?«

»Ich bin … auf Toilette!«, sagte er. Als daraufhin von der anderen Seite nichts kam, blickte Mathis wieder durch das Kloherz. Die alte Frau rührte sich nicht. Man hätte meinen können, sie stelle sich einfach nur am Klohäuschen an und warte darauf, als Nächste an der Reihe zu sein.

»Was wollen Sie denn noch?!«

»Ich muss wissen, dass du wirklich nicht mein Wilhelm bist.«

»Das habe ich doch schon gesagt. Ich … bin … nicht … Wilhelm!« Mathis betonte jedes Wort. So langsam wurde ihm die Sache zu blöd.

»Ich … habe dich gesucht, Wilhelm.«

Mathis stemmte den Fuß fester gegen den Abtritt. Das ganze Gerede von Wilhelm war doch ein Trick, um ihn aus dem Häuschen zu locken! Und warum musste die Alte die ganze Zeit flüstern, als wären sie nicht allein hier?

»Komm bitte heraus.«

»Nein!«

»Ich muss dich ansehen.«

Als Mathis nicht antwortete, trat die Frau draußen noch einen Schritt näher. Sie flüsterte direkt gegen das Holz.

»Also gut, ich stelle dir ein paar Fragen. Wie bist du hierhergekommen?«

Mathis schwieg.

»Wie bist du hierhergekommen?«, wiederholte die Alte.

»Was meinen Sie? Aus dem Wirtshaus.« Mathis machte eine Handbewegung, bei der er sich die Finger an der Tür aufschlug.

»Und davor? Woher kamst du davor?«

»Aus meiner Heimat. Wir sind im Wohnwagen hier.«

»Im Wohnwagen?«

Vielleicht sollte Mathis der Frau erzählen, er wäre Teil einer Gewichthebertruppe. Und dass der Rest, ein Haufen großer starker Männer, drüben im Wirtshaus auf seine Rückkehr wartete. Aber wahrscheinlich hatte die Frau seine schmächtige Figur gesehen, als er vorhin beim Gebüsch umgefallen war.

»Und du kannst dich an jedes Detail deiner Reise erinnern? Was hast du gestern zum Frühstück gegessen?«

Es ergab überhaupt keinen Sinn, was sie da fragte.

»Ähm, Brot und Speck?«, mutmaßte Mathis.

Die Frau seufzte erneut, und diesmal hatte es nichts Unheimliches mehr an sich. Es war einfach das traurige Seufzen einer alten Frau.

»Gut«, flüsterte sie, »das ist gut.«

Offenbar hatte Mathis ihre Frage zufriedenstellend beantwortet.

»Mein Wilhelm hätte nie Brot und Speck zum Frühstück gegessen. Er pflegte am Morgen immer nur etwas Wasser zu sich
zu nehmen. Und am frühen Vormittag ein gekochtes Ei.«

»Aha«, sagte Mathis. Er war sich mittlerweile sicher, dass bei
der Frau ein paar Schrauben locker waren. Aber immer noch
besser, als eine echte Hexe vor der Klotür zu haben. Sein Fuß am
Abtritt entspannte sich etwas.

»Und Sie?«, traute er sich zu fragen. »Was machen Sie hier?
Warum fangen Sie Glühwürmchen?«

»Glühwürmchen?«

»In Ihrem Einmachglas!«

»Das sind keine Glühwürmchen.« Sie senkte ihre Stimme
noch mehr. »Das sind übergeschwappte Seelen.«

»Übergeschnappte …?« Mathis musste sein Ohr fest an die
Tür drücken.

»Übergeschwappte Seelen«, wiederholte die Frau.

»Ach so. Klar«, sagte Mathis. Wenn hier einer übergeschnappt war, dann wohl die Frau selbst.

»Und was machen Sie mit denen?«

»Ich bringe sie dorthin, wo sie hingehören«, sagte die Frau.
»Wärst du mein verstorbener Wilhelm, dann hätte ich mit
dir das Gleiche tun müssen. Es ist gefährlich für ihn, hier zu
sein.«

»Ach ja«, sagte Mathis wenig überzeugt. »Na, dann ist ja gut,
dass ich es nicht bin.«

»Ja, das ist gut«, bestätigte die Alte. Und sie blieb stehen.

»Also, dann … äh … bringen Sie die Übergeschnappten jetzt
zurück?«

»Bitte?«

»In Ihrem Einmachglas. Sie sagten, Sie bringen sie zurück, wo
sie hingehören.«

»Ja.«

»Gut.«

Mathis wartete, und die Frau wartete ebenfalls.

»Sag mal, willst du eigentlich die Nacht in dem Abtritt verbringen?«

»Nein«, sagte Mathis, der schon begonnen hatte, das Gleiche zu befürchten.

»Das ist gut«, sagte die Alte. »Ich … müsste nämlich mal.«

Also doch eine Falle! Am Ende war sie doch eine Hexe! Und da sie Mathis nicht mit Gewalt aus dem Klohäuschen bekommen hatte, versuchte sie nun, ihn in Sicherheit zu wiegen und herauszulocken. Andererseits musste Mathis sich eingestehen, dass die Alte in ihrer Verrücktheit zwar immer noch furchteinflößend war, sich aber doch nicht so richtig hexenhaft verhielt. Und welche Ausrede sollte er noch finden, um weiter das Klohäuschen zu blockieren?

Er schickte ein Stoßgebet zum Himmel, legte den Riegel um und trat hinaus. Tatsächlich machte die alte Frau keine Anstalten, sich auf ihn zu stürzen oder ihn zu fressen. Sie drückte ihm lediglich das Einmachglas in die Hand und raffte den langen Rock, um umständlich in das Klohäuschen zu kraxeln. Sie hatte die Haltung von jemandem, der sich dagegen wehrte, am Krückstock zu gehen.

Mathis blickte auf das Glas in seiner Hand. Zum ersten Mal sah er die Leuchtpunkte aus der Nähe. Wie die Funken eines großen Feuers glühten sie zwischen seinen Händen und verglommen dann wie Asche, bevor sie an anderer Stelle wieder aufleuchteten. Wo sie gegen die dicken Glaswände stießen, da taumelten sie zurück, als würden sie schlafwandeln. Mathis hatte den Eindruck, sie suchten einen Ausgang. Er hielt das Glas ganz nah vors Gesicht, um die Käfer hinter dem Leuchten zu erkennen, aber er sah nur ihre Hintern, die seine Handflächen erleuchteten, bevor sie wieder erloschen. Sie leuchteten auf und erloschen.

»Was seid ihr?«, flüsterte er den glimmenden Tierchen zu, als könnte eines von ihnen das unsichtbare Maul aufmachen und es ihm verraten. Er blickte zur Klotür, die jetzt fest verschlossen war, drehte sich dann hastig um und schraubte den Verschluss des Glases auf. Er konnte einfach nicht anders, als nachzusehen, was hinter dem Glühen steckte. Er hob den Deckel gerade so weit an, dass eine schmal gedrückte Hand durch die Öffnung passte, und fischte nach einem der Tierchen. Zunächst passierte nichts weiter. Dann aber geriet der ganze Schwarm in Bewegung. Die Lichter knallten gegen das Glas und Mathis' Hand, und dort, wo sie ihn trafen, brannten sie wie ein Funkenregen. Erschrocken zog er die Hand zurück, doch mit ihr stoben auch mehrere der Leuchtpunkte aus dem Glas und sausten Richtung Himmel. Hastig knallte Mathis den Deckel auf das Glas, aber er hatte ihn noch nicht zugeschraubt, als er die Stimme der Alten hinter sich hörte. Er fuhr herum. Runzeln und Altersflecken bedeckten ihr Gesicht, das jetzt ein bisschen entspannter wirkte. Sie ließ sogar ein spärlich bezahntes Lächeln sehen. Vielleicht hatte ihr wirklich nur ein Toilettengang gefehlt.

»Was!«, rief Mathis, weil ihm aufging, dass sie irgendwas gefragt hatte. Sie sah aus, als wollte sie den Satz wiederholen, doch dann fiel ihr Blick auf das Glas.

»Was hast du getan?«

»Nichts!«, rief Mathis, die Hand noch immer am schief verschraubten Deckel.

»Du hast welche rausgelassen!«

»Nein!«

Sie riss ihm das Glas aus den Händen und starrte es ungläubig an. Dem leichten Kopfnicken nach zu urteilen, zählte sie.

»Du hast zehn von ihnen rausgelassen!«, keifte sie. Die Stille des Waldes war ihr offensichtlich nicht mehr so wichtig.

»Es tut mir leid! Sie sind … einfach rausgeflogen. Ich wollte nur ganz kurz …«

»Weißt du, was das bedeutet?«

»Nein«, sagte Mathis wahrheitsgemäß und ließ die Schultern hängen.

Die Frau blickte sich in der Luft um, aber die Glühwürmchen

waren längst verglommen oder hatten sich unter die anderen gemischt, die noch in der Luft umhergaukelten und den Wald zum Leuchten brachten.

»Soll ich Ihnen helfen, neue Glühwürmchen zu fangen?«

»Was?«, keifte die Frau. Mathis deutete in die Luft.

An warmen Sommerabenden waren er, Lucas und Hans zu Hause manchmal auf die Jagd gegangen und hatten hier und da ein paar Glühwürmchen fangen können. Es war nicht einfach, denn sie machten sich unsichtbar, wann immer man nach ihnen griff, aber Mathis hatte es doch das ein oder andere Mal geschafft.

»Bist du auf den Kopf gefallen? Das sind keine Glühwürmchen!« Die Frau tat einen bedrohlichen Schritt auf Mathis zu und spuckte. »Was, um alles in der Welt, soll ich mit Glühwürmchen?«

Mathis blickte irritiert auf das Glas, das sie so behutsam in ihre rechte Armbeuge gelegt hatte, als handelte es sich um ein neugeborenes Kind. Die linke Hand schwebte schützend über dem Deckel. Offenbar hatte sie Angst, Mathis könne ihr das Einmachglas entreißen und auch den Rest der Leuchtkäfer befreien.

»Es tut mir leid«, sagte er noch einmal. Doch die alte Frau schnaubte nur. Sie drehte sich um und ließ ihn stehen.

»Glühwürmchen – pah!«

Betreten sah er zu, wie sie auf die Bäume zuwatschelte. Er stand noch eine Weile so da, während der Wald seine Geräusche wiederaufnahm. Dann schlug er die Arme um den Körper und trat den Weg zurück zum Wirtshaus an.

Er hatte nicht das Geringste begriffen.

ZEHNTES KAPITEL

Berlin, 1935

Thorak war ein Mann, der den Wettbewerb liebte. Und wie bei den meisten, die diese Neigung mit ihm teilten, lag das vor allem daran, dass er ständig gewann.

Schon in der Wiener Kunstgewerbeschule hatte er zu den Besten gezählt, 1913 eine Goldmedaille kassiert und 1928 den Staatspreis der Preußischen Akademie der Künste. Mittlerweile war er einer der Lieblingskünstler von niemand Geringerem als dem Führer persönlich.

Man hätte jetzt natürlich annehmen können, dass die Erfolge allein seinem Talent geschuldet wären – denn Talent hatte Thorak, das wusste niemand besser als er selbst. Deutlich mehr Talent als diese Stümper, die gegen ihn im Wettbewerb um das Olympiastadion antraten. Aber Thorak wusste auch, dass Talent allein nicht immer ausreichte. Schließlich hatte er dasselbe Talent auch schon gehabt, als er noch mit Zeitungen und einem Topf Kleister in der Garage gehockt und Figuren aus Pappmaché zusammengebastelt hatte, weil das Geld für Stein oder Metall gefehlt hatte.

Nein, worauf es im Leben ankam, das waren die richtigen Kontakte und dass man ihnen ordentlich den Hintern puderte.

Wie Thorak im Laufe seiner Karriere festgestellt hatte, war es nämlich am einfachsten, immer einer Meinung mit dem Auftraggeber zu sein. In Preußen war der Österreicher Thorak also Preuße und schuf (weil der Naturalismus gerade angesagt war) naturalistische Plastiken aus Wachs. Später, als die Aufträge des türkischen Staats kamen, wurde er dann eben türkischer Kemalist. Und nach der Machtübernahme Hitlers zeigte Thorak seine Treue, indem er neben seinen Plastiken und seiner Hemdfarbe auch seinen Beziehungsstatus änderte: von verheiratet zu geschieden nämlich. Er trennte sich von Frau und Sohn (weil diese jüdisch waren und jüdisch gerade nicht so angesagt war) und freundete sich stattdessen mit Hitler an. Der hatte mehr zu sagen als seine Frau und machte sich besser auf dem Lebenslauf. Auf dem Weg zum Erfolg mussten eben Opfer gebracht werden. Und dazu war Thorak bereit.

So schuf er im Wettbewerb um das Olympiastadion nun eben Muskelberge, weil Hitler die ja schließlich symbolisch so toll für sein Reich fand. Und dabei würde Thorak der Erste sein, der diese zweifelhafte Mode auf einen weiblichen Körper übertrug. Er rieb sich die Hände wie eine Fliege bei dem Gedanken, dass er auf diese Idee gekommen war. Talent, Kontakte und Innovation – in diesem Wettbewerb konnte Thorak keiner das Wasser reichen. Und was sein Modell betraf, hätte er ebenfalls nicht nach mehr fragen können.

Tatsächlich hatte Meta einen beeindruckenden Körper, den Thorak neben der Arbeit im Atelier auch gern mal in seinem Bett bewundert hätte. Er hatte noch nie mit einer Frau geschlafen, die Muskeln hatte. Und dieser Hampelmann Bohnsack, der doch tatsächlich im Kleid auf der Polizeiwache erschienen war, würde sicher keine Konkurrenz mehr sein, wenn Thorak Meta erst einmal den Hof machte.

Mathis, der auf der anderen Seite der Stadt einsam in seinem Wagen hockte, hatte gedacht, dass es kaum mehr schlimmer kommen konnte, als wenn die Freundin nackt im Atelier eines Fremden verschwand. Aber da kam Meta plötzlich mit Blumen nach Hause, die sie kommentarlos in einen Krug mit Wasser stellte. Dann mit einer Schachtel Pralinen und schließlich sogar mit einer Einladung zu einem Abendanlass in Thoraks Haus.

Und da schwante Mathis, dass es noch sehr viel schlimmer kommen könnte.

»Das zeigt doch nur, dass Josef dich auch kennenlernen will«, verteidigte Meta Thorak, als Mathis die golden umrandete Einladungskarte fassungslos sinken ließ.

»Die Einladung ist für dich«, korrigierte er.

»Er hat gesagt, ich kann dich mitbringen.«

»Das ist ja noch schlimmer.«

Mathis sah den Professor-Künstler bereits vor sich, wie er den Gästen sein neues Modell vorstellte, Meta mit Champagner und Häppchen fütterte und ihr dabei eine ziemlich vollständige Hand auf den Rücken legte. Dass Mathis dabei sein würde, machte Thorak nicht einmal etwas aus. In zwanzig Jahren hatte Mathis es nicht geschafft, Meta einen Ring an den Finger zu stecken. Jetzt wollte Thorak sein Glück versuchen und Mathis dabei ins Gesicht lächeln.

»Er hat keinen Respekt vor mir«, maulte Mathis, und natürlich klang diese Schlussfolgerung für Meta, die von Mathis' stummen Überlegungen nichts mitbekommen hatte, viel zu weit hergeholt. Sie verdrehte die Augen. Sie verstand nicht, wie man diese Absurdität aus einer Einladungskarte lesen konnte. Aber wo zwei Männer und eine Frau involviert waren, da gab es so etwas wie eine »einfache Einladungskarte« nicht. Ebenso wenig, wie es einfach nur Blumen gab.

Jeder Strauß, der im Wohnwagen vor sich hin welkte, während Meta nackt im Atelier herumsprang, war ein Keil, den Thorak erfolgreich in Mathis' und Metas Beziehung trieb. Sie stritten sich häufiger, obwohl sie sich weniger sahen. In den wenigen Stunden, die sie miteinander teilten, war die Stimmung angespannt.

Als der Dinnerabend kam, ließ Mathis sich höflichst bei Thorak entschuldigen, und Meta ging aus lauter Trotz alleine hin. Und das, obwohl sie selbst müde war.

»Du bist ein alter Starrhals, Mathis Bohnsack«, warf sie ihm an den Kopf.

»Gleichfalls«, sagte er. Dann schmiss sie die Tür hinter sich zu, und Mathis war wieder allein, mit Ernsti, den welkenden Blumensträußen und den Schmerzen in der Hand.

Cassandra hatte ihm schon vor Ewigkeiten Kräuter für ein Handbad gegeben, in das er seine Finger tauchte, wenn er keinen Stift mehr greifen konnte. Aber die warme Lauge half nur wenig, denn Mathis' Leiden war kein Sonnenbrand, der kam und wieder verschwand. Die Arbeit als Röntgenassistent hatte sich in seine Knochen eingefressen, so tief, dass es an ein Wunder grenzte, überhaupt noch zu leben. Mathis und die Ärzte konnten sich diesen Umstand nicht erklären. Alle anderen, die den Strahlen verfallen waren, waren schon vor Jahren gestorben. Aber nicht Mathis. Mathis saß, schrieb und lebte. Vielleicht hatten die Strahlen ihn konserviert. Vielleicht hatte er eine Aufgabe zu erfüllen. Oder es war einfach das übergroße Herz, das dem Zerfall seines bröckelnden Körpers trotzte. Aber im Augenblick tat Mathis dummerweise auch das weh. Die Eifersucht hatte es aufgespannt und festgenagelt, sodass es nur noch schwerfällig schlug.

Es gab da ein Problem mit dem Männerbild, das Adolf Hitler in Deutschland postulieren wollte. Und das rührte daher, dass jeder Hanswurst sah, wie wenig Hitler selbst seine Kriterien erfüllte.

Der Führer dieses Staates von Herrenmenschen war weder groß, blond, muskelbepackt noch schön. Er war sogar ziemlich das Gegenteil all dieser Dinge. Und jetzt erwartete man auch noch von ihm, dass er das Gesetz zur Verfolgung von Homosexualität verschärfte. Was ja in einem Staat voll muskelbepackter Herrenmenschen durchaus Sinn machte. Nur hatte Hitler so seine Gründe, warum er die Homosexuellen eigentlich lieber in Ruhe gelassen und sich ganz auf die Ausrottung der Juden und Kommunisten konzentriert hätte.

Doch jetzt war die Vorlage nun mal da, und darum unterschrieb Hitler sie am 28. Juni 1935 auch. Ein Mann, der mit einem anderen Mann Unzucht trieb, hieß es darin, sollte mit bis zu zehn Jahren Zuchthaus bestraft werden. Hitler kratzte sich den fettigen Scheitel und dachte an all jene seiner Freunde und Verflossenen, denen er damit ans Bein pinkeln würde. Aber Ausnahmen konnte man immer machen. Papier war geduldig, und die verschärfte Regel sollte ja vor allem den Pöbel ganz unten treffen. Aus dem Hitler irgendwie auch mal gekommen war. Aber wie gesagt, Ausnahmen musste ein Staatsmann immer machen können.

Als Mathis die Information in der Zeitung las, fuhr er kurzerhand zu Claire Waldoff, um sie und Olly zu warnen.

In der Wohnung herrschte Chaos. Überall lagen Kleider herum, die Waldoff in zwei große Koffer stopfte. Sie hielt nur ein schiefes Augenzwinkern lang inne, um Mathis zu begrüßen, als dieser hinter Olly die Wohnung betrat. Die beiden Frauen waren hektisch und zerfahren. Von dem Gesetz hatten sie bereits gehört, doch sie versicherten Mathis, dass die Verschärfung vor allem Männer betreffe und das Chaos in ihrer Wohnung nichts mit einer Flucht, sondern mit einem lang geplanten Urlaub zu tun habe. Mathis nickte. Besonders lang geplant wirkte die Szene auf ihn nicht.

»Du hast wirklich Glück gehabt, dass sie dich auf der Polizeiwache nicht für homosexuell gehalten haben«, sagte Olly und faltete einen weißen Büstenhalter zusammen, den sie unter dem Esstisch gefunden hatte.

»Ich verstehe immer noch nicht, was einen homosexuellen Mann so viel gefährlicher für den Staat macht als eine Frau«, sagte Mathis.

»Das versteht niemand so richtig.« Olly stopfte den Büstenhalter in den Koffer, nahm dann drei Gläser aus dem Schrank und schob eine Bluse auf dem Tisch zur Seite, um sie abstellen zu können. Sie goss Sherry ein. Zumindest für einen Schluck Alkohol war im Hause Waldoff immer Zeit.

»Irjendson studierter Professor will rausjefunden ham, dit et jar keene Lesben jibt«, erklärte Waldoff und warf sich auf den größeren der beiden Koffer, um ihn zu schließen. »Et jibt nur Frauen, die in Not jeraten sind, weil ihnen im Kriech zwei Millionen Männer futsch jejangen sind. So ne Art ›sexueller Engpass‹, vastehste? Wenn uns die Jelejenheit jejeben würde, unserer ›natürlichen Uffjabe‹ nachzukomm'n, dann würden wa nich versagen. Dit zumindest meent der Herr Professore.«

»Natürliche Aufgabe?«, wiederholte Mathis verwirrt.

»Kinder bekommen und den Mann beglücken«, sagte Olly.

Die Köchin kam aus der Küche. Sie hielt ein Päckchen in der Hand, dessen kantige Form auf einen Riesenstapel geschmierter Brote schließen ließ. Mit ihren in den Keller gezogenen Mundwinkeln sah sie Mathis an, als wäre er kein Besucher, sondern ein Eindringling.

»Wat is eijentlich mit deenem Liebchen? Ick hab jehört, die spielt jetz für die Nazis.« Waldoff lag inzwischen auf ihrem Koffer, ohne dass der Deckel sich schließen ließ.

»Sie hat ein paar Engagements auf kleineren Bühnen bekommen«, sagte Mathis.

»… die hauptsächlich von Nazis besucht werden«, ergänzte Waldoff. Sie ließ von ihrem Koffer ab, und der sprang erleichtert auf. Waldoffs Direktheit war für Mathis immer noch gewöhnungsbedürftig. Und dabei hatte er lange unter Jahrmarktleuten gelebt.

»Ihr seid aber nich in die Partei einjetreten oder so?«

»Claire!«, sagte Olly streng. Die Köchin klatschte den Brotberg auf den Tisch.

Mathis versicherte, dass sie das nicht seien, und erklärte dann die Sache mit Thorak.

»Die steht für ihn Porträt?«, fragte Waldoff. »Haste se mal jefragt, in wat für ner Stellung?«

Mathis ahmte die Pose nach: die rechte Hand in der Hüfte und den linken Arm angewinkelt neben dem Gesicht, um die

223

Muskeln zu zeigen. Er hob das Kinn und wandte es leicht nach links. Es war die Haltung eines Bodybuilders. Meta hatte sie Mathis vorgemacht, denn ja, natürlich hatte er sie danach gefragt.

»Leider ist mein Bizeps nicht so beeindruckend wie ihrer«, sagte Mathis. Olly lächelte. Doch Waldoff sah noch immer misstrauisch aus und fragte, ob Meta nicht doch eher vor dem Künstler liegen täte.

»Claire!«, rief Olly.

Waldoff nahm das Sherryglas vom Tisch und kippte den Kopf in den Nacken.

»War 'n Witz«, sagte sie. Aber dann fügte sie hinzu, dass sie sich ja »Jedanken« machen würde, wenn ihre Freundin die Tage bei irgendeinem Künstler verbringen würde.

»Er vertraut seiner Freundin eben«, sagte Olly. Ihr Ton machte deutlich, dass sie sich das auch hin und wieder von ihrer Partnerin wünschen würde.

»Wie heest et? Vertrauen is die Mutter der Sorgen«, schnarrte Waldoff.

»Sorglosigkeit«, sagte Mathis. Die beiden Frauen sahen ihn an.

»Das Sprichwort heißt: Vertrauen ist die Mutter der Sorglosigkeit«, erklärte er. Einen Augenblick lang herrschte Schweigen. Dann fragte Waldoff, ob Mathis schon mal jemand gesagt habe, dass er ein Kümmelkacker sei.

»Ist das so was wie ein Klugscheißer?«, erkundigte Mathis sich.

»Jenau.«

In dem Fall, musste Mathis zustimmen, sei ihm das bereits viele Male gesagt worden.

Mathis fuhr, im Großen und Ganzen beruhigt, zurück in seine Siedlung. Was für ein Glück, dass Ollys und Waldoffs Urlaub gerade zufällig mit der Gesetzesverschärfung zusammenfiel.

Aber Waldoff hatte ihren kurzen Finger in eine Wunde gelegt, von der er gedacht hatte, sie mit der Schreibarbeit gut genug verpflastert zu haben. Jetzt war das Misstrauen wieder da. Welcher andere Mann würde wohl tatenlos zusehen, wie die eigene Partnerin Tag für Tag zu einem anderen ging, sich für ihn auszog, mit ihm Champagner trank? Wie viele Musen hatte Mathis eigentlich kennengelernt, die keine Affäre mit dem Künstler hatten? Und wann waren er und Meta eigentlich das letzte Mal zusammen im Bett gewesen, ohne dass ihr Bruder dazwischenlag?

»Jetzt hör aber mal auf«, knurrte Mathis sich selbst so leise an, dass niemand im Bus es hören konnte. Sicherlich war Hitler schon drauf und dran, auch das Gesetz gegen verrückte Selbstredner zu verschärfen.

Hinter dem Busfenster zog ein in Grau gebadetes Berlin vorbei. Eine Gruppe Uniformierter marschierte über die regennasse Straße, das Banner der NSDAP über der Schulter. Die Männer taten so, als merkten sie die Bindfäden nicht, die vom Himmel auf ihre Köpfe fielen. Und sie sahen auch nicht den drei Frauen nach, die vor dem Bus noch schnell über die Straße liefen. Jede von ihnen war in den gleichen grauen Mantel gehüllt, als hätte die Regierung auch die Regenmantelfarbe inzwischen reglementiert.

Der Fahrer hupte. Die Männer marschierten. In ihrer Soldatenausbildung hatten sie gelernt, so zu tun, als gäbe es kein Wetter, kein Gehupe und keine anderen Menschen als sie selbst. Alles, was zählte, war der Gleichschritt.

Mathis fragte sich, was in dieses Land gefahren war. Es schien eine Ewigkeit vergangen zu sein, seit man sich in Schale geworfen und den Jazzmusikern im Club zugeprostet hatte. Damals hatte niemand am Eingang überprüft, zu welchem Gott man betete. Oder ob man auch die neueste Ausgabe des *Stürmers* dabeihatte. Und man musste auch nicht »Heil sowieso« sagen, um überhaupt in das Lokal eintreten zu dürfen.

Mathis hatte nie erwartet, die Menschen vollständig durchschauen zu können – Röntgenmaschine hin oder her. Aber so wenig verstanden wie jetzt hatte er sie noch nie.

An der nächsten Haltestelle stieg er aus. Er betrat ein Telefonhäuschen, nahm den Hörer ab und legte wieder auf, ohne die Münze einzuwerfen. Draußen weinte sich der Regen an der Scheibe aus, während Mathis auf Thoraks Visitenkarte starrte, die er neuerdings immer bei sich trug.

Was sollte er Meta sagen, warum er anrief? Dass er ihre Stimme und Anwesenheit vermisste? Dass er wissen wollte, was sie gerade mit Thorak trieb? Meta würde einen Notfall erwarten. Wahrscheinlich würde sie denken, dass irgendetwas mit Ernsti war. Und dass Mathis nur nicht offen darüber sprach, weil Thorak hinter ihr stand. Niemals würde sie auf die Idee kommen, dass Mathis tatsächlich einfach nur ihre Stimme hören wollte. Oder dass er kontrollieren wollte, was sie tat. Weil Mathis in einer Welt, die noch nicht kopfgestanden hatte, auch nie auf so eine dumme Idee gekommen wäre.

Ein Mann hechtete an der Telefonzelle vorbei. Er rannte durch den Regen und verschwand im Eingang eines Buch- und Schreibwarenladens. Bis in die Telefonzelle hinein konnte Mathis die Eingangsglocke klingeln hören, als sich die Ladentür öffnete und wieder schloss. Da steckte er das Geldstück zurück in die Tasche. Er würde es lieber in ein neues Notizbuch investieren als in diese Eifersucht. Das erste Heft war vollgeschrieben, und das neue sollte einen Umschlag aus fester schwarzer Pappe haben. Es sollte einhundert freie weiße Seiten haben. Für alles, was Mathis noch zu schreiben hatte.

Nachdem Thorak festgestellt hatte, dass Meta sich über ein paar zusammengeschnürte Blumen nicht ganz so freute, wie er es von Frauen eigentlich gewohnt war, versuchte er es mit etwas anderem: Er verhalf ihr zu einem Auftritt im Kakadu.

Ursprünglich als Weinhandlung erbaut, hatte sich das Kakadu im Laufe der Zeit zu einer Bar, dann zu einer Bar mit Restaurant, dann zu einer Bar mit Restaurant und Kapelle und schließlich zu einer Bar mit Restaurant, vollständigem Orchester, Tanzfläche und Kabarettbühne gemausert. Es befand sich mitten auf dem Kurfürstendamm, an der Ecke Joachimsthaler und Augsburger Straße, und erhob den Anspruch, die größte Bar Berlins zu sein. Allein der Hauptraum war rund vierhundert Quadratmeter groß. Der Barraum war blau-gold, im Salon brannte ein Kaminfeuer, und es gab Logen, in denen man mit den hier angestellten Prostituierten verschwinden konnte. Nicht unbedingt das Etablissement, in dem gewöhnlich eine Kraftfrau ihren Auftritt hatte. Doch Thorak kannte auch hier die richtigen Leute. Und die Verblüffung auf Metas Gesicht sagte ihm, dass er mit diesem Geschenk genau richtiglag.

Mathis begleitete Meta zu dem Auftritt. Sein Versprechen mit dem Glas Champagner stand noch aus, und dies war eine der wenigen Gelegenheiten, mal wieder etwas mit Meta allein zu unternehmen. Überhaupt war er froh, aus der Kolonie rauszukommen. Denn nicht nur Ernsti, sondern auch Cassandra verbreitete überall schlechte Stimmung.

Die Behörden hatten die Reichsbund-Vereinigung deutscher Druiden aufgelöst. Mathis hatte keine Ahnung gehabt, dass es so einen Druiden-Verbund überhaupt gab oder dass Cassandra Mitglied gewesen war. Aber dann hatte sie plötzlich eine rituelle Verbrennung direkt vor ihrem Wohnwagen vorgenommen und dabei mehrere Voodoo-Puppen ins Feuer geschmissen. Die Voodoo-Puppen waren einfache Holzstücke, denen sie die ausgeschnittenen Zeitungsgesichter verschiedener Politiker aufgeklebt hatte. Mathis glaubte zwar nicht, dass die rumänische Cassandra tatsächlich westafrikanischen Voodoo beherrschte. Aber die Hoffnung aufgeben wollte er deshalb auch nicht. Immerhin war Hitler unter den Verbrannten gewesen.

Vor dem Hintergrund solcher Marotten erschien Mathis ein

Abend in einer Künstlerbar, die von Schauspielern, zwielichtigen Animiermädchen und anderen Menschen der Halbwelt bevölkert wurde, beinahe wie ein Ausflug in den Stadtpark. Und dann stand er plötzlich Thorak gegenüber.

Thorak trug einen teuren Frack und zu viel Pomade in den Haaren. So viel, dass sich die Leuchtschrift des Kakadu darin spiegelte. Um seine Kehle hing eine fliederfarbene Fliege.

»Herr Bohnsack, Sie sind ja auch hier«, sagte er, als wäre das eine Überraschung. Als hätte man nicht erwarten können, dass der Lebensgefährte Meta begleitete. Mathis scheiterte an dem Versuch, höflich zu lächeln. Daraufhin tätschelte Thorak nervös seine Pomade und verzichtete auf Konversation.

Metas Auftritt war gut. Aber Thoraks Augen leuchteten Mathis dann doch ein wenig zu sehr dafür, dass er vorgab, aus rein professionellen Gründen hier zu sein.

Nach der Vorstellung zog Meta sich um und gesellte sich strahlend und leicht erhitzt zu den zwei schweigenden Männern. Mathis war es schon immer ein Rätsel gewesen, warum sie jedes Mal aufblühte, wenn sie sich körperlich verausgaben durfte. Er selbst würde nach solch einer Anstrengung aussehen wie Lametta am Boden. Wenn denn überhaupt noch etwas von ihm übrig wäre.

Er platzierte einen Kuss auf Metas geröteter Wange und fragte sie, was sie trinken wolle.

»Nicht doch, das übernehme ich«, sagte Thorak und zückte gönnerhaft sein Portemonnaie. »Wussten Sie eigentlich, dass das Kakadu die längste Bar der Stadt besitzt, Herr Bohnsack?«

Das wusste Herr Bohnsack durchaus. Und er wusste auch, dass es hier Knutschecken gab, in die er und Meta sich nach dem Auftritt hatten zurückziehen wollen. Ganz wie in alten Zeiten. Aber jetzt waren sie zu dritt, und da war Mathis sich ziemlich sicher, dass sie den Plan besser ändern sollten.

Thorak besorgte drei Gläser, in denen irgendeine teure Mischung aus Brandy und Gin schwamm. Doch nachdem er eins

228

davon vor Mathis abgestellt hatte, würdigte er ihn keines Blickes mehr. Seine ganze Aufmerksamkeit gehörte Meta, der er versicherte, wie inspiriert er von ihrem Auftritt sei. Das verehrte Fräulein Kirschbacher noch einmal in voller Form und Größe auf der Bühne erleben zu dürfen habe ihm geholfen, sie erneut in Gänze wahrzunehmen. Am liebsten würde er jetzt gleich mit der Arbeit fortfahren und seine Inspiration künstlerisch umsetzen. Dabei zwinkerte er Meta auf eine Art zu, die den Drink in Mathis' Magen wieder aufsteigen ließ.

»Eine schöne Idee, aber ich denke, dann gehen wir doch lieber nach Hause«, sagte er, weil er ganz sicher nicht mit ansehen würde, wie Thorak mitten in der Nacht irgendetwas an Meta umsetzte. Er fragte sich sowieso, was mit der Wahrnehmung dieses Professors nicht stimmte, wenn er Metas »Form und Größe« nicht auch dann erfassen konnte, wenn sie fünfmal die Woche nackt vor ihm stand.

Sie tranken schweigend aus und verließen das Tanzlokal, um über den Kurfürstendamm zu schlendern. Die Nacht war warm. Es war Mitte Juli, eine Luft wie gemacht dafür, dass man sich draußen in ihr niederließ. Doch die meisten Straßentische waren leer. Es waren nur wenige Menschen unterwegs.

Dabei war der Kurfürstendamm früher einmal die symbolische Mitte Berlins gewesen. Vielleicht sogar die Mitte Deutschlands. Er war der Kulturbegriff schlechthin gewesen, mit Bars und Tanzlokalen, die sich rechts und links an ihm entlangzogen wie die Zähne eines Reißverschlusses. Aber der Damm hatte quer zu den Vorstellungen der Regierung gelegen. Darum waren viele der früheren Vergnügungsstätten inzwischen besetzt und zerschlagen. Trinken und Feiern war für die Nazis eine ernste Angelegenheit.

Lediglich vor dem Lichtspielhaus entdeckten Mathis, Meta und Thorak eine Menschentraube. Es hatte eine Filmpremiere stattgefunden. Sie steuerten darauf zu, bis Mathis Meta am Arm fasste und sie stehen blieben. Die Traube bewegte sich in einer

Art, die ihm nicht geheuer war. Die Ränder formierten sich zu schnell. Sie drängten aufeinander zu und flossen plötzlich auf einer Seite auseinander. So als hätte jemand ein Loch in einen mit Wasser gefüllten Ballon gestochen. Dann schrien Menschen. Wütende, die Sommerluft zerteilende Schreie.

»Judenpack! Dreckige Judenschweine!«

Innerhalb der Menschentraube begann ein Schubsen. Die Schreie wurden lauter. Irgendwo zerbrach ein Fenster. Weitere Passanten blieben stehen. Einige beobachteten die Szene mit finsterem Blick, andere schlugen vor Entsetzen die Hand vor den Mund. Es waren dieselben Hände, die sonst den Hitlergruß praktizierten. Niemand ging und half den Menschen, die da öffentlich gelyncht wurden. Alle hatten Angst. Weil alle wussten, was mit den Gegnern von Gegnern von Juden geschah.

Mathis blickte zu Thorak. Er hätte Genugtuung auf dessen Gesicht erwartet. Immerhin war Thorak Staatskünstler und sympathisierte mit der Partei, und außerdem hatte er sich bei ihrem ersten Treffen bereits über das arische Schönheitsbild ausgelassen. Da musste es ihm doch sicher gut in den Kram passen, wenn hier mal ein paar Juden was auf die lächerlichen Hüte kriegten. Doch selbst im gelben Licht der Straßenlampen konnte Mathis erkennen, wie bleich Thorak war.

Ganz in der Nähe schlug plötzlich jemand einer Frau die Faust ins Gesicht. Meta zuckte nach vorn, und Mathis zuckte mit. Sein Griff an ihrem Arm war halbherzig. Meta war ohnehin nicht mehr aufzuhalten. Sie lief nach vorn und gab dem überraschten Angreifer einen Stoß, der diesen zurückwarf. Mathis eilte unterdessen zu der weinenden Frau am Boden. Sie hielt sich das Gesicht. Der geschubste Mann taxierte Meta und ging zum Angriff über.

Meta war ohne Zweifel größer und stärker als er, aber der Mann war in der Überzahl: Gleich zwei wütende Freunde, die die Szene beobachtet hatten, kamen ihm zu Hilfe und rissen Meta zu Boden. Mathis schrie auf, als wäre er selbst es, der getreten wurde. Aber das Einzige, was er in diesem Moment tun konnte, war, die jüdische Frau aus der Gefahrenzone zu bringen. Er half ihr auf und hastete mit ihr zu einem Gebäude, wo er sie in einen dunklen Eingang schob. Dann entdeckte er einen jungen Polizisten, der unentschlossen und mit offenem Mund am Rande des Geschehens stand. Wäre die Uniform nicht gewesen, hätte Mathis ihn für einen ganz normalen Passanten gehalten.

Mathis rief ihm zu, da sei eine Frau zwischen den Füßen dieser Männer, die Hilfe gebrauchen könnte. Er deutete auf Meta, die gerade wieder auf die Beine kam und sich wie ein Raubtier gegen die drei Männer wehrte. Der Polizist wirkte erschrocken. Er nickte atemlos, doch dann drehte er sich unschlüssig um, und erst jetzt sah Mathis, dass neben ihm noch weitere Polizisten standen. Eine ganze Reihe Uniformierter. Einer von ihnen, ein Älterer mit Schnauzbart, schüttelte den Kopf.

»Es tut mir leid«, wandte sich der junge Polizist an Mathis, »wir haben unsere Anweisungen.«

»Anweisungen?«, echote Mathis. Er sah die Reihe untätiger Polizisten fassungslos an. Doch jetzt, da er sich hinter dem Befehl eines Vorgesetzten verstecken konnte, war der junge Polizist selbstsicherer. Er straffte sogar die Jungenbrust, als er nickte. Mathis glaubte nicht, im Leben schon mal so ein hartes Nicken gesehen zu haben.

Meta brüllte, Mathis fluchte, und dann drehte er sich um und lief zu ihr. Er erreichte die Kämpfenden zeitgleich mit einem anderen Mann, den seine Kleidung eindeutig als Juden auswies. Es war der Besitzer des Schreibwarenladens, in dem Mathis vor einem Monat sein Notizbuch gekauft hatte.

»He!«, rief der Schreibwarenmann. Die Schläger drehten sich um. Erst jetzt fiel ihnen wieder ein, dass die Frau, auf die sie da einschlugen, gar nicht der Grund war, aus dem sie eigentlich hier waren. Was den Mann in seiner jüdischen Kleidung betraf, sah die Sache allerdings anders aus. Sie ließen von Meta ab und gingen auf den los, der dumm und mutig genug gewesen war, ihre Aufmerksamkeit zu erregen. Doch man sollte den Rücken nie einer Kraftfrau zukehren.

Als die Männer nun auf den Schreibwarenhändler einschlugen, packte Meta den nächstbesten von ihnen und nahm ihn in den Würgegriff. Sie war größer als er, und als sie sich zurücklehnte, baumelten seine Füße über dem Boden. Mathis stürzte sich auf den Zweiten, und auch wenn sein Angriff nicht ganz so imposant war wie der von Meta, reichte er doch aus, um die Angreifer zumindest zu irritieren. Der Zweite ließ von dem Schreibwarenhändler ab, und der stand auf und boxte den Dritten nieder. Er hatte seinen Kunden nie verraten, dass er nicht nur Schreibwaren verkaufen, sondern auch Faustkämpfe gewinnen konnte. Bevor er seinen eigenen Laden besaß, hatte er sich als Boxer verdingt. Er verpasste dem zappelnden Mann in Metas Armen einen Schlag aufs Auge, der zweifellos noch viele Tage sichtbar sein würde, und traf dann auch Mathis' Querulanten unter dem Kinn. Der Angreifer taumelte zurück.

Damit hatten die drei Aufrührer endgültig genug. Eine ringende Frau und ein boxender Schreibwarenhändler waren nicht das, worauf sie sich eingestellt hatten, als sie ein paar Juden verprügeln wollten. Da suchten sie sich doch lieber ein wehrloseres Opfer. Von denen gab es hier schließlich genug. Sie schleiften einen am Boden Liegenden mit, als sie sich wieder ins Getümmel stürzten. Der Kampf auf dem Kurfürstendamm war in vollem Gang. Die ersten Männer hatten damit begonnen, in die umliegenden Lokale einzudringen. Wahllos zerrten sie schreiende Menschen von den Stühlen und verprügelten sie.

Meta spuckte Blut auf den Boden. Besorgt griff Mathis sie an der Schulter, doch es war nur ihre Lippe, die aufgesprungen war. Er hatte ihr Gesicht schon in schlimmerem Zustand gesehen. Meta blickte auf und nickte dem Schreibwarenhändler zu, der seinerseits zurücknickte. Als sich beide Seiten umdrehten und in verschiedene Richtungen die Gefahrenzone verließen, fiel Mathis der Mann auf.

Er stand ganz in der Nähe und sah zu ihnen hinüber. An seinem Arm hing ein Stein, von dem Mathis hoffte, dass er lediglich für ein Schaufenster und nicht für einen Kopf gedacht war. Er starrte Meta an, und sein Blick war so voller Hass und Verachtung, dass Mathis eine Gänsehaut bekam. Er wusste nicht, wie es möglich sein sollte, aber er hatte das Gefühl, dass der Kerl die Jüdin in Meta erkannte. Mathis machte einen Schritt zur Seite, um sich zwischen Meta und den Steinmann zu schieben. Er nahm ihren Ellbogen.

»Fräulein Kirschbacher, sind Sie verletzt?« Thorak stand noch immer kreidebleich da, wo sie ihn zurückgelassen hatten. Er hatte keinen seiner Künstlerfinger gekrümmt. Niemand gab ihm eine Antwort.

»Lasst uns da rübergehen!« Mathis hielt noch immer Metas Ellbogen fest. Er zeigte auf die Straße, die vom Lichtspielhaus wegführte. Thorak folgte ihnen so still und grau wie ein Schatten. Selbst sein Gesicht bestand nur noch aus Schemen.

Als sie über den Ku'damm davoneilten, kam es Mathis so vor, als verfolge sie der Mob. Aber es war nur der Lärm, der diesen Eindruck erweckte, denn der schwoll an, statt leiser zu werden. Vor dem Lichtspielhaus war endgültig das Chaos losgebrochen, und die Polizei tat nichts, um es einzudämmen. Bis zum Morgen würde kein jüdisches Geschäft mehr ein intaktes Schaufenster haben.

Erst in einer Seitenstraße verlangsamten Mathis, Meta und Thorak ihre Schritte. Ein paar Hundert Meter weiter ließen sie sich an einem Außentisch vor einer Bar nieder, als hätten sie es so abgesprochen, und bestellten drei Gläser Schnaps. Sie tranken, ohne sich zuzuprosten. Der Schnaps war nur Mittel zum Zweck, um die aufgewühlten Gemüter zu beruhigen. Es gab kein Wohl, auf das sie hätten anstoßen wollen.

Mathis hatte das dringende Bedürfnis, über das eben Gesehene zu sprechen. Darüber, ob es richtig gewesen war, fortzulaufen, während dort hinten noch immer wehrlose Menschen

233

verprügelt wurden. Er wollte Meta fragen, ob ihr der junge Mann mit dem Stein auch aufgefallen war. Doch da saß ein zukünftiges Parteimitglied am Tisch, was jedes Gespräch unmöglich machte. Mathis hätte nie gedacht, dass es einen noch unangenehmeren Mithörer geben könnte als Ernsti.

»*Pettersson & Bendel*«, sagte Thorak plötzlich. Er sah auf den Tisch, auf das ausgetrunkene Pinnchen zwischen seinen Händen. Meta und Mathis blickten sich fragend an.

»*Pettersson & Bendel*«, wiederholte Thorak. »Ich bin mir ziemlich sicher, dass es der Film war, der den Tumult ausgelöst hat. Es ist ein … hochgelobter Spielfilm aus Schweden. Hatte gerade Premiere. Haben Sie nicht davon gehört?«

Mathis und Meta schüttelten den Kopf. Ein Film, der heutzutage hochgelobt wurde, traf ihren Geschmack normalerweise nicht besonders. Denn jene, die ihn lobten, waren auch jene, die ihn produziert oder immerhin gefördert hatten.

»Es geht darin nicht zufällig um Juden?«, mutmaßte Mathis.

»Um einen Juden«, korrigierte Thorak, und ja, der komme nicht unbedingt sehr gut weg.

Mathis nickte. Ein Film für die Judenhetze. Schon vor einiger Zeit hatte das Reichsministerium für Volksaufklärung und Propaganda sich die gesamte deutsche Filmwirtschaft unter den Nagel gerissen. Da war es ja nur eine Frage der Zeit, bis die Politik in die Kinos überschwappte.

Thorak tätschelte sich schon wieder beruhigend den Scheitel. Er schien ebenso wenig glücklich über das Geschehen vor dem Lichtspielhaus wie sie, und so langsam fragte Mathis sich doch, ob es da nicht eine Seite an Thorak gab, von der Meta und er bislang nichts geahnt hatten.

Er konnte nicht wissen, wie sehr er mit dieser Vermutung ins Schwarze traf. Besagte Seite hieß Hilda Lubowski.

Hilda wurde am 16. Mai 1898 in Berlin geboren, und wie es das Unglück so wollte, waren ihre Eltern Juden. Nicht dass Hilda in ihrer Kindheit besonders viel davon mitbekommen hatte, denn eigentlich praktizierten ihre Eltern überhaupt nichts, außer den Glauben an eine strenge Hand in der Erziehung.

Hätte man Hilda also gefragt, was sie denn sei, so hätte sie gesagt: Berlinerin. In Berlin fühlte sie sich wohl, hier tobten gerade die berühmten Goldenen Zwanziger, hier kannte sie alles und hatte ihre Freunde. Es war eine junge, weltoffene Stadt, in der Frauen wahlweise arbeiten, feiern oder heiraten konnten. Hilda entschied sich für alle drei Optionen, und zwar in der üblichen Reihenfolge.

Eigentlich wäre sie gern Schriftstellerin geworden, denn sie liebte die Kunst und das Schreiben. Aber ihre Familie fand, man solle es doch auch nicht gleich übertreiben mit der Unabhängigkeit. Nur weil Frauen jetzt theoretisch einen Beruf wählen konnten, hieße das nicht gleich, dass sie *jeden* Beruf ergreifen konnten. Aber Bürofräulein, das könne Hilda sicher werden, und das habe ja schließlich auch was mit Schreiben zu tun.

Hilda lernte also Bürofräulein und dann Josef Thorak kennen. Der hatte gerade seine Exfrau beerdigt und war offen für Neues. Und wenn das Neue in Rock und Seidenstrümpfen daherkam, war es ihm umso lieber. Er steckte Hilda einen Ring an den Finger, und im Gegenzug zog sie zu ihm nach Bad Saarow. Hier war es vielleicht ein wenig zu leise und idyllisch für sie, aber Hilda redete sich ein, dass sie immerhin schon einunddreißig sei. Da wäre es mal an der Zeit, ein bisschen ruhiger zu werden und Kinder zu kriegen. Und die kriegte sie dann auch, auf einen Schlag. Den elfjährigen Siegfried und den neunjährigen Klaus nämlich, die noch von Thoraks erster Ehe übrig geblieben waren. Ein Jahr nach der Eheschließung kam dann noch der kleine Peter hinzu. Der war aber wirklich Hildas Sohn. Und plötzlich kam ihr das Leben in Bad Saarow gar nicht mehr so ruhig vor.

Hilda hatte alle Hände voll mit ihrem neuen Sohn zu tun und Thorak mit seinen Skulpturen. Er war ein ehrgeiziger Mann (der im Gegensatz zu Hilda wirklich Künstler hatte werden dürfen und nicht etwa Schuster oder Maurer, weil das ja auch was mit Basteln zu tun hatte). Er arbeitete oft bis spät in den Abend hinein. Für eine Ausstellung an der Berliner Akademie zum Beispiel oder für eine weitere im Münchner Glaspalast und für Preise natürlich. Denn mit den richtigen Kontakten war es ein Kinderspiel, auch die zu gewinnen.

Zwischendurch kamen Reporter oder auch mal ein Filmemacher, der mehr über Thoraks Leben wissen wollte. Seit Hitler seinen zweifelhaften Segen über ihn gesprochen hatte, war der Künstler Thorak ein junger aufstrebender Stern am Nazihorizont, und Hilda, von deren künstlerischer Ader ja niemand wusste, hielt sich mit den Kindern im Hintergrund. Ein Hintergrund, der sich merkbar und unaufhörlich braun färbte.

Es ließe sich darüber streiten, wo die Wurzel des Übels denn letztendlich lag. Ob es Hildas Pass war, Hitlers Machtergreifung oder doch die Persönlichkeit des Josef Thorak, der seine neue Frau ja liebte, aber eben nicht so sehr, wie er sich selbst und seine Karriere liebte. Und es wurde auch gestritten. Sehr ausführlich sogar, im einst so stillen Haus der Thoraks.

Hilda bekniete ihren Gatten, doch einfach eine Ausnahmeregelung zu beantragen. Hildas Bruder Oskar (der Arzt hatte werden dürfen und nicht bloß Leichenbestatter, weil das ja auch etwas mit liegenden Menschen zu tun hatte) besaß doch auch so eine. Er war Jude und trotzdem Hausarzt der Schauspielerin und Filmemacherin Leni Riefenstahl, die Hitler gerade zu seiner linken Propagandahand gemacht hatte. Die rechte Hand war schon an Goebbels vergeben.

Aber Thorak traute sich nicht. Als 1933 alle Aufträge an ihn zurückgezogen wurden, weil auffiel, dass seine Frau Jüdin war, teilte er ihr postwendend mit, dass sie sich trennen müssten. Hilda müsse zwar nicht gleich das Haus verlassen. Immerhin müsse das ja auch sauber gehalten und alle Kinder darin versorgt werden. Aber nach außen hin wäre es schon besser, wenn man sie von nun an nicht mehr zusammen sehen würde. Und ob Hilda nicht ohnehin schon länger mal einen Urlaub in Bulgarien geplant habe?

Hildas erste Reaktion war, dass sie Thorak einige nonverbale Dinge an den Kopf warf, unter anderem den Kartoffelstampfer, den sie gerade in der Hand hielt und zur Zubereitung des Abendessens für seine Kinder verwendete. Darauf folgten ein paar verbale Ausbrüche, und dann stürmte sie mit Peter aus dem Haus und verkroch sich für drei Tage heulend bei den Eltern sowie fünf weitere Tage im Gästezimmer ihres Bruders, dem begnadigten Arzt. Erst dann ging sie zu Thorak zurück.

Die Trennung wurde so öffentlich zelebriert wie nur möglich, und Hilda unternahm mit den drei Jungen tatsächlich einige Reisen nach Bulgarien, Österreich und sogar in die Türkei. Aber wann immer sie und Thorak sich zwischen den Reisen hinter geschlossenen Gardinen sahen, landeten sie früher oder später im Bett. Ein Umstand, den Thorak lieber vermieden hätte, weil Hilda eben Jüdin war. Und den auch Hilda lieber vermieden hätte, weil Thorak eben ein Arschloch war. Letztere Erkenntnis sickerte nun auch bei Thorak langsam, aber sicher durch.

»Noch eine Runde Schnaps?«, fragte er.

Keiner hatte etwas gegen den Vorschlag einzuwenden.

ELFTES KAPITEL

Deutschland, 1902

Durch den nächtlichen Zusammenstoß mit der alten Frau und den Glühwürmchen war Mathis' Interesse an badischem Wein fürs Erste kuriert. Er nippte nur an dem, was Meister Bo für ihn bestellte, und klammerte sich meist am Stiel des Weinglases fest, bis die Flüssigkeit darin warm war und seine Fingerabdrücke alles zukleisterten. Mathis war sich nicht sicher, ob die Alte tatsächlich eine Alkoholvision gewesen war. Aber vorsichtshalber war es wohl besser, seine Blase nach Einbruch der Dunkelheit nicht mehr allzu sehr zu füllen.

Meister Bo dagegen kam zu dem umgekehrten Schluss. Je tiefer sie in den Süden des Landes vordrangen, desto tiefer schaute er ins Glas – und desto langsamer kamen sie voran. Es dauerte mitunter Stunden, bis er sich morgens aus dem Bett wälzen ließ, und dann stöhnte er darüber, dass er alt werde und einfach nichts mehr vertrage. Eine Erkenntnis, die er bis zum Abend allerdings wieder vergaß.

Mathis fand heraus, dass er den Meister mit gebratenen Eiern und viel salzigem Speck schneller auf die Beine brachte. Gegen zehn Uhr klopfte er mit dieser Kur an seine Zimmertür. Die Wirtinnen legten meist noch fingerdicke Brotscheiben dazu, die Meister Bo sich mit Mathis teilte. Es waren merkwürdig würzige Brote mit braunen Krümeln auf der Kruste. Ganz anders als das Roggenbrot, das Mathis von zu Hause kannte. Innen waren sie wollig weich, und wenn man die Scheiben mit Butter bestrich, schmeckten sie himmlisch.

Ansonsten verlief die Reise mit Meister Bo so, wie eine Reise wohl verlaufen musste, wenn ein sehr mürrischer alter Mann und ein sehr überschwänglicher junger Mann dazu gezwungen waren, auf kleinstem Raum zusammenzuleben. Mindestens einmal pro Tag drohte Meister Bo damit, Mathis am nächstbesten Baum aufzuknüpfen. Aber er tat es nie. Und er schlug seinen Gehilfen auch nicht. Das war schon mehr Freundlichkeit, als der Gehilfe gewohnt war.

Tatsächlich reichte es für Mathis aus, um den Alten richtig in sein Herz zu schließen, dessen Kapazitäten ohnehin unendlich waren: Eine Maschine fand darin Platz, ein alter Mann und überhaupt das ganze Leben als Durchleuchtungsassistent.

Mathis liebte es, morgens aufzuwachen und in der Ferne die Berge hinter den Wäldern zu sehen. Er liebte die holpernde Fahrt auf dem Wohnwagen und den Zauber, wenn sie auf öden Wiesen und Dorfplätzen einen bunten Jahrmarkt erschufen. Er liebte die Stille nach dem Fest, wenn die Besucher gegangen waren und die Schausteller sich erschöpft in kleinen Grüppchen zusammenfanden und Heuballen und Kisten zu Kreisen zusammenschoben. Manchmal errichteten sie ein Lagerfeuer und manchmal nur einen Berg leerer Flaschen. Es wurde untereinander geschwiegen oder übereinander geredet. Und wenn die Artisten redeten, dann wechselten sie die Themen so schnell, als würden sie lediglich Zeitungsüberschriften vorlesen.

»Hagenbeck hat aus Amerika eine neue Fuhre Indianer kommen lassen«, sagte zum Beispiel einer der vielen Alberts, die ihnen auf der Reise begegneten. »Riesen, alle mitn'ander. Der muss aufpassen, dass die ihm nicht übern Kopf wachsen. Drei oder vier Indianer mögen eine gute Show abgeben. Aber wenn du dir 'nen ganzen Indianerstamm ins Haus holst ...« Besagter Albert steckte sich die Zigarette in den Mund und schüttelte vielsagend die Hand.

»Du züchtest Schlangen und stellst sie aus, Albert. Und machst dir Sorgen um Hagenbeck?«

»Schlangen sind immer noch berechenbarer als Indianer. Abends steck ich sie in ihre Körbe, mach zu und Schluss. Versuch das mal mit 'nem Wilden. Die bleiben auch nachts noch wild.«

»Apropos nachts wild. Ich hab gehört, Jettie Wilde hat sich doch tatsächlich 'nen Bürgerlichen geangelt. So'n richtig reichen Heini.«

»Red kein' Scheiß.«

»Doch! Dem wird se jetzt 'n paar Kinder rausdrücken und dann schön Hausfrauchen spielen.«

»Die kommt schon zurück. Wart's ab. Die is'n Jahrmarktmädel. So einfach wird aus der keine Bürgerliche.«

»Habt ihr eigentlich gehört, dass Anna Jerkova ihren Mann verhauen hat?«

»Die Kolossin, die bei Nestor unter Vertrag ist?«

»Ne, ist sie nicht mehr. Die hat 'nen Typen geheiratet, der jetzt ihr Manager ist. Aber der soll wohl mit einer von den Barrison Sisters angebändelt haben. Ihr wisst schon, die mit den Muschis unter den Röcken.«

»Die mit den Muschis? Ich dachte, alle Frauen ham Muschis unter den Röcken.«

»Ja, aber das war deren Nummer. Die Barrison Sisters ham so aufreizend rumgetanzt und das Publikum gefragt, ob es ihre Muschis sehen will. Und dann ham se ihre Röcke noch höher gehoben und hatten fünf kleine lebende Kätzchen vor der Möse, die dem Publikum entgegengejault haben.«

Die Männer lachten, bevor Albert fortfuhr, Jerkovas Mann habe nach dem Auftritt jedenfalls noch eine andere Muschi sehen wollen. Was Jerkova verständlicherweise nicht so gut gefunden habe. Vor lauter Eifersucht habe sie den Wohnwagen der entsprechenden Barrison-Schwester umgeworfen. Und als ihr Mann wie ein Hase daraus hervorkroch, habe sie ihn in Anwesenheit aller Leute zu ihrem Zelt gezerrt, aufs Bett geworfen und ihm ein paar kräftige Ohrfeigen verteilt.

»Die hat hundertzwanzig Kilo Körpermasse!«, sagte Albert. »Da is' jeder Schlag so hart wie der Huftritt eines Maulesels!«

Mathis hörte den Geschichten meist nur mit halbem Ohr zu, während er am Strohballen lehnte und in der Wärme des Feuers langsam einnickte. Die Tage waren anstrengend für ihn. Das ständige Kurbeln, der Auf- und Abbau und alles, was er immer noch neu lernen musste. Wie zum Beispiel die Sache mit den Hüten.

Meister Bo brachte ihm bei, wie man die Kunden anhand ihrer Huthöhe unterschied und für die Durchleuchtung aussuchte.

»Ein Hut ist immer nur so groß wie der Rang der Person, die ihn trägt«, sagte der Meister. »Je höher der Hut, desto größer der Geldbeutel. Also sind die mit den höchsten Hüten die Leute, die wir in der Kabine haben wollen. Verstanden?«

Mathis nickte und nahm sich vor, nur noch nach Hüten Ausschau zu halten, die oben aus der Kabine herausschauen würden. Er wollte Meister Bo so glücklich machen, wie Meister Bo Mathis glücklich gemacht hatte. Was sich allerdings als schwierig erwies. Denn Meister Bo war nun mal ein notorischer Nörgler, dem man nichts recht machen konnte, sosehr man sich auch Mühe gab. Tatsächlich beschimpfte er sogar Dinge, wenn diese nicht taten, was der Meister von ihnen wollte: ein Straßenschild, eine Kanne, ein Wohnwagenrad oder auch schon mal einen Baum. Mathis hätte den Meister gern darauf hingewiesen, dass der Baum ihn nicht hören konnte. Und dass ein Tritt höchstens schlecht für Meister Bos Zehen war, nicht aber für den Stamm. Doch er hatte mittlerweile kapiert, dass Meister Bo nicht gern auf dergleichen hingewiesen wurde. Und es noch weniger mochte, dummes Zeug gefragt zu werden. Leider wurde Mathis nie ganz klar, welche Themen dieses dumme Zeug eigentlich umfasste.

An einem Abend zum Beispiel wollte er vom Meister lediglich wissen, welcher Route sie folgten, und musste eine halb-

stündige Schimpftirade über sich ergehen lassen, bevor Meister
Bo etwas Dreck mit dem Fuß beiseiteschob und das deutsche
Kaiserreich mit einem Stöckchen auf den Boden zeichnete: Nach
Baden würden sie einen Schlenker über Württemberg nach Bay-
ern machen, um passend zum Oktoberfest in München zu sein.
Danach würde der Meister entscheiden, ob es über Umwege –
er zeichnete einen Bogen, der abermals durchs Weinanbauge-
biet führte – in den Norden gehen würde oder doch eher weiter Richtung Süden, nach Italien zum Beispiel. Mathis wusste
inzwischen, dass Mailand in diesem Italien lag, und freute sich
über die Aussicht. Aber als Meister Bo noch zwei weitere Linien
malte, von denen eine nach Österreich und eine nach Frankreich führte, wurde ihm klar, dass Meister Bos Plan vor allem
darin bestand, vorläufig planlos zu bleiben.

Sie ließen sich also treiben, als wären sie nicht mit einem Wohnwagen, sondern einem Floß unterwegs, und schafften es auf völlig anderem Weg als dem in den Dreck gezeichneten am Ende
doch noch zum Oktoberfest nach München. Sie bekamen einen
kleinen, schmutzigen Stellplatz am Rand der Theresienwiese,
parkten den Wagen, tränkten Von Bismarck und bauten dann
schweigend das Podest für die Maschine auf. Mathis polierte
sie noch einmal liebevoll, bevor er feierlich die Vorhänge aufzog
und sie so für die Blicke der Besucher freigab. Eine Maschine
wie diese hätte eigentlich einen Ehrenplatz mitten auf der gut
gefüllten Festwiese verdient gehabt.

Das Wetter in diesen Tagen war noch immer grandios. In der
Ferne leuchteten die Berge, als hätte jemand ein elektrisches
Licht in ihnen angeknipst. Eine mächtige Frauenstatue, die einen
Kranz in die Luft hielt, stand auf einer Anhöhe vor einer Ruh-
meshalle und überragte in ihrer Größe selbst die angrenzenden
Bäume. Fahnen flatterten. Eine Kutsche mit Bierfässern ratterte
vorbei. Und rund um die Theresienwiese zog sich die riesige
Pferderennbahn. Es roch nach Tieren, Zucker, Wurst und Bier.

Direkt gegenüber von Meister Bos Wagen gab es einen Stand mit einer lebendigen Riesenseeschlange. Und hinter diesem tauchte plötzlich ein Junge am Himmel auf. Die Hände an zwei Stäbe geklammert, stand er in einer Art Kiste, die sich überschlug. Der Junge schnappte erschrocken nach Luft, als er kopfstand, und irgendwo am Boden johlten seine Freunde vor Vergnügen. Dann verschwand die Kiste wieder hinter der Schaubude.

»Komm auf die Idee, das auch zu tun, und ich knüpfe dich am nächsten Laternenmast auf!«, brummte Meister Bo, der Mathis' Blick gefolgt war. Mathis sah ihn mit großen Augen an.

»Was war das denn?«

»Hat dich nicht zu interessieren. Voriges Jahr ist einer bei so 'nem Kinkerlitzchen aus der Schaukel geflogen. Du bleibst hier und putzt die Maschine!«

»Hab ich schon.«

»Dann putz sie noch mal.«

»Was ist mit ihm passiert?«

»Mit wem?«

»Mit dem, der aus der Schaukel geflogen ist.«

»Er ist aus mehreren Metern Höhe mit dem Kopf voran auf dem Boden aufgeschlagen. Was meinst du wohl, was mit ihm passiert ist?«

Mathis nickte und packte seinen Putzlappen. Er war wieder einmal froh, dass seine Arbeit mit dem Durchleuchtungsapparat so ungefährlich war.

Den ganzen Vormittag behielt Meister Bo Mathis skeptisch im Auge. Er ließ ihn sogar mehrmals die Fenster des Wohnwagens putzen, als gerade keine Kunden in Sicht waren. Und dabei hatte Mathis den Meister nie am Fenster sitzen und hinausblicken sehen.

Erst als Meister Bos Durst seine Sorge um das Wohlbefinden des Assistenten überstieg, gelang es Mathis, einen Rundgang

über die Festwiese zu machen. Der Meister schickte ihn nämlich
los, um Bier zu kaufen.

»Bier?«, fragte Mathis überrascht. »Keinen Wein?«

»Wein?« Meister Bo klang, als hätte Mathis ihn gefragt, ob er
Kamelpisse trinken wolle. »Wir sind hier in München, Junge!
Natürlich keinen Wein. Was für eine Frage.«

Er zählte die Münzen ordentlich ab, die er Mathis gab, damit dieser nicht doch noch auf die Idee kommen konnte, sich
vom Restgeld durch die Lüfte tragen zu lassen. Dann war Mathis endlich für ein paar Minuten frei.

Beim Schottenhamel gab man ihm für das Geld zwei so große
Gläser, dass er sie kaum tragen konnte. Doch er konnte nicht
widerstehen, noch schnell eine Runde zu drehen, bevor er zum
Wagen zurückkehrte. Die schweren Bierkrüge in den Händen,
bahnte er sich einen Weg durch die Buden und Menschenmas-
sen. Schaustellungen fremder Völker, Abnormitäten, Spiegel-
kabinette, Varieté- und Marionettentheater, die Reihen wollten
kein Ende nehmen. Mathis kam an einer Raubtierarena vorbei, an einer Hexenschaukel, die wundersame Illusionen versprach, und an einer Ochsenbraterei, aus der es herrlich duftete.
Er wollte einen Blick in den Holzbau werfen, wurde aber von
einem Türsteher aufgehalten. Der Mann deutete auf eine Men-
schenschlange. Die hatte Mathis in dem allgemeinen Gedränge
völlig übersehen.

»Dreißig Pfennig. Und hinten anstellen«, schnauzte der
Mann. Er überbot Mathis um einen guten Kopf und zwei Schul-
terbreiten.

»Dreißig Pfennig für was?«, fragte Mathis.

»Um den Ochsen am Spieß zu sehen!«

»Bloß um ihn anzusehen?«

»Es ist ein ganzer Ochse. Und er dreht sich«, sagte der Mann,
als würde das alles erklären. »Ab nachmittags um drei wird
dann tranchiert und die Portionen auf Wunsch mit Madeira-
soße verabreicht.«

»Tran… was?«, fragte Mathis, und daraufhin gab der Mann ihm einen Stoß, bei dem Mathis die Hälfte des einen Biers verschüttete.

Erwartungsgemäß war der Meister überhaupt nicht glücklich, als Mathis mit anderthalb Bier zurückkam, wo er doch für zwei bezahlt hatte.

»Wo hast du dich so lange rumgetrieben, du nichtsnutziger Bengel!«, schimpfte er. »Da ist ja nicht einmal mehr Schaum auf meinem Bier!«

Mathis warf einen Blick auf die Krüge und stellte erschrocken fest, dass der Meister recht hatte. Mit Wein wäre ihnen das nicht passiert.

»Das Gelände ist so groß«, verteidigte er sich, »alleine von der Bierbude bis hierher …«

»Red keinen Dünnschiss! Du hast dich rumgetrieben, sage ich! Und deinen Teil des Biers hast du auch schon weggesoffen, während du meins schön hast warm werden lassen. Jetzt gib schon her. Dir kauf ich noch mal Bier. Pah! Kannst froh sein, wenn ich dir das nicht von deinem Lohn abziehe!«

»Ich bekomme doch gar keinen Lohn.«

»Und das wird auch so bleiben, wenn du so weitermachst, du vorlauter Hurenochse!« Meister Bo riss Mathis den Krug aus der Hand und nahm zwei, drei tiefe Schlucke, die sein Gesicht entspannten. So ungenießbar war das Bier durch die Wärme also doch nicht geworden.

»Sie braten da hinten gerade einen ganzen Ochsen«, sagte Mathis, der mittlerweile wusste, dass nichts Meister Bos Laune mehr hob als gutes Essen und Trinken. »Mit irgendeiner Soße … Ich hab vergessen, wie sie heißt. Sie drehen den Ochsen am Spieß.«

»Sie sollten lieber grünschnäbelige Gehilfen am Spieß drehen. Ich hätte einen abzugeben. Und was hat diese nervige Ziege eigentlich schon wieder?«

Tatsächlich meckerte die Ziege lautstark und zog an dem Strick, mit dem Mathis sie an den Wagen gebunden hatte. Er ging zu ihr und strich ihr über das Fell. Jetzt erst bemerkte er, dass es an ihrem Rücken ganz dünn geworden war. Als er auf seine Hand blickte, klebten die Ziegenhaare in dicken Büscheln an der Innenfläche. Er wischte sie an der Hose ab und fuhr dem Tier mit den Fingern über die Flanke. Auch hier ging das Fell aus, als würde es lediglich auf der Haut liegen.

»Sie hat irgendein Haarproblem«, sagte er nachdenklich. »Vielleicht ist sie krank.«

»Vielleicht ist sie auch einfach nur spinnert«, erwiderte Meister Bo.

Mathis tätschelte der Ziege den Kopf, damit sie die Laune des Meisters nicht so schwernahm.

»August!«

Ein glatzköpfiger Mann stand plötzlich neben dem Podest der Durchleuchtungsmaschine. Er war untersetzt, beleibt und trug einen teuren Anzug. Die Fliege, die er sich um den ausladenden Kropf gebunden hatte, war exakt so schmal wie sein Schnurrbart. Mathis dachte darüber nach, ob der Schnurrbart in Fliegenbreite rasiert oder die Fliege passend zum Schnurrbart gekauft war.

Die beiden Männer begrüßten sich mit der rauen Herzlichkeit, wie sie auf dem Jahrmarkt üblich war.

»Liegst du immer noch nicht unter der Erde, altes Haus?«

»Was das betrifft, lass ich dir den Vortritt, Carl. Da kannst du einen drauf lassen. Welcher Jahrgang bist du noch mal? Zweiundfünfzig?«

»Na, na«, sagte der Glatzköpfige. »Nu' mach mich nicht älter, als ich bin. Letzten Monat fünfundvierzig geworden. Und immer noch in Topform.«

»Von der Form sieht man allerdings nicht viel!«

»Tja, das macht der Wohlstand. Und das gute Bier.« Er strich sich über den runden Bauch und sah zufrieden aus. Dann nickte er in Mathis' Richtung.

»Und wer ist der da? Dein neuer Gehilfe? Was hast du mit dem alten gemacht?«

»Der hat sich das Hirn weggeschossen.«

»Nein. Wirklich? Pistole?«

»Ne. Elektrisiermaschine.«

»Du hast einen ganz schönen Verschleiß an Jungen, August.«

Meister Bo zuckte die Schultern auf eine Weise, die Mathis lieber nicht gesehen hätte. Der Dicke wandte sich ihm zu und deutete eine Verbeugung an.

»Carl Gabriel«, sagte er. »Man nennt mich auch den Oktoberfestkönig.«

Mathis ergriff die Hand, die sich ihm entgegenstreckte. Sie war äußerst klein und weiß und ließ ihn tatsächlich an einen König denken. Zwischen Mathis' Fingern fühlte sie sich an wie eine Forelle, die man aus dem Bach fischt.

»Mathis Bohnsack. Warum nennt man Euch den Oktoberfestkönig?«

»Weil er ein Gauner ist, dem fast alles hier gehört.«

»Man muss kein Gauner sein, um Erfolg zu haben, August. Man muss einfach nur erfolgreich sein.« Der König reckte tadelnd den Königsfinger und zwinkerte Mathis zu. »Wenn dir die alte Blaunase hier zwischendurch freigibt, Mathis Bohnsack, dann komm doch mal rüber in mein nagelneues Hippodrom. Da gibt es eine Pferdebahn, auf der du die Mädchen mit deinen Reitkünsten beeindrucken kannst. Und Bier gibt's da auch!«

Mathis nickte wenig überzeugt. Mit seinen Reitkünsten war es nicht weit her. Er würde nicht einmal das Pferd damit beeindrucken.

»Oder wenn du lieber mein Wachsfigurenkabinett sehen willst? Neuhauser Straße, ist nur zwanzig Minuten von hier. Mein Handelspartner und ich führen dort auch lebende Bilder vor. Hast du so was schon mal gesehen?«

Mathis schüttelte den Kopf.

»Tja, dann bist du ein Glückspilz, dass du mich getroffen

247

hast! Ich bin nämlich der Erste im ganzen deutschen Kaiserreich, der jemals lebendige Fotografie vorgeführt hat. Und der Erste in München mit eigenen Filmaufnahmen!« Er streckte den Bauch so stolz heraus wie andere die Brust. »Wir haben sie erst dieses Jahr in einem Garten an der Schillerstraße gedreht: die Schlangenbeschwörerin Miss Clio und der Kettensprenger Mr. Thomson. Beide sind vorher in meinem Wachsfigurenkabinett aufgetreten. Das wird ein Publikumsliebling, ich hab das im Gefühl. Und demnächst bekommen wir einen Film über Röntgenstra…«

»Jaja, genug mit dem Kundenfang, Carl. Der Junge ist ja schließlich zum Arbeiten hier.« Meister Bo blickte Mathis an, und sein Mund verzog sich zu etwas, das wie ein Grinsen aussah. »Im Übrigen hat er heute Abend schon eine Verabredung mit einem Lichtspielapparat. Und das ist nicht deiner.«

»Nicht meiner?« Der König sah Meister Bo verblüfft an. Dann schien er etwas zu begreifen, das Mathis selbst nicht begriff. »Du meinst doch nicht … Ach August, das ist doch kein Ort für einen Jungen!«

»Er ist sechzehn«, sagte Meister Bo grinsend. »Und lebendig sind die Bilder dort allemal.«

Das Zelt, zu dem Meister Bo und Mathis bei Einbruch der Dunkelheit gingen, duckte sich in den Schatten der Bäume. Ein Mann stand vor dem Eingang. Er trug einen nach oben gezwirbelten Schnauzer und hatte die Mütze tief in die Stirn gezogen.

»Zutritt erst ab sechzehn«, sagte er und verschränkte die Arme. »Ist der da sechzehn?«

»Ist er«, sagte Meister Bo. Der Mann mit der Mütze musterte Mathis von Kopf bis Fuß und nickte dann.

»Zehn Pfennig Eintritt.«

»Ist nur für ihn.« Meister Bo nickte in Mathis' Richtung.

»Trotzdem zehn Pfennig. Ist der Eintritt pro Person.«

Meister Bo meckerte etwas von elenden Halsabschneidern,

kramte aber eine Münze aus seiner Tasche, die er dem Mann in die schmutzigen Finger drückte.

»Kommen Sie nicht mit rein?«, fragte Mathis.

»Um was zu tun? Deine Hand zu halten vielleicht? Die wirst du sicher anderweitig brauchen.« Meister Bo schnaubte ein seltenes Lachen, drehte sich ohne ein weiteres Wort um und stapfte davon.

»Na also dann, danke!«, rief Mathis ihm unsicher nach. Doch Meister Bo drehte sich nicht noch einmal um. Skeptisch betrachtete Mathis das Zelt. Es war noch nie vorgekommen, dass der Meister ihm etwas ausgab, ohne selbst einen Nutzen davon zu haben.

Der Mann schob den Vorhang mit einer Geste beiseite, als verdeckte dieser den Eingang zu Ali Babas Höhle. Mathis trat ein.

Im Innern war es düster und stickig. Es roch nach langen Arbeitstagen, nach einer Mischung aus Schweiß und Bier. Der Gestank hatte sich in der Luft festgesetzt, nicht mal ein frischer Hauch kam durch die dicht genähten Zeltwände. Mathis konnte nicht mehr sehen als ein paar Schemen, darum stolperte er über die erstbesten Beine, die lang am Boden ausgestreckt waren.

»Pass doch auf«, fluchte jemand. Mathis entschuldigte sich. Da alle im Zelt saßen, sah er sich ebenfalls nach einem Platz um. In der Zeltmitte waren Bänke aufgestellt, aber sie waren voll besetzt. Dahinter konnte er die Umrisse von Kisten ausmachen, auf denen noch mehr Männer hockten. Und dazwischen und davor hatten sie sich einfach auf dem Boden breitgemacht. Da Mathis keine Ahnung hatte, was er sonst tun sollte, ließ er sich nieder, wo er gerade stand.

Der Junge neben ihm war nur ein oder zwei Jahre älter als er. Er trug Hosenträger, ein Halstuch und lehnte lässig an der Zeltwand. Als ihre Blicke sich trafen, hielt er Mathis seine Zigarette hin. Mathis steckte sie sich kurz in den Mund, zog aber nicht daran. Beim letzten Mal hatte er mit seinem Husten eine gesamte Lagerfeuerrunde unterhalten. Das wollte er diesmal vermeiden.

»Danke«, er gab die Zigarette zurück. Der Junge steckte sie in den Mundwinkel.

»Willi«, sagte er und hielt Mathis die Hand hin.

»Mathis.«

Sie schüttelten sich die Hand.

»Wo arbeitest du?«

»Beim Durchleuchtungsapparat.«

»Beim was?«

»Unsere Maschine kann Menschen durchleuchten!«

»Ach, ein Röntgengerät?«, meinte Willi, viel weniger begeistert, als Mathis es erwartet hätte. »So was hab ich mal in Dresden gesehen. Da haben sie in einer Show erst die Zuschauer durchleuchtet und dann eine Freiwillige mit den Strahlen hypnotisiert. Wusste nicht, dass wir so was hier auf dem Platz haben. Wo steht ihr denn?«

Mathis fühlte sich wie vor den Kopf geschlagen. Auf die Idee, dass es mehr als eine Durchleuchtungsmaschine geben könnte, war er nie gekommen.

»Zwischen der Pferderennbahn und einem Seeungeheuer«, hauchte er.

»Ich arbeite bei Carl Gabriels Menschenausstellung. Hast du die schon gesehen? Nein? Dann komm doch mal vorbei, wenn du morgen Zeit hast. Ist 'ne große Sache. Wir sind mit dreißig Beduinen da, Männer und Frauen. Es gibt Springkünstler. Und die entthronte Kaiserin der Sahara solltest du sehen, die hat riesige schwarze Augen.«

Mathis nickte abwesend. Er kam nicht über die Sache mit der Durchleuchtungsmaschine hinweg.

»Wie hast du noch mal gesagt, heißt der Apparat?«, fragte er.

»Welcher? Euer Röntgenapparat?« Willi sah irritiert aus. Ein Durchleuchtungsassistent, der den Namen seiner eigenen Maschine nicht kannte! Aber Mathis kam nicht mehr zu einer Erklärung, denn in diesem Moment wurde hinten im Raum ein flackerndes Licht angezündet. Es leuchtete durch ein Loch in der Zeltrückwand und beschien ein aufgehängtes Laken. Etwas ratterte, es klang ein bisschen wie Meister Bos Maschine. In die Männer kam Unruhe. Sie rückten sich auf ihren Plätzen zurecht, bevor sich erwartungsvolle Stille über den Raum senkte. Und dann begann die Wand zu leben.

Wie aus dem Nichts erschienen plötzlich Zahlen auf dem Laken und dann – Mathis fuhr erschrocken zusammen – das lebensgroße Bild einer nackten Frau, die auf einem Bett lag. Er blickte sich hektisch um. Aus dem kleinen Loch in der Rückwand drang nur pures, blendendes Licht. Staub und Zigarettenqualm tanzten darin, als hätte das Erscheinen der nackten Frau auch sie aufgewirbelt. Wo war die Frau, die hier an der Wand erschien? Es musste eine Art Spiegelung sein, dachte Mathis, nur irgendwie in Schwarz-Weiß. Wahrscheinlich war die Frau irgendwo hinter der Wand. Aber wo waren die Spiegel angebracht? Und woher kam das mechanische Rattern? Er blickte wieder nach vorn und zuckte abermals zusammen, weil er der Frau diesmal direkt zwischen die geöffneten Beine starrte. Sie nahm einen Gegenstand, der aussah wie ein geschliffener Stock, und führte ihn in das verschwommene schwarze Dreieck ein, das zwischen ihren Schenkeln wuchs. Mathis sah sie den Stock hin und her bewegen. Hinter ihren nackten Brüsten tauchte ihr Kopf auf, ein Lächeln. Sie war schön.

Er spürte, wie das Blut ihm in den Kopf schoss und dann, als hätte es sich ins falsche Ende verirrt, plötzlich nach unten in seinen Schoß. Irgendwo im Publikum stöhnte jemand. Mathis war so erschrocken, dass er die Hände zwischen die angewinkelten Knie presste und verlegen nach rechts und links spähte. Dort saßen Willi und drum herum mindestens dreißig andere Männer. Alle starrten mit glasigen Augen zu der Frau hoch. Willi hatte seine Hand auf den Schritt seiner Hose gelegt.

»Wo ist die Da…«, flüsterte Mathis, aber Willi sah ihn so unwirsch an, dass er sich erschrocken unterbrach.

»Bist du bescheuert? Augen nach vorn!« Da lag eine Wildheit in Willis Augen, die Mathis zurückweichen ließ. Verstört richtete er den Blick wieder auf die nackte Frau, die den Stock beiseitelegte und stattdessen zu einer Flasche griff. Es war nicht schwer zu erraten, was sie damit vorhatte. Tonlos und schwarzweiß lachte sie auf Mathis herab. Das Klackern der Lichtmaschine erfüllte den Raum, in dem jetzt immer mehr Männer ein Grunzen oder Stöhnen abgaben.

Mathis wusste kaum, ob er zu- oder wegsehen wollte. Ihm war die Anwesenheit der anderen Männer und dieses kollektive Gestöhne äußerst peinlich. Noch schlimmer aber war die Erregung, die er trotz der komischen Situation empfand. Die Beine der Frau auf der Leinwand zuckten. Sie zog den Flaschenhals aus sich heraus und stand vom Bett auf. Kurz erschien ein schwarzes Bild, dann stand sie einem Mann an der Haustür gegenüber. Er war gekleidet wie ein Arbeiter, füllig und klein, und schien nicht im Mindesten überrascht, dass die Dame ihm splitterfasernackt öffnete. Flackernd kam er ins Zimmer und saß im nächsten Moment schon nackt in einer Badewanne. Das ging so schnell, dass Mathis sich verblüfft fragte, wie ein Mensch sich in dem Tempo entkleiden konnte. Die Frau stand neben ihm und schrubbte ihm mit einer übergroßen Wurzelbürste Arme, Rücken und Füße sauber. Dann waren sie auch schon zurück beim Bett der Frau. Sie trug nun eine Bluse und einen Rock. Allerdings nur, um sich wieder auszuziehen.

Willi seufzte leise. Die Logik der Handlung schien ihn weitaus weniger zu irritieren als Mathis. Aus den Augenwinkeln konnte Mathis sehen, wie er mit der Hand in seine Hose fuhr. Alarmiert riss Mathis die Augen auf und starrte entschlossen nach vorn. Aber da setzte die Frau sich gerade auf den dicken Mann, und das war nun auch nicht besser anzusehen. Die Hitze verteilte sich zu gleichen Teilen in Mathis' Ohren und seinem Schoß. Er vermied es, noch einmal zu Willi hinüberzusehen, und presste die Hände auf die Hose, weil er sich sicher war, dass sonst alle Anwesenden seine Erektion bemerken würden. Die Frau auf der Leinwand begann, sich auf und ab zu bewegen, und das war nun endgültig zu viel für Mathis. Er schloss die Augen und versuchte sich auf etwas anderes zu konzentrieren. Aber hinter seinen geschlossenen Lidern bewegte sich das Pärchen weiter, als würde das Licht die Bilder direkt in seinen Kopf spiegeln. Jeder kleinste Winkel im Raum schien von der Frau ausgefüllt zu sein, von dem weißen Hintern, der ebenso aus- wie einladend war, von ihren Bewegungen auf dem dicken Mann. Mathis öffnete die Augen wieder und sah, wie sie sich umdrehte, ein Bein nach dem anderen über den wenig aktiven Körper des Mannes schlug, als wollte sie rückwärts auf einem Pferd reiten. Sie lächelte Mathis an – er war sich sicher, dass sie ihn meinte –, und dann begann sie, ihre Hüften nach rechts und links zu bewegen. Mathis kniff die Beine zusammen und konnte doch nicht aufhalten, was da in seiner Hose geschah. Er explodierte geradezu in die Spannung des Raums hinein. Augenblicklich überkam ihn Scham.

Den Rest der Vorstellung saß er in seiner klebrigen Hose ab und wünschte sich nichts mehr, als dass die Frau auf der Leinwand endlich ihre Kleider wieder anziehen möge. Der Zauber, der von ihrer schwarz-weißen Erscheinung ausgegangen war, war vorbei. Mathis wollte den stickigen Raum verlassen und sich waschen. Bei all dem Gestöhne um ihn herum musste er an verwundete Tiere denken.

Das Paar auf der Leinwand wechselte noch ein paar Mal die Stellung, oder besser gesagt, die Frau wechselte ihre Stellung, während der dicke Mann einfach liegen blieb wie ein gefällter Baum. Dann endlich rollte sie sich von ihm herunter, sie standen wieder an der Tür, der Mann wurde verabschiedet, und die Vorstellung war vorbei. Das Knattern hinter dem Vorhang brach ab, und das Bettlaken präsentierte sich in unverfänglich weißem Licht, als wäre es die Unschuld vom Lande.

Erleichtert stand Mathis auf. Er hielt sich die Mütze vor den Schritt, als Willi ihn am Hosenbein packte.

»Willst du etwa schon gehen?«, fragte er.

»Ähm … ja. Ist es noch nicht vorbei?«

»Sie zeigen noch mindestens zwei Rollen.«

»Tja, also, ich glaub, ich muss wirklich los, trotzdem. Aber danke!« Mathis entzog sich Willis Griff. Dann aber fiel ihm noch etwas ein, das er wissen musste.

»Willi, sag mal, die Frau auf dem Laken …« Er blickte zur Rückwand mit dem Loch. Für den Fall, dass die Dame tatsächlich dahinter stand und ihn hörte, wollte er lieber flüstern. »War die … echt?«

Willi sah ihn mit gerunzelter Stirn an. Dann verzog sich sein Mund zu einem breiten Grinsen. In dem sonderbaren Licht leuchteten seine Zähne hellweiß.

»Was meinst du mit echt? Du hast sie doch gesehen, oder? Viel echter als die kann wohl keine sein. Wo musst du denn so dringend hin?«

»Zu … meiner Maschine. Die muss … ja, also ich muss sie noch mal putzen.«

»Jetzt? Um die Zeit?«

»Genau, die ist sehr pflegeintensiv.« Mathis wünschte Willi noch einen schönen Abend und verschwand mit einem Kopf, der so rot war, dass er gar nicht wusste, wo er sich die Mütze lieber hinhalten wollte, vors Gesicht oder vor die Hose. Am Zelteingang stieß er mit dem Türsteher zusammen, der sehr nah am Vorhangspalt gestanden hatte. Jetzt hielt der Mann sich das rechte Auge, und Mathis rieb sich die Stirn.

»'tschuldigung«, murmelte er, doch der Türsteher gab ihm nur einen Stoß und trat dann mit dem linken, noch unversehrten Auge wieder an den Vorhangspalt heran.

Erleichtert trat Mathis in die frische Nachtluft. Die lebendigen Bilder hatten tatsächlich einen sehr lebendigen Eindruck bei ihm hinterlassen. Jetzt, wo der erste Schock überwunden war, kamen ihm zig Fragen in den Sinn. Und niemand wäre wohl besser für eine Erklärung geeignet als die Person, die ihn völlig unvorbereitet in diese Vorstellung geschubst hatte.

Meister Bo war nicht erbaut über Mathis' verfrühte Rückkehr. Man könnte sogar sagen, der Gehilfe hatte seinen Meister noch nie wütender erlebt. Ohne anzuklopfen, polterte Mathis zur Tür herein und fand den Alten in einer Situation vor, die der von der Leinwand gar nicht unähnlich war.

»Was zum Henker? Potzblitz, Teufel noch mal, raaauuus!«, brüllte Meister Bo und bewarf Mathis mit dem erstbesten Gegenstand, den er in die Finger bekam. Es war ein Damenschuh. Weil Mathis aber vor Schreck völlig unfähig war zurückzuweichen, traf der Schuh ihn genau an der Schläfe. Er spürte einen stechenden Schmerz. Mit der Hand fuhr er zu der Stelle, wo der Schuh ihn erwischt hatte. Seine Finger berührten etwas Klebriges.

»Bo! Du alter Affenschwanz, du hast ihn ja verletzt!«

Es war Hilda. Seit ihrem Aufbruch hatte Mathis sie nicht mehr gesehen. Sie wälzte sich aus den Laken hervor und sprang nackt aus dem Bett. Dann warf sie sich einen äußerst dünnen Morgenmantel über, mit dem sie noch nackter wirkte, und kam auf Mathis zu. Sie drückte ihn gegen ihre großen, hängenden Brüste, und zum zweiten Mal an diesem Abend wurde ihm ganz schummrig zumute. Er versuchte, sich loszumachen, doch da hatte sie schon seinen Kopf gepackt, bog ihn zurück und besah fachmännisch die Wunde.

»Er blutet«, stellte sie fest.

»Meine Güte! Es war nur ein Schuh, keine Bratpfanne!«, donnerte Meister Bo.

»Aber er hatte einen Absatz!« Hilda hob den Schuh vom Boden auf, der jetzt, aus der Nähe betrachtet, tatsächlich eher wie ein violettfarbenes Wurfgeschoss aussah. Er war stromlinienförmig und hatte hinten einen stabilen, hufähnlichen Keil. Ge-

nau damit musste Meister Bo die Stirn getroffen haben. Mathis
drückte vorsichtig auf die schmerzende Stelle und verzog das
Gesicht.

»Warum bist du denn auch schon wieder zurück? Was meinst
du, wofür ich zehn Pfennig für dich ausgebe, du undankbares
Stück Sch...!«

»Jetzt ist es aber genug, Bo!«, rief Hilda, doch in seiner Wut
wäre Meister Bo wahrscheinlich nicht einmal dann zu bremsen
gewesen, wenn der Schuh Mathis ein Auge rausgehauen hätte.

»Die Vorstellung war vorbei«, versuchte er sich zu verteidigen.

»Was denn, nach zehn Minuten schon? Dann bleib gefälligst
sitzen und sieh dir die nächste an.«

»Bo! Jetzt halt endlich mal die Klappe. Vielleicht müssen wir
einen Arzt holen.«

»Den Teufel werden wir holen! Ich habe schon zehn Pfennig
für den Bockpfeifer ausgegeben. Meinst du, da bezahl ich jetzt
auch noch 'nen Quacksalber für ihn?«

»Was, wenn das genäht werden muss? Die Wunde sieht ganz
schön tief aus!«

»Na, hoffentlich ist sie tief genug, dass endlich mal sein hoh-
ler Kopf durchlüftet wird!«

»Ach, du bist ein ...« Hilda fiel ausnahmsweise kein passender Ausdruck ein. Sie schüttelte missbilligend den Kopf und berührte Mathis' Schläfe, als könnte sie die Wunde allein mit ihren
Schlangenfingern zudrücken. Mathis zuckte zurück.

»Es geht schon«, log er.

»Dann mach endlich, dass du rauskommst, bevor ich den
zweiten Schuh auch noch finde.«

»Ja, Meister.«

Es war nicht angenehm, draußen auf der Wohnwagenstiege
zu sitzen und Meister Bo und Hilda zuzuhören. Zumal Mathis
seit dem heutigen Abend eine ziemlich genaue Vorstellung von

dem hatte, was er da zu hören bekam. Fast kam es ihm so vor, als ob nun der Ton zu den Bildern nachgeliefert würde, die er vorhin gesehen hatte.

Zwischen viel Gequietsche und Gekeuche stieß Hilda immer wieder wüste Beschimpfungen aus, die sich vor allem um die tierischen Eigenschaften von Meister Bo drehten. Der Untergrund, auf dem Mathis saß, wackelte im Takt des Quietschens mit. Mathis wusste nicht, wie er dem alten Mann jemals wieder in die Augen sehen sollte, ohne an Pferde oder Wildschweine zu denken.

Nach einer kleinen Ewigkeit hörte die Erde auf zu beben, die Tür ging auf, und ein Schlafsack flog heraus. Mathis klaubte ihn auf und wickelte sich ein. Es war um diese Jahreszeit eigentlich nicht mehr warm genug, um draußen zu schlafen. Aber in einem Bett neben Meister Bo und Hilda zu liegen wäre für alle Beteiligten auch sehr unangenehm gewesen. Darum nahm Mathis ihnen den Rauswurf nicht übel.

Fröstelnd blickte er auf den dunklen Spalt unter dem Wohnwagen und dann zum Podest der Maschine. Die Wahl fiel ihm nicht schwer. Er stieg die Stufen hoch, schob sich durch den Vorhangspalt und rollte sich mit dem Schlafsack zu Füßen der Maschine zusammen. Kurz bevor er einnickte, streckte er die Hand aus und strich sanft über die Drehkurbel.

»Gute Nacht ... Röntgenmaschine«, flüsterte er, froh, dass er endlich einen Namen für sie hatte.

Natürlich ging der Abend im heimlich errichteten Kinematografenzelt nicht spurlos an einem Fünfzehnjährigen vorbei. Die Bilder machten es sich in Mathis' Kopf bequem. Und sie brachten Träume und Fantasien mit sich, von denen sein Gehirn nicht gewusst hatte, dass es sie überhaupt produzieren konnte. Mathis träumte von Frauen, die willkürlich ihre Gesichter und Gestalten untereinander tauschten: Mal saß Elsas Kopf auf Hildas nacktem Körper, dann lagen Hildas Finger mit den abgebrochenen Nägeln auf Mathis' Bauch und auf anderen Stellen, über die er im Wachzustand gar nicht nachdenken wollte. Und über allem wippte der weiße Hintern der Leinwanddame auf und ab wie ein unruhiger Mond.

Einmal erschien Mathis sogar ein schwarzes Mädchen im Traum, von dem er nicht wusste, woher in aller Welt es kam. Bis er sich nach dem Aufwachen daran erinnerte, dass dieser Willi etwas von schwarzäugigen Riesenaraberinnen erzählt hatte.

Mathis schämte sich für diese Träume und stürzte sich umso mehr in die Arbeit. Er putzte und polierte, fettete und kurbelte die Maschine mit solcher Hingabe, als könnte er dadurch wiedergutmachen, dass er sie nachts im Traum betrog.

»Was ist denn los mit dir, du Flackerhans!«, schimpfte Meister Bo, als Mathis am dritten Festtag mit nervös verschüttetem Bier zurückkam, weil ihm auf dem Weg zwischen Braustand und Wohnwagen ein Mädchen zugelächelt hatte.

Hilda betrachtete ihn aus fachmännisch zusammengekniffenen Augen und verkündete: »Er braucht eine Frau, Bo!«

Mathis wurde knallrot im Gesicht und wandte sich ab. Er glaubte nicht, dass eine Frau das Problem lösen würde, im Gegenteil! Die Frauen waren ja gerade schuld an seinem Dilemma. Und dass Hilda so deutlich sah, was er verzweifelt verbergen wollte, zeigte doch nur umso deutlicher, dass man sich besser nie mit dem weiblichen Geschlecht einließ!

Doch Mathis war nicht der Einzige, über dessen Bedürfnisse an diesem Tag fremde Menschen entscheiden sollten.

Gerade als Meister Bo sich darüber ausließ, dass er bestimmt nicht noch Extrageld für das Herumschwänzeln seines Assistenten ausgeben würde, brach ganz in der Nähe ein Tumult aus. Mathis kletterte auf das Wagendach, um den Grund dafür ausfindig zu machen. Eine aufgebrachte Menschentraube hatte sich um einen Glaskasten versammelt, in dem ein dürres, verängstigtes Männlein hockte. Sie klopften mit Fäusten und Bierkrügen gegen die Scheibe.

»Was siehst du, Mathis?«, rief Hilda, die unten am Wohnwagen stand.

»Sie sind bei dem Hungerkünstler. Riccardo Sacco!«

Sacco war ein umstrittener Gast auf dem Oktoberfest. Es war
sein einundvierzigster Auftritt als Hungernder, und für das
Herbstfest wollte er diesmal ganze zehn Tage ohne Essen in seinem Glaskasten verbringen. Doch die Münchner waren nicht
ganz so begeistert von seinem Vorhaben, wie das in anderen
Städten der Fall gewesen war. Ein Verhungernder inmitten des
Hauptfests der Genüsse! Für die Münchner Seele war das völlig
unverständlich.

Unter den Aufgebrachten befand sich auch eine Brezenverkäuferin, die ihre Brezenstöcke schwang, als wollte sie die Fütterung des armen verirrten Italieners gleich selbst übernehmen.
Neben ihr schlug ein Mann einen Stuhl gegen den Hungerkasten. Dann kamen zwei andere Männer mit einer Holzbank angerannt, die sie wie einen Rammbock verwendeten. Die Menge
sprang kreischend und jubelnd zur Seite, während der arme
Sacco in seinem Kasten ängstlich zurückwich. Er sah aus, als
wollte er an der Scheibe hochklettern. Doch der Hungerkasten
war rundum dicht verschlossen und bot keine Fluchtmöglich-
keit – worum es bei dem Bau ja ursprünglich auch gegangen
war. Sacco hatte sich seine eigene gläserne Falle errichtet.

»Was ist? Was machen sie?«, rief Hilda begeistert. Mittlerweile hatte sich auch der Seeschlangenbesitzer von der Schaubude gegenüber dazugesellt sowie die Seeschlange selbst. Sie
war eine müde aussehende Frau, die einen grünen Pappschwanz
hinter sich herzog.

»Ich glaube, sie zerschla...« Es war nicht mehr nötig, den
Satz zu beenden, denn in diesem Moment zerbrach der Glaskasten mit einem so lauten Klirren, dass es unmöglich zu überhören war. Menschen schrien, Glas- und Holzsplitter flogen. Sacco
schützte mit den Armen sein ausgezehrtes Gesicht und wurde
im nächsten Moment aus seinem zertrümmerten Hungerbau

gezogen. Jubelnd hob die Menge ihn hoch und trug ihn über den Platz davon. Die Brezenverkäuferin stopfte Sacco eine Brezen in den Mund. Es war der symbolische Triumph der Münchner über das Verhungern.

Mathis kletterte von seinem Aussichtsplatz hinunter, als die Menge an ihnen vorbeikam.

»Wohin bringt ihr ihn?«, rief er.

Die Frau, die sich zu ihm umdrehte, machte ein Gesicht, als hätte sie eine wichtige Mission vor sich. »Ins Café Wittelsbach. Do wead erst amoi oadentlich ein'kehrt!«

Tatsächlich war die Einkehr im Wittelsbach so oadentlich, dass der arme Hungerkünstler wohl zu Tode gefüttert worden wäre, hätte nicht die Polizei im letzten Moment eingegriffen.

Sacco reiste noch am selben Abend aus München ab. Sein zerbrochener Glaskasten aber blieb wie ein Mahnmal auf dem Festplatz liegen und erinnerte die Gäste daran, was mit denen geschah, die sich der guten bayrischen Küche widersetzten.

Hilda wohnte die gesamte Oktoberfestzeit bei Meister Bo im Wagen, sodass Mathis sein Lager dauerhaft neben der Maschine aufschlug. Im Gegenzug dafür war Hilda aber auch besonders nett zu Mathis. Sie stellte sich auf seine Seite, wenn Meister Bo ihn wieder einmal anfuhr, und steckte Mathis ein paarmal sogar Groschen zu, die er auf dem Festplatz ausgeben konnte. Von dem Geld sah Mathis sich die Afrika-Show an, das Pferderennen und die Raubtierarena. Und als der letzte Festtag kam, kaufte er am Wiesn-Postamt eine Karte und schrieb an seine Mutter.

Er teilte ihr mit, dass es ihm leidtue, sie verlassen zu haben. Aber dass es ihm gut gehe und sie sich keine Sorgen machen solle. Vielleicht würde er im nächsten Sommer mit dem Jahrmarkt zurückkehren.

Damit war die Karte auch schon voll. Sie war nicht für Nachrichten an zurückgelassene Mütter ausgelegt. Eigentlich war

sie überhaupt nicht für Mütter ausgelegt, denn auf der Front-
seite war ein Mann abgebildet, der als Alkoholleiche auf einer
Art Rollbrett abtransportiert wurde. Dahinter standen drei sau-
fende Münchner, die sich ein ebensolches Brett auf den Rücken
geschnallt hatten. »Wer zur Wiesn geht und ist kein Thor, sieht
fürn Kleintransport sich fein praktisch vor«, hieß es in der Bild-
unterschrift. Zu allem Überfluss wurde die rote Schnapsnase
des Liegenden auch noch von einem Dackel angefressen.

So etwas hätte wohl zur Beruhigung keiner Mutter beigetragen. Zur Sicherheit schrieb Mathis in die Ecke, dass sie sich von
dem Bild nicht irritieren lassen solle, es gehe ihm wirklich gut.
Dann schickte er die Karte ab. Er fühlte sich besser.

Zu Füßen der Bavaria feuerten die Schützen zum Abschied
Schüsse in die Wolken. Und aus den Löchern fielen die ersten
Tropfen eines noch Wochen anhaltenden Regens.

ZWÖLFTES KAPITEL

Berlin, 1935

Ein paar Tage nach den Ausschreitungen am Berliner Ku'damm erreichten zwei Hiobsbotschaften die kleine Wohnwagensiedlung.

Die erste kam von Meta.

Um elf Uhr vormittags, nur drei Stunden nachdem sie zur soundsovielten Sitzung in Thoraks Atelier aufgebrochen war, stampfte sie die Treppe des Wohnwagens hoch und riss die Tür so heftig auf, dass Mathis vor Schreck einen Stapel Papiere vom Tisch fegte. Meta war zu aufgelöst, um auch nur einen Kommentar zu seiner vertanen Freizeitgestaltung abzugeben. Sie war blass. Mathis war sofort auf den Beinen.

»Was ist passiert?«

»Wir wurden ausjuriert!«, brodelte Meta. Mathis konnte sehen, wie sie mit den Worten kämpfte und mit ihrem Atem. Wenn sie wütend war, dann kam beides nur noch stoßweise aus ihrem Körper.

»Ausjuriert? Was meinst du mit ausjuriert? Und wer ist wir?«

»Na wir! Thorak und ich!«

Mathis schwieg. Es war ihm nicht klar gewesen, dass es ein »Wir« gab, das nicht ihn mit einschloss. Meta ließ sich auf den Stuhl fallen und sprang gleich wieder auf. Auch zum Sitzen war sie zu aufgebracht.

Den Leuten vom Olympiastadion hatten die Entwürfe für Thoraks Statue nicht gefallen. Es war absolut nicht das Frauenbild, das der Führer im neuen Reich sehen wolle, hatten sie

gemeint. Ob der Herr Künstlerprofessor Thorak da nicht zu-
stimme. Und wie der Herr Künstlerprofessor überhaupt auf die
bescheuerte Idee habe kommen können, den Körper einer Frau
so männlich zu gestalten.

»Männlich!«, rief Meta erbost. »Sehe ich etwa männlich aus?«

»Das haben sie gefragt? In deiner Anwesenheit?«

»Nein, ich war nicht dabei. Josef hat es mir erzählt.«

Mathis fand, dass das aber äußerst taktvoll von dem lieben
Josef gewesen sei. Woraufhin Meta fand, Mathis könne sich
seine ironischen Kommentare sonst wohin stecken.

Tatsächlich hatten die Herren des Olymps nicht glauben können, dass Meta ein lebendiges Modell war. Was das denn für
eine Frau sein solle, hatten sie gefragt. Und ob die dem Reich
denn überhaupt Kinder geboren hätte. Nach neuesten wissenschaftlichen Studien (und eigentlich auch nach den alten) sei
das ja gar nicht möglich mit einem zu straffen Beckenboden.

Mathis bückte sich, um die Papiere vom Boden aufzusammeln. Eins davon klemmte unter Metas Schuh. Sie hielt noch
immer die Arme verschränkt und machte sich nicht die Mühe,
den Fuß zu heben.

»Meta, ich kann nun wirklich nichts dafür, dass sie Thorak
ausjuriert haben.«

»Besonders erschüttern tut es dich aber auch nicht!«

Das tat es tatsächlich nicht. Mathis hielt es eher für die Lösung aller Probleme. Er war es leid, hier ständig allein zwischen
den Bergen an Blumen zu sitzen. Und Meta hatte sowieso nie
als Hitler-Geschenk das Stadion schmücken wollen.

Doch Meta fand, dass es ein großer Unterschied sei, ob man
keine Statue von sich habe, weil man eben keine wolle, oder
ob schon eine entworfen worden war, die dann aber abgelehnt
wurde. Immerhin war das ihr nackter Körper, den die Herren
da abgelehnt hatten.

»Das war nicht dein nackter Körper, sondern nur ein fragli-
ches Bild von dir«, widersprach Mathis, noch immer auf dem

263

Boden hockend. »Und noch dazu eins, dessen Ideal wir gar nicht vertreten.«

Doch Meta wetterte, Mathis drücke sich nur wieder so geschwollen aus, um alles zu verzerren, damit sie am Ende gar nicht mehr wisse, warum sie sich eigentlich aufrege. Und dazu habe sie doch wohl verdammt noch mal das Recht!

»Was interessiert dich denn, was die gut finden und was nicht? Die grenzen auch Leute aus, weil sie nicht die passende Religion haben. Oder politisch anders denken. Oder behindert sind oder ...«

»Ich bin aber nicht behindert!«, schrie Meta.

Mathis seufzte. Er zog sich am Stuhl hoch und gab die Rettungsaktion der Papiere zugunsten der Rettung von Meta auf.

Er wusste ja, dass es hier nicht um einen verlorenen Wettbewerb ging. Es ging um all das, wofür Meta stand, wofür sie seit Jahren kämpfte. Es ging darum, dass sich die Menschen seit 1900 kein bisschen weiterentwickelt hatten, wenn es um die Frage ging, wie stark oder muskulös eine Frau sein dürfe.

Auf Werbeplakaten und Postkarten wurden sie vielleicht abgebildet, und hin und wieder mal in einem Magazin. Aber dann nur als abstruse Monster oder erotische Fantasiefiguren.

Es hatte Meta gefallen, dass Thorak einen muskulösen weiblichen Körper in Marmor meißeln wollte. Nicht unbedingt nur, weil es sich um ihren Körper gehandelt hatte. Sondern weil eine solche Statue längst überfällig war.

Mathis hätte Meta gern umarmt. Aber sie hatte die Arme fest verschränkt und starrte abwesend aus dem Fenster. In ihren Augen zogen Wolken auf.

»Wo ist Ernsti überhaupt?«, schnappte sie, als ihr auffiel, dass der den Streit nicht wie üblich gestört hatte.

Mathis erklärte, Ernsti sei drüben in seinem eigenen Wagen, zusammen mit seinem neuen Spielzeug. Frieda hatte nämlich vor fünf Tagen eine Kuckucksuhr auf dem Schrottplatz gefunden und sie Ernsti geschenkt. Die Uhr war kaputt, aber das machte nichts. Wäre sie nicht kaputt gewesen, hätte Ernsti schon noch nachgeholfen. Er nahm alle Dinge auseinander, die man ihm schenkte.

Meta hatte nichts von diesem neuen Spielzeug gewusst, und Mathis verzichtete darauf, ihr zu sagen, das könne vielleicht daran liegen, dass sie in der letzten Zeit selten zu Hause gewesen sei.

Ihr Schuh hob sich endlich, und Mathis bückte sich erneut nach dem Zettel, der darunterhing.

»Du hast es also immer noch nicht aufgegeben«, stellte sie fest, »dieses Projekt.«

»Ich habe nie behauptet, dass ich es aufgeben würde. Und sprich ›Projekt‹ bitte nicht aus, als wäre es eine Krankheit. Ich arbeite an einem Buch.«

»Ist das da mein Name?« Sie deutete auf die Seite.

»Das kann gut sein. Dir wird nämlich ein ganzes Kapitel gewidmet.«

Doch Meta wäre eine Unsterblichkeit in Stein lieber gewesen als ein Platz auf Mathis' Papierseiten. Wie schnell die verbrennen konnten, habe man ja schon früher gesehen. Mal abgesehen davon, dass Mathis das Buch wahrscheinlich nie veröffentlichen würde.

»Es ist auch nicht wichtig, es zu veröffentlichen. Es ist nur wichtig, es zu schreiben.« Mathis faltete den Zettel und verstaute ihn. Neben Metas Namen trug er nun auch ihren Fußabdruck.

»Es zu schreiben? Das soll wichtig sein? Für wen denn? Und wenn es nie jemand liest!«

»Irgendwann wird es vielleicht jemand lesen.«

»Oh, gut. Dann können wir ja auch anfangen, Dinge zu kochen, die wir auf die Wiese stellen. Vielleicht kommt ja irgendwann jemand vorbei, der sie essen will.«

»Ja, das könnten wir tun. Und vielleicht retten wir damit sogar jemanden vor dem Verhungern.«

Meta holte Luft. Sie war sauer, ein Streit mit Mathis kam ihr da gerade recht. Doch sie kam nicht mehr dazu, etwas zu erwidern. Denn jetzt polterte es doch noch an der Tür.

»Nicht jetzt, Ernsti!«, rief Mathis, bevor ihm einfiel, dass Ernsti ja nie anklopfte. Dass das überhaupt nicht seine Art war. Im nächsten Moment flog auch schon die Tür auf, und anstelle von Ernsti stolperte ein atemloser Toni Farinsky herein. Er war es, der die zweite Hiobsbotschaft des Tages brachte.

»Sie haben Cassandra mitgenommen.«

Die gesamte Artistengemeinde versammelte sich vor Cassandras verwunschener Märchenhöhle. Sie warteten auf irgendetwas, so als könnte Cassandra doch noch unter irgendeinem Stein hervorgekrochen kommen. Doch da kroch nichts, was nicht auch an gewöhnlichen Tagen dort gekrochen wäre. Die Kolonie hatte einen weiteren Bewohner verloren.

Der ehemals schöne Andrahama nahm die Mütze ab. Er kratzte sich am ehemals schönen Kopf, der inzwischen kahl und alt geworden war.

Niemand fragte, was Cassandra getan haben könnte, um den Ärger der Behörden auf sich zu ziehen. Dass sie inmitten der Wohnwagen diverse Führer und Propagandaminister verbrannt und dabei Zauberformeln in den Himmel geschrien hatte, hatte sicher nicht zu ihren besten Ideen gehört.

Mathis besah sich die traurigen Gestalten, die neben dem ehemals schönen Andrahama standen: Frieda und Toni, die zusammengewachsenen Schwestern, der Haarathlet Simson, das menschliche Nadelkissen Rosendo und Cora Eckers, die dicke bärtige Zwergin. Auf der anderen Seite des Wohnwagens standen Hansi Elastik, der Ausbrecherkönig Habermann, Ernsti und Meta und, ganz am Rand, Evie. Sie hatte die Hände vor dem Körper gefaltet, als befänden sie sich auf einer Beerdigung. Als sie merkte, dass Mathis sie ansah, hob sie den Blick. Doch ein Lächeln brachte sie nicht zustande. Sie hatte Angst.

Evies Mann Jonathan war der Einzige, der nicht bei dieser inoffiziellen Versammlung dabei war. Denn er lag verknöchert auf seiner Pritsche und konnte sich nicht mehr bewegen als die letzten zehn Jahre auch. Nur dass er früher öffentlich herumgelegen hatte und Zuschauer gekommen waren, die seine Krankheit bewundert hatten.

Das ganze Warten auf Arbeit erschien Mathis plötzlich sinnlos. Es würden keine Engagements kommen. Es würden nur Männer in Uniformen kommen, die einen nach dem anderen abholten wie beim Abzählreim der zehn kleinen Negerlein. Dass die Kolonie sich auf diesem Hügel zusammengedrängt hatte, machte die Sache nur noch einfacher für die Behörden.

Hitler predigte ein Land in Arbeit. Aber er stellte sich dabei keine Nation von jonglierenden Zwergen vor oder von Menschen, die sich mit den Haaren an der Decke aufhängen konnten.

Die Kolonie mochte vielleicht noch aussehen wie ein Zirkus, aber keiner von ihnen – Meta einmal ausgenommen – hatte in den letzten Wochen und Monaten einen Auftritt gehabt. Die Wohnwagen waren alt und heruntergekommen. Die Mägen aller Anwesenden knurrten, und inzwischen missgönnte einer dem anderen schon ein Stück Schrott, das auf der Müllhalde gelegen hatte. Vor zwei Tagen erst hatten sich die zusammengewachsenen Schwestern und der Haarathlet Simson um eine geklebte Haarspange gestritten. Sie waren ein Haufen Arbeitsloser. Aber weil ein Künstler immer ein Künstler blieb, ob nun mit oder ohne Arbeit, wollte sich das keiner eingestehen.

»Wir müssen etwas tun«, flüsterte Mathis Meta zu. Seine rechte Hand fand ihre linke. Obwohl er fast keine Finger mehr hatte, passten ihre Hände immer noch perfekt ineinander. Sie drückte zu, und es tat weh. Mathis hatte Meta nicht erzählt, dass mit dem Schreiben auch die Schmerzen wieder schlimmer geworden waren.

Sie starrte geradeaus, auf den Eingang von Cassandras

Wohnwagen, und sie musste nichts sagen. Mathis wusste auch so, was sie dachte. Amerika, dachte sie. Amerika, ihr gelobtes Land.

Der Sommer neigte sich in Berlin dem Ende zu, und weitere schlechte Nachrichten erreichten die Artisten. Wie verfrühte Herbstschatten fielen sie auf den Hügel. Sie machten, dass dieser September kälter war als die in den vergangenen Jahren.

Es ging damit weiter, dass der Zirkusbesitzer Karl Straßburger in die Knie ging. Er hatte schon seit Monaten mit antisemitischer Hetze zu kämpfen und musste seinen Zirkus nun endgültig an Carl Busch verkaufen. Weil er Jude war, und Juden sollten eben keinen Zirkus besitzen. Im Grunde sollten Juden überhaupt nichts besitzen, verdammt noch mal, war die Meinung des cholerischen Adolf Hitler.

Richtig gut begründen konnte Hitler das allerdings nie, oder vielleicht war das Volk auch nur zu dumm, um die vielen informationsreichen Plakate, Zeitungsartikel und Flugblätter zu verstehen. Der Jude war nun mal ein Rassenschänder, ein Kind des Teufels, ein Geizhals, und steinreich war er sowieso. Auch wenn auf Straßburger irgendwie keiner dieser Vorwürfe so recht zutreffen wollte.

Tatsächlich war Straßburger ein großzügiger und ehrlicher Mann. In einer Zeit, in der das Geld nichts mehr wert gewesen war, hatte er erkannt, dass Unterhaltung wichtiger war denn je. Er hatte Brot und Kartoffeln als Zahlungsmittel für die Eintrittskarten angenommen und dennoch stets versucht, seine Artisten gerecht zu entlohnen. Und was diese Rassenschandegeschichte betraf – nun, die hinkte in ihrer Argumentation wie ein dreibeiniger Hund. Das Problem war nur, dass die wenigsten ein Argument brauchten, um einen dreibeinigen Hund zu prügeln.

Einer, der in diesen Tagen das Problem der antisemitischen Euphorie ebenfalls zu spüren bekam, war ironischerweise ein

Mann namens Julius Streicher. Ironisch deshalb, weil Streicher die Euphorie eigentlich selbst angepeitscht hatte. Er war Herausgeber des antisemitischen Hetzblattes *Der Stürmer*, das auch Straßburger niedergeknüppelt hatte. Und zunächst hatte für Streicher ja auch alles ganz nett ausgesehen: Das Blatt hatte eine sechsstellige Auflage erreicht, und vor allem die pornografischen Karikaturen von Juden, die sich an blonden Mädchen vergingen, erfreuten sich großer Beliebtheit. Außerdem hatte der Führer im gesamten deutschen Reich Kästen aufstellen lassen, die Streicher mit antisemitischen Parolen bestücken durfte. Eine bessere Werbung für sein Blatt konnte er gar nicht bekommen. Und dann auch noch kostenlos.

So hatte Streicher mit der Zeit ein beachtliches Vermögen eingestrichen und konnte sich so einiges leisten: ein schickes Haus, ein schickes Auto und die Verschwiegenheit der Frauen, mit denen er seine Gattin betrog.

Aber seit der Führer im September die Nürnberger Gesetze herausgeschrien hatte, war die Sache nicht mehr zu bremsen. Rund siebenhundert Briefe gingen nun täglich in Streichers Redaktion ein. Siebenhundert! Das war mehr Volumen, als Postkasten und Türschlitz bewältigen konnten. Streicher musste eine ganze Armee von Praktikanten einstellen, um überhaupt sicherzustellen, dass er noch die Tür aufschieben konnte, wenn er morgens in die Redaktion kam. Wie kleine Heinzelmännchen saßen die Praktikanten da, öffneten Briefe und sortierten Stapel von Fotos, die treue Leser eingesandt hatten. Ein ganzes Volk von Denunzianten. Wenn Streicher die Verräter nicht selbst dazu angestiftet hätte, hätte er sie direkt eklig finden können. Gab es denn nicht einen Funken Ehrgefühl in den Leuten? Seit die Sündenböcke der Nation nun gesetzlich klar festgelegt waren, fühlten sich viele Bürger um ein Mittel bereichert, ihre Nachbarschaftskriege auszutragen. Sie lauerten ihren Hausgenossen auf und schossen Fotos von Nachbarn, die sich mit Juden in der Tür unterhielten, was seit September nun verbo-

ten war. Oder von jüdischen und nicht jüdischen Nachbars-
kindern, die gemeinsam auf dem Heimweg waren, obwohl sie
doch nun schon extra in getrennte Schulen gesteckt wurden! Ein
Leser schickte sogar ein Foto von einem Fahrrad, das an einer
Hauswand lehnte, mit der Nachricht, dies sei das Fahrrad eines
deutschen Mädels, das an der Hauswand eines jüdischen Ver-
werflings lehnte. Ob der sehr verehrte Herr Streicher da nicht
vielleicht eines seiner Schilder übrig hätte ...?

Bei »seinen Schildern« handelte es sich um einen von Streichers vielen genialen Einfällen, wie man Juden und Juden-
freunde noch besser an den Pranger stellen konnte. Sie bekamen einfach ein Schild verpasst, auf dem so geistreiche Sprüche
wie »Ich bin am Ort das größte Schwein und lass mich nur mit
Juden ein« oder »Blonde Frauen sind meine Opfer« zu lesen waren. Streicher dachte sich solche Parolen über dem Morgenkaf-
fee aus, das Schild wurde den Rassenschändern an den Körper
gehängt, ein Foto für den *Stürmer* geschossen und die jeweili-
gen Personen dann durch den Ort geschickt, wo sie mit allem
Möglichen beworfen und beschimpft werden durften, was den
Menschen gerade so einfiel. Ein Sport wie aus dem Mittelalter,
dachte Streicher. Aber weil die Leute sich seit dem Mittelalter
eigentlich gar nicht so sehr weiterentwickelt hatten, erfreute er
sich nun mal großer Beliebtheit.

Mit der Kaffeetasse in der Hand strich Streicher an den verzweifelten Praktikanten hinter ihren Briefbergen vorbei und an
der überforderten Sekretärin, die ebenfalls hinter einem Brief-
berg saß, und atmete auf, als er sein gut aufgeräumtes Büro erreichte. Auf seinem Schreibtisch durfte wirklich nur das Pikan-
teste landen, das seine Mitarbeiter für ihn raussuchten. Bilder
von Juden beim Küssen oder beim Geschlechtsverkehr, etwas
in der Art – das Blatt musste schließlich seiner Linie treu bleiben. Streicher ergötzte sich kurz an der entsprechenden Aus-
beute und nahm eine Karikatur zur Hand. Die Zeichnung zeigte
ein junges, sehr unschuldig wirkendes Mädchen auf dem Schoß

eines nackten, nicht ganz so unschuldig wirkenden Juden. Der Jude war wie immer erkennbar an seiner übergroßen Nase, dem finsteren Blick und – neu – auch an seiner Körperfülle. Hitler hatte kürzlich auf dem Parteitag nämlich verkündet, der Deutsche müsse rank und schlank sein. Da mussten die Juden entsprechend in die entgegengesetzte Richtung angepasst werden.

Streicher nahm noch ein paar Verbesserungen vor, malte das Gesicht des Juden noch finsterer und die Brüste des unschuldigen Mädchens noch größer, und dann legte er die Karikatur zur Seite und wandte sich dem Plakat zu, an dem er seit gestern arbeitete.

Es war eine Werbung für die nächste Sonderausgabe des *Stürmers,* die den Leser über die Notwendigkeit der Nürnberger Gesetze informieren sollte. »Was ist Rassenschande?«, stand in großen Lettern darauf. Die Ausgabe würde darüber aufklären, wer in puncto Geisteskrankheit und Verbrechen (insbesondere bei Bankrott, Wucher und Sexualvergehen) die große Judennase vorn hatte. Und was die Folge für alle sein müsste, die diese Gesetze missachteten. »Todesstrafe für Rassenschänder«, stand ganz unten auf dem Plakat. Das glorreiche Fazit einer glorreichen Hetzkampagne. Doch Streicher wiegte den Kopf hin und her. Er hatte so das Gefühl, dass das Plakat den Zustrom an Leserbriefen nicht gerade eindämmen würde.

Wer den *Stürmer* nicht entgegennahm, der machte sich verdächtig. Das wusste man auch in der Kolonie auf dem Karlsberg, wo man eine gute Verwendung für dieses Klatschblatt gefunden hatte. Tatsächlich eignete es sich hervorragend als staatlich finanziertes Toilettenpapier.

Mathis konnte nur immer wieder den Kopf über die Texte schütteln, die er zu seinem nackten Hintern führte. Bei Meta dagegen lösten die Bilder und Karikaturen eine krankhafte Panik um Ernsti aus, den sie seit dem Vorfall mit Cassandra ohnehin nur noch dicht bei sich hielt. Tag und Nacht musste Ernsti nun bewacht werden. Und als ob das allein nicht schon genug Grund zur Freude wäre, war mit Metas Bruder auch noch die Kuckucksuhr bei ihnen eingezogen. Und die zerrte nun wirklich an Mathis' Nerven.

Ernsti hatte die kaputte Uhr offensichtlich nicht mehr kaputt machen können und hatte sie stattdessen irgendwie so weit repariert, dass der zerzauste Kuckuck sich wieder blicken ließ. Doch statt zu jeder vollen Stunde sprang der blöde Vogel nun alle siebzehn Minuten lärmend aus seinem Kasten. Ernsti war natürlich entzückt von dem Ding, umso mehr, weil er sah, dass Mathis jedes Mal vor Schreck zusammenfuhr, wenn ihm der Kuckuck entgegenschepperte. Und wenn er die siebzehn Minuten nicht abwarten konnte, ahmte Ernsti den Kuckucksruf einfach nach.

Das Schreiben hatte Mathis bei der Enge und dem Lärm längst aufgegeben. Zumal Meta seine Notizen so finster taxierte, als verfasse er kein Buch, sondern Liebesbriefe an den Führer.

Doch mal abgesehen davon kehrte nach Cassandras Verschwinden wieder Alltag in der Kolonie ein. Niemand suchte nach der alten Frau, weil ohnehin niemand gewusst hätte, wo man mit der Suche beginnen sollte. Wen die Regierung wegbrachte, der war verschwunden. Man tat gut daran, sich zu bekreuzigen und zu hoffen, dass einen niemals das gleiche Schicksal ereilen würde.

»Hast du irgendwas vom Kakadu gehört?«, fragte Mathis leise, als sie eines Abends nebeneinander im Bett lagen. Meta sollte noch vier Auftritte im Kakadu haben, doch die Absprache hatten sie getroffen, bevor ihr Gönner Thorak ausjuriert worden war.

»Pssst«, machte Meta und strich Ernsti beruhigend über die Wange. Mathis seufzte, und danach störte nur noch Metas grummelnder Magen die Stille, die sie für Ernsti inszenierten.

Appetitmäßig war Meta noch immer eine Sechzehnjährige im Wachstumsschub. Ihre Muskeln schrien nach Futter, und darum lief sie tagsüber durch den Wagen wie ein gefangenes Zirkustier und blickte alle fünf Minuten in den Vorratsschrank, als könnte etwas hineingeklettert sein, das sich essen ließ.

»Ist das ein Zauberschrank? Das verschwundene Graubrot?«, fragte Mathis irgendwann.

»Du bist ein Klugscheißer, Mathis Bohnsack!«

Und damit knallten Schrank- und Wagentür zu, und Meta stampfte hinter den Wagen, um irgendetwas Schweres durch die Gegend zu werfen. Dabei war Mathis doch selbst enttäuscht. Er hätte Meta gern bieten können, was Thorak ihr geboten hatte. Essen in der nahe gelegenen Gaststätte nämlich, wo Meta sich jeden Mittag hatte bestellen dürfen, was immer sie wollte. Und Meta war enttäuscht, weil Mathis enttäuscht war und weil sie Hunger hatte. Darum schwiegen sie sich enttäuscht und ein wenig hilflos an, bis der Mond aufging und sie nacheinander in die enge Lücke neben Ernsti krochen, ohne sich zu berühren.

Nach drei Wochen Enttäuschung hatte Mathis die Nase voll. Er nahm den Bus in die Stadt, um sich eine Wochenendzeitung zu besorgen, und blätterte sich bis zu den Stellenausschreibungen durch, auf der Suche nach etwas, das er tun konnte, um Geld zu verdienen. Irgendetwas musste es geben! Brot und Arbeit für alle, das predigte der blöde Adolf doch ständig! Die Zeitung war vorne voll von guten Nachrichten über glückliche, angestellte Menschen. Doch hinten drehten sich die meisten Stellenausschreibungen um die Nutzbarmachung von Land oder den Bau der neuen Autobahnen. Mathis konnte mit seinen Händen nicht einmal eine Schaufel halten. Und mit der Landwirtschaft kannte er sich zwar theoretisch aus, war aber in der Praxis schon unter seinem Vater kläglich daran gescheitert.

Für Meta wäre es einfacher. Sie könnte wahrscheinlich jede körperlich schwere Arbeit übernehmen. Nur war keine der Stellen für Frauen ausgeschrieben.

»Ich versuche es trotzdem«, sagte sie, als Mathis ihr die Anzeigen zeigte. »Sie werden schon sehen, dass ich Steine und Ziegel für zwei schleppen kann.«

Sie warf ihre Hantel ins Gras und bewarb sich, pragmatisch wie sie war, schon am folgenden Tag bei Baufirmen, Schlossern und dem Straßenbauamt. Als wäre es völlig gleichgültig, ob sie Gewichte auf der Bühne oder auf der Baustelle stemmte. Nur für die Fertigstellung des Olympiastadions bewarb sie sich nicht. Wer auch immer sie dort als Statue abgelehnt hatte, sollte jetzt auf ihre Muskelkraft verzichten müssen.

Für ein paar Tage besserte sich Metas Laune. Der Wohnwagen war nicht mehr ganz so eng. Er war wieder ein Ort zum Wohnen. Zumindest so lange, bis die Absagen auf dem Postamt eintrudelten.

Der Arbeitsmarkt wollte junge, gesunde Burschen. Die neue Arbeitsbeschaffungspolitik der Regierung war eben gerade deshalb so erfolgreich, weil die Frauen den Männern die Arbeitsplätze abtreten mussten. Adolf Hitler wollte zurück zum traditionellen Familienbild, zum Weib am Herd und zum Mann am Spaten. Von der Dame am Postamtschalter erfuhr Meta, dass es inzwischen ganze Kampagnen gegen Doppelverdiener gab. Und eine Woche später saß auch die Postamtdame in Tränen aufgelöst da und hatte ihren letzten Tag. Nach zwölf Jahren Amt hatte man ihr nahegelegt, sich besser zurückzuziehen und sich um das Haus und die Kinder zu kümmern. Als gute deutsche Mutter.

Dass der Sohn bereits vierundzwanzigjährig und die Tochter längst verheiratet war, spielte dabei keine Rolle. Ebenso wenig, dass die Postamtdame auf das Geld vom Postamt angewiesen war, damit es überhaupt ein Haus gab, um das sie sich kümmern konnte.

Mitfühlend legte sie Meta die Absagen für die Arbeitsstellen in die Durchreiche. Und mitfühlend nahm Meta die Hand der Frau und drückte sie kurz. Keine von ihnen konnte begreifen, wie sie beide ins gleiche Boot geraten waren.

Als dann im November auch noch der lang gefürchtete Brief vom Kakadu ankam, der Metas Bühnenengagement kündigte, polterte sie aus dem Wohnwagen und suchte Trost in einem mehrere Tage andauernden Körperübungsprogramm. Hinter dem Wohnwagenanhänger schleppte, hob, stemmte und warf sie schwere Gewichte, bis sich nicht einmal mehr Mathis in ihre Nähe trauen konnte, wenn er nicht von einer umherfliegenden Eisenkugel getroffen werden wollte.

Die gesamte Artistenkolonie war sich sicher, dass es mit Metas Laune nicht mehr schlimmer werden konnte.

Und dann kam das Plakat.

Sie sahen es auf ihrem Weg zurück vom Postamt auf der Friedrichstraße. Zwischen einer Werbung für deutsches Obst und einem Plakat des *Stürmers* mit der Aufschrift: »Was ist Rassenschande?«

Mathis hatte Meta zur Post begleitet, um sicherzugehen, dass diese dem jungen Mann, der neuerdings am Postamtschalter saß, nicht den Kopf abriss oder – noch schlimmer – öffentlich ihre Meinung über dieses Arschloch Adolf äußerte. Der Mann hatte Meta die Briefe mit gesenktem Haupt zugeschoben, als er ihren mordlustigen Blick bemerkt hatte. Aber zu Handgreiflichkeiten war es dank Mathis nicht gekommen.

Es war früh dunkel. Der Herbst fühlte sich an wie ein Winter und der Nachmittag wie ein Abend. Aber das Plakat sahen sie trotzdem. Es war an einer dieser neumodischen Litfaßsäulen angebracht, die jetzt von innen beleuchtet waren. Darum strahlte das junge Mädchen ihnen in der Dämmerung entgegen wie eine göttliche Vision.

»Charlotte Rickert – das junge Kraftwunder«, stand in fetten Lettern über dem Bild. Das Mädchen trug ein kurzes Trikot. Sie hatte eine Hand an die Hüfte gelegt und lächelte über ihre Schulter. Es war eine liebliche, eine weibliche Pose, die nicht darüber hinwegtäuschen konnte, dass die junge Frau einen Bizeps wie ein Hufschmied hatte. Links neben ihrem Körper verkündete ein Text, sie sei das stärkste Mädchen der Welt und würde in zwei Wochen im Wintergarten zu sehen sein.

Mathis und Meta blieben stehen. Aus Metas Gesicht wich die Farbe. Sie trat an das Plakat heran, als müsste es sich aus der Nähe als Illusion herausstellen. Doch das Mädchen behielt ihren Bizeps, und auch an dem Text änderte sich nichts. Mathis legte eine Hand auf Metas Arm und wollte sie sanft weiterziehen. Doch Meta stand so fest, als wäre sie selbst zu einer Litfaßsäule erstarrt.

Sie hatte noch nie einen Auftritt im Wintergarten gehabt. Nicht in all den Jahren, in denen sie als Kraftfrau gearbeitet hatte. Aber sie hatte mal einen Titel gehabt. Und der klebte jetzt über dem Kopf einer Jüngeren. Das junge Kraftwunder.

»Meta«, sagte Mathis sanft. Die ersten Passanten wurden auf die entgeisterte Kraftfrau aufmerksam. Mit ihrem Kreuz nahm sie immerhin die halbe Breite des Gehwegs ein. Metas Augen waren groß und bestürzt.

»Sie ist … so jung.«

Mathis bestätigte, dass das wohl der Fall sei, dass man daraus aber nicht gleich falsche Schlüsse ziehen dürfe. Jemand wurde schließlich auch nicht dicker, bloß weil einmal jemand Dünnes vorbeilaufe. Doch Meta sah ihn nur irritiert an. Den Vergleich hatte sie nicht verstanden.

»Sie sieht aus wie ich, als ich …«« Sie brach ab. Was sie sagen wollte, trudelte durch die Luft wie die Herbstblätter der Bäume. Mathis nahm Metas Hand. Er versuchte sie von der Reservebank hochzuziehen, auf die sie sich gerade gesetzt hatte. Doch Meta war ein schwerer Mensch.

»In Berlin ist Platz für mehr als eine Kraftathletin«, sagte Mathis.

»Aber sie ist das stärkste Mädchen der Welt.«

»Ach komm schon, Meta, auf Plakaten und auf der Bühne bekommen doch alle einen Superlativ!« Er lächelte ihr aufmun-

276

ternd zu, doch in ihren Augen stand Wasser. Sehr viel Wasser, über das sie nach Amerika blickte. Sie hatte immer darauf gewartet, dass ihr großer Durchbruch noch einmal kommen würde. Mathis verschränkte die schmerzenden Finger fester mit ihren.

»Lass uns nach Hause gehen«, sagte er. Doch sie wollte in den Wintergarten. Zur Premiere ihrer jüngeren Doppelgängerin. Sie machte sich von der Hand los und sah Mathis so böse an, als hätte er die leuchtende Erscheinung zu verantworten. Als hätte er das Plakat an diesem grauen Herbstnachmittag an die Litfaßsäule gekleistert.

Zwei alte Damen blieben neben ihnen stehen. Sie hielten ihre Handtaschen umklammert und sahen Meta groß an, bis sie ihnen die Zunge rausstreckte und dann energisch davonging.

Mathis ließ die Arme hängen. Er wusste, er würde keine andere Wahl haben, als mit Meta zu dieser Vorstellung zu gehen. Er fragte sich, ob das Lächeln des jungen Kraftwunders auf dem Plakat schon die ganze Zeit so hämisch gewesen war.

DREIZEHNTES KAPITEL

Deutschland und Zürich, 1902

Nach dem Oktoberfest entschied Meister Bo, dass es nun verdammt noch eins Zeit sei, endlich nach Zürich weiterzureisen.

»Zürich? Wieso Zürich?«, fragte Mathis, der sich zu Recht nicht daran erinnern konnte, dass von dieser Stadt irgendwann einmal die Rede gewesen war.

»Wieso nicht Zürich, du Bengel! Entscheidest plötzlich du, wo wir hinfahren? Also pack endlich dein Gelump, sonst lass ich dich gleich hier!«

Aber wie Mathis bald erfahren sollte, gab es sehr wohl einen Grund für Zürich. Und noch mehr Grund gab es dafür, diesen vor ihm geheim zu halten.

Da es regnete, konnte Mathis die Fahrt nicht wie sonst auf dem Wohnwagendach verbringen und nervte Meister Bo stattdessen auf dem Kutschbock. Nach den vielen neuen Eindrücken auf dem Oktoberfest hatte er Ideen, wie sie die Durchleuchtungsvorführung erweitern könnten. Zum Beispiel hatte Willi ja gesagt, in Dresden seien Menschen mit den Röntgenstrahlen hypnotisiert worden. Das wollte Mathis gern einmal ausprobieren. Ob das wohl auch mit Ziegen funktioniere? Und außerdem wollte er Postkarten von der Maschine anfertigen lassen. Solche, die man zur Not auch einer Mutter schicken konnte.

»Und dann bringen wir dem Apparat auch noch das Schreiben bei, sodass er gleich seinen Otto druntersetzen kann, oder wie?«, motzte Meister Bo. Er war noch weniger offen als

278

sonst für neue Vorschläge. Mathis fragte sich, ob das mit dem Abschied von Hilda zu tun hatte.

Doch tatsächlich lag es an dem Leiden, das sich in Meister Bos Körper gestohlen hatte. Die Symptome waren so schleichend gekommen, dass Mathis sie zunächst gar nicht bemerkte. Als der Meister sich ständig kratzte, dachte Mathis noch, er hätte sich in irgendeinem Gästehaus Bettläuse eingefangen. Außerdem klagte er über Magenverstimmungen, aber er aß und trank ja auch wie ein Berserker. Kurzatmigkeit war bei seiner Körperfülle ebenfalls nichts Außergewöhnliches. Und dass dem Meister die Haare am Körper ausfielen, konnte Mathis auf das Alter schieben – auf dem Kopf hatte Meister Bo ja schließlich auch keine mehr.

Erst als der Sonnenbrand (der zugegeben ziemlich spät im Jahr gekommen war) auch im Herbstregen nicht von seiner Haut verschwand, sondern Blasen warf und sich ausbreitete, begann Mathis sich Sorgen zu machen. Nachts wurde Meister Bo immer wieder von einem Husten geschüttelt, der sie beide weckte. Bald schon wünschte Mathis sich, sie hätten sich nach dem Oktoberfest nicht von Hilda verabschieden müssen. Sie war die Einzige, der Mathis zutraute, Meister Bo etwas Brühe einzuflößen. Durch seine Kehle floss nämlich andernfalls nur Alkoholisches.

Mathis wurde schon weggeschubst, sobald er sich nur mit einem dampfenden Löffel Suppe näherte. Und als er vorsichtig einen Arztbesuch vorschlug, wurde er fast aus dem Wagen geworfen.

»Was soll ich bei so 'nem Quacksalber? So weit kommt's noch, dass ich dem mein sauer verdientes Geld in den Gierrachen schmeiße!«, hustete Meister Bo mit hochrotem Kopf, dem man von Weitem ansah, dass ein Fieber in ihm steckte.

Tatsache war, dass er bald gar nichts mehr mit seinem sauer verdienten Geld würde anstellen können, wenn er nicht endlich Vernunft annahm.

Sie gaben eine ziemlich miese Vorstellung auf dem Kathreinemarkt im allgäuischen Kempten, bei der Meister Bo die wenigen Besucher mit seinem bellenden Husten verjagte. Dem Regen mochten die Leute wohl trotzen, aber sich in einer kleinen,
stickigen Kabine mit Tuberkulose oder noch Schlimmerem an-
zustecken – dazu trieb auch die größte Neugier sie nicht.

Als Meister Bo sich am Nachmittag erschöpft auf die Stufen
des Podests fallen ließ, schlug Mathis vor, den Rest des Tages
allein weiterzumachen. Zumindest die Ziege könnte er ja durchleuchten oder vielleicht jemanden aus dem Publikum bitten, die
Kurbel zu drehen, während er sich selbst durchleuchten ließ.
Doch davon wollte der Meister nichts hören.

»So weit kommt's noch, dass ich einen neunmalklugen Lüm-
mel wie dich mit so einer teuren Maschine allein lasse!«, bellte
er, als hätte Mathis nicht schon wochenlang neben ebendieser
Maschine geschlafen und sie täglich gepflegt und bedient. »Da
kann ich ja gleich dichtmachen!«

Und das tat er dann auch.

Der Kathreinemarkt war winzig im Vergleich zum Oktoberfest und der Himmel noch immer ein zugezogener Vorhang
aus Regen. Mathis stakste durch Pfützen und vertrödelte seinen ungewollt freien Nachmittag. Er kam an Essensständen
und Schaubuden vorbei, an Schnapsverkäufern und Schieß-
ständen.

»Willst du Sarozak den geheimnisvollen Polarmenschen und
die bärtige Gisela sehen, Junge? Einen Bart wie diesen findest
du sonst nirgendwo!«

Mathis winkte höflich ab. Sarozak und Gisela hatte er schon
auf dem Oktoberfest kennengelernt. Sie war eine Frau mit vielen Stoppeln im Gesicht und er ein blasser Mann mit schnee-
weißen Haaren und roten Augen, der seine Gliedmaßen ausren-
ken konnte. Der Besitzer sagte, er habe Sarozak in einer Höhle
im ewigen Eis von Grönland entdeckt, wo er sich vor dem

Tageslicht versteckte. Und dass seine Nahrung nur aus Schnee und Zigaretten bestehe. Aber Mathis zweifelte daran, dass das stimmte. Auf dem Oktoberfest hatte Sarozak bei hellstem Sonnenschein auf der Wiese gestanden. Und als Mathis ihn nach Vorstellungsende getroffen hatte, hatte er gerade Brezen gegessen und sich in akzentfreiem Deutsch unterhalten.

Zwischen dem »weltbesten Kettensprenger« und dem »weltbesten Heringsstand« entdeckte Mathis ein Zelt im Matsch, das mit überhaupt keiner weltbesten Leistung aufwartete. Und das war so ungewöhnlich, dass er stehen blieb und schaute.

Vor dem Eingang schwelte Rauch aus einer nassen Feuerstelle. Darüber hing ein schwarzer Teekessel, auf dem die Regentropfen Xylofon spielten. Mathis entdeckte umgedrehte Einmachgläser, die an der Zeltwand lehnten und die ihm hätten bekannt vorkommen können. Aus dem Zelt drang ein schmerzvolles Stöhnen.

»Du!« Die Stimme in Mathis' Rücken klang wie altes Holz. Er fuhr herum. Ihm klappte der Mund auf, als er die Frau aus dem Glühwürmchenwald erkannte. Sie trug ihren Spitzhut, von dessen Krempe das Wasser in Rinnsalen tropfte. Statt des Glases hielt sie heute einen Spieß mit gebratenen Heringen in der Hand. In ihren Augen konnte Mathis sehen, dass sie ihn ebenfalls erkannt hatte. Nur war sie nicht halb so erschrocken über diese Begegnung wie er.

»Da hat jemand gestöhnt.« Mathis hatte das Gefühl, seine Neugierde erklären zu müssen, und zeigte auf das Zelt.

»Ich weiß«, sagte die alte Frau. »Das ist mein Sohn. Grolimund. Er arbeitet als Allesschlucker. Zu viele Dinge im Magen, die nicht dahin gehören. Letztes Mal haben sie rund ein Pfund Eisenwaren aus seinem Bauch geholt. Sieben Messer, zwanzig Nägel, einen kleinen Löffel, einen Knopfhaken, eine Stricknadel, eine Metallfeder und zwei Uhren an Uhrenketten.« Es klang wie eine Bestandsliste.

»Mama«, klagte es aus dem Zelt, »bist du da?«

»Jaja, Groli!« Die Alte wandte sich wieder an Mathis. »Ich muss ihn behandeln.«

»Sind Sie denn ... Doktor?«, fragte Mathis verwirrt. Ihm war noch nie ein weiblicher Arzt begegnet.

»Ich bin vieles«, sagte die Alte, als wäre das ein Beruf. Dann biss sie in einen der Heringe und schmatzte.

»Mama!«

Die Alte befahl Mathis zu bleiben, wo er war. Kurz schien sie zu überlegen, ob sie ihm den Spieß in die Hand drücken sollte. Dann verschwand sie doch mitsamt den Heringen im Zelt. Sie hatte sich wohl daran erinnert, was beim letzten Mal passiert war, als sie dem Jungen etwas anvertraut hatte.

Gehorsam ließ Mathis sich draußen nassregnen und wartete. Als die Alte zurückkam, war das Stöhnen verstummt. Sie hatte einen altmodischen kleinen Koffer dabei. Es sah aus, als wolle sie verreisen.

»Wir können gehen«, sagte sie.

»Wohin?«

»Woher soll ich das wissen?« Sie schüttelte den Kopf. »Hast du nicht gefragt, ob ich Doktor bin?«

Mathis sah sie groß an. Dass die Alte am Ende nicht nur keine Hexe war, sondern sich sogar als Ärztin entpuppte, war in der Tat ein ziemlich glücklicher Zufall. Wo Meister Bo doch gerade so dringend einen Doktor brauchte.

»Es gibt da tatsächlich jemanden ...«, sagte Mathis vorsichtig. »Aber es ist Meister Bo.«

Er hoffte, dass Meister Bos Reputation als Knickerkopf ihm auch in diesem Winkel des Landes vorausgeeilt war. Wie sonst sollte Mathis erklären, dass der Kranke auf keinen Fall für seine Genesung würde bezahlen wollen? Doch die Alte schien eine der wenigen zu sein, die den Meister tatsächlich nicht kannten. Sie legte nur den Kopf in den Nacken, dass ihr fast der Hexenhut vom Kopf rutschte, und sah Mathis an.

»Aha. Und ich bin Sybella«, sagte sie.

Bei dem Gedanken daran, was Meister Bo sagen würde, wenn Mathis mit dieser Frau bei ihm auflaufen würde, rebellierte sein Magen, als hätte er selbst ein Pfund Eisenwaren geschluckt.

Wie zu erwarten, polterte Meister Bo los, als Mathis die Heilerin in den Wohnwagen ließ. Aber Sybella wurde mit Männern fertig, die rostige Nägel schluckten. Sie tat, als wäre das Geschrei des Meisters nicht mehr als das Trotzverhalten eines kleinen Kindes, und gab ihm zwei Ohrfeigen, die ihn völlig erschrocken verstummen ließen. Danach ließ Meister Bo sich verdattert ins Bett zurückführen wie ein gezüchtigter Sohn. Er gab keinen Mucks von sich, als Sybella ihn untersuchte. Mathis war schwer beeindruckt.

»Ich kenne seine Krankheit nicht«, sagte Sybella später, als sie vor dem Wohnwagen saßen. Sie zerrieb Kräuter zwischen ihren alten Fingern und füllte sie in einen Teekessel. Regen und Tageslicht hatten nachgelassen. Mathis mühte sich ab, mit den feuchten Holzscheiten ein Feuer anzuzünden. »Ich kann ihm nur diese Kräuter geben und hoffen, dass sie seinen Körper stärken.«

Mathis warf einen Blick in ihren Koffer, der voller Wurzeln, Äste, Steine und Laub war. Er sah aus wie ein aufgeklappter Waldboden.

»Was meinen Sie damit, Sie kennen seine Krankheit nicht?«, fragte er.

»Ich meine, was ich sage«, sagte Sybella in ihrer verqueren Art. »Ich kann nicht kennen, was ich nie kennengelernt habe. Es scheint mir eine Krankheit von anderswo zu sein.«

»Von anderswo? Aus einem anderen Land?«, hakte Mathis nach, dem gleich einfiel, dass Meister Bo ja mal in Mailand gewesen war.

»Vielleicht. Vielleicht auch nicht. Es sieht mir eher aus wie eine Krankheit aus der Zukunft.«

»Der Zukunft?« Mathis hielt inne. »Sie können in die Zukunft blicken?«

»Von blicken kann nicht die Rede sein. Ich habe lediglich ein Gespür dafür, was auf die Gegenwart folgt«, korrigierte sie, als wäre das etwas Grundverschiedenes.

Mathis blinzelte und dachte: Kartenlegen, Handlesen, Kaffeesatz. Dann spähte er noch einmal in ihren geöffneten Koffer. Plötzlich war er sich nicht mehr sicher, ob man Meister Bo die Kräuter dieser Verrückten wirklich verabreichen sollte. Und ob es nicht einen guten Grund gab, warum Frauen keine Ärzte waren.

Sybella beobachtete ihn, als er sich wieder über die Feuerstelle beugte und in die kleine Flamme zwischen seinen Händen pustete.

»Junge, ich muss dir einen Rat geben. Verschwinde, solange du noch kannst«, flüsterte Sybella plötzlich. Erschrocken blickte Mathis auf. Ihr Spitzhut zeichnete sich schwarz gegen den wolkenverhangenen Himmel ab.

»Bitte?«

»Deinen Meister hat es erwischt, die Ziege ebenfalls, und es wird nur noch eine Frage der Zeit sein, bis die seltsame Krankheit auch dich am Kragen packt.«

»Danke für die Warnung, aber mir geht es gut.« Mathis zupfte an seinem Kragen, der sich mit einem Mal tatsächlich ziemlich eng anfühlte. Von der Rückseite des Wohnwagens klang das immerwährende Meckern der Ziege zu ihnen herüber. Wie konnte Sybella wissen, ob dem Tier etwas fehlte? Sie hatte es doch gar nicht untersucht!

»Unserer Ziege geht es übrigens auch gut«, sagte Mathis mit Nachdruck. »Ihr fehlen lediglich ein paar Haare. Das wächst nach.«

»Diese Haare werden nicht nachwachsen.«

»Dann läuft sie eben nackt herum!«

»Bei dir hat es doch auch schon begonnen.« Sie blickte auf

Mathis' Arme. Er schluckte und zog die Hände vom Feuer zurück. Warum musste die Alte schon wieder so flüstern? Da wirkte alles, was sie sagte, noch hundertmal unheimlicher!

Die kleine Flamme kauerte zwischen dem feuchten Holz.

»Ich hatte nie besonders viele Haare auf dem Körper«, verteidigte Mathis seine nackten Arme, »ich bin noch jung.«

»Jung genug, um fortzulaufen, bevor es zu spät ist.«

Fortlaufen? Schon wieder?, dachte Mathis. Wollte die Alte wirklich, dass er Meister Bo verließ? Und seine geliebte Maschine? Wenn sie das in ihrer Zukunft sah, dann sah sie aber nicht besonders gut! Sie kniff ohnehin die Augen zusammen, wie alte Leute es taten, wenn sie schon die Gegenwart nicht mehr richtig erkennen konnten.

»Sie verstehen das nicht. Ich laufe nirgendwohin! Und ich lasse Meister Bo auch nicht krank zurück.« Mathis stand auf, die Hände geballt. Seine Stimme war lauter, als sie hätte sein müssen.

»Setz dich wieder.« Ruhig hängte die Alte die Teekanne über das Feuer.

»Nein.«

»Dann bleib eben stehen.«

Unschlüssig sah Mathis die Alte an. Er wollte sich nicht setzen, bloß weil sie es sagte. Aber er wusste auch nicht, was er sonst tun sollte. Also setzte er sich.

»Du hast einen wachen Kopf und einen mutigen Geist.« Sybellas Gedanken hatten einen Hang zum Sprunghaften, das konnte man wirklich nicht schönreden. Und zum Absurden obendrein. Bei allen Eigenschaften, die man Mathis in seinem Leben an den Kopf geworfen hatte, war das Wort »Mut« ganz sicher nie gefallen. Hatte die alte Frau vergessen, worin er sich bei ihrem ersten Treffen eingeschlossen hatte?

»Aber dein Herz ist zu groß«, sagte sie. »Wenn du weiterhin alles damit verschlingst, wird es dich verletzen.«

»Aha«, sagte Mathis.

Sie wandte sich wieder dem schmächtigen Feuer zu, über dem Funken in der Luft gondelten. Sybella sah ihnen mit einem sonderbaren Ausdruck in den Augen beim Tanzen zu. Und dann, mit einer Schnelligkeit, die Mathis ihr gar nicht zugetraut hätte, schnappte ihre Hand nach vorn und bekam einen der leuchtenden Punkte zu fassen. Sie hielt ihn wie eine Perle zwischen Zeigefinger und Daumen.

»Hast du bitte mal ein Glas für mich?«, fragte sie.

Mathis sah sich um und teilte ihr mit, dass es in Meister Bos Haushalt nur eine Art von Gläsern gab, und das war die, aus der man Wein trank.

»Haben die einen Deckel?«

Mathis zögerte. »Weingläser haben … normalerweise keinen Deckel«, informierte er.

Das fand die Alte nun wirklich zu schade und verkündete, in dem Fall müsse sie wohl heimgehen. Mathis half ihr beim Aufstehen. Sie bewegte sich vorsichtig, um den Funken nicht zu verlieren.

»Sieh zu, dass dein Meister den Tee komplett trinkt. Er wird ihm nicht schmecken, aber er muss ihn trinken.«

Mathis nickte, obwohl er vermutete, dass die Aussicht auf Erfolg besser stünde, wenn Sybella ihm den Tee selbst einflößen würde. Ob man wohl einen Schluck Schnaps hineingießen konnte, um das Gesunde zu tarnen?

»Ist das wieder eine übergeschnappte Seele?« Mathis zeigte auf den Leuchtpunkt zwischen ihren Fingern.

»Übergeschwappt, nicht übergeschnappt«, belehrte sie ihn. »Ja, das ist eine.«

Sie hielt den Funken in die Höhe. Ein samengroßes Glühen zwischen ihren Schrumpelfingern.

»Wozu ist die da?«, fragte Mathis.

»Wozu sind du oder ich da?«

»Ich weiß nicht«, gab er zu, woraufhin die Alte erwiderte, diese Seele wüsste es auch nicht. Es sei nämlich nicht die Aufgabe von Seelen, irgendwas zu wissen oder für irgendetwas da zu sein. Sie sei einfach ein verirrter Geist aus dem Reich der Toten, die den Weg zurück nicht mehr finde. Und ob Mathis schon mal jemanden getroffen habe, der Geister heraufbeschwören könne.

Das hatte Mathis tatsächlich. Auf dem Oktoberfest hatte er eine Dame kennengelernt, die sich in krampfhaften Zuckungen gewunden und plötzlich behauptet hatte, ein vom weißen Manne ertränktes Indianermädchen vom Mississippi zu sein. Doch von solchem Unfug wollte Sybella überhaupt nichts hören. Mit derartigen Beschwörungen sei niemandem geholfen, fand sie, und man solle die armen Seelen gefälligst da lassen, wo sie hingehörten. Sie wisse wirklich nicht, auf was für Ideen die jungen Leute immer kämen!

»Sie war nicht allzu jung«, wandte Mathis vorsichtig ein, »sie war bestimmt schon über sechzig.«

Doch auch davon wollte Sybella nichts hören. Mal abgesehen davon, dass über Sechzigjährige in ihren Augen auch noch junge Hüpfer waren.

Der Leuchtpunkt zwischen ihren Fingern zappelte plötzlich. Sybella schloss die zweite Hand darum, um ihn nicht zu verlieren.

»Es tut mir leid, dass ich ein paar der … äh … Seelen im Wald verloren habe«, sagte Mathis.

»Ja, das war töricht«, bestätigte Sybella.

»Wenn ich irgendetwas tun kann, um es wiedergutzumachen … Und auch die Behandlung von Meister Bo …«

»Ja, das könntest du tatsächlich«, sagte Sybella und verkündete, Mathis könne im Gegenzug ihren Sohn durchleuchten. Dem habe sie nämlich nach seiner letzten Operation verboten, noch einmal Stricknadeln zu schlucken. Er solle sich stattdessen an Uhren halten, sagte sie. Die könnten die Zuschauer nämlich in seinem Bauch ticken hören, und darum ginge es ja schließlich. Aber Groli schien eben eine Vorliebe für Stricknadeln entwickelt zu haben. Und jetzt könne Sybella ihre nicht mehr finden, was ihr doch durchaus verdächtig vorkam. Ob es dem jungen Herrn Bohnsack wohl etwas ausmache, ihr bei der Wahrheitsfindung behilflich zu sein?

Der junge Herr Bohnsack strahlte zur Antwort. Jemanden auf Stricknadeln durchleuchten zu dürfen war eine Absolution nach seinem Geschmack.

Tatsächlich brachte Sybellas Tee (gemischt mit ein bisschen Marillenschnaps aus Meister Bos Vorrat) den Patienten wieder so weit auf die Beine, dass sie ihre Reise fortsetzen konnten. Der Regen begleitete sie noch bis zur Schweizer Grenze. Und dort, als hätten die Grenzwächter ihm den Eintritt verwehrt, fraßen sich plötzlich Löcher in die Wolkendecke. Hinter der Grenze war der Himmel blau und trocken. Und als sie den Bergkamm erreichten, von dem aus sie einen Blick auf Zürich hatten, erinnerten schon nur noch das tropfende Wagendach und die nasse Decke auf Von Bismarcks Rücken an das Wetter, das sie seit Wochen begleitet hatte.

Wie hellblaue Riesen ragten die Berge über dem See auf. Auf den Gipfeln lag Schnee. Und davor breitete sich, aus Schornsteinen dampfend und qualmend, die Stadt aus.

Still blickten Mathis und Meister Bo auf den Zürichsee, wie zwei Eroberer kurz vor der Besetzung eines neuen Landes. Bis Mathis auffiel, dass es ein wenig zu still war. Er drehte sich um und lauschte. Dann sprang er vom Wagen und humpelte hinter den Anhänger. Die Ziege lag stumm auf dem Boden, den Strick um den Hals. Sie rührte sich nicht.

»Meister!« Mathis stürzte vor und legte eine Hand auf die dürren Rippen der Ziege, auf ihren Bauch, ihren Hals. Das Tier fühlte sich kühl und leblos an. Bei dem Gedanken, dass der Wagen sie vielleicht schon ein gutes Stück hinter sich hergeschleift hatte, wurde ihm übel. Meister Bo kam um den Wagen herum. Mathis sah ihn nur durch einen wässrigen Schleier.

288

»Unsere liebe Ziege!«, rief er verzweifelt. Und Meister Bo reagierte mit der üblichen Feinfühligkeit, indem er sich lautstark erkundigte, warum das verdammte Mistvieh zum Henker noch mal nicht noch 'ne Stunde hätte warten können, bevor es krepierte. Immerhin seien sie fast da.

Mathis wischte sich mit dem Ärmel über die Augen.

»Wir müssen sie begraben«, schniefte er.

»Wir müssen sie essen«, korrigierte Meister Bo. »Los, wirf sie hinten auf den Wagen.«

Jetzt fing Mathis erst richtig an zu heulen. Natürlich hatte er früher schon Tiere sterben sehen. Seit sein Vater begriffen hatte, dass dieser Sohn weicher geraten war als die anderen zwölf, hatte er Mathis neben den Baumstumpf gestellt, auf dem Kaninchen und Hühner ihren Kopf ließen. Und auch beim Schlachten des Schweins für den Winter, einmal im Jahr, hatte Mathis zusehen müssen. Der Vater hatte dem Tier mit einem großen Holzhammer auf den Kopf gehauen und sein Becken aufgesägt.

Aber mit einem Schwein hatte Mathis nicht das halbe Kaiserreich durchquert. Er hatte nie stundenlang seine Knochen durchleuchtet. Und ein Schwein war auch nie Andenken an seinen Freund Lucas gewesen. Mathis legte sein Gesicht auf die nackte Flanke des Tiers und schluchzte.

»Jetzt hör endlich auf zu flennen, was soll das denn!«

»Sybella hat prophezeit, dass sie sterben würde!«

»Jeder stirbt irgendwann. Die Ziege war alt.«

Mathis heulte verzweifelt auf, weil ihm klar wurde, dass Meister Bo ja noch viel älter war als die Ziege. Und zudem auch noch krank.

»Und sie wird nie Zürich sehen!«, rief er.

»So, jetzt reicht es! Es ist doch immer noch eine Ziege. Als hätte die 'ne Stadtbesichtigung machen wollen. Geh beiseite da!«

Er schob Mathis weg und packte das Tier an den toten Beinen. Die Ziege war dünn, aber Meister Bo noch immer nicht ganz bei Kräften. Er keuchte, als er sie anhob und im Anhänger verstaute.

»Hinter dem Wagen ist ein Strick frei geworden. Falls du weiter rumheulen willst«, sagte er. Und damit war das letzte Wort zum Thema Ziege gefallen.

Sie brachten das tote Tier zu einem Metzger. Während Meister Bo drinnen einen anständigen Preis für Ziegenwürste aushandelte, blieb Mathis auf dem Wagen sitzen und knibbelte an den Spänen, die hier und dort vom Holz des Kutschbocks abstanden. Bis auf die Straße konnte er Meister Bo bei seinen Verhandlungen hören. Und wie immer fühlte der sich über den Tisch gezogen.

Als der Meister eine halbe Stunde später aus dem Laden herauskam, wirkte er dennoch recht zufrieden.

»Wir können sie in drei Tagen abholen«, sagte er, als hätte er lediglich eine Jacke zum Schneider gebracht. Der Wagen sackte unter seinem Gewicht nach unten. Meister Bo hustete. Mathis wünschte sich, Sybella hätte ihnen mehr von ihren Kräutern dagelassen. Das kleine Blätterbündel, das sie ihm gegeben hatte, war fast aufgebraucht.

»Was ist los mit dir? Du bist ja so angenehm ruhig. Fällt dir gar nichts ein, womit du mich nerven kannst?«

Mathis zuckte die Schultern.

»Du hast doch bestimmt hundert Ideen, was wir sonst noch durchleuchten können. Jetzt, wo die Ziege nicht mehr da ist.«

»Nein.«

Aber die Einfälle sollten noch kommen, und zwar schon kurze Zeit nach ihrer Ankunft im Zürcher Panoptikum.

Das Zürcher Panoptikum war ein zweistöckiges Haus, das auf einer Brücke über der Limmat stand. Zwei große Schaufenster im Erdgeschoss gaben einen Vorgeschmack auf die Unanständigkeiten, die innerhalb des Gebäudes zu sehen waren und die dafür gesorgt hatten, dass im ersten Monat über vierzigtausend Personen die Attraktion besucht hatten.

Die Neugier war noch gewachsen, als im Februar 1900 die Schaufenster neu dekoriert worden waren: Mönche und Studenten, dargestellt als lebensgroße Puppen, hatten in einem einträchtigen Saufgelage nebeneinander hinter den Scheiben gelegen. Dann aber hatte es pikierte Beschwerden gegeben. Seltsamerweise nicht von den Mönchen, sondern von den Schülern der polytechnischen Universität, zu denen zu dieser Zeit auch Albert Einstein gehört hatte. Saufen sei ja eine Sache, hatten sie gemeint, aber dabei öffentlich ausgestellt zu werden, das gehe dann doch zu weit! Als der Stadtrat mit Beschwerdebriefen überschwemmt worden war, hatte er schließlich zugestimmt, dass die Studenten in ihrer polytechnischen Ehre verletzt würden. Die umstrittene Schaufensterdekoration hatte verschwinden müssen. Doch das hatte die Betreiber des Panoptikums nicht sonderlich gestört. Denn inzwischen war der Skandal durch alle Zeitungen gewandert, und das konnte für ein Haus, das es sich zur Aufgabe gemacht hatte, Skandalöses zu zeigen, ja eigentlich nur von Vorteil sein.

Für einen Franken konnten die Besucher zwölf Räume besichtigen. Und wer ein Zusatzbillet löste, der durfte auch in die Automatenhalle, in der die neuesten Fotoapparate, Kinematografen und allerlei andere kuriose Maschinen gezeigt wurden, von denen niemand so recht wusste, was sie eigentlich taten. Das Geschäft mit der Zusatzhalle brummte wie verrückt. Das Panoptikum gehörte der Schweizer Phonoscope & Automaten Werke AG, und die wusste, wie neugierig die Menschen auf Technik waren.

Fast zeitgleich mit der Eröffnung des Panoptikums war in Paris die fünfte Weltausstellung über die Bühne gegangen. Und dort hatten nicht ohne Grund die Kinematografen der Brüder Lumière und der erdnussölbetriebene Motor von Rudolf Diesel im Mittelpunkt gestanden. Sogar elektrische Gehwege hatte es

291

dort gegeben und einen Elektrizitätspalast mit Dynamos und Dampfmaschinen, die für glühlampendurchfunkelte Nächte gesorgt hatten. Und das sogar in wechselnden Farben.

Ganz so weit war die Schweizer Phonoscope & Automaten Werke AG natürlich noch nicht, aber sie arbeitete daran. Ebenso wie an dem komplizierten Verfahren, mit dem sich Bild und Ton auf der Leinwand zusammenbringen lassen sollten. Auf der Weltausstellung in Paris hatte das Publikum zum ersten Mal die Schauspielerin Sarah Bernhardt nicht nur sehen, sondern auch sprechen hören können. Und dummerweise hatte die Phonoscope & Automaten Werke AG noch immer keine Ahnung, wie so etwas möglich war.

Eine weitere Neuheit, die auf der Weltausstellung in Paris sehr gut funktioniert hatte, war der Menschenzoo. So einen wollte die Phonoscope & Automaten Werke AG jetzt auch. Und brauchte dafür natürlich einen eigenen Theatersaal mit Bühne, Sitzplätzen und Wirtschaftsbuffet.

Nun war es zwar so, dass schon alle bestehenden Räume mit Kuriositäten vollgestopft waren und die Möglichkeiten zum Anbau sich auf einer Brücke auch in Grenzen hielten. Doch mit etwas Zeit, Geld und ein paar anderen Mitteln konnten schließlich die Nachbarn überredet werden, einen Teil ihres Hauses abzutreten – nämlich die gesamten oberen drei Stockwerke und das Dachgeschoss.

Eine Passerelle wurde gebaut, von einem Haus zum anderen, und das Dachgeschoss zum Massenlager für die Völkergruppen umfunktioniert. Und in ebendiesen Umbauten steckte das Panoptikum noch immer, als Mathis und Meister Bo das Gebäude im Spätherbst betraten.

Über ihren Köpfen schwammen Fische, als sie dem langen gläsernen Schlauch ins Innere des Gebäudes folgten. Als würden sie durch einen Meerestunnel ins Zürcher Panoptikum t⸳⸳⸳ chen.

An der Kasse saß ein junger Mann und blätterte ge¹ ⸳ngweilt

in einem Heftchen, das er schnell unter dem Tisch verschwinden ließ, als er die Besucher kommen sah.

»Wir möchten mit dem Direktor des Panoptikums sprechen«, sagte Meister Bo.

»Zäme choschtet's zwei Franke Iitritt«, sagte der junge Mann und baute dabei so viele kehlige Laute in den Satz ein, dass Mathis ihn gar nicht verstand.

»Hast du nicht zugehört, du Bockpfeifer? Wir wollen mit Walter Brückner sprechen! Ich werd wohl kaum zwei Franken Eintritt zahlen müssen, um zum Direktor vorgelassen zu werden. Oder ist der hier auch als Kuriosität ausgestellt!«

Ein seltsam geformter Fisch zog Mathis' Aufmerksamkeit auf sich. Er war goldgelb, flach und an den Rändern leicht ausgefranst. Es sah aus, als hätte jemand einen Reibekuchen ins Wasser geworfen.

»Dä Diräktor isch dobe bi dä Baustell«, sagte der Junge unbeeindruckt. Er deutete zur Decke. Und als hätte man dort auf sein Zeichen gewartet, krachte genau in diesem Moment etwas Schweres auf die Dielen über ihren Köpfen. Mathis zuckte zusammen, als die Holzbalken erzitterten. Staub und Sand rieselten durch die Ritzen. Meister Bo klopfte sich fluchend die Glatze und hustete.

»Könnt ihr nicht bauen, wenn das Panoptikum geschlossen ist, zum Teufel noch mal?«

»Mir händ siebe Täg i dä Wuche offe. Vom Morge am Siebni bis z'Abig am Zähni.«

Meister Bo, der den Bockpfeifer aus irgendeinem Grund besser verstand als Mathis, musste zugeben, dass das tatsächlich ein sehr kleines Zeitfenster für den Umbau ließ. Der Junge erklärte ihnen, dass sie durch den Urwald, die Treppe hoch und dann ein Labyrinth passieren müssten, um zum Direktor zu gelangen. Und weil sie dabei ganz zwangsläufig auch einen Teil der Exponate sehen würden, nämlich den Urwald und das Labyrinth, wären jetzt zwei Franken Eintritt fällig, ohne die

293

Automatenhalle. Es sei denn, die Herrschaften wollten diese auch sehen?

»Nein, zum Teufel! Wir wollen nur zum Direktor durch!«, schimpfte Meister Bo.

»Dänn macht das zäme zwei Franke.«

Meister Bo sah wüst aus, aber der Bockpfeifer hatte seine Anweisungen. Daher blieb dem Meister nichts anderes übrig, als in der Tasche zu wühlen. Er knallte das Eintrittsgeld auf den Tresen und packte Mathis am Kragen, bevor der dem Reibekuchenfisch folgen konnte. Dann stieß er den Vorhang zum ersten Raum beiseite.

»Hier entlang. Und guck dir gefälligst alles an. Wir haben dafür bezahlt!«

Der zweifelhafte Urwald bestand aus einigen Topfpflanzen, zwischen denen ein ausgestopfter Gorilla, eine Fee und ein Mann mit Armbrust hockten. Mathis war so sehr damit beschäftigt, den Sinn dieser sinnfreien Zusammenstellung zu verstehen, dass er auf der Treppe ins Obergeschoss seine Füße vergaß. Er stolperte und erntete einen vernichtenden Blick von Meister Bo.

»Mach hier nichts kaputt«, maulte er, als hätten Mathis' Knie der Treppe geschadet und nicht umgekehrt. Mathis biss die Zähne zusammen und rieb sich das Bein.

Bei dem Labyrinth im oberen Stockwerk hatte man mehr Sorgfalt an den Tag gelegt als unten im Dschungel. So viel Sorgfalt, dass Meister Bo und Mathis den Weg durch die verschachtelten Gänge und Türen gar nicht finden konnten. Dreimal kamen sie an dem Schild mit der Aufschrift »Zutritt verboten« vorbei, das sie bei ihrem Eintritt überstiegen hatten. Doch schließlich flog ihnen ein Stück Wand entgegen und löste somit das Problem.

Mathis duckte sich, doch Meister Bo war zu sehr mit Schimpfen beschäftigt und ohnehin zu alt für solche Schnellreaktionen. Die Wolke aus Staub und Steinen traf ihn mit voller Wucht von vorn und verwandelte ihn augenblicklich in einen grau bestäubten Stutenkerl. Hinter dem Staub tauchten im neu geschaffenen

Labyrinthausgang die Schemen von drei Männern auf. Sie hielten in ihrer Arbeit inne und sahen Meister Bo erstaunt an. Ein weiterer Mann trat von der Seite heran. Seiner tadellosen Staublosigkeit zufolge hatte er hinter einer Ecke Schutz gesucht. Er trug einen Anzug, Krawatte und Hut, unter dem sich rote Haare kräuselten.

»Herrschaften, haben Sie das Schild nicht gesehen?« Er breitete hilflos die Arme aus. Meister Bo stand noch immer stocksteif und mit Staub bedeckt da. Mathis schüttelte die Haare aus und machte Anstalten, auch Meister Bo auszuklopfen, der in dem Moment zu spucken und zu prusten begann. Vorsichtig klopfte Mathis seinem Meister auf den Rücken. Vorne rieselte Staub zu Boden.

»Himmel Herrgott!«, keuchte Meister Bo. »Sind Sie der verdammte Direktor?«

Der Beschimpfte nickte und zog den Hut vom Kopf.

»Direktor Brückner. Wie kann ich Ihnen helfen?«

»Also zunächst einmal können Sie diesen unverschämten Bengel rauswerfen, der uns zwei Franken Eintritt abgeknöpft hat, um uns durchzulassen.«

»Ich fürchte, das ist der normale Eintrittspreis, mein Herr. Dafür wird Ihnen hier aber auch einiges geboten. Wir haben zweihundertfünfzig Quadratmeter feinster ...«

»Wir wollten aber nicht eintreten«, unterbrach ihn Meister Bo, »wir wollten zu Ihnen. Ich bin selbst Schausteller. August Bohe mein Name. Ich habe etwas im Gepäck, das Sie interessieren könnte.«

Brückner und Mathis zogen so synchron die Augenbrauen hoch, als hätten sie dafür geprobt.

»Tatsächlich«, sagte Brückner.

»Eine Maschine, die Dinge durchleuchtet«, sagte Meister Bo.

Mathis rutschte das Herz in den Magen. Er starrte seinen Meister von der Seite an.

»Einen Röntgenapparat meinen Sie?«, fragte Brückner.

»Sie sammeln doch außergewöhnliche Automaten.«

»Das ist richtig. Im Augenblick verändern wir unseren Fokus allerdings ein bisschen und bauen um.« Brückner deutete stolz auf das Chaos aus Wänden und Schutt und auf die staubigen Gestalten. »Voilà, unsere hauseigene Bühne. Wir zeigen demnächst Völkerschauen und leibhaftige Kuriositäten. In Amerika nennt man es ›Freakshow‹. Es ist der letzte Schrei. Wir haben die oberen drei Stockwerke des Nachbarhauses gemietet und schaffen nun Raum für hundert Zuschauer.«

»Ein Theater. Soso.« Meister Bo zwirbelte seinen Bart. »Dabei gilt das Interesse der Leute ja heutzutage mehr den Maschinen …«

»Das Interesse der Zuschauer gilt allem, was kurios ist, Herr Schausteller Bohe. Heutzutage ebenso wie früher.«

»Fürwahr, fürwahr.« Meister Bo schien wenig überzeugt. Er wollte noch etwas sagen, doch in diesem Moment brüllte draußen jemand auf der Straße: »D'Amazonen sind da!« Und das ließ Brückner überrascht aufblicken. Er keuchte und stürzte über die herumliegenden Wandbrocken zum Fenster.

»Herr Diräktor, d'Amazone-Truppe isch da!«, wiederholte die Stimme auf der Straße. Mathis erkannte, dass es der junge Mann von der Kasse war.

»Was denn, jetzt schon? Um Himmels willen …« Als Brückner sich umdrehte, standen ihm Schweißperlen auf der Stirn.

»Ich hatte sie erst in drei Wochen erwartet! Wir stecken doch noch mitten im Umbau. Beuggert, wie sehen die Räumlichkeiten im Dachgeschoss aus?«

»Mir händ dä Fuessbode nonig repariert, Herr Diräktor«, antwortete der angesprochene Arbeiter.

»Bekommen wir dreißig Matratzen unter, ohne dass die Amazonen uns durch die Decke fallen?«

Beuggert kratzte sich am Hinterkopf. »Mir chönntet villicht Brätter über d'Löcher …«

»Sehr gut, sehr gut. Besorgen Sie die Bretter! Und Matratzen.

Die Amazonen sollen es hier schließlich nicht schlechter haben als zu Hause.« Brückner lächelte nervös, als er sich wieder an Mathis und Meister Bo wandte. »So ist das als Direktor eines großen Etablissements, meine Herren. Man muss Überraschungen entspannt entgegenblicken.«

Brückners Entspannung reichte dann allerdings doch nicht aus, um sich zusätzlich zu den dreißig Amazonen auch noch um eine weit gereiste Röntgenmaschine zu kümmern. Er wollte den verstimmten Meister Bo hinauskomplimentieren, doch der bestand darauf, sich jetzt gefälligst auch den Rest der Ausstellung anzusehen. Wo er die schon so widerwillig bezahlt hatte.

Doch Mathis bekam kaum etwas von den Föten, Missgeburten und Skeletten mit, an denen sie vorbeikamen. Oder von der Scheintoten, die selbstständig ihren Sarg öffnete. Seine Gedanken drehten sich einzig und allein um die Maschine.

»Geh da hoch!« Meister Bo deutete auf eine Stiege, die ins Dachgeschoss führte. Dann hockte er sich erschöpft auf den gerade wieder zugefallenen Sargdeckel. Unter seinem Hintern knackte etwas ungut. Das musste die Mechanik der Scheintoten sein.

»Sieh dich ordentlich um für das Geld, und dann kommst du wieder runter.«

»Meister Bo. Sie wollen doch nicht wirklich …«

»Ich habe dir gerade gesagt, was ich will. Und über alles andere reden wir später. Hoch da jetzt!«

Mathis nickte freudlos und erklomm die Stiege.

Oben war es kalt. Der Wind zog durch die Ritzen im Dach. Mittelalterliche Folterinstrumente standen herum, und die Wände waren gespickt mit Bildern von Hexenprozessen und den Gesichtern berühmter Verbrecher. Eins der Gesichter war lebendig. Mathis merkte es erst, als er den Raum fast durchschlurft hatte und es ihn anschnauzte, der Zutritt sei hier nur für Erwachsene!

Ein hutzliger Körper gehörte zu diesem alten, blassen Gesicht. Der Mann saß auf einem Stuhl dicht an der Wand und bewachte eine Tür, die Mathis in dem schummrigen Licht wahrscheinlich übersehen hätte. Aber jetzt, da ihm der Zutritt verwehrt wurde, begann sie ihn doch zu interessieren.

»Was ist denn in dem Raum?«, wollte er wissen.

»Nüt, was du i dä nächste paar Jahr erfahre wirsch.«

»Ich bin schon sechzehn«, log Mathis.

»Sächzähni isch näd erwachse«, sagte der Alte und hatte damit wohl recht.

Unten im Raum saß Meister Bo noch immer auf dem Sarg. Die Puppe unter ihm versuchte wieder und wieder vergeblich, den Deckel aufzustemmen. Als Mathis zurückkam, erkundigte Meister Bo sich, ob er sich auch alles ausgiebig angesehen habe, immerhin habe man zwei Franken bezahlt. Doch als Mathis bestätigte, alles bis auf den Raum für Erwachsene gesehen zu haben, war der Meister mit einem Mal ganz Ohr.

»Die haben einen Raum nur für Erwachsene?«, fragte er, stand prompt auf und hievte sich ächzend und hustend die Treppe hinauf. Mathis blieb mit hängenden Schultern am unteren Ende der Stiege stehen. Nur für den Fall, dass der Meister fiel und weich landen musste.

Hinter Mathis ratterte etwas. Es war der Sarg der Scheintoten. Ein Besucherpärchen stand nun davor und betrachtete den zitternden, wackelnden Deckel – offenbar in der Erwartung, dass etwas geschah. Aber sosehr die Scheintote sich auch abmühte, der Deckel blieb geschlossen. Meister Bo hatte ihn mit seinem Hintern festgenagelt.

Die Dame sah irritiert auf, und Mathis versuchte, ein möglichst unschuldiges Gesicht zu machen. Er wollte sich gar nicht vorstellen, was mit Meister Bos Laune geschehen würde, wenn er am Ende noch für einen Sarg bezahlen müsste.

Obwohl Meister Bo doch recht belebt aus dem Raum für Erwachsene zurückkam, fühlte er sich anschließend zu krank für die Diskussion, die Mathis mit ihm führen wollte.

»Seit wann ist es überhaupt ›unser‹ Apparat?«, maulte er. »Hast du plötzlich Anteile daran? Hast du dich beim Schwertschlucken mit diesem Dampelhans Alfredo gemessen oder ich? Ich bin der Besitzer dieser Maschine, verdammt noch mal! Und damit entscheide ich auch, an wen ich sie verkaufe.« Meister Bo hustete kräftig in der Hoffnung, dass Mathis das Thema dadurch fallen lassen würde. Doch dass seine geliebte Maschine verkauft werden sollte, nagte ein Loch in Mathis' Herz.

Sie fanden einen Stellplatz am Rand der Stadt und richteten sich für die Nacht ein. Mathis ließ nicht eher locker, bis er erfuhr, wer der Verräter gewesen war, der Meister Bo auf das Panoptikum aufmerksam gemacht hatte. Nämlich einer der Wärter des Beduinenlagers in München. Das Panoptikum sei ein Unternehmen, hinter dem viel Geld stecke und das immer auf der Suche nach kuriosen Apparaten sei, hatte er zu Meister Bo gesagt. Darum wollte der Meister jetzt einen Gewinn absahnen, der alles überstieg, was die Maschine ihm bisher eingebracht hatte. Und dann wollte er nach Berlin gehen.

»Aber was sollen wir denn in Berlin?«, jammerte Mathis.

Meister Bo warf ihm eine Zeitung an den Kopf. Als sie aufs Bett fiel und Mathis den aufgeschlagenen Artikel sah, hoffte er, dass das ein Scherz war.

»Sie wollen ein Pferd kaufen?«

»Nicht irgendein Pferd. Ein Wunderpferd, kannst du nicht lesen?« Meister Bo nahm die Zeitung wieder an sich, hielt sie Mathis unter die Nase und tippte demonstrativ auf ein Foto, das ein Pferd vor einer Tafel zeigte. »Der Kluge Hans beim Buchstabieren«, stand darunter.

»Dieser Gaul bringt seinem Besitzer einen Haufen Geld ein. Minister Studt, dieser Brunzprophet, war schon da und hat ihn gesehen, und irgend so ein Möchtegernmusiker namens Strauss.

Und angeblich kommt bald sogar der bekloppte Kaiser. Das Tier ist in allen Zeitungen!«

»Aber Sie haben doch vorhin selbst gesagt, dass die Menschen sich vor allem für Maschinen ...«

»Sag mal, bist du wirklich so blöde? Das habe ich doch nur gesagt, um diesem Brückner meinen Apparat schmackhaft zu machen. Natürlich wollen die Menschen jetzt solche sprechenden und denkenden Haustiere.«

Er befahl Mathis, den verdammten Artikel endlich mal zu lesen, bevor er hier so dämlich rumlamentiere, und knallte ihm die Zeitung erneut an die Birne. Mathis ließ sich geschlagen sinken und nahm den Artikel zur Hand.

Der Kluge Hans gehörte einem ehemaligen Primarschullehrer namens Wilhelm von Osten, der sich mit dem Rohrstock durch sämtliche Lehranstalten des deutschen Kaiserreichs geprügelt hatte. Nicht dass die Lehrmethoden zu dieser Zeit im Allgemeinen besonders zimperlich gewesen wären. Aber von Ostens Umgang mit dem Prügelgerät übertrumpfte tatsächlich alle. Mit seiner zweifelhaften Pädagogik wurde er von so vielen Schulen suspendiert, dass am Ende keine Schüler mehr zur Verfügung standen, deren Hintern und Hände er hätte bearbeiten können. Und darum stellte von Osten auf Pferde um.

Er bezog eine Wohnung am Prenzlauer Berg und dressierte seinen ersten Gaul, Hans Eins, so weit, dass dieser bis fünf zählen und eine Kutsche ohne Zügel durch den Berliner Verkehr ziehen konnte. 1895 ging Hans Eins allerdings ein, angeblich an Darmverschlingung. Man konnte nur hoffen, dass das stimmte.

Sein zweites Pferd, das er kreativerweise Hans Zwei nannte, erstand von Osten in Russland. Er brachte ihm das Zählen und Rechnen bei, und weil er ein Tüftler war, erfand er eine Tafel, mit der er Hans Zwei auch das Buchstabieren einrichterte. Grundlage dafür war ein Abzählsystem mit dem rechten Vorderhuf: Hans scharrte zum Beispiel dreimal für die Zahl Drei oder den Buchstaben C. Und wenn er fertig war, gab es einen Schlusstritt mit dem linken Huf.

Um Hans Zweis Können unter Beweis zu stellen, gab von Osten im Juli 1902 ein Inserat im *Deutschen Offiziersblatt* auf und lud alle Interessierten dazu ein, dem Pferdeunterricht in der Griebenowstraße beizuwohnen. Vor den staunenden Augen der skeptischen Zuschauer löste der Hengst schriftlich gestellte Aufgaben, gab bei Brüchen Zähler und Nenner an, zählte Stöcke und Schirme und katapultierte sich damit in die Zeitungen des Landes. Der *Reichsbote* berichtete über Hans Zwei, die *Berliner Morgenpost*, die *Schlesische Zeitung*, die *Neue Preußische*, die *Kölnische Volkszeitung*, die *Frankfurter* und die *Magdeburger Volkszeitung*.

Im August erschien dann Preußens Kultusminister Studt zu Besuch. Er stellte sich mit fünf anderen Freiwilligen in eine Reihe, und Hans Zwei gab an, wie viele der Herren Strohhüte trugen, welcher der größte war und welcher der kleinste. (Wobei sich das Problem ergab, dass tatsächlich der Kulturminister der Kleinste gewesen wäre, hätte von Osten nicht rechtzeitig reagiert und noch schnell ein Kind in die Reihe geschubst, um die Bloßstellung des Herrn Ministers zu vermeiden.)

Der erstaunte Herr Studt war dann auch sehr angetan von der Vorführung und sprach seine höchste Bewunderung aus. Eine Woche später schickte Kaiser Wilhelm II. seine Flügeladjutanten. Und auch Komponist Richard Strauss erschien. Für ihn wurden die Lieder »Ich hatt' einen Kameraden« und der »Jungfernkranz« mit dem Huf geklopft.

All das hatte nun zur Folge, dass Meister Bo mit verschränkten Armen im Wohnwagen stand und äußerst zufrieden mit sich und seinem Einfall war. Von Mathis' Einwand, von Osten hätte ja vielleicht möglicherweise gar kein Interesse daran, dieses Pferd zu verkaufen, wo es doch gerade so gut lief, wollte er nichts hören.

»Alfredo, dieser Dickscheißer, hatte auch nicht vor, seinen

Durchleuchtungsapparat zu verkaufen. Und sieh, wem er jetzt gehört.« Meister Bo hob stolz den Schnurrbart. Und im Übrigen sei Mathis ein undankbarer Bengel, er solle mal nicht so dreinblicken, als hätte ihm jemand in die Pantoffeln gepisst.

Da Mathis an seinem Gesichtsausdruck gerade nicht viel ändern konnte, wandte er sich ab und blickte lieber aus dem Fenster. Er spürte ein Nagen an seinem Herzen.

»Meister Bo, wenn Sie die Maschine verkaufen, dann … dann …«

»Dann was? Willst du mir jetzt auch noch drohen, du kleiner Arschmonarch?«

»Dann komme ich nicht mit Ihnen nach Berlin, Meister. Ich bleibe hier. Bei der Maschine.«

Meister Bos Arme fielen aus ihrer Verschränkung. Seine Hände ballten sich zu Fäusten. Er und Mathis starrten sich an, als ginge es darum, einen Rekord im Nichtblinzeln aufzustellen. Da fiel Mathis auf, dass die Arme über den Fäusten des Meisters seltsam schlaff hingen. Und dass sich unter der Wut ganz deutlich eine Spur von Enttäuschung abzeichnete.

»So ist das also«, sagte Meister Bo.

»Ja.« Mathis schluckte die Tränen weg.

»Von allen missratenen Assistenten, die ich hatte, bist du wirklich die größte Niete.« Der Meister drehte ihm den Rücken zu und sagte: »Raus!«

»Raus? Wohin?«

»Was geht mich das an. Raus!«, brüllte Meister Bo. »Du willst ja auch irgendwohin wollen, wenn ich nicht mehr da bin! Nur zu, versuch es doch! Schlaf doch in der Gosse, statt mit mir nach Berlin zu gehen. Wenn du glaubst, ich ändere meine Pläne, bloß weil ein kleiner, nichtsnutziger …« Er bekam einen Hustenanfall und taumelte zum Tisch. Das Brüllen tat ihm nicht gut.

Mathis sprang ihm besorgt nach und wollte ihn festhalten, doch der Meister schlug wild um sich, als wäre Mathis eine Fliege, die er verscheuchen wollte. »Raus, hab ich gesagt!«

Mathis kniff die Lippen zusammen, drehte sich um und zog die Tür hinter sich zu.

Draußen trat er wütend gegen das Wagenrad, so wie Meister Bo es manchmal tat, wenn er den falschen Weg genommen hatte. Warum musste der verfluchte Meister auch alles kaputt machen? Er hatte doch selbst ein paarmal angedeutet, dass die Geschäfte nie so gut gelaufen wären wie jetzt. Der Schmerz in Mathis' Zeh passte zu seiner Stimmung. Er humpelte ein paar Meter, kehrte dann um und stand unschlüssig da. Es war kalt und dunkel. Die Lichter der Stadt blinzelten müde zu ihm hinüber. Aus dem Wagen konnte er Meister Bo noch immer husten hören, und durch das erleuchtete Fenster sah er den Schatten des Alten, gekrümmt und keuchend. Mathis trat zurück zur Wagentür. Doch als er sie öffnen wollte, war sie verschlossen. Meister Bo hatte sie von innen verriegelt.

»Meister?«, sagte er gegen die Tür, doch durch das geschlossene Holz drang nur das Bellen aus Meister Bos Kehle. Mathis rüttelte erfolglos an der Klinke, schlug gegen die Tür, und dann hatte er genug und stapfte zum Wohnwagenanhänger. Sollte Meister Bo sich eben einsperren! Mathis hatte oft genug neben dem Röntgenapparat geschlafen. Es würde heute Nacht kälter werden als in den Nächten zuvor, aber jammern würde er nicht! Mathis rollte sich auf dem nackten Fußboden zusammen und schob die Hand zum Sockel der Maschine, als könnte sie seine Finger nehmen und streicheln.

Es dauerte lange, bis er einschlief. Und als es so weit war, passierte etwas Fürchterliches. Meister Bo starb. Krank und allein im Wohnwagen des Blödmanns Alfredo, »beste Schwertschlucker von Welt«.

VIERZEHNTES KAPITEL

Berlin, 1935

Der ehemals schöne Andrahama war wirklich kein Frühaufsteher. Das war er schon damals nicht gewesen, als er mit der Singhalesentruppe vom Zirkus Hagenbeck gereist war und noch »der schöne Andrahama, Zauberer aus Ceylon« geheißen hatte. Doch mit der Jugend war irgendwie auch das Adjektiv flöten gegangen, ebenso wie das Interesse des vornehmlich weiblichen Publikums.

Mitte der 1880er dagegen war der schöne Andrahama ein Herzensbrecher gewesen. Kohlschwarze Augen, eine bronzefarbene Haut – er war ein attraktiver, exotischer Siebzehnjähriger von einer fernen Insel.

Die Singhalesentruppe, mit der er reiste, bestand eigentlich aus Singhalesen und Tamilen. Das hatte sich ein gewisser Professor Dr. Virchow so gewünscht, der Anthropologe war und das Exotische liebte, obwohl er in seinem Leben selbst nie mehr als das Sauerland bereist hatte. Der Doktor wollte jedenfalls so gern mal einen echten Tamilen vermessen, hatte er gebettelt. Und das durfte er dann auch. Hagenbeck brachte ihm gleich ein ganzes Dutzend davon aus dem fernen Ceylon mit. Und dazu noch einen Zauberer, einen Schlangenbeschwörer, ein paar Buddhapriester, zwei singhalesische Zwerge, diverse Stelzenkünstler und Teufelstänzer, zwölf Elefanten und eine Zebuherde.

Zu Beginn machte Hagenbeck sich noch die Mühe, den Unterschied zwischen Tamilen und Singhalesen zu erläutern. Doch irgendwie waren dem Publikum solche Details egal angesichts

304

der Tatsache, dass dort vierzehn Singhalesenkinder das deutsche Lied »Kommt ein Vogel geflogen« für sie sangen und sich anschließend die dichten schwarzen Haare tätscheln ließen. Getätschelt werden durften übrigens auch die nackten Oberkörper der Männer, was die Presse aus sittlichen Gründen äußerst beanstandenswert fand. Doch die Damen hatten nicht vor, sich ihren Spaß durch ein paar spießige Reporter verderben zu lassen. Denn unter den nackten Oberkörpern, die sie kichernd befühlten, befand sich auch ein ganz besonders schönes Exemplar. Und das gehörte dem schönen Andrahama.

Auf den Postkarten, die an jedem Tourneeort sofort ausverkauft waren, konnte man den schönen Andrahama als Zauberer sehen. Aber seine mittelmäßigen Tricks waren sicher nicht der Grund, warum die Damen sich fast von den Bänken stießen, um die beste Sicht auf den exotischen Jüngling zu erhaschen.

Dass er den Programmplatz am Nachmittag bekommen hatte, gefiel dem schönen Andrahama gut. Denn zum einen war er wie gesagt kein Frühaufsteher und sah verschlafen nur halb so schön aus. Und zum anderen konnte er sich da gleich ein optisch zu ihm passendes Mädchen für den nicht mehr ganz so fernen Abend aussuchen.

Im heimatlichen Ceylon hatte der schöne Andrahama keine solche Auswahl gehabt. Da hatte es nämlich ein strenges Kastensystem gegeben, innerhalb dessen man anbändeln musste. Und der schöne Andrahama war unglücklicherweise am unteren Ende geboren worden. Das Angebot hatte sich für ihn auf Töchter von Landarbeitern, Palmweinsammlern und Begräbnistrommlern beschränkt (und unter denen standen nur noch die Sklaven und Friseure).

Auf der Tournee durch Europa dagegen konnte der schöne Andrahama sich mal so richtig austoben. Tatsächlich kamen Monate nach den Auftritten vielerorts erstaunlich gut gebräunte Kinder zur Welt. Das Phänomen zog sich von Zürich über Basel, Bern, Frankfurt, Hamburg und Wien bis nach London und

Paris, ohne dass die erstaunten Väter je den Zusammenhang begriffen hätten. Dabei hätten sie die Möglichkeit gehabt, den schönen Andrahama zu lynchen. Der entschied sich am Ende der Tournee nämlich dafür, nicht nach Ceylon heimzukehren.

Als Einziger blieb er am Pier zurück, als das Schiff mit seinen Singhalesen- und Elefantenfreunden Fahrt aufnahm. Der schöne Andrahama ging zurück nach Deutschland, wo er nach und nach sein Geld, seine Schönheit und sein Adjektiv verlor. Und schließlich in der Wohnwagenkolonie auf diesem Hügel von Berlin landete, dem Ort der ausgemusterten Artisten.

Mit den jungen, hübschen Mädchen hatte es sich hier natürlich weitestgehend erledigt. Erstens verirrte sich äußerst selten mal ein entsprechendes Subjekt auf den Hügel, und zweitens war der ehemals schöne Andrahama inzwischen immerhin vierundsechzig Jahre alt und arm. Das steigerte die Erfolgsquote bei den Mädchen nicht gerade.

Ein Jäger war er trotzdem geblieben. Er hatte seine Aktivität von den Frauen nur notgedrungen auf die Tierwelt verschoben. Im Wald stellte er Fallen für Kaninchen und andere Kleintiere. Und ganz besonders mochte er Maulwürfe. Ein Maulwurf, mit Zwiebeln in der Pfanne gebraten, und ein, zwei oder drei Gläser Weißwein dazu, war eine Delikatesse, der niemand widerstehen konnte. Andrahama hatte damit sogar Miss Ingeborg einmal rumgekriegt. Und er hatte vor, das Gleiche bei Miss Cärri zu wiederholen.

Nur war es so, dass diese verdammten Biester äußerst schwer zu packen waren. Mit Fallen konnte Andrahama da nichts machen. Er musste ihnen schon mit der Gartenschaufel auflauern. Und zwar am besten im Herbst und in den frühen Morgenstunden, wenn sie am aktivsten waren. Ausgerechnet in den frühen Morgenstunden!

Andrahamas Laune war jedes Mal auf dem Tiefpunkt, wenn er mit Mütze und Schaufel bewaffnet in den nebligen Wald stapfte. Und sie besserte sich auch nicht gerade, als er an diesem Morgen in etwas trat, das am Boden lag und ihn zu Fall brachte. Im ersten Moment durchfuhr ihn der Schreck, dass er wieder in eine seiner eigenen Fallen getappt sein könnte. Doch der beißende Schmerz der Schnappfalle blieb aus. Andrahamas Fuß steckte in etwas anderem. Und als er sich stöhnend umdrehte, so weit sein steifer Nacken es erlaubte, erkannte er auch, was es war.

Da lag eine Leiche, bäuchlings ausgestreckt auf dem feuchten Waldboden. Das Mondlicht fiel durch die Zweige und spielte mit dem Glitzergewand, in das sie gehüllt war. Ein Glitzern, das jeden Zweifel ausschloss. Es gab nur eine in der Kolonie, die solche extravaganten Gewänder getragen hatte.

Andrahama starrte entgeistert auf die Reste, die einmal ein vertrauter Mensch gewesen waren. Er hatte nie viel mit Cassandra zu tun gehabt, schon allein deshalb, weil sie nicht in sein Beuteschema gepasst hatte. Doch er hätte der alten Frau trotzdem ein anderes Ende gewünscht. Andrahama zog seinen Fuß entschuldigend aus den Knochen. Er ließ den Spaten liegen, als er zurücklief, um die anderen zusammenzutrommeln. Da war es gerade fünf Uhr dreißig. Doch entgegen seiner Natur war der schöne Andrahama mit einem Mal hellwach.

Die Versammlung um Cassandras Überreste sah ähnlich aus wie die von vor etwa einem Monat, als Cassandra verschwunden war. Nur dass die Gesichter der Anwesenden diesmal noch betroffener waren. Und dass sich statt eines Wohnwagens eine Leiche zwischen ihnen befand.

Keiner wusste, was mit diesem Fund zu tun war. An die Hilfe der Polizei glaubte schon lange niemand mehr. Ganz im Gegenteil, Meta war der Ansicht, dass man die beschissenen Uniformierten allein aus einem Grund rufen sollte, und zwar um sie gleich aufzuknüpfen! Doch von den anderen äußerte sich niemand zu diesem Vorschlag.

»Meint ihr, wenn wir noch ein bisschen weiter im Wald suchen, dann finden wir auch noch Miss Ingeborg?«, fragte die tätowierte Miss Cärri mit schwacher Stimme. Und sie sah dabei den ehemals schönen Andrahama an, der allerdings ganz sicher nicht vorhatte, über weitere Leichen im Wald zu stolpern. Sein ehemals schönes Gesicht war noch immer ganz blass.

»Vielleicht ist sie ja einfach beim Pilzesammeln vornübergekippt und von allein gestorben«, schlug der Haarathlet Simson vor. »Immerhin war sie alt.«

Daran glaubten zwar weder er noch sonst jemand in der Runde, aber es nickten trotzdem alle dankbar. Wo eine Tote auftauchte, da war es gut, eine Erklärung zu finden, mit der alle anderen weiterleben konnten.

Sie bedeckten das Grab mit einem Berg aus Erde und Laub, so als müssten sie den Tod vertuschen, für den jeder insgeheim noch immer die Regierung und nicht Cassandras Altersschwäche verantwortlich machte. Als sie die Reste der Wahrsagerin zusammengefegt und in das Grab gelegt hatten, war ihnen nämlich aufgefallen, dass der angeblich Vornübergekippten die Schuhe fehlten.

»Sie war ja auch schon ein ziemlich verwirrter Geist«, sagte Rosendo. »Vielleicht ist sie ohne Schuhe in den Wald gelaufen.«

Doch diesmal nickte schon nur noch die Hälfte der Artisten. Cassandra mochte ein wenig verrückt gewesen sein und ihr Schuhgeschmack ganz sicher fragwürdig. Aber so senil, dass sie ganz ohne ihre Schuhe in den Wald gelaufen wäre? Mathis sah Frieda an, und Frieda blickte skeptisch zurück. Doch dann falteten auch sie die Hände.

Der Haarathlet Simson sprach ein leises Gebet und bat Cassandra, in Frieden zu ruhen.

»Amen«, sagten die anderen. Und dann gingen sie nach Hause, um ihre Angst unter etwas Herbstlaub und Alltag zu begraben. Und um so zu tun, als wäre der Wald die Gefahr und nicht die eigenen vier Wohnwagenwände. Sie konnten nicht wissen, welche Katastrophe bereits auf die Kolonie zurollte und ihnen sehr bald das Gegenteil beweisen sollte.

Die Premiere des jungen Kraftwunders fand Anfang November statt. Damit Ernsti nicht noch einmal die geflickten Kleider zerriss, gaben sie ihn in Friedas Obhut. Meta mit dem beruhigenden Gefühl, dass ihr Bruder in guten Händen war, und Mathis in der Sorge, was passieren mochte, wenn Ernsti seine eigenen Hände wieder einmal nicht unter Kontrolle hatte. Metas Bruder war doppelt so groß wie sein Kindermädchen und mindestens fünfmal so klobig.

»Er hat die Kuckucksuhr dabei, er ist also beschäftigt«, sagte Meta zu Frieda. Mathis versuchte, die Szene eines Trolls, der auf eine Zwergin losgeht, aus seinem Kopf zu verbannen, und schenkte Frieda ein entschuldigendes Lächeln. Hoffentlich würde die fürchterliche Uhr zum Überleben des Kindermädchens beitragen, dachte er. Ein ruhiger Abend würde es aber wohl kaum werden. Danach würde Frieda Ernsti sicher nie mehr etwas vom Schrottplatz mitbringen.

Die Abendluft war schneidend kalt, als sie sich in ihre Mäntel hüllten und die Kolonie verließen. Ein Mond strotzte am Himmel. Mathis nahm Metas Hand. Er wollte sich vorstellen, dass dies ein längst überfälliger Ausgehabend war: nur er und sie im noblen Wintergarten. Aber unter ihrer schicken geflickten Kleidung waren beide angespannt.

Die Eintrittskarten für das Varieté waren teuer gewesen. Metas Magen knurrte. Und sie wussten beide nicht, wie es sein würde, Metas früherem Ich zu begegnen.

Insgeheim hoffte Mathis, dass das Plakat übertrieben war und die Vorstellung schlecht sein würde. Doch tatsächlich war Charlotte Rickert ein Star, der die Bühne des Wintergartens verdient hatte.

Sie schlug Rad und Salto, jonglierte mit schweren Gewichten

und hob lächelnd Gegenstände über den Kopf, die andere Mädchen noch nicht einmal über den Boden hätten schieben können. Ihre Freude und Leichtigkeit ließ das Publikum applaudieren – auch wenn insgeheim keiner der Anwesenden ein solches Kind zur Tochter haben wollte. Charlotte war diese seltsame Art von Raritätenshow, die sie lieber auf der Bühne bewunderten als am eigenen Küchentisch.

Zum Höhepunkt der Vorstellung zog Charlotte einen Expander mit vierhundert Kilogramm Spannkraft auseinander und forderte die Männer aus dem Publikum auf, es ihr gleichzutun. Doch die vier Herren, die sich meldeten, hätten ebenso gut versuchen können, einen Betonblock in die Länge zu ziehen. Die Metallfedern bewegten sich keinen Zentimeter. Nachdem sie einsahen, dass sie gescheitert waren, nahm Charlotte ihnen das Gerät mit galanter Geste wieder ab und bewegte es so beschwingt, als spiele sie auf einer Ziehharmonika. Dann kniete sie sich nieder und bedeutete den Herren, auf ihren ausgebreiteten Armen Platz zu nehmen. Als sie aufstand, hockten die Männer auf ihren Armen wie vier erschrockene Vögel auf einem zu kleinen Baum. Das Publikum klatschte begeistert.

»Wie fandest du sie?«, fragte Meta nach der Vorstellung. Die Zuschauer sammelten gerade ihre Sachen zusammen und verließen lachend und schwatzend den Saal.

»Ich finde, sie reicht nicht an dich heran.«

»Du bist ein schlechter Lügner, Mathis Bohnsack. Sie war brillant.«

Es hatte keinen Zweck, mit Meta zu diskutieren. Ein Profi erkannte einen Profi, wenn er ihn sah.

»Wir sollten zu ihrer Garderobe gehen und mit ihr sprechen.«

»Findest du nicht, dass es für heute reicht, Meta?«

Aber Meta überhörte Mathis. Sie drehte sich um und bahnte sich einen Weg zum Artistenausgang neben der Bühne. Aus der Menschenmenge ragte sie heraus, als streife sie lediglich durch Schilf.

Vor Charlottes Garderobe hatte sich eine Schlange gebildet. Es waren vor allem Frauen, die sich ein Autogramm holen wollten. Nur wenige von ihnen sahen aus, als hätten sie in ihrem Leben schon mal mehr gehoben als einen Topfdeckel. Charlotte war kein Vorbild für sie. Sie war eine Kuriosität für die Postkartensammlung.

Meta ging so zielstrebig an der Schlange vorbei, als gehöre sie zum Bühnenensemble, und Mathis drückte sich verlegen hinter ihr her.

Die Garderobe war nobel eingerichtet und mindestens dreimal so groß wie ihr Wohnwagen. Charlotte hockte auf einem Stuhl vor dem Spiegel und signierte Karten. Ihre Beine baumelten über dem Boden. Mathis fragte sich, woher eine so zierliche Person so viel Kraft nehmen konnte.

Meta reichte Charlotte die Hand, als sie ihr zum Auftritt gratulierte. Es war eine distanzierte Geste. Doch ihr Ärger konnte Charlottes Charme und ihrem jugendlichen Strahlen nicht standhalten. Als das Mädchen erfuhr, dass Meta schon seit dreißig Jahren im Geschäft war, rief sie begeistert nach ihrem Vater.

»Meine Lotte hatte ihren ersten Auftritt schon mit zweieinhalb«, erzählte dieser ihnen stolz. »Ich habe selbst die Ansage gemacht: ›Meine Damen und Herren, darf ich Ihre Aufmerksamkeit auf die Bühne lenken und auf die todestrotzenden Leistungen der jüngsten Akrobatin auf dem Erdenball!‹«

Richard Rickert hatte die gleichen freundlichen Augen wie das Mädchen, das gleiche einnehmende Wesen, und sah ansonsten aus, als hätte er die Jahrhundertwende verpasst. Sein Schnäuzer kringelte sich rechts und links der Mundwinkel, und er trug eine altmodische gestreifte Weste, in der Art, wie man sie früher bei Zirkusdompteuren gesehen hatte. Damals war er selbst ein erfolgreicher Gewichtheber gewesen. Aber inzwischen trainierte er nur noch seine Tochter.

»Schon gut, Papa.« Charlotte fasste verlegen nach dem ausgebreiteten Arm ihres Vaters und zog ihn hinunter. »Frau Kirschbacher ist auch Gewichtheberin! Sie war schon in Paris und Wien mit ihren Auftritten.«

»Tatsächlich?« Rickert reichte Meta die Hand und musterte sie nachdenklich.

»Das ist lange her.«

»Unter wem haben Sie gelernt?«

»Unter ... Otto Hollenbeck.«

»Den kenne ich gar nicht.«

»Er war Bauer.«

Rickert zog die Augenbrauen hoch und Meta ihre Hand aus seiner.

»Meta hat als junges Mädchen bei ihm gearbeitet«, sagte Mathis, der fand, dass hier eine Erklärung vonnöten war. »Die Ausbildung war also ... eher unfreiwillig.«

Er blickte Meta von der Seite an. Ihre Miene hatte sich verschlossen. Hollenbeck gehörte nicht gerade zu ihren liebsten Kindheitserinnerungen. Das Heim hatte sie damals in seine Obhut gegeben. Angeblich ein netter und gottesfürchtiger Mann. Aber Meta war bei ihm kein Adoptivkind gewesen. Zusammen mit ein paar anderen Pflegekindern hatte er sie als billige Feldarbeiter eingesetzt und den Mädchen zwischen die Beine gegriffen, wann immer ihm danach war. Bis Meta eines Tages einen Zaunpfahl statt in den Boden gegen seinen Kopf gerammt hatte. Hollenbeck war umgefallen und hatte leblos im Nebel gelegen. Eine kleine Ewigkeit hatte Meta völlig unbewegt dagestanden. Dann hatte sie den Zaunpfahl niedergelegt und war hinter den anderen Kindern ruhig atmend ins Haus gegangen.

Meta war dreizehn gewesen. Die schwere körperliche Arbeit und die Schläge des Bauern hatten sie kräftig gemacht, aber sie war immer noch ein Mädchen, wie die Polizei fachmännisch festgestellt hatte. Und wie hätte ein Mädchen in diesem Alter wohl einen so schweren Zaunpfahl heben können? Und ihn dann auch noch mit voller Wucht gegen die Glatze eines erwachsenen, gottesfürchtigen Mannes schmettern? Nein, so eine

Erklärung war den Gendarmen absurd erschienen. Darum war ein Landstreicher erfunden und zum Verantwortlichen erklärt worden. Meta hatte man mit dem Tod des Bauern nie in Verbindung gebracht. Die Pflegekinder hatten sich im Haus aufgehalten, jedes von ihnen hatte das bezeugt. Und zur Beerdigung hatten sie in einer Reihe neben dem Erdloch gestanden und ihre blauen Flecken unter der Sonntagskleidung versteckt. Die Nachbarn hatten die Kinder schon untereinander aufgeteilt. Nur Meta war nicht bereit gewesen, sich noch einmal für irgendwen zur Adoption freizugeben. Nach der Beerdigung hatte sie leise und wortlos den Friedhof verlassen und sich aufgemacht, ihren Bruder zu suchen.

Wie anders war Charlottes Leben da verlaufen. Mathis hätte Meta auch ein bisschen mehr Bilderbuchkarriere gewünscht. Mit einem Vater, der bereits ein berühmter Gewichtheber war und der seiner Tochter das Talent in Form eines kleinen Expanders in die Wiege gelegt hatte.

»Ich habe ihn für sie anfertigen lassen. Das war ein Expander mit zwei Kilo Spannkraft«, erzählte Rickert mit warmen Augen. »Mit Puppen konnte man Lotte ja nicht kommen! Aber den Expander hat sie nicht mehr aus den kleinen Händen gelegt, sogar zum Schlafen hat sie ihn mit ins Bett nehmen wollen. Und als meine Schwägerin zu Besuch war und sich über die Wiege gebeugt hat, hat Lotte ihr mit dem Ding eins auf die Nase gegeben!« Rickert lachte schallend, und Charlotte verzog das Gesicht. Sie hörte die Geschichte gewiss nicht zum ersten Mal.

»Die Nase war danach jedenfalls krumm«, sagte Rickert. »Und meine Schwägerin hat fortan einen großen Bogen um uns gemacht. Nicht dass wir damit etwas verpasst hätten …«

»Sie macht keinen großen Bogen um uns, sondern um mich, Papa. So wie alle das tun.« Charlotte sagte das ohne Bitterkeit, fast beiläufig. Ihre Absonderlichkeit war für sie Normalität. Doch ihr Vater machte ein betroffenes Gesicht. Sogar sein Schnurrbart hing herab.

»Und wo geht es als Nächstes hin?«, fragte Meta. Rickert
hatte erzählt, dass Charlotte bereits in Budapest, Rom, Paris,
Madrid und vor dem niederländischen Königshaus aufgetreten
war.

Vater und Tochter tauschten einen Blick.

»Wir haben einen Plan«, sagte Charlotte vorsichtig, »aber er
ist noch nicht spruchreif.«

»Um genau zu sein, ist er sogar ziemlich unorthodox. Tut
mir leid, dass wir noch nicht darüber reden können.« Rickert
schmunzelte, ihm war anzusehen, wie sehr er darauf brannte, es
dennoch zu tun. Ein einfaches Nachfragen würde genügen, und
der Plan würde feierlich vor ihnen ausgebreitet werden.

»Ist schon in Ordnung«, rief Mathis schnell, »wir verstehen
das gut. Und wir sollten nun sowieso gehen. Vielen Dank für
Ihre Zeit.«

Er hatte verstanden, dass Meta die Frage nach dem nächsten
Ziel nicht etwa gestellt hatte, um von der peinlichen Stille abzu-
lenken. Sie hatte auf ein bestimmtes Land gewartet. Eins, dessen
Nennung ihr den finalen Stoß für diesen Abend verpasst hätte.

Auf dem Heimweg war Meta schweigsam, und Mathis wusste
nicht, wie er sie aufheitern sollte. Es wäre alles einfacher gewesen, wenn Charlotte eine ebenso ungeschickte Lachnummer gewesen wäre wie die Pyramidendamen auf Carows Lachbühne.
Doch als Meta dem neuen jungen Kraftwunder zum Abschied
viel Erfolg gewünscht hatte, hatte sie das ernst gemeint.

An der letzten Haltestelle stiegen sie aus dem Bus. Den Rest
des Heimwegs mussten sie zu Fuß antreten. Die Wohnwagenkolonie lag außerhalb der Stadt, und nachts war es auf dem
Weg dorthin einsam. Nicht einmal einer Straßenlampe begegneten sie auf ihrem Marsch.

»Was, glaubst du, ist dieser geheimnisvolle Plan, von dem
Charlotte und ihr Vater noch nichts sagen wollten?«, fragte
Meta schließlich.

»Ich weiß es nicht.« Mathis wickelte sich fester in seinen Mantel. Als Schutz gegen die Kälte, aber auch gegen Metas Fragen.

»Ich glaube, es ist Amerika«, sagte Meta. Der unverfängliche Ton misslang ihr gründlich. »Jeder erfolgreiche Artist wird irgendwann von Ringling in die Staaten geholt, oder?«

»Deine Karriere ist noch nicht vorbei«, sagte Mathis.

Meta schluckte. Ohne den Tränenkloß in ihrem Hals hätte sie ihm widersprochen.

»Für dich wäre Amerika auch nicht so weit entfernt mit einem Vater wie diesem Richard«, sagte Mathis. Dann verfielen sie in Schweigen.

Der Heimweg schien heute länger als sonst. So als hätte der Feldweg sich ausgedehnt und dem Mond entgegengestreckt, der groß und rund am Himmel stand. Die Lichter der Wohnwagenkolonie auf dem Hügel sahen richtig mickrig gegen ihn aus.

Plötzlich wünschte Mathis sich, sie müssten heute nicht mehr zurück auf den Hügel. Sie hätten einfach einen schönen Abend im Wintergarten genossen und würden nun in ein warmes Hotel verschwinden, um dort die Minibar zu plündern. Mathis würde den Telefonhörer abnehmen und beim Zimmerservice das gesamte Menü für Meta bestellen. Und sie würden auf dem Bett sitzend essen. Auf einem richtigen Bett, mit einem dicken Kissen im Rücken statt einem dicken Bruder, der sich an Meta klammerte.

In der Dunkelheit suchte seine Hand die ihre. Doch dann blieb Meta abrupt stehen. Sie sagte: »Ich glaube, da stimmt was nicht!«

Gemeinsam lauschten sie in die Nacht, in der sich weiße Kältewolken vor ihren Mündern bildeten. Jetzt konnte Mathis es auch hören. Da waren Schreie, die vom Hügel zu ihnen hinüberwehten. So leise, dass er zunächst nicht sicher war, ob er sie sich nur einbildete. Meta war angespannt, sie sah aus, als wittere sie etwas. Dann flammten plötzlich zwei Lichter auf dem Hügel auf, die eben noch nicht da gewesen waren. Etwas unterhalb der Punkte, die die Wohnwagenfenster an den Nachthimmel malten.

»Sind das Scheinwerfer?«, fragte Mathis alarmiert. Ein Geräusch hustete in die Luft, ein schwerer Motor wurde angeworfen. Die grellen Lichter oben auf dem Hügel setzten sich in Bewegung. Meta lief los. Ihr Kleid verfing sich an den Beinen, und die Schuhe brachten sie zu Fall. Sie war es nicht gewohnt, auf Absätzen zu laufen. Sie fluchte und riss sich die Schuhe von den Füßen, bevor sie aufsprang und weiterrannte. Mathis hatte keine Chance, mit ihr Schritt zu halten. Seine Hüfte und das Bein schmerzten ohnehin schon vom Weg hierher. Er fiel hinter Meta zurück. Die Schreie wurden deutlicher, je näher sie dem Hügel kamen.

»Meta!«, rief Mathis.

Nur noch Metas Umrisse waren sichtbar, als sie den Fuß des Hügels erreichte und mit unverminderter Geschwindigkeit bergauf rannte, in Richtung der einzigen Straße, die den Hügel hinauf- und herunterführte. Der Gedanke, dass sie vor den Wagen springen könnte, um ihn aufzuhalten, ließ Mathis schneller laufen. Er verfluchte sein Bein, als er zu einem Sprint ansetzte. Stolpernd und rutschend kämpfte er sich den Abhang hinauf.

Die Scheinwerfer näherten sich rasch. Es war ein Lastwagen. Meta hielt direkt darauf zu und sprang auf die Straße, als er sich näherte. Mathis' Schrei ging in dem Quietschen der Bremsen unter. Der Fahrer hupte und riss das Steuer herum, der Wagen schlingerte. Er kam von der Straße ab. Schreie drangen aus dem Frachtraum. Der Wagen holperte schräg über das Gras den Abhang hinunter, während der Fahrer versuchte, ihn wieder unter Kontrolle zu bringen. Meta stand mit offenem Mund auf der Straße und starrte auf die Stelle, an der gerade noch die grellen Scheinwerfer gewesen waren. Mathis rannte das letzte Stück, stolperte gegen sie und warf sie beide zu Boden. Der Wagen kam ein Stück weit unter ihnen zu stehen.

»Dahin! Sofort!« Mathis gab Meta einen Stoß in Richtung der

316

Gebüsche und Sträucher, die den Anfang des bewaldeten Hügelteils bildeten. Meta war so geschockt von dem Beinahezusammenstoß mit dem Laster, dass sie nicht einmal widersprach. So schnell sie konnten, krochen sie in den Schatten der Büsche. Der Fahrer riss die Lastwagentür auf. Jemand fluchte. Mathis schob die Zweige auseinander. Herbstblätter rieselten zu Boden. Mathis' Stirn und sein Rücken waren schweißnass. Er kletterte in das stechende Gestrüpp, das nicht viel mehr als ein Gerippe aus Ästen und letzten Herbstblättern war. Doch es war das Beste, was sich ihnen im Moment bot.

Durch die Zweige konnten sie die schwarzen Umrisse einer Männergestalt neben dem Wagen sehen. Dann wurde die Beifahrertür aufgestoßen, und ein zweiter Mann sprang heraus. Von der mondbeschienenen Kulisse hoben die Gestalten sich ab wie Figuren in einem Schattentheater.

»Sag mal, spinnst du!«, brüllte der Beifahrer.

»Da war jemand auf der Straße!«, verteidigte sich der andere.

»Quatsch! Ich hab nichts gesehen!«

»Ganz sicher, Kurt! Da war eine Frau.«

»Eine Frau?« Der Mann namens Kurt drehte sich um. Er sah die Straße hinauf zu der Stelle, an der eben noch Meta gestanden hatte. Seine Stimme kam Mathis seltsam bekannt vor.

»Also schön, ich geh nachsehen. Aber schau du, ob die Türen hinten noch richtig zu sind!«

Kurt stapfte den Hügel hinauf. Er trug schwere Stiefel. Mathis brachte seinen Mund nah an Metas Ohr.

»Keinen Ton!«

Er war erstaunt, als sie nickte.

Der Mann ging bis zu der Stelle, an der die Reifen von der Straße abgekommen waren. Er stand jetzt keine drei Meter von ihrem Versteck entfernt, und Mathis konnte ihn besser sehen. Nicht mehr als bloße Schattenfigur, sondern gefährlich plastisch. Er trug eine Uniform und eine Waffe, die er nun zog, während er sich umsah. Sein Kollege klopfte gegen die Verriege-

317

lung der LKW-Klappe, und eine Stimme quiekte erschrocken im Innenraum. Es war Jonathans Frau Evie. Durch Metas Körper ging ein Ruck, als sie alle Muskeln anspannte. Sie war bereit, den Mann zu überwältigen und zum LKW zu laufen, doch ihr Blick hing an der gezückten Waffe. Mathis fasste Metas Arm und drückte so fest, dass seine Hand schmerzte.

Der Uniformierte namens Kurt trat an die Gebüschreihe heran und stieß mit dem Fuß hinein. Weitere Blätter rieselten zu Boden. Mathis hielt die Luft an und beugte den Kopf tiefer zwischen die Äste, als die Stiefelspitze genau neben seinen Knien zustieß. Auch Meta hielt den Atem an. Mathis konnte spüren, wie sie sich zum Sprung bereit machte. Der Mann würde nicht damit rechnen, wenn sie jetzt aus dem Gebüsch hervorbräche, Waffe hin oder her. Das Überraschungsmoment wäre auf ihrer Seite und die Kraft sowieso. Sie wand sich aus Mathis' Klammergriff, doch dann brüllte der Uniformierte plötzlich: »Hier ist niemand!«, und sie fuhren beide zusammen. Der Mann stand noch immer so nah vor Mathis, dass er das Leder der Stiefel riechen konnte.

»Das muss ein Reh gewesen sein, das du Blödmann gesehen hast«, rief Kurt.

»Ein Reh im Mantel oder was?« Der Fahrer ließ von der Hintertür des Lastwagens ab und kam nun ebenfalls den Hügel hinauf. Bei dem Gedanken daran, dass er die Untersuchung der Büsche fortführen und dabei gründlicher vorgehen könnte als sein Partner, verkrampfte sich Mathis' Magen. Er schielte zu dem Gesicht des Mannes, von dem er bislang nur die Stiefel aus der Nähe kannte. Das Mondlicht ließ seine Haare weißgold leuchten. Und als Mathis die harten Züge und den markanten Kiefer sah, begriff er, warum die Stimme ihm so bekannt vorgekommen war. Es war der junge Beamte von der Polizeistation, Kaltenhoff.

Als hätte der Polizist Mathis' Entsetzen gespürt, senkte sein Blick sich plötzlich wieder aufs Gebüsch und stach skeptisch

318

durch die Zweige. Mathis sah hastig zu Boden. Er starrte auf seine unvollständigen Hände im Dreck und wagte nicht zu atmen. Kaltenhoffs Blick bohrte sich direkt in seinen Rücken, und Mathis war klar, dass er sie diesmal entdecken musste. Doch dann fiel ihm auf, wie viel dunkler es um ihn war. Mathis' Hände waren kaum mehr zu sehen. Eine Wolke hatte sich vor den Mond geschoben.

»Hast du auch überall am Straßenrand nachgesehen?«, fragte der Fahrer und lenkte Kaltenhoffs Aufmerksamkeit damit wieder auf sich.

»Wozu? Meinst du, deine angebliche Dame hat sich mit der Bettelschale dorthin gesetzt?«

»Vielleicht haben wir sie ja erwischt.«

»Quatsch! Man merkt das doch, wenn man was mit dem Wagen erwischt. Du bist wahrscheinlich einfach am Steuer eingeschlafen, das ist alles.«

»Du bist eingeschlafen! Du hast die Frau ja nicht mal gesehen.«

»Weil sie nicht da war! Ich glaube, es ist besser, wenn ich fahre. Bevor du die Karre noch vor den nächsten Baum setzt.«

Kaltenhoffs Stiefel setzten sich in Bewegung. Im Gehen verpasste er dem anderen einen Schlag gegen die Schulter und stapfte an ihm vorbei. Der Zweite rieb sich den Arm, warf noch einen Blick auf das Gebüsch und die Straße und folgte Kaltenhoff. Dabei brabbelte er irgendetwas von Report an die Dienststelle.

Mathis hielt noch immer die Luft an, als er den Kopf zu Meta drehte. Sie war kreidebleich. Ihre Lippen formten ein Wort, das er weder hören noch ablesen konnte. Er schüttelte den Kopf, sie sollten später reden. Unten hustete der Motor ein paarmal, bevor er endlich startete. Dann drängte der Lastwagen rumpelnd und wackelnd auf die Straße zurück. Die Scheinwerfer tanzten bei jeder Bodenerhebung kreuz und quer über die Wiese und durch die Luft. Als würde das Licht noch immer nach ihnen suchen.

Sie warteten, bis das Motorengeräusch in der Ferne verhallt war. Dann stand Meta zitternd auf und brach durch die Zweige und Äste. Mühsam hielt Mathis sich am Gestrüpp fest und zog sich ebenfalls auf die Füße. Sie waren beide voller Kratzer und Dreck.

»Das war Evie in dem Wagen, oder?«, fragte Mathis.

Vor lauter Entsetzen bekam Meta keinen Ton heraus. Aber sie nickte. Und plötzlich wusste Mathis, welches Wort sie ihm eben hatte zuflüstern wollen. Es war ein Name gewesen. Natürlich.

»Lauf schon vor und sieh nach ihm«, sagte er. »Ich komme nach.«

Seine Beine schmerzten nach dem Lauf, dem Sturz, der zusammengekauerten Haltung. Sein Körper zitterte. Er konnte keinen Schritt mehr tun. Meta dagegen rannte erneut los. Sie lief etwa zweihundert Meter, bevor sie plötzlich stehen blieb und sich nach Mathis umdrehte. Wie ein vergessenes Kind stand er zwischen den Büschen, die überlangen Arme rechts und links am dürren Körper. Meta zögerte kurz. Dann lief sie zu ihm zurück, griff mit einem Arm zwischen Mathis' Beine und legte ihn über ihre Schultern, ohne auf seine Proteste zu achten.

FÜNFZEHNTES KAPITEL

Zürich, 1902

Die Maschine und Mathis hielten sich an den Händen, bis die Polizei eintraf.

Die Beamten konnten sich keinen rechten Reim auf die Szene machen, die sie vorfanden: ein Kind, ein toter Mann, eine Durchleuchtungsmaschine und ein Pferd mit politischem Namen, das den Wagen eines italienischen Schwertschluckers zog. Der eine Wachtmeister, er hieß Studer, hatte sich auf einen ruhigen Samstag im Spätherbst gefreut, den wahrscheinlich letzten schönen Samstag, den er mit einem guten Pflaumenschnaps auf einem Berg sitzend hatte verbringen wollen. Und nun das!

»Hatte der Verstorbene Verwandte?«, fragte er und schielte auf die Maschine und das Pferd, weil man beides gut verhökern könnte.

»Nur mich«, sagte Mathis, »ich bin sein Enkel.«

Dem Wachtmeister fiel das Zögern in der Stimme des Jungen wohl auf, und auch die Tatsache, dass Mathis' Nachname weder zu dem des Verstorbenen noch zu dem auf der Außenseite der Kutsche und erst recht nicht zu dem Pferd passte. Tatsächlich hatte Mathis nicht darüber nachgedacht, als die Beamten seinen Namen zu Protokoll genommen hatten.

»Mein Großvater hieß auch Bohnsack«, erklärte er nun schnell. »August Alfredo Bohnsack. August Bohe war sein Künstlername.«

Wenn es eine Sache gab, die er auf dem Jahrmarkt gelernt hatte, dann war das, zu lügen, ohne zu blinzeln. Die Polizisten blieben, bis der Leichenwagen kam. Und nach dem Leichenwagen kam niemand mehr, der sich für den Jungen, das Pferd oder den Wagen interessiert hätte.

Meister Bos Besitztümer gingen also an Mathis über. Die Münzen, die der Meister bei den Vorführungen eingenommen hatte, hatte er in so vielen Tabakdosen unter der Matratze versteckt, dass es Mathis ein Rätsel war, wie er darauf hatte schlafen können. Trotzdem reichten sie gerade mal, um eine anständige Beerdigung zu bezahlen und einen Grabstein zu kaufen, auf den Mathis »August Alfredo Bohnsack« meißeln ließ. Wenn man schon mal mit einer Lüge begonnen hatte, dann war es das Beste, nicht mehr von ihr abzuweichen.

Er wollte sich gar nicht vorstellen, wie Meister Bo im Himmel über ihn schimpfen würde, wenn er von dem neuen Namen Wind bekam. Andererseits würde Mathis es wohl kaum hören, bevor er nicht selbst im Himmel war. Und das würde hoffentlich noch ein Weilchen dauern.

Er holte die bestellten Ziegenwürste vom Metzger ab und begrub sie neben Meister Bo, weil er sich nicht dazu überwinden konnte, seine alte weißhaarige Freundin zu essen. Danach hockte er ein paar Tage lang orientierungslos inmitten seiner neuen Besitztümer und drehte die Kurbel der Maschine Runde um Runde, bis sie ihm ratternd und Funken sprühend zu verstehen gab, dass es an der Zeit war, endlich etwas anderes zu tun.

»Aber was soll das sein?«, fragte Mathis laut, während er weiterdrehte. Er hätte schwören können, dass er im Knistern der Maschine den Namen »Brückner« hörte.

Das Chaos im Zürcher Panoptikum war nicht geringer als bei Mathis' erstem Besuch. Zusätzlich zu den Amazonen war nämlich auch noch ein Mann angerückt, der sich »das lebende Aquarium« nannte. Brückner raufte sich die licht werdenden roten

Haare und schimpfte über einen Mann namens William Caspar, dem diese eingebrockte Suppe zu verdanken war.

Caspar war Direktor des Kopenhagener *Cirque du Nord* und Besitzer der New Yorker *United Show and Amusement Association*, die das Panoptikum neuerdings mit Völkerschauen belieferte. Früher hatte er einmal ziemlich erfolgreich Wildwestshows geleitet, aber allen im Panoptikum war es ein Rätsel, wie es zu diesem Erfolg gekommen war. Denn Caspar gehörte zu jener Sorte Menschen, deren Projekte nicht einmal theoretisch funktionierten. In seinem Beruf musste er sehr viel planen, und da hatte er sich gleich mehrere Terminkalender zugelegt, die er allerdings immer wieder verlegte und nie aufeinander abstimmte. Gruppen wurden doppelt engagiert und Auftritte widerrufen. So konnte es zum Beispiel schon mal passieren, dass statt einer Eskimogruppe plötzlich ein Flohzirkus im Panoptikum einzog. Oder dass eine Orienttruppe mit Frauenschönheiten angekündigt wurde, doch wenn die Mitarbeiter voll Vorfreude die Tür öffneten, standen dort statt der Schönheiten nur zwölf heruntergekommene Inselureinwohner. Ständig mussten Ankündigungsplakate abgerissen und in aller Eile neu gemalt werden. Und wenn die Orientschönheiten dann zwei Wochen später doch noch kamen, musste Brückner sie sonst wo einquartieren, weil das Panoptikum mit den Insulanern belegt war.

Und nun stand da also dieser Aquariummann. Mit dem nie irgendjemand gerechnet hatte. Seine Spezialität war es, lebende Fische zu schlucken und wieder hervorzuwürgen, ohne ihnen auch nur eine Schuppe zu krümmen. Doch was Mathis wirklich faszinierte, war die Kunst des Mannes, vor der Vorstellung fünf Liter Wasser zu trinken und nicht einmal während des Auftritts pinkeln zu müssen.

Brückner war, gelinde gesagt, beunruhigt von den vielen Gästen, die er auf seiner unfertigen Bühne präsentieren und auf dem maroden Dachboden unterbringen sollte. Denn Mathis

wollte ihm nicht nur die Maschine verkaufen, sondern sich
selbst auch noch mit.

»Mathis Bohnsack und seine wundersame Maschine«, sagte
er und breitete in einem ziemlich ungeschickten Werbeversuch
die Arme aus. Brückner war zu gestresst, um zu fragen, was mit
dem alten Motzkopf geschehen war, der ein paar Tage vorher
noch bei dem Jungen gewesen war.

Er wollte sowohl das lebende Aquarium als auch Mathis
gleich wieder wegschicken, bis Letzterer vorschlug, doch einfach alle Vorführungen miteinander zu verbinden: Die Amazonen sollten den Aquariummann mit ihren Speeren dazu zwingen, Fische zu schlucken. Dann würde dieser hinter Mathis'
Apparat treten, und Mathis würde die Kurbel drehen, damit
die Zuschauer sahen, wie die Fische quietschfidel im Bauch des
lebendigen Aquariums umherschwammen.

Inhaltlich fehlte es der Geschichte zugegeben an Plausibilität.
Wer hatte zum Beispiel je von Amazonen gehört, die einen weißen Mann dazu gezwungen hätten, in der afrikanischen Wüste
lebendige Fische zu schlucken. Mal ganz abgesehen davon,
dass auch noch zufällig ein Junge mit Röntgenapparat durch
die Dünen irrte. Aber Brückner gefiel die absurde Idee dann
doch irgendwie, und mit der New Yorker *Amusement Association*
wollte er es sich auch nicht verderben. Deshalb wurden Mathis
und der Aquariummann engagiert.

Von Bismarck und den geerbten Wohnwagen stellte Mathis bei
einem Bauern unter. Dann zog er seine Matratze im Männerschlafsaal über ein Brett im Boden, das ihm ausreichend stabil
erschien. Die dreißig Amazonen, die in der Dachkammer nebenan schliefen, hätten das wohl auch tun sollen. Denn eine von
ihnen, eine junge Frau mit Namen Nawi, fiel eines Nachts tatsächlich durch die morsche Decke. Und Brückner brachte sie zu
Mathis, damit er ihr Bein röntgte.

»Ich bin aber kein Arzt«, sagte Mathis erschrocken.

»Heute bist du einer«, bestimmte Brückner und fügte leise hinzu, er glaube ja nicht, dass die dämliche Amazone sich was gebrochen habe. Aber sie habe eben darauf bestanden, von Mathis durchleuchtet zu werden.

Mathis brauchte dann auch gar nicht viel ärztliche Fachkenntnis, um festzustellen, dass Nawi sich in Wahrheit mehr für ihn als für die Röntgenmaschine interessierte. Das überraschte ihn so, dass er keine Gegenwehr leistete, als sie ihn mit in das Zimmer auf dem Dachboden nahm und sich auf ihn legte.

Sie war über zehn Jahre älter als er, ein Wunder aus langen Armen und Beinen. Und gar nicht so dämlich, wie Brückner behauptet hatte. Tatsächlich saß auf Nawis schönem Körper ein ziemlich kluger Kopf. Auf der Tournee hierher hatte sie alle möglichen Sprachen aufgeschnappt. Sie sprach Holländisch und Deutsch und brachte Mathis während ihrer Zweisamkeit sogar etwas Englisch und Französisch bei. Es war das erste Mal, dass Mathis Fremdsprachen lernte. Und wahrscheinlich trug seine Faszination für Nawi ein gutes Stück dazu bei, dass die fremden Worte ihm von den Lippen gingen wie geschmolzene Butter.

Nawis Bühnenauftritte beschränkten sich auf den Abend. Und wenn der Männerschlafsaal tagsüber leer war, fanden sie und Mathis immer wieder ein paar Stunden, in denen sie gemeinsam auf der Matratze liegen und reden konnten.

Nawi erzählte, dass sie in Wahrheit gar nicht aus dem Königreich Dahomey stammte, sondern aus den niederländischen Kapkolonien. Ein holländischer Kaufmann hatte sie, ihre Eltern und fünfzehn weitere Personen vor vielen Jahren nach Hamburg gelockt, mit dem Versprechen, in Europa viel Geld zu verdienen. Nawi war damals acht Jahre alt gewesen.

Die Truppe wurde an zwei Impresarios verkauft, Jean Fuchs und Friedrich Oettle, die ihre Afrikaner in zoologischen Gärten ausstellten. Sie hießen jetzt »Kaffern«, »Buschmenschen« oder »Südafrikanische Karawane«, je nachdem, was sich auf den Pla-

325

katen gerade gut verkaufte. Jedes Truppenmitglied bekam für die Zeitungen einen Namen verpasst: »Hottentotten-Ännie« etwa oder »Leonard Strauss«.

Die Gruppenmitglieder selbst kümmerte diese Namensänderung wenig. Was sie aber wirklich irritierte, war ihre Aufgabe bei der ganzen Sache. Die bestand nämlich darin, halb nackt hinter Zäunen herumzustehen, Tiere zu imitieren und sich fotografieren zu lassen. Alles in allem nicht das, was sie sich vorgestellt hatten, als der holländische Kaufmann vom fortschrittlichen Europa geschwärmt hatte. Menschen, die Geld dafür bezahlten, andere Menschen hinter Zäunen zu begaffen? So etwas kam den Afrikanern doch eher unterentwickelt vor. Und dann war da noch das Problem mit dem Essen.

Da irgendein Anthropologe herausgefunden haben wollte, dass Buschmenschen sich nur von Reis ernährten, bekam die Gruppe nämlich genau das serviert. Weißen Reis, dreimal täglich, und ohne jede Beilage. Zu Beginn kam es noch ein paarmal vor, dass der ein oder andere Besucher den schwarzen Kindern Bonbons und Nüsse durch die Gitterstäbe steckte. Doch dann stellten die besorgten Besitzer Fuchs und Oettle Schilder auf, mit denen die Besucher höflichst darum gebeten wurden, von einer Fütterung der Wilden abzusehen.

Es kam, was kommen musste. Kurz nach einem Auftritt im Zoologischen Garten von Hannover starb Nawis Vater. In der Nähe von Ahlen wurde die Hottentotten-Ännie krank und kam ins Spital. Und in Schulzes Sommergarten in Soest versuchte der Rest der Gruppe dann, aus der Ausstellung zu fliehen.

Nawi flog an der Hand ihrer Mutter über das Feld, als sie auf den Eisenbahndamm zurannten, verfolgt von zwei Gendarmen, mehreren mistgabelbewaffneten Bauern und einem hechelnden Reporter. Letzterer schrieb am nächsten Tag im Lokalblatt: »Die Afrikaner waren auf und davon. Der Kaffernhäuptling an der Spitze, dahinter Krieger und Zauberdoktor mit Buschmannfamilie, die ganze Gesellschaft.«

326

Erst bei Benninghausen holten die Verfolger die Wilden ein. Die Afrikaner wurden überwältigt, gepackt und nach Lippstadt gebracht, wo die Bürger verängstigt ihre Kinder festhielten, als man die Schwarzen über den Marktplatz und in die Arrestzellen schleppte.

Dann begannen die Lippstädter Beamten mit vollem Beamtenelan zu ermitteln. Es dauerte drei Tage, bis sie den Geschäftsführer Oettle vernahmen, der sich allerdings keiner Schuld bewusst war. Man habe die Hottentotten wohl zu human behandelt, sagte er, und sie zu sehr mit Geschenken überhäuft, dass sie nun so reagierten. Außerdem mussten die Beamten die Verträge prüfen, von denen es offensichtlich verschiedene Versionen gab, einige mit und andere ohne Kündigungsmöglichkeit. Bis das alles festgestellt war, gingen mehrere Wochen ins Land.

Die Afrikaner selbst hätte man auch gern zu der Sache verhört. Doch bis auf die Hottentotten-Ännie, die noch immer im Krankenhaus lag und mit den Folgen ihrer Mangelernährung kämpfte, sprach dummerweise keiner der Wilden eine Sprache, die man verstehen konnte. Deshalb entschlossen sich die Beamten schließlich, das Verhalten der Afrikaner frei zu interpretieren, und kamen zu dem hellen Schluss, dass die Flucht möglicherweise als eine Art Kündigung zu interpretieren sei. Das wiederum bedeutete, dass die dreißig Tage Kündigungsfrist, die in einigen Verträgen festgehalten war, bereits durch den Arrest abgesessen waren. So lange dauerte es nämlich, bis die Lippstädter Beamten sich über das weitere Verfahren fertig unterhalten hatten.

Man entließ den Großteil der Gruppe also und brachte die übrigen fünf, die nicht hatten kündigen können, weil der Vertrag eine Tournee von einem Jahr vorsah, zurück in Schulzes Sommergarten. Hier standen Fuchs und Oettle nun vor dem Problem, dass eine Karawane, bestehend aus nur drei Erwachsenen und zwei Kindern, doch ein wenig mickrig wirkte. Sie änderten den Namen der geschrumpften Gruppe also schnell in »Buschmannfamilie« und ordneten die Familienverhältnisse neu. Leonard Strauss, der eigentlich gar nichts mit Nawi zu tun hatte, wurde über Nacht zu ihrem Vater erklärt, Nawis Mutter Vajtje dagegen kurzerhand zu Fritzi Strauss gemacht, und Nawi (die jetzt Mina hieß) bekam eine Schwester namens Sina, die in der ersten Zeit immer nur weinte, weil sie zu ihrer richtigen Mama zurückwollte.

Als die Hottentotten-Ännie wieder gesund war, reihte man auch sie in die Familienkonstellation ein und erklärte sie zur zweiten Frau von Leonard Strauss. So eine Bigamie kam beim Publikum immer gut an und unterstrich den wilden Charakter dieser Unchristen.

Die Tournee führte quer durch Deutschland, durch das Studio des sächsischen Hoffotografen Römmler, der Postkarten von allen Beteiligten knipste, und dann weiter nach Nürnberg, wo Leonard Strauss für einen Skandal sorgte, weil er, statt Tierstimmen zu imitieren, wie es sich für einen wilden Familienvater gehörte, in völlig betrunkenem Zustand unflätige Witze über die anwesenden Damen und den vielleicht nicht anwesenden Herrn Jesus Christus riss. Und das einen Tag nach Weihnachten.

Fuchs und Oettle spürten, dass die Unternehmung ihnen aus den schwitzigen Händen glitt, und wollten die Afrikaner nun möglichst schnell wieder loswerden. Doch sie hatten kein Geld für die Abfindung, geschweige denn für die Rückreise der Schwarzen. Und als die Gruppe keine Anstalten machte, noch einmal fortzulaufen, fuhr man sie kurzerhand nach München und setzte sie vor dem englischen Konsulat aus.

Dort versteckten Oettle und Fuchs sich im Gebüsch neben den gut gepflegten Blumenrabatten und warteten ab, was weiter geschehen würde. Es ließ sich wohl getrost sagen, dass die beiden nicht so viel auf dem Kasten hatten. Denn sonst hätten sie gewusst, dass die Afrikaner nicht aus einer englischen Kolonie kamen, sondern aus einer holländischen. Und dass der englische Konsul ganz bestimmt nicht vorhatte, sechs falsch ausgesetzte Wilde zurück in ihre Heimat zu transportieren.

Stattdessen kam die Polizei und brachte die frierenden Afrikaner nach Nürnberg zurück. Und Oettle und Fuchs konnten nichts anderes tun, als sich die Blätter von der Kleidung zu zupfen und mit langen Gesichtern hinterherzuschleichen.

Zurück in Nürnberg, erklärte sich das Kloster Bayrisch Reichenbach bereit, die Afrikaner aufzunehmen. Immerhin lehrte schon Jesus den Menschen und so weiter. Und außerdem hatte das Kloster Ende des vorigen Jahrhunderts eine Heil- und Pflegeanstalt für geistig und körperlich Behinderte eingerichtet. Da fühle man sich bestens vorbereitet auf die Unterbringung dieser Hottentotten.

Die Polizeidirektion, die seit dem Abtransport vorm Konsulat irgendwie nicht mehr aus der Sache rauskam, wollte schon erleichtert zustimmen. Man war sich zwar nicht ganz sicher, ob das Kloster und die Afrikaner überhaupt demselben Gott huldigten, aber da würde sich gegebenenfalls bestimmt noch nachhelfen lassen. Oettle und Fuchs hätten da ohnehin einen im Angebot, der ein bisschen Nachhilfe in christlichem Benehmen gebrauchen könnte.

Doch dann meldeten plötzlich verschiedene Schausteller Interesse an der Truppe an. Oettle und Fuchs witterten schon eine Versteigerung, als die genesene Hottentotten-Ännie verkündete, dass die Buschmannfamilie weder eine Kutte tragen noch weiter halb nackt durch Deutschland reisen wolle. Das Jahr war um, und sie bestand auf der Abmachung, die man ihnen versprochen hatte: zwei Pfund Sterling pro Monat für die Erwachsenen und fünf Schilling für die Kinder sowie ein Rückreiseticket nach Afrika.

Oettle und Fuchs kratzten sich die Bärte und erklärten, dass sie diesen Wunsch ja durchaus nachvollziehen könnten, aber nun einmal kein Geld da sei. Und ob man sich angesichts dieses Problems nicht doch auf die eine oder andere Zukunft einigen könne. So schlecht könnten die Angebote doch auch nicht sein, verglichen mit dem, wo die Hottentotten herkamen.

Dass die sogenannten Hottentotten es zu Hause gar nicht so schlecht gehabt hatten, wollte dann wirklich niemand mehr hören. Und es war auch irrelevant, denn inzwischen hatte Hugo Schött an der richtigen Stelle Geld bezahlt und den Zuspruch für die Afrikaner bekommen.

Schött versprach, eine längere Tournee zu organisieren, nach der sich die Afrikaner ihre Heimreise selbst finanzieren könnten. Und der kleinen Gruppe blieb wieder nichts anderes übrig, als dem Wort eines weißen Mannes zu vertrauen.

Sie folgten Schött also auf eine weitere Tournee, und auch diese war nicht ohne Zwischenfälle. In einer Reitschule in München brachte die Hottentotten-Ännie nämlich ein Kind zur Welt, das erschreckend hellhäutig und europäisch aussah. Sie mussten es dunkel anmalen, um das Märchen von der Ehe mit dem ständig betrunkenen Leonard Strauss aufrechtzuerhalten. Doch auch dann fehlte dem Kind die erwartete Hottentotten-Hässlichkeit, wie die Zeitung kritisch bemerkte.

Mit dem angemalten Säugling ging es weiter durch die Schweiz und im Sommer zurück nach Deutschland, ins Berliner Panorama, wo ein gewisser Herr Professor Fritsch und ein gewisser Herr Professor Virchow Untersuchungen an der Gruppe vornahmen. Sie interessierten sich für die Maße der Füße, die Länge der Gliedmaßen, die Schwere der Brüste und die Größe der Geschlechtsteile, nahmen Gipsabdrücke von allen Körperteilen und befragten Besitzer und Wärter nach der sexuellen Aktivität der Wilden. Da Letztere gut aufgepasst hatten, konnten sie berichten, dass der Geschlechtsverkehr zwischen den Eheleuten eher selten sei, zwischen Mitgliedern der Gruppe und Außenstehenden dagegen öfters mal stattfinde. Einer der Wärter lief bei dieser Aussage pink an, was die Professoren nicht bemerkten, weil sie sich eifrig über ihre Notizbücher beugten. Diese Polygamie war genau das, was sie von den Afrikanern erwartet hatten.

Nawi war inzwischen neun Jahre alt und wehrte sich mit Händen und Füßen gegen die Vermessungen. Einen Abdruck ihrer Zähne in Gips bekam der Herr Professor Virchow darum nicht – dafür aber einen ziemlich deutlichen in seiner Hand. Die Untersuchung wurde abgebrochen, weil die Wunde zu stark blutete. Die Fronten zwischen Schwarz und Weiß waren wieder einmal geklärt. Alle Vorurteile hatten sich bestätigt. Und das galt für beide Seiten.

Wann und warum Nawis Mutter sich dazu entschied, trotz all der Erniedrigungen auf europäischem Boden nicht nach Afrika zurückzukehren, wusste Nawi auch nicht. Jedenfalls blieb sie nach der Tournee am Pier stehen, als das Schiff ablegte. In der einen Hand zerdrückte sie die Finger ihrer Tochter und in der anderen die fast tausend Mark, die für die Rückreise bestimmt gewesen waren. In ihrem Bauch bewegte sich etwas, das sich anfühlte wie ein kleiner Fisch und das sie acht Monate später das Leben kosten sollte.

Nawis Schicksal war mit dem Tod ihrer Mutter besiegelt. Sie verließ Hamburg und führte das einzige Leben weiter, das sie kennengelernt hatte: Sie schloss sich einer Menschenschau an, dann einer weiteren und danach noch einer. Und wurde dadurch zur wahrscheinlich wandelbarsten Afrikanerin, die eine Völkerschau je gesehen hatte. Ob Feuer- oder Kriegstänze in der »Negertruppe«, Dromedarreiten in der »Somali-Karawane« oder Opferrituale in der »Schuli-Truppe« – Nawi beherrschte das gesamte Repertoire afrikanischer Klischeevorstellungen. Sie unterschrieb nur Verträge, die sie selbstständig wieder kündigen konnte (das hatte sie mit acht Jahren gelernt), und ermutigte die anderen Mitglieder der Truppe, sich ihre Gagen monatlich auszahlen zu lassen. Sie war eine Kriegerin, die ihre Kriegstänze in Europa gelernt hatte und von Afrika eigentlich nicht viel kannte. Und jetzt war sie eben zufällig eine der Amazonen von Dahomey.

»Gibt es denn überhaupt eine einzige richtige Amazone in der Amazonengruppe?«, fragte Mathis enttäuscht. Die Geschichte von den hochgerüsteten Haremsdamen des Königs Dahomey, die wie eine Armee durchs Land gezogen waren, bevor sie zum Panoptikum kamen, hatte ihm eigentlich ganz gut gefallen.

Wenn es eine richtige Amazone gäbe, meinte Nawi trocken, dann gäbe es bestimmt keinen Impresario mehr. Der wäre nämlich schneller einen Kopf kürzer, als er überhaupt »Harpyie« sagen könne.

»Harpyie?«, fragte Mathis.

»So haben die Franzosen die Amazonen genannt, als sie gegen sie kämpfen mussten. Eine Harpyie ist eine Frau mit dem Körper eines Greifvogels.« Sie richtete sich auf, machte ein finsteres Gesicht und breitete die langen nackten Arme zu schwarzen Flügeln aus. »Echte Amazonen sind die kriegerischsten Wesen, die du dir nur vorstellen kannst. Sie werden schon als kleine Mädchen ausgewählt und müssen bei der Ausbildung körperliche Abhärtungen über sich ergehen lassen, um ihnen jede anerzogene Sanftheit auszutreiben. Stundenlange Märsche durch den Dschungel, das Überwinden von Hecken mit zentimeterlangen Dornen, barfuß und ohne Rüstung ... Sie können mit Muskete und Kurzschwert umgehen. Und für den Nahkampf reiben sie ihre Körper mit Palmöl ein und nutzen ihre spitz gefeilten Fingernägel und Zähne als Waffen.«

Mathis musste zugeben, in Anbetracht dieser Beschreibung doch ganz froh darüber zu sein, dass die Frauen im Schlafsaal nebenan keine Kriegerinnen des Königs Dahomey waren.

»Was ist mit den Urkunden, die Brückner im Publikum rumreicht?«, fragte er. »Die sollen doch die Echtheit der Amazonen beweisen.«

»Die sind im Preis inbegriffen, wenn man unsere Gruppe mietet. Unser Impresario hat sie gebastelt. Glaubst du wirklich, die Kriegerinnen von Dahomey hätten Urkunden bei sich getragen, als sie die Schlacht gegen die Franzosen verloren haben?«

Mathis fragte sich häufiger, was Nawi eigentlich an ihm fand, dass sie so viel Zeit mit ihm verbrachte. Sie war viel klüger als er und hatte so viel mehr gesehen – was nicht besonders schwierig war, wenn man bedachte, dass Mathis in Langweiler einen schwierigen Start im Vielsehen gehabt hatte.

Es mochte sein, dass es nur die Flucht aus dem stickigen, überfüllten Frauenschlafsaal auf seine Matratze gewesen war. Oder die Tatsache, dass es außer Mathis nur einen einzigen anderen jungen Mann im Haus gab – und der zwischen neun und 22 Uhr nicht zur Verfügung stand, weil er an der Kasse sitzen musste. Doch Mathis bildete sich ein, dass auch Nawi ein bisschen traurig war, als sie sich voneinander verabschiedeten.

Mathis jedenfalls schlug Nawis Auszug aus dem Panoptikum ein weiteres Leck ins Herz. Zusammen mit der nicht zu unterschätzenden Lücke, die Meister Bo und die Ziege dort hinterlassen hatten, klaffte nun eine wahre Grube in seiner Brust, die er mit Arbeit zu füllen versuchte. Die Röntgenmaschine war bei den Zeitungen auf Interesse gestoßen, und so wollte Brückner Mathis als festen Bestandteil der Automatenhalle behalten. Natürlich sagte Mathis nicht Nein.

Er bekam einen Platz neben einer mechanischen Puppe, die einmal pro Stunde die Augen aufschlug und Mathis jedes Mal einen Heidenschrecken einjagte, wenn sie mit dem Kiefer klapperte. Die Besucher des Panoptikums, die ein Zusatzbillet lösten, konnten nun zu ihm kommen und sich von ihm durchleuchten lassen. Manchmal waren es über hundert an einem Tag, sodass er abends müde auf seine Matratze kippte und kaum mehr mitbekam, wie die Mitglieder der derzeitigen Völkerschau in den Schlafsaal trampelten. Doch alles in allem war Mathis glücklich mit seinem neuen Arbeitsplatz. Nicht zuletzt, weil dieser sich inmitten einer Oase aus blinkenden, klappernden und leuchtenden Maschinen befand.

Besonders die Kinematografen hatten es Mathis angetan. Wann immer die Zeit es ihm erlaubte, schlich er um die Maschinen herum. Alles an ihnen drehte und bewegte sich. Licht flackerte aus Schächten und Löchern – und dann das Rattern! Immer dieses mechanische Rattern. Es kam Mathis so vor, als lernte er die Schwestern seiner Röntgenmaschine kennen. Als er jedoch herauszufinden versuchte, wie die einzelnen Teile zusammenhingen, scheiterte er. Es war lediglich klar, dass die Bilder von den Rollen kommen mussten. Täglich erschien ein Mann und tauschte alte gegen neue aus. *Die Reise zum Mond*, hieß zum Beispiel eine, oder: *Die Explosion des Luftschiffes Le Fax in der Höhe von 1000 Metern.*

Die Publikumsfavoriten aber waren solche Filme, die mit Mord, Totschlag und Katastrophen zu tun hatten. Der Ausbruch des Mont Pelé zum Beispiel war, obwohl reichlich verwackelt und verschwommen, so beliebt, dass Brückner auf die grandiose Idee kam, den Film zusammen mit einer Völkergruppe aus Martinique auf die Bühne zu bringen. Die Mitglieder der Gruppe mussten vor dem feuerspeienden Vulkan herumspringen und so tun, als würden sie von dem Ausbruch überrascht. Und anschließend gab es eine Trauerzeremonie. Das Schauspiel lief fünfmal pro Tag.

»Wie funktioniert der Apparat?«, wollte Mathis von dem Mann wissen, der die Rollen tauschte.

»Man steckt hier die Rolle rein und klemmt sie da fest«, war seine Antwort.

So blieben die Apparate für Mathis weiterhin ein Rätsel.

Im Dezember traf noch eine weitere Anschaffung in der Automatenhalle ein. Es handelte sich um achtzig kleine Kisten »für den männlichen Voyeurismus«, wie Brückner sich augenzwinkernd ausdrückte. Für zwanzig Rappen öffnete sich ein Schlitz und gab den Blick auf eine halb nackte Frau frei, die wahlweise mit Brüsten, Bauch oder Hintern wackelte. Brückner hörte überhaupt nicht mehr mit dem Augenzwinkern auf. Er stupste Mathis auf die nächstbeste Kiste zu, damit er sich die Sache mal ansah, und Mathis, der einen hochroten Kopf bekam, fiel nichts Besseres ein, als zu fragen, wo jemand achtzig Frauen gefunden habe, die sich für ein Bild in der Kiste ausgezogen hatten.

»Aber die kommen doch nicht aus der Schweiz«, sagte Brückner entrüstet, »das sind Französinnen!«

Seinem Ton nach zu urteilen, erklärte das alles.

Weihnachten wurde ein ziemlich einsames Fest. Brückner schloss die Ausstellung über die Feiertage, und zum ersten Mal seit Langem hatte Mathis wieder Zeit für Heimweh. Er lag auf dem kalten, zugigen Dachboden, die Decke bis zum Kinn hochgezogen, dachte an geschmückte Weihnachtsbäume und an Schneeballschlachten mit Lucas und Hans. Bis ihm klar wurde, dass er davon nur noch mehr fror. Er hatte frei, er musste sich bewegen, und draußen herrschte Weihnachtsstimmung in den Gassen. Am Tag zuvor waren die ersten Flocken gefallen, und überall läuteten Kirchenglocken. Er stand auf, zog seine wärmsten Sachen an und mischte sich unter die dick bemäntelten Menschen auf den Straßen.

Da er inzwischen ein bisschen Geld verdient hatte, kaufte er Briefpapier und ein paar Mohrrüben für Von Bismarck, der auf der Wiese des Bauern eine Decke trug und immer runder und zufriedener wurde. Im Schaufenster des Brockenhauses entdeckte Mathis außerdem eine Brosche für seine Mutter, auf der ein See und Berge zu sehen waren. Er zählte sein Geld zusammen, kaufte auch sie und setzte sich dann in ein Café, um eine heiße Schokolade zu bestellen. Mit kalt gefrorenen Fingern begann er zu schreiben.

Er berichtete seiner Mutter, wo er jetzt war und dass er Arbeit in einem großen Ausstellungshaus gefunden habe, mit täglich einigen Hundert Besuchern, die kamen und von ihm durchleuchtet werden wollten. Dass das Haus, in dem er wohnte und arbeitete, auf einen Fluss gebaut und dass das Land überhaupt voller Wasser und Berge sei. Es gebe einen himmelblauen See und dicht stehende Häuser. Er schrieb, dass es ihm gut gehe und dass er seine Mutter vermisse. Von den lebendigen Bildern, den Löchern im Fußboden, durch den die schwarze Nawi für ihn gefallen war, und den Kästen mit den nackten Frauen erzählte er lieber nichts. Er konnte sich noch gut an die Karte vom Oktoberfest erinnern, und seine Mutter sollte nicht gleich einen schlechten Eindruck von der Welt bekommen, die sie nicht kannte.

In seinen Briefen an Lucas und Hans dagegen ließ Mathis diese Details nicht aus. Er erzählte von Meister Bo, von den Kolossaldamen, den lebendigen Bildern (die gar nicht mehr so traumatisch seien, seit er das ein oder andere des Gesehenen mit Nawi ausprobiert habe), von Sybella und ihrem alles schluckenden Sohn. Er fragte Hans, ob er Elsa wiedergetroffen habe, und Lucas, ob vielleicht ein Mann vorbeigekommen sei, der einen Atlas über vergessene Orte verfassen wollte. Dreimal schrieb Mathis seinen Bleistift stumpf und dreimal spitzte er ihn wieder an. Wenn sie nach Zürich kommen wollten, schrieb er, würde er dafür sorgen, dass sie ebenfalls eine Anstellung im Panoptikum bekämen. Er hatte jetzt Beziehungen, er verstand sich gut mit dem Besitzer. Und das war nicht mal gelogen. Brückner mochte Mathis. Und in Mathis' Augen war Brückner ein Organisationstalent. In einem vor Bauschutt staubenden Panoptikum hatte er Platz für dreißig Amazonen geschaffen. Da würde er sicher auch Platz für zwei Freunde aus Mathis' Heimat finden.

Es war das erste Mal, dass Mathis Briefe verfasste. In seinem Dorf wohnte jeder nur ein paar Meter vom anderen entfernt. Wenn man etwas zu sagen hatte, dann ging man hin und klopfte an die Tür. Wozu hätte man einen Brief schreiben sollen? Es gab nicht einmal Kästen, in die man sie werfen konnte. Mathis schrieb den Ortsnamen besonders deutlich und hoffte, dass der Postbote den langweiligen Winkel überhaupt finden würde.

Ein kleiner brauner Kakaostreifen blieb zurück, als er über den Rand leckte und die Briefe schloss. Er starrte darauf und wusste plötzlich, dass weder Hans noch Lucas kommen würden. Ein Dorf wie Langweiler war nicht dafür ausgelegt, es zu verlassen. Es gab keine richtigen Straßen. Es gab keinen Bahnhof. Und wenn nicht zufällig noch einmal ein Jahrmarkt vorbeikäme, würde es auch keinen Wagen mehr geben, der in den Ort hinein- und wieder hinausfuhr und denjenigen mitnahm, der mutig genug wäre aufzuspringen.

In den Augen der Dorfbewohner war Mathis' Flucht ein Verrat. Und er konnte nur hoffen, dass seine Freunde ihm diesen verzeihen mochten.

Die erste Völkergruppe, die das Panoptikum im neuen Jahr auf der Bühne zeigte, waren die dreißig Schönheiten Samoas. Beim Nachzählen kam Mathis zwar nur auf neunundzwanzig, doch an deren Schönheit war tatsächlich nicht zu rütteln. Die Presse überschlug sich vor Lob über die wohlgeformten Körper, die liebreizenden Gesichter und die klassisch schönen Gestalten mit ihrem exotischen Reiz. Als dann noch bekannt wurde, dass die Schaugruppe bereits bei Kaiser Wilhelm II. und an den Fürstenhöfen aufgetreten war, waren die Vorstellungen wochenlang ausverkauft.

Die Deutschen hatten sich Westsamoa zwei Jahre zuvor unter den Nagel gerissen, nachdem sie bemerkt hatten, dass sie mit der Kolonialherrschaft ein wenig hinterher waren und nicht mehr viel von der Welt übrig war, das sie besetzen konnten. Jetzt waren die neuen Landsleute auf Tournee. Der ehemalige Polizeichef der deutschen Südseekolonie, Carl Marquardt, hatte die Gruppe zusammengestellt.

»Unsere neuen deutschen Untertanen!«, sagte er so stolz, als wäre er ihr leiblicher Vater. Und dabei waren sie schwarz und er nur braun gebrannt.

Wie es sich für einen anständigen Südseetraum gehörte, trugen die Frauen bei den Aufführungen am Vor- und Nachmittag eng um den Körper gewickelte Kleider, Blumen und Perlenschmuck. Immerhin besuchten auch regelmäßig Schulklassen und Damen die Auftritte im Panoptikum. Da musste man ja nicht gleich mit der pikanten Wahrheit rausrücken und zeigen, in welchem Aufzug man die Samoaner tatsächlich vorgefunden hatte, nämlich nackt, wie der Herrgott sie geschaffen hatte (oder wer auch immer dafür in Samoa zuständig war).

Doch Marquardt hatte auch Postkarten dabei, auf denen die eine oder andere Samoanerin mit bloßen Brüsten posierte. Mit einem Seitenblick nach rechts und links steckte er Mathis eine davon zu.

»Der Kaiser hat auch so eine Karte«, flüsterte er, als würde das eine direkte Verbindung zwischen Mathis und Kaiser Wilhelm II., diesem Hurenbock, schaffen. Mathis fragte sich, warum jeder dachte, ihn mit nackten Frauenbildern beglücken zu müssen.

Die junge Frau auf dem Bild hieß Fai Atanoa. Sie war zu Beginn der Tournee kurzerhand zur Prinzessin gekürt worden, weil es in den Augen der Europäer nun einmal eine Prinzessin auf einer Südseeinsel geben musste und Fai die Schönste der Gruppe war.

Doch in Samoa wurden Titel nicht nach Schönheit vergeben. Die ranghöheren Samoaner der Gruppe hatten damit gedroht, Fai nach ihrer Rückkehr wie ein Schwein an eine Tragestange zu binden. Dann würde man ja sehen, was für eine Prinzessin sie sei. Nämlich eine gebratene! Daraufhin hatte Fai sich geweigert, weiterhin die Auserwählte zu spielen.

Marquardt hatte der Gruppenentscheid nicht gerade gefallen, aber als sich auch noch der Oberhäuptling aus Samoa eingemischt hatte, musste der Prinzessinnentitel auf den Karten weiß übermalt und durch ein schlichtes »Miss Fai« ersetzt werden. An dem Status der Auserwählten innerhalb Europas änderte das allerdings nichts. Hinter vorgehaltener Hand wurde den Presseleuten gesteckt, dass es sich bei Fai um eine Prinzessin inkognito handele. Und das war für die Zeitungen natürlich noch interessanter als eine ganz offizielle Prinzessin! Sie stürzten sich ebenso stürmisch auf die junge Frau wie die männlichen Zuschauer. Im Panoptikum gab es Stammtische, die für ganze Wochen reserviert waren. Außerdem konnten die Schönheiten nach den Vorstellungen am Abend in ihren Schlafsälen begutachtet werden. Der Andrang war so groß, dass einige Samoanerinnen auf ihren Matratzen fast zu Tode getrampelt wurden. Daraufhin zog Brückner Fais Bett ganz vorne zum Eingang und verlängerte die Besichtigungszeit von morgens neun bis abends neun, sodass sich die Besucher etwas besser verteilten. Pragmatisch war er ja, das musste man ihm lassen.

Sechsmal täglich gab die Gruppe Vorstellungen mit Gesang, Tanz und Kämpfen auf der Bühne. In den deutschen Zoos waren auch das Besteigen einer Kokospalme und das Pflücken von Kokosnüssen vorgesehen. Aber sosehr Brückner sich auch bemühte, er konnte keine Palme finden, die nicht sofort umfiel, wenn einer der Krieger sie bestieg.

Auf die traditionelle Zubereitung eines Schweins im Erdofen wollte er dagegen wirklich nicht verzichten. Er ließ eine große Wanne installieren, die die Samoaner mit heißen Steinen füllten. In der Vorstellung am Morgen wickelten sie das Schwein in Blätter, legten es auf diesen Ofen und bedeckten es mit Erde, um es mehrere Stunden zu garen. In den Vorstellungen am Nachmittag und Abend gab es dann Kostproben für die Zuschauer. Es war ein wunderbar zartes, saftiges Fleisch, nach dem sich jeder im Panoptikum die Finger leckte. Einige Zeitungen sagten ihm sogar eine aphrodisierende Wirkung nach. Es könne keine glücklicheren Menschenkinder geben als diese Bewohner der

339

Südseeinseln, schrieben die Reporter, nachdem sie glückselig von der Abendvorstellung heimtorkelten.

Doch Bezirksarzt Gottlieb Frey war da anderer Meinung.

Zwei Wochen nach dem Einzug der dreißig beziehungsweise neunundzwanzig Schönheiten stand er unangemeldet vor der Tür und verlangte die Unterkünfte der Samoaner zu sehen. Er begutachtete Räume und Essen mit finsterem Blick und tief ins Gesicht gezogener Melone und ging wieder, ohne ein Wort zu sagen. Seine Worte flatterten erst eine Woche später ins Panoptikum, und zwar in Form einer schriftlichen Beschwerde.

Doktor Frey hielt die hygienischen Bedingungen, in denen die Samoaner lebten, für menschenunwürdig. Auf eine Person kämen nur acht Kubikmeter Luft, welche abscheulich stinke, weil die Räume nie gelüftet würden. Er beanstandete auch die architektonische Planung der Schlafsäle, was ihm niemand verübeln konnte, weil es keine Planung gegeben hatte und Frey bei der Begutachtung zu allem Unglück mit einem Fuß in den maroden Boden eingebrochen war. Außerdem dürften die Samoaner das Panoptikum nicht verlassen. Sie wären sozusagen Gefangene in diesem kuriosen Gebäude, in dem man sich ohnehin leicht verirre! Die Schlafstätten wären gleichzeitig Zoo und Aufenthaltsort, mit dünnen Bastmatten auf dem Boden und Kopfkissen aus aufgerollten Lumpen. Über diese letzte Kritik regte Brückner sich besonders auf. Er sandte eine erboste Antwort an Frey und fragte, ob der Herr Doktor nicht wisse, dass die Samoaner auch in ihren Südseehütten auf dem Boden schliefen. Was bitte schön sei also dabei, wenn man es im Panoptikum ebenso handhabe! Außerdem sei es viel zu kalt draußen. Ob der Herr Doktor Frey vielleicht vorhabe, dreißig beziehungsweise neunundzwanzig Paar Schneeschuhe und Fellmäntel bereitzustellen, damit die schönen Inselbewohner einen Spaziergang machen könnten, ohne sich eine Lungenentzündung zu holen.

Doch Brückners Toben half nichts. Freys Bericht ging nicht nur an die kantonale Gesundheitsdirektion, sondern an sämtliche Ämter in Zürich. Und die nutzten die Gelegenheit, um dem Panoptikum ebenfalls einen Besuch abzustatten.

Nacheinander stapften nun also verschiedene Herren von der Baupolizei, von der Gesundheitskommission und vom Hochbauamt durch die Schlafräume der Samoaner. Sie beäugten alles mit schlecht versteckter Neugier und beschlagnahmten bei der Gelegenheit auch gleich die Bilder der mit Hintern und Brüsten wackelnden Frauen aus den Schaukästen. Natürlich nur im Interesse der städtischen Sicherheit.

Als auch noch die Beamten der Sittenpolizei kamen und wieder gingen – übellaunige Herren, denen schon ins Gesicht geschrieben stand, wie sehr sie jede Form von Vergnügung verachteten –, glaubte Brückner, das Schlimmste hinter sich zu haben. Und dann stand Feuerwehrinspektor Traugott Stickelberger vor der Tür.

Stickelberger gehörte zu jener Sorte Menschen, die das Talent besaßen, jede noch so harmlose Unruhe in eine Massenpanik ausarten zu lassen.

Er hatte das Aussehen eines nervösen Kaninchens, mit großen, knorpellos wirkenden Ohren und einem hektischen Blick, den er im Raum hin und her warf, als stünde hinter jeder Ecke ein Feind. In einer nicht allzu fernen Zukunft hätte Stickelberger womöglich einen guten Filmemacher für Katastrophenstreifen abgegeben. Doch weil diese Karriere ihm 1898 nicht offengestanden hatte, war er einfach ein katastrophaler Inspektor geworden.

Als solcher stand er nun im Theatersaal, die Augen weit aufgerissen und offenbar Dinge sehend, die sonst niemand sehen konnte. Brückner, Marquardt und ein paar der samoanischen Schausteller standen währenddessen eng zusammengedrängt in der Nähe der Tür. Stickelbergers dystopische Szenarien machten sie zunehmend nervös.

»Um Himmels willen!«, schrie er zum Beispiel. »Wenn hier

nun ein Feuer ausbräche ...!« Die Idee löste solche Ängste bei dem Feuerwehrinspektor aus, dass er unfähig war, den Satz überhaupt zu beenden. Mit hektischen Schritten durchmaß er den Raum, von der Mitte der Zuschauerreihen bis zu dem Fenster, das als Notausgang markiert war. Er blickte hinaus und stieß einen weiteren wilden Entsetzensschrei aus. Dann zog er hastig ein Notizbuch aus der Tasche und kritzelte etwas hinein. Brückner lockerte seine Fliege. Er war nun einigermaßen beunruhigt. In seinem schweißbedeckten Gesicht spiegelte sich die Frage, wie vielen Inspektionen das Panoptikum wohl noch standhalten konnte.

Der Feuerwehrinspektor rannte aus dem Raum und kam einige Minuten später wieder herein, jetzt von Höllenangst gepackt. »Das ist ja ein Labyrinth!«, schrie er. »Wir würden alle verbrennen!«

Es war Mathis ein Rätsel, wie dieser Mann in einem Ernstfall dafür sorgen wollte, dass panische Menschen die Ruhe bewahrten.

Als der Inspektor auf den improvisierten Erdofen vor der Bühne zuging, traute sich schon niemand mehr, ihm zu erklären, worum es sich dabei handelte. Brückner sprang lediglich nach vorn und stellte sicher, dass er Stickelberger im Falle eines Falles auffangen konnte. Und Marquardt duckte sich und zog vorsorglich den Kopf ein. Niemand wollte mit ansehen, was geschah, wenn der Feuerwehrinspektor die Hand ausstreckte, etwas Erde beiseiteschob und unter den glühenden Kohlen ein dampfendes Schwein zum Vorschein kam.

Brückners Hoffnung, dass Stickelberger sich nach seiner ausgedehnten Ohnmacht an nichts mehr erinnern könnte, zerschlug sich schnell. Der Bericht, der ihm nach dem Besuch des völlig aufgewühlten Feuerwehrinspektors zugeschickt wurde, umfasste eine ausführliche Mängelliste und ein mehrseitiges Katastrophenszenario, in dem Stickelberger sich nicht darüber einig werden konnte, worin nun die größere Gefahr bestand: durch die Irrwege des in Flammen stehenden Haupthauses zu rennen und bei lebendigem Leib zu verbrennen oder dem völlig irrsinnig markierten Fluchtweg durch das Fenster zu folgen, wo man mit Sicherheit durch das Dach brechen, auf die Straße fallen oder sich gegenseitig in den angrenzenden Fluss stoßen würde, um dann jämmerlich zu ertrinken.

So oder so würde der Ausgang der Situation jedenfalls der gleiche sein, und damit war die Konsequenz, die gezogen werden musste, klar.

Der Polizeivorstand ließ das Hinterhaus des Panoptikums noch am selben Tag schließen. Die schönen Samoaner zogen nach mehr als einem Monat Gastspiel in ihrer gesamten Schönheit ab. Brückner war einem Zusammenbruch nahe. Und Mathis war seines Schlafplatzes beraubt, der in den letzten Wochen allerdings tatsächlich etwas zu stinken begonnen hatte.

Mit seinen zusammengesuchten Habseligkeiten unter dem Arm trat er vor seinen Chef. Er erwartete, dass der Direktor das Panoptikum schließen und Mathis auf die Straße setzen müsste. Doch Brückner warf nur die Hände über den Kopf, als hätte ihm Mathis' Auszug gerade noch gefehlt, und schickte ihn zurück zu seiner Maschine.

»Die Automatenhalle ist doch alles, was wir jetzt noch haben!«, rief er. »Wenn wir den Durchleuchtungsapparat jetzt auch noch aus dem Programm nehmen … Herr, steh mir bei!«

Doch wie so oft entschied der Herr selbst, wem er beistehen wollte und wem nicht. Oder vielleicht wurde seine Unterstützung auch wieder einmal durch Caspars Pläne vereitelt. Der hatte zwar Brückners Brief erhalten, in dem der Direktor ihm mitteilte, vorläufig keine Völkerschauen mehr aufführen zu können. Aber in Caspars Augen durften zwei Menschen und eine lebende Puppe wohl kaum als Völkerschau gelten.

Darum sandte er die zwei letzten Azteken, Bartola und Ma-

343

ximo, und die Liliputanerin Michelona. Letztere hatte einige Bühnenlieder auf Lager, aber da Brückner keine Bühne mehr hatte, musste sie zusammen mit den Azteken im Raritätenkabinett unter dem Dach ausgestellt werden, zwischen Skeletten, Föten und Krankheitsbildern. Vor der Tür, die nur für Erwachsene war.

Brückner raufte sich einmal mehr die Haare und brachte die Azteken, den Aztekenbesitzer, Michelona und Mathis schließlich in der Gaststube »Zum Afrikaner« unter. Die hieß so, weil der neue Besitzer zur allgemeinen Empörung ein Schwarzer war.

Johannes Glatty war zwar ein gebildeter Mann, der in Europa aufgewachsen war, studiert hatte und mehrere Sprachen sprach, aber an seiner Hautfarbe änderte das schließlich nichts. So etwas wie ihn waren die Zürcher höchstens aus dem Zoo gewohnt. Es ängstigte sie, als er ihnen in einem neu eröffneten Zigarrenladen Tabak verkaufen wollte (ein Schwarzer im Tabakgeschäft – da musste doch Prostitution im Spiel sein!). Und es ängstigte sie noch viel mehr, als er plötzlich als neuer Besitzer des dreistöckigen Gasthauses »Zum Prediger« dastand (ein Schwarzer, der etwas besaß?!). Die Leute kamen nur, um heimlich durch die Gardinen des Fensters schielen und den schwarzen Barmann sehen zu können sowie die Bedienung aus Westafrika. In den Zimmern im oberen Stock aber wollte man weiß Gott nicht schlafen. Die Zimmer blieben also leer, bis Brückner kam und sie billig anmietete. Und so kam es, dass Mathis zum ersten Mal seit Langem wieder in einem richtigen Bett schlief.

Manchmal verbrachte er den Feierabend mit dem Impresario der Azteken, Jakob Feigl, in der leeren Gaststube vor dem Kamin. Das war fast wie zu der Zeit, als er noch mit Meister Bo unterwegs gewesen war. Nur dass ihm diesmal auch noch eine Liliputanerin und zwei Azteken Gesellschaft leisteten.

Maximo und Bartola waren körperlich und geistig behindert und hatten in den letzten fünfzig Jahren auf so ziemlich jeder Bühne und vor jedem europäischen Königshaus gestanden. Die

Zeitungen bezeichneten sie als »Menschen mit Vögelköpfen«, weil sie sehr kleine Schädel mit krummen, markanten Nasen hatten. Die Mutter hatte die Kinder in den 1840er-Jahren in San Salvador einem spanischen Händler übergeben, damit dieser sie in die USA bringen und dort behandeln lassen könnte. Doch statt sie wie versprochen in die Obhut eines Arztes zu geben, verkaufte Selva sie an einen amerikanischen Schausteller namens Morris, der wiederum ein noch größeres Geschäft machte.

Er tourte mit den Aztekenkindern durch Amerika, und das Interesse der Öffentlichkeit war so groß, dass es zu einem Treffen mit Präsident Millard Fillmore im Weißen Haus kam. Das *American Journal of the Medical Sciences* berichtete über das Naturphänomen und auch die Zeitschrift *Anomalities und Curiosities of Medicine*, die nach eingehenden Untersuchungen zu dem Urteil kam, dass die Geschwister »so intelligent wie Idioten« seien.

Es folgte eine Tournee durch Europa, wo eine verwirrende Anzahl von Königen und Kaisern die aztekischen Findelkinder bewunderte. Inzwischen hatte die Wissenschaft auch einen Namen für ihre Behinderung erfunden, Mikrocephalie, was so viel bedeutete wie Kleinköpfigkeit. Doch für die breite Öffentlichkeit waren sie immer noch die letzten Kinder der Azteken.

Andere Schausteller wollten auf den Erfolgszug aufspringen. Einer kam dafür sogar auf die Idee, zwei Behinderte aus einem Irrenhaus zu entführen, die er mit Hut und Poncho als Mexikaner verkleidete. Doch als der Schwindel aufflog, musste er sie zurückbringen. Maximo und Bartola blieben fürs Erste die einzigen »echten« Azteken der Welt. Was Morris so lange freute, bis ihm auffiel, dass seine Aztekenkinder alterten und er selbst für Nachschub würde sorgen müssen, wenn er sein Einkommen sichern wollte.

Maximo war achtundzwanzig und Bartola dreiundzwanzig Jahre alt, als der geschäftstüchtige Schausteller beschloss, sie in London miteinander zu vermählen. Doch die erhoffte Schwangerschaft blieb aus. Als die Ärzte nach dem Grund dafür suchten, stellten sie fest, dass Maximo nie geschlechtsreif geworden war. Das Beste, was Morris darum noch tun konnte, war, die beiden zu verkaufen, solange er und sie noch lebten. Und das tat er dann auch. An Jakob Feigl, den berühmtesten Schaubudenbesitzer aus Wien nämlich.

Das verheiratete Geschwisterpaar saß neben ihnen, als Feigl Mathis die Geschichte erzählte. Sie beugten sich über eine Zeitung, die sie nicht lesen konnten, aber in der sie blätterten, um nach ihren Bildern zu suchen. Als Bartola eins fand, tippte sie Feigl auf die Schulter, woraufhin der ihr anerkennend den Kopf klopfte, als lobe er einen Hund.

»Braves Mädchen«, sagte er, faltete das Blatt zusammen und steckte es zufrieden in seine Tasche.

Zufrieden konnte auch Brückner mit dem Auftritt sein. Man mochte von Caspars Organisationstalent halten, was man wollte. Doch er hatte Brückner ein Trio geschickt, das die erhitzten Gemüter vorläufig beruhigte. Die halb nackten Samoa-Weiber waren abgezogen, und das Zürcher Panoptikum zeigte wieder, was man zeigen durfte, nämlich Behinderte und Zwerge. Dagegen konnte nicht einmal die Sittenpolizei etwas sagen.

Wem fiel es da schon auf, dass Brückner die Schaukästen in der Automatenhalle wieder heimlich befüllen ließ. Und dass er nach Feierabend in seinem Büro Pläne schmiedete, wie er das Nebengebäude für Völkerschauen neu eröffnen konnte.

SECHZEHNTES KAPITEL

Berlin, 1935

Der umgekippte Wohnwagen lag da wie ein schweres erschossenes Tier. Mathis und Meta sahen ihn gleich am Eingang der Kolonie. Es war der Wagen von Cora, der dicken, bärtigen Zwergin. Meta stieß einen Schrei aus, sie warf Mathis ab, der ins Gras fiel und sich mühsam aufrappelte. Der Hügel glich einer Geisterstadt. Die meisten Wohnwagen standen offen. Hier und da brannte noch Licht. Die Tür der zusammengewachsenen Schwestern hing in den Angeln, als hätte jemand sie eingetreten oder sich daran festgehalten, um nicht fortgezerrt zu werden. Von den Bewohnern war nichts zu sehen.

Fassungslos wankte Mathis von einem Wagen zum nächsten. Er hatte Evie gehört. Er hatte befürchtet, dass die Männer außer ihr noch weitere Personen mitgenommen haben könnten. Aber die ganze Kolonie!

»Hallo!«, rief er in die Leere, doch es antwortete ihm nur das Quietschen des Windlichts am Wohnwagen des Haarathleten. Im Nachtwind schaukelte es hin und her, als müsste es sich beruhigen.

Und dann war da Metas Schrei. Ein durchdringender, verzweifelter Schrei, wie Mathis ihn nie von ihr gehört hatte.

Er hastete durch die Reihen der leer stehenden Wagen, bis er sie entdeckte. Vor Tonis und Friedas Heim kniete sie auf dem Boden und schrie ihre Verzweiflung ins Gras. Sie hatte die Hände zu Krallen geformt und in den Boden gerammt. Ihr Rücken war gekrümmt und ihr Gesicht verzogen.

Mathis ließ sich neben sie sinken, auf den eiskalten Boden. Er berührte ihre Schultern, legte die Arme um das, was er von Meta zu fassen bekam, und hielt es fest. Er musste nicht fragen, was passiert war. Die Wagen rechts und links von ihnen standen offen und waren ebenso leer wie alle anderen. Frieda und Toni waren fort. Ernsti war fort. Meta schluchzte und wiegte sich in Mathis' Armen vor und zurück wie das Windlicht vorhin.

»Sie haben ihn weggeholt«, heulte sie. »Sie haben alle mitgenommen!«

»Ich weiß. Aber wir holen ihn zurück. Sie alle. So viele Menschen kann doch niemand einfach so verschwinden lassen.« Etwas in Mathis sträubte sich gegen die Vorstellung, dass zwei Männer ein ganzes Dorf entführten. Wie konnten sie alle überwältigt haben, inklusive den Kettensprenger und den Ausbrecherkönig Habermann? Der war vielleicht nicht so stark wie Meta, doch eine LKW-Tür stellte sicher kein Hindernis für ihn dar. Mathis hob den Kopf.

»Hallo?«

Rundherum herrschte Nacht. Ein Käuzchen rief, sonst antwortete niemand. Die Wolken am Himmel zogen weiter. Und dann sah Mathis das Tier.

Im weißen Mondlicht wirkte das Blut schwarz. Ein Loch klaffte in der Stirn, zwei weitere an der Seite des Kopfes, auf Höhe der angeklebten falschen Zähne. Wie eine Jagdtrophäe lag das Krokodil vor dem Wagen von Mathis und Meta. So mittig vor der Tür platziert, als hätte ihnen jemand ein Geschenk machen wollen.

Mathis zog die Luft ein, und jetzt hob auch Meta den Blick, um zu sehen, was er gesehen hatte. Sie stieß einen Schrei aus. Die Männer hatten nicht nur Waffen dabeigehabt. Sie hatten auch damit geschossen.

Plötzlich wurde Mathis bewusst, dass er seine Notizen im Wagen gelassen hatte, als er am Abend zum Wintergarten aufgebrochen war. Der Gedanke fasste ihn im Nacken wie eine schwitzige Hand.

Er löste sich von Meta, kämpfte sich auf die Beine und stürzte auf den Eingang zu. Der Wohnwagen war fahrig durchwühlt. Schubläden waren herausgezogen, Kleider- und Küchenschrank standen offen, und die Matratze war verschoben. Jemand hatte sie angehoben und wieder fallen lassen. Die Hefte, die Mathis unter das Fußende gesteckt hatte, lagen auf dem Boden. Die losen Zettel waren herausgerutscht und hatten sich überall im Raum verteilt. Mathis bückte sich und sammelte sie ein. Das hatte er in letzter Zeit ja schon oft gemacht. Aber diesmal war es anders. Diesmal hatte nicht Ernsti die Blätter heruntergefegt oder Metas stürmisches Eintreten, sondern ein Fremder.

Noch auf dem Boden kniend, begann Mathis nachzuzählen. Dabei wusste er nicht einmal, auf welche Zahl er eigentlich kommen wollte. Die Blätter mit seinen Notizen waren weder nummeriert noch abgezählt. Wo war das Kapitel über Meta? Mathis hatte geschrieben, dass sie Jüdin sei! Er zwang sich, ruhig zu atmen, während er die Blätter zu einem Stoß zusammenschob und noch einmal durchwühlte. Es war unwahrscheinlich, dass die Männer Zeit gehabt hatten, die Notizen zu lesen. Sie waren sicher nur auf der Suche nach Geld gewesen, als sie die Matratze hochgehoben hatten. Noch einmal wühlte er, dann entdeckte er den Zettel. Die Überschrift sprang ihm so arglos entgegen wie ein Kind, das Verstecken gespielt hatte, ohne zu wissen, dass die Eltern sich um es sorgten.

»Meta.«

Mathis drückte das Blatt gegen seine Brust und ließ sich gegen die Latten des Betts sinken.

Es war der richtige Moment, um sich von alldem zu verabschieden. Die Zettel verbrennen, die Hefte, die er schon beschrieben hatte. Außer ihm glaubte sowieso keiner an das Projekt. Für Meta war das Buch ein rotes Tuch, und Ernsti wartete nur darauf, es wieder zerpflücken zu können, um Mathis zu

349

quälen. Und jetzt wären die Unterlagen auch noch beinahe in die Hände der Nazis gefallen. Mathis hatte geschrieben, um die Artisten vor dem Tod zu bewahren, doch heute Nacht hätten die Geschichten leicht das Gegenteil bewirken können.

Er drückte die Zettel fester an sich. Eine Ewigkeit saß er einfach nur da und horchte in das Gefühl von Schuld hinein und in die Geschichten in seinen Armen. Dann ließ er die Zettel los, und sie glitten zu Boden. So leicht und schwerelos wie Schnee, den man aus einem Eimer schüttete. Mathis stellte sich vor, wie er ein Feuer machte. Wie er alles verbrannte, alle Notizen und mit ihnen die Gefahr, entdeckt zu werden. Es fühlte sich falsch an.

Die Regierung war sich sicher, eine ganze Wohnwagenkolonie einfach verschwinden lassen zu können. Jetzt aufzugeben, die Hände in die Hosentaschen zu stecken und den Kopf zu senken – das wäre das Gegenteil von allem, woran Mathis glaubte. Hier ging es um Menschen, die nicht nur verschleppt, sondern ausgelöscht werden sollten. Er sammelte die Blätter wieder ein, diesmal ordentlicher, steckte alles unter sein Hemd und zog sich an der Bettkante hoch.

Draußen saß Meta noch immer auf dem kalten Boden. Sie hatte sich keinen Zentimeter bewegt, aber sie schrie auch nicht mehr. Ihre Augen waren trocken und starr auf das tote Krokodil gerichtet, über das Mathis vorsichtig stieg. Als Gerd noch gelebt hatte, hatte er keine Angst vor ihm gehabt. Aber jetzt, wo das Tier tot am Boden lag, wirkte es seltsam bedrohlich.

Er ging zu Meta, nahm ihre Hand und zog sie hoch. Es war ein symbolisches Auf-die-Beine-Kommen, viel mehr als die Notwendigkeit, sich irgendwo hinzubewegen. Und wohin sollten sie auch gehen?

»Wir hätten ihn nicht allein lassen dürfen«, sagte Meta, als sie voreinander standen, die Hände ineinander verschränkt.

»Wir haben ihn nicht allein gelassen.«

»Aber er hätte uns gebraucht!«

Mathis nickte.

»Ich hätte dieses Schwein einfach niederschlagen und den LKW öffnen sollen!«

»Zu viel ›hätte‹«, sagte Mathis.

Er wollte Meta in die Arme schließen, doch da nahm er eine Bewegung wahr. Ein paar Meter neben dem Wohnwagen konnte er etwas Schwarzes sehen, das nicht zur Nacht gehörte und das er zuerst für einen Hund hielt. Er kniff die Augen zusammen. Meta spürte seine Anspannung und drehte ebenfalls den Kopf. Ihr Körper machte sich bereit, zur Flucht oder zum Angriff. Im nächsten Moment trat jemand hinter dem Wagenrad hervor.

»Frieda!«

Frieda machte einen abgekämpften Eindruck. Ihre Haare waren aufgelöst, und ihre ohnehin schon kleine Gestalt war weiter Richtung Boden geschrumpft. Sie trat Mathis und Meta schluchzend entgegen. Dann brach sie so plötzlich zusammen, dass Mathis noch nicht einmal rechtzeitig nach vorn springen konnte, um ihren Sturz aufzufangen. Er hatte Frieda nie weinen sehen. Sie klang dabei wie ein vierjähriges Mädchen. Er humpelte zu ihr, um auch sie vom Boden aufzupflücken. Das schien heute seine Aufgabe zu sein: vom Boden aufzukratzen, was noch irgendwie zu retten war. Ihm fiel auf, wie leicht sie war, als er ihr unter die Arme griff und sie aufstellte wie ein hingefallenes Kind.

»Mathis … sie haben … Toni!« Frieda hyperventilierte. Sie war kaum zu verstehen. Mathis kramte nach einem Tuch und reichte es ihr.

»Sie haben ihn mitgenommen«, sagte er sanft und legte eine Hand auf ihre Schulter. Frieda zitterte, als sie den Kopf schüttelte.

»Nun red schon, Frieda!«, sagte Meta alarmiert. Ihre Stimme war schrill. »Und was ist mit Ernsti?«

Friedas Gesicht war nass und rot. Sie schüttelte erneut den

351

Kopf, weil sie nicht sprechen konnte. Aber dann tat sie es doch. Unter viel Schluchzen erzählte sie, dass Ernsti bei ihnen im Wohnwagen gewesen war, als die Männer kamen. Durch das Fenster hatten sie und Toni gesehen, wie die Polizisten die ersten Bewohner aus ihren Wagen getrieben hatten.

»Es wäre vielleicht noch Zeit für eine Flucht gewesen. Aber wir haben Ernsti nicht dazu bringen können, von seinem Stuhl aufzustehen. Er hat einfach nur dagesessen und mit seiner dummen Uhr gespielt! Toni hatte dann die Idee, die Uhr einfach aus dem Fenster zu werfen, damit Ernsti rauslaufen und sie wieder holen würde. Aber als er sie ihm aus den Händen nehmen wollte, ist Ernsti auf ihn losgegangen. Er hat einen richtigen Wutanfall bekommen! Ich bin dazwischengegangen, aber Ernsti … Er hat nicht von Toni abgelassen. Er hat ihn gewürgt!«

Mathis blickte Frieda betroffen an, die jetzt ihr Gesicht in dem Taschentuch vergrub und weinte. Er hatte lange genug mit Ernsti zusammengelebt, um sich ein Bild von der Situation zu machen.

»Was ist jetzt mit Toni, Frieda? Wo ist er?«

»Und wo ist Ernsti!«

»Sie haben ihn … erschossen!« Frieda schlug die kleinen Hände vor den Mund und heulte noch lauter. Mathis blickte Meta an. Deren Mund stand offen. Das pure Entsetzen sprach aus ihrem Gesicht.

»Ernsti?!«

»Nein, meinen Toni!«, schluchzte Frieda. »Er hat unter Ernsti auf dem Boden gelegen, als die Männer reinkamen. Sie wollten beide mitnehmen. Einer hat sich Toni über die Schulter gelegt, aber Ernsti hat so wild um sich geschlagen, dass beide nur noch mit ihm beschäftigt waren. Ich hab versucht, Toni aus dem Kampf rauszuziehen. Aber er war noch ganz benommen von dem Gewürge, und ich musste ihn fast tragen und kam nicht schnell genug an den Männern vorbei. Sie sind mit Ernsti aus dem Wagen raus, und wir sind hinter ihnen von der Türschwelle gesprungen, aber dann haben sie uns entdeckt. Der eine Mann hat seine Waffe gezogen und auf uns geschossen, noch während er mit Ernsti beschäftigt war. Aber dann ist Gerd unter dem Wagen hervorgekommen. Ich weiß auch nicht, was er vorhatte! Er hat doch noch nicht einmal mehr Zähne! Aber er hat sich auf den Mann gestürzt wie ein ganz junges Krokodil. Und natürlich hat der Mann sich höllisch erschrocken! Er wusste ja nicht, dass Gerds Zähne angeklebt waren. Er hat seine Waffe herumgeschwungen, von uns zu Gerd, und dann …« Friedas Stimme erstarb. Das Ergebnis der Eskalation lag neben ihnen.

»Und Toni?« Mathis traute sich kaum zu fragen, aber er wollte es wissen. Frieda musste ihre ganze Kraft aufbringen, um diesen Teil der Geschichte zu erzählen.

»Ich habe gedacht, dass der Schuss ins Leere ging. Ich habe gedacht, dass Toni noch immer wegen des Kampfes mit Ernsti so strauchelt. Aber als wir am Waldrand waren, da ist er zusammengebrochen. Sie haben ihn …«

Mathis zog die Zwergin an sich, damit sie sich an seiner Schulter ausweinen konnte.

»Ist er noch dort?«, fragte er und spürte, wie sie schluchzend an seiner Schulter nickte.

»Die anderen sind bei ihm.«

»Die anderen?«, fragte Meta prompt.

»Simson, Miss Cärri. Mister Habermann«, Frieda schnäuzte sich. »Ich weiß nicht, ob es noch jemand zum Wald geschafft hat. Ernsti haben sie jedenfalls mitgenommen. Und die anderen auch. Es tut mir so leid! Wir wären niemals weggelaufen, wenn wir ihnen hätten helfen können. Aber wir konnten wirklich nichts tun …«

»Das glauben wir dir«, versicherte Mathis schnell, bevor Meta etwas anderes sagen konnte. Doch Frieda war auf fremde Vorwürfe gar nicht angewiesen. Sie hatte ihre eigenen. Mathis konnte ihr noch so oft versichern, dass sie ihr Bestes getan hatte. Dass jeder andere in der Kolonie wahrscheinlich schon fortgelaufen wäre, während Ernsti noch mit seiner Uhr beschäftigt gewesen war.

»Du konntest nichts machen«, wiederholte Mathis bestimmt, als Frieda gar nicht mehr aufhören wollte zu weinen. Er warf Meta einen warnenden Blick zu, war damit aber wenig erfolgreich.

»Es waren doch nur zwei Männer!«, rief sie wütend. »Wenn ihr euch alle zusammengetan hättet ...«

»Meta, das hier ist eine Wohnwagenkolonie und keine Streitmacht«, sagte Mathis, während Frieda unter der Schuldlast weiter zusammensackte.

»Und wir waren doch auch gar nicht vorbereitet«, sagte Frieda kleinlaut. »Die meisten von uns waren schon im Nachthemd oder haben geschlafen.«

»Aber es waren doch trotzdem nur zwei Männer«, beharrte Meta, so verächtlich, wie es wirklich nur jemand sagen konnte, der Männer wie Kekse auf der Bühne herumwarf.

Der Mond tauchte die Lücken zwischen den Bäumen in silbernes Licht, als Frieda Mathis und Meta zu der Stelle im Wald führte, an der die anderen warteten. Sie standen betroffen um den toten Toni herum. Simson hatte den kleinen Kraftathleten auf den Rücken gedreht und seine Augen geschlossen. Bis auf ein paar rotblaue Flecken am Hals wirkte er friedlich.

Sie waren sich einig, dass sie Toni begraben mussten, bevor sie irgendetwas anderes unternahmen. Selbst Meta, die eigentlich lieber dem Lastwagen hinterhergerannt wäre, um jene zu befreien, die noch lebten. Doch keiner hatte eine Ahnung, ob der Wagen tatsächlich zur Hauptwache der Gestapo gefahren war. Und wo man sonst nach den Verschleppten suchen sollte.

Bis das Grab in den widerspenstigen Boden geschaufelt war, hatte der Mond sich längst verzogen. Es war das zweite Grab innerhalb kurzer Zeit. Der zweite Körper, den sie verscharrten. Sie bedeckten auch diese Stätte mit Erde und Laub, und der Morgen fügte noch etwas Tau und Licht hinzu, das in seiner Sanftheit so gar nicht zu den Ereignissen der letzten Nacht passte.

Mathis sprach ein leises Gebet. Frieda weinte. Alle sagten Amen und bekreuzigten sich. Dann sahen sie sich an, und die Angst hockte in den müden und erschöpften Blicken. Sie hatten eine Aufgabe gehabt, vorhin, beim Grabschaufeln. Jetzt aber konnte sie nichts mehr von der Frage ablenken, was als Nächstes zu tun war. Die Wohnwagenkolonie war ausgeräumt. Niemand hatte geschlafen. Und es sah nicht so aus, als würde sich in den nächsten Stunden etwas daran ändern.

Der Ausbrecherkönig Habermann ließ vernehmen, dass er, Miss Cärri und Simson vorhätten, erst einmal unterzutauchen. Und eine vage Vorstellung davon, wo das sein könnte, hatten sie auch. Allerdings drucksten sie herum, als es darum ging, Mathis und Meta diesen Ort zu verraten. Nichts für ungut, aber es sei ihnen halt so der Gedanke gekommen, dass die Razzia vielleicht etwas mit Metas neuem Freund zu tun haben könne.

»Meinem neuen Freund?«, echote Meta.

»Der mit dem Auto«, sagte Miss Cärri.

»Das ist doch absurd!«

»Es ist nur allen aufgefallen, dass diese Männer erst gekommen sind, seit du und dieser Bildhauer …«

»Willst du behaupten, dass ich schuld an diesen Verhaftungen bin?«

Miss Cärri machte einen unsicheren Schritt zurück.

»Ich sage ja nur, was alle denken«, piepste sie feige, »und weil ausgerechnet ihr beide nicht da wart, als sie kamen …«

»Wir waren im Theater!«

Mathis hob die Hände, um die Situation zu beruhigen. Sie befanden sich auf einer Beerdigung. Frieda war noch immer völlig mitgenommen. Und es brachte sicher nichts, wenn sie jetzt auch noch begannen, sich untereinander zu zerfleischen.

355

»Hast du jemanden, bei dem du fürs Erste unterkommen kannst, Frieda?«, fragte er sanft.

Sie zuckte resignierend die Schultern.

»Ich habe eine Freundin in der Stadt ...«

»Wir können uns doch nicht einfach alle verstecken und nichts tun!«, sagte Meta.

»Es bringt niemandem etwas, wenn wir uns selbst ausliefern«, erwiderte Mathis.

»Wir müssen ihnen helfen!«

»Das tun wir aber nicht, indem wir zur Polizeistation rennen und ihnen auf die Nase binden, dass wir der Rest von dem Wohnwagenvolk sind, das sie heute Nacht verschleppt haben. Falls du es vergessen hast – wir hätten schließlich auch in diesem Lastwagen stecken sollen.«

Meta verschränkte die Arme. Mathis ließ sie schmollen und wandte sich an Habermann.

»Weißt du, ob die Männer gemerkt haben, dass jemand geflohen ist?«

»Keine Ahnung. Es war so ein Chaos. Aber es wird ihnen sicher auffallen, dass nicht alle Personen, die sie abholen wollten, im Wagen sind.«

»Sie hatten Listen dabei«, warf Miss Cärri ein. Mathis nickte. Auf der Liste standen er und Meta sicher auch.

»Wir können auf keinen Fall hierbleiben und warten, bis sie zurückkommen, um uns auch noch zu holen.«

»Warum sollten sie?«, fragte Meta aufgebracht. Aber Mathis konnte ihr auch nicht sagen, was sie alle verbrochen hatten. Vielleicht reichte es, dass sie nicht in das System passten, das Adolf Hitler sich ausgedacht hatte.

Die anderen blickten ihn groß an, als erwarteten sie einen Plan von ihm. Dabei hatte Mathis keinen. Die Rolle des Anführers fühlte sich ungewohnt an. Doch es war wohl wichtig, dass jemand wusste, was zu tun war. Und das war, zu packen und den Ort zu verlassen.

Sie brachten die Spaten zurück zu den Wohnwagen und räumten zusammen, was wichtig war. Mathis fiel auf, dass Meta ihren Koffer zur Hälfte mit Ernstis Sachen packte. Die meisten Kostüme dagegen ließ sie hängen.

Die Männer hatten auch den Schrank nach Wertsachen durchwühlt. Das von Mathis geflickte Fadenkleid lag auf dem Boden. Meta hob es auf, hängte es auf den Kleiderbügel zurück und starrte dann auf den Schrankboden.

»Fertig?«, fragte Mathis. Ganz oben auf der Kleidung seines Koffers lag ein Foto von ihm und Meta im Riesenrad des Wiener Praters. Es schien aus einem anderen Jahrhundert zu stammen.

Meta hatte ihm den Rücken zugedreht und blickte noch immer in den Schrank. Doch als er neben sie trat, schreckte sie auf und schloss hastig die Türen. Mathis nahm sie in die Arme. Er wusste noch immer nicht, wo sie die Nacht verbringen würden. Aber es war Zeit für einen anderen Plan. Für ein mutiges Versprechen.

»Wir holen ihn zurück. Und dann gehen wir nach Amerika«, sagte er. »Wir wandern aus, alle zusammen. Wir schaffen das schon irgendwie.« Mathis legte die Arme um sie und sein Gesicht in ihren Nacken, der verschwitzt roch und vertraut. Er spürte, wie Meta noch einmal nickte. Sie glaubte daran, und damit war es für den Moment gut. Es war wieder da, dieses lang verschollene Gefühl, dass sie gemeinsam alles schaffen konnten. In der Umarmung spürte Mathis die Zettel, die nun zwischen ihren Bäuchen klebten. Er wollte das Buch weiterschreiben. Denn es gab noch so viele Geschichten, die er erzählen wollte.

Unter ihnen die vielleicht wichtigste von allen.

Meta

»Wer in einem blühenden Frauenkörper das
Skelett zu sehen vermag, ist ein Philosoph.«

Kurt Tucholsky

SIEBZEHNTES KAPITEL

Zürich, 1904

Es gibt in jedem Leben diesen einen Sommer, der alles verändert. In Mathis' Fall kam der im Juni 1904, mit der Ankunft von Meta.

Er war nun seit gut eineinhalb Jahren am Zürcher Panoptikum und wohnte wieder auf dem Dachboden. Nach vielen gescheiterten Verhandlungsversuchen hatte Brückner eingesehen, dass er nicht darum herumkommen würde, einen separaten Eingang für den Theatersaal anzulegen, wenn er weiter Völkerschauen abhalten wollte. Darum hatte er im Frühjahr mit dem Bau einer Passerelle begonnen, die vom Saal direkt zur Bahnhofbrücke führte.

Caspar hatte auf die gute Nachricht gleich mit der Entsendung einer Sudanesen-Karawane reagiert, deren Größe wohl die Flaute der vergangenen zwanzig Monate ausgleichen sollte. Es waren achtzehn Männer, siebzehn Frauen, zwei Kinder und ein groß gewachsener Sudanesen-Häuptling namens Abdullah. Und sie kamen in einem ähnlichen Chaos an wie damals die lebenden Amazonen: In der Mauer klaffte ein Loch, Bauarbeiter rissen die frische Vertäfelung von den Wänden, Brückner raufte sich die putzbestäubten Haare, und zu allem Übel rannte auch noch Feuerwehrinspektor Stickelberger durch das Durcheinander und beschwor Visionen von möglichen Brandherden, Fluchtwegen und Sicherheitslücken herauf.

In jeder Glühbirne sah er eine Gefahr und in jeder Bodenwelle eine Stolperfalle. Letztere wäre natürlich besonders tückisch, wenn man eine Kerze oder Kerosinlampe in der Hand hielte oder sich gerade in einer Massenpanik befände. Und dass es früher oder später zu solch einer Massenpanik käme, davon war Stickelberger überzeugt. Wenn der Feuerwehrinspektor abends im Bett lag, zog er die Decke bis zum Kinn hoch und wunderte sich darüber, dass er trotz der Arbeit im Panoptikum einen weiteren Tag über die Runden gebracht hatte.

Der Fluchtweg wurde also gebaut. Aber in puncto Schlafunterkünfte hatte das Gesundheitsamt nicht viel zu sagen. Zwar gab es zahlreiche Gesetze, die Europäer schützten, aber auf Menschen von Übersee konnte man diese ja nun wirklich nicht anwenden. Warum sollten die Schwarzen auch bitte schön nicht auf dem Boden schlafen, alle in einem Raum, wie zu Hause in ihren Hütten auch?

Nach vielem Hin und Her wurde schließlich die Italiener-Regel herangezogen, die so hieß, weil die Stadt vor ein paar Jahren eine Regelung für die italienischen Gastarbeiter gefunden hatte. Die Italiener mussten in ihren Baracken im Arbeiterquartier Aussersihl pro Kopf mindestens fünfzehn Kubikmeter Luft haben. Da fand das Gesundheitsamt, dass die Afrikaner (obwohl sie ja keine Europäer waren) doch immerhin zehn Kubikmeter verdient hätten. Brückner ließ daraufhin die Schlafräume ausmessen und stellte fest, dass er diesen Richtwert längst erfüllte, ja die Matratzen sogar noch ein wenig enger zusammengeschoben werden konnten. Denn anders als die niedrigen Arbeiterbaracken der Italiener hatte das Panoptikum eine Deckenhöhe von zwei Meter sechzig. Da hätte Brückner selbst Wildafrika unterbringen können, ohne dass das Gesundheitsamt sich beschweren konnte. Und das tat er dann auch.

Alle waren so beschäftigt damit, die Karawane verletzungslos durch die bröckelnden Wände zu ihren Schlafsälen zu bugsieren, dass niemand außer Mathis die junge Fremde bemerkte, die hinter den Sudanesen das Panoptikum betrat. Sie kam durch den Tunnel mit den schwimmenden Fischen, so nass vom Sommerregen, als wäre sie tatsächlich gerade dem Meer entstiegen. Mathis kniff die Augen zusammen, um das Mädchen gegen das Blau des Aquariums besser erkennen zu können. Es war groß. Nicht so groß wie die Riesinnen auf dem Jahrmarkt vielleicht, aber doch groß genug, um sich zu Kassen-Karl (der so hieß, weil sein Vorname Karl war und er an der Kasse saß) herunterbeugen zu müssen. Und es war das erste Mädchen, das Mathis jemals eine Hose tragen sah.

Es war vielleicht ein bisschen verrückt, dass ein einfaches Kleidungsstück eine so verstörende Wirkung haben konnte – noch dazu eins, das Mathis selbst jeden Tag trug. Aber wenn 1904 ein Mädchen eine Hose trug, dann war das kein Kleidungsstück. Es war eine revolutionäre Kundgebung. Und genau der sah Mathis sich nun gegenüber.

Kassen-Karl, der mindestens ebenso erschrocken über die Revolte war wie er, vergaß sogar, der Fremden im Beinkleid das Eintrittsgeld abzunehmen, als sie nach Brückner fragte. Das war ihm vorher noch nie passiert. Sein Fingerzeig ging in Richtung Treppe, vor der Mathis stand, und ihr Kopf wandte sich ihm zu. Aber Mathis starrte noch immer ihre Hose an. Erst langsam hob sich sein Blick. Es war, als käme ein Hybrid auf ihn zu, der unten Junge und oben Mädchen war.

Als sie vor ihm stand, war Mathis mit seiner Musterung bei ihrem Gesicht angekommen. Er schätzte sie auf keine sechzehn Jahre. Ihre Augen hatten die blaue Farbe des Aquariums. Und sie begegneten ihm auf gleicher Höhe.

»Walter Brückner?«, fragte sie skeptisch. Mathis begriff, dass sie ihn für den Direktor hielt, weil er vor der Treppe stand, auf die der Kassen-Karl entgeistert gezeigt hatte.

»Ist … oben«, er nickte zur Decke, wo die Füße der Sudanesen polterten.

Das war der erste Dialog, den Meta und er je führten. Im Nachhinein würde Mathis sich noch wünschen, er wäre etwas

363

geistreicher ausgefallen. Er trat beiseite, um das Mädchen vor-
beizulassen.

Wie sich herausstellte, arbeitete die beinbekleidete Revoluti-
onärin als junges Kraftwunder. Sie war ebenfalls auf Caspars
Anweisung hergekommen, natürlich nicht in dem Wissen, dass
auch noch eine Karawane anwesend sein würde. Aber Brückner
hatte ja schon im letzten Jahr erfolgreich mit mehreren Attraktionen gleichzeitig jongliert. Die Vorführung des Kraftwunders
wurde dem Bühnenprogramm der Sudanesen-Karawane einfach angeschlossen. Das passte auch thematisch gut, wie Brückner fand, denn im Programm der Sudanesen gab es neben einer
Kindesentführung auch den Ringkampf zweier Häuptlinge zu
sehen. Ohne sich die Welt schönzureden, konnte man eine Ge-
schäftsbeziehung mit Caspar nicht lange überleben.

Brückner richtete also einen Kampfring im Kuriositätenkabinett ein, genau dort, wo der Sarg der Scheintoten vor zwei Jahren noch gestanden hatte, bevor er auf ungeklärte Weise kaputtgegangen war.

Es war in der Branche üblich, demjenigen fünfzig Franken zu
bieten, der das Mädchen im Ringen oder Gewichteheben besiegen konnte, und Brückner beugte sich dieser Praxis, auch wenn
die Umbauarbeiten ein Loch in seine Kasse gerissen hatten.
Aber hinter vorgehaltener Hand knurrte er doch, dass er sich
das Geld von Caspar zurückholen würde, wenn das Mädchen
nicht hielt, was es versprach.

An dem Abend, an dem Meta zum ersten Mal auftrat, durchleuchtete Mathis ein Stockwerk tiefer gerade den Kopf eines
jungen ETH-Studenten. Der Student wollte seine Begleitung
mit der Größe seines Gehirns beeindrucken, als im Stockwerk
über ihnen die eindeutigen Geräusche eines Kampfes aufbran-
deten. Füße scharrten über den Boden, anfeuernde Männer-
schreie drangen durch das Holz, dann der dumpfe Knall eines
Körpers, der auf dem Boden aufschlug. Das Publikum zählte,

jubelte und buhte. Ein flaues Gefühl schaufelte sich einen Weg in Mathis' Magengrube. Es fühlte sich fast wie Heimweh an, denn er kannte die Geräusche nur zu gut. Jahrelang war er derjenige gewesen, der nach diesem Knall im Staub gelegen hatte.

Er drehte weiter die Kurbel, aber seine ganze Aufmerksamkeit galt dem Geschehen über seinem Kopf. Er hatte auch nach Meister Bos Tod sein Versprechen aufrechterhalten und um jeden Streit einen großen Bogen gemacht. Jetzt aber lockte es ihn zuzusehen, wie ein Mädchen in Hosen einen erwachsenen Mann versohlen wollte. Es wäre die größte Abnormität von allen in diesem Panoptikum.

Als das junge Pärchen die Automatenhalle also Arm in Arm verließ (die junge Frau war nicht zuletzt wegen eines fehlenden Vergleichs schwer beeindruckt von der Größe des ETH-Gehirns), schlich Mathis sich aus der Halle. Es war 21 Uhr, eine Stunde vor seinem Feierabend. Aber Mathis wollte ja nur mal blinzeln, und Kassen-Karl würde ihn nicht verraten. Der saß an seiner Kasse, gähnte und sah nicht einmal von seinem Buch auf, als Mathis die Treppe nahm. Er erreichte den Treppenabsatz in genau dem Moment, als ein weiterer Körper lautstark zu Boden krachte.

Hinter einem Wald aus schwarzen Hosenbeinen sah Mathis den Mann auf dem Rücken liegen. Über ihm stand Meta. Schwer atmend lächelte sie auf ihren Gegner herab. Ihre Beine steckten diesmal in einer weißen Strumpfhose. Darüber trug sie einen kurzen blauen Einteiler. Er war hochgeschlossen, ließ aber ihre Arme frei, die sie mit den Fäusten voran in die Hüfte gestemmt hatte. Auf den Bauernhöfen und in Wirtshäusern hatte Mathis schon Frauen mit starken Armen gesehen. Aber nicht so wie diese hier. Die Arme dieses Mädchens waren überwältigend.

Die Zuschauer rund um den Kampfring drängten vor. Einige versuchten den gefallenen Mann zum Aufstehen zu bewegen,

365

andere zählten schon herunter und machten sich darüber lustig, dass er gegen ein Mädchen verloren hatte. Sie brüllten laut und zogen ihn von der markierten Fläche.

Brückner wartete ab, bis sich die Aufregung gelegt hatte. Dann trat er vor, den Zylinder auf den krausen Haaren, und forderte den Nächsten zum Kampf auf. Hände reckten sich in die Höhe, aber lediglich, um auf die jeweilige Person neben sich zu deuten. Unter viel Gelächter wurde ein weiterer Mann in den Ring geschoben.

Das Mädchen trat in aller Ruhe zurück und tunkte die Schnürschuhe in einen Topf voll Kreide, so elegant, als wolle es eine Runde Ballett tanzen. Meta sah gelassen aus, fast desinteressiert. Und dabei war ihr Gegner viel breiter und schwerer als sie. Mit einem entspannten Lächeln wandte sie sich zu ihm.

Mathis hockte sich auf die oberste Treppenstufe und spähte durch die Hosenbeine, um die beiden ungleichen Gegner zu beobachten. Wie sich schnell herausstellte, war der Mann ein ziemlich verbissener Ringer. Und ein ziemlich schlechter Verlierer.

Immer wieder versuchte er den Kampf mit miesen Tricks für sich zu gewinnen, schlug in Richtung ihrer Brust, obwohl Schlagen nicht erlaubt war, und würgte sie sogar, als er es schaffte, einen Arm um ihren Hals zu legen. Mathis konnte sich vorstellen, wie Brückner der Schweiß ausbrach beim Gedanken an die fünfzig Franken, die er verlieren würde. Doch dann gewann das Mädchen wieder die Oberhand. Noch immer im Würgegriff des Gegners, drehte es ihm den Rücken zu und griff blitzschnell unter seinen Arm, um ihn über die Schulter auf den Boden zu werfen. Vielleicht verhedderte es sich dabei versehentlich mit der Hand an seinem Hosenbund. Vielleicht war es aber auch die Vergeltung für die unfairen Schläge. Jedenfalls lag der Kerl mit nacktem Hintern da, ehe noch jemand begreifen konnte, was vor sich ging. Dann brüllten die Zuschauer vor Lachen, und die wenigen Damen im Raum kreischten auf und hielten sich sittsam die Hand vor das Gesicht. Doch sie hielten sie in einigem Abstand, sodass sie um die Finger herumblinzeln konnten.

Der Mann behauptete später, dass er nur verloren habe, weil er sich nicht getraut habe, richtig ranzugehen. Schließlich sei es immer noch ein Mädchen, das ihm gegenüberstand. Doch wer den Kampf gesehen hatte, der wusste, dass das nicht stimmte.

Schon nach dem ersten Abend war glasklar, dass das junge Kraftwunder mit seiner Unverfrorenheit die Zeitungen der Stadt füllen würde.

Von diesem Tag an schlich Mathis sich jeden Abend die Treppe hinauf und beobachtete das Mädchen beim Kampf. Bald verließ er seinen Posten an der Röntgenmaschine schon um Viertel vor neun. Dann um halb neun. Und schließlich so früh, dass er noch das Kraftprogramm vor dem Ringen sehen konnte.

Meta hob verschiedene schwere Kugeln über den Kopf und hielt einen erwachsenen Mann mit ausgestreckten Armen auf einem Stuhl hoch. Mit einer Kette im Genick konnte sie einen 200 Pfund schweren Stein anheben. Sie zerbrach Nägel und Eisenstäbe, als wären es trockene Stöckchen. Und wenn sie sich rücklings über zwei Stühle legte, einen schweren Marmorblock auf dem Bauch, hielt sie sich wie ein Brett in der Luft.

Mit jedem Tag zog die Schau mehr Leute an, die das junge Kraftwunder sehen wollten. Das Publikum bestand nach wie vor hauptsächlich aus Männern. Doch es waren die Damen, die sich die geschminkten Mäuler über Meta zerrissen:

»Was hat sie denn da an? Du liebe Güte, die trägt ja nicht mal ein Mieder!«

»Sie sieht aus wie ein Mann. Ein Mieder würde der wahrscheinlich sowieso nicht passen. Wer sollte das auch am Rücken zubekommen?«

»Sie ist so roh.«

»Und so zügellos!«

»Und so männlich!«

»Wenn sie doch wenigstens ihre Beine nicht so zeigen würde ...«

Die Männer dagegen fanden die Beine des jungen Kraftwunders recht ansehnlich. Sie tobten, wenn das Mädchen sich völlig in dem Gegner verhakt auf dem Boden wälzte und die bestrumpften Füße rücklings um die Hüfte des Liegenden schlang. Nach und nach tauchten im Publikum immer Kerle auf, denen anzusehen war, dass sie ihre Hemdsärmel eigens für den Ringkampf hochgekrempelt hatten. Sie waren gekommen, weil sie von der Siegerprämie gehört hatten und nicht glauben wollten, dass sie gegen ein Mädchen verlieren könnten. Darum wurde das Ringen um den Sieg mit jedem Tag länger und härter.

Noch hatte der schwitzende Brückner seine fünfzig Franken an niemanden abgeben müssen, aber natürlich ging es nicht spurlos an Meta vorbei, dass sie einen Zweikampf nach dem anderen austrug. Mathis sah ihr die Erschöpfung in Gesicht und Schultern an, als die Standuhr elf schlug. Und ein anderer Zuschauer im Raum sah sie ebenfalls. Er lächelte auf eine Art, die Mathis Angst machte.

Der Mann war ihm schon vorher aufgefallen. Er stand immer etwas hinter den anderen Zuschauern, breitbeinig, die Arme vor der Brust verschränkt, und applaudierte nicht ein einziges Mal. Der Kopf des Mannes war kastig, seine Augenbrauen dick, und die Ohren klebten seitlich an seinem Gesicht wie welke Kohlblätter. Sie sahen aus, als hätten sie im Leben schon einige Schläge abbekommen. Jede Bewegung des Mädchens taxierte der Mann. Und das nicht mit Bewunderung und Staunen. Es sah vielmehr aus, als analysiere er einen Gegner.

Als der nächste Mann aus dem Ring gezogen wurde und das Publikum johlte, trat Brückner vor und kündigte den nunmehr letzten Kampf des Abends an. Mathis sah, wie Meta die Hände schwer atmend auf die Oberschenkel stützte. Müdigkeit ging von ihren Armen aus und setzte sich bis in ihren rund gekrümmten Rücken fort. Mathis blickte zu dem Mann mit den Kohlohren, der das Kinn vorschob und die Arme aus ihrer Verschränkung löste. Eine Zunge glitt aus seinem Mund und leckte über die wulstigen Lippen, als freue sie sich auf ein gutes Abendessen. Und ehe Mathis wusste, was er tat, war er auf den Beinen und reckte die Hand in die Höhe. Brückner wandte sich ihm mit einem Lächeln zu. Er wollte den nächsten Freiwilligen empfangen. Doch der Gruß starb auf seinen Lippen, als er Mathis erkannte.

Als niemand etwas sagte, drehten die Zuschauer sich ebenfalls um. Mathis' Hand hing noch immer in der Luft, und er begann sich gerade zu fragen, was sie dort machte. Doch im nächsten Augenblick wurde er schon an den Schultern gepackt und nach vorn geschoben. Der Mann mit den Kohlohren spuckte zwischen die Füße auf den Boden.

Mathis mied Brückners Blick, als er in den Ring stolperte. Dabei wäre der vielleicht noch angenehmer gewesen als der Blick, den das Mädchen ihm zuwarf. Verblüffung und Irritation lagen darin. Es bestand kein Zweifel: Meta hielt Mathis für einen schlechten Scherz. Fragend blickte sie zwischen Brückner und dem dünnen jungen Mann hin und her. Sie konnte ja nicht wissen, dass Mathis nur zu ihrer Rettung gekommen war.

Das Triumphgefühl von vorhin, als er dem Mann zuvorgekommen war, verflog. Plötzlich war da nur eine Suppe aus Angst, die in Mathis' Bauch eindickte. Er roch den Schweiß der Menschen und hörte ihre Vorfreude auf die Abreibung, die sie sehen würden. Er fühlte sich wie damals, als er den Brüdern gegenübergestanden hatte. Als Dethard gegrinst und Kurt mit der rechten Faust in die linke Hand geschlagen hatte, wie immer, bevor er sie Mathis in die Seite rammte. Als hätte Kurts Faust erst angespitzt werden müssen, bevor sie zuschlug. Mathis hatte vergessen, wie schlimm es war, der Unterlegene zu sein.

»Heda«, sagte plötzlich eine Stimme.

Er öffnete die Augen, und sie versanken direkt im Aquariumwasser ihres Blicks. Das Mädchen sah ihn besorgt an.

»He«, krächzte er zurück. Ein Kribbeln mischte sich unter die Angst. So als hätte jemand die Suppe in seinem Bauch mit scharfem Pfeffer gewürzt. Er versuchte tapfer zu lächeln. »Ich bin Mathis Bohn…«

Das Läuten der Glocke unterbrach ihn.

Es ging alles so schnell, dass er kaum etwas von dem Ringen mitbekam: Er spürte nur Metas Schulter unter seinem Arm, der Geruch ihrer Haare stob in seine Nase, und dann lag er auch schon auf dem Rücken. Er war eine Bohnenstange gegen sie, lang und schlaksig und ohne sichtbare Muskeln am Körper. Die Männer ringsum buhten. Andere zählten. Und von irgendwoher brüllte jemand: »Aufstehen, du Memme!« Doch Mathis dachte gar nicht daran, auf den Brüller zu hören. Er war sehr zufrieden damit, wo er sich befand und dass alles so schnell gegangen war. Froh, dass seine Gegnerin nicht wie sonst noch einmal nachgehauen hatte. Alles, was er tun musste, war, den Rücken nur fest genug auf den Boden zu pressen, bis das Publikum ihn enttäuscht für k. o. erklärte. Als er sich aufrappelte, sah er einige Zuschauer fassungslos den Kopf schütteln.

»Was hast du dir dabei gedacht, Junge?« Brückner zog ihn auf die wackeligen Beine. Das Publikum und auch das junge Kraftwunder hatten sich abgewandt und machten sich bereit zum Gehen. Mathis sah, wie das Mädchen sich streckte und lockerte.

»Ich habe verhindert, dass Sie fünfzig Franken verlieren«, antwortete Mathis und klopfte sich die Hose ab.

Das junge Kraftwunder schlief nicht auf dem Dachboden des Panoptikums. Mathis hatte keine Ahnung, warum. Alle anderen Artisten nutzten diese Möglichkeit trotz der fragwürdigen Ausstattung gerne, weil sie kostenlos war. Und vor den Sudanesen-Frauen musste das Mädchen sich wohl kaum fürchten. Die mochten vielleicht schwarz sein, sahen im Vergleich zu ihr aber eher klapprig aus.

Meta kam erst kurz vor ihrem Auftritt, wenn Mathis noch in der Automatenhalle stand, und ging mit dem Publikum. Für ihn wurde es dadurch unmöglich, ein Gespräch mit ihr zu beginnen. Und das, obwohl er ihr fast jeden Tag gegenüberstand.

Das Problem war nämlich, dass der Mann mit den verwelkten Ohren zum Stammgast wurde. Er stellte sich immer an den gleichen Platz und verfolgte die Kämpfe mit dem immer gleichen Starren. Er wartete bis zum Schluss. Und wenn Mathis dann das Gefühl hatte, er wolle sich melden, kam er ihm jedes Mal zuvor. Seine Hand schnellte nach oben, sein Blick glitt triumphierend in Richtung des anderen. Brückner und auch Meta wussten bald schon Bescheid und wandten sich ihm bereits zu, wenn der letzte Kämpfer noch aus dem Ring gezogen wurde. Ihren Gesichtern war anzusehen, dass sie Mathis für nicht ganz dicht hielten.

Nach einer Woche, in der Mathis sich täglich von Meta hatte niederringen lassen, nahm Brückner ihn zur Seite und teilte ihm mit, dass er ihn nicht mehr im oberen Stockwerk sehen wolle.

»Wenn die Zuschauer dich als Mitarbeiter erkennen, denken sie noch, die ganzen Kämpfe und der angebliche Preis wären ein abgekartetes Spiel!« Und damit stieß er Mathis zurück zu den Automaten, wo er hingehörte.

Doch Tatsache war, dass die Zuschauer das überhaupt nicht dachten. Ob sie Mathis als Mitarbeiter erkannten oder nicht, sie fanden die Schaueinlage zwischen ihm und dem jungen Kraftwunder höchst amüsant. Als einige Tage später in der Zeitung stand, dass man den lustigen dünnen jungen Mann vermisse, der in seinem Ringen gegen die Kraftfrau schon Qualitäten eines dummen August habe, hob Brückner seine Verbannung augenblicklich wieder auf.

»Das junge Kraftwunder und der dünne Tölpel«, titelte eine andere Zeitung. Die einminütige Schlusseinlage wurde zum

371

Höhepunkt des Gesamtprogramms. Zugegeben, es war kein sehr vielversprechender Beginn für eine Liebesgeschichte. Aber vielleicht musste es so sein. Vielleicht musste Mathis' und Metas Liebe ungewöhnlich beginnen, um in der Schaustellerwelt zu bestehen.

Es dauerte zwei Wochen, bis Mathis sich endlich ein Herz fasste und Meta nach einem gemeinsamen Frühstück fragte. Wie es bei ihnen üblich war, lag er dabei gerade auf dem Rücken und blickte zu ihr auf. Das Publikum buhte und applaudierte gleichzeitig.

Meta war überrascht, doch sie blieb Mathis eine Antwort schuldig. Brückner klingelte wild seine Glocke, und Meta verschwand aus Mathis' Blickfeld, um die Arme zur Siegerpose zu heben. Als Mathis sich mühsam aufrichtete, wich sie seinem Blick aus. Vielleicht hielt sie sein Angebot für absurd und ihn für einen Trottel. Verübeln konnte Mathis es ihr nicht.

Der ausgebliebene Dialog wurde erst am nächsten Abend fortgesetzt, als Meta sich auf Mathis warf und ihm ziemlich schmerzhaft ein Bein nach hinten drehte. Das Publikum brüllte, und Mathis brüllte mit – allerdings in einem anderen Ton als die Umstehenden. Dabei wusste er ja, dass Meta es nur gut meinte. Sie hatte sogar sein gesundes Bein gewählt. Dass das andere bereits verdreht war und besser nicht angefasst werden sollte, hatte sie inzwischen mitbekommen.

»Warum frühstücken?«, fragte sie so unvermittelt, als hätte Mathis seine Frage erst gerade eben und nicht schon vor vierundzwanzig Stunden gestellt. Sie pustete sich eine Haarsträhne aus der Stirn, die sich aus ihrem Zopf gelöst hatte, und knurrte ihm dann leise zu, doch bitte ein bisschen mehr zu zappeln. Andernfalls habe sie das Gefühl, mit einer Leiche zu kämpfen.

Mathis tat wie geheißen und wackelte in seiner Verdrehung. Das Publikum johlte. Mathis sah aus wie ein verhedderter Fisch.

»Ich arbeite von neun bis zweiundzwanzig Uhr«, keuchte er

durch die zusammengebissenen Zähne. Ihr Klammergriff um sein Bein schmerzte noch immer, und das Gewackele erleichterte die Sache nicht gerade. Außerdem kam ihre Hand Mathis' Schritt gerade gefährlich nahe, was er unter anderen Umständen wohl begrüßt hätte. In der derzeitigen Situation aber, und mit Publikum an seiner Seite, konnte er gut auf ein Malheur verzichten.

Letzte Nacht hatte er von Meta geträumt. Und es war kein Traum gewesen, den er seiner Mutter erzählt hätte.

»Wir könnten uns um acht treffen und ins ... aaaah!« Mathis schrie auf, als Meta ihn herumwarf, sodass er auf dem Rücken landete. Die Zuschauer lachten. Meta drückte seine Schultern mit den Händen zu Boden. Ihr Gesicht war nah vor seinem.

»Ich überleg's mir«, lächelte sie. Dann stand sie auf und nahm ihren Applaus entgegen.

Eine ganze Woche lang wartete Mathis darauf, dass Meta mit ihren Überlegungen abgeschlossen hatte. Aber sie sprach das Thema nicht mehr an, und auch sonst fiel kein Wort zwischen ihnen. Es war, als hätte Mathis sie nie nach einem Treffen gefragt.

Weil er nicht wusste, was er sonst tun sollte, sprach er mit Kassen-Karl über das Thema. Doch Kassen-Karl blickte ihn an, als hätte Mathis ihm offenbart, dass er mit dem Dromedar der Sudanesen-Karawane frühstücken wollte.

»S'juägendlich Chraftwunder?«, versicherte er sich zweimal.

»Ihr Name ist Meta«, sagte Mathis genervt.

Kassen-Karl sah an Mathis hoch und runter, und das reichte zur Antwort.

»Ich habe mich zum Deppen gemacht, oder?«, sagte Mathis. Er ließ die Schultern hängen.

Kassen-Karl versicherte ihm, dass Depp ein hartes Wort sei. Dass er aber glaube, Mathis sollte sich lieber ein Mädchen in seiner Gewichtsklasse suchen. Diese Mirta ...

»Meta«, sagte Mathis.

Sie schien in Kassen-Karls Augen jedenfalls nicht so der Typ zu sein, mit dem man frühstücken ging.

»Abendessen?«, fragte Mathis.

»Au näd«, sagte Kassen-Karl.

»Ein Spaziergang am See?«

»Nei, Mathis!«

»Warum? Was ist denn mit ihr?«

»Isch egal.«

»Sag schon.«

Kassen-Karl senkte die Stimme.

»Mathis, sie hät Hose a!« Er sprach das Wort Hose so unheilvoll aus, wie diese Unanständigkeit es verdiente. Dann blickte er sich um. Zum Glück hatte kein Besucher ihn gehört.

»Wieso suechscht dir nöd es richtigs Maitli? D'Brückner hät gesait, mir chömmet bald d'Negerfürscht Amar mit vier schöne Orientalinne is Programm über.«

Doch Mathis wollte weder den Negerfürsten Amar noch die vier schönen Orientalinnen. Meister Bo und Nawi hatten eine Lücke in seinem Herzen hinterlassen, die so groß war, dass nur ein Kraftwunder wie Meta sie ausfüllen konnte.

Mathis konnte nicht behaupten, dass er stolz darauf war, Meta nach dem Auftritt zu folgen. Aber zuzusehen, wie sie jedes Mal geisterhaft verschwand, wenn er am Boden lag und die Menge tobte, brachte ihn um den Verstand. Er konnte nicht mehr schlafen. Er hatte keinen Appetit. In einer Art Trotzreaktion hatte er sogar aufgehört zu frühstücken, solange es ohne Meta sein würde. Und sein Körper hatte wirklich nicht die Reserven, um das lange durchzuhalten.

Mathis war zum zweiten Mal so richtig verliebt. Und wie schon beim ersten Mal auf eine Weise, die ihn zu verschlingen drohte. Er musste einfach wissen, wohin Meta jede Nacht verschwand.

Als sie sich am Samstagabend nach der Aufführung einen

Weg durch die Zuschauer in Richtung Ausgang bahnte, verharrte Mathis deshalb gerade lange genug am Boden, um sich nicht verdächtig zu machen. Doch als Brückner die Menschen verabschiedete und ihnen einen Ausblick auf das Programm des nächsten Abends gab, stemmte Mathis sich auf die wackligen Beine und ging Meta nach.

Seine Schritte hallten laut durch die neu gebaute Passerelle. Es roch nach frischem Holz und Farbe, und an den Wänden prangten unzählige Fluchtpfeile, die alle nach vorn zeigten, weil es ohnehin keinen anderen Weg gab als den geradeaus. Doch Feuerwehrinspektor Stickelberger waren diese Pfeile wichtig gewesen. Und es hatte keiner mehr die Kraft gehabt, ihm zu widersprechen.

Auf der Bahnhofbrücke sah Mathis sich um. Die Straßenlaternen malten Kreise auf den dunklen Boden. Darunter plätscherte ein schwarzer Fluss. Von rechts hörte Mathis das Lachen aus mehreren Männerkehlen. Er konnte die dazugehörenden Körper nur schemenhaft am Ufer wanken sehen. Auf der linken Seite erhob sich der Bahnhof. Mathis hatte keine Ahnung, in welcher Richtung er Meta suchen sollte. Wo er Pfeile gebraucht hätte, gab es natürlich keine mehr.

Neben ihm trat eine Dame ins Licht der Straßenlaterne. Sie hatte dunkle Locken und positionierte sich im Lichtkegel wie eine Schauspielerin, die auf ihren Auftritt wartete. Mathis war gerade lange genug in der Welt unterwegs, um zu ahnen, welchem Beruf sie nachging.

»Entschuldigen Sie, meine Dame. Haben Sie vielleicht ein Mädchen hier vorbeilaufen sehen? Blond, etwa so groß wie ich, aber mit breiteren Schultern? Sie trägt eine Hose …«

Metas Beschreibung war recht markant, doch die Frau unter der Laterne war nicht bereit, Mathis an irgendeine Dame zu vermitteln, die nicht sie selbst war. Und schon gar nicht an eine, die von der Beschreibung her eher ein Mann sein könnte! Mathis wollte das Missverständnis gerade klären, als er den Tumult hörte. Er hielt inne und fuhr herum. Der Lärm kam von rechts. Mathis hörte etwas Metallenes scheppern und einen Schrei, der eindeutig weiblich war, gefolgt von mehreren wütenden Männerstimmen. Mathis ließ die Dame stehen und lief los.

Er fand die Gruppe der Kämpfenden am Central, im Schatten der öffentlichen Toilettenhäuschen. Es waren drei Männer. Einer von ihnen hob einen Knüppel und schlug auf eine Gestalt ein, die vor dem Toilettenbau lag. Die anderen beiden flankierten ihn und traten mit schweren Arbeiterschuhen nach. Mathis spürte sein Herz bis in Kopf und Magen pochen. Er wusste nicht, ob die zusammengekrümmte Person am Boden Meta war. Aber wer immer es war, brauchte Hilfe.

»He!« Er stürmte los, so gut es eben mit einem verdrehten Bein ging. Der Mann mit dem Knüppel drehte sich um, genau in dem Moment, als Mathis mit dem Kopf voran gegen ihn rannte. Das Überraschungsmoment war auf Mathis' Seite und das Glück ebenso. Denn zufällig stieß Mathis mit seinem Schädel direkt in die Kehle des Knüppelmannes. Der Verdutzte fiel rücklings nach hinten, stolperte über sein Opfer am Boden und gegen die Wand der Toilettenhäuschen. Es war das erste Mal, dass Mathis es geschafft hatte, jemanden umzuwerfen, und er war genauso geschockt darüber wie derjenige, der nun unter ihm lag. Denn Mathis war zusammen mit dem Mann zu Boden gegangen. Und damit war sein großer Moment auch schon vorbei.

Die beiden anderen Männer stürzten sich auf ihn. Ihre Schläge fühlten sich an wie Huftritte. Sie prügelten Mathis geradezu von ihrem Kameraden herunter, und er konnte nichts anderes tun, als die Arme über alle Körperteile zu legen, die ihm wichtig waren. Mathis lehnte mit dem gekrümmten Rücken an der Toilettenwand und registrierte gerade noch, dass der leblose Körper neben ihm tatsächlich Meta gehörte, als der Mann, den er umgeworfen hatte, sich aufrichtete. Er hob den Knüppel. Mathis dachte, sein Kopf würde in tausend Scherben zerbers-

ten, als der Schlag kam. Er fühlte, wie er kippte. Die Tritte sta-
chen nur noch in Nebel. Die Straßenlampen gingen aus, und die
Nacht wurde so schwarz, wie Mathis sie noch nie erlebt hatte.

ACHTZEHNTES KAPITEL

Berlin, 1935

Es öffnete niemand, als Mathis und Meta bei Claire Waldoff und Olly klingelten. Die beiden waren wohl noch im Urlaub – oder wie man das 1935 nannte, wenn man sich mit Koffern in Richtung Schweizer Grenze aufmachte.

Mathis klingelte ein weiteres Mal in der Hoffnung, die beiden würden vielleicht einfach noch im Bett liegen. Er schätzte sie als Menschen ein, die das manchmal taten. Doch als er ein drittes Mal klingeln wollte, fasste Meta ihn am Ellbogen. Viel sanfter, als es sonst ihre Art war.

»Es hat keinen Zweck, Mathis.«

Er sah sie an. Sie war genauso müde und ratlos wie er. Waldoff war ihre Hoffnung gewesen. Von wem sonst konnten sie sich sicher sein, nicht an die Behörden verraten zu werden, wenn sie auftauchten und sagten, sie hätten gerade eine Leiche im Wald begraben und seien einer Verhaftung durch die Gestapo entgangen?

»Wir können immer noch zu meiner Familie«, sagte Mathis und hoffte, dass das stimmte. Er war seit sechzehn Jahren nicht mehr dort gewesen, und die Brüder hatten ihn noch nie mit offenen Armen empfangen. Aber Meta hatte ohnehin nicht vor, Berlin ohne Ernsti zu verlassen. In ihrer Ratlosigkeit schlug sie sogar vor, sich an Thorak zu wenden. Aber es brauchte nur einen Blick von Mathis, und dieser Vorschlag war ebenfalls vom Tisch.

Thorak mochte Mathis und Meta rausgepaukt haben, als

sie vor einem halben Jahr in Untersuchungshaft saßen. Aber er stand immer noch auf der Seite von denen, die heute Nacht über die Wohnwagenkolonie hergefallen waren.

Irgendwo schlug eine Kirchturmuhr. Es war acht. Zwölf Stunden waren vergangen, seit sie die Premiere des neuen jungen Kraftwunders gesehen hatten. Aber es fühlte sich an, als läge eine ganze Woche Schlaflosigkeit dazwischen. Der letzte Schlag verhallte, doch die Glocke versäumte es nicht, eine zweite zu läuten, und zwar in Mathis' Kopf. Acht Uhr. Sie waren auf der Straße vor Waldoffs Haus. Woran sollte ihn das nur erinnern? Und dann wusste er es.

Evalyn Byrd verausgabte sich gerade an einem harmlos herumhängenden Boxsack, als Mathis und Meta im Studio von Sabri Mahir eintrafen. Sie war schweißüberströmt und der Trainer bester Laune. In kariertem Hemd und schwarzen Hosen stand er neben ihr und rauchte. Weder seine Fußball- noch seine Boxkarriere waren ihm anzusehen. Er hatte einen Wohlstandsbauch und ein Doppelkinn. Und dabei hatte er als »der schreckliche Türke Sabri Mahir« in seinen besten Zeiten gegen vier Männer auf einmal gekämpft. Inzwischen aber sah er nur noch anderen beim Boxen zu. In den Zwanzigern hatte er das »Studio für Boxen und Leibeszucht« am Kurfürstendamm eröffnet und war Trainer für so prominente Persönlichkeiten wie Marlene Dietrich, Bertolt Brecht oder Billy Wilder geworden. Mahir hatte einen Boxstil gepredigt, der »neue Sachlichkeit« hieß. Was genau so lange gut angekommen war, bis die Nazis an der Macht waren. Denn die mochten neue Sachlichkeit überhaupt nicht. Wie sie generell recht wenige Dinge mochten, so schien es Mahir. Auch das Schild draußen hatte er abnehmen müssen. Denn auf dem war eine Faust zu sehen gewesen, und das musste doch ein Symbol der verdammten Linken sein!

Mahir hatte gar nicht erst versucht, dem Uniformierten zu erklären, dass die Faust vielmehr für den Sport stand, den er zufällig unterrichtete. Und im Gegenzug hatten die Beamten ihn dann auch nicht verhaftet, sondern ihm sogar erlaubt, den Studionamen zu behalten. Denn Leibeszucht, das war ein tolles Wort, die Nazis gebrauchten es selbst ständig. Das klang nach Züchtigung und schlanken Körpern! So etwas wollte man im neuen Reich sehen.

Bertolt Brecht oder Billy Wilder waren inzwischen ins Exil gegangen, ebenso wie viele andere Kunden von Mahir auch. Aber es gab immer noch ein paar, die die Nationalsozialisten nicht verjagt hatten. Und eine davon war Evalyn Byrd.

Byrd erkannte Mathis nicht gleich, und ihm ging es nicht anders. Ihr dunkelblaues Spitzenkleid hatte sie gegen einen Body eingetauscht. Und statt des Turbans thronte heute eine Haarspange auf ihrem Kopf, die die kurzen blonden Locken mehr schlecht als recht zusammenhielt.

Sie sah verschwitzt aus. Aber nicht halb so abgekämpft wie die zwei Neuankömmlinge in der Tür.

Mahir, der einige Erfahrung mit legalen und halb legalen Beruhigungsmitteln hatte, bot den beiden eine Zigarette an und kochte türkischen Tee. Er war ein freundlicher Mann, und Mathis glaubte nicht, dass er sie verraten hätte, wenn sie ihm den wahren Grund ihres Besuchs genannt hätten. Doch sie taten es trotzdem nicht. In einer Zeit wie dieser konnte man sich nie sicher sein.

Byrd zog sich um und duschte. Dann fuhr sie mit Mathis und Meta im Bus zu ihrer Wohnung im Berliner Stadtteil Friedrichshain.

Die Nazis hatten den Bezirk vor zwei Jahren in »Horst-Wessel-Stadt« umbenannt, nachdem sie ihm anders nicht Herr werden konnten. Friedrichshain war nämlich die Hochburg der Sozialdemokraten und Kommunisten, und Horst Wessel ein Nazimärtyrer, der von KPD-Mitgliedern getötet worden war. Darum verstanden sich der neue Name und die alten Bewohner

380

nicht besonders gut, und alle, die dort lebten, blieben bei Friedrichshain.

Mindestens fünf Gardinen bewegten sich auf dem Weg von der Bushaltestelle bis zu Byrds Haus. Dies war eine Straße, in der man sich dafür interessierte, was der andere tat. Mathis wäre es lieber gewesen, Byrd hätte sich einen unpolitischeren Stadtteil zum Wohnen gesucht.

In ihrem Apartment gab es neben dem Schlafzimmer nur einen einzigen weiteren Raum, der gleichzeitig Küche und Wohnzimmer war. Alles war klein und beengt. Es würde eine Herausforderung sein, Meta in voller Länge auf einem der Polstermöbel unterzubringen.

Sie setzten sich an den Küchentisch und bekämpften ihre Müdigkeit mit starkem Kaffee. Im Bus hatten sie kein Wort gesprochen aus Angst, dass die falsche Person mithören konnte. Doch jetzt, im vermeintlichen Schutz ihrer Wohnung, schilderten sie Byrd alles, was in der letzten Nacht passiert war. Byrd hörte sich alles an und bestand dann darauf, dass Mathis und Meta sich ins Bett legten und Schlaf nachholten. Nein, nicht aufs Sofa, ins Bett! Das sei erstens breiter, und zweitens könne Byrd dann die Wohnung noch benutzen. Mathis und Meta protestierten, doch es war ein schwacher Protest. Byrds Morgenfrische hatten sie nichts entgegenzusetzen.

»Vertraust du ihr?«, flüsterte Meta, als sie nebeneinander im Bett lagen, die Gardinen zugezogen, um die längst überfällig gewordene Nacht zu simulieren. Und als Mathis sagte, dass er das voll und ganz tue, Byrd sei eine Freundin von Waldoff und außerdem ein Opfer der Bücherverbrennung, schlief Meta auf der Stelle ein.

Er spürte ihren warmen Körper an seiner Seite. In seinem Kopf aber klopften der starke Kaffee und die Ereignisse der Nacht aufs Hirn. Erst jetzt, mit ein wenig Abstand zwischen den Dingen, wurde ihm klar, wen er gerade im Wald begraben hatte und wie knapp sie einer Verhaftung entkommen waren. Und er

381

schämte sich dafür, dass trotz all dieser Schrecklichkeiten ein Gedanke nicht von ihm abrücken wollte. Nämlich der, dass er zum ersten Mal seit vielen Jahren allein mit Meta in einem Bett lag.

Evalyn Byrd war das Ergebnis einer britischen Spermie und einer deutschen Eizelle. Ihr Vater, ein Erfinder aus Wales, hatte absurde Zukunftsideen. Er wollte zum Beispiel Automaten für Filmtelefonie entwickeln und Geräte zur Umwandlung von Büchern in Ton. Und ging sogar so weit zu behaupten, dass Menschen diese Telefonie- und Tonabspielgeräte irgendwann in ihren Hosentaschen herumtragen könnten. Kein Wunder, dass ihn niemand ernst nehmen konnte.

Evalyns Mutter dagegen war Historikerin. Und da zwischen dem einen und dem anderen Interessengebiet bekanntlich Jahrhunderte lagen, traf das Ehepaar sich nicht allzu oft in der Mitte. Bis Evalyn am 1. Januar 1900 zur Welt kam und beide Wissenschaftler in die Gegenwart holte.

Für Evalyns Eltern war klar, dass das Geburtsdatum ihrer Tochter ein historisches Ereignis war. Ein Kind läutete nicht einfach so ein neues Jahrhundert ein und war dann nicht zu Großem bestimmt. Stolz sahen sie zu, wie aus dem hilflosen Baby ein aufgewecktes Kleinkind wurde und kurze Zeit später ein intelligentes Mädchen. Und schließlich eine beinahe schon gefährlich querdenkende Jugendliche.

Die Familie lebte inzwischen in Prag, und im Haus verkehrten so bekannte Namen wie Sigmund Freud, Franz Werfel und Franz Kafka. Evalyn sprach Englisch, Tschechisch und Deutsch. Sie lernte Klavier, Geige, Physik und Geschichte und hatte eine rundum geborgene Jugend, in der sie, wie so viele geborgene Kinder, vor Langeweile fast umkam. Darum schnappte sie sich eines schönen Tages aus dem Salon einen der Fränze (es war Kafka) und ging mit ihm in den Garten, um ihn zu einem Gedicht zu inspirieren. Franz Kafka war bekannt dafür, dass er sich gern von jungen Mädchen inspirieren ließ. Und wenn die Mädchen nicht nur jung, sondern obendrein auch noch so hübsch wie Evalyn Byrd waren, dann inspirierte ihn das nur umso mehr.

Seinen Freunden war es ein verdammtes Rätsel, wieso dieser blöde Kafka so gut bei Frauen ankam. Immerhin war er weder besonders reich noch über die Maßen gut aussehend. Tatsächlich war er sogar eine ziemlich hässliche Gurke. Kafka war dünn, schlaksig und hatte Segelohren. Und als er im Juni 1917 mit der hübschen Byrd-Tochter hinter dem Rhododendronbusch verschwand, war er auch noch doppelt so alt wie sie. Doch Kafka verstand es einfach, jene Dinge, die alle Männer wollten, so hübsch in Worte zu verpacken, dass man meinen konnte, er wolle etwas völlig anderes. Und etwas völlig anderes wollten die meisten Mädchen eben auch.

Byrd zum Beispiel hatte die Nase voll von jungen Männern, die sich verstellten und ihr plumpe Komplimente machten, nur um am Ende mit ihr hinter dem nächstbesten Rhododendronbusch verschwinden zu dürfen. Wer war sie denn!

Kafka dagegen hatte den dringlichen Wunsch, seine eigene psychische Isolation durch die Verschmelzung mit einer Frau zu durchbrechen. Er sehnte sich danach, sich heftig zu verlieben. Hatte zugleich Angst davor, dass ein erotisches Abenteuer seine Ich-Stabilität zerstören könne. Ein schrecklicher Zwiespalt, aus dem ihn nur – welche Überraschung – ein Mädchen befreien konnte. Oh doch, natürlich sei die Ehe für ihn die höchste soziale Leistung der Gesellschaft! Sie sei die entscheidende Prüfung des Lebens, und Kafka hoffte, irgendwann in ferner Zukunft einmal bereit für sie zu sein. Doch im Moment sei er ein schwacher Geist, der sich nach Erlösung sehne.

Die meisten Frauen waren noch nie einem Mann begegnet, der so offen über seine Zerbrechlichkeit und Ängste sprach. Was konnten sie da schon anderes tun, als Kafka aus seiner Not zu befreien, indem sie sich ihm an den sensiblen Hals warfen?

In Byrds Fall dauerte der Befreiungsakt etwa zehn Minuten und wurde bis Ende Oktober regelmäßig praktiziert. Dann war Winter, und hinterm Rhododendron wurde es kalt. Zudem begannen sich die Eltern über das ausgeprägte botanische Interesse ihrer Tochter zu wundern, das diese offensichtlich nicht von ihnen geerbt hatte. Der Befreiungskampf wurde darum in Kafkas Bibliothek verlegt. Und hier entdeckte Evalyn ihre zweite Leidenschaft, die noch anhalten sollte, nachdem Kafka längst festgestellt hatte, dass er immer noch nicht bereit für die entscheidende Prüfung des Lebens war.

Byrd entdeckte die Bücher.

Nun war es sicher nicht so, dass es in einem belesenen Haushalt wie dem ihrer Eltern keine Bücher gegeben hatte. Aber es war doch ein Unterschied, ob Bücher bezugslos im Regal herumstanden oder ob man sich zwischen ihnen wälzte. Vor allem, wenn man siebzehn war und einen seelisch zart besaiteten Kafka zwischen den Beinen hatte. Mit ihrem nackten Rücken auf den Büchern jedenfalls wurde Evalyn klar, dass sie Schriftstellerin werden musste.

Nachdem Kafka die Beziehung wort- und tränenreich beendet hatte, schrieb sie sich deshalb für Literaturwissenschaften und Philosophie an der Prager Universität ein. Sie las Gedichte, aß Buchteln mit Vanillesauce und wurde Mitglied bei einer Avantgardegruppe linksgerichteter Intellektueller namens »Pestwurz«.

Pestwurz hatte sich dem magischen Realismus verschrieben, was etwas so Kompliziertes war, dass nicht einmal alle Mitglieder so ganz verstanden, worum es sich handelte. Im Kern ging es jedenfalls darum, möglichst viele verschiedene Drogen zu konsumieren, um sich in eine dritte Realität zu versetzen. Das gelang ihnen dann auch so gut, dass sich die Hälfte der Mitglieder innerhalb weniger Jahre das Hirn weich konsumierte und aus ihrer dritten Realität gar nicht mehr herausfand. Woraufhin sich die andere Hälfte der Mitglieder auf eine simplere Gesinnung einigte und den Poetismus begründete.

Dieser unterschied sich vom magischen Realismus insofern, als dass er nur noch die Konsumation leichter Drogen erforderte. Meist reichte ein wenig Kraut in der Zigarette aus, um das ganze Leben als Gedicht zu betrachten. Und genau darum ging es: eine unpolitische, optimistische, rosa Welt voll freudiger Ereignisse und Glückseligkeit.

Byrd hatte die Sache mit der dritten Realität ja noch ganz interessant gefunden. Dass die Welt eine einzige rosa Party war, überzeugte sie aber nicht. Umso weniger, weil sie gerade für die Prager Zeitung *Tribuna* mit einer Serie von Sozialreportagen begonnen hatte, die sie unter anderem in den Prater nach Wien führte. Und was sie da zu sehen bekam, war nun wirklich alles andere als Freude und Glückseligkeit: Ägypten-Ausstellung, Lippen-Neger, Liliputaner, Kraftfrauen – die Zirkusse stellten Menschen als Tiere aus!

Evalyn rief ihre Eltern und die Redaktion in Prag an, um beiden mitzuteilen, dass sich ihr Aufenthalt in Wien gerade verlängert habe. Es gebe hier nämlich Umstände, die sie ändern müsse! Dann stapfte sie zum Zirkus Zentral, um den Direktoren Fischer und Staub die Ecke ihres Notizblocks in die Brust zu stechen.

Sie fragte, wie lange die Herren Direktoren noch beabsichtigten, sich der Sklaverei im modernen Europa zu verschreiben. Ob sie nicht fänden, dass schwarze und gelbe und überhaupt alle Menschen die gleichen Rechte haben sollten wie Weiße. Und wie es den Herren wohl gefallen würde, diesen Menschenhandel von der anderen Seite zu erleben, nackt auf einer Bühne? Ob die Herren sich das mal überlegt hätten! Evalyn wisse wohl, dass schon Christoph Kolumbus, dieser aufgeblasene spanische Hund, menschliche Trophäen von den Antillen mitgebracht und ausgestellt habe. Aber dass deswegen jeder aus seinem Urlaub ein paar Ureinwohner als Souvenir mitbringe, das könne doch nun wirklich nicht angehen!

Jede ihrer Fragen war ein Vorwurf, war ein Messerstich,

der so gar nicht zu der zarten Erscheinung dieses Persönchens passte. Evalyn war eineinhalb Meter hoch, ein hübsches Mädchen mit blonden Locken. Deshalb standen Fischer, Staub und dem gesamten Ensemble einfach nur die Münder offen, bis Byrd mit ihrer Tirade fertig war und energisch den Stift wieder einsteckte. Sie hatte sich Notizen gemacht, ohne dass auch nur irgendjemand gesprochen hatte.

Unverkennbar war Byrd die Tochter ihres Vaters, diesem verrückten Kauz. Dessen Visionen von Sprachaufnahmegeräten mochten sich inzwischen vielleicht erfüllt haben. Aber der ganze Rest – allen voran die Bildtelefonie – war doch einfach nur absurd! Die Direktoren konnten es der jungen hübschen Furie vor ihnen also nicht einmal vorwerfen, wenn die auf die krausköpfige Idee kam, alle Menschen seien gleich.

Angesichts so einer starken Persönlichkeit war Mathis sich eigentlich sicher, dass Byrd und Meta die besten Freundinnen werden müssten. Doch damit täuschte er sich grundlegend. Die beiden Frauen hatten sich, keine achtundvierzig Stunden nachdem Evalyn sie bei sich aufgenommen hatte, in den Haaren.

»Ich kann wirklich nicht verstehen, wie du diese Zurschaustellung jahrelang erdulden konntest, ohne ein einziges Mal aufzustehen und das Richtige zu tun!«, warf Byrd Meta eines Abends zum Beispiel vor. Sie hatte noch zwei sauer schmeckende Apfelweinflaschen in ihrem Schrank gefunden, mit denen sie ein trockenes Roggenbrot hinunterspülten, und unterhielten sich über das Jahrmarktleben. »All die Hautmenschen und Zwerge und Albinos und die Behinderten ... du hast Schulter an Schulter mit ihnen gearbeitet und nicht ein Mal etwas unternommen!«

Mathis blickte von einer Frau zur anderen und wartete darauf, ebenfalls beschuldigt zu werden. Doch von ihm hatte Byrd offensichtlich erst gar keine Unternehmung erwartet.

»Was hätte ich denn tun sollen?«, fragte Meta erstaunt. »Das sind doch alles Künstler, die ihr Geld damit verdienen!«

Byrd schnaubte, Meta tue ja geradezu so, als ob sich die armen Menschen freiwillig zur Schau stellten!

»Redet ihr jetzt von Menschenschauen oder von Artisten?«, fragte Mathis verwirrt. Woraufhin Byrd nur noch mehr schnaubte und meinte, eins sei doch genauso schlimm wie das andere. Letztendlich gehe es bei all dem Bestaunen und Beglotzen doch allein darum, eine Rasse über die andere zu stellen. Weiß über Schwarz, Gesund über Krank. Wo denn da der Unterschied sei? Wichtig sei ja eh nur, wer auf der richtigen Seite des Zauns stehen und sich die Gruselschau ansehen könne.

»Gruselschau!«, echote Meta, die sich jetzt persönlich angegriffen fühlte.

Dabei dachte sie im Grunde gar nicht so anders als Byrd. Es fiel den beiden nur schwer, sich so auszudrücken, dass ihnen ihre Gemeinsamkeit auch auffiel.

Mathis versuchte die erhitzten und beschwipsten Gemüter zu beruhigen, indem er Byrd erklärte, dass die Selbstausstellung für viele Artisten tatsächlich die einzige Möglichkeit sei, Geld zu verdienen. Viele von ihnen waren freiwillig zum Zirkus und zu den Menagerien gekommen, wenn nicht sogar händeringend. Denn außerhalb der kuriosen Welt warteten oft nur Diskriminierung und Anstalten auf sie.

Natürlich wusste Mathis, dass eine Welt, in der Behinderte und Andersfarbige einen normalen Arbeitsplatz bekämen, besser wäre. Er erinnerte sich daran, dass Cassandra da mal so eine verrückte Vision gehabt hatte, von einem schwarzen Präsidenten. Aber so war das Leben nun mal nicht, und da musste man doch froh sein, dass die Leute was anderes tun konnten. Zumal sie dafür ja auch sehr gut bezahlt worden waren. Bevor die Nazis kamen.

Doch Byrd ging gar nicht auf Mathis' Argumente ein. Sie stritt sich lieber noch ein bisschen mit Meta. Und die beiden Frauen führten ihre Diskussion umso vehementer, als ihnen aufging, dass sie sie ja eigentlich schon früher hätten führen können, wenn sie sich denn begegnet wären. Mathis, Meta und Evalyn hatten sich nämlich zur gleichen Zeit in Wien aufgehalten.

Den Nachbarn gegenüber taten sie so, als wären Mathis und Meta Freunde von Byrd, die ein paar Tage in der Stadt blieben. Darum konnten sie sich frei auf der Straße bewegen. Und Meta hätte sich ohnehin nicht in der Wohnung einsperren lassen. Sie wollte sich auf die Suche nach Ernsti machen und mit Leuten reden, um herauszufinden, wo man ihn hingebracht hatte. Doch die Einzigen, die das wissen konnten, waren die Nationalsozialisten.

»Ich muss mit Thorak sprechen«, sagte Meta schließlich. Ihre Suche hatte keinerlei Anhaltspunkte geliefert, und die Wände der kleinen Wohnung bewegten sich immer weiter aufeinander zu. Mathis seufzte. Er hatte gewusst, dass es darauf hinauslaufen würde.

»Ich komme mit«, sagte er. »Lass uns nur Byrd Bescheid geben, wo wir hingehen. Für den Fall, dass wir nicht zurückkehren.«

Meta nickte, und es beunruhigte Mathis, dass sie ihm nicht widersprach. Er hatte gehofft, dass zumindest einer von ihnen Thorak voll und ganz vertraute.

Bad Saarow war der schicke Vorort Berlins. Die Rasen und Hecken waren säuberlich getrimmt. Es gab einen idyllischen See und jede Menge Platz auf den Grundstücken. Nicht wenige berühmte Leute hatten hier ein Haus oder eine Ferienwohnung.

Sie fanden Thorak in seinem Atelier. Mit angestrengter Künstlerfalte auf der Stirn arbeitete er an einer Skizze, deren Vorlage ihm gegenüberstand. Es war Max Schmeling, Boxweltmeister und Thoraks Nachbar sowie Lieblingsmodell. Tatsächlich war Thoraks Atelier voll von kleinen und großen Schmelings. Es gab wohl kaum eine heroische Pose, in der er den Boxer noch nicht skizziert hatte. Auch wenn Thorak bei den Muskeln inzwischen rechts und links mal ein wenig nachbessern musste.

Als Mathis und Meta eintraten, griff Schmeling schnell nach seinem Bademantel und wickelte sich darin ein. So als würde sein halb nackter Körper ihnen nicht ohnehin von allen Seiten entgegenstrotzen.

Auch Thorak war überrascht über den plötzlichen Besuch. Mathis sah missmutig zu, wie er Meta ein Küsschen rechts und links auf die Wange drückte, gefährlich nah an ihrem Mund. Für Mathis hatte er immerhin ein Kopfnicken übrig.

»Max, das ist Meta Kirschbacher, die junge Dame, die mir über den Sommer Modell gestanden hat. Sie ist eine mindestens ebenso große Sympathisantin von Kraftsport wie du. Ihr habt so einiges gemeinsam.« Schmeling ließ sich auf der Kante einer seiner eigenen Statuen nieder. Sein Bademantel klaffte offen und ließ ein Stück Bauch sehen, den keiner der anderen Schmelings im Raum besaß. Schmeling musterte Meta, und es war nicht zu sagen, ob er viel von den Gemeinsamkeiten sah. Er war eine Legende. Damenringkämpfe und Frauenboxen dagegen gehörten in den Augen der meisten noch immer auf den Jahrmarkt oder ins Rotlichtmilieu. Daran hatten auch boxende Künstlerinnen wie Marlene Dietrich bislang wenig ändern können.

»Fräulein Kirschbacher boxt zwar nicht, aber sie hebt Gewichte«, erklärte Thorak freundlich. Doch auch das animierte Schmeling nicht zu einem Gespräch. Außerhalb des Rings und des jubelnden Publikums war er ohnehin ein Mensch, der die Stille liebte. Sein Haus nebenan hatte einen hohen Zaun und dichte Gardinen.

Er zog den Gürtel seines Bademantels fester und löste sich von seinem Sockel.

»Ich komme dann morgen wieder, Josef«, war alles, was er sagte, bevor er zu dem Stuhl schlenderte, auf dem seine Kleidung lag. Die Szene hatte etwas von einer Mätresse, die ihren Geliebten verließ, nachdem beide im Akt gestört worden waren. Und Mathis musste daran denken, dass auch Metas Kleidung

389

noch vor wenigen Wochen auf diesem Stuhl in Thoraks Atelier gelegen haben musste.

Es war Meta, die Thorak die Geschichte erzählte, nachdem Schmeling gegangen war. Thorak war ihr gegenüber unkritisch, was sich durchaus bezahlt machte, wenn man die Hälfte der Geschehnisse weglassen und ein Viertel Wahrheit verdrehen musste.

Zu dieser Wahrheit gehörte, dass Ernsti Jude war, mit Meta verwandt und schon bei ihnen im Schrank gehockt hatte, als Thorak das erste Mal zu ihnen gekommen war. Denn natürlich würde Thorak eins und eins zusammenzählen und wissen, dass er den Sommer über eine Jüdin in Stein gehauen und Hitlers Jury vorgestellt hatte. Und wer konnte ihnen dann garantieren, dass er nicht sofort zum Telefon griff und die Gestapo anrief?

Tatsächlich griff Thorak zum Telefon. Doch er wollte nicht die geheime Polizei, sondern ein paar nicht weniger geheime Staatsmänner anrufen, sagte er. Eine Viertelstunde hockten Meta und Mathis ängstlich zwischen den vielen Schmelings und warteten auf Thoraks Rückkehr. Es blieb ihnen nichts anderes übrig, als ihm zu vertrauen. Er war der einzige Bekannte, den sie auf Naziseite hatten, und sie hatten weder die Gelegenheit noch die Absicht, dort weitere Bekannte zu machen.

Als Thorak zurückkam, sah er ernst aus, aber auch sehr selbstzufrieden. Immerhin hatte Meta ihm ja gesagt, dass Mathis und sie in mehr als zwei Wochen nicht herausgefunden hatten, wofür Thorak nur wenige Minuten gebraucht hatte. Die Verhafteten waren in Rummelsburg untergebracht.

»Rummelsburg?«, rief Meta. »Der Stadtteil Rummelsburg?«

»Das Arbeits- und Bewahrungshaus in Rummelsburg«, korrigierte Thorak.

Schon zu Kaiserzeiten war Rummelsburg eine Haftanstalt gewesen. Sehr symbolisch hatte sie am Rande der Stadt gestanden, um den Rand der Gesellschaft in sich aufzunehmen. Und die Nazis hatten das praktisch gefunden und Rummelsburg gleich übernommen. Irgendwo musste man ja hin mit den Prostituierten, Vagabunden und Arbeitsscheuen (Letztere machten Hitlers schöne Arbeitslosenzahlen kaputt). Doch in einem Punkt waren die Nazis schlauer als die Kaiser. Sie wussten, dass ein Mensch in einer Haftanstalt Dreck und Kosten verursachte. Ein Mensch in einem Arbeitshaus dagegen war effizient! Und sie sperrten die Bettler, Roma und Arbeitsscheuen ja schließlich nicht ein, damit sie weiter auf ihren faulen Hintern sitzen konnten.

Aus der Haftanstalt wurde also ein Arbeitshaus, und aus den kostenintensiven Häftlingen wurden kostenlose Arbeitskräfte.

Die Nazis freuten sich so sehr über den Einfall, dass sie ihr Konzept gleich an zehntausend Wohnungslosen ausprobierten, die sie im Zuge der Bettlerrazzien 1933 verhaftet hatten. Ziel war es, die Gefangenen zu einem eng reglementierten Tagesablauf zu erziehen. Zu tun gab es schließlich genug, auf dem Gelände und auch außerhalb. Und wer sich trotz der gut gemeinten Umerziehung dann tatsächlich als arbeitsunfähig herausstellte, den konnte man später immer noch vernichten. Dafür hatte man im Moment aber einfach noch nicht die Mittel geschaffen.

Was nun die Wohnwagenkolonie vom Karlsberg betraf, so hatten sie mit der Verhaftung eigentlich noch ein bisschen warten wollen. Denn dass es nur zu Chaos kommen konnte, wenn man gleichzeitig allen politischen Gegnern, Juden, Asozialen, Homosexuellen, Schwachsinnigen und sämtlichen Sinti und Roma des Landes in den Arbeitshäusern eine Schaufel in die Hand drückte, das war den ordnungsliebenden Nationalsozialisten klar. Es musste alles hübsch getrennt und nacheinander erfolgen. Und da wären die Zigeuner eigentlich erst nächstes Jahr dran gewesen.

Aber jetzt war es nun mal so, dass die Strecke des olympischen Marathons direkt über den Karlsberg führte und somit mitten durch die Wohnwagensiedlung. Den traurigen Anblick der heruntergekommenen Wagen mit ihren baumelnden Kochtöpfen und den schmuddeligen Bewohnern wollten die Nazis nun wirklich niemandem zumuten. Den Zuschauern nicht und auch den Athleten nicht. Und weil klar war, wer gewinnen sollte, mussten die deutschen Läufer so früh wie möglich mit dem Training der Strecke beginnen können.

Ein Ärgernis also, dass die Verhaftung nicht bis zum nächsten Frühjahr hatte warten können, wenn das Zigeunerlager eingerichtet war, das die Wohlfahrt extra zu diesem Zweck ausgeheckt hatte. Andererseits war Rummelsburg mit seinen eintausenddreihundert Insassen ohnehin schon überfüllt. Da machte ein gutes Dutzend Zerlumpte mehr oder weniger auch nichts mehr aus.

Zu Mathis' Überraschung bot Thorak an, sie mit dem Auto zum Arbeitshaus zu fahren. Es gab zwar kein Besuchsverbot. Aber wenn Meta und Mathis dort auftauchten, würden ihre Pässe gefilzt werden und ihre Adresse sie verdächtig machen. Thorak blickte Meta bedeutungsschwer an. Er hatte wohl verstanden, dass sie und Mathis eigentlich auf der anderen Seite der rummelsburgschen Mauer sitzen mussten, wenn es nach den Nazis ging.

»Ich werde versuchen, dich als meine Partnerin mit reinzunehmen«, sagte Thorak zu Meta. »Oder du gibst mir einen Brief für deinen nahestehenden Freund mit, und ich gehe alleine rein.«

»Wir machen die Sache mit der Partnerin«, sagte Meta schnell. Ernsti konnte keine Briefe lesen, und sie wollte ihn sehen. Dass die Sache gefährlich sein konnte, war ihr egal.

»Was ist mit mir?«, fragte Mathis.

Thorak drehte sich so erstaunt zu ihm um, als hätte er seine Anwesenheit bereits vergessen.

»Es ist wohl besser, wenn nur Meta und ich nach Rummelsburg fahren.«

392

»Ach«, sagte Mathis.

Meta war wütend, dass er ausgerechnet jetzt eine störrische Seite an sich entdecken musste. Aber letztendlich konnten weder sie noch Thorak etwas tun, als Mathis die Wagentür öffnete und sich auf den Rücksitz fallen ließ. Er verschränkte die Arme und weigerte sich, im Atelier zu bleiben, während Meta zu Thorak ins Auto stieg und in die Ungewissheit fuhr. Meta hätte das Gleiche getan, wusste er, und sie kam immer mit ihrem Dickkopf durch. Aber dadurch fühlte er sich nicht besser. Weder er noch Meta wussten, was Thorak am Telefon wirklich gesagt hatte. Sollte er versprochen haben, sie in Rummelsburg auszuliefern, dann gab es wohl keine bessere Möglichkeit für ihn als diese.

Das Wetter wusste, wie es die traurige Atmosphäre des Arbeitslagers noch ein wenig trauriger gestalten konnte. Kalter Regen fiel auf die Frontscheibe, als Thorak den Wagen zum Kontrollpunkt am Tor lenkte. Der Mann im Kontrollhäuschen wünschte Hitler alles Gute, und sie wünschten Hitler alles Gute zurück, bevor sie ihre Pässe durch das Fenster reichten.

»Sie wollen jemanden besuchen?«, fragte der Kontrolleur.

»Wir suchen einen guten Bekannten meiner Verlobten«, Thorak legte Meta sanft eine Hand aufs Knie und hätte wohl ihre ringlose Faust im Gesicht gehabt, wenn der Beamte nicht gewesen wäre. So aber lächelte sie gezwungen durch das Fenster, während Mathis auf Thoraks Hand starrte und den Blick nicht abwenden konnte.

»Wir vermuten, dass er versehentlich hierhergebracht wurde«, sagte Thorak. Worauf der Kontrolleur ihn belehrte, versehentlich würde niemand hierhergebracht.

»Und wer ist der da?«, fragte er mit einem Fingerzeig auf die Rückbank.

»Der Cousin meiner Verlobten.«

Der Beamte nickte. Sie erhielten ihre Pässe zurück und wurden durchgewunken. Die Adresse des Karlsbergs hatte den Mann nicht misstrauisch gemacht.

Meta zog ihr Knie augenblicklich unter Thoraks Hand hervor, als sie die Schranke passierten.

Hinter den Schleiern aus Regen tauchten zwei massive rote Backsteingebäude auf. Sie wirkten wie Mauern hinter der Mauer. Überhaupt war die Anlage riesig. Viel riesiger, als Mathis und Meta erwartet hatten. In der Mitte des Geländes ragte ein Wachturm in den Schlechtwetterhimmel und davor eine Kirche. Sie war aus den gleichen roten Ziegeln gebaut wie die Gefängnisse, aber kleiner als der Turm. Gott hatte in Rummelsburg weniger Bedeutung als die Aufsicht.

»Wie sollen wir ihn denn hier bloß finden?«, flüsterte Meta. Thorak wollte sie beruhigen.

»Er wird bestimmt eine Nummer haben«, sagte er. »Heute hat doch jeder eine Nummer.«

Aber das Problem war nicht Ernstis Nummer, sondern sein Name. Sie hatten Thorak gesagt, dass es sich um einen guten Freund von ihnen handelte. Da konnten sie dem unfreundlichen Uniformierten, der kurze Zeit später vor ihnen saß, wohl kaum sagen, dass der Nachname des Gesuchten ausgerechnet Kirschbacher war.

Meta sah Mathis Hilfe suchend an, und dem fiel auch nichts Besseres ein, als einen anderen Namen zu nennen.

»Hansi Elastik«, sagte er.

Der unfreundliche Mann blickte von seiner Liste auf.

»Was denn nun? Ernsti oder Hansi?«, bellte er.

»Beides. Sein Name ist Ernsti Hansi Elastik«, sagte Mathis.

Der Mann blickte ihn an, als fühle er sich verscheißert.

Mathis begann zu schwitzen.

»Er ist Künstler«, sagte er schnell, weil das immer als Entschuldigung galt. Der unfreundliche Mann beugte sich noch einmal über seine Papiere.

»Haben wir hier nicht.«

»Rosendo Fibolo?«, hakte Mathis vorsichtig nach. Doch jetzt platzte dem unfreundlichen Mann wirklich der Kragen. Er bellte Mathis an, dass er gleich seinen Platz hier im Arbeitshaus beziehen könne, wenn er den Beamten weiter auf den Arm nehmen wolle. Sie müssten doch wissen, wen sie besuchen wollten.

»Ernsti Hansi Elastik ist sein Künstlername«, verteidigte Mathis sich. »In Wahrheit heißt er Rosendo Fibolo.«

»So ein Unsinn!«, wetterte der Uniformierte. »Es kommt doch niemand mit dem Namen Rosendo Fibolo zur Welt und nennt sich dann freiwillig Ernsti Hansi Elastik!«

»Auf dem Jahrmarkt schon«, schaltete Thorak sich ein und bat den Herrn freundlich, doch bitte noch einmal nach diesem Rosendo Fibolo in seinen Unterlagen zu schauen. Sollte er nicht dort sein, dann würden sie direkt wieder fahren.

Diese Aussicht war allerdings so verlockend für den Gefängnisaufseher, dass er einen letzten Blick in die Liste warf. Und ein Rosendo Fibolo befand sich tatsächlich darin.

»Ist vor sechzehn Tagen angekommen«, sagte er.

»Genau!«, rief Mathis erleichtert.

»Hat noch fünfmal eine Stunde Besuchszeit offen.«

Das war exakt die Anzahl der Stunden, die man den Gefangenen pro Jahr zugestand. Und natürlich hatte Rosendo sie noch alle offen. Wenn den Angehörigen und Freunden nicht mitgeteilt wurde, wo er sich aufhielt, dann konnte wohl kaum jemand kommen und ihn besuchen.

Mathis teilte dem Mann mit, dass er und Meta, sie beide, dann gerne eine Stunde davon wahrnehmen wollten. Und er betonte: »Fräulein Kirschbacher und ich.«

Das Letzte, was er jetzt noch gebrauchen konnte, war ein Thorak im Besucherraum, der Meta daran hindern würde, Rosendo nach Ernsti zu fragen.

Der Wärter hatte schon recht gehabt, als er meinte, es käme doch niemand mit dem Namen Rosendo Fibolo zur Welt. Tatsächlich war Rosendo nämlich auf den langweiligen Namen Olaf Johannes Henskes getauft. Von zwei Eltern, die ihn geliebt hatten, wenngleich sie ihn für ein ziemlich ungeschicktes Kind gehalten hatten. Ständig war ihr Junge in offene Stuhlkanten oder Scheren gerannt. Er hatte sich an Papier geschnitten, Nägel verschluckt und es sogar geschafft, sich eine ganze Reihe von Sicherheitsnadeln an den Unterarm zu hängen. Aber Olaf Johannes hatte auch eine gute Wundheilung, und immerhin das war für die Eltern ein Trost gewesen. Er hatte nie geweint, wenn er sich verletzt hatte. Ein tapferer kleiner Junge war er gewesen. Ungeschickt, aber tapfer.

Olaf war zwölf, als er erkannte, dass seine Vorliebe für spitze Gegenstände in seinem Körper nicht unbedingt von der breiten Masse der Menschen geteilt wurde. Und er war noch einmal zwölf Jahre älter, als ihm aufging, dass er mit seinem Talent eigentlich nur zweierlei werden konnte: Soldat oder Artist. Die Überlebenschancen waren in beiden Berufen etwa gleich. Aber Olaf rechnete sich aus, dass letzterer Beruf vielleicht doch ein wenig lustiger sein könnte. Außerdem tobten draußen vor der Tür gerade die Goldenen Zwanziger, und ein Krieg war ausnahmsweise mal nicht in Sicht.

Olaf Johannes legte sich also den Namen Rosendo Fibolo zu, weil das einfach mysteriöser klang als Olaf Johannes, und stach sich auf der Bühne durch das gesamte Sortiment spitzer Gegenstände. Er konnte sich einen Degen durch den Bauch stecken, Nägel durch die Ohrläppchen und Messer in den Fuß. Und das Publikum, dieses blutgierige Volk, liebte ihn dafür! Jemanden wie Rosendo hatten sie noch nie gesehen. Und das ging dem Bühnenstar genauso. Zumindest bis er von den Fakiren hörte.

Ein alter Tamile, den er auf einer Völkerschau in Berlin kennenlernte, erzählte ihm nämlich, dass es in Singapur jährlich ein Fest der Schmerzen und Qualen gebe, bei dem sich die Hindus Spieße durch Wangen und Zungen steckten. Und dass sie sich am Rücken aufhängen und durch die Stadt tragen ließen. Einige fänden es sogar lustig, auf einem Nagelbrett zu schlafen. Das allerdings das ganze Jahr über, nicht bloß zum Festtag.

Rosendo hätte nicht aufgeregter sein können. Ein Fest der Schmerzen und Qualen! Wie konnte es sein, dass ihn dazu nie jemand eingeladen hatte? Er nahm sich vor, beim nächsten Mal unbedingt dabei zu sein. Aber Singapur war weit, da kam er ums Sparen für die Reise nicht herum. Darum verstrichen noch drei weitere Thaipusam-Feste, bevor Rosendo endlich das Geld zusammenhatte.

Das war im Juli 1931, und inzwischen war die Sehnsucht nach Gleichgesinnten so groß geworden, dass er beschlossen hatte, gleich ganz nach Asien zu ziehen. So froh war er tatsächlich nicht mehr gewesen, seit er sich zum ersten Mal Mamas Stricknadel durch die Nase gestochen hatte! Er packte seine Tasche, gab seine Wohnung auf, kündigte den Vertrag mit seinem Impresario und ging pfeifend zur Sparkasse, um das lang ersparte Geld abzuholen. So wie es an diesem schönen Julitag auch zehntausend weitere Sparer tun wollten, die im Gegensatz zu Rosendo Zeitung gelesen hatten.

Die Darmstädter- und Nationalbank war zusammengebrochen. Die amerikanische Bankenkrise hatte Deutschland erreicht. Es gab kein Erspartes mehr, das Rosendo ins ferne Singapur hätte bringen können. Statt auf Nagelbrettern musste er auf den Sofas von Freunden schlafen, bis auch die nichts mehr hatten. Er war in einem Wohnwagen auf dem Karlsberg gelandet und dann aus irgendwelchen Gründen hier, in diesem Loch, in dem der einzige spitze Gegenstand weit und breit eine Gartenharke war.

Ziemlich zusammengesunken saß Rosendo auf seinem Stuhl. Er sah elend aus. Und als Meta sich besorgt nach Ernsti erkundigte, zuckte er nur traurig die Schultern. Mit ihm zusammen sei bloß der ehemals schöne Andrahama hier untergekommen. Wo der verknöcherte Jonathan, Ernsti und alle anderen waren, wusste er nicht. Die Frauen seien wohl im Frauengebäude, denn die Geschlechter wurden hier streng getrennt. Das schlüge vor allem dem alten Andrahama auf die Laune.

Rosendo bat Mathis, seine Familie in Cloppenburg sowie ein paar Freunde zu informieren. Und ob Mathis wohl so gut sein könne, ihm ein paar Messer und Feilen zu schicken? Mathis versprach es, obwohl er sich nicht sicher war, ob Messer und Feilen der Briefinhalt waren, den man in einem Gefängnis durchwinken würde.

Meta stand kurz vor dem Zusammenbruch, als sie den Besucherraum verließen. Mathis fasste sie am Arm und bat sie, sich zusammenzureißen. Für Thorak und den Wärter sollte es schließlich so aussehen, als hätten sie ihren guten Freund Ernsti Hansi Elastik gefunden. Das wenig überzeugende Lächeln fraß sich in Metas Gesicht, bis sie zurück in Thoraks Atelier waren.

Hier nahm der Künstler sein ehemaliges Modell zur Seite. Mathis stand am Eingang und sah zu, wie Thorak leise und eindringlich auf Meta einredete. Wie sie den Kopf schüttelte und sich abwandte. Erst auf dem Weg zurück in die Stadt sollte Mathis erfahren, worum es bei dieser Unterredung gegangen war.

»Thorak hat mir angeboten, bei ihm zu bleiben«, sagte Meta, während sie aus dem Busfenster sah. »Er hat gesagt, meine Adresse im Pass sei nicht mehr sicher. Und ohne Wohnung zu sein noch weniger. Die Regierung hat vor, alle zu holen – alle, die auf der Straße wohnen.«

»Wir wohnen nicht auf der Straße«, sagte Mathis.

»Thoraks Haus ist groß und leer«, antwortete Meta.

»Sein Bett offensichtlich auch. Was hast du ihm geantwortet?«

»Dass ich bei meinem Verlobten bleibe.« Meta sah noch immer aus dem Fenster, als sie das sagte, und Mathis blickte verwirrt hinterher. Würde er Meta nicht besser kennen, hätte er die Aussage für einen beiläufigen Heiratsantrag halten können.

NEUNZEHNTES KAPITEL

Zürich, 1904

Für das erste gemeinsame Aufwachen hätte es sicherlich romantischere Orte als die Gosse gegeben. Noch dazu, wenn diese in der dunkelsten Ecke eines öffentlichen Toilettenhauses endete.

Das Rattern der ersten Tram schepperte unter Mathis' Kopf und riss ihn aus dem Schlaf. Er hörte Arbeiter rufen. Der Lärm kroch durch einen Spalt in seinen Kopf und schlug dort mit einem Hammer auf sein Gehirn ein.

Mathis wollte, dass es aufhörte. Dass sie ihn liegen ließen. Er wollte die Augen nicht öffnen. Er konnte sie nicht einmal öffnen! Seine Hand fuhr zum Gesicht. Er griff in etwas Nasses, Aufgedunsenes, das sich wie fremde Haut anfühlte. Arme griffen unter seine Achseln und richteten ihn auf. Er stöhnte. Er wollte zurück auf seinen stinkenden Boden. In den Schatten, in dem er geschlafen hatte. Jede Bewegung tat ihm weh. Er hatte von seinen Brüdern geträumt.

Nur langsam schlich sich ein anderer Schmerz durch den körperlichen. Meta, dachte Mathis und riss nun doch die Augen auf. Zumindest das eine Auge, das nicht zugeschwollen war.

Das junge Kraftwunder hing kraftlos in den Armen zweier Männer, die es vorsichtig an die Toilettenwand lehnten. Metas Haare hatten sich aus dem Zopf gelöst und sahen aus wie verklebtes Stroh. Blut und Schmutz hingen zwischen den Halmen. Aber im Gegensatz zu Mathis konnte sie immerhin beide Augen öffnen.

»Heda«, sagte sie, als sie ihn erkannte. Unter ihrer Nase klebte ein getrocknetes Rinnsal Blut.

»Heda«, sagte Mathis. In seiner Brust regte sich etwas. Zumindest seinem Herzen war nichts zugestoßen.

Natürlich entging es den Zeitungen nicht, dass die junge Kraftfrau aus dem Panoptikum und ihr clownhafter Showpartner in der Nacht von Samstag auf Sonntag zusammengeschlagen worden waren.

»Das junge Kraftwunder doch nicht unbesiegbar?«, titelten sie und waren äußerst erleichtert über die Tatsache, dass sich das weibliche Geschlecht nun doch nicht an die Spitze der Nahrungskette gesetzt hatte. Die Weltordnung mochte zwischenzeitlich aus den Fugen geraten sein, aber ausgehebelt worden war sie glücklicherweise nicht.

»Mag die junge Frau auch noch so fiebrig ihre Kraftakte im Ring zur Schau stellen – wenn es zum Kampf auf offener Straße kommt, bleibt sie das schwächere Geschlecht«, schrieb ein Reporter.

Dass das sogenannte stärkere Geschlecht in diesem Fall gleich in dreifacher Ausführung aufgetreten war und auch noch einen Holzknüppel zur Verstärkung dabeigehabt hatte, unterschlug man den Lesern.

Brückner war natürlich nicht sehr angetan, als er die Schlagzeilen las. Ein unbesiegbares Kraftwunder, das sich auf der Straße zusammenschlagen ließ, entsprach nicht gerade seinen Idealvorstellungen von Unbesiegbarkeit. Zudem fielen Meta und Mathis für mehrere Tage aus.

Immer wieder stand der Direktor in Mathis' Dachkammer, sorgsam darauf bedacht, nicht auf die losen Bretter im Boden zu treten, und schüttelte den Kopf.

»Was um alles in der Welt hast du dir dabei gedacht? Was hattest du da nachts auf der Straße zu suchen?«, fragte er. Doch Mathis blieb ihm die Antwort schuldig.

Die meiste Zeit über schlief er oder dämmerte im Halbdunkel vor sich hin. Licht und Lärm waren die neuen Feinde seines Kopfes, der sich nur langsam von dem Holzknüppelschlag erholte. Deshalb drückte er das Gesicht in sein platt gelegenes Kissen und schlief, so fest er eben konnte. Bis eines Abends ein Name die Dämmerwelt durchbrach. Durch das allgemeine Gemurmel und Gebrüll im Theatersaal wand er sich hindurch, durch die morsche Decke, die Matratze, das Kopfkissen und in Mathis Gehörgang: Brückner kündigte Meta an.

Meta.

Mathis schlug die Augen auf. Das Kriegsgebrüll auf der Bühne hatte er überhört, aber Metas Namen nicht. Was für ein seltsames Organ das Ohr doch war.

Zum ersten Mal seit Tagen war Mathis wieder wach. Er richtete sich auf und lauschte nach unten, wo das anschwellende Gerede und Stühlerücken darauf hindeuteten, dass die Zuschauer den Saal verließen und sich auf den Weg ins Hauptgebäude machten, wo jetzt die Kraftschau beginnen würde.

Mathis zog sich an der Wand hoch, wartete, bis der Sternenregen vor seinen Augen nachließ, streifte dann umständlich Hose und Schuhe über und strich sich die strohig gewordenen Haare aus der Stirn. Von den Schmerzen in seinem Kopf war noch immer ein Pochen übrig, aber wenn er sich langsam bewegte, war es auszuhalten. Die Hand an der Wand, humpelte er die Treppe hinunter und folgte den Stimmen ins Nebengebäude.

Meta hatte den nächtlichen Überfall besser weggesteckt als Mathis. Sie sah sogar aus, als hätte der Kampf sie gestärkt. Groß stand sie in der Ringmitte und wirkte entschiedener denn je. Sie hatte eine rote Macke auf der Wange, die sie noch verwegener machte. Und auch ihr Bühnenprogramm hatte sich verändert.

Statt Eisenkugeln zu stemmen, hob Meta heute Männer aus dem Publikum hoch. Einen schleuderte sie sogar durch die Luft. Entsetzensrufe begleiteten den verhaltenen Applaus des Publikums. Jeder im Saal begriff, dass dies Metas Antwort auf den Zeitungsartikel war, der sie zurück in die Schublade des schwachen Geschlechts gestoßen hatte. Meta war zurückgekehrt, um den Zuschauern zu zeigen, dass man sich nicht mit dem jungen Kraftwunder anlegte.

Tatsächlich war ihre Kraftdemonstration so gründlich, dass sie einem ihrer Vorführobjekte versehentlich eine Rippe quetschte. Als Brückner am Ende nach Freiwilligen für einen Zweikampf fragte, meldete sich deshalb niemand. Mathis sah, wie Metas Blick in Richtung Treppe ging, und sein Herz flatterte bei dem Gedanken, dass sie nach ihm Ausschau halten könnte.

Sein Brustkorb, sein Kopf, seine Beine – alles tat ihm von den Tritten und Schlägen weh. Seine Gehirnerschütterung war noch nicht verheilt. Aber den rechten Arm konnte er noch heben, und das tat er jetzt auch. Zitternd streckte er ihn in die Höhe. Brückner entdeckte ihn als Erstes – und bekam fast einen Herzstillstand.

Der Direktor schüttelte den Kopf, erst kaum merklich und dann immer eindringlicher, bevor er mit den Händen und Füßen Zeichen gab, Mathis solle auf der Stelle seinen Finger wieder herunternehmen. Doch dadurch machte er die anderen Zuschauer nur auf Mathis aufmerksam. Sie drehten sich um, sahen den Prügelknaben im Eingang stehen, dünn, zerschlagen, zerzaust. Auf dem einen Auge den Abdruck einer Faust, auf dem anderen den eines Kissens. Ein Stupser mit dem Finger würde reichen, um Mathis für den Rest des Abends auszuschalten. Kurz und gut: Er war genau der richtige Mann für diese Form von Unterhaltung.

Brückner klatschte sich die Hand vor die Stirn, als die Menge Mathis packte und ihn grölend nach vorne in den Ring schob. Aber Meta grinste, als teilten sie und Mathis ein Geheimnis, das nur sie beide kannten. Es war ein Grinsen, das ansteckend war. Mathis' Mund zog sich in die Breite, wie von Magneten gezogen. Er konnte gar nicht anders.

Sie nahmen voreinander Aufstellung. Es fiel Mathis schwer, sich überhaupt auf den Beinen zu halten. Aber er durfte nicht umfallen, bevor Meta ihn nicht wenigstens berührt hatte. Er deutete auf seinen pochenden Kopf, in einer Geste, die aussah, als müsste er sich an der Schläfe kratzen. Meta verstand. Sie nickte. Und als sie Mathis drei Sekunden später auf den Boden warf, tat sie es so vorsichtig, als bettete sie ein zerbrechliches Geschenk unter einen Weihnachtsbaum.

Als die Zuschauer nach der Schau gingen, blieben Meta und Mathis im Saal zurück, zusammen mit einem Mann, der aufräumte. Es war das erste Mal, dass Meta nicht sofort fluchtartig den Ring verließ. Sie hockte sich auf einen Stuhl, zog ihren linken Schlappen aus und massierte sich das Fußgelenk. Ihre Hände und Füße waren voll schwerer Adern.

»Warum bist du mir gefolgt?«, fragte sie.

»Warum verschwindest du immer so schnell nach der Aufführung?«, fragte er, ohne den Blick von ihren Händen zu nehmen.

»Siehst du mich gerade verschwinden?«

»Heute scheint wohl eine Ausnahme zu sein«, sagte Mathis. Aber Meta zuckte nur die Schultern und blickte demonstrativ fort, als müsste sie dringend den Mann beim Aufräumen beobachten. Er mühte sich damit ab, ein großes Holzbrett aus dem Ring zu schleppen. Als Meta die Männer auf diesem Ding über Kopf gehoben hatte, hatte es irgendwie leichter gewirkt.

»Hast du eigentlich eine Ahnung, wer die Männer waren?«, fragte Mathis. Er selbst hatte schon versucht, sich an die Gesichter zu erinnern, doch der Holzknüppel hatte alles unterhalb der Schädeldecke durcheinandergefegt.

»Ja, ich hab einen von ihnen schon mal gesehen«, sagte Meta. »Er war hier im Panoptikum.«

Die Schlichtheit ihrer Antwort überrumpelte Mathis.

»Also doch!«, rief er. »Der Kerl mit den welken Ohren?«

»Welke Ohren?«

Mathis griff sich mit den Händen rechts und links an den Kopf und rollte die Ohren zu Päckchen zusammen, damit Meta verstand, wen er meinte.

»Auf seine Ohren hab ich nicht geachtet«, sagte sie. »Aber er hat Pickel und Haare am Hintern!«

Neben ihnen donnerte etwas Schweres zu Boden. Der Aufräumarbeiter hatte bei Metas Worten das Brett fallen lassen. Jetzt hüpfte er auf einem Fuß. Meta sah ihm zu. Dann sagte sie: »Es ist der Mann, dem ich am ersten Abend die Hose runtergezogen habe.«

»Der?« Durch Mathis' schmerzenden Kopf zuckte eine Erinnerung. Das rattenartige, verbissene Gesicht stand ihm plötzlich wieder klar vor Augen. Meta zog den zweiten Schlappen aus und schlüpfte dann in ihre Stiefel.

»Und – hast du der Polizei …?«

Sie schüttelte den Kopf.

»Aber wir müssen hingehen und es ihnen sagen!«, rief Mathis. »Der Kerl ist irgendwo in der Stadt. Wer weiß, wann er dir das nächste Mal auflauert!«

Doch Meta schüttelte erneut den Kopf.

»Der Kerl wollte Rache nehmen, und das hat er getan. Ist auch nicht das erste Mal passiert. Es kommen immer mal wieder einige nicht damit zurecht, dass ein Mädchen sie besiegen kann. Tut mir nur leid, dass du dazwischengeraten bist.«

Mathis schluckte.

»Mir tut es nicht leid«, sagte er. »Dass ich dazwischengegangen bin.«

Meta stand auf und sah ihn lange an.

»Du hast mich gefragt, ob wir frühstücken wollen«, sagte sie dann.

Mathis nickte mit klopfendem Herzen.

»Wenn es dir nichts ausmacht«, sagte Meta, »dann würde ich

mich stattdessen gern von dir durchleuchten lassen. Frühstücken tu ich ja nun eh jeden Tag.«

Mathis nickte noch einmal. Vor lauter Aufregung war seine Stimme kratzig, als er vorschlug, das morgen früh in die Tat umzusetzen. Doch Meta wollte es jetzt tun. Jetzt gleich. Sie sah ihn verlegen an, und Mathis kam fast um vor Glück.

»In Ordnung«, sagte er.

Sie nahm ihre Tasche, er seinen Mut, und dann stiegen sie gemeinsam die Treppe zur Automatenhalle hinab.

In der Halle war es dunkel. Meta suchte den Hebel, um die Deckenbeleuchtung anzuschalten, doch Mathis legte seine Hand auf ihre. Es fühlte sich an, als schlösse sich zwischen ihren Körpern ein Stromkreis.

Sie ließ sich von ihm mitziehen, in die dunkle Halle hinein. Selbst im Schlaf hätte Mathis gewusst, wo seine Maschine stand.

»Stell dich dahin.« Er platzierte Meta hinter dem Schirm. Dann trat er an den Apparat und holte Luft.

»Fertig?«

»Fertig.«

Metas Stimme klang klein in der Dunkelheit. Eine Stimme zum Umarmen. Mathis begann die Kurbel zu drehen. Der Blitz zwischen den Kontakten sprang über, es knatterte, Funken sprühten. Dann erschien Metas Innerstes als grüne Insellandschaft auf dem Schirm. Ihr Gesicht wurde von unten beleuchtet, als sie sich über den Schirm beugte, um sich selbst zu betrachten, und ihr Brustkorb bewegte sich, als sie hörbar die Luft einzog. Auch Mathis stockte der Atem. Er hatte inzwischen so viele Menschen von innen gesehen, dass er die Schönheit dieses Körpers sofort erkannte.

Bei manchen Menschen sahen die Rippen aus wie alte Spinnweben zwischen stehen gelassenen Erinnerungsstücken. Bei Meta aber waren es Planetenringe, die die Organe umspielten. Ein Körper, von innen und außen so perfekt, dass Mathis den

405

Anblick voll Andacht in sich aufnahm. Der Moment hätte nicht intimer sein können, nicht schöner.

Spätestens jetzt war der Zeitpunkt gekommen, an dem Mathis diesem Mädchen unwiderruflich und für immer verfiel. Er wusste es, und auch die Maschine wusste es. Denn plötzlich hakte die Kurbel, der Apparat stockte, die Scharniere quietschten widerborstig. Metas Körper flackerte hektisch auf, als würde er sich dagegen wehren, in die Undurchsichtigkeit zurückzufallen. Doch schließlich erlosch der Bildschirm in der Dunkelheit. Es war eine so vollständige Dunkelheit, als wäre Meta wirklich ausgelöscht.

»Nein!« Mathis keuchte und versuchte die Kurbel mit aller Kraft weiterzudrehen. Aber die Maschine blieb stur. Die Drehvorrichtung bewegte sich keinen Zentimeter. Sie krachte nur plötzlich so unheilvoll, dass Mathis sie erschrocken losließ. Irgendetwas war kaputtgegangen.

»Was ist los?«, fragte Meta. Sie stand immer noch hinter dem Schirm.

»Ich weiß nicht«, sagte Mathis. Aber natürlich wusste er es. Die Maschine nahm ihm die Fremddurchleuchtung übel, das war los. Dass Mathis es wagte, ein Mädchen mitzubringen! Seine erste Verabredung mit Meta, und dann ausgerechnet hier, vor den Augen der Röntgenmaschine.

»Sollen wir Licht machen?«, fragte Meta. Mathis seufzte, tappte dann aber durch die Halle zurück in Richtung Ausgang und legte den Schalter um. Das Deckenlicht flammte auf und verbrannte jede Romantik.

»Ist sie kaputt?«, fragte Meta.

»Ich glaube, ich muss sie nur mal gründlich ölen und schmieren«, sagte er, und sein Ton versprach, dass die Behandlung dieses Mal wenig liebevoll ausfallen würde. Doch ein wenig regte sich in ihm auch das schlechte Gewissen. Mathis hatte sich lange nicht um die Maschine gekümmert. Und das nicht nur wegen der letzten Tage, die er im Bett verbracht hatte.

Seit es Meta gab, polierte und verhätschelte er die Maschine viel weniger. Eigentlich wusste er gar nicht mehr, wo das Poliertuch war.

»Es war trotzdem schön«, sagte Meta und machte damit irgendwie alles nur noch schlimmer.

Mathis nickte niedergeschlagen. Er hätte Meta gerne gesagt, dass sie die schönsten Knochen habe, die er jemals gesehen hatte. Aber in Anwesenheit der Maschine traute er sich jetzt doch nicht mehr.

»Ich gehe dann mal«, Meta nahm ihre Tasche.

»Ich begleite dich hinaus.«

»Lass nur. Öl lieber deine Maschine, oder was auch immer du mit ihr anstellen musst.«

Mathis war sich nicht sicher, ob er sich den Vorwurf in ihrer Stimme nur einbildete.

»Dann sehen wir uns morgen Abend«, sagte er unsicher.

»Ja, bis morgen«, sagte Meta.

Die Maschine sagte nichts. Aber sie machte einen sehr beleidigten Eindruck.

Metas neues Bühnenprogramm blieb nicht ohne Folgen. Die Zeitungen zerrissen sich die druckerschwarzen Mäuler über die Unverfrorenheit, die das Mädchen an den Tag legte, wenn sie Männer durch die Luft warf wie Bügelwäsche.

Da hatte die Natur es extra eingerichtet, dass das weibliche Geschlecht schwächlich, anfällig und fragil war – und nun kam dieses junge Mannweib daher. Dass es ein bisschen zu stark war, um noch als normal gelten zu können, hatte man ja gerade noch so akzeptieren können. Da gab es schließlich ganz andere Behinderungen. Aber zumindest könnte sie sich um Anmut und Sanftheit bemühen! Das war doch nun wirklich nicht zu viel verlangt.

Die aggressive Art, in der Meta ihren starken, gesunden Körper zur Schau stellte, Eisen bog und Männer stemmte, die allesamt ihr Vater sein könnten, war plötzlich kein Wunder mehr. Es war ein Skandal.

Mathis, der volle drei Tage gebraucht hatte, um die beleidigte Maschine wieder zum Laufen zu bewegen, musste Meta nun täglich jene Zeitungen vorlesen, über deren Knick sich ihr Foto bog. Sie hockten sich nebeneinander auf zwei Stühle, und Meta wartete mit angespanntem Gesicht. Die Knie hatte sie vor den Bauch gezogen, während Mathis den Bericht überflog und sich Gedanken darüber machte, welche Teile er auslassen könnte, ohne dass es ihr auffiel.

Die meisten Zeitungen führten irgendwelche Mediziner und Experten an, die allesamt der Meinung waren, dass Körperertüchtigung gefährlich für Frauen sei. Sie schade dem weiblichen Körper und den inneren Organen. Das weibliche Becken würde verengt, die Muskeln zu fest und die Fasern zu straff. Das führe zu Vermännlichung und treibe den Frauen die Lust und Fähigkeit zum Kinderkriegen aus. Wissenschaftliche Untersuchungen belegten all das eindeutig. Und überhaupt sei es doch völlig unnatürlich, wenn Frauen auf einem Gebiet Erfolg haben wollten, das ihnen schon rein genetisch verschlossen war: ob das nun Sport, Politik oder die Wissenschaft sei.

Mathis fand es schon unangenehm genug, Meta diesen Teil der Artikel vorzulesen. Wenn die Reporter dann aber dazu übergingen, sich über Metas verschwitztes, verfärbtes Gesicht auszulassen, über ihre aufgelöste Frisur und darüber, dass sie bei den Männern im Publikum keinen Anklang gefunden habe, faltete er die Zeitung lieber schnell wieder zusammen.

»Sonst steht da nichts?«, fragte Meta. »Über mich?«

»Es geht mehr so ganz allgemein um Sport und Frauen«, sagte Mathis. »Wie geht es dir denn sonst so?«

Meta mochte vielleicht nicht gut im Lesen sein, eine Idiotin war sie aber auch nicht. Sie wollte wissen, warum denn ihr Foto abgedruckt sei, wenn es nur so ganz allgemein um Sport und Frauen ginge.

»Das ist ein repräsentatives Bild«, sagte Mathis. Doch daraufhin meinte Meta nur, dass Mathis sich immer so geschwollen ausdrücken und sie kein Wort verstehen würde. Und so musste er am Ende doch noch mit den unschöneren Details herausrücken. Zum Beispiel, dass die Frau im Wettkampf ihre Weiblichkeit einbüße und damit das Schönste, was der Mann an ihr habe. Nach jedem Satz schielte Mathis ängstlich über den Rand des Blatts, sah auf Metas rotes Gesicht, auf ihre aufgelöste Frisur. Er konnte dem Verfasser des Artikels überhaupt nicht recht geben. Tatsächlich hatte er selten etwas Schöneres gesehen.

»Tut mir leid«, sagte er.

Meta zuckte die Schultern, als wäre ihr all das Gerede ohnehin gleichgültig. Aber sie drückte ihre Knie dabei fester an den Körper.

»Mädchen haben immer die Aufgabe, hübsch zu sein«, sagte sie. »Darum wurde Schminke erfunden. Und Haarschleifen.«

»Nun, ich finde Haarschleifen lächerlich, und ich bin froh, dass du keine trägst.«

Über ihre Knie hinweg schenkte Meta ihm einen Blick, der seine Organe hüpfen ließ. Da saß sie nun vor ihm und könnte ein Klavier stemmen, wenn sie wollte. Aber alles, worüber die Zeitungen diskutierten, waren der Sitz ihrer Frisur und die Straffheit ihres Beckenbodens.

»Ich glaube, sie haben einfach Angst vor dir«, sagte er schließlich. »Du hast dich zu weit in eine Domäne vorgewagt, in der du nichts zu suchen hast.«

»Was ist eine Domäne?«, fragte Meta.

Mathis sagte es ihr, und daraufhin meinte sie, wenn das so sei, dann würde sie sich noch viel weiter dahin vorwagen.

»Ich werde nämlich die stärkste Athletin der Welt«, sagte sie.

Mathis nickte verliebt. Er hatte keinen Zweifel, dass Meta alles werden konnte, was sie wollte.

Die Durchleuchtungsmaschine hatte schon gewusst, warum sie kurzfristig in den Streik getreten war. Denn natürlich entwickelte sich da etwas zwischen Mathis und dem jungen Kraftwunder. Niemand konnte so oft aufs Kreuz gelegt werden, ohne sich hoffnungslos zu verlieben. Ihre Gespräche nach den Vorstellungen wurden ausgedehnter und die Stimmung zwischen ihnen kribbeliger. Mathis konnte es spüren, und Meta spürte es ebenfalls. Nur wollte aus diesem ominösen »es« trotzdem nichts Konkretes werden.

Bei Hilda, Nawi und der nackten Dame von der Oktoberfest-Leinwand hatte irgendwie alles viel eindeutiger gewirkt.

Hilda hatte jede Gelegenheit ergriffen, halb nackt durch den Wohnwagen zu spazieren und Mathis an ihre übergroßen Brüste zu drücken. Sie hatte Meister Bo im Bett beschimpft und erniedrigt. Und als Nawi zum ersten Mal in Mathis' Schlafsaal gekommen war, hatte sie sich wortlos auf seine Matratze gelegt und in seine Hose gegriffen, als wollte sie nur mal eben die Post aus dem Briefkasten holen. Und was die nackte Frau vom Oktoberfest betraf, nun, die war eben die nackte Frau vom Oktoberfest. Mathis errötete immer noch, wenn er an sie dachte.

Jetzt jedenfalls ahnte er, dass die Einstellungen dieser drei Frauen zum Thema Geschlechtsverkehr vielleicht doch nicht so repräsentativ für die große Mehrheit der Frauen sein mochten. Oder aber dass Meta ganz einfach anders war. Das war sie ja ohnehin in vieler Hinsicht.

Metas Beinkleider waren erst der Anfang gewesen. Wie Mathis ziemlich bald feststellte, hatte sie auch noch einige zur Hose passende Meinungen. So war Meta zum Beispiel dafür, dass Männer ebenso wie Frauen etwas im Haushalt tun könnten. (Eine Aussage, bei welcher der arme Helfer, der die Bühne aufräumen musste, sich wieder mal ein Brett auf den Fuß donnern ließ.) Außerdem sei es eine Schande, dass noch nie einer (oder noch besser eine) darüber geschrieben habe, wie gesund es sei, sich als Frau körperlich zu betätigen, und wie gut es sich anfühle, wenn man sich verausgabe (an dieser Stelle konnte auch Mathis Meta leider nicht mehr folgen).

Und dann war da noch diese Sache mit den Genen, über die Meta sich aufregte. Vielleicht seien die Frauen ja nur deshalb das schwächere Geschlecht, weil sie es von der Mutter und der Urgroßmutter und der Urururgroßmutter so eingetrichtert bekommen hätten. Und wenn die Entwicklung ganz anders verlaufen wäre, dann würde man jetzt vielleicht Frauen schön finden, deren Schultern breiter seien als die Hüften. Und sie malen und in Stein verewigen und in Museen ausstellen, wie das mit den Männern ja ständig gemacht würde!

Mathis war schon der Meinung, dass man Frauen wie Meta ein Denkmal bauen sollte. Aber über vieles andere musste er erst mal eine Nacht schlafen (oder auch zwei – was immer noch deutlich weniger war, als der Rest von Europa dafür brauchte). Doch am Ende stimmte es ja schon, dass Frauen vielleicht gar nicht unfähig waren, Sport oder Politik zu betreiben, sondern einfach nur erfolgreich davon abgehalten wurden. Der Besitzer der Polynesiengruppe, die vor einiger Zeit im Panoptikum zu Gast gewesen war, hatte zum Beispiel erzählt, dass die Frauen in Polynesien die Besten im Schwimmen und Wellenreiten waren und mit ebenso viel Kraft wie die Männer gegeneinander boxten. Und in Sparta war es üblich gewesen, dass Ringkämpfe von Mädchen ausgetragen wurden. Allerdings war Sparta, sofern Mathis richtig informiert war, auch untergegangen. Und er wusste nicht, was das über deren Erfolg der Gesellschaftsorganisation aussagte.

Mathis war klar, dass Metas Engagement am Panoptikum bald beendet sein würde. Sie war schon über zwei Monate hier, und er fürchtete sich vor dem Moment, an dem sie sich verabschieden mussten. Ein paarmal überlegte er, Brückner zu fragen, ob das Panoptikum das junge Kraftwunder nicht fest anstellen könne. Aber sie war keine Maschine, die man einfach in die

Automatenhalle stellen konnte. Und außerdem hatte Brückner ganz andere Sorgen. Er wurde nämlich langsam nervös.

Erst schickte Caspar, dieser Idiot, ihm mehrere Völkerschauen gleichzeitig, und dann hörte man plötzlich gar nichts mehr von ihm. Brückner würde nicht mehr lange behaupten können, dass jeder Auftritt der Afrikaner und jeder Kampf von Meta die spektakulärsten sein würden, die die Menschen je gesehen hätten. Ein Haus wie das Panoptikum lebte von Neuheiten, oder es lebte nicht lange.

Weil Gerüchte über ein Katzentheater umgingen, das Caspar demnächst schicken sollte, saß Mathis nun frühmorgens kerzengerade auf der Matratze, wann immer er ein Miauen auf der Straße oder dem Dach vernahm. Doch das Katzentheater kam nicht und auch sonst keine Völker- oder Kuriositätenschau. Brückners Versuche, Caspar zu kontaktieren, blieben allesamt erfolglos. Der ehemalige Wildwestheld hatte sich abgesetzt. Caspars Unternehmen existierte nur noch auf dem Papier.

»Wir sind ruiniert!« Brückner riss sich die Perücke vom Kopf und raufte sich die wenigen Haare, die nach den vielen Fehlorganisationen noch standen. Dass er ausgerechnet Caspar einmal hinterherheulen würde, hätte er auch nicht gedacht.

»Warum musste der Trottel auch alles Pulver auf einmal verschießen!«, rief Brückner. »Hätte er die Gruppen schön hintereinander geschickt, dann wären wir wahrscheinlich für die nächsten acht Jahre gerüstet!«

Doch es war nicht nur Caspar, der ihm in diesen Wochen Probleme machte. Der Bühnenbau, die Anmietung des Nachbargebäudes, die Bestechung der ehemals darin wohnenden Personen und nicht zuletzt Stickelbergers Katastrophenszenarios hatten ein Loch in seine Kasse gerissen. Das Panoptikum schlitterte dem Ruin entgegen und drohte geschlossen zu werden. Deshalb wusste Brückner sich am Ende nicht anders zu helfen, als Anteilsscheine zu verkaufen. Er gestand Mathis diese

Schande, und Mathis nickte betrübt und ging dann zur Bibliothek, um das Wort nachzuschlagen. Er hatte keine Ahnung von Anteilsscheinen oder warum sie ein Drama waren. Doch wie er aus dem Lexikon herauslas, würde er vielleicht das Panoptikum retten können, wenn er die Hälfte seines Monatslohns für eine Aktie spendete.

Meta legte ebenfalls Geld dazu, und so kauften Mathis und sie sich für zwanzig Franken einen gemeinsamen Anteilsschein.

»Was machen wir jetzt damit?«, fragte Meta skeptisch, als Mathis ihr das gelbe Stück Papier strahlend entgegenhielt. »Es sieht irgendwie nicht besonders wertvoll aus.«

Doch da konnte Mathis nicht zustimmen. Für ihn hatte dieser Schein einen ganz besonderen Wert. Meta und er hatten etwas Gemeinsames gekauft – und dann auch noch etwas so Großes wie ein Panoptikum! Was machte es schon, wenn sie mit der Aktie nicht viel mehr als einen Ziegel davon besaßen. Ein gemeinsamer Ziegel war ein gemeinsamer Ziegel! Und auf den würde man bauen können.

Den Rest der Ziegel und auch das Innere des Panoptikums kaufte dann allerdings ein anderer Mann. Einer, der große Pläne für die Zukunft des Gebäudes hatte. Und diese Pläne involvierten weder Brückner noch irgendwelche ausgedienten Kuriositäten.

Brückner trommelte die gesamte Belegschaft im leeren Theatersaal zusammen, als er seinen Rücktritt erklärte. Einen besseren Ort hätte er für seinen Abschied nicht wählen können. Der Theatersaal verkörperte alles, woran er geglaubt hatte. Es war sein Traum gewesen, hier Völkerschauen aufzuführen, und wäre Stickelberger tatsächlich Filmregisseur und nicht Feuerwehrinspektor geworden, hätte Brückner an diesem Traum vielleicht nicht einmal zugrunde gehen müssen.

»Der neue Eigentümer will selbst die Geschäfte übernehmen«, sagte Brückner und zerknautschte seine Perücke zwischen den Händen. »Er hat aber versichert, dass er niemanden entlassen wird, den er noch weiter brauchen kann.«

Mathis dachte bei sich, dass das ein sehr seltsames Versprechen sei. Aber er sagte nichts, weil Brückner ohnehin schon sehr klein und hilflos auf dem Bühnenrand saß. Etwa an der Stelle, an der vor wenigen Monaten noch ein Schwein im Erdofen gebrutzelt hatte.

»Es tut mir leid«, Brückner hob seufzend die Schultern und fügte dann hinzu: »Der neue Direktor ist Deutscher.«

Es war der gleiche resignierende Ton, in dem er Mathis einmal erklärt hatte, die Frauen aus den Voyeurismuskästen seien nackt, weil sie Französinnen seien.

Der neue Direktor hieß Jean Speck, war Mitte vierzig und zeichnete sich tatsächlich durch einige sehr deutsche Eigenschaften aus. So stand er am nächsten Tag zum Beispiel schon viel zu früh auf der Matte, pünktlicher als Kassen-Karl selbst, und in einer Haltung, als wolle er ein kaiserliches Armeeregime führen.

Bevor Speck Besitzer des Panoptikums wurde, hatte er mehrere Restaurants besessen und im erfolgreichsten von ihnen einen unverwundbaren Kellner, eine knapp bekleidete Negerin und einen Fotoautomaten beschäftigt. Die Kombination mochte etwas eigenwillig erscheinen, erklärte sich aber dadurch, dass Speck das Zusammenspiel von Erotik und Maschinen liebte. Er verlieh seinem Tatendrang Ausdruck, indem er sich ständig die Hände rieb und auch gleich mit dem Ausmisten loslegte. Er ließ das komplette Gebäude entrümpeln, verbannte den Dschungel und das Zimmerlabyrinth und überhaupt alles, was nichts mit Rausch und Sinnesfreuden zu tun hatte. Meta durfte bleiben, bekam aber ein neues, knapperes Kostüm, und Mathis eine Assistentin, die er sechsmal am Tag durchleuchten sollte. Sie war ein hübsches, dummes Mädchen, mit dem kein Gespräch anzufangen war.

Die aufwendig angebaute Bühne für die Völkerschauen stand

nun leer. Dafür richtete Speck einen Kinosaal im Erdgeschoss ein. Natürlich war es der erste in der Schweiz. Denn der Erste zu sein, war Speck im Leben wichtig. Und als Erster zeigte er dort einen sechzig Meter langen Streifen. Die Vorstellung war ein wahnsinniger Erfolg.

Die Mitarbeiter mussten zugeben, dass der neue Direktor vielleicht doch nicht so dumm war, wie sie alle befürchtet hatten. Es wäre zwar nur eine Frage der Zeit, bis die erweiterte Sammlung an Nacktbildern im ersten Stock wieder einmal die Sittenpolizei auf den Plan rufen würde. Aber für den Moment schien das Panoptikum vor dem Untergang gerettet.

»Ich mag ihn trotzdem nicht.« Meta zupfte so energisch am Saum ihres Kostüms, als könnte sie es dadurch um einige Zentimeter verlängern. Mathis war bei den letzten Vorstellungen schon aufgefallen, dass der neue Einteiler Metas Hintern nur sporadisch bedeckte. Und den wieder aufwallenden Zuschauerströmen nach zu urteilen, hatten auch andere das bemerkt.

»Weißt du, was er mir vorgeschlagen hat? Ich könnte vielleicht eine Nummer einüben, für die ich eine Armeekanone zwischen die Beine klemme. Diese großen Eisendinger. Du weißt schon …«

»Ja, ich weiß, was eine Armeekanone ist«, sagte Mathis mit plötzlich trockenen Lippen. Natürlich fand er das so unerhört, wie Meta es gerne hören wollte. Aber er räumte auch ein, dass Speck bislang ein Auge für Dinge gehabt habe, die das Publikum sehen wolle.

»Du findest also auch, ich soll mir eine Kanone zwischen die Beine klemmen?«

Mathis versicherte, das würde er natürlich ganz und gar nicht sehen wollen! Aber bevor er die aufgeregte Röte in seinem Gesicht erklären konnte, ging plötzlich die Tür auf, und ein Zuschauer kam herein. Die durften sich um diese Zeit eigentlich gar nicht mehr im Saal aufhalten. Mathis blickte dem Mann misstrauisch entgegen, doch erst als der seinen Hut vom Kopf

415

zog und die verschrumpelten Ohren darunter zum Vorschein kamen, erkannte er ihn. Es war der Kohlohrenmann.

»Zweihundert Vorführungen!«, rief er mit starkem britischem Akzent. »Wussten Sie, dass heute Abend Ihr Jubiläum war, Miss Kirschbacher?«

Meta war ebenso überrascht wie Mathis. Sie kniff die Augen zusammen und versuchte einzuschätzen, ob der Mann ein Freund oder Feind ihrer Kraftkünste war. Mathis schob sich unauffällig vor Meta, als könnte sein dünner Körper sie im Falle eines Falles schützen.

»Zweihundert Vorführungen und noch immer unbesiegt.« Der Fremde hielt den Hut gegen die Brust gedrückt. »Sie werden es mir hoffentlich nachsehen, dass ich nicht alle davon sehen konnte. Aber ich habe Ihre Leistung dennoch verfolgt. Sehr beeindruckend, das muss ich schon sagen.«

»Fräulein Kirschbacher empfängt um diese Uhrzeit keine Besucher mehr«, sagte Mathis, schob das Kinn vor und machte sich noch ein bisschen größer. Der Fremde lächelte nachsichtig. Er trug teure Kleidung, die an den Armen und über der Brust spannte.

»Oh, diesen Besucher wird sie empfangen, da bin ich mir sicher. Mein Name ist Amos Gooch. Der unschlagbare Amos. Ich war früher Boxer. Jetzt Schausteller und Mittelsmann.«

Mathis nahm skeptisch die Hand des Fremden. Selbst geöffnet fühlte sie sich so stählern an, als hätte der Kerl sie zur Faust geballt.

»Mathis Bohnsack.«

»Der Partner von Fräulein Kirschbacher, das weiß ich doch«, sagte Amos. »Das junge Kraftwunder und ihr ungleiches Herzblatt. Sie wollen eine ganze Schau daraus machen.«

»Er ist nicht mein …«, begann Meta, doch Mathis fiel ihr ins Wort. Er hatte das Gefühl, dass dieser unschlagbare Amos ein paar Schläge zu viel an den unschlagbaren Kopf bekommen hatte.

416

»Wer will eine ganze Schau daraus machen? Wovon reden wir hier überhaupt, Herr Gooch?«

»Na, von den Folies!« Gooch kramte lächelnd eine Zigarette aus der Tasche. »Fräulein Kirschbacher, Herr Bohnsack, Sie können Ihre Koffer packen. Die Stadt der Liebe wartet auf Sie.«

ZWANZIGSTES KAPITEL

Berlin, 1935

Byrd verhalf Mathis zu einem kleinen Job bei einer illustrierten Modezeitschrift, die gar nicht so langweilig war, wie der Titel suggerierte. Tatsächlich enthielt *Die Dame* ziemlich anspruchsvolle, freigeistige Artikel über Kultur und Gesellschaft (insbesondere seit Mathis an ihr mitarbeitete). Und jeden Monat war ihr ein Literaturmagazin beigelegt, in dem schon Texte von Kurt Tucholsky oder Bertolt Brecht erschienen waren.

Das Geld, das Mathis damit verdiente, wollte er eigentlich Byrd für ihre Gastfreundschaft und ihre Opferung des Schlafzimmers geben. Doch sie wehrte ab. Mathis und Meta dürften bleiben, solange sie eben müssten. Nur wie lange das war, wusste keiner von ihnen. Denn von Ernsti fehlte immer noch jede Spur.

Schließlich setzte Mathis durch, dass sie zu seiner Familie nach Langweiler gehen würden, wenn sich bis zum neuen Jahr noch immer keine Spur aufgetan hätte. Sie konnten Byrds Gastfreundschaft schließlich nicht ewig beanspruchen, und Mathis vertraute darauf, dass Langweiler nach wie vor von der Außenwelt unberührt war. Dass der Ort vielleicht einfach auf der Karte der Nazis fehlte und man dort noch nichts von den Gesetzen mitbekommen hatte, die Hitler in Nürnberg erlassen hatte. Nürnberg, wo liegt das denn?, fragten sich die Langweiler sicherlich. Und dann würden sie sich wieder über die Mistgabel beugen, über die Ackerfurche und über die berühmte Rindfleischsuppe der Jüdin Helene Fromm.

Meta nickte, ohne ihn anzusehen. Das vermied sie in letzter Zeit ohnehin häufig. Meistens saß sie apathisch da und hing ihren eigenen düsteren Gedanken nach, die hauptsächlich um Ernsti kreisten.

Mathis dagegen versuchte sich mit Plänen gegen eine nicht weniger düstere Zukunft zu wappnen. Und wenn ihn dann doch mal die Vergangenheit überrannte, dann meistens, weil er an Toni oder Cassandra dachte. Sie waren gute Menschen gewesen, beide hatten solch einen Tod nicht verdient und auch kein unwürdiges Grab im Wald; so hastig geschaufelt, als müsste man sie verstecken. Keiner von ihnen hätte versteckt werden dürfen, tot oder lebendig.

Weil ihm der Gedanke nicht aus dem Kopf ging, erzählte er Byrd davon. Und Byrd war so irritiert von der Geschichte mit Cassandra, dass ihm zum ersten Mal aufging, wie wenig der Vorfall nach der Gestapo aussah. Die Regierung hatte es nicht nötig, eine alte Frau in den Wald zu locken, um sie dort umzubringen und liegen zu lassen. Wenn sie Cassandra aus dem Weg hätten schaffen wollen, dann hätten sie sie verhaftet, so wie die anderen Artisten. Aber wenn es nicht die Gestapo gewesen war, dann musste ein Dritter Cassandra im Wald aufgelauert haben. Ein Landstreicher, ein Fremder. Oder jemand aus der eigenen Kolonie.

Hatte Cassandra Feinde unter den Nachbarn gehabt? Sie war eine schrullige, alte Frau, aber Mathis konnte sich beim besten Willen nicht vorstellen, wer ihr Schaden hätte zufügen wollen. Es sei denn, es war jemand gewesen, dem es einfach gefiel, anderen Schaden zuzufügen …

»Hat denn irgendetwas gefehlt, als ihr sie gefunden habt?«, fragte Byrd. »Ihre Geldbörse, Schmuck? Vielleicht hat sie jemand beraubt?«

»Nur ihre Schuhe«, sagte Mathis, und in dem Moment schrillte ein Glöckchen in seinem Kopf, so deutlich, als wäre es das Glöckchen an Cassandras Schuh selbst. Wer fast dreißig

419

Jahre lang mit Ernsti zusammengelebt hatte, dem konnte nicht entgehen, wie viel in seinem Umkreis einging. Käfer, Frösche, kleine Vögel, Katzen, Hunde. Als damals in Wien die fünfjährige Tochter des Tierhypnotiseurs verschwunden war, hatte Mathis zum ersten Mal Angst gehabt, Ernsti könne seine Zerstörungswut von Tieren auf die Menschen ausgeweitet haben. Die Tochter hatte man drei Tage später in einem Wald gefunden. Erwürgt, ohne irgendwelche Hilfsmittel, von zwei starken, rohen Händen. Die Schnallen ihrer Schuhe hatten gefehlt. Ansonsten nichts. Und den Täter hatte man nie aufgespürt.

Mathis hatte schon damals nicht mit Meta über den Vorfall gesprochen oder über seine Skepsis, weil Ernsti an dem Tag, als das Mädchen verschwunden war, ebenfalls unterwegs gewesen war. Er stromerte häufig durch die Gegend. Er mochte die Wälder und die Friedhöfe, sie beruhigten ihn. Aber weil er überall gewesen sein konnte, wäre jeder Vorwurf haltlos gewesen. Und immerhin gab es auch ohne Ernsti noch genug Gestalten, denen man zutrauen konnte, ein kleines Mädchen in den Wald zu locken.

Mathis sah zu Meta, die schon seit geraumer Zeit am Fenster saß und hinausschaute. Jetzt aber hatte sie sich umgedreht und blickte Mathis skeptisch an. Dabei sah sie sonst meist nur durch ihn hindurch.

»Was ist? Was schaust du so?«, fragte sie spitz. Als könnte sie wittern, dass Mathis gerade in Gedanken ihren Bruder verleumdete. Und dabei hatte sie vorhin nicht einmal den Eindruck gemacht, dass sie dem Gespräch zwischen Mathis und Byrd gefolgt war.

»Ich habe nur überlegt, wer wohl Interesse an den schrulligen Glitzerschuhen einer alten Wahrsagerin haben sollte. Sonst nichts«, sagte Mathis so beiläufig wie möglich. Doch als er den alarmierten Ausdruck in Metas Augen sah, wusste er, dass sie die Antwort darauf ebenfalls kannte.

Das neue Jahr lauerte wie immer direkt hinter Weihnachten. Ohne Freude packten Mathis und Meta ihre Koffer und stellten alles bereit, sodass sie am Neujahrsmorgen das Schlafzimmer räumen konnten. Mathis' Elternhaus war nie ein Ort gewesen, den er mit Schutz und Geborgenheit verband. Daran hatte sich auch nach dreißig Jahren nichts geändert. Und Lucas und Hans hatte er ohnehin seit Langem aus den Augen verloren. Mathis wusste, dass beide geheiratet und Kinder bekommen hatten. Aber das war es auch schon. Das einzige Mal, dass er in seine Heimat zurückgekehrt war, lag inzwischen viele Jahre zurück. Damals, nach dem Krieg, hatte er der Vollständigkeit halber den übrig gebliebenen Langweilern dabei geholfen, den Vater zum Friedhof zu tragen. Es war nicht viel Zeit für andere Dinge geblieben. Ein paar belanglose Worte der Anteilnahme, die zwischen ihm und Lucas ins Grab gefallen waren. Und ein misstrauischer Blick von Hans, der nicht gewusst hatte, ob da noch etwas von dem alten Mathis in diesem älteren Mathis steckte.

Für das Silvesterfest kauften sie Fisch und Weißkohl. Byrd kochte Kartoffeln dazu, während Mathis ein paar Luftschlangen über das Sofa und an die Lampe hängte. Meta saß in der Ecke und starrte traurig auf ihre verschränkten Arme. Sie ließ sich dazu überreden, etwas zu essen, weil es dazu generell nicht viel Überredungskunst brauchte. Aber als später das Silvesterfeuerwerk losging, hockte sie nur trübsinnig auf ihrem Stuhl und wollte nicht einmal zum Fenster kommen. Aus der Ferne wirkten die Lichter und das Knallen über dem Stadtzentrum wie ein Bombenangriff, und sie bekamen eine Gänsehaut, die eine Vorahnung sein mochte.

Byrd köpfte einen Wein, mit dem sie anstießen, weil ihnen der Sekt fehlte. Nachdem auch der nur sauertöpfisch von Meta gemustert wurde, nahm Byrd ihr das Glas ab und füllte es bis zum Rand. Meta blickte auf, sah Byrd in die Augen und leerte den Wein in einem Zug, wie ein braver Patient, der seine Medizin nahm. Byrd legte eine Platte auf, und die Musik stopfte die Löcher in der fehlenden Stimmung. Nach dem zweiten randvollen Glas Wein ließ Meta sich sogar vom Sofa ziehen und bewegte sich mit Byrd zwischen Küchentisch und Wohnzimmerfenster hin und her. Es war kein ausgelassenes Tanzen, mehr ein vorsichtiges Schwofen. Aber immerhin. Mathis sah den beiden Frauen zu und wusste gar nicht, wen er zuerst umarmen wollte. Doch natürlich musste das Schicksal wie immer seinen Senf dazugeben.

Als Byrd den Arm hob und Meta sich unter ihm hindurchdrehen wollte, stießen die Frauen mit der Rückseite gegen den Wohnzimmertisch, und die Weinflasche darauf ging zu Boden. Es war ein Rotwein, und der vertrug sich bekannterweise nicht gut mit einem gelb geknüpften Teppich. Byrd machte vor Schreck einen Satz zurück, und Meta warf sich vor, als könne sie den Inhalt der Flasche mit den bloßen Händen auffangen. Als sie damit scheiterte, suchte Mathis etwas, das den Wein aufsaugen könnte.

»Da ist ein Stapel alter Zeitungen im Zeitungskorb«, sagte Byrd. Mathis legte die Blätter auf den Boden, doch das Papier war nicht halb so saugfähig wie der Teppich selbst. Er holte Nachschub, und dabei rutschte plötzlich ein Heft aus dem Stapel, das es in diesem Haushalt eigentlich gar nicht hätte geben sollen. Es war Julius Streichers *Stürmer.*

Mathis verzog das Gesicht, als er den Titel sah: »Rassenschänder Isidor – so sieht unser Feind aus«. Dieses reißerische Mistblatt würde sich hervorragend dafür eignen, den Teppich zu säubern. Er ließ es auf den Boden fallen und wollte es mit dem Fuß auf den Weinfleck schieben, doch in dem Moment fiel sein Blick auf das Bild des angeblichen Rassenschänders, und er erstarrte. Von dem Foto blickte ihm niemand anderes entgegen als Ernsti Kirschbacher.

»Meta«, sagte Mathis.

Meta blickte auf, sie hockte vor dem Weinfleck. Als sie die

fehlende Farbe in Mathis' Gesicht bemerkte, stand sie auf. Sie sah auf die Zeitung zu seinen Füßen und stieß einen Schrei aus. Dann ging sie neben Ernsti zu Boden.

Der *Stürmer* hatte Ernsti zu einem Mahnmal der Rassenschande gemacht. Ein versteckter Jude aus einem Wohnwagen bei Berlin, der obendrein auch noch dick und beschränkt war – solch ein Fundstück konnte wirklich nur der Nazihimmel geschickt haben!

Für den Aufrührer Julius Streicher war es nämlich auch nicht so einfach, immer etwas Neues gegen die Juden zu finden. Denn wenn man ehrlich war, ließen die sich im Grunde gar nicht so viel zuschulden kommen. Streicher hätte es natürlich nie laut gesagt, aber je länger er sich dieser undankbaren Aufgabe widmete, desto mehr bekam er den Eindruck, dass sie sogar ziemlich hart arbeitende und rechtschaffene Leute waren.

Zuschriften von boshaften Nachbarn gab es natürlich nach wie vor genug, und das Interesse an den schmutzigen Details der Liebesbeziehungen zwischen irgendwelchen Juden und blonden Krankenschwestern nahm ebenfalls nicht ab. Aber der Rest der Zeitung bestand hauptsächlich aus Informationen über zu milde Urteile oder Geschichtslektionen, in denen der jüdischen Gesellschaft so ziemlich jeder Schlamassel der Weltgeschichte angedichtet wurde.

Auf Dauer wurde Streicher das ziemlich eintönig. Zumal er in der Schuldzuschreibung auch nicht gerade bis zum Aussterben der Dinosaurier zurückgehen konnte.

Wie gut war es da, dass es Juwele wie diesen Wohnwagenjuden gab. Und was für ein hässliches Exemplar das war! Streicher hatte das Potenzial schon auf dem Verbrecherfoto der Gestapo erkannt und an passender Stelle vorgeschlagen, man solle diesen Juden doch mal zu Emil Römmler bringen.

Römmler war ein ausgezeichneter Fotograf und Mitbegründer der Kunstdruckanstalt Römmler & Jonas in Dresden. Nach über fünfundsiebzig Jahren, die er bereits in seinem Metier arbeitete, gab es wohl kaum etwas, das er noch nicht vor der Linse gehabt hätte. Und seit die Kunstdruckanstalt 1933 die Wahlplakate für Hitler gedruckt hatte (»Adolf Hitler will den Frieden! Stimme mit JA«), waren sich die Nationalsozialisten der Qualität seiner Arbeit umso mehr bewusst. Tatsächlich traf zwei Wochen nach Streichers Anfrage ein Foto in der Redaktion ein, das keine Karikatur hätte übertreffen können.

Der Jude sah finster und minderbemittelt aus. Zudem war seine Nase unvorteilhaft in Szene gesetzt, sodass sie größer wirkte, als sie eigentlich war. Er starrte so hasserfüllt in die Kamera, dass man ihm zutraute, ganz Deutschland mitsamt dem Fotografen fressen zu wollen. Es brauchte kaum mehr eine Erklärung, warum ein rechtschaffener Deutscher einem solchen Ungetüm die Türe nicht öffnen durfte.

Die Auflage verkaufte sich entsprechend gut, und verschiedene Redaktionen fragten Kopien des Fotos an. Selbst einen Monat später noch, kurz nach Neujahr, kam eine Anfrage von der *Dame. Die Dame!* Und dabei hatte Streicher gedacht, das sei ein aufwieglerisches Möchtegernkulturblatt, das nur irreführende Artikel über Kunst und Gesellschaft verfasste. Hatte nicht auch dieser Demokrat und Pazifist Kurt Tucholsky früher einmal seine Schmuddeltexte darin veröffentlicht? Egal, irgendwann kam unter den Nazis ja jede Zeitungsredaktion zur Besinnung. Und sofern Streicher richtig informiert war, hatte dieser Tucholsky sich kurz vor Weihnachten in seinem Exil in Schweden das Leben genommen.

Er legte seiner Sekretärin eine weitere Kopie des Fotos auf den Schreibtisch, und die sandte es mit besten Grüßen an die Redaktion der *Dame,* zu Händen von Evalyn Byrd.

Byrd riss den Umschlag ungeduldig auf. Im nächsten Moment hatte sie den Telefonhörer in der Hand und ließ sich mit ihrer eigenen Wohnung verbinden.

»Ich hab es«, sagte sie in den Hörer, nicht weniger atemlos als Meta, die am anderen Ende seit Tagen auf genau diesen Anruf wartete. »Die Fotografen Römmler und Jonas haben es geschossen, offensichtlich in Dresden. Initialen, Datum und Ort stehen auf der Rückseite.«

»Römmler und Jonas?«, echote Meta, und hinter ihr schlug Mathis sich mit der flachen Hand gegen die Stirn. Mit einem Mal wusste er, warum ihm der Hintergrund von Ernstis Bild so bekannt vorgekommen war.

Emil Römmler war inzwischen vierundneunzig Jahre alt und hatte die Führung der Kunstdruckanstalt offiziell schon vor Jahren an seinen Sohn Hans abgetreten. Was ihn allerdings nicht davon abhielt, hier inoffiziell noch immer selbst das Regime zu führen.

Tatsächlich wirkte der ebenfalls bereits betagte Hans Römmler hinter seinem Vater wie ein Teil der verblassenden Requisiten, die den Raum füllten. Das Studio war hoch und eng und alterte ebenso wie sein Begründer. Vergilbte Fotos hingen in Rahmen, von denen das Gold abblätterte. Und in jeder Ecke gab es eine ausstaffierte Kulisse, die als Fotohintergrund diente. In einer davon hatte Ernsti gestanden, aber auch Nawi, vor vielen, vielen Jahren. Es fühlte sich für Mathis eigentümlich an, ihre Postkarte an Römmler weiterzureichen. Nawis Postkarte war eines der Dinge, die in Mathis' privater Pappschachtel in der Schublade gelegen hatten. Nicht einmal Meta hatte von ihr gewusst, bis Mathis sie tags zuvor hervorgeholt und die auffällig gemusterte Tapete im Hintergrund mit der auf Ernstis Bild verglichen hatte.

»Für *Die Dame* verfassen wir eine Serie über Fotos und ihre Geschichten«, leierte Mathis seinen auswendig gelernten Satz herunter. »Uns ist bewusst, dass es viele Jahre her ist. Aber können Sie sich vielleicht an diese Frau erinnern?«

Byrd stand mit einem Notizblock neben Mathis und sah zu, wie Römmler das Foto mit zittrigen Händen an sich nahm. Hinter Römmler verschmolz Römmler junior mit der Tapete. Meta hatten sie in einem Café in der Nähe zurückgelassen.

Ein Team von drei Personen für eine so kleine Reportageaufgabe wäre zu auffällig gewesen, und Byrd gab die glaubwürdigere Journalistin ab, was nicht nur daran lag, dass sie immerhin schreiben konnte. Mit ihren wirren blonden Locken, den klugen Augen hinter der Brille und dem hektisch raschelnden Bleistift war sie beinahe schon das Klischee einer Pressefrau.

Römmler führte das Foto nah vor seinen kleinen Zwicker und kniff die Augen zusammen, als stünde da auf dem Foto kein Mensch vor ihm, sondern ein sehr kleiner Text, den es zu entziffern galt.

»Das ist ja … Meine Güte! Das muss doch mindestens schon dreißig Jahre her sein!« Er nahm den Zwicker ab, um sich über die Augen zu wischen. Evalyn kritzelte auf ihren Notizblock, hektisch und begeistert. Dabei hatte Römmler bisher kaum etwas gesagt.

»Siebenunddreißig Jahre, ja«, sagte Mathis und deutete auf das Datum auf der Rückseite des Bildes.

»Du meine Güte!«, wiederhole Römmler. Und dann erklärte er, dass er sich tatsächlich an das wilde Kind auf dem Foto erinnerte. Es sei mit der Buschmann-Hottentotten-Truppe unterwegs gewesen, eine Stammesfamilie aus Koin-Koin. Den Namen des Mädchens wisse er nicht mehr, aber er könne sich noch gut daran erinnern, dass es ziemlich widerspenstig gewesen sei und das Leopardenkleid nicht hatte anziehen wollen, das Römmler extra rausgelegt hatte. Dabei hatte das Leopardenmuster sogar zur Tapete gepasst.

»Sonst können Sie sich an nichts erinnern? Kein Name? Keine Herkunftsgeschichte – oder wohin das Mädchen nach dem Studiobesuch bei Ihnen gegangen ist?« Evalyn schaffte es, ihrer Stimme einen tadelnden Klang zu geben.

»Verehrteste, das ist über dreißig Jahre her«, sagte Römmler entschuldigend.

»Versuchen wir es mit etwas Neuerem. Erinnern Sie sich an dieses Bild?« Mathis zog das zweite Foto aus der Tasche, und diesmal hellte Römmlers Miene sich schneller auf.

»Natürlich«, sagte er eifrig und war froh darum, die Journalisten diesmal nicht enttäuschen zu müssen. Da dieser Fototermin im Gegensatz zu dem anderen lediglich zwei Monate her war, konnte er mit allen möglichen Details aufwarten. Und das tat er dann auch. Mehr Details, als er wohl preisgegeben hätte, wenn es nicht darum gegangen wäre, sein immer noch intaktes Gedächtnis beweisen zu müssen.

»Den haben sie auf Julius Streichers Empfehlung zu mir gebracht. Ein bisschen plemplem, dieser Jude, nicht mal sprechen konnte er. Aber stark wie ein Ochse und wild wie ein Eber! Zwei bewaffnete Polizisten waren nötig, um den in Schach zu halten, rechts und links von der Kulisse. Auf dem Foto sieht man von den Polizisten natürlich nichts. Ich bin ja schließlich Profi.« Mit faltigen Fingern richtete er den Kragen seines Hemds. »Hans, hol uns doch mal 'nen Kaffee. Nehmen Sie Milch? Zucker?«

»Schwarz«, sagte Byrd und schenkte dem vermeintlichen Chef der Kunstdruckanstalt ein Lächeln. »Danke.«

Hans Römmler nickte und zog sich unauffällig zurück.

»Und Ihr Sohn hat die Kunstdruckanstalt jetzt übernommen?«, fragte Mathis verunsichert.

Emil Römmler blinzelte erstaunt. Er musste sich erst kurz daran erinnern, über wen sie sprachen.

»Hans? Ja, der führt den Laden schon seit 1909. Ist ein guter Junge«, sagte er, ungeachtet der Tatsache, dass dieser »Junge« selbst schon über fünfzig sein musste. »Hat natürlich nicht die Erfahrung, die ich habe. Was ich schon alles vor der Kamera gehabt habe!« Hier machte er eine bedeutungsvolle Pause und wartete darauf, dass die beiden Journalisten ihn fragten, was er denn so alles vor der Kamera gehabt habe. Doch stattdessen wollte Evalyn noch einmal auf den Juden zurückkommen. Enttäuscht stand Römmler ihr Rede und Antwort.

Nein, sein Modell habe tatsächlich nicht gesprochen, aber von den beiden Beamten habe er erfahren, dass der Jude Isidor heiße und offenbar wegen des körperlichen Angriffs auf einen Staatsbeamten in Haft genommen worden sei. Mathis war froh darum, dass Meta nicht hier war, um dieses Detail der Verschleppung richtigzustellen.

»Wo denn in Haft?«, fragte Evalyn, während sie weiter auf ihren Notizblock kritzelte. Sie schaffte es irgendwie, gleichzeitig zu schreiben, Fragen zu stellen und ihr Gegenüber intensiv anzusehen.

Römmler zuckte die Schultern.

»Das weiß ich nicht, irgendwo in Berlin. Sie wollten ihn allerdings noch anderswo hinbringen. Lassen Sie mich überlegen … Ach richtig! Nach Pirna! Aufs Schloss Sonnenstein!«

»Auf ein Schloss?« Mathis' Aufregung wurde von Römmler glücklicherweise als journalistisches Interesse gedeutet.

»Na ja, ein Schloss ist das eigentlich schon lange nicht mehr«, gab der zu. »Früher war das wohl mal eine Festung gewesen, aber seit man denken kann, ist es eine Heilanstalt für Geisteskranke, nur dreißig oder vierzig Minuten südwestlich von hier. Und da gehört dieser Isidor wohl auch hin. Der mag ja vielleicht beides sein, jüdisch und verrückt. Aber das Verrücktsein hat doch deutlich überwogen.«

Evalyn stellte noch ein paar weitere Fragen, und als sie ihren Block schließlich zufrieden zuklappte, hatte sie so viel aufgeschrieben, dass Mathis sich irritiert fragte, ob sie vorhatte, den angeblichen Artikel tatsächlich zu schreiben. Bei Römmler hatte ihr Einsatz für die Sache jedenfalls Eindruck geschunden. Zum Abschied offenbarte er ihr, dass er plane, seine Lebenserinnerungen niederzuschreiben, wobei ihm eine fähige Schreiberhand sicher von Nutzen sein könne. Besonders arm sei er übrigens auch nicht, für eine angemessene Bezahlung sei also gesorgt. Doch Evalyn bedauerte, dass sowohl der Weg von Berlin als auch die Liste ihrer Aufträge zu lang seien, um sich dieser Aufgabe zu widmen. Ihr Kollege Mathis Bohnsack dagegen plane zufällig, hierher nach Dresden zu ziehen, und würde sich sicher über eine gut bezahlte Arbeit freuen. Mathis versuchte erst seine Überraschung zu verstecken und danach seine Hände. Als »fähige Schreiberhände« machten die nicht viel her.

Doch Römmlers Augen waren nicht mehr gut genug, als dass ihm Mathis Verstümmlung aufgefallen wäre. Er nickte lächelnd und begrüßte den glücklichen Zufall. Wann genau Mathis denn nach Dresden zu ziehen gedenke?

»Äh …«, machte Mathis und sah Evalyn an. Er begriff, worauf sie hinauswollte. Wenn Pirna dreißig bis vierzig Minuten südwestlich von Dresden lag, dann war es sinnvoll, Ernstis Rettung von hier aus zu planen. »Nächste Woche?«

Das freute Römmler nun noch mehr. Sie besiegelten die Abmachung mit einem Händedruck, für den Mathis seine nicht ganz so fähige Schreiberhand doch noch hinter dem Rücken hervorholen musste.

»Ich bringe dann meine Schreibmaschine mit«, sagte er, als er Römmlers Erstaunen bemerkte. So eine Maschine besaß er zwar nicht, aber irgendwie würde sich schon eine besorgen lassen. Angesichts der Aufgabe, übers Wochenende ein Zimmer in Dresden zu finden, umzuziehen und dann einen Einbruch in eine Psychiatrie zu planen, die ehemals eine Festung gewesen war, schien ihm die Schreibmaschine das geringste Problem darzustellen.

»Na, das hat doch wunderbar geklappt!«, sagte Evalyn, als sie zurück auf der Straße waren. »Nun wissen wir, wo Ernsti ist. Du hast sogar eine Arbeit gefunden. Und in eine Heilanstalt lässt sich bestimmt viel besser einbrechen als in ein Gefängnis!«

»Das schon«, sagte Mathis.

»Und was schaust du dann so miesepetrig?«

»Ich weiß, was Meta zu dem Ort sagen wird, an den sie Ernsti gebracht haben.«

Am Anfang hatte Mathis noch gedacht, dass Meta einfach nur der Vergleich fehlte, wenn es um ihren Bruder ging. Immerhin hatte sie nur den einen. Da konnte es ja schon mal passieren, dass einem nicht auffiel, wie pflegebedürftig der auch im Erwachsenenalter noch war. Doch nach und nach hatte er begriffen, dass Metas Blindheit gegenüber Ernstis Behinderung eine gewollte war. Sie wollte einfach nicht sehen, dass Ernsti mehr als nur ein bisschen entwicklungsverzögert war.

Das war das erste Problem.

Das zweite war, dass sie ihren Bruder schon einmal aus einer Anstalt hatte befreien müssen. Und zwar damals, als das Dorf das Erdloch über dem erschlagenen Bauern Winkler zugeschüttet hatte.

Die Nachbarn hatten Pläne für die erneut verwaisten Kinder gehabt. Es hatte da solche gegeben, die Metas starke Arme und ihren entschlossenen Gesichtsausdruck zu schätzen gewusst hatten, und solche, die sich mehr für ihre wachsenden Brüste interessiert hatten. Doch während die verschiedenen Interessengruppen sich noch um die Verteilung der Adoptivkinder stritten, hatte Meta sich abgewandt und das Dorf verlassen. Um ihren Bruder zu holen.

Sie hatte Ernsti im Heim zurückgelassen, als sie von dem schmierigen Bauern Winkler adoptiert worden war. Und irgendwie erwartete sie, dass sie ihn dort auch wieder vorfinden würde, wenn sie zurückkam. Doch Ernstis Bett war von einem anderen Kind belegt. Er war in der Zwischenzeit zu groß und zu schwer geworden, als dass man ihn im Kinderheim weiter hätte haben wollen. Zumal die Aussichten auf eine Adoption auch nicht gerade rosig für ihn standen.

Es brauchte einiges an Überredungskunst und eine schwere Mädchenfaust auf dem Tisch der Heimleitung, bis Meta erfuhr, wohin man Ernsti ausgelagert hatte. Noch am selben Abend holte sie ihn aus einer völlig verlotterten Anstalt in der Nähe von Düren, gegen die das Kölner Kinderheim geradezu ein

Kleinod gewesen war. In der Abteilung für Verblödete hatte man Ernsti dort so lange ans Bett gebunden, dass er nicht mehr laufen konnte. Meta musste ihn Huckepack bis ins siebzehn Kilometer entfernte Eschweiler tragen, und die ganze Zeit über schwor sie ihm, ihn nie wieder allein zu lassen.

Kurz hinter dem Ortsschild von Eschweiler gabelte sie dann ein Schausteller auf. Sein Name war Winfried Kopp, und er war gerade mit dem Reifenschlüpfer Mister Ricardo und dem Zahnkraftathleten Schöffler unterwegs. Von Meta sah er nur die Beine, der Rest von ihr war unter dem Koloss Ernsti begraben. Aber das reichte, um Kopp gänzlich zu beeindrucken. Der Schausteller sprach das starke Mädchen an und machte es mit einem Handschlag zur Kraftfrau in seinem Gefolge.

In gewissem Sinne hatte also Ernstis Rettung Meta überhaupt erst zum Jahrmarkt gebracht und die Sache damit noch zum Guten gewendet. Diesen Teil der Wahrheit blendete Meta aber völlig aus. Für sie überwog die Abscheu vor der Behindertenanstalt, aus der sie Ernsti damals geholt hatte.

In ihrer Vorstellung hatte die Andersartigkeit ihres Bruders überhaupt erst in dieser Anstalt begonnen. Und die Lüge half ihr, Ernstis Verhalten ein bisschen besser zu verstehen. Meta brauchte jemanden, den sie verantwortlich machen konnte.

Somit wäre Meta wohl selbst der Hochsicherheitstrakt eines Gefängnisses lieber gewesen als dieses Schloss Sonnenstein. Ganz egal, wie schwer oder leicht es gewesen wäre, Ernsti dort herauszuholen. Die Erinnerung an die schmutzigen Gänge, die ungewaschenen Laken und die völlig überforderten Pflegekräfte im Behindertenheim hatte sich bei ihr eingebrannt. Da konnte Mathis ihr noch so oft erklären, dass sie erst einen anständigen Plan brauchten, bevor sie das fragwürdige Schloss stürmen konnten.

»Du kannst da nicht einfach reinspazieren und deinen Bruder zurückverlangen«, sagte er. »Sie haben Ernsti nicht wie damals aufgenommen, weil ihn sonst keiner adoptieren wollte, sondern weil die Gestapo ihn hingebracht hat.« Mathis hielt den Griff des Koffers fest, den Meta gerade aus Byrds Wohnung hinaustragen wollte.

»Ich will meinen Bruder sehen!«

»Sag es ihnen so, und sie werden wissen, dass du Jüdin bist.«

»Dann sag ich eben, er ist was anderes von mir. Vielleicht ein … Freund.«

»Er ist Jude, Meta. Er dürfte nicht mal dein Hausangestellter sein.«

»Ist mir total egal, was er sein dürfte und was nicht!«

Während sie so in Byrds Wohnung um Metas Koffer rangelten, saß Byrd in der Redaktion der *Dame* und tat, was sie immer tat, wenn sie nach einer Lösung suchte. Sie recherchierte. Sie telefonierte herum, ging in die Bibliothek, las alles über Schloss Sonnenstein, was sie finden konnte, bis sie beim Beginn seiner Geschichte im dreizehnten Jahrhundert angekommen war und die Urkunde des Marktgrafen Heinrich des Erlauchten in den Händen hielt. Die erwies sich allerdings als nicht halb so hilfreich wie ein Dokument des jetzigen Klinikleiters, Prof. Dr. Hermann Paul Nitsche.

Dr. Nitsche war Sohn eines anderen Dr. Nitsche, der ebenfalls Irrenarzt war. Aber weder der eine noch der andere Nitsche hatten viel mit dem Fast-Namensvettern gemein, den Byrd so verehrte. Je mehr sie sich in Nitsches Literatur vertiefte, desto mehr bekam sie sogar den Eindruck, dass es sich bei dem Doktor um einen ziemlichen Mistkerl handelte.

Nitsche war ein Freund der Rassenhygiene und hatte sich schon Ende der Zwanziger für eine gesetzlich geregelte Unfruchtbarmachung (auch und gerade gegen den Willen der Betroffenen) ausgesprochen. Als dann 1933 das Gesetz zur Verhütung erbkranken Nachwuchses kam, jubelte Nitsche. Er hatte immerhin ganze siebenhundertfünfzig Patienten unter sich, an denen er die neue Gesetzesordnung gleich ausprobieren konnte. Auch die Vernichtung lebensunwerten Lebens war in Nitsches Augen kein Verstoß gegen menschliche Grundrechte, sondern im Gegenteil ein Gebot der Humanität. Oder, wie Nitsche sich ausdrückte: »Es ist doch herrlich, wenn wir in den Anstalten den Ballast loswerden!«

Es gab da noch ein paar weitere ähnliche Dinge, die er sagte und die Byrd später lieber verschweigen würde, weil sie nicht wollte, dass Meta losstürmte und den ganzen Sonnenstein-Laden in Brand steckte.

Was Byrds Recherche aber brachte, war nicht nur die Einsicht, dass es sich bei dem Leiter der Anstalt für Geistesgestörte selbst um den größten Gestörten von allen handelte. Sie fand auch heraus, dass seit Nitsches Amtsantritt ein Drittel der Belegschaft gegangen war, ob nun freiwillig oder unfreiwillig.

Byrd telefonierte noch ein bisschen weiter herum, bis sie die Kontaktdaten von zwei ehemaligen Sonnenstein-Schwestern in den Händen hielt, die inzwischen in Berlin wohnten und in anderen Krankenhäusern arbeiteten. Das war ihre Chance.

In den vielen Jahren, die Byrd inzwischen als Journalistin tätig war, hatte sie nie eine bessere Quelle für vertrauliche Informationen gefunden als enttäuschte Ehefrauen und entlassene Mitarbeiter. Sie schnappte sich ihre Ledertasche und einen neu gespitzten Bleistift aus der Schublade und eilte los.

EINUNDZWANZIGSTES KAPITEL

Paris, 1904

Mathis und Meta erreichten Paris am 24. Juli 1904, zeitgleich mit einem Schornsteinfeger. Der Schornsteinfeger saß auf einem Fahrrad und hatte gerade die zweite Tour de France gewonnen. Es war ein Rennen mit unfairen Mitteln gewesen: Nägel und Scherben hatten auf der Straße gelegen, und wann immer die Kolonne am Heimatort des einen oder anderen Radfahrers vorbeigefahren war, waren Freunde und Familie auf die Straße gesprungen und hatten versucht, alle anderen Kontrahenten zu Fall zu bringen. Bei Nîmes hatte es Steine gehagelt, weil der Fahrer von dort zuvor disqualifiziert worden war. Er hatte sich einen kleinen Motor ans Rennrad gebaut.

Zwischen Lyon und Marseille hatten dann glatte zweihundert Fans die Straße hinter ihrem Idol verbarrikadiert, um den Rest der Rennfahrer aufzuhalten. Und dabei war ein Italiener bewusstlos geschlagen und vom Rad geschubst worden. Und der jüngste Fahrer, Henri Cornet, war überhaupt noch nicht angekommen. Einer der anderen Fahrer wollte gesehen haben, wie er sein platt gestochenes Fahrrad den Berg hinaufgeschoben hatte. So etwa vierzig Kilometer entfernt sei das gewesen. Man konnte nur hoffen, dass das stimmte und der arme Cornet nicht irgendwo bewusstlos im Graben lag.

Der Sieg des Schornsteinfegers war ein Sieg, das stand (zumindest zu diesem Zeitpunkt noch) außer Frage. Aber worüber der Schornsteinfeger sich wirklich freute, war die Tatsache, dass er den Höllenritt überhaupt überlebt hatte. Er hatte blutende Nasen gesehen, gebrochene Finger und verbogene Räder. Er hatte Männer gesehen, die von der Straße geschleift worden waren. Und von der Presse wurde bereits prophezeit, dass die zweite Tour de France wohl auch die letzte gewesen sei. So viele Skandale! Mal ganz abgesehen davon, dass das Zweirad als Sportgerät ohnehin ausgedient habe. Der Automobilsport würde das Radrennen ablösen, da waren sich alle einig. Schon in diesem Jahr waren einige der Radfahrer zwischendurch auf das Auto und die Eisenbahn umgestiegen.

1904. Die Brüder Wright schafften den ersten Rundflug durch die Lüfte. Die erste Verfilmung von *Alice im Wunderland* flackerte über die Kinoleinwände. In Paris benutzten Pferdedroschken jetzt ganz neu ein Taxameter. In Frankfurt entwickelte man eine Taubenkamera für Luftaufnahmen. In Graz gelang es zum ersten Mal, drahtlos Musik zu übertragen, und in Amerika wurde der Teebeutel erfunden. Es war ein großartiges Jahr! Da konnte schon mal untergehen, dass Edisons Röntgenassistent an den Folgen der Durchleuchtungsarbeit starb und dass ein Zahnarzt aus Boston ein kleines Buch veröffentlichte, das den Titel *Die Gefährlichkeit von Röntgenstrahlen* trug. Das Buch war so unpopulär, dass der Verlag es gleich wieder einstampfte.

So bekam denn auch Mathis nichts von alldem mit. Er hielt die Schwäche, die seinen Körper während der Reise nach Paris ergriffen hatte, für eine leichte Sommergrippe, eine Folge des Klimawechsels vielleicht. Dabei war das Klima in Paris gar nicht so anders als das in Zürich: Es regnete nämlich. Lange graue Fäden aus einer großen Wollwolke, die den Himmel so gründlich zudeckte, als müsste der versteckt werden.

Die Pferdedroschke, die sie vom Bahnhof zu den Folies-Bergère bringen sollte, steckte im Stau. Eine Menschenmasse blockierte die Straße. Mathis erhaschte einen Blick auf einen Mann, der ein Fahrrad auf der Schulter trug und sich offenbar davonstehlen wollte. Kurze Zeit später trug die Menschenmenge ihn auf den Schultern, und das Fahrrad war verschwunden.

Neben Mathis kletterte Meta halb aus dem Kutschenfenster, um nur ja keine Kleinigkeit von der Großstadt zu verpassen. Sie hatte vor Freude gerötete Wangen und wirkte kindlicher als sonst. Mathis hätte sie stundenlang ansehen können. Aber ihm gegenüber saß einer, dem das gar nicht passte.

Mathis wusste eigentlich nicht, womit er Ernstis Feindseligkeit verdient hatte. Er selbst hätte vor Freude am liebsten gelacht, als er herausgefunden hatte, dass der Grund für Metas allabendliches Verschwinden kein Ehemann, sondern lediglich ein vierzehnjähriger Bruder war. Das ist es also, hatte Mathis gedacht, das ist der Grund, warum Meta in einem Gasthaus und nicht kostenlos auf dem Dachboden des Panoptikums schläft!

Doch inzwischen war die Erleichterung vergangen.

Als Mathis zum ersten Mal auf Ernsti zugegangen war, um ihm die Hand zu schütteln, hatte dieser einen Wutanfall bekommen, dem beinahe die gesamte Möblierung der Gasthausstube zum Opfer gefallen wäre. Er habe sich nur erschrocken, hatte Meta gesagt und Ernsti beruhigend getätschelt, bevor sie versucht hatte, das abgerissene Stuhlbein wieder unter die Sitzfläche zu drücken. Ernsti sei es nicht gewohnt, dass Menschen ihn anfassen wollten, die nicht seine Schwester waren. Doch das war sehr gutherzig ausgedrückt. Die Wahrheit war, dass Ernsti alle Menschen hasste, die nicht seine Schwester waren.

Die Fronten für die bevorstehende Reise waren damit geklärt. Mathis durfte Ernstis Sachen nicht berühren, er durfte Ernsti nicht zu nahe kommen, und ganz besonders durfte er Meta nicht zu nahe kommen. Schon wenn Mathis sie nur ansah, begann Ernsti bedrohlich zu grollen. Ansonsten sprach er nicht. Mathis glaubte inzwischen zu wissen, dass er es nicht konnte. Dass da irgendetwas nicht mit diesem Bruder stimmte. Und dass Ernsti der wahre Grund war, warum Meta vor der Abreise zu Mathis gesagt hatte, sie würden nur Partner auf einer Ebene sein. Und zwar auf professioneller.

Natürlich tat Mathis so, als wäre das völlig in Ordnung für ihn. Als hätte er nie an etwas anderes gedacht. Aber ein Herz mit Mathis' Volumen erkannte die Liebe, wenn es ihr gegenüberstand, und es wollte sie aufsaugen. Mathis dachte ständig an Meta. Und das nicht nur auf professioneller Ebene.

Er war sich sicher gewesen, dass ihre Gespräche und das Herumgealbere nach den Vorstellungen im Panoptikum mehr gewesen waren. Dass Meta ihm in den letzten Wochen Blicke zugeworfen hatte, die ihm persönlich gegolten hatten. Aber andererseits hatte er das damals auch von der nackten Frau auf der Leinwand gedacht.

Jetzt saß Ernsti jedenfalls vor ihm wie eine Anstandsdame mit dem Aussehen eines Trolls. Und taxierte Mathis, als wäre der ein längst überfälliges Frühstück.

Tatsächlich waren sie alle hungrig und verstimmt, als sie endlich bei den Folies-Bergère ankamen. Sie stiegen aus, und drei Männer wurden herangewunken, um die Kiste von der Kutsche zu hieven. Der Kutscher beobachtete die Bemühungen und bekreuzigte sich, als er sich daran erinnerte, dass Meta sie zuvor angehoben und auf das Dach gestellt hatte wie eine leichte Hutschachtel.

Von seinem ungläubigen Blick bekam Meta allerdings nichts mit. Denn sie ging schon auf die Eingangstür der Folies-Bergère zu, so ehrfürchtig, als wäre sie das Tor zum ewigen Leben. Sie bemerkte auch nicht, wie die Kiste hinter ihr kippte und einen der Männer unter sich begrub. Erst als sie den Knall und Mathis' entsetzten Schrei hörte, blickte Meta sich um.

»Was ist das für ein Ding?«, fragte der Mann, nachdem sie ihn unter der Kiste hervorgezogen hatten. Doch er fragte auf Französisch, und sie verstanden ihn nicht.

Gooch hatte ihnen vor der Reise ein paar französische Sätze

und Floskeln eingetrichtert. Aber der Mann reihte die Wörter so viel schneller aneinander.

Mathis lächelte ihn entschuldigend an und stellte dann sicher, dass die Maschine mit der richtigen Seite nach oben aufgestellt wurde. Er entschuldigte sich auch bei ihr, indem er mit den Fingern über das Holz strich.

Die Folies-Bergère sahen von außen aus wie eine Bahnhofshalle. Im Inneren aber eröffnete sich dem Besucher eine glitzernde Welt. Eine große Empfangshalle führte in einen noch größeren Vorführraum, auf dessen Bühne sich ein ganzer Zirkus hätte verlieren können. Es gab einen Innengarten und eine Theaterbar. Es gab teure Goldstatuen und Galerien, die wie Haremsgemächer aussahen. An den Decken hingen Kronleuchter, und die Wände waren mit rotem Samt und orientalischen Holztafeln verkleidet. Insgesamt war das Gebäude riesig und verwinkelt, ohne auch nur das Geringste mit Brückners chaotisch vollgestopftem Panoptikum gemein zu haben.

Mathis schob seine Röntgenmaschine auf einer Sackkarre, und Meta nahm Ernsti an die Hand, als der einer Gruppe junger Frauen ohne nennenswerte Kleidung hinterherglotzte. Ihre Hintern waren sporadisch mit Federn bedeckt, und sie schnatterten so sehr durcheinander, dass Mathis an eine Gruppe Enten denken musste.

Ein kleiner Mann kam auf sie zu, der wild mit den Armen fuchtelte und etwas rief, das nicht wie eine Einladung klang.

»Excusez-nous«, rief Mathis ihm zu, wie er es gelernt hatte. »Wir sprechen kein Französisch!«

Der Mann deutete auf die Kiste. »Der Lieferanteneingang ist hinten«, sagte er in schlechtem Englisch.

»Das ist keine Lieferung. Wir sind Artisten.«

»Der Artisteneingang ist auch hinten«, der Zeigefinger des Mannes wanderte herum wie eine Kompassnadel. Offensichtlich waren diese Hallen noch größer, als Mathis auf den ersten Blick angenommen hatte. Sogar zwei verschiedene Hinten gab es.

»Ihr seid neu?«

»Ja.«

»Dann seid ihr sowieso zu früh. Neue Artisten können sich nur donnerstagsnachmittags um halb drei vorstellen.«

Meta und Mathis sahen sich an.

»Es ist Sonntag«, sagte Meta.

Der kleine Mann schwieg, denn auf diese Feststellung gab es nichts zu erwidern.

»Wir sind von Herrn Gooch eingeladen.«

Im Gesicht des Mannes regte sich nichts. Jetzt wurde Meta wirklich unsicher.

»Mister Gooch? Monsieur Gooch?«, versuchte sie es weiter.

»Kenn ich nicht«, sagte der Mann. »Aber wenn ihr hier nicht angestellt seid, dann müsst ihr euch erst vorstellen. So läuft das.«

Mathis bekam den Eindruck, dass dieses Theater sehr viel organisierter als das Zürcher Panoptikum war. Nicht auszudenken, was passiert wäre, wenn Brückner der gesamten Sudanesen-Karawane gesagt hätte, sie müsste an einem anderen Tag wiederkommen, im Augenblick gäbe es keine Annahme von Völkerschauen! Wo hätte die Karawane hingesollt? Und wo sollten Mathis und Meta hin?

»Herr Gooch hat uns gesagt, wir bekämen hier ein Bett und einen Platz, um unsere Sachen abzustellen«, Meta deutete auf ihren Koffer. Es hätte eine bescheidene Geste sein können, wenn nicht die Röntgenmaschine neben ihr gestanden hätte, groß und sperrig wie ein Toilettenhäuschen. Sie sah nicht so aus, als könnte man sie leicht unter dem Bett verstauen.

»Hier bekommt nur einen Schlafplatz, wer hier arbeitet. Und wer hier arbeitet, entscheiden die Direktoren.«

»Herr Gooch hat uns aber gesagt, dass die Direktoren sich schon entschieden haben!« Meta wurde jetzt laut, und Mathis fasste sie sanft am Arm, ließ die Hand aber schnell wieder fallen, als Ernsti unheilvoll knurrte.

439

»Komm, wir bringen deinen Bruder und das Gepäck erst einmal in ein Hotel und kommen danach wieder«, sagte er auf Deutsch. »Vielleicht gibt es irgendeine Möglichkeit, diese Donnerstagsregel zu umgehen.«

Die Folies-Bergère waren so berühmt in Paris, dass sich alle umliegenden Geschäfte und Bars ein wenig mit ihrem Glitzer bestäubt hatten. Es gab einen Barbier des Folies, einen Tabac des Folies und sogar einen Zahnchirurgen mit dem Namen Les Folies. Über der Tür des Letzteren hing ein Schild, das einen riesigen Zahn in einer Zange zeigte.

»Sag mal, hatte Gooch nicht gemeint, ›les Folies‹ hieße so was wie Wahnsinn?«, fragte Mathis.

Doch Meta wollte sich gerade keine Gedanken über wahnsinnige Zahnärzte machen. Sie hatten noch keine Unterkunft gefunden, die nicht entweder völlig überfüllt, völlig überteuert oder beides war. Und Ernsti wurde langsam quengelig. Er brauchte seinen Schlaf und sein Essen.

»Mister Gooch hat doch gesagt, er hat die Direktoren informiert!«, sagte sie zum mindestens dreizehnten Mal. »Sie haben uns eingeladen, und sie sollten eine Unterkunft für uns haben! Warum müssen wir uns erst vorstellen?« Sie zog Ernsti an der Hand hinter sich her. Er führte sich zunehmend so auf wie Lucas' Ziege auf dem Jahrmarkt.

»Probieren wir es da!« Mathis zeigte auf ein windschiefes, schmales Eckhaus, das sie sicherlich übersehen hätten, wenn in diesem Moment nicht das Holzschild von der Front abgefallen wäre. Es schwang an einer Metallkette vor der Tür hin und her. Die andere Kette war abgerissen.

»Herberge des Wahnsinns«, las Mathis vor, während das Schild sich einpendelte. »Sieht so aus, als ob sie dort deutsch sprechen.«

Dass es außerdem so aussah, als ob diese Herberge die Verkörperung aller Albträume für jemanden wie Inspektor Sti-

440

ckelberger wäre, traute sich niemand von ihnen zu sagen. Sie duckten sich um das Schild herum, und Ernsti verpasste ihm im Vorbeigehen einen ordentlichen Schlag, sodass es hochflog und gegen die Wand schmetterte. Die Kette quietschte und knirschte. Mathis brachte schnell seine Sackkarre mit der Durchleuchtungsmaschine in Sicherheit, damit das wild umherschwingende Schild sie nicht traf.

»Wofür war das denn?«, fuhr er Ernsti an. Doch Meta ging dazwischen und behauptete, ihr Bruder sei nur versehentlich gegen das Schild gekommen.

»Na, hoffentlich kommt er nicht auch noch versehentlich gegen den Herrn des Hauses«, sagte Mathis.

Tatsächlich war der Herr des Hauses eine Dame und ziemlich gleichgültig gegenüber allem. Gelangweilt saß sie hinter einem Tisch im Vorraum und pulte mit den Fingernägeln in den gelben Zähnen. Sie hieß Erna Knott, stammte aus Cisleithanien und sprach Deutsch mit starkem Dialekt.

Eigentlich war auch sie einmal nach Paris gekommen, um an den Folies-Bergère groß rauszukommen. Doch dort hatte man ihr nur eine in jeden künstlerischen Winkel reichende Talentfreiheit bescheinigt.

Dass man in einem Dorfwirtshaus in Cisleithanien die beste Sängerin war, hieß eben noch nicht, dass das Gleiche auch für die Folies-Bergère galt. Es mochte vielmehr daran gelegen haben, dass das Dorf nur aus zwanzig Personen bestand. Oder dass man Erna dort hatte loswerden wollen. Wenn sie es genau bedachte, hatten die Nachbarn doch ziemlich darauf insistiert, dass Erna nach Frankreich ging.

Einmal in Paris angekommen, hatte Erna aber gefunden, dass sie auch gleich bleiben könne. Zwar waren die Franzosen ein wenig seltsam, ständig mussten sie gegen irgendetwas marschieren und protestieren, aber sonst war es doch ganz lustig in der Stadt. Also hatte Erna überlegt, worin sie sich auskannte.

Und das Einzige, was ihr neben österreichisch-ungarischen Volksliedern eingefallen war, war das Dorfwirtshaus gewesen. Sie hatte also ein Abbild davon in der Straße neben den Folies errichtet und war Wirtin und Gastmutter geworden. Auch das eher mit mittelmäßigem Talent. Aber da es für Gastmütter kein Auswahlverfahren gab, sagte ihr das niemand.

Mathis erklärte Erna, dass jemand von ihnen das Schild vor der Tür beim Eintreten versehentlich mit der Schulter berührt haben könnte oder vielleicht auch mit der Hand oder der Faust. Dass sie aber generell nichts mit dessen Abriss zu tun hätten.

Die Alte zog gelangweilt die Augenbrauen hoch und blickte zu den dreckigen Butzenscheiben in der Tür, vor denen man das Holzbrett noch immer schwingen sehen konnte. Sie nahm den Finger aus dem Mund und bleckte die schlecht gereinigten Zähne.

»Wollts ihr hier was repariern oder wollts ihr a Zimmer?«

»Ein Zimmer«, sagte Meta und warf Mathis einen warnenden Blick zu, bloß nicht noch mal von dem blöden Schild anzufangen. »Wie viel kostet das denn?«

»Kommts drauf a, für wie viel Stund'n.«

»Stunden?« Meta wurde rot.

»Wir brauchen zwei Zimmer, genau genommen«, beeilte Mathis sich zu sagen. »Eins für Herrn und Fräulein Kirschbacher und das andere für mich. Wir bleiben eine Nacht.«

Jetzt wurde Erna skeptisch. An solche Langzeitaufenthalte war sie nicht gewöhnt. Und natürlich konnte auch sie sehen, dass mit diesem jungen Herrn Kirschbacher etwas nicht stimmte. Jeder sah es. Ernsti sprach nicht. Er bewegte sich grobschlächtig. Und er hatte diesen Blick, der allen Menschen außer Meta Angst machte. Ernas Blick wanderte zu der Holzkiste, die neben Mathis stand wie ein vierter Gast.

»Und die da?«

»Meine Arbeit«, sagte Mathis. »Sie haben nicht zufällig eine Kammer für Gepäck?«

So etwas Ausgefallenes hatte Erna tatsächlich nicht.

Sie gab Mathis und Meta die Schlüssel für zwei kleine, schäbige Zimmer im ersten Stock, die nur über eine schmale Stiege zu erreichen waren. Selbst für Meta wurde es nun ein Kraftakt, die Röntgenmaschine nach oben zu bugsieren, denn sie verkantete sich ständig an der einen oder anderen Wand. Und während der gesamten schweißtreibenden Prozedur stand Erna hinter ihr und murmelte wieder und wieder: »Ja, seids ihr denn des Wahnsinns!« Mathis beschlich das Gefühl, dass eine Herberge selten einen treffenderen Namen getragen hatte.

Die Wände waren dünn. Mathis hörte, wie Metas Bett quietschte, als Ernsti sich müde grunzend daraufwarf, und wandte sich seinem Koffer zu. Er hatte gesehen, wie Ernsti sich auf der Zugbank an Meta gedrückt hatte. So etwas durften Bruder und Schwester nicht, erst recht nicht in diesem Alter. Ernsti hatte schon einen Bart auf der Oberlippe.

Mathis zog ein frisches Hemd und Hose an und wusch sich den Reisestaub aus dem Gesicht. Er fühlte sich besser. Neben ihm stand die Kiste und nahm den engen Raum zwischen Bett, Wand und Waschbecken ein. Sie verdeckte das halbe Fenster. Mathis hatte die Maschine nach wie vor gern um sich. Aber mit einer anderen Zimmeraufteilung wäre er ebenfalls sehr zufrieden gewesen.

Er hörte es klopfen. Ein viel zu zaghaftes Klopfen für eine so kräftige Hand wie die von Meta. Mathis drehte sich um, und da stand sie in der offenen Tür und trug die Hose, in der er sie bei ihrer ersten Begegnung gesehen hatte.

»Fertig?« Sie lehnte sich gegen den Türrahmen. Ohne die verstörenden Beinkleider hätte man meinen können, sie sei einfach eine junge Frau, die sich mit einem jungen Mann zu einem Nachmittagsspaziergang verabredet hatte.

»Fertig«, sagte Mathis.

Letztendlich waren die Folies-Bergère dann doch nicht so organisiert, wie es auf den ersten Blick den Anschein gehabt hatte. Der Unterschied zum Zürcher Panoptikum war nur, dass sich hier Chaos mit Bürokratie paarte und die Desorganisation somit zu verschiedenen Zeiten stattfand.

Mathis und Meta nahmen diesmal den Artisteneingang und fragten sich direkt zu den Direktoren des Unternehmens durch, den Brüdern Émile und Vincent Isola. Diese waren einigermaßen erstaunt, als das ungleiche Bühnenpärchen vor ihnen stand, und mussten erst einmal in ihren Unterlagen blättern, ob da tatsächlich eine Einladung für eine Kraftfrau dabei war. Sie konnten sich nicht daran erinnern, so etwas bestellt zu haben. Gooch sei nicht anwesend, sagten sie, ob der überhaupt schon aus Polen zurück sei?

»Zürich«, sagte Mathis.

Die Direktoren blickten ihn verwirrt an.

»Zürich, in der Schweiz.«

Doch ihren Blicken nach zu urteilen, befand sich alles, was nicht in Paris war, auf einem fremden Kontinent.

Prinzipiell würde ja nichts dagegensprechen, dass sie wieder einmal eine Kraftschau zeigten, meinten sie, vorausgesetzt natürlich, sie sei gut, und das könne man ja leider erst Donnerstagnachmittag wissen. Ob man denn überhaupt eine Lücke im Programm habe? Doch, ja, dienstagsabends schien es gut auszusehen. Aber warum um alles in der Welt habe Gooch ihnen denn nicht mitgeteilt, dass da eine Kraftfrau aus Zypern komme?

Sie hatten eine seltsame Art, sich gegenseitig Fragen zu stellen, die sie nicht beantworten konnten, weil einer ebenso wenig wusste wie der andere. Darum wirkten all ihre Dialoge wie Selbstgespräche.

Als sie auf ihren eigenen Plakaten nachsehen mussten, um zu überprüfen, welche Nummern in diesem Monat eigentlich noch auf dem Programm standen, fragte Mathis vorsichtig, ob

die Folies-Bergère zufällig mit einem Mann namens Caspar zu-
sammenarbeiteten.

»Caspar?«, fragten die Brüder. Doch dann wurde plötzlich
die Tür aufgerissen, und eine Dame wehte in den Raum, deren
Präsenz keine anderen Themen neben sich duldete.

»Wer hat mein Pech aus dem Hof gefegt?«, rief sie, ohne sich
auch nur vorzustellen. Es klang wie die Anfangszeile eines zeit-
genössischen Gedichts. Die Brüder verstummten, und die Dame
stemmte die Hände in die bunt umhüllten Hüften. Im Gegensatz zu Meta, die eine Riesin in Beinkleidern war, sah diese hier
eher aus wie ein Kobold in einem Kleid. Sie war klein, ein wenig
plump und hatte grobe Gesichtszüge.

»Das Pech! Das Pech!«, rief sie immerzu und wedelte die
Arme theatralisch durch die Luft. Mit den weiten Ärmeln sah
es aus, als bewege ein Vogel seine Flügel. »Ich habe extra gesagt,
das Pech muss bleiben, wo es ist! Muss ich es am Ende mit in
meine Garderobe nehmen? Wie soll ich denn jetzt meine Salze
extrahieren!« Durch die auf der Stirn zusammengewachsenen
Augenbrauen hätte der Blick der Dame selbst dann noch finster
gewirkt, wenn sie nicht so grantig gestarrt hätte.

»Das ist Madame Loïe Fuller, meine Herrschaften«, Vincent Isola deutete auf die Wutentbrannte, offenbar froh, dass
es etwas gab, das er wusste. »Und das sind Herr Bohnsack und
Fräulein Kirschbacher. Sie wollen eine Kraftschau in den Folies
vorführen.«

Fullers Geringschätzung streifte Mathis und Meta, die ihr
eingeschüchtert zunickten. Dann durchbohrte sie wieder die
Brüder.

»Die Leuchtkraft lässt nach«, sagte sie kryptisch.

»Wir besorgen neues Pech, meine Liebe!«

»Und wo wollt ihr das bekommen? Im Krämerladen vielleicht?«, Fuller schnaubte. Sie wandte sich ab. Ihr Auftritt war
beendet. Erst an der Tür blieb sie noch einmal stehen, weil ihr
Blick auf Metas Hose fiel. Für einen Moment hellte Überra-

445

schung das Koboldgesicht auf. Für einen sehr, sehr kurzen Moment.

»Ihr tretet nicht dienstags auf«, rief sie dann und zeigte mit dem Finger auf die Neuankömmlinge. »Ab kommender Woche zeige ich dienstags meinen ›Radium Dance‹!«

»Natürlich, natürlich, das wissen wir doch«, sagte Vincent, und sein Bruder bestätigte: »Wissen wir.« Aber er sah besorgt aus und machte sich heimlich eine Notiz auf einem herumliegenden Zettel.

Im Leben der Brüder Vincent und Émile hatte das Glück den Verstand schon immer haushoch überragt. Tatsächlich waren sie nicht einmal besonders talentiert. In ihrer Jugend hatten sie sich irgendwie selbst das Zaubern beigebracht und wollten ihre Bühnenkarriere mit einer Variante von Wilhelm Tell starten: Émile legte sich einen Apfel auf den Kopf, und Vincent schoss ihn herunter. Wobei das Gewehr natürlich aus Sicherheitsgründen keine Patronen enthielt und der Apfel nur dadurch fiel, dass Émile den Kopf bewegte.

Vielleicht hätten sie für diesen schlecht ausgedachten Betrug sogar noch einen mäßigen Applaus bekommen, wenn Vincent das Gewehr nicht vor lauter Nervosität schon vor dem Zielen abgefeuert hätte. Der Schreckschuss ging klar an die Decke, doch Émile, der mit dem Rücken zu seinem Bruder stand, schüttelte den Apfel ab und ersetzte ihn wie geplant durch einen durchlöcherten, den er daraufhin stolz ins Publikum warf. Natürlich kam der Apfel zurück, zusammen mit einem ganzen Haufen Obst und Gemüse in verschiedensten Reifegraden.

Das hätte dann auch schon das Ende der jungen Karriere sein können. Wenn nicht das Glück in Form einer Dame dahergekommen wäre, die zu allem Überfluss auch noch den glücklichen Namen Madame Lachance trug. Lachance hatte die Brüder nicht gut, dafür aber sehr frisch und unterhaltsam gefunden. Und sie bat Vincent und Émile darum, eine Privatvorstellung für ihren sterbenden Sohn zu geben, die seine letzten Stunden aufhellen sollte. Natürlich sagten die Brüder zu. Und als sie die Freude des Jungen sahen, brachten sie es nicht über sich, sein Bett überhaupt wieder zu verlassen. Aus einer Vorstellung wurden volle drei Tage Krankenbettzauber, der den Jungen mit einem Lächeln sterben ließ. Die Brüder lehnten jede Bezahlung ab. Doch Lachance war eine reiche Dame. Sie kaufte den Brüdern ein Theater. Nicht gleich die Folies-Bergère. Aber doch ein schönes Theater, auf dessen Bühne sich die beiden jungen Zauberkünstler so richtig austoben konnten. Und weil Lachance wirklich viel Geld hatte, kaufte sie dazu auch gleich noch die Frontseiten einiger Zeitungen und die Meinung der unabhängigen Journalisten.

Die Brüder Isola wurden über Nacht berühmt. Auf das kleine Theater folgten bald zwei weitere. Und ehe sie wussten, wie ihnen geschah, (oder sie sich zumindest ein paar Grundkenntnisse in Geschäftsführung und Mathematik hätten aneignen können), waren sie plötzlich auch noch die Leiter der Folies-Bergère.

Aber hinter den Kulissen waren Émile und Vincent doch immer noch dieselben Brüder Isola, die vor lauter Lampenfieber in die Luft schossen und den Tell-Apfel vom Kopf schüttelten. Sie hatten sich am Bett eines kranken Jungen wohlgefühlt. Mit kleinen Kartentricks und vor einem bescheidenen Publikum. Mit mehreren Theaterhallen unter sich dagegen klammerten sie sich die meiste Zeit nur noch ängstlich aneinander und hofften, dass die Dinge von alleine so laufen würden, wie sie sollten. Was sie natürlich nicht taten. Und darum klammerten die Isolas nur umso mehr.

Tatsächlich sah man den einen Bruder nie ohne den anderen, weswegen man sie in den Folies auch heimlich die Siamesen nannte. Natürlich wäre es sinnvoller gewesen, sie hätten sich aufgeteilt, genug Arbeit gab es ja bei so vielen Theatern. Aber auf sich gestellt fühlte sich jeder der Brüder noch viel mehr überfordert. Und außerdem verstanden sie durch zwei geteilt

447

auch nur die Hälfte. Da war es doch besser, einen Bruder an seiner Seite zu haben, der einem mit etwas Glück die andere Hälfte erklären konnte.

Nun paarte sich die Desorganisation der Brüder in den Folies aber wie bereits erwähnt mit Bürokratie. Darum mussten Mathis und Meta trotz aller Überredungskünste ihren Aufenthalt in Erna Knotts Herberge um drei Nächte verlängern und am Donnerstag erneut bei den Brüdern erscheinen. Zu einem Vorsprechen, das alles andere als positiv ausfiel.

»Ich möchte das eigentlich gar nicht sagen müssen«, meinte Vincent Isola, als Mathis auf dem Rücken lag. Dann tat er es aber doch, indem er nämlich verkündete, das alles sei ja schön und gut, aber leider viel zu bieder für das französische Publikum. Meta hebe ein paar Kugeln und Stühle und lege dann einen Jungen aufs Kreuz. So etwas mochte in den Achtzigern vielleicht funktioniert haben. Aber jetzt schreibe man das Jahr 1904!

Meta verschränkte die Arme vor der Brust, während Mathis umständlich wieder auf die Beine kam. Sie hatten die gleiche Nummer gezeigt, die Gooch so oft im Panoptikum gesehen hatte. Doch hier, auf der großen Bühne und mit all den Stühlen und Lichtern, hatte sie tatsächlich viel armseliger gewirkt als in Brückners Kampfring zwischen verstaubenden Kuriositäten. Der Saal war einschüchternd. Hinter ihnen wartete bereits eine Gruppe von Tänzerinnen darauf, dass Mathis und Meta von der Bühne geworfen wurden. Sie trugen aufwendige Kostüme in hellem Rosa und bogen ihre Beine in Richtungen, die Mathis nicht einmal mit dem Arm hätte erreichen können.

Und mal ganz abgesehen davon scheiterte die Zusammenarbeit an noch etwas viel Grundsätzlicherem. Und das war die Portion Erotik, die den Brüdern fehlte.

Die Folies-Bergère hatten sich zusammen mit dem Jahrhundert gewendet. Aus den ehemaligen Musikhallen, in denen es vor allem afrikanische Gruppen, Operetten und Pantomime zu sehen gegeben hatte, war ein Nachtclub geworden, der die Grenzen des guten Geschmacks überschritt, wo es eben ging. Die Zuschauer von heute wollten Revuetänzerinnen sehen, die nicht viel mehr trugen als ein paar Federn und ein Lächeln. Und wenn es ging, auch bitte schön nur Letzteres.

»Unser Publikum ist größtenteils betrunken, wenn es den Saal betritt«, sagte der eine Isola. »Da müsst ihr schon ein bisschen mehr bieten, wenn ihr es begeistern wollt.«

»Sie könnte sich ausziehen, während des Akts«, schlug der andere Isola vor.

»Gute Idee!«

Doch Meta fand die Idee überhaupt nicht gut.

»Wenn nicht nackt, dann brauchen wir etwas Spektakuläres!«, beharrte Vincent. »Entweder das eine oder das andere.«

»Das eine oder das andere«, echote Émile.

»Aber Mister Gooch mochte den Auftritt«, trotzte Meta.

»Mister Gooch ist nicht hier.«

»Nein, der ist nicht hier.«

»Wir lassen uns was einfallen«, versprach Mathis, der sah, dass die Tänzerinnen hinter ihnen die Beine unruhig gegen die Ohren schlackerten.

»Und was soll das sein?«, fragte Meta leise, als er seine Hand an ihren Rücken legte und sie von der Bühne führte.

»Wir lassen uns was einfallen«, wiederholte Mathis. Aber in Wahrheit war er genauso ahnungslos wie sie.

Sie wollten Ernsti aus der Herberge holen, doch der war schon vorher aus seinem Mittagsschlaf erwacht und hatte sich gedacht, dass er auch ein bisschen alleine durch die Straßen streunen könnte. Sie suchten ihn volle zwei Stunden, in denen Meta fast vor Sorge starb. Dann fanden sie ihn im Jardin de Tuileries, unter einem Baum, an dessen Stamm erschreckend viele tote Käfer klebten. Ernsti saß da, mit seltsam zufriedenem Blick, und

449

hielt eine Kette in den Händen, an deren einem Ende eine Metallzange hing und am anderen ein metallener Klips.

»Woher hast du das, Ernsti?«, sagte Meta. Mathis' Blick glitt von dem Objekt zu Ernstis fleckigen Fingern und zu dem Grinsen auf seinem Gesicht. Er hoffte nur, dass die Insekten am Baumstamm das Einzige waren, das er zerdrückt hatte.

Ein paar Meter weiter standen zwei Frauen mit ihren Schirmen und sahen immer wieder erbost zu Ernsti hinüber. Sie erregten sich über irgendetwas. Mathis wollte hinübergehen und sich erkundigen, ob es ein Problem gebe oder ob die Metallkette vielleicht ihnen gehöre. Doch Meta hielt ihn zurück. Sie nahm Ernsti am Arm und schob ihn aus dem Park. Ganz so, als wolle sie um jeden Preis vermeiden, am Ende noch etwas Unschönes über ihren Bruder zu hören.

Zurück in der Herberge, wusch Meta Ernsti die Hände und suchte ihm etwas Frisches zum Anziehen raus. Er trug immer noch das Hemd, in dem er seinen Mittagsschlaf gehalten hatte. Dann setzten sie sich zu dritt in die Bar des Folies gegenüber der Musikhalle.

Die Bar war ein beliebter Treffpunkt für die Bühnendarsteller, und zwischen den vielen Exzentrikern fiel Ernstis Andersartigkeit nicht sonderlich auf. Zumal er jetzt beschäftigt war. Er hatte das komische Ding aus dem Park mitgenommen und drehte und bastelte an ihm herum, das Gesicht dicht über die Zange gehängt.

Sie bestellten eine heiße Schokolade für Ernsti und zweimal etwas, von dem sie sahen, dass es an den anderen Tischen getrunken wurde. Es war ein weißliches Getränk, das Pastis hieß und nach Lutschbonbons vom Jahrmarkt schmeckte. Irgendwie scharf und zugleich süß. Meta blickte ihr Glas überrascht an, als sie den ersten Schluck genommen hatte. Und beim zweiten sah sie so verzückt aus, dass Mathis beschloss, in Zukunft nichts anderes mehr zu bestellen.

»Erzähl mir noch mal von den Auftritten dieser berühmten

Kraftfrau aus Wien«, bat er und legte einen Stift und ein Blatt Papier bereit, auf dem er den Schlachtplan ausarbeiten wollte.

»Katie Sandwina?« Meta schlürfte ihren Pastis und wiederholte die Geschichte der zwanzigjährigen Österreicherin, die derzeit den Rekord als stärkste Frau der Welt hielt.

Katie Sandwina hieß eigentlich Katharina Brumbach. Sie hatte den Künstlernamen angenommen, nachdem sie den Kraftakrobaten Eugen Sandow im Gewichtheben besiegt hatte. Sandow war bereits eine Berühmtheit gewesen, als er im Publikum ihrer Show gesessen hatte. Wie immer war Geld für denjenigen geboten worden, der das Mädchen im Gewichtheben übertrumpfen konnte, und Sandow hatte an ein leichtes Spiel geglaubt. Doch dann hatte Katharina tatsächlich eine dreihundert Pfund schwere Langhantel über Kopf gebracht, während Sandow sie nur bis zur Brust heben konnte, und so war er den Titel des Unbesiegbaren innerhalb weniger Minuten los gewesen. Durch seine eigene Überheblichkeit. Und dann auch noch an ein Mädchen.

Mathis gab zu, dass das tatsächlich eine schöne Geschichte war. Aber sie könnten wohl nicht darauf hoffen, dass jedes Mal eine Kraftlegende anwesend war, die gegen Meta verlieren würde. Und die Brüder hatten gesagt, sie fänden Gewichtestemmen ohnehin nicht so spektakulär.

»Sie hat auch Vierzehn-Kilo-Eisenbälle hochgeworfen und mit dem Nacken aufgefangen«, erinnerte Meta sich.

Das wiederum fand Mathis dann etwas zu spektakulär. Er strich den Namen Sandwina schnell wieder vom Zettel, bevor Meta auf noch weitere halsbrecherische Akte kommen konnte.

»Wen gibt es denn sonst noch?«

»Annette Busch«, sagte Meta. »Die kann einen ausgewachsenen Stier bei den Hörnern packen und seinen Kopf zu Boden zwingen.«

Mathis klammerte sich alarmiert an sein Glas.

»Oder Vulcana!«, sagte Meta. »Die hat als erste Frau den ›Tomb of Hercules‹ aufgeführt.«

»Tomb of Hercules?« Nach den Eisenbällen und dem Stier befürchtete Mathis das Schlimmste.

Meta erklärte, dass man beim Tomb of Hercules eine Brücke mit dem Körper bilde, Hände und Füße am Boden und den Rücken durchgebogen. Dann würde ein schweres Brett auf den Bauch gelegt, auf dem zwei Pferde mit ihren Reitern stünden.

»So ein Unsinn! Das hält doch niemand aus«, sagte Mathis.

»Vulcana schon.«

»Was soll das denn für ein Brett gewesen sein? Die Pferde fallen da doch runter!«

»Musst du immer alles so kritisch hinterfragen?«

»Ich versuche doch nur, etwas Machbares zu finden.«

»Ich finde die Sache mit den Eisenkugeln ...«

»Bitte nicht«, fiel Mathis ihr panisch ins Wort. Meta blickte ihn überrascht an. Als wäre ihr vorher nicht klar gewesen, dass es da jemanden gab, der sich um ihre Sicherheit sorgte. Einen Moment lang musterten sie sich gegenseitig, über die halb leeren Gläser und den ideenleeren Zettel hinweg. Eine Zettellänge Abstand nur, die Mathis überwinden müsste, um Metas Hand zu nehmen. Vielleicht würde nicht einmal Ernsti etwas davon mitbekommen. Denn der hockte ja über sein komisches Spielzeug gebeugt und ließ immer wieder die Zange auf und zu schnappen. Mathis' Augen flackerten zu Metas Bruder, doch damit war der Bann gebrochen. Der Blick zwischen ihnen riss wie ein dünner Faden. Meta blickte verlegen in ihr Glas und nuschelte etwas davon, dass sie die Waschräume mal benutzen müsse.

»Natürlich«, nuschelte Mathis zurück. Er zog Stift und Zettel zu sich heran, als sie aufstand und ging.

»Musst du dir eine Notiz zu ihrem Toilettengang machen?« So theatralisch Loïe Fuller das letzte Mal ihren Auftritt im Büro der Brüder Isola gestaltet hatte, so dezent hatte sie sich dieses Mal in die Bar geschlichen. Mathis sah erstaunt auf, als er sie am Nachbartisch entdeckte. Anstelle des bunten Papageienkos-

452

tüms hatte sie heute ein schwarzes Samtkleid an, das am Hals mit einer Brosche geschlossen war. Ihre Haare waren zu einem Nest geschnürt. Selbst hier in der Bar trug sie eine Sonnenbrille.

»Entschuldigung?«, sagte Mathis, obwohl er Loïe recht gut verstanden hatte. Englisch sprach er im Gegensatz zu Französisch ja ein bisschen.

»Nichts für ungut, Jungchen. Die Fuller macht doch nur Spaß. Eigentlich bin ich wegen eures Vorsprechens vorhin hier. Dachte mir, ihr könntet ein wenig Hilfe gebrauchen.«

»Haben Sie etwa auch zugesehen?«, fragte Mathis, der die Tänzerin gar nicht bemerkt hatte. Doch wie Fuller ihm nun mitteilte, kam fast die ganze Belegschaft zu dem Vorsprechen am Donnerstag. Weil es jedes Mal eine Gaudi sei. Einige Kandidaten, die abgelehnt würden, kämen immer wieder, weil sie einfach nicht wahrhaben wollten, dass sie kein Talent hätten.

»Ach«, machte Mathis. Er verdünnte seinen Pastis mit Wasser, während Fuller ihm munter von einem Mann erzählte, der jedes Mal in einem anderen Kostüm auftauche und glaube, die Brüder würden es nicht merken. Mal käme er in Uniform, mal als Farmarbeiter und mal als Bischof. Als käme ständig ein Bischof vorbei, um sich nach Arbeit an den Folies-Bergère umzuhören!

»Oder diese Frau, die schon zehnmal da war, weil sie Schauspielerin werden möchte! Beim letzten Mal hat unser Clown, Foottit, ihr gesagt: ›Ja, wir suchen jemanden, der die goldene Mücke in unserer nächsten Show Feste des Nichts spielt.‹ Ob sie sich mit der Rolle auskenne. Und natürlich hat sie Ja gesagt!« Fuller lachte, unterbrach sich aber, als sie Mathis' unbewegte Miene sah. »Eine goldene Mücke in Feste des Nichts gibt es gar nicht«, erklärte sie. »Nicht einmal Feste des Nichts gibt es.«

Mathis nickte. Er hatte das schon verstanden. Er war sich nur nicht sicher, ob er die Geschichte hören wollte.

»Jedenfalls hat unser Clown der Dame ein Seil um den Bauch gebunden. Und dann haben wir sie an die Decke hochgezogen, wo sie mit den Armen wedeln sollte. Eine goldene Mücke! Auf so etwas kann wirklich nur Foottit kommen!«

Jetzt war Mathis sich sicher, dass er die Geschichte nicht hören wollte.

Doch Fuller fand, manchmal müsse man sich eben einen kleinen Scherz erlauben dürfen. Das Bühnenleben sei doch sonst ziemlich hart. Sie nahm die Sonnenbrille ab, und Mathis zuckte entsetzt zurück. Das Weiß ihrer Augen war fast vollständig rot und die dünne Haut rundum entzündet. Fuller erklärte, die Verbrennungen entstünden durch die Scheinwerfer. Die befänden sich nämlich direkt unter ihr, wenn sie tanze.

»Warum stellen Sie die Dinger denn nicht einfach weiter weg?«, fragte Mathis. Aber das war für Fuller nun wirklich keine Option. Das Licht müsse eben von genau dort kommen und ihr Kleid beleuchten, weil sonst nämlich der Effekt verloren ginge. Sie selbst habe die Position der Scheinwerfer genau so angeordnet und die doppelte Voltzahl ebenfalls. Auch wenn das bedeutete, dass mal der ein oder andere Scheinwerfer unter ihren Füßen explodierte.

Mathis schwieg zu dieser Einstellung. Und Fuller war ja auch gar nicht gekommen, um ihre eigene Bühnenshow zu diskutieren, sondern seine und Metas. Der dünne junge Mann mochte ihr auf der Bühne vielleicht etwas überflüssig erscheinen, aber Meta mit ihren Hosen und ihrem Mumm war Fuller sympathisch.

»Ich bin damals selbst nur in den Folies aufgenommen worden, weil jemand mein Talent erkannt hat«, sagte Fuller. Dass dieser jemand die Frau des damaligen Direktors gewesen war und Fuller später ein paarmal etwas hinter dem Bühnenvorhang mit ihr gehabt hatte, erzählte sie allerdings nicht.

»Und jetzt rück mal ein wenig, Junge. Die Fuller hat Ideen.«

Sie schob ihren Stuhl neben den von Mathis und nahm ihm den Stift aus der Hand. Mit ein paar Strichen zeichnete sie einen Menschen auf das Blatt Papier, der eine Art Strick um den Hals trug und daran viele Linien, die in alle Richtungen führten. Mathis hatte den Mund noch nicht wieder ganz geschlossen, als Meta von der Toilette zurückkam. Ihre Augen wurden groß, als sie Mathis, Fuller und den bastelnden Ernsti friedlich nebeneinanderhocken sah. An einem Tisch mit der älteren Fuller wirkte Mathis wie ein Junge, dem bei den Schulaufgaben geholfen wurde.

»In unserer Branche geht es überhaupt nicht darum, tatsächlich der Beste oder Stärkste oder was auch immer zu sein.« Fuller sprach, ohne von ihrem Zettel aufzusehen. »Ich zum Beispiel bin seit Jahrzehnten die bestbezahlte Tänzerin in Paris. Bin ich deswegen die beste Tänzerin? Habe ich auch nur die Figur oder die Fähigkeiten einer Tänzerin? Nein. Aber ich habe Ideen, die so revolutionär sind, dass das Publikum meine Auftritte liebt.«

Meta ließ sich langsam auf ihrem Stuhl nieder und schielte auf die Zeichnung.

»Voilà!«, sagte Fuller stolz. »Das menschliche Kleid.«

An den Enden der Linien auf dem Blatt waren Strichmännchen aufgetaucht, die sich festhielten.

»Hat die Person da einen Strick um den Hals?«, fragte Mathis alarmiert, »und die anderen ziehen daran?«

Jetzt hob auch Ernsti zum ersten Mal den Blick. Vielleicht gefiel ihm Mathis' alarmierte Stimme, vielleicht hatte er aber auch die Sache mit dem Strick um den Hals verstanden. Manchmal wusste Mathis nicht, wie viel Ernsti wirklich mitbekam.

»Nein, das ist ein Strick um die Schultern«, korrigierte Fuller. Sie klang etwas beleidigt. »Und sie wirbelt die anderen Personen über die Bühne. Jeder hält sich an einem Seil fest. Ein menschliches Kleid! Ein Karussell!«

»Das ist gar nicht schlecht«, Meta zog den Zettel zu sich heran.

»Natürlich ist es das nicht«, verkündete Fuller wenig bescheiden. Als der Kellner kam, bestellte sie eine Portion nicht gesalzenen Kaviar auf Eis und ein Wasser. »Möchtet ihr auch et-

455

was?«, fragte sie. »Sie haben hier keine nennenswerte Auswahl, aber der Kaviar ist ganz in Ordnung.«

Mathis lehnte dankend ab, aber Meta schüttelte so zögerlich den Kopf, dass Fuller kurzerhand eine weitere Portion bestellte.

»Und nun zu dir«, sagte sie zu Mathis. »Wir müssen etwas Neues für dich finden. Sich in zehn Sekunden niederringen zu lassen ist nicht sehr spektakulär.«

Mathis räumte ein, dass er zu einem Kampf wenig mehr beitragen konnte, als sich niederringen zu lassen. Und dass er sich auch sonst auf keine besondere Fähigkeit besann. Doch bevor er sich noch weiter als Hanswurst präsentieren konnte, kam der Kellner und stellte zwei Schalen auf den Tisch. Meta sah erwartungsfroh auf. Die Schalen waren mit Eis gefüllt. Obendrauf thronte ein kleines Tellerchen, auf dem etwas lag, das Mathis an geschrumpfte Heidelbeeren erinnerte.

»Was ist das?«, fragte Meta, nun schon viel weniger erwartungsfroh.

»Kaviar. Sagt bloß, ihr habt noch nie Kaviar gegessen!«, rief Fuller.

Meta brachte ihre Augen näher an die schwarzen Perlen. Es sah aus, als suche sie das richtige Essen unter der Dekoration. Um von ihrem enttäuschten Gesicht abzulenken, sagte Mathis:

»Ich hoffe, Ihre Debütaufführung am Dienstag war ein Erfolg, Frau Fuller?«

Frau Fuller stellte zunächst einmal richtig, dass sie lieber Loïe genannt werden wolle. Und ja, natürlich sei der Radium Dance am Dienstag ein Erfolg gewesen. Allerdings habe das Debüt dazu schon auf der Nobelpreisfeier der Curies stattgefunden.

»Für die habe ich den Tanz nämlich erfunden«, sagte sie. »Marie und Pierre Curie haben ein radioaktives Element entdeckt, dem nie das Licht ausgeht und das andere Dinge zum Leuchten bringt. Ich habe den Effekt genutzt, um mein Kleid einzufärben.«

»Ein leuchtendes Kleid?«, fragte Mathis. Fuller nickte stolz.

»Ich bin eben nicht nur eine Tänzerin, sondern auch eine Erfinderin. In den letzten Jahren habe ich Patentrechte für ein Dutzend Kostüme, Tänze und Bühnentechniken gesammelt. Und alles nur, weil sich damals eine Person für mich eingesetzt hat, die mein Potenzial erkannt hat. Und das habe ich bei ihr auch.«

Fuller deutete in Richtung Meta, die gerade die Serviette zum Mund hob und den Kaviar hineinspucken wollte. Jetzt schluckte sie schwer und ließ die Serviette wieder sinken.

»Schmeckt der Kaviar nicht?«, fragte Fuller.

»Er ist ... salzig«, sagte Meta.

»Wirklich? Ich habe ihn doch extra ohne Salz bestellt!« Fuller steckte nun ihrerseits den Löffel in den Mund, konnte Metas Aussage aber nicht bestätigen. Das, was da salzig schmecke, sei der Eigengeschmack des Fischs.

»Fisch?« Meta besah sich das schwarze Häufchen. »Was für eine Art von Fisch soll das denn sein?«

»Fischeier«, sagte Fuller. Meta legte den Löffel beiseite. Ihr Blick traf den von Mathis. Sie sah so verzweifelt aus, dass er sie einfach retten musste.

»Fischeier!«, rief er mit allem Enthusiasmus, den er für so eine Absurdität aufbringen konnte. »Die würde ich aber gern mal probieren!«

Er nahm das Schälchen entgegen und dachte bei sich, wer wohl auf die bescheuerte Idee kommen konnte, so etwas auf die Speisekarte zu setzen. Aber Metas dankbares Lächeln entschädigte ihn für alles. Er hielt die Schale und ihren Blick ein wenig länger fest. So lang, bis Meta fortsah und sich verlegen eine Strähne aus der Stirn strich.

»Erzählen Sie uns doch mehr über dieses Kleid, Loïe«, bat sie, obwohl sie Kleider sonst in etwa so sehr interessierten wie Anleitungen für Strickmuster.

Fuller erklärte, dass Radiumsalze das Kleid zum Leuchten brächten. Sie selbst stelle die Salze aus den Rückständen der Pechblende her, aus denen ihre Freundin, Marie Curie, ihr Radium gewinne. Die Herstellung sei allerdings nicht ganz ungefährlich. Fuller schob das Nest auf ihrem Kopf zurück und deutete auf eine kahle Stelle. Die Kopfhaut war so weiß, als schimmere ein Vogelei durch die Zweige.

»Als ich mit den Experimenten angefangen habe, ist Nitratsalz explodiert«, erklärte sie. »Das ist jetzt schon ein Jahr her, aber die Haare wollen nicht so richtig nachwachsen. Wenn ich es genau bedenke, könnte es sogar sein, dass die kahle Stelle größer geworden ist …«

Mathis rutschte auf seinem Stuhl herum. Was Fuller sagte, löste eine seltsame Unruhe in ihm aus. Eine Erinnerung, die er nicht ganz einordnen konnte.

»Woher kommen Sie eigentlich, Loïe?«, fragte Meta.

»Aus Illinois. Amerika.«

»Wirklich? Und warum sind Sie nach Europa gekommen?«

»Warum ich nach Europa gekommen bin? Ist das überhaupt eine Frage? Die Kultur! Die Geschichte! Und ein besseres Publikum gibt es hier auch. Amerika ist so langweilig!«

Meta legte die Stirn in Falten und lehnte sich zurück.

»Ich finde Europa sehr rückständig. Und bieder.«

»Sagt eine junge Dame, die sich auf der Bühne nicht ausziehen will.« Fullers Lächeln wirkte koboldartig, und Meta versuchte erst gar nicht, es zu erwidern. Sie verschränkte die Arme.

»Ich glaube kaum, dass sich der Känguruboxer von letzter Woche ausziehen musste.«

»Das ist, weil er ein boxendes Känguru dabeihatte.«

»Und Sie? Ziehen Sie sich vielleicht aus?«

Nein, das tat Fuller durchaus nicht. Aber sie machte ja auch den Stoff um ihren Körper zum Thema. Und das Licht. Vor allem das Licht.

Vor dem Radium hatte Fuller mit Calcium und fluoreszierenden Substanzen gearbeitet. Thomas Edison persönlich hatte ihr die Lichtbrechung verschiedener Werkstoffe erklärt. Und von Becquerel hatte sie Uransalze bekommen, mit denen sie experimentieren konnte. Erwartete man von so einer Frau, dass sie sich auszog? Vielleicht ja. Aber Fuller hatte es nicht nötig. Sie war die fortschrittlichste Tänzerin in ganz Europa.

Meta drückte die Arme noch fester in die Verschränkung und sagte, das könne wohl daran liegen, dass es Europa sei. In einem Land wie Amerika …

»In einem Land wie Amerika hat man meine Kunst noch nicht einmal verstanden«, unterbrach Fuller sie. Die Amerikaner könnten immer nur aufkaufen, was sich bereits bewährt habe. Jetzt, zehn Jahre später und mit dem Erfolg, den Fuller hier habe, wollten die USA sie zurück. Aber jetzt wolle Fuller nicht mehr. Illinois mochte vielleicht ihr Geburtsort sein, aber Paris war ihre Heimat.

Meta erwiderte nichts mehr, aber sie hätte sich nicht weiter auf dem Stuhl zurücklehnen können. Schlimm genug, dass jemand, der schon das Glück gehabt hatte, in Amerika geboren zu werden, freiwillig den Kontinent verließ! Aber dann auch noch ein Angebot ausschlagen, das ihr die Rückkehr erlaubte? Diese Fuller war doch wohl nicht ganz richtig im Oberstübchen!

»Erzählen Sie uns doch mehr von den Radiumsalzen«, sagte Mathis, bevor Metas Kälte sich am gesamten Tisch ausbreiten konnte. »Warum leuchteten die grün?«

»Ich müsste dich mit Becquerel bekannt machen, der kann das besser erklären als ich. Er hat mit Röntgenstrahlung experimentiert, um deren Fluo…«

»Röntgenstrahlen?«, wiederholte Mathis. »Meinen Sie Röntgenstrahlen wie – aus einer Röntgenmaschine?«

Über der Brille hoben sich Fullers Augenbrauen.

»Ich besitze eine Röntgenmaschine«, erklärte Mathis.

»Tatsächlich?«

»Ich arbeite eigentlich als Röntgendurchleuchter.«

Fuller wurde mit einem Mal ganz aufmerksam. Warum Mathis das denn nicht gleich gesagt habe! Damit könne man doch mit Sicherheit Hunderte von Dingen anstellen!

Mathis musste zugeben, dass ihm dieser Gedanke auch schon öfter gekommen war. Tatsächlich hatte es mal eine Zeit gegeben, da hatte er Hunderte Ideen gehabt, und es hatte immer nur die Bühne gefehlt, um sie umzusetzen. Und das Geld. Und vielleicht ein Reisepartner, der Mathis' Enthusiasmus teilte. Aber jetzt, wo er darüber nachdachte …

Seine Miene hellte sich auf, er zog den Zettel mit dem menschlichen Kleid zu sich heran und drehte ihn um. Er hatte sich so sehr darauf eingestellt, in Metas Kraftschau unterzugehen, dass er überhaupt nicht daran gedacht hatte, was er eigentlich selbst konnte!

Fuller und Meta sahen ihm zu, während er die Linien zu Papier brachte. Und Mathis war froh, dass bei all den Ideen und dem Tatendrang nicht auffiel, dass die Fischeier noch immer unberührt in ihrem Eisbad schwammen.

ZWEIUNDZWANZIGSTES KAPITEL

Berlin, 1936

Pirna war ein freundliches Städtchen mit ziegelroten Dächern und einem gewundenen Fluss, hinter dem sich Schloss Sonnenstein auf einer Anhöhe erhob. Die Gebäude waren mit Efeu bewachsen, und Baumgruppen standen auf dem Hang. So groß und dicht, dass das Schloss im Sommer vollständig in ihnen verschwand.

Jetzt aber sprossen nur ein paar winzige Knospen an den Enden der Äste. Es war einer der ersten warmen Tage im Jahr. Und wie es sich für ein Gebäude mit seinem Namen gehörte, aalte das Schloss sich in der Frühlingssonne.

Meta rückte den Kragen ihrer Bluse zurecht. Nervöser hätte sie nicht sein können, wenn sie im Brautkleid auf dem Weg zum Altar gewesen wäre. Sie würde ihren Bruder wiedersehen. Nach zwei Monaten, die Meta das Schloss nur von außen hatte anstarren können, hatte die Klinik endlich eine Stelle für eine Wärterin ausgeschrieben.

Mathis drückte ihre Hand, er blieb unten an den Stufen stehen, die durch die Gartenterrassen hinauf zum Schloss führten. Zwei Anstaltsinsassen bearbeiteten den Boden eines Kräutergartens mit der Spitzhacke, um die vom Winter verklebte Erde aufzulockern. Sie trugen schlafanzugähnliche Kleidung und wirkten eher wie Sträflinge als wie Patienten. Als Meta an ihnen vorbeikam, widerstand sie dem Impuls, zu ihnen zu gehen und sie nach einem Mann namens Isidor zu fragen, der hier vor drei oder vier Monaten eingeliefert worden war.

Sie fasste ihre Tasche fester und versuchte, sich zu beruhigen. Sie hatte ein falsches Empfehlungsschreiben dabei, und Evalyn hatte sie instruiert. Meta wusste, was sie zu sagen hatte, um den Leiter von ihren Qualitäten zu überzeugen. Sie wusste alles über Schloss Sonnenstein, was es zu wissen gab. Selbst seinen Grundriss kannte sie. Darum verriet Meta sich fast, als die Dame von der Rezeption sie bat, vor der Tür des Klinikleiters Platz zu nehmen, und Meta gleich in die richtige Richtung losmarschierte. Erst auf halbem Weg durch den Gang drehte sie sich um.

»Und das wäre wo?«, fragte sie naiv. Die Dame an der Rezeption runzelte die Stirn, als sie ihr die Wegbeschreibung gab.

Das Zimmer des Klinikleiters war groß und kahl. Es gab lediglich einen wuchtigen dunklen Schreibtisch und ein paar gerahmte Auszeichnungen, die lieblos an der Wand verteilt waren. Überhaupt waren hier alle Räume steril und abweisend. Was außen wild und grün an der Mauer wucherte, fehlte innen.

Professor Doktor Paul Nitsche saß auf einem Drehstuhl und betrachtete die hereinkommende Kandidatin, als wäre er auf dem Sklavenmarkt. Er hatte einen kahlen Kopf und einen dünnen, verschlagenen Mund. Die Augen lagen in tiefen Dreiecken neben der krummen Nasenwurzel. Als er sich zurücklehnte, fiel sein Kittel auf, darunter trug er Schlips und Weste. Er steckte die Hände in die Tasche, statt Meta eine davon zu reichen, und sie musste sich zusammenreißen, um ihm nicht mit der gleichen Herablassung zu begegnen.

In einem Zweikampf würde einer wie Nitsche nicht mal fünfzehn Sekunden gegen sie bestehen.

Das Bewerbungsgespräch war kurz, für Metas gefälschte Papiere interessierte Nitsche sich kaum. Dafür umso mehr für ihr Erscheinungsbild. Immer wieder saß er da und musterte abwechselnd ihre Arme, ihre Brust und ihre Größe. Wer sich mit einer solchen Statur in einer Pflegeanstalt für Irre vorstellte, konnte selbst mit einer Bäckerausbildung kommen und würde immer noch für geeignet erklärt werden. Trotzdem leierte Meta ihre Antworten über Härte, Disziplin und ihre Treue zum Führer hinunter. Und dann war sie auch schon angestellt. Das ging so schnell, das Meta verwirrt den Kopf schüttelte, als sie das Büro verließ.

Eine Wärterin kam und führte sie durch das Gebäude, um ihr die Arbeitsabläufe zu erklären. Sie hieß Schwester Gisela, hatte ein Häubchen auf dem Hinterkopf und ein ausgemergeltes Gesicht, in dem Nase und Wangenknochen spitz hervortraten. Meta war so nervös, dass sie Schwester Gisela eigentlich kaum zuhörte. Doch diese hatte die Angewohnheit, nach jeder Information eine Kontrollfrage zu stellen.

»Das ist also die Küche. Es werden zwei Arten von Kost serviert. Die normale für die brauchbaren Patienten und eine fettfreie, fleischlose Sonderkost für die unbrauchbaren. Wir reichen das Essen morgens um halb acht, mittags um zwölf und abends um halb sechs. Für die nicht Arbeitsfähigen nur morgens und abends. Die Servierwagen dürfen nicht miteinander verwechselt werden. Wann servieren wir?«

»Wie bitte?«

Schwester Gisela blickte Meta tadelnd an. Sie verschränkte die Arme und trommelte mit einem äußerst dünnen Finger auf ihren astartigen Oberarm.

»Normale Kost für die Brauchbaren, und fleischlos für die Unbrauchbaren«, wiederholte Meta hastig, was sie von Evalyn gelernt hatte.

»Um welche Uhrzeit?«

»Morgens um halb sechs ...«

»Halb acht. Morgens um halb acht, abends um halb sechs. Passen Sie gefälligst ein bisschen besser auf, Schwester. Der Ablauf in diesem Haus muss funktionieren wie ein Uhrwerk. Die Patienten stiften schon Unruhe genug. Sie brauchen Struktur und eine harte Hand. Wie muss der Ablauf in diesem Haus funktionieren?«

»Wie ein Uhrwerk.«

»Genau.« Schwester Gisela marschierte im Stechschritt weiter, und Meta hetzte hinterher, während sie gleichzeitig versuchte, in die Räume zu spähen und nach Ernsti Ausschau zu halten. Doch in diesem Gebäude lagen nur Frauen. Davon hatte Evalyn überhaupt nichts erwähnt.

Nach den Behandlungsräumen ging es weiter in den Garten und den Schuppen, der voller Säcke und Gartengeräte stand. Die arbeitsfähigen Patienten würden jetzt im Frühjahr die Beete bepflanzen und die Bäume beschneiden, erklärte Schwester Gisela. Arbeit sei für die Patienten wichtig. Sie gäbe Freude, Struktur und Lebenssinn. Meta dachte an Ernsti und bezweifelte, dass er mit Schwester Gisela einer Meinung wäre.

»Ist es nicht gefährlich, den Kranken Harken zu geben? Ich meine, die haben ganz schön spitze Enden«, sagte Meta, weil ihr plötzlich einfiel, was passiert sein könnte, falls Ernsti in die falsche Kategorie eingeordnet worden war. »Ist denn nie einer auf die Idee gekommen, den anderen damit zu verletzen?«

Doch Schwester Gisela hatte die Erfahrung weitergegeben, dass eine Gartenharke nicht halb so gefährlich war wie die strafende Hand der Oberschwester. Das wussten die Patienten und hielten sich an die Regeln, die Schwester Gisela aufstellte: Mit der Gartenharke wurde der Boden geharkt, und um sieben wurde das Licht ausgemacht und geschlafen. So wie Schwester Gisela es sagte, klang es nicht, als kümmere sie sich um ein Haus voller Kranker. Sie befehligte eine Armee. Meta konnte sich beim besten Willen nicht vorstellen, wie sich Ernsti einem solchen Regime beugen sollte. Er war ein Zirkusleben und eine Wohnwagenkolonie gewohnt. Und hatte die sechsundvierzig Jahre seines Lebens eigentlich nur das getan, wozu er Lust gehabt hatte.

»Wollen Sie mich gar nicht zu den Gebäuden der Männer führen?«, fragte Meta, als sie merkte, dass der Rundgang mit der Besichtigung des Schuppens beendet war. Vielleicht hatte Schwester Gisela die Enttäuschung in ihrer Stimme gehört, vielleicht auch die Dringlichkeit. Sie interpretierte jedenfalls eins wie das andere falsch.

»Sagen Sie nicht, Sie wollen die Stelle nur, damit Sie hier mit einem Mann anbandeln können. Da sind nämlich nicht gerade welche darunter, die sich für ein Techtelmechtel eignen. Geschweige denn für eine Ehe.« Der Blick, mit dem sie Meta von Kopf bis Fuß musterte, verriet, dass sie ihr Gegenüber allerdings auch nicht für ganz beziehungskonform hielt. Geschweige denn für ehefähig.

Meta versicherte, dass ein Irrenhaus der letzte Ort sei, auf den sie bei der Suche nach einem geeigneten Heiratskandidaten käme. Es hätte nur nichts davon in der Stellenbeschreibung gestanden, dass sie sich lediglich um die weiblichen Patienten kümmern müsse.

»Der Männertrakt ist inzwischen ganz in den Händen der Pfleger. Doktor Nitsche hält das für angemessen. Die neuen Behandlungsmethoden brauchen mehr Kraft.«

»Neue Behandlungsmethoden?«, echote Meta.

»Ist ja nicht so, als wären wir nicht jahrelang mit allen Patienten zurechtgekommen«, knurrte Schwester Gisela. Doch das war das Höchstmaß an Kritik, das sie in Metas Anwesenheit jemals über den neuen Direktor äußern sollte.

So wie die Patienten wussten, dass man sich nicht mit der Oberschwester anlegte, so wusste auch die Oberschwester, dass man sich nicht mit dem Klinikleiter anlegte. Über dem Klinikleiter standen nämlich nur noch Gott und Hitler. In dieser Reihenfolge. Und das war etwas, das Meta wirklich Sorgen machte.

Ihr erster Arbeitstag auf Schloss Sonnenstein begann schon am nächsten Morgen. Meta war früh dran und entschlossen, Ernsti sofort ausfindig zu machen. Mathis ermahnte sie zwar, nicht zu voreilig zu sein. Wenn sie gleich am ersten Tag in Gebäuden und Gängen herumstreunte, in denen sie nichts zu suchen habe, könne sie ihren Job schnell wieder los sein. Doch Meta erwiderte, der ganze Job diene doch bitte schön nur dem Zweck, Ernsti zu finden. Und außerdem eigne sich gerade der erste Tag wunderbar dazu, sich auf dem Gelände zu verirren! Meta würde einfach ein bisschen dumm tun. Und Mathis solle sich mal bitte schön nicht so anstellen.

Erst vor Ort sollte Meta erkennen, dass das mit der Suche tatsächlich gar nicht so einfach war.

Die anderen Wärterinnen der Klinik waren eine so bunte Mischung, als hätte man bei den Vorstellungsgesprächen auf einen repräsentativen Querschnitt der Gesellschaft achten wollen. Was Schwester Gisela an Körper zu wenig hatte, das hatte Schwester Annette zu viel. Sie war eine pausbackige Zwanzigjährige, die schon beim Frühstückservieren einen Finger in den Haferbrei steckte und sich dann beschämt umwandte, um ihn abzuschlecken. Daneben gab es noch Schwester Hannelore und Schwester Petra, von denen Erstere aussah wie eine alte weiße Birke und Letztere wie ein Küken, das aus den Zweigen gefallen war. Meta schätzte Schwester Petra auf vielleicht sechzehn oder siebzehn Jahre. Ein blasses Mädchen mit fedrigen Haaren und zuckenden Augen, das nie eine Frage stellte und in den Führer verliebt war. Jedenfalls bekreuzigte sie sich jedes Mal errötend, wenn sie an seinem Bild im Flur vorbeikam.

Meta hatte darauf gezählt, zwischen der Arbeit genug freie Minuten zu haben, um sich zum Gebäude der Männer hinüberzustehlen. Doch tatsächlich weiteten die Wärterinnen ihre Wärtertätigkeit geradezu auf Meta aus und stellten sicher, dass sie auch ja nicht verloren ging.

Ständig war eine von ihnen da, um sie in die richtigen Räume zu schieben, ihr auf die Finger zu sehen oder etwas zu korrigieren, das Meta falsch machte. Alle bis auf Schwester Petra, die nie jemanden öffentlich kritisierte.

Als das Abendessen gereicht wurde, war Meta ihrem Bruder immer noch keinen Schritt näher gekommen.

Frustriert holte sie die Tabletts in der Küche ab. Dabei fiel ihr eine Liste an der Wand auf. Es war eine Auflistung der eingewiesenen Patienten, Männer wie Frauen, mit einem Vermerk ihrer Kost. Meta trat näher und hob ein Blatt. Sie war langsam im Lesen, aber das Alphabet kannte sie immerhin. Ein N hinter dem Namen stand für Normalkost, ein H für Hungerkost.

»Was machen Sie da?« Meta fuhr zusammen und ließ das Blatt los. Schwester Gisela stand hinter ihr, finster und unheilvoll. Sie hatte das Gesicht verzogen, aber das hatte sie immer, wenn sie die Küche betreten musste. Schon ihre Figur verriet, dass ihr alles, was mit Essen zu tun hatte, zuwider war.

»Ich hatte mich gewundert, was die Patientinnen in F16 bekommen«, log Meta.

»Diätkost, wie heute Morgen. Und wie im gesamten F-Flügel. Sie sollten doch besser aufpassen, Schwester Meta.«

Meta dachte an die Frau, die heute Morgen so traurig auf das Löffelchen Haferschleim auf ihrem Teller geblickt hatte. Der Schleim war mit Wasser gekocht und fettfrei, wie alles andere auch, mit dem man die Patienten hier unterernährte. Dabei hatte die Frau in Metas Augen so ausgesehen, als könnte ihr Körper ein ordentliches Schnitzel vertragen.

Bei der Hungerkost handelte es sich nur vorgeblich um eine medizinische Therapie. Es ging um Sparmaßnahmen. Und am meisten sparte die Gesellschaft natürlich, wenn es gar keine Patienten gab, die dem Reich zur Last fallen konnten. Darum wurde das Essen zusätzlich so lange gekocht, bis es keine Nährstoffe mehr enthielt. Früher oder später verhungerten die Kranken einfach. Wenn sie nicht arbeiten konnten, hatten sie auch ihr Recht auf Nahrung verwirkt.

Meta fragte sich besorgt, wie Ernsti die zweifelhafte Diät durchstehen sollte. Er hatte immer einen guten Appetit gehabt und ein wenig hängen gebliebenen Babyspeck am Bauch. Wenn dieser Klinikleiter Ernsti verhungern ließ, dann gnade ihm Gott! Meta würde den ganzen Laden einfach anzünden.

Sie musste Platz machen, weil die Pfleger in den Raum kamen. Damit es in der Küche nicht zu Kollisionen kam, wurden die männlichen Patienten jeweils eine halbe Stunde eher gefüttert als die Frauen. Stumm sah sie zu, wie die Pfleger die Servierwagen mit den Töpfen aus der Küche schoben. Am liebsten hätte sie mit einem von ihnen getauscht, hätte den Pfleger nach Hause geschickt und Ernstis Abendessen selbst übernommen. Der Pfleger hätte bestimmt nichts dagegen gehabt. Anders als Schwester Gisela, die Metas sehnsüchtigen Blick wieder einmal falsch deutete und sie barsch aus der Küche warf. In ihren Augen musste eine große, starke Frau es wirklich nötig haben, einen Mann zu finden, wo immer es möglich war. Wahrscheinlich war das auch der Grund, warum sie ihren eigenen Körper auf ein Minimum heruntergehungert hatte.

Meta bekam auch am nächsten Tag keine Möglichkeit, sich in den Männergebäuden umzusehen, und am übernächsten ebenso wenig. Das machte sie wütend. Sie hatte lange genug auf eine Chance gewartet, ihren Bruder wiederzusehen. Und jetzt lag er im Gebäude nebenan, und sie konnte immer noch nicht zu ihm. Zudem wäre ihre Ausrede, sie habe sich im Gebäude vertan, mit jedem Tag unglaubwürdiger. Wer schon eine Woche hier war, der verwechselte doch nicht einfach mal die Toilettentür mit dem Portal des gegenüberliegenden Hauses!

Nein, Meta musste etwas unternehmen. Sie stahl sich viermal auf die Toilette und wartete auf eine Gelegenheit. Doch wann immer sie die Tür öffnete und in der entgegengesetzten Richtung den Gang hinunterwollte, konnte sie sich sicher sein, dass irgendeine Wärterin oder ein Arzt um die Ecke bog. Manchmal mit einer ganzen Schar Patienten, die sie vor sich hertrieben. Und in diesem verdammten kahlen Flur gab es ja nicht einmal ein Möbelstück, hinter dem Meta sich hätte verstecken können.

Sie sah so verzweifelt aus, dass Schwester Hannelore ihr am

dritten Tag mitfühlend auf die Schulter klopfte und sagte, am Anfang ginge es allen neuen Schwestern so. Das Leiden der Schwachsinnigen sei nicht leicht mit anzusehen, aber Meta würde sich schon daran gewöhnen, und dann würde alles einfacher.

Und Meta nickte, weil sie wusste, dass die Geste gut gemeint war. Aber es wurde nicht einfacher. Im Gegenteil. Jeder Tag machte sie nur rastloser. Und mit der Rastlosigkeit kam die Unvernunft.

Sie war bereits eine Woche in der Heilanstalt, als Schwester Gisela plötzlich zu einem Notfall gerufen wurde. Eine der Patientinnen aus dem F-Flügel lag leblos in ihrem Bett und atmete nur noch flach. Schwester Gisela und Schwester Annette, die beide mit Meta im Gemeinschaftsraum saßen, waren sofort auf den Beinen. Doch Schwester Gisela hob die Hand und befahl Schwester Annette zu bleiben. Gemeinsam mit Meta hatten sie die Aufsicht über siebzig Patientinnen, die in ihren Nachthemden auf Holzbänken und an Tischen saßen oder in der Gegend herumstanden. Einige von ihnen tanzten sanft durch die Reihen. Ein paar andere starrten auf ihre Hände und Ärmel und wippten vor und zurück. Schwester Annette setzte sich zurück auf ihren Platz, neben ein Kind mit angeborenem Schwachsinn. Sie nahm die Augen nicht von der Tür. Bis das schwachsinnige Mädchen ihr am Ärmel zupfte und sie daran erinnerte, dass sie noch immer »Mensch ärgere Dich nicht« spielten.

Brettspiele waren eine der wenigen Beschäftigungstherapien, die sich die Wärterinnen auf Schloss Sonnenstein nicht nehmen ließen. Da konnte Doktor Nitsche noch so oft betonen, dass die Patienten nicht zu ihrem Vergnügen hier seien, sondern zur Therapie und Verwahrung. Die Spiele besaß man nun ohnehin. Und außerdem wollten die Wärterinnen auch etwas tun, das ihnen die Zeit vertrieb. Etwas mehr als Füttern, Waschen, Medikamente verabreichen und zusammenkratzen, was von den

Kranken nach den neu eingeführten Insulinschocktherapien noch übrig war.

»Schon wieder eine«, murmelte Schwester Annette bitter, und Meta hatte das ungute Gefühl, dass sie damit nicht die Fünf meinte, die sie gerade gewürfelt hatte. Sie zögerte.

»Ich würde gerne mit Schwester Gisela gehen und zusehen«, sagte sie dann.

»Da gibt es nicht viel zu sehen. Und wenn, dann ist es kein schöner Anblick.«

»Wegen der Schönheit bin ich auch nicht hergekommen«, sagte Meta.

Schwester Annette ließ den Blick im Raum umherschweifen, in dem es verhältnismäßig ruhig war. So ruhig, wie es mit siebzig Verrückten eben sein konnte. Dann nickte sie. Schwester Gisela hatte nur ihr befohlen, bei den Patientinnen zu bleiben. Und für einen kurzen Moment würde sie die Aufsicht auch allein übernehmen können.

Meta bedankte sich und verließ den Raum. Doch statt in Richtung F-Flügel zu gehen, von wo sie lautes Stimmengewirr hörte, nahm sie den Flur in die entgegengesetzte Richtung, lief die Treppe hinunter und hatte dann tatsächlich zum ersten Mal einen leeren Gang vor sich. Sie nahm den Hinterausgang und lief über den Hof zum Gebäude der Männer. Die Schürze wehte im frischen Märzwind um ihre Beine. Als sie kurz hoch zum Gemeinschaftsraum blickte, glaubte sie, eine Gestalt am Fenster stehen zu sehen, die Schwester Annette sein konnte. Doch es mochte ebenso gut jemand anderes sein. Die Verrückten standen ständig am Fenster und sahen sehnsüchtig hinaus in diese Welt, durch die sie nie wieder würden frei laufen können. Ernsti sollte es nicht so gehen. Meta würde ihn hier rausholen. Aber dafür musste sie ihn erst einmal finden.

All ihre Sinne waren angespannt, als sie die Tür des Gebäudes öffnete. In der Eingangshalle konnte sie niemanden sehen, also schlüpfte sie hinein. Sie hörte Schritte und nahm den Flur in die entgegengesetzte Richtung. Doch da schien es nur zu den Behandlungsräumen zu gehen. Also machte sie wieder kehrt und drückte sich an die Wand, bis sich die Schritte entfernt hatten.

Bis auf die Behandlungsräume waren alle Türen nur mit kryptischen Türschildern beschriftet, »A09«, »A10«. Meta öffnete eine von ihnen und spähte hinein. Es war ein kleiner Raum mit Turngeräten und einem Fenster zum Garten. Wahrscheinlich waren die Patienten auf der ersten Etage untergebracht. Meta fand die Treppe und schlich hinauf. Als sich oben eine Tür öffnete, duckte sie sich hinter das Treppengeländer. Ein Mann in weißem Kittel kam aus dem Raum, schloss die Tür, öffnete die gegenüberliegende und verschwand dahinter. Er hatte Meta nicht gesehen. Sie stieß die Luft aus. Bei rund achthundert Insassen, die diese Klinik inzwischen beherbergte, würde sie eine Menge Türen öffnen müssen, bevor sie Ernsti fand. Vorausgesetzt, sie kam überhaupt dazu. Denn natürlich konnte hinter jeder von ihnen auch ein Pfleger sitzen.

Zum ersten Mal, seit sie dem Gemeinschaftsraum entkommen war, wurde Meta die Aussichtslosigkeit ihres Vorhabens bewusst. Aber sie war nun schon so weit gekommen, dass ein Rückzieher nicht mehr infrage kam. Ernsti konnte direkt hinter der Tür sein, vor der sie stand. Darum legte sie die schweißnasse Hand an den ersten Griff und öffnete.

Der Schlafsaal sah genauso aus wie im Gebäude der Frauen, doch er roch anders. Die Ausdünstungen von mindestens zwanzig Männerkörpern hatten die Luft dick und unerträglich gemacht. Die Gardinen waren vorgezogen, um eine Nacht zu simulieren. Durch die Vorhänge zeichneten sich die Gitter vor den Fenstern als schwarze Silhouetten ab. Dicht an dicht standen die weißen Metallbetten nebeneinander, die Seitenwände so hoch, dass die Patienten darin verschwanden wie in weißen Särgen.

Meta musste durch die Reihen schleichen und sich über die

Betten beugen, um die Männer anzusehen. Einige von ihnen waren alt, andere noch Kinder. Und alle hatten sie den gleichen apathischen Ausdruck im Gesicht. Eine Folge der Tabletten, der schmalen Kost und der Schockbehandlungen.

Ernsti war nicht unter den Männern.

Meta atmete so deutlich aus, als müsste sie die fremden Gerüche zurücklegen, die sie beim Betreten des Raums eingeatmet hatte. Als dürfe nicht einmal die Luft verändert werden, wenn sie das Zimmer verließ.

Sie schloss die Tür geräuschlos und schlich zum nächsten Raum. Hier war das Bild ähnlich wie im ersten, nur dass einige der Männer wach waren und jammervolle Laute von sich gaben. Einer starrte Meta so groß an, als wäre sie eine Erscheinung, und zog sich dann die Decke bis zum Kinn. Meta drehte ihre Runde, ohne Ernsti zu finden.

Die nächste Tür im Flur war etwas kleiner. Vielleicht war es eine Einzelzelle. Meta öffnete sie so vorsichtig wie die ersten beiden. Sie spähte hinein. Es war dunkel darin.

»Was machen Sie denn hier?«

Meta zuckte zusammen und fuhr herum. Sie hatte damit gerechnet, dass früher oder später jemand sie erwischen würde, und trotzdem blieb ihr fast das Herz stehen.

Vor ihr stand Dr. Liebhold, groß, mit klugen Augen und einem Kreuz, wie Meta es schon oft zu Boden geworfen hatte. Doch sie konnte nicht einfach den zweitwichtigsten Mann der Heilanstalt niederringen und hoffen, dass sie damit durchkäme. Dr. Liebhold war der stellvertretende Direktor.

»Man hat mich aus dem Frauenhaus hergeschickt. Ich soll eine Nachricht überbringen«, sagte Meta. Das war auswendig gelernt. Allerdings hatte sie geglaubt, von einem Pfleger erwischt zu werden, dem sie dann hätte weismachen können, dass die Nachricht nur für die Ohren eines Arztes bestimmt war. Für die von Dr. Liebhold zum Beispiel. Aber der stand ja nun vor ihr. Darum wusste sie nicht, was sie sagen sollte, als

472

Liebhold skeptisch nachhakte, um was für eine Nachricht es sich denn handele.

»Ich würde das der betreffenden Person gerne selber sagen«, meinte sie vage. »Es ist eine private Nachricht.«

Liebhold zog die Augenbrauen hoch.

»Und für wen soll diese Nachricht sein?«

»Doktor Felfe.« Der Name war Meta einfach so durch den Kopf geschossen. Sie musste ihn heute irgendwo in der Klinik gehört haben.

»Doktor Felfe? Wir haben keinen Doktor Felfe«, sagte Liebhold unwirsch. Dann fiel ihm etwas ein. »Meinen Sie unseren Pfleger? Hermann Felfe?«

Meta nickte.

»Und den suchen Sie in der Putzkammer.«

Sie blickte auf den Türgriff in ihrer verkrampften Hand und dann in den Raum. Im Licht, das vom Flur hineinfiel, konnte sie Eimer und Wischmopp erkennen.

»Ich … habe mich in der Tür geirrt.«

Dr. Liebhold bestätigte, das sei wohl ganz offensichtlich der Fall. Dann befahl er ihr mitzukommen und schritt den Flur entlang. Meta nahm an, dass er sie zu diesem Felfe-Pfleger führen wollte, und zerbrach sich den Kopf, welche Nachricht sie dem nun überbringen sollte. Einem Arzt hätte sie sagen können, dass im Frauenhaus irgendein Medikament fehlte, das sie holen müsste. Aber einem Pfleger?

Dr. Liebhold führte sie in ein leer stehendes Behandlungszimmer, in dem es neben einem Schreibtisch eine Liege und einen rollbaren Schrank mit verschiedenen Drähten und metallenen Hörern gab. Es war ein Elektrotherapieraum.

»Sie sind doch die Neue, richtig?«

Meta riss sich vom Anblick der Patientenliege los und nickte.

»Ich informiere Felfe dieses eine Mal. Aber ich möchte doch sehr darum bitten, dass Sie in Zukunft keine weiteren … privaten Nachrichten in der Dienstzeit austauschen.«

473

Es war die Art, in der Dr. Liebhold »privat« sagte, die Meta aufhorchen ließ. Sie nickte langsam, und der stellvertretende Chefarzt sah sie noch einmal mahnend an, bevor er den Raum verließ. Meta betrachtete den Spalt der angelehnten Tür, der ihr andernfalls wie ein Fluchtweg erschienen wäre. Aber die Idee, die ihr gerade gekommen war, war besser – und vor allem unauffälliger.

Sie lehnte sich an die Kante des Schreibtischs und bemühte sich um einen einfältigen Gesichtsausdruck. Der verging ihr erst, als Hermann Felfe den Raum betrat.

Es war nicht selten, dass Meta größer war als die Männer, die sie traf. Aber der hier war nun wirklich ein besonders zierliches Exemplar. Und viel zu jung obendrein. Er hätte leicht Metas Sohn sein können. Wie alt mochte er sein? Zwanzig? Oder neunzehn? Er hatte kurz geschorene Haare und ein weiches Gesicht. Der hochgeschlossene Kragen wirkte, als hätte Mama Felfe ihn am Morgen noch liebevoll zugeknöpft. Von allen möglichen Pflegern an dieser Klinik hatte Meta nun ausgerechnet diesen hier aussuchen müssen. Sie rang sich ein Lächeln ab und knickte die Knie ein, um ein bisschen kleiner zu wirken.

»Sie haben mich rufen lassen, gnädige Frau?«, fragte Felfe, und es half nicht gerade, dass er Meta dabei ansah, als sei sie die Hausherrin eines Kinderheims, in dem er wohnte. Gnädige Frau! Meta war sich nie älter vorgekommen.

»Richtig, ich hoffe, ich habe Sie damit nicht in Schwierigkeiten gebracht.« Sie hielt ihr Lächeln tapfer und gab ihrer Stimme einen naiven Klang, als sie Hermann – denn sie dürfe doch hoffentlich Hermann zu ihm sagen – gestand, sie habe ihn in der Küche gesehen und könne sich seitdem kaum mehr auf ihre Arbeit konzentrieren. Ob es ihm denn nicht vielleicht auch so ginge.

Doch offensichtlich ging es Hermann nicht so. Er sah Meta gerade zum ersten Mal. Und er konnte nicht überspielen, dass er sie trotz der eingeknickten Beine für eine ziemlich große und einschüchternde Frau hielt.

474

»Was … wollen Sie damit sagen?«, stammelte er, und Meta hätte um ein Haar die Augen verdreht. Dieser Junge sah nicht nur obernaiv aus, er war es auch! Er hätte besser in einen Kirchenchor gepasst als in die Belegschaft einer psychiatrischen Anstalt. Da sie nicht vorhatte, sich in dieser Sache vollends zum Deppen zu machen, richtete sie sich auf, fuhr sich scheinbar verlegen durch die Haare und vergaß dabei tatsächlich die Haube auf ihrem Kopf. Ihre Finger verfingen sich in dem Band, und sie riss sie herunter. Das wirkte nun immerhin so echt, dass Hermann aufging, wie nervös sie war.

Meta fingerte das Hütchen an seinen Ort zurück und sagte, es sei wohl eine dumme Idee gewesen herzukommen. Sie würde den Herrn Felfe nicht weiter belästigen. Doch offensichtlich hatte der nun endlich begriffen, aus welchem Grund Meta sich nicht mehr konzentrieren konnte. Vom hochgeknöpften Kragen bis zum Scheitelansatz wurde er augenblicklich rot und schnappte nach Luft, ganz so, als hätte Meta ihm nicht ihr Interesse gestanden, sondern ihn stranguliert.

Er rührte sich keinen Zentimeter, als sie sich an ihm vorbei in den Flur drückte und die Treppe hinunterlief. Und als sie auf dem Hof ankam, war Meta trotz der brenzligen Situation plötzlich zum Lachen zumute. Sie schlug die Hand vors Gesicht und konnte nicht glauben, was sie gerade getan hatte. Erst als sie das Frauenhaus erreichte, wo der Geruch nach Desinfektion und Krankheit die frische Luft verdrängte, wurde sie wieder ernst. Die Aktion war unüberlegt gewesen. Und sie hatte die Aussicht darauf, ihren Bruder zu finden, nicht gerade verbessert.

DREIUNDZWANZIGSTES KAPITEL

Paris, 1904

Natürlich brauchten die Herren Direktoren ein wenig Vorstellungsvermögen, um sich auszumalen, was genau Mathis da eigentlich auf der Bühne präsentieren wollte. Denn Mathis hatte weder die Mittel noch das Geld, um eine zwei mal vier Meter große Röntgenwand zu basteln, Schauspieler zu engagieren und die entsprechende Anzahl an Durchleuchtungsmaschinen zu besorgen. Mal abgesehen davon, dass er ohnehin noch nicht wusste, ob sein Vorhaben am Ende überhaupt funktionieren würde. Es hatte ja noch nie jemand versucht, eine Theaterbühne in einen Röntgenapparat zu verwandeln.

Die einzige Röntgenmaschine, die neben Mathis stand, wirkte hier auf der riesigen Bühne jedenfalls nicht gerade beeindruckend. Ziemlich eingeschüchtert kauerte sie im Rampenlicht. Und das, obwohl Mathis sie extra vor den Proben noch poliert und herausgeputzt hatte.

Entsprechend skeptisch waren die Brüder Isola, und auch die Neugierigen in den hinteren Reihen blieben still. Niemand applaudierte. Niemand sprang begeistert auf und beglückwünschte Mathis zu seinem Einfall, wie Fuller es prophezeit hatte.

Das sei ja alles schön und gut, ließ Vincent Isola irgendwann vage vernehmen, und sein Bruder sagte: »Eine schöne Idee.«

»Aber die Sache mit der Röntgenleinwand«, meinte Vincent, und Émile schüttelte bedauernd den Kopf, »mit den acht Maschinen und dem Trupp an Schauspielern – das scheint doch alles ziemlich kostspielig.«

Und Émile betonte: »Ziemlich kostspielig!« Und dann lächelten sich die Brüder zu, weil sie froh waren, wieder einmal einer Meinung zu sein.

Mathis und die Maschine ließen den Kopf hängen. Hinter dem Vorhang stand Meta und zuckte bedauernd die Schultern. Doch dann erhob sich Fuller in der vorletzten Reihe. Sie trug ihr Bühnenkostüm, in dem Mathis und Meta sie am letzten Dienstag hatten tanzen sehen. Sie hatte Holzlatten in die Ärmel genäht, die ihre Arme verlängerten und mehrere Kilo schwer waren, sodass ihr Auftritt mehr ein Schultertraining als ein tatsächlicher Tanz war. Sie hatte sich schnell um die eigene Achse gedreht, während sie die Arme gehoben und gesenkt hatte und von unten mit den überhitzten Scheinwerfern angestrahlt worden war. Dadurch war eine beeindruckende Säule aus Licht in immer wechselnden Farben und Formen entstanden, von der sie irgendwann vergessen hatten, dass ein Mensch sich darunter befand. Jetzt aber, ohne die Effekte und das Bühnenlicht, sah sie eher aus wie eine dicke weiße Motte.

Fuller erhob die Stimme. Sie sei nicht verwundert darüber, dass die Brüder es wieder einmal nicht erkennen könnten, aber die Präsentation dieses Jungen sei ein postmodernes Meisterwerk, das seinesgleichen suche. Und wenn Vincent und Émile keine Verwendung für den jungen Herrn Bohnsack hätten, dann würden sie doch bestimmt auch nichts dagegen haben, wenn Fuller ihn an die französische Staatsoper weitervermittelte. Dort würde man sich nämlich die Finger nach solchen Ideen lecken.

»Aber die Kosten, meine Liebe, die Kosten«, sagte Vincent, der erst am Tag zuvor vom Finanzberater eins auf den Deckel bekommen hatte.

Doch wo die Kunst mitspielte, da ließ Fuller so etwas Profanes wie Geld nicht gelten. Sie machte eine abwertende Bewegung mit dem Arm, bei der sie dem Lichttechniker, der neben ihr saß, die Latte ihres Mottenkostüms ins Gesicht haute. Die

Brüder Isola sollten sich nun bitte schön endlich mal daran gewöhnen, dass sie das renommierteste Varieté-Theater von Paris führten und keine kleine Schaben-Bühne mehr, auf der man sich nur mittelmäßige Produktionen leisten könne. Und mit der letzten Bemerkung meinte Fuller alle Theater, die die Brüder vor den Folies besessen hatten.

Dass sie die größte Musikbühne in Frankreich leiteten, hatten die Brüder inzwischen auch mitbekommen. Der Finanzberater hatte es ihnen ja gerade gestern erst in Erinnerung gerufen. Aber war das nicht genau der Grund gewesen, warum sie die Fäden von Einnahmen und Ausgaben zusammenhalten sollten? Wie dem auch sei, Rechnen war noch nie die Stärke der Brüder Isola gewesen, und wenn es zu einem Duell zwischen Fuller und dem Finanzberater kam, war Fuller eindeutig die einschüchterndere Figur. Der arme Lichttechniker hielt sich ja immer noch die blutende Nase.

Die Sache wurde also entschieden, und Mathis bekam seinen Platz bei den Folies. Ab September könne es losgehen. Obwohl – hatte man da nicht schon den großen Automobilstunt geplant ...? Während die Brüder noch nach den Vorschauprogrammen für die kommenden Monate kramten, schob Mathis seine Maschine ein wenig benommen hinter den Vorhang.

»Wir haben es geschafft«, sagte er zu Meta. Eine Röntgenleinwand, hinter der sich die Figuren bewegten, sichtbar als Knochen. Davon hatte er schon auf der Wiese geträumt, als Hans ihn gerade niedergeschlagen hatte. Mathis kam es so vor, als wäre das schon eine Ewigkeit her.

»Du hast es geschafft«, korrigierte Meta. »Mein menschliches Kleid war ihnen ja immer noch zu viel Kleid.«

In ihrer Stimme lag eine bittere Note, wahrzunehmen nur für jemanden wie Mathis, dem Metas Glück am besonders großen Herzen lag. Tatsächlich blähte sich dieses Herz gerade auf die Größe eines Zeppelins auf.

Mathis sah Meta an. Er fand es auch nicht richtig, dass die Brüder Meta gefragt hatten, ob sie unter dem menschlichen Kleid nicht vielleicht nackt auftreten könne. Umso gerührter war er, dass sie sich trotz allem für ihn freute. Und da konnte er nicht mehr anders, als ihr Gesicht in beide Hände zu nehmen und sie zu küssen. Meta hatte nichts von Nawis fließender Weichheit an sich. Ihr Körper war starr und ihr Nacken betonartig. Und allein in ihrem erschrockenen Zusammenfahren lag eine Kraft, der Mathis' Hände nichts entgegenzusetzen hatten. Sie entwich seinem Griff, ihre Münder lösten sich, und Meta sah ihn bestürzt an.

»Ich bin nur wegen dir nach Paris gekommen«, sagte Mathis, weil das stimmte, weil Ernsti nicht in der Nähe war, um ihn böse anzubrummen, und weil es in Mathis' Brust so sehr klopfte, dass er gleich umfallen würde, wenn er nicht endlich etwas Liebe rauslassen konnte.

Neben ihnen wurde ein kauendes Dromedar durch den Vorhang auf die Bühne geführt. Meta sagte überhaupt nichts. Sie starrte Mathis nur an, und darum kam es für ihn völlig unerwartet, als sie plötzlich vorsprang. Unter ihrer stürmischen Umarmung verlor Mathis das Gleichgewicht. Er spürte den Vorhang in seinem Rücken, als er rücklings auf die Bühne kippte. Über ihm riss Stoff. Metas Körper drückte die Puste aus seiner Lunge, er sah die Beine des Dromedars und das erstaunte Gesicht von dessen Besitzer. Mathis schnappte nach Luft, kam aber nicht weit damit, weil Meta in diesem Moment ihre Lippen auf seine drückte. Ihr Atem füllte seine Brust, ihre Haare fielen ihm in die Augen. Die erstaunten Ausrufe aus dem Zuschauerraum waren nur Beiwerk für diesen Ringkampf, der endlich war, wie er sein sollte.

Die Künstlerzimmer, von denen Gooch in Zürich geschwärmt hatte, entpuppten sich bei Mathis' Einzug als überfüllter Männerschlafsaal. Für ein frisch verliebtes Pärchen war das nun weniger ideal. Doch zum Glück sahen es die Franzosen mit der Geschlechtertrennung nicht so eng.

Tatsächlich gab es so viele Mädchen in den Männerbetten, dass Meta kaum auffiel – oder zumindest nicht mehr als sonst, denn sie gehörte ja generell eher zu den auffälligen Menschen.

Metas Erfahrung mit Männern beschränkte sich auf die nicht sehr angenehmen Zusammenstöße mit dem Bauern Hollenbeck und auf ein paar auch nicht angenehmere Annäherungsversuche durch ihren ersten Impresario. Danach hatte Meta eigentlich nur noch Männer im eigenen Tempo aufs Kreuz gelegt, weil sie mit ihnen gerungen hatte. Doch mit Mathis stellte sie zum ersten Mal fest, dass auch der umgekehrte Fall gar nicht so übel war. Sie war neugierig und ein schneller Lerner. Zumal es im Schlafsaal ja ausreichend Anschauungsmaterial gab. Überall wurde freizügig gekichert und laut herumgeatmet. Das musste so ein Ding der Franzosen sein, dachte Mathis und erinnerte sich an Brückners Worte. In Zürich hätte man zumindest noch versucht, sich bei dem ganzen Geknutsche unter der Decke zu verstecken.

Zu Beginn wohnte auch noch die Röntgenmaschine mit im Schlafsaal. Wie eine Wächterin stand sie neben Mathis' Bett und kam ihm von Abend zu Abend bedrohlicher vor. Darum verfrachtete er sie bald entschuldigend in den Requisitenraum. Er hatte nicht vergessen, wie sie gestreikt hatte, als er und Meta sich in der dunklen Automatenhalle getroffen hatten. Vor einem wichtigen Auftritt wie diesem konnte er das nicht riskieren.

Überhaupt machte Mathis die Planung des Auftritts ein wenig Sorge. Im Oktober sollte seine Show beginnen, und er hatte immer noch keine Ahnung, woher er das viele Material nehmen sollte. Ein Bühnenstück hatte er auch noch nicht geschrieben. Und dann war da noch Meta, die jetzt in seinem Bett lag und nachholen wollte, was sie in den letzten Jahren verpasst hatte. Nur abends ging sie zurück in die Herberge, um bei Ernsti zu sein und um das Märchen aufrechtzuerhalten, sie arbeite tagsüber in den Folies. Das hatte sie Ernsti nämlich so gesagt. Ihr Bruder sollte erst einmal nichts von ihrer Beziehung zu Mathis wissen.

Ernsti beschwerte sich nicht über Metas Abwesenheit. Er war es gewohnt, ein paar Stunden am Tag ohne seine Schwester auszukommen, und außerdem hatte er damit begonnen, die Stadt auf seine Art zu erkunden. Weder Meta noch Mathis bekamen mit, wie er immer größere Kreise um die Herberge zog und dabei überall kleine Spuren der Zerstörung hinterließ. Manchmal nahm er auf seinen Erkundungstouren Dinge mit, die er fand, und versteckte sie unter der Matratze. Aber auch das sah Meta nicht. Wenn sie mit geröteten Wangen zurück in die Herberge kam, war ihre eigene Schuld so groß, dass sie die von Ernsti nicht einmal bemerkt hätte, wenn er die erdrosselten Katzen an einem Band um den Hals getragen hätte. Sie hatte ein schlechtes Gewissen, weil sie ihn so oft allein ließ. Und die einzigen Male, bei denen Ernsti es nicht schaffte, wieder rechtzeitig im Zimmer zu sein, bevor sie zurückkam, gab sie sich selbst die Schuld daran. Meta glaubte, dass Ernstis Herumstromern mit Langeweile zu tun hatte, weil sie nicht da war, um ihn zu beschäftigen. Doch in Wahrheit trieben ihn Neugierde und die Lust an der Zerstörung. Die Stadt war wie geschaffen für Ernsti. Es war eine Stadt mit hundert Spielsachen.

Anfangs hatte die Menschenvollheit Ernsti noch gehemmt. Mit seiner Intelligenz mochte es nicht allzu weit her sein. Aber er war auch nicht so dumm, als dass er Dinge einfach weggenommen oder kaputtgemacht hätte, während andere ihm dabei zusahen. Mit der Zeit stellte Ernsti fest, dass gerade die größten Menschenmengen die beste Tarnung für ihn waren. Keiner achtete darauf, was er tat, solange die Dinge, die er mitgehen ließ, nur nicht allzu groß waren.

Von einem schicken Automobil erbeutete er den glänzenden runden Knauf, der oben auf der Gangschaltung saß. Ernsti musste ihn nur drehen, um ihn zu lösen, und nachdem er das herausgefunden hatte, hielt er nach weiteren Griffen für seine Sammlung Ausschau. Manche von ihnen wollten nicht so, wie er wollte, und dann wurde er wütend und brach gleich die ganze Verankerung ab. Einen Türklopfer in Form eines Löwenkopfes nahm er auf diese Weise an sich und auf dem Fischmarkt ein glänzendes Messer, das unter dem Tisch mit den Aalen lag. Ernsti mochte Messer. Er stach sie gern in Frösche oder größere Insekten, die sich mit dem Finger allein nicht gut zerdrücken ließen. Aber als es auf den Straßen von Paris weit und breit keine Frösche zu finden gab, entdeckte er die Katzen auf dem Friedhof von Montmartre.

In vielerlei Hinsicht war der Friedhof ein perfekter Ort für die streunenden Tiere. Er lag mitten im wuseligen Paris, mit all seinen Abfällen, aus denen sie sich das Beste heraussuchen konnten, und war zugleich ein ruhiger, fast vergessener Ort. Im Sommer konnten sich die Katzen auf den Grabsteinen aalen, und im Winter fanden sie Unterschlupf zwischen den vielen schicken Familiengrüften, die sich den Weg entlangschlängelten. Mäuse wohnten in diesen kleinen Palästen, ganze Königsfamilien von Mäusen. Die Katzen hatten also Fressen und Ruhe, anders als in den Gassen, wo ihnen ständig eine Pfanne oder ein Besen um die Ohren gehauen wurde. Es war ein friedliches und volles Leben für die Katzen von Montmartre. Zumindest bis Ernsti kam.

Ernsti ahnte wohl, dass diese Tiere ihm ausgeliefert waren. Weit und breit kein Besitzer und niemand, der um sie trauern würde. Die Katzen waren so allein gelassen wie er selbst. Natürlich entwischten ihm auch einige, wenn er sie in die Ecke eines verwitterten Totenhäuschens trieb. Der Friedhof bot Unterschlüpfe, an die Ernsti mit seinem behäbigen, klobigen Körper nicht gelangen konnte. Aber es gab doch auch immer wieder solche, die er in die Falle drängen konnte.

Die Einzige, die Ernstis Kommen und Gehen bemerkte, war die Besitzerin der Herberge, Erna Knott. Aber die war erstens zu grundlegend desinteressiert, und zweitens machte sie keinem Gast Vorschriften, der so lange blieb wie dieser hier. Während der dünne junge Mann mit seiner überdimensionalen Kiste schon nach wenigen Tagen wieder abgehauen war, wohnten die seltsamen Kirschbachers nun schon seit gut drei Wochen hier. Drei Wochen! Für Erna Knott war das fast eine Adoption. Da konnte sie darüber hinwegsehen, dass Herr Kirschbacher seine klobigen Schuhe nicht abputzte oder ihr nicht einmal einen guten Morgen oder Mittag wünschte. Dass mit dem irgendetwas nicht stimmte, das sah ja ohnehin jeder! Nur, um zu hinterfragen, was genau da denn nicht stimmte, hätte man eben interessiert sein müssen. Und das lag nun einmal ganz und gar nicht in Erna Knotts phlegmatischer Natur.

Es war bereits September, als eine Bühnenschau Mathis und Meta die rosaroten Brillen von den Nasen riss.

Eine junge Frau namens Mauricia de Thiers wurde angekündigt, eine vierundzwanzigjährige Sensationsartistin, die einen Stunt mit dem Automobil zeigen wollte. Mathis erkundigte sich zweimal, ob er das richtig verstanden hatte. Selbst in einer fortschrittlichen Stadt wie Paris hatte er noch keine Frau in einem Auto gesehen.

Tatsächlich hatte die Frauenrechtlerin Anne d'Uzès zwar schon vor sechs Jahren als erste Frau in der Geschichte einen Führerschein abgelegt. Aber es war ihrer Pionierarbeit nicht unbedingt zugutegekommen, dass sie noch im selben Jahr mit rasanten fünfzehn Stundenkilometern im Pariser Bois de Boulogne erwischt worden war. Sie hatte einen Strafzettel bekommen, und der Skandal war in allen Zeitungen breitgetreten worden. Was letztendlich das Vorurteil nur verhärtet hatte, Frauen könnten nun mal nicht Auto fahren, weil sie zu irrational seien und die Hormone mit ihnen durchgingen.

Eine rauchende Frau wurde in Paris gerade eben so geduldet. Eine Frau auf einem Fahrrad war bereits ein kleiner Skandal. Aber hier wollte schon wieder eine Dame ein Auto besteigen (auf der Seite des Lenkrads!) und sich diesmal auch noch mitsamt dem Fahrzeug überschlagen.

Eine Woche vor der Premiere begannen die Bühnenarbeiter mit dem Aufbau. Vierzig Männer waren nötig, um das meterhohe Gerüst aufzustellen und die vielen Streben und Stahlseile miteinander zu verbinden. Das Ergebnis war abenteuerlich. Oben gab es eine Plattform, auf der das Auto stand, und von dort führte eine Straße steil herab. Sie war wie ein Haken gekrümmt und endete im Nichts. Irgendwie sollte das Auto durch den enormen Schwung auf dem Kopf fahren, sich selbst drehen und dann – hoffentlich richtig herum – auf der Landebahn aufkommen. Nicht einmal theoretisch konnte Mathis sich vorstellen, wie das funktionieren sollte.

»Und das soll eine Frau machen?«, fragte er noch einmal. Meta warf ihm prompt einen bösen Seitenblick zu. Ihrer Meinung nach müsste die Frage doch wohl eher lauten, ob das ein Mensch machen solle. Und das war eine berechtigte Frage. Die ersten Testpassagiere (allesamt Hasen) waren nämlich beim Überschlagversuch gestorben. Ebenso die Hunde. Erst ein Schaf hatte die rasante Fahrt überlebt, und daraus hatte man dann geschlossen, dass alles, was noch größer als ein Schaf war, es ebenfalls überleben konnte.

Mathis fand diesen Rückschluss wenig überzeugend. Und noch weniger überzeugt war er, als er das Persönchen kennenlernte, das sich diese Waghalsigkeit traute. Mauricia war eine bescheidene Dunkelhaarige in schlichter, bürgerlicher Kleidung. Sie hätte gut hinter den Tresen einer Apotheke gepasst. Aber sicher nicht hinter das Steuer eines Automobils, das sich mit fünfzig Stundenkilometern in die Tiefe stürzen sollte. Fünfzig Stundenkilometer! Das war mehr, als überhaupt ein Auto oder Rennwagen fahren konnte. Eine Generalprobe würde es ebenfalls nicht geben, denn die war zu riskant. Wenn Mauricia schon bei der Fahrt draufgehen musste, dann wollte sie wenigstens sicherstellen, dass möglichst viele Menschen dabei zusahen. Schließlich war Mauricia Sensationsartistin. »Das Risiko berührt die Leute eben nur, wenn mein Leben auf dem Spiel steht«, sagte sie lächelnd.

Es war der Satz, mit dem sie Meta packte. So wenig diese sich nämlich mit Fuller verstand (die Meinungen zu Fullers Geburtsland gingen einfach zu weit auseinander), so sehr bewunderte Meta Mauricia. Und sie bewunderte sie noch mehr, als sie der Sensationsartistin am 3. September bei der waghalsigen Nummer zusah. Die Halle war ausverkauft. Die gesamte Presselandschaft von Paris war anwesend. Die Sturzfahrt dauerte nicht länger als vier Sekunden, doch allen rutschte das Herz in die Hose, als sich das Auto drehte und für einen Moment in der Luft zu schweben schien. Die junge Dame hing kopfüber in dem Fahrzeug. Das Publikum stieß Schreie des Entsetzens aus. Und dann landete das Auto, mit einem lauten Krachen, aber auch mit den Rädern voran. Mauricia hatte es geschafft. Die Zuschauermenge in der Halle raste vor Begeisterung.

Mauricia hatte Muskelrisse und Kopfschmerzen, als Mathis und Meta sie später an ihrem Krankenbett besuchten, aber sie war glücklich. Direkt nach dem Auftritt hatte bereits ein Reporter sie für eine Magazinserie angefragt, und auf einer Zigarettenpackung sollte ihr Bild auch abgedruckt werden. Sobald sie wieder auf den Beinen war, würde sie die Vorstellung wiederholen. Einen ganzen Monat lang, wenn die Zuschauer das wollten. Und das wollten sie.

Mauricia wurde zur bestbezahlten Zirkusartistin Europas. Und so wunderte es niemanden, als eine Woche später ein Agent an ihre Garderobentür klopfte, um ihr eine Tour mit Barnum & Bailey durch Amerika anzubieten.

»Amerika«, sagte Meta und drückte Mauricias Hand. Sie

hatte Tränen in den Augen, teils vor Freude über Mauricias Glück, teils aus Schmerz. Meta hatte an diesem Tag mit der Probe einer neuen Nummer begonnen und überall blaue Flecken und Quetschungen. Grob gesagt, ging es darum, sich von einem Auto überfahren zu lassen und es dann mitsamt den Insassen hochzustemmen. Damit wollte Meta die Brüder Isola endlich davon überzeugen, sie ins Programm aufzunehmen. Das Risiko berührte die Menschen eben nur, wenn das Leben auf dem Spiel stand. Das hatte Meta nicht vergessen, und sie wiederholte es wie ein Mantra.

Da wäre es Mathis doch insgeheim lieber gewesen, Meta hätte sich für die Sache mit der Nacktheit entschieden.

»Es macht überhaupt keinen Sinn, dass man sein Leben für eine Schau riskiert«, maulte er.

»Wenn man im Lebensmittelladen arbeitet, dann vielleicht nicht«, sagte Meta. »Aber Mauricia und ich, wir sind Artistinnen!«

Darauf konnte Mathis nichts erwidern. Auch deshalb, weil ihnen wenig Zeit zum Streiten blieb. Als wäre die Sensationsartistin nicht nur auf die Bühne, sondern auch im Schlafsaal aufgeschlagen, hatte es die beiden Verliebten schließlich aus dem Bett geworfen. Auf der einen Seite der Matratze war Meta in ihre Arbeit gestürzt und auf der anderen Seite Mathis in seine. Ab Oktober sollte er Mauricias Programmplatz mit seiner Röntgennummer übernehmen. Aber wie um Himmels willen er ein Publikum zufriedenstellen sollte, das ein sich überschlagendes Auto gesehen hatte, war ihm ein Rätsel.

Die Brüder hatten ihm eine bescheidene Summe Geld zur Verfügung gestellt, aber er hatte bislang nicht einmal einen Kostenplan zustande gebracht. Er musste sich um das Material für den überdimensionalen Röntgenschirm kümmern und um Maschinen. Möglichst alle, die in der Umgebung aufzutreiben waren. Das Stück musste geschrieben und die Schauspieler mussten gefunden und instruiert werden. Und zu allem Unglück schleppte er auch immer noch diese hartnäckige Erkältung mit sich herum, mit der er nach Paris gekommen war.

Mathis war froh, dass er Fuller hatte, die fließend Französisch sprach und ihn unter ihre radiumbestäubten Fittiche nahm. Sie machte Mathis mit Henri Becquerel bekannt, der wiederum mit den Curies befreundet war, und so wurde Mathis von einem zum anderen weitergereicht, bis er in den gesamten Kreis der Pariser Physikwissenschaft eingeführt war. Sogar an Wilhelm Conrad Röntgen wurde ein Brief geschrieben, bei dem Mathis persönlich die Feder führen durfte. (Nicht nur, weil man ihm diese Ehre zuteilwerden lassen wollte, sondern auch, weil Mathis am besten Deutsch sprach.) Wie hatte das passieren können?, fragte Mathis sich mehr als einmal: Er, der Sohn eines Bohnenbauern aus Langweiler, saß plötzlich mit all diesen schlauen, studierten Menschen an einem Tisch! Endlich konnte ihm mal jemand erklären, wie dieses Durchleuchtungsding eigentlich funktionierte. Zugegeben, brauchte es dafür mehrere Anläufe und die gesamte Buntstiftsammlung von Maries Tochter Irène, denn Mathis hatte weder von Kathodenröhren noch von Fluoreszenz oder radioaktiven Strahlen je etwas gehört. Doch irgendwann begriff er dann doch genug, um eine Liste mit den Materialien aufstellen zu können, die er für den Auftritt in den Folies-Bergère brauchte. Pierre Curie bot Mathis sogar an, ihm bei den Besorgungen zu helfen. Wofür er allerdings einen bösen Seitenblick von Marie Curie erntete. Die war nämlich als Einzige am Gartentisch der Meinung, dass Mathis eine Zeitverschwendung sei.

Im Grunde hielt Marie Curie so ziemlich alles für eine Zeitverschwendung, das nicht direkt mit ihrer Arbeit zu tun hatte. Presse- und Fototermine zum Beispiel, Familienfeiern, Krankheiten und diese ständige Notwendigkeit der Nahrungsaufnahme! Es war gut, dass sie ein Hausmädchen hatten, einen Gärtner und ein Kindermädchen sowie Pierres Vater, der alle drei beaufsichtigte und sich um die Enkelin und den Garten kümmerte. Marie hatte sicher nicht jahrelang Physik und Mathematik studiert, um dann mit Kochtöpfen zu klappern oder ihrer Tochter den Unterschied zwischen einem Spekulatius und einem Spekulanten zu erklären. Aber immerhin war Irène inzwischen sieben. Da konnte man ja hoffen, dass bald ein vernünftiges Gespräch mit ihr anzufangen war. Sie spielte schon jetzt viel mit der Pechblende, aus der Pierre und Marie ihr Uranium gewannen, und zeigte ein ausgeprägtes Verständnis für die Arbeit ihrer Eltern. Was man von dem dünnen jungen Mann am Kaffeetisch nicht unbedingt behaupten konnte.

Marie Curie schob ihren Stuhl zurück und stand umständlich auf, wobei sie sich den Rücken hielt. Sie war im siebten Monat schwanger, aber das würde sie nicht davon abhalten, den Rest des Tages im Labor zu verbringen. Das Uranium extrahiere sich schließlich nicht von selbst, sagte sie und entschuldigte sich bei ihrem Gast, um den sie ohnehin nicht gebeten hatte.

Pierre Curie blickte seine Frau liebevoll an. Sie solle sich doch lieber noch ein wenig schonen und ihren Tee austrinken. Die Sonne sei so schön. Woraufhin Marie erwiderte, die Sonne existiere morgen mit einer Wahrscheinlichkeit von neunundneunzig Komma neun Periode auch noch. Im Gegensatz zu ihren Proben. Und Pierre solle sich doch lieber selbst an die Arbeit machen, statt irgendwelche Besorgungsgänge anzubieten, bei denen er gar nichts zu besorgen hätte.

Sie sprach französisch mit Pierre, deswegen verstand Mathis nur ein Viertel von dem, was sie sagte. Aber das Viertel reichte, um sich unwillkommen zu fühlen. Er stach schnell noch die Gabel in sein letztes Stück Kuchen, steckte es sich in den Mund und bedankte sich artig für die Gastfreundschaft. Er müsse nun aber ebenfalls aufbrechen. In letzter Zeit gehe es ihm nicht so gut, und er wolle sich noch ein wenig hinlegen.

Als er sein Unwohlsein erwähnte, wurde Pierre Curie ganz Ohr. Er sah Mathis prüfend an und erkundigte sich, ob die

Unpässlichkeit sich doch hoffentlich nicht in Kopfschmerzen, Übelkeit und zittrigen Händen ausdrücke?

Mathis hatte sich gerade eigentlich gar nicht so unwohl gefühlt, wie er behauptet hatte, aber das änderte sich jetzt. Mit ebendiesen Symptomen hatte er seit der Reise nach Paris tatsächlich zu kämpfen. Zudem war er häufig müde, und das Händezittern war an manchen Tagen so stark, dass er kaum das Putztuch greifen konnte, um seine Maschine zu polieren. Beunruhigt blickten die beiden Männer sich an.

»Das habe ich auch«, sagte Pierre, »schon seit einigen Wochen. Da muss irgendwas umgehen in der Stadt.«

Was in diesen Tagen ebenfalls in der Stadt umging, war die Kunde, dass die Brüder Isola für den Winter eine Tiernummer suchten. Das hatte ihr Finanzberater zu verantworten, der sich fast den Schnurrbart abgerissen hatte, als er erfuhr, dass die Brüder nur einen Monat nach der kostenaufwendigen Produktion mit dem herabstürzenden Auto gleich eine noch kostenaufwendigere Produktion mit einer Durchleuchtungsmaschine geplant hätten. Die Brüder mussten versprechen, für den Rest des Jahres nun aber wirklich sparsam zu sein. Und kaum etwas war so sparsam wie eine Nummer, in der man den Darstellern nichts bezahlen musste. Also kamen nur Völker- und Tierschauen infrage.

»Eine Tierschau«, bestimmte der Finanzberater in einem Ton, der wenig nach Beratung klang. Die Brüder waren für einen Widerspruch zu feige. Dabei hatten sie mit Tieren nun wirklich keine besondere Erfahrung. Das einzige Kaninchen, das sie je besessen hatten, war irgendwie verschwunden. Und Vincent hatte bei einer misslungenen Zaubernummer einmal versehentlich eine Taube zerquetscht.

Sie hängten trotzdem Plakate mit dem Gesuch in der Stadt aus, und am nächsten Donnerstag verwandelten sich die Folies in eine wahre Menagerie.

Pudeltrainer, Schlangenbeschwörer, ein Tierhypnotiseur, Krokodile, Wellensittiche, ein Mäusezirkus und ein ganzes Rudel Hauskatzen und Hunde kamen zum Vorsprechen. Ein Mann versuchte sogar, seinen Elefanten durch den Artisteneingang zu manövrieren, bevor die Brüder angerannt kamen und ihn aufhielten. Nicht auszudenken, was der Finanzberater sagen würde, wenn nun die Decke des Artisteneingangs repariert werden müsste!

Doch auch ohne den Dickhäuter hatten die Brüder einige ernst zu nehmende Probleme. Der Warteraum hinter der Bühne war so voll mit Viechern, dass es mehrere Tage dauerte, bis man alle auf die Bühne gebeten und wieder herunterkomplimentiert hatte. Zudem hatte man nicht bedacht, dass sich die verschiedenen Arten nicht unbedingt miteinander verstanden. Die Proben wurden durch ein ständiges Quieken, Bellen, Tschirpen und Kreischen gestört. Und dann übertönten plötzlich menschliche Schreie das ganze Spektakel.

Eine dusselige Schlangenbeschwörerin hatte eine Schlange verloren, was den Rest der Tierbesitzer, allen voran den Dompteur des Mäusezirkus, in helle Panik versetzte. Sie stolperten übereinander, als sie aus dem Raum stürmten. Das Theater musste evakuiert werden. Alle Angestellten und Künstler in den Folies (mit Ausnahme von Mauricia, die mit ihrem soundsovielten Muskelriss im Bett lag) stellten die Hallen und Garderoben auf den Kopf, ohne dass das Tier gefunden wurde. Vincent und Émile hatten Schweißausbrüche bei dem Gedanken, dass es bei der nächsten Vorstellung unter irgendeinem Stuhl im Zuschauerraum auftauchen oder in eine Damenhandtasche kriechen könnte. Oder dass es auf die Idee käme, in eine Zuschauerwade zu beißen. Aber schließen konnte man die Musikhalle auch nicht. Die Vorstellungen von Mauricia waren bis Ende des Monats ausgebucht. Und wer wusste schon, ob dieses verdammte Schlangenvieh überhaupt jemals wieder auftauchen würde. Also bekreuzigten sie sich und öffneten die Pforten am nächsten Abend wieder. Sie hatten Glück, dass ihnen dabei nur ein Finanzberater im Nacken saß und nicht Feuerwehrinspektor Stickelberger.

Die Schlange blieb auch am nächsten und am übernächsten Abend verschwunden, und irgendwann fiel die Anspannung von den Brüdern ab. Von der Idee mit der Tiernummer hatten sie vorerst die Nase voll und wiesen weitere Hunde-, Katzen- und Kuhbesitzer ab, die sich am kommenden Donnerstag vorstellen wollten. Daraufhin wagte Mathis noch einmal einen Vorstoß und fragte an, ob die Herren Isola nicht vielleicht einen Blick auf Metas neue Nummer werfen wollten.

»Ist die teuer?«, fragten die Brüder. Woraufhin Mathis kleinlaut zugab, es involviere wahrscheinlich ein Auto. Die Brüder besprachen sich kurz. Ein Auto hatten sie ja noch von der Nummer mit Mauricia. Da könnte der Finanzberater also nichts sagen. Sie nickten einvernehmlich, sie könnten sich Metas Idee ja mal ansehen, und Mathis freute sich genau so lange, bis er sah, wie weit Meta die neue Nummer tatsächlich getrieben hatte.

Er saß mit den Brüdern und den anderen Artisten im Zuschauerraum, als das Automobil mit voller Geschwindigkeit auf Meta zuraste. Es wurde von Mauricia de Thiers gelenkt, die inzwischen eine gute Freundin von Meta geworden war. Aber in dem Moment, als der Wagen Meta frontal traf, sah es nicht wie ein Freundschaftsdienst, sondern wie geplanter Mord aus. Es gab einen dumpfen Knall, und Meta fiel rücklings nach hinten. Mathis sprang auf, und auch die Brüder japsten. Zusammen mit Loïe stürzte Mathis nach vorn, während Mauricia den Wagen seelenruhig über Metas Körper fuhr. Meta lag nun unten zwischen den Rädern. Mathis stolperte die Treppe zur Bühne hoch. Er rief Metas Namen, doch alles, was sich zur Antwort regte, war das Auto selbst. Es war zunächst nur ein Ruckeln, so als würde der Motor einmal husten. Doch dann stieg der Wagen vorne in die Luft. Fassungslos sah Mathis zu, wie Metas Arme das Automobil mitsamt der Freundin darin nach oben pressten, hoch genug, dass sie ihre Beine anwinkeln und unter das Auto stemmen konnte. Jetzt hob sich auch das Heck des Wagens. Meta lag darunter, alle viere nach oben gestreckt. Dann gab sie dem Auto einen Schubs wie eine Sprungfeder, und es flog nach vorn, wo es krachend auf der Bühne landete. Die Brüder kniffen die Augen zusammen, als sie Holz splittern hörten, und blickten sich nach dem Finanzberater um. Doch Metas Schau war noch nicht vorbei. Sie stand auf, holte ein Nagelbrett und legte sich darauf. Dann schleppten zwei Bühnenbauarbeiter einen Amboss herein, den sie Meta auf den Bauch stellten. Mathis schielte inzwischen nur noch durch die Finger. Er war sich sicher, dass Mauricia einen sehr schlechten Einfluss auf Meta hatte. Die Männer gingen fort und kamen mit zwei großen Hämmern zurück, mit denen sie auf den Amboss einschlugen. Mathis zuckte bei jedem Schlag noch mehr zusammen als Meta.

Die Männer legten die Hämmer nieder, hievten den Amboss hoch, und Mathis hatte schon die Hoffnung, dass diese schreckliche Schau nun endlich ein Ende hätte. Doch dann bog Meta den Rücken durch, und Mauricia, die an der Seite gewartet hatte, legte ihr ein breites Brett auf den Bauch. Ein Tubaspieler betrat die Bühne. Und er war, wie man das von einem Tubaspieler erwarten konnte, wie ein Tubaspieler gebaut.

Es waren zweihundert Kilo (die Tuba nicht mitberechnet), die sich auf das Brett hockten, als wäre Meta eine Bank. Metas Arme und Beine zitterten. Der Tubamann holte Luft und blies in sein Instrument. Und dann geschah etwas, das keiner erwartet hatte.

Statt eines Tons gab die Tuba ein ersticktes Quietschen von sich, und etwas flog oben aus der Öffnung wie ein Wurfgeschoss. Die Brüder duckten sich erschrocken, als das Objekt über ihre Köpfe direkt in den Zuschauerraum flog. Dort einmal angekommen, wurde sehr schnell klar, dass es sich um die verschwundene Schlange handelte.

Das Tier hatte sich in der Tuba verkrochen! Alle Anwesenden

sprangen auf, als sich die Schlange verärgert zischend auf dem Boden wand. Der Tubaspieler war so erschrocken, dass er von seiner improvisierten Bank kippte. Das Brett rutschte von Metas Bauch. Es schlug ihr gegen den Kopf. Mathis und Mauricia sprangen vor, um Meta abzufangen, als die menschliche Brücke einkrachte. Unter ihr lag immerhin ein Nagelbrett.

Mathis' und Mauricias Hände erreichten Meta gleichzeitig, doch sie stießen mit der Stirn zusammen, und Mauricia taumelte zurück. So war es denn dann nur Mathis' Hand, die zwischen Metas Rücken und dem Nagelbrett eingeklemmt wurde. Es fühlte sich an, als würden die Nägel seine Finger durchbohren.

Mathis verzog das Gesicht, und Meta rollte sich erschrocken von dem Brett herunter. Währenddessen war das Chaos im Zuschauerraum in vollem Gange.

Natürlich war gerade kein Schlangenbeschwörer in der Nähe, um das Tier wieder zu beschwören oder zumindest um zu interpretieren, ob das Herumgezische auf dem Boden nun pure Verärgerung oder hilflose Orientierungslosigkeit bedeutete. Jeder griff nach einem anderen Gegenstand, um sich gegen die Schlange zu wappnen. Besen, Stühle und Flaschen wurden gezückt und gegen sie gerichtet. Einer zog sogar seinen Schuh aus und hielt ihn in der Hand. Was nicht besonders intelligent war, wenn man bedachte, dass das Tier sich in Zehenhöhe befand.

Loïe Fuller war es schließlich, die auf die geistesgegenwärtige Idee kam, eine Decke zu holen. Sie hatte genug Erfahrung mit großen Gewändern und wie man sich darin verheddert. Die Decke wurde über dem Tier fallen gelassen, und dann warfen sich die Artisten darauf, um die Schlange einzuwickeln. So ungeschickt, dass einer der Direktoren fast mit eingeschnürt wurde. Ob es sich um Vincent oder Émile handelte, konnte in dem Gedränge niemand sagen.

Die Schlange wand sich noch, als sie in ihrer improvisierten Deckenrolle davongetragen wurde. Die Brüder Isola wischten sich den Schweiß von der Stirn. Sie wandten sich zurück zur Bühne, auf der ein bleicher Tubaspieler, ein dünner Mann mit blutender Hand und zwei junge Frauen mit Beule an der Stirn saßen.

Die Nummer wurde angenommen. Mit Ausnahme der Schlange. Von Schlangen wollten die Brüder jetzt und in Zukunft keinen Ton mehr hören.

VIERUNDZWANZIGSTES KAPITEL

Berlin, 1936

Ein Mann erwartete Meta nach Dienstschluss vor dem Frauengebäude der Klinik. Er war ein farbloser Mensch, ein durch und durch unauffälliger. Und Meta wäre wohl tatsächlich an ihm vorbeigelaufen, wäre da nicht der üppige Blumenstrauß gewesen, der ihr plötzlich den Weg versperrte wie ein auf die Schnelle gepflanztes Gebüsch.

Meta blieb stehen. Sie sah zuerst die Beine hinter dem Strauß. Dann wanderte ihr Blick nach oben. Der Ansatz unter Hermann Felfes nichtssagendem Kurzhaarschnitt nahm die Farbe der Tulpenköpfe an.

»Herr Felfe?«

Felfe lächelte nervös. Er wollte Meta die Blumen entgegenstrecken, als ihm einfiel, dass er dann nichts mehr hätte, woran er sich klammern konnte.

»Fräulein Kirschbacher, ich möchte mich bei Ihnen für mein Benehmen vorgestern entschuldigen. Sie sind zu mir gekommen, um mir zu sagen, dass Sie ... ja, und darum wollte ich auch sagen, dass ich vielleicht auch ...«

Zusammen mit Meta hatten noch andere Wärterinnen das Gebäude verlassen. Sie blieben auf der Treppe stehen. Unter den neugierigen Nasen, die sich in ihre Richtung reckten, befand sich auch die äußerst spitze von Schwester Gisela. Sie verschränkte unheilvoll die Arme vor der Brust. Nun sah sie denn endlich all ihre Vorurteile gegenüber Meta bestätigt.

Felfe suchte noch immer nach Mut und Worten. Doch als

Meta ihn warnend ansah, verstummte er. Nur der Strauß hing weiter ungewollt und verräterisch zwischen ihnen, bis Meta schließlich die Hand ausstreckte und ihn an sich nahm. Sie wusste einfach nicht, was sie sonst tun sollte.

Von einigen Wärterinnen war ein verzücktes Seufzen zu hören. Und dabei machte Meta ein Gesicht, als wolle sie Felfe den Strauß am liebsten um die grünschnäbeligen Ohren klopfen.

»Wenn Sie erlauben, würde ich Sie gern ein Stück nach Hause begleiten«, stammelte Felfe.

»Ich denke nicht, dass das angemessen wäre.«

Die pinke Gesichtsfarbe dehnte sich in alle Richtungen aus. Felfe hatte die Hände nun frei und konnte an seiner Jacke herumnesteln.

»Ich meinte ja nur den Weg ... Ich meine ja nicht in Ihre ...«

Natürlich hatte Meta gewusst, dass Felfe nicht ihre Wohnung meinte. Dass er nur einen harmlosen Spaziergang vorgeschlagen hatte. Und er tat ihr auch ein bisschen leid, wie er da so unbeholfen und jung vor ihr stand. Aber sie konnte es nicht riskieren, dass die anderen von ihrem Ausflug in die Männerabteilung erfuhren.

Als sie an Felfe vorbeiging, zischte sie ihm zu, er solle ja nicht wieder vor dem Gebäude auf sie warten. Ein Satz, den sie besser eindeutiger hätte formulieren sollen. Denn Felfe verstand ihn als Aufforderung, sich einen anderen Ort zum Warten zu suchen.

Mit mutwilliger Diskretion sprang er von da an hinter jedem Gebüsch oder Baum hervor, den er auf Metas Heimweg finden konnte. Und jagte Meta damit jedes Mal einen höllischen Schrecken ein. Jetzt, da ein Mädchen ihm so etwas wie Zuneigung suggeriert hatte, war Felfe entschlossen, die Chance zu nutzen. Selbst wenn dieses Mädchen deutlich älter, größer und stärker war, als seine Mutter es gutheißen würde.

Da half es nichts, dass Meta anfangs die Schüchterne spielte. Oder ihm später deutlich offensiver zu verstehen gab, dass er offenbar etwas falsch verstanden habe. Das Einzige, was sich änderte, war die Zusammenstellung der Blumen, mit denen er Meta jedes Mal liebeshungrig auflauerte. Als sich eines Abends frisch gepflückte Schlüsselblumen darunter befanden, begriff Meta zwei Dinge: Erstens war es Frühling geworden. Und zweitens war sie Ernsti noch immer keinen Schritt näher gekommen.

»Hab ein bisschen Geduld!«, sagte Mathis, als sie ihre Gedanken zu Hause mit ihm teilte.

Da ihre Einzimmerwohnung in Pirna inzwischen aussah wie ein Blumenladen, war es für Meta unmöglich gewesen, ihren übereilten Ausflug in die Männerabteilung vor Mathis geheim zu halten.

»Vielleicht sollte ich doch so tun, als fände ich was an diesem Felfe?«, überlegte sie laut. »Das würde mir zumindest Zugang zum Männertrakt verschaffen.«

Doch von dieser Idee hielt Mathis überhaupt nichts. Er murmelte etwas davon, Meta würde nur ihre Tarnung gefährden, und wiederholte seinen Wunsch, sie solle doch bitte und zum Teufel noch mal etwas mehr Geduld haben!

Dabei wussten sie beide, dass Geduld noch nie eine von Metas Stärken gewesen war.

Meta hatte in ihrem Leben alle Entscheidungen aus dem Bauch heraus getroffen. Und so hielt sie es auch an jenem Tag Mitte April, als sie die verwirrte alte Margot im falschen Flur auflas und dabei die Tür des Klinikleiters nur angelehnt vorfand. Professor Nitsche hatte ein paar Minuten zuvor hastig das Gebäude verlassen.

»Und wie hättest du so etwas planen wollen, Mathis Bohnsack«, knurrte Meta. Ihre eine Hand schloss sich um den dünnen Arm der verwirrten Margot. Mit der anderen drückte sie gegen die bereitwillige Tür.

Der Raum war kahl und aufgeräumt. Nur auf dem Tisch la-

497

gen eine offene Schreibfeder und eine aufgeschlagene Akte. Nitsche musste buchstäblich von seiner Arbeit aufgesprungen sein.

Meta ließ Margot los und trat ans Fenster, um auf den Hof zu sehen. Draußen waren zwei Wagen vorgefahren, ein schwarzes Auto und ein Lieferwagen. Drei Männer in dunkler Kleidung standen auf dem Hof und schüttelten Nitsche die Hand. Einer war groß und breit und hatte einen üppigen Bart, der zweite war schmal, und der dritte sah noch aus wie ein Kind. Meta hatte keine Ahnung, wie lange sie Nitsche beschäftigt halten würden. In jedem Fall würde sie sich beeilen müssen.

Hastig durchwühlte Meta die Schreibtischschubladen, während Margot sich im Stehen hin und her wiegte. Die Alte war nervös. Vielleicht spürte sie Metas Anspannung, vielleicht war sie auch einfach nur überfordert mit der unbekannten Umgebung. Über Monate hatte sie nichts anderes gesehen als ihr Bett und den Gemeinschaftsraum. An den Sommer im Garten konnte sie sich nicht mehr erinnern.

Im untersten Fach, dem größten, fand Meta die Patientenakten. Doch es waren zu viele, als dass sie sie alle hätte durchsehen können. Wahllos zog Meta ein paar von ihnen heraus. Es musste irgendwo eine Übersicht geben.

Margot begann Grimassen zu schneiden und vor sich hin zu plappern. Meta blickte sich um, ging zum Schrank und öffnete ihn. Er platzte fast vor weiteren Akten. Jeder der hier untergebrachten Verrückten war karteilich erfasst. Es würde eine Ewigkeit dauern, bis Meta Ernsti unter ihnen gefunden hatte. Wieder zog sie wahllos einige Mappen hervor. Fotos fielen ihr entgegen, sie steckte sie hastig zurück. Ihr Blick wanderte zurück zum Tisch und der aufgeschlagenen Akte. Sie trat näher.

Ein frischer roter Stempelabdruck prangte auf der obersten Seite: *Abgelehnt*. Es war der Antrag auf Einspruch gegen einen Sterilisationsbeschluss.

Meta nahm die Akte vom Tisch. Sie gehörte einer gewissen Marie Lange. Es war Maries Familie gewesen, die den Widerspruch eingelegt hatte. Doch als Mitglied im Senat des Erbgesundheitsobergerichts hatte Nitsche das letzte Wort. Eine lächerliche Gewalt, wenn man bedachte, dass Nitsche auch derjenige war, der den Sterilisationsbeschluss beantragt, genehmigt und beglaubigt hatte.

Meta wollte die Akte zurück auf den Tisch legen, als ihr die zusammengeheftete Liste auffiel, die darunter lag. Eine Aufstellung aller Patienten auf Schloss Sonnenstein. Sorgsam mit Bleistift eingetragen und nach Alphabet sortiert. Wer starb oder entlassen wurde, wurde ausradiert und mit einem neuen Namen überschrieben. Hier und da konnte Meta noch die Spuren der alten Namen erkennen. Sie blätterte sich durch die Seiten.

Wenig überraschend fand sie unter K wie Kirschbacher nichts. Ernsti war unter dem Namen Isidor eingeliefert worden. Aber der Artikel im *Stürmer* hatte keinen Nachnamen dazu genannt.

Meta ging die Reihen der Vornamen durch. Jetzt erst fiel ihr auf, dass hinter einigen von ihnen ein kleines Bleistiftkreuz gesetzt worden war. Sie runzelte die Stirn und sah sich die Liste noch einmal von vorne an. Markierungen auf jeder Seite. Meta hatte keine Ahnung, was sie bedeuteten. Aber als ihr Finger nun von Kreuz zu Kreuz sprang, fiel ihr ein Name mehr auf als die anderen.

Fliegentod, Isidor.

Fliegentod. Der Name war absurd. Meta hatte noch nie von einem Herrn Fliegentod gehört. Aber was, wenn man zu Recht auf diesen Nachnamen gekommen war. Zum Beispiel, weil es da jemanden gab, der es liebte, Fliegen mit dem Daumen zu zerdrücken.

Hastig suchte Meta nach Stift und Zettel, um sich Gebäude, Zimmer- und Bettnummer zu notieren. Doch da lag nur die offene Schreibfeder auf dem Tisch. Kurzerhand schob sie den Ärmel ihrer Bluse hoch und schrieb die Nummern auf ihren

Unterarm. Als sie die Schritte im Flur bemerkte, war es schon zu spät. Meta hatte gerade noch Zeit, den Stift fallen zu lassen, als auch schon die Tür aufgestoßen wurde und Nitsche den Raum betrat. Ihm folgten die Herren, denen er auf dem Hof die Hand geschüttelt hatte. Nitsche erblickte Meta und blieb stehen, als wäre er gegen eine Wand gelaufen.

»Herr Professor!« Meta griff nach Margots dünnem Arm, der ihr einziger Schlüssel aus dieser Situation sein mochte. Doch als Nitsches Blick an Metas hochgeschobenem Ärmel hängen blieb, ließ sie Margot sofort wieder los und verschränkte die Hände hinter dem Rücken.

»Ich habe die Patientin in Ihrem Büro gefunden, Professor. Sie müssen vergessen haben, die Tür zu schließen.«

»Offensichtlich«, sagte Nitsche, ohne Meta zu glauben. Seine Augen verengten sich, als er die Liste auf dem Tisch bemerkte. Natürlich fiel ihm auf, dass sie nicht wie vorhin unter der Akte, sondern obendrauf lag. So unauffällig wie möglich wischte Meta ihren Unterarm an ihrem Kreuz ab.

»Ich habe nachsehen wollen, in welches Bett sie zurückmuss. Aber ich kenne ihren Nachnamen nicht. Ich bin ja noch nicht so lange hier.«

Nitsche hätte Meta am liebsten geantwortet, dass sie auch nicht mehr allzu lange hier sein würde. Doch hinter ihm stand Besuch, auf den er einen guten Eindruck machen wollte. Wenn der Direktor einer Irrenanstalt nicht einmal sein Personal unter Kontrolle hatte, was sagte das erst über die Verrückten in seinem Haus aus?

»Witzig«, sagte er und erntete allseits verwirrte Blicke. »Ihr Name ist Margot Witzig. Das finden Sie unter W.«

Ein Mann hinter Nitsche schnaubte ein Lachen, und Meta rang sich ein einfältiges Lächeln ab. Es war besser, ein Trottel als eine Einbrecherin zu sein. Sie bedankte sich artig, zog den Ärmel unauffällig hinunter und fasste dann erneut nach Margot, die sich allerdings nicht mehr fassen lassen wollte. Die alte

Frau schlenkerte mit den Armen und schlug nach Meta, bevor sie die Besucher in der Tür beschimpfte. Die Männer standen peinlich berührt da.

»Margot«, beschwichtigte Meta, schickte aber gleichzeitig einen Dank in Richtung Zimmerdecke. So wie die Alte sich jetzt benahm, machte sie ihren Ausflug ins Zimmer des Direktors immerhin ein wenig glaubwürdig. Meta entschuldigte sich noch einmal ausgiebig bei den Herren und hob Margot dann kurzerhand hoch, um sie aus dem Zimmer zu tragen. Die Alte war so leicht wie ein leerer Koffer und zappelte vor lauter Schreck nicht einmal, als Meta an Nitsche vorbeiging. Trotzdem blickten die Besucher beeindruckt.

»Moment«, sagte Nitsche plötzlich. »Wollten Sie nicht die Liste durchsehen? Um den Namen nachzuschlagen?«

Meta kniff die Augen zusammen und blieb stehen. Sehr langsam drehte sie sich zurück zur Tür, in der Nitsche stand und sie skeptisch ansah.

»Ich habe gerade die Hände voll, Herr Direktor. Und ich will die Herren ja auch nicht länger aufhalten. Ich werde einfach Schwester Gisela fragen. Sie wird mir helfen. Trotzdem vielen Dank.«

Nitsche nickte. Doch dann sagte er noch: »Schwester Meta!«

»Ja?«

»Sie haben da Tinte am Rücken.« Der Ton seiner Stimme war vernichtend. Meta zweifelte nicht daran, dass ihr Besuch in Nitsches Büro Konsequenzen haben würde.

Der Zwischenfall hatte Konsequenzen, aber andere, als Meta es sich vorstellte.

Sie hatte die verwirrte Margot gerade erst zurück in den Gemeinschaftsraum bugsiert, als Nitsches Besucher auch schon wieder hinter ihr standen, angeführt vom Direktor selbst. Meta war so erschrocken, dass sie auf Nitsches Frage, wie es eigentlich um Schwester Metas Kameraerfahrung stünde, um ein

Haar antwortete, sie hätte ein paarmal mit Hanteln und Gewichten posiert.

Die drei Besucher in Nitsches Schlepptau waren ein Regisseur, ein Kameramann und ein Lichtassistent. Und sie hatten den Auftrag, die Verrückten auf Schloss Sonnenstein zu filmen.

»Die Verrückten filmen? Aber wozu?«, fragte Schwester Gisela, die eilig dazugestoßen war, da in ihrer Abteilung nichts ohne ihr Wissen geschah.

»Um den Menschen da draußen zu zeigen, wie es hier drinnen aussieht«, log der Regisseur freundlich.

»Um zu demonstrieren, wie wichtig das Gesetz zur Verhütung erbkranken Nachwuchses ist«, berichtigte Nitsche, der nicht einsah, warum man diese offensichtliche Tatsache verschleiern sollte.

Das Rassenpolitische Amt hatte den Film in Auftrag gegeben, weil es in der Bevölkerung Unsicherheit angesichts der Sterilisationspraktiken der Ärzte gab. Ursprünglich hätte von denen ja gar nicht viel bis zur Bevölkerung durchdringen sollen. Aber nun hatten die Angehörigen der Behinderten und Irren nun mal gequatscht. Da konnte man auch nichts mehr machen. Außer alle Welt davon zu überzeugen, dass es genau das Richtige war, die Minderwertigen an der Fortpflanzung zu hindern. Weil der Irrsinn sich sonst nämlich mit fortpflanzen würde, bis es am Ende nur noch Irrsinnige auf der Welt gäbe. Oder zumindest in Deutschland. Das konnte doch nun wirklich nicht angehen, dachte Nitsche, der Hitler gewählt hatte.

Langfristig arbeitete das Rassenpolitische Amt zwar ohnehin an einer endgültigen Lösung, besonders viel Zeit zur Fortpflanzung blieb den Verrückten also nicht mehr. Aber man konnte ja auch nicht gleich mit der Tür ins Haus fallen. Erst einmal mussten die Menschen einsehen, dass Irre sowohl Geld als auch Platz wegnahmen. Und dass es überhaupt völlig widernatürlich war, Menschen zu verwahren, die dem Volke nicht dienlich waren.

Man hatte also den Regisseur Herbert Gerdes kontaktiert, damit der ein Filmskript ausarbeitete. Mit deutschen Landschaftsbildern, Propagandaparolen und allem, was man zur Willenslenkung sonst noch so brauchte. Als Klinik war, unter anderem, Schloss Sonnenstein auserwählt worden. Und jetzt ging es nur noch um die passenden Darsteller.

Nitsche hatte da eine bunte Liste zusammengestellt. Von idiotischen Negern über körperlich Behinderte bis zu taubstummen Mädchen, Schwachsinnigen, Gelähmten, Sittlichkeitsverbrechern und (weil sich damit schön mehrere Fliegen mit einer Klatsche schlagen ließen) der gesamten Palette gestörter Juden war alles dabei, was die Klinik zu bieten hatte.

Was Nitsche allerdings nicht gewusst hatte, war, dass Gerdes auch Pfleger, Schwestern und Ärzte im Bild haben wollte. Und da hatte der Regisseur so seine Ansprüche.

Er wollte eine hübsche Schwester, die den Irren den Mund abwischte. Außerdem eine alte Schwester, einen eloquenten Arzt und eine starke, angsteinflößende Schwester. Es war nicht schwer zu erraten, welche der Rollen Meta zukommen sollte.

Schwester Gisela machte noch immer ein Gesicht, als hätte man sie dazu gezwungen, mehr als ein Stück Brokkoli zu essen. Nicht nur gab es in der Aufstellung der Darsteller keine erfahrene Oberschwester, sie hielt auch noch immer nichts davon, dass die jungen Burschen hier mit ihrer Kamera durchrennen wollten. Für Schwester Gisela hatten Filme Titel zu tragen wie *Romeo und Julia im Schnee* oder *Die Karin vom Ingmarshof*. Sie konnte sich beim besten Willen nicht vorstellen, wer für *Die Verrückten von Schloss Sonnenstein* eine Kinokarte kaufen sollte. Vorsichtshalber richtete sie aber trotzdem die grauen Locken und zog den Strich ihrer Lippen nach. Nur für den Fall, dass sie zufällig die Rolle der hübschen Schwester bekommen sollte.

Am Ende waren sie zu sechst. Gerdes wählte Meta, Schwester Petra, Schwester Gisela und zwei der männlichen Pfleger (zu denen Felfe nicht gehörte, weil er auch für den Regisseur unsichtbar war). Außerdem Doktor Liebhold, weil der schon rein optisch den eloquentesten Eindruck machte. Und natürlich würde auch Prof. Nitsche zu Wort kommen, versicherte Gerdes. Doch gedanklich suchte er schon einen geeigneten Hintergrund für den Recken Liebhold. Der würde sich sicher gut vor einer Ritterrüstung machen. Oder vor einer deutschen Landschaft. Vielleicht ließ sich auch die Rosenhecke, die Gerdes draußen an der Mauer gesehen hatte, noch irgendwie mit einbauen.

Das restliche Personal wurde zurück an die Arbeit geschickt. Gerdes erklärte den Auserwählten die geplanten Einstellungen, und schon nach zwei Minuten war klar, dass die mit der Realität in der Klinik nicht viel zu tun hatten.

»Ich habe aber die Frauen und Männer absichtlich voneinander getrennt«, sagte Nitsche mit verschränkten Armen. Er wartete noch immer auf seine Aufgabe in diesem Film. Doch Gerdes wollte sich nicht in sein Skript hineinreden lassen.

Er fände es für das Publikum verstörend, wenn es mit ansehen müsste, wie ein männlicher Pfleger einen anderen Mann füttern oder abwischen würde, sagte er.

Meta bezweifelte zwar, dass das Publikum so etwas verstörender finden würde als die Sterilisation, die Gerdes ebenfalls filmen wollte. Aber sie hütete sich davor, das zu sagen. Denn keine halbe Stunde später stand sie immerhin genau dort, wo sie seit Wochen hingewollt hatte.

In der ersten Szene ging es um die Pflege der bettlägerigen Irren. Schwester Petra, in der Rolle der hübschen Schwester, ging von Bett zu Bett, drückte einem Schizophrenen eine Tablette in den Mund und rubbelte dann einem jungen Schwachsinnigen die Spucke aus dem Gesicht.

Meta stand mit den anderen in der Tür und sah zu, wie Kameramann und Kabelträger immer wieder versuchten, den Ansprüchen des Regisseurs zu genügen. Und zwar so lange, bis das Gesicht des armen Irren ganz rot von Schwester Petras wiederholten Rubbelversuchen war und Dr. Liebhold sich anzumerken erlaubte, dass der Schizophrene nun wirklich keine weitere Tablette mehr schlucken dürfe.

»Haben Sie die Szene nicht langsam?«, fragte er den Kameramann, woraufhin Gerdes so höflich wie möglich vernehmen ließ, solch ein Film drehe sich eben nicht von selbst. Das Licht müsse stimmen, die Bewegung der Kamera im Fluss sein. Und am Ende solle es ja nicht so aussehen, als hätte Schwester Petra Freude an ihrer Arbeit. Ständig würde sie in den Aufnahmen lächeln, so ginge das nicht.

»Das ist nun mal ihr Gesicht«, sagte Dr. Liebhold, »Schwester Petra ist eben eine freundliche Natur.«

Doch Gerdes wollte keine freundliche Natur. Lächeln dürfe Schwester Petra zu Hause am Herd. Hier aber solle der Zuschauer denken, dass die Pflege der Kranken eine völlig falsche Aufgabe für das arme Mädchen sei. Sie drehten die Szene also ein letztes Mal. Wenn Gerdes sich etwas in den Kopf gesetzt hatte, dann musste das auch so gemacht werden. Er war ja schließlich nicht Dokumentarfilmer geworden, um sich dann von der Wirklichkeit überrumpeln zu lassen.

Als die Szene endlich im Kasten war, trug der Kabelträger die Kabel in den Flur, und Gerdes wandte sich an Meta.

»Jetzt Sie!«, sagte er. »Die nächste Szene sind die Irren beim Spaziergang.« Er reichte den Pflegern die Liste der gewünschten Patienten, und sie machten sich an die Arbeit, die Kranken aus den Aufenthaltsräumen zusammenzusuchen und in den Garten zu bringen.

Auch das Wetter folgte Gerdes' Anweisungen. Es war ein schöner, sonniger Frühlingstag, die Kirschbäume zeigten sich in voller Blüte. Gerdes wies den Kameramann an, eine Biene zu filmen, die auf einer der Blüten landete, sowie das Gebäude und den Garten. Im Film wollte er die Aufnahmen später den heruntergekommenen Häusern gegenüberstellen, in denen gesunde deutsche Menschen leben mussten. In Berlin hatte er schon solche Szenen gesammelt. In Hinterhöfen, mit verdreckten blonden Kindern, die mit nacktem Hintern auf der Straße saßen.

»Es ist doch wirklich eine Verschwendung«, murmelte Gerdes, als er den Kopf in den Nacken legte und an den sonnenbeschienenen Mauern emporsah. Doch Meta hörte ihm nicht zu. Sie war damit beschäftigt, die Gruppe der Verrückten zu inspizieren, die nun durch die Hintertür in den Garten getrieben wurden. Sie waren mindestens noch hundert Meter entfernt, und Meta konnte nur die Formen ihrer Gestalt ausmachen. Doch sie erkannte Ernsti sofort.

Wie alle anderen Irren trug er ein weißes Hemd. Ein verirrter Geist unter Geistern. Meta stockte der Atem, als sie sah, wie gut er in die Gruppe passte. Sie hatte ja schon bemerkt, dass Ernsti möglicherweise ein wenig länger als andere Brüder Hilfe und Aufmerksamkeit von der großen Schwester brauchte. Doch als geistig behindert hatte sie ihn nie wahrgenommen. Am liebsten hätte sie Gerdes einfach stehen lassen und wäre zu ihrem Bruder gelaufen. Doch stattdessen drehte sie sich abrupt um und starrte auf ihre Füße. Ernsti hatte den Kopf gehoben. Und Meta hatte sich keine Gedanken darüber gemacht, wie er reagieren mochte, wenn er sie sah.

Die Gruppe wurde zu dem Kiesweg getrieben, den die Verrückten hinauf- und hinunterlaufen sollten, bis Gerdes zufrieden sein würde. Metas Aufgabe in dieser Szene bestand darin, jene auf den Weg zurückzustoßen, die aus der Reihe tanzten. Und das möglichst energisch, bitte.

»Bekommen Sie das hin?«, fragte Gerdes zweifelnd. Seine Darstellerin hatte vor Lampenfieber einen hochroten Kopf und starrte immerzu auf ihre Füße, mit denen sie sich der Gruppe irgendwie so gar nicht nähern wollte.

»Das bekommt sie hin«, bestimmte Schwester Gisela und schob Meta zu den verirrten Geistern. Sie selbst sollte sich an die Spitze der Patienten setzen. Und zwei Pfleger würden die Rollstühle hinterherschieben, in denen die beiden auserwählten Greisinnen saßen. Letztere blinzelten und wussten gar nicht, womit sie diesen verfrühten Ausflug ins Grüne verdient hatten.

Meta stellte sich darauf ein, dass Ernsti aus der Reihe tanzen würde, wenn er sie sah. Vielleicht würde er zu schreien beginnen, und das Wiedersehen würde obendrein für immer auf der Filmrolle festgehalten werden. Doch dann kam ihr das Glück zu Hilfe. Beziehungsweise der Kies auf dem Kiesweg.

Gerdes hatte die Pfleger mit ebensolcher Sorgfalt ausgesucht wie die mitspielenden Schwestern. Einer war groß und muskulös und der andere schlank und strohblond, mit feinen, fast femininen Zügen. Zwei deutsche Jungen, wie das Publikum sie lieben würde. Nur kam die Schlankheit des Blonden zu einem Preis. Denn es brauchte schon rohe Gewalt, um die Stühle überhaupt durch den Schotter zu manövrieren.

Der stärkere Kollege presste die Reifen in den Boden und drängte vorwärts, als schöbe er in Wahrheit einen Pflug und keine alte Dame. Der zarte Blonde dagegen kam überhaupt nicht von der Stelle.

Gerdes brach die Szene verärgert ab und befahl dem Jüngling, den Platz mit Meta zu tauschen. Beide kamen der Aufforderung erleichtert nach.

Meta bildete nun das Schlusslicht der Gruppe, während Ernsti zwischen den Verrückten trottete. Sein schwankender Gang kam Meta heute noch tapsiger vor. Er betonte das Bärenhafte an Ernsti. Vielleicht eine Folge der Schockbehandlungen oder Tabletten. Meta zog sich der Magen zusammen, wenn sie nur daran dachte, was ihr Bruder in den letzten Monaten durchgemacht haben mochte.

Wie schlimm es aber um ihren Bruder wirklich stand, begriff sie erst, als die Gruppe das Ende des Kieswegs erreicht hatte. Gerdes wies sie so plötzlich an umzukehren, dass Meta keine Zeit mehr hatte, in Deckung zu gehen. Schwester Gisela drehte sich mit erhobener Hand um und scheuchte die Verrückten in die entgegengesetzte Richtung, während der große Pfleger seinen Rollstuhl vom Kiesweg auf den Rasen pflügte. Er wollte ihn an der Gruppe vorbeilenken und sich wieder hinten anschließen. Meta aber blieb starr auf dem Weg stehen. Ernsti hatte kehrtgemacht und wurde direkt auf sie zugetrieben. Er hatte sie gesehen. Oder hätte sie zumindest sehen müssen. Denn tatsächlich ging sein Blick so verschwommen durch Meta hindurch, als gäbe es sie gar nicht. Ihr eigener Bruder erkannte sie nicht. Meta hätte sich am liebsten schreiend auf den Kies oder noch besser auf den anwesenden Doktor Liebhold geworfen. Doch Schwester Gisela wusste solchen Unsinn wie immer zu vereiteln.

»Schwester Meta! Machen Sie, dass Sie vom Weg kommen!« Ihr motziger Ton riss Meta aus der Erstarrung. Sie wollte den Rollstuhl beiseiteschieben, doch bei der plötzlichen Bewegung kippte der fast um. Die alte Frau darin kreischte auf und klammerte die Hände an den Stuhl. Meta griff nach der Schulter der Alten, bevor diese aus dem Sitz kippen konnte. Dann packte sie kurzerhand die Armlehnen und hob das Gefährt mitsamt der Frau einfach hoch, um sie auf den Rasen zu stellen. Schwester Gisela blieb der Mund offen stehen, und der Regisseur kratzte sich am Kopf. Zum ersten Mal fragte er sich, ob er vielleicht eine Szene in den Film einbauen sollte, die er vorher nicht geplant hatte.

»Donnerwetter«, der Pfleger, der mit dem anderen Rollstuhl kämpfte, sah Meta anerkennend an. Aber sie hatte nicht mal ein Lächeln für ihn übrig. Der Anblick von Ernsti hatte sie aufgewühlt. Schwester Petra kam herbeigelaufen und tätschelte der erstarrten Greisin in Metas Rollstuhl die Hand.

»Alles in Ordnung?«, fragte sie Meta. Aber natürlich war es das nicht.

Der Weg musste noch fünfmal entlangspaziert werden, bis Gerdes endlich zufrieden war und nun Dr. Liebhold filmen wollte.

Liebhold erkundigte sich, ob er im Interview denn antworten dürfe, was er wolle. Natürlich dürfe er das, sagte Gerdes, aber ob er sich dabei vielleicht an den Text halten könne, den man für ihn aufgeschrieben habe.

Dr. Liebhold las die Sätze also vor, die das Rassenpolitische Amt den Zuschauern eintrichtern wollte. Danach wurden die Verrückten einzeln abgefilmt, und Dr. Liebhold musste zu jedem von ihnen Informationen geben. Dazu, welche Diagnose sie hatten, wie lange sie schon hier waren und was ihr Aufenthalt in diesem Schloss das Deutsche Reich bereits gekostet hatte. Letztere Information entnahm Dr. Liebhold ebenfalls einem Zettel.

Als Ernsti an der Reihe war, stand dieser stumpfsinnig da und starrte in die Linse, als erwartete er, dass sie sich öffnen und ihm Essen ausspucken würde. Er war nicht so dünn geworden, wie Meta befürchtet hatte. Aber dass er hungrig war, erkannte sie trotzdem und nahm sich vor, ihm so bald wie möglich etwas zu essen zuzuschmuggeln.

Als Gerdes das Zeichen gab, den Juden aus dem Bild zu schaffen, trat Meta vor und griff beherzt zu. Ernsti erkannte sie auch diesmal nicht. Lammfromm ließ er sich zurück zum Eingang führen.

»Ich bringe ihn schon zurück«, sagte Meta zu dem größeren Pfleger, der sie an der Tür einholte und ihr den Patienten abnehmen wollte. Er zuckte die Schultern. Er hatte gesehen, was Meta mit dem zentnerschweren Rollstuhl mitsamt der Greisin gemacht hatte. Da traute er ihr zu, einen Juden in sein Zimmer zu bringen.

Meta führte Ernsti in den Flur des Männergebäudes und blickte sich um. Die Chance war so unerwartet gekommen und die Flucht so greifbar, dass es ihr in den Füßen kribbelte. Alle waren mit Gerdes' Anweisungen beschäftigt, und Metas Aufgabe vor der Kamera war erledigt. Bis auffallen würde, dass sie und ein Patient fehlten, konnten Stunden vergehen.

Sie stellte sich vor, was Mathis für ein Gesicht machen würde, wenn er von seiner Arbeit bei Römmler zurückkehrte und sie und Ernsti am Abend gemeinsam in der Wohnung auf ihn warteten.

Sie zog an Ernstis Arm, und er ließ sich willenlos mitschleppen. Am Ende des Gangs fand sie eine Tür. Es war der Hinterausgang in den Garten. Meta kannte die kleine Treppe, die von dort den Berg hinunter in die Freiheit führte. Sie zerrte Ernsti schneller voran und langte nach dem Türgriff.

»Fräulein Kirschbacher!«

Meta fuhr zusammen. Sie erkannte Felfes Stimme sofort. Warum zum Teufel musste der hier auftauchen? Sie kniff die Augen zusammen, die Hand noch über der Klinke. Es bereitete ihr fast körperliche Schmerzen, dass die Tür, ihre Tür zur Freiheit, nur einen Schritt von ihr entfernt war. Sie drehte sich um. Felfe stand treu und verloren im Flur. Meta handelte ohne nachzudenken. Sie ließ Ernsti los und stürmte auf Felfe zu, der einen fassungslosen Moment brauchte, um zu begreifen, dass sie nicht vor ihm stoppen würde. Darum schrie er nicht einmal, als sie ihn umwarf. Bis auf das Poltern zweier Körper war nichts zu hören, als sie gemeinsam zu Boden gingen. Meta zog Felfe die Faust über den Schädel. Sie sah sein entsetztes Gesicht, aber wo es um die Rettung ihres Bruders ging, konnte sie keine Rücksicht nehmen. Natürlich würde man Felfe hier finden und Rückschlüsse darauf ziehen können, wer ihn umgehauen hatte. Doch zu dem Zeitpunkt würde Ernsti hoffentlich schon auf dem Weg zur Grenze sein.

Meta bemerkte die zweite Gestalt zu spät, die hinter dem Pfleger in den Flur getreten war. Schmal und dünn stand sie im Licht der offenen Eingangstür. Erst als Meta den leisen Schrei hörte, blickte sie auf. Da stand Schwester Petra, ebenso fassungslos wie Meta. Sie hatte eine Hand vor den Mund geschlagen und konnte ihr Entsetzen nicht verbergen. Unter Meta stöhnte Felfe auf. Meta war nicht dazu gekommen, ihm den

510

entscheidenden Schlag zu verpassen, der ihn für einige Stunden ausgeschaltet hätte. Sie blickte sich zu Ernsti um und hoffte vage, er möge so geistesgegenwärtig sein, die Tür einfach selbst zu öffnen und rauszulaufen. Doch wenn Ernsti eins nicht war, dann war das geistesgegenwärtig. Er stand vor der geschlossenen Tür und ließ die Arme um den Körper baumeln wie lose Taue.

In ihrer Verzweiflung fiel Meta nur noch eine Sache ein, die sie beide vielleicht retten könnte. Sie beugte sich hinunter und drückte ihren Mund auf den des jungen, japsenden Felfe.

FÜNFUNDZWANZIGSTES KAPITEL

Paris, 1904

Mathis konnte noch so sehr betteln und bitten, Meta wollte weder auf das Nagelbrett noch auf den Autounfall verzichten. Gerade jetzt, wo ihre Schau den Brüdern Isola endlich spektakulär genug war! Sie müsse nur ihre Bauchmuskeln noch ein bisschen besser trainieren, um die Schläge und Stöße abzufangen, meinte sie, während Mathis die Nagelwunden auf ihrem Rücken versorgte.

»Wie geht es deiner Hand?«, fragte sie.

»Es wird schon gehen.«

Meta drehte sich um und nahm ihm den Wattetupfer aus der Hand.

»Zeig her.«

Die Hand wollte nicht heilen. Sie war rot und geschwollen, und die Wunden schlossen sich nicht. Ganz egal wie oft Mathis sie mit diesem gelben Zeug betupfte, das der Arzt ihm gegeben hatte.

»Das sieht ja fürchterlich aus«, sagte Meta.

»Es wird schon gehen«, sagte Mathis wieder. Bis zu seiner Premiere waren es nur noch zwei Wochen. Die Maschinenteile standen, aber er musste noch eine Geschichte erfinden, die man hinter dem Schirm aufführen konnte. Und Schauspieler suchen, die das übernehmen sollten. Er hatte keine Zeit, sich ständig um seine bröckelnde Gesundheit zu kümmern.

Meta verband ihm die Wunde. Sie stellte belustigt fest, dass er Hände hatte wie eine Frau. So schmal und völlig unbehaart.

512

Und mit einer Röte, als hätte er gerade heiße Wäsche gewaschen.

»Das ist die Entzündung«, verteidigte Mathis sich. Immerhin hatte die Hand auf einem Nagelbrett gelegen. Unter einem fast siebzig Kilo schweren Kraftwunder.

»Die andere sieht aber auch so aus«, meinte Meta.

Doch Mathis wusste ja, dass er seine Hände, wie so vieles, von der Mutter geerbt hatte. Darum läutete die Sache mit der Haarlosigkeit nicht das leiseste Glöckchen in ihm, wo eigentlich ein ganzes Kirchengeläut hätte losstürmen müssen.

Am Ende stand die Idee, die Mathis damals auf der Wiese neben Hans gehabt hatte, dann tatsächlich vor ihm. Eine Theaterbühne, die alles durchleuchtete, was die Schauspieler taten. Und sie funktionierte! Zumindest solange die Darsteller sich nicht allzu sehr vom Röntgenschirm entfernten.

Fuller hatte Mathis einige Tänzerinnen organisiert. Aber die verschwammen zu einer wilden Masse, sobald sie sich bewegten. Ihre Pirouetten und Schlenkerbewegungen waren lediglich weiße Schatten. Es musste etwas Langsameres her. Eine Ernteszene vielleicht. Mathis konnte sich nichts Langsameres vorstellen als eine Bohnenernte.

Doch Fuller gab zu bedenken, das Publikum könne Mathis möglicherweise wegnicken, wenn es Skelette an Bohnensträuchern rupfen sah.

»Vielleicht könnte sich jemand ausziehen«, schlugen die Brüder Isola wenig einfallsreich vor.

»Wo soll denn da der Witz liegen?«, fragte Fuller mit verschränkten Armen. Jemanden beim Ausziehen zu beobachten, den man ohnehin schon ohne Fleisch am Knochen sehe! Sie frage sich manchmal wirklich, wie die Herren Direktoren einer so großen Bühne hatten werden können.

Doch tatsächlich brachte der Vorschlag Mathis auf eine Idee. Wenn es eben nicht möglich war zu erkennen, was genau die

Skelette hinter dem Röntgenschirm taten, dann musste er eine Szene wählen, bei der jeder wusste, was sie taten. Eine berühmte Szene. Und die berühmteste, die es an den Folies je gegeben hatte, war der Entkleidungsakt von Charmion.

Mathis kannte den Film, den Edison vor drei Jahren von Charmion gedreht hatte, inzwischen nicht mehr nur vom Hörensagen. Aber es wäre ihm lieber gewesen, wenn Meta davon nichts erfahren würde. Der Lichttechniker Lonzo hatte ihn eines Abends beiseitegenommen und gemeint, sie träfen sich mit ein paar Männern zu einer privaten Filmvorstellung hinter der Bühne. Das war dann sehr ähnlich abgelaufen wie auf dem Münchner Oktoberfest. Wenn auch etwas weniger eng und schockierend für Mathis, denn nackte Frauen hatte er inzwischen ja hin und wieder schon gesehen.

In Charmions Entkleidungsakt ging es jedenfalls darum, dass die Artistin auf einem Trapez von der Decke baumelte und sich darauf auszog. Die einzelnen Kleidungsstücke warf sie zwei Männern zu, die auf einer Empore standen und ihr zujubelten. Das war auch schon die ganze Geschichte. Mathis hatte bereits festgestellt, dass es bei Auftritten und Filmen dieser Art nicht unbedingt um eine komplexe Handlung ging.

Wie alle Männer hatten sich auch die Herren Isola damals, als Charmion 1898 in den Folies haltgemacht hatte, ein wenig in die schöne Artistin verliebt. Darum fanden sie Mathis' Idee blendend. Nur sei Charmion nach ihrer Europatournee leider wieder nach Amerika zurückgekehrt. Und selbst wenn man sie von dort zurückholen könne, säße den Brüdern noch immer der Finanzberater im Nacken. Charmions Gage fände der bestimmt gar nicht unterhaltsam. Ganz zu schweigen von dem Ticket für die Überfahrt nach Europa.

Fuller wollte schon wieder mit ihrer Predigt anfangen, die Herren Direktoren sollten sich gefälligst endlich mal daran gewöhnen, welche Bühne sie hier leiteten, und dass ein internationaler Star genau das sei, was sie brauchten, als Mathis einlenkte.

Hinter dem Röntgenschirm sehe man doch eh nicht so genau, wer da nun auf der Stange sitze. Da könne man doch auch eine andere Person nehmen. Eine, die Charmion ein bisschen ähnlich sehe, wenn sie auf dem Trapez von der Decke gelassen würde. Und die obendrein auch noch die allerschönsten Knochen hätte.

»Aber wo sollen wir denn auf die Schnelle jemanden hernehmen wie Charmion?«, jammerte Vincent Isola. Eine Frau, die so stark sei, dass sie die Kunststücke nachahmen und sich sogar mit einem Arm am Trapez halten könne?

Er und Émile sahen sich an. Dann wanderten ihre Augen herum, zu Meta, die hinter ihnen in der Zuschauerreihe hockte und gerade in ein belegtes Baguette biss.

»Ich?«, rief sie mit vollem Mund, als sie merkte, dass sie angestarrt wurde. »Ich habe noch nie auf einem Trapez gesessen!«

»Das kriegst du schon hin.« Vincent deutete vielsagend auf seinen eigenen Arm, an dem nichts wuchs außer einer ganzen Menge schwarzer Haare.

»Sie sieht auch tatsächlich ein bisschen so aus wie Charmion«, bestätigte Émile. Meta schluckte.

»Ich kenne diese Charmion gar nicht! Soweit ich weiß, hat sie sich nur ausgezogen, und sonst gar nichts.«

»Charmion ist eine Artistin«, sagte Fuller. »Eine wahre Künstlerin. Und zwar eine, die sich sehr vehement für die Rechte der Frauen einsetzt!«

»Indem sie sich nackt macht?«

Doch so simpel wollte Fuller die Leistung der Künstlerin nicht abgetan sehen. Charmion habe vielmehr zeigen wollen, dass ein starker weiblicher Körper genauso attraktiv sein könne wie ein schwacher. Charmion habe sich selbstbewusst in Unterwäsche und Muskeln präsentiert, ohne dass irgendjemand von ihr je behauptet hätte, anormal oder abartig zu sein. Nicht viele Kraftathletinnen konnten das von sich behaupten.

Die Brüder Isola nickten kräftig, obwohl sie kein Wort von dem verstanden, was Fuller da redete. War Charmions Ziel denn nicht einfach gewesen, sich auszuziehen? Warum mussten Frauen immer so komplizierte Dinge in einfache Sachen hineindichten?

»Ich habe trotzdem noch nie auf einem Trapez gesessen«, sagte Meta, nun mit deutlich schwächerem Protest.

»Du kannst dich festhalten«, sagte Mathis. »Und so wilde Kunststücke hat diese Charmion auch gar nicht gemacht. Es sind vielleicht zwei oder drei Bewegungen, zwischen denen sie wechselt.«

Mathis biss sich auf die Lippe, als Meta ihn ansah.

»Woher weißt *du* denn, was Charmion auf dem Trapez macht?!«

»Wir müssten den Film doch noch irgendwo hinter der Bühne haben, oder, Émile?« Vincent setzte ein nachdenkliches Gesicht auf und tat, als wäre er bei der heimlichen Filmvorstellung vor einer Woche nicht dabei gewesen.

»Ja, irgendwo schon, Vincent.«

»Irgendwo«, wiederholte Émile. »Aber wo nur?«

»Wahrscheinlich habt ihr die Rolle noch im Filmprojektor stecken«, bemerkte Fuller trocken.

Doch Mathis war sich sicher, dass die Rolle dort nicht mehr steckte. Nach Charmions Entkleidungsakt hatten sie nämlich noch weitere Filme gesehen, deren Beitrag für die Frauenbewegung etwas schwieriger zu rechtfertigen wäre.

»Wir haben wieder eine gemeinsame Nummer«, flüsterte er Meta zu und nahm glücklich ihre Hand, während die Brüder jemanden nach hinten schickten, um den Film zu holen. »Jetzt kannst du schon früher hier im Haus mit einziehen.«

Meta quälte sich zu einem Lächeln. Sie hatte die Herberge des Wahnsinns satt. Aber sie wusste auch, dass ein Männerschlafsaal und ein Bett neben Mathis keine Option für Ernsti waren.

Bevor sie dann tatsächlich die ganz große Bühne betreten durften, gab es noch eine Reihe von Vorbereitungen zu treffen. Plakate mussten gemalt und Autogrammkarten angefertigt werden.

Für die Ankündigung der Bühnenschau wollte man einfach die alten Plakate von Charmion nehmen, den Hintergrund schwarz streichen und ein paar geheimnisvoll leuchtende Knochen dazumalen. Irgendwo im Lager mussten die alten Plakate doch noch rumliegen? Die Brüder fanden sie im Chaos nicht, aber Émile hatte noch ein Plakat in seiner Garderobentoilette hängen, das sie als Vorlage nehmen konnten. Sie achteten darauf, dass Charmions Figur gut zur Geltung kam, sie den Namen aber falsch schrieben. Man wollte ja am Ende nicht noch irgendwelche Plagiatsvorwürfe am Hals haben.

Mit dem neuen Namen (Charmian) sollte Meta auch die Autogrammkarten unterschreiben. Und wenn sie wolle, könne sie ihn dann auch gleich für ihren eigenen Kraftauftritt im November behalten.

Doch das wollte Meta sicher nicht. Ihr war ihr eigener Name, Meta Kirschbacher, gut genug. Dass sie Charmion ein wenig ähnlich sehe, ließe sich nicht leugnen, sagte sie, aber sie wolle ihre Karriere an den Folies deshalb nicht gleich als deren Kopie beginnen.

Die Brüder sahen sich vielsagend an. Wenn man schon aussah wie eine berühmte Starartistin und dann auch noch deren Talent teilte – warum dann ganz von unten anfangen, statt auf dem bestehenden Ruhm aufzubauen? Aber Meta war eine Frau, und die Brüder hatten bereits akzeptiert, dass diese ja häufiger nicht zu teilende Meinungen hatten.

Für den Fototermin wurde Meta in ein nahe gelegenes Studio geladen. Es waren die ersten Autogrammkarten, die jemals von ihr angefertigt wurden. Metas Euphorie darüber verflog allerdings schnell, als der entsetzte Fotograf die Augen bedeckte und darauf bestand, sie solle sofort eine Korsage anlegen. Meta erklärte ihm, sie sei in ihrem Bühnenkostüm gekommen, denn mit dem würde sie ja schließlich auch auf der Bühne stehen. Und da wohl allgemein bekannt sei, dass Korsagen nicht die Kleidungsstücke waren, in denen man Gewichte heben oder irgendwelche Verrenkungen machen könne, habe das Kostüm eben nur eine lockere Schnürung um die Taille.

Dem Fotografen war so etwas nicht bekannt, und egal war es ihm auch. Mademoiselle Kirschbacher befinde sich hier in einem Fotostudio, ob sie vielleicht angenommen habe, hier würde die Realität abgebildet? Dann kramte er in seinem Kleiderfundus und förderte ein schicklicheres Kleid und einen Federballschläger zutage. Letzteren musste Meta am langen Arm nach oben strecken und einen Federball auf dem Gitter balancieren.

»Ich sehe aus wie eine Kuh im Ballettkleid«, beschwerte Meta sich, als sie Mathis das fertige Bild zeigte. Das Kleid hatte Rüschen und Bänder und war über ihrem linken Oberschenkel mit einem Seidenband hochgesteckt, sodass man Metas Strumpf sehen konnte. Sofern die Damen nur eine Korsage trugen, hatten die Franzosen ihre ganz eigenen Maßstäbe zum Thema Schicklichkeit.

»Und was sollen überhaupt diese bescheuerten Blumen auf meinem Kopf?«

Mathis verschob den Blick, von dem Strumpfband hoch zu Metas Gesicht. Rechts und links von ihren Ohren wuchsen zwei üppige Fliederbüschel. Er musste Meta recht geben, dass das Thema Kraftakrobatik nicht ganz getroffen war. Allerdings glaubte er kaum, dass die Blumen jemandem auffallen würden, bei allem, was es auf dem Bild noch zu sehen gab. Das Kleid war tief ausgeschnitten, und durch den hochgesteckten Rock zeigte Meta noch mehr Bein als im kürzesten Kostüm von Jean Speck.

»Also, was denkst du?«, fragte Meta. Sie schob das Kinn vor, und was sollte Mathis schon antworten? Er konnte ihr kaum

sagen, dass sie aussah wie eine Prostituierte beim Federball-
spiel.

»Ich finde es sehr französisch.« Er gab ihr den Fotostapel zurück und schickte einen stillen Gruß an Brückner, dessen Lehre
über die Franzosen ihm nun schon in einigen Situationen zugutegekommen war.

Der Auftritt wurde ein voller Erfolg. Meta zog sich zwar nicht
wirklich aus, sondern entledigte sich nur der obersten Schicht
ihrer Kleidung, aber davon wusste das Publikum ja nichts.
Alles, was die Zuschauer sahen, war ein Skelett, von dem sie
annahmen, dass es Charmion war, und das sich vor ihnen ent-
blätterte. Das Publikum tobte und applaudierte. Sogar Rosen
wurden auf das Skelett geworfen, die dann leider am Röntgenschirm abprallten und zu Boden rutschten. Aber es zählte ja die
Geste. Mathis sah glücklich zu Meta auf. Sie saß in ihrem Body
auf dem Trapez und strahlte.

Sie begossen den Erfolg in der Bar der Folies, und Mathis war
zum ersten Mal seit sehr langer Zeit wieder richtig betrunken.
Irgendwann zwischen dem vierten und fünften Pastis packte er
Meta und küsste sie auf den Mund. Allerdings ohne darauf zu
achten, wer zusah.

Ernstis Anwesenheit in der Bar ähnelte einer Gewitterwolke
an einem ansonsten strahlend blauen Himmel. Feiernde Menschen lösten immer eine grauenhafte Laune bei ihm aus. Es war
zu laut und zu voll für ihn. Nicht einmal sein neuestes Spielzeug konnte ihn ablenken. Es war ein Gerät, das er einem Jungen im Park abgenommen hatte. Aus dunklem Eisen gefertigt,
schwer und mit verschiedenen glänzenden Zahnrädern und
Kurbeln.

Ernsti hatte gesehen, wie der Junge mit dem Gerät einen
Apfel geschält hatte. Der Apfel hatte sich gedreht, sodass die
Schale wie eine Schlange zu Boden gefallen war. Den Apfel

hatte Ernsti dem Jungen dann auch gleich mit abgenommen und seinen Kopf ein bisschen in die Erde gedrückt, damit er Ernsti nicht verriet. Ernsti hatte den Apfel gegessen, und jetzt fehlte ihm etwas, das er in das Gerät spannen konnte. Auch das bereitete ihm finstere Laune. Stockdunkle Laune. Er sah, wie seine Schwester und dieser armselige Waschlappen herumalberten, wie alle ihr Glas erhoben, auf irgendetwas, das Ernsti nicht verstand. Und dann, am tiefsten Punkt, an den eine Laune überhaupt rutschen konnte, kam der Kuss.

Ernsti war sofort auf den Beinen. In seinem Bauch tobte ein Gewitter los, und auch wenn das Grollen gar nicht bis zu den Feiernden hörbar war, drehte Meta den Kopf und sah ihren Bruder erschrocken an. Sie hing noch immer in Mathis' Armen. Ernsti stieß den Tisch um. Sein Spielzeug polterte zu Boden, und das brachte Ernsti endgültig zum Rasen. Der Waschlappen hatte sein Spielzeug kaputt gemacht! Mit blinder Wut stürmte er vor, genau in dem Moment, als Meta sich aus Mathis' Armen löste. Sie war noch immer verwirrt und erschrocken. Und in ihrer Not fiel ihr nichts Besseres ein, als Mathis eine schallende Ohrfeige zu verpassen.

Mathis starrte Meta entsetzt an, wie eigentlich die Hälfte der Menschen im Raum. Die andere Hälfte starrte Ernsti an, der gerade wie ein Rammbock nach vorn stürzte.

Ein Glas hing in der Luft, als der Kellner vor Schreck das Polieren einstellte. Dann krachte der menschliche Rammbock in den geohrfeigten Mathis, der dem Angreifer nichts entgegenzusetzen hatte.

Ein Tisch rutschte zur Seite. Mathis stürzte rücklings darauf. Ernsti fiel wie ein zentnerschwerer Mehlsack auf ihn und raubte ihm jede Luft. Es kam, was kommen musste, wenn ein Kampf und jede Menge Alkohol zufällig in einem Raum zusammentreffen. Ohne zu wissen, gegen wen und wieso, fielen die anwesenden Männer begeistert schreiend ein, während die Frauen erschrocken zurückwichen. Nur eine Frau stürzte sich mit ins Getümmel. Wenn auch ohne große Freude.

Meta packte die wahllos auf den Haufen springenden Männer an den Kragen und riss sie zurück. Einige waren so hartnäckig wie Fliegen auf einem Kuchen. Mühsam arbeitete sie sich bis zum Boden des Haufens durch, unter dem Mathis erdrückt wurde, obendrein noch die Hände von Ernsti an der Kehle. Mathis' Gesicht war vielfarbig. Auf der Wange glühte noch Metas Hand nach, und der Rest des Kopfes war blau. Er bekam keine Luft. Erschrocken griff Meta unter Ernstis Achseln. Sie versuchte seine Hände zu lösen, doch die waren fest um Mathis' Hals gelegt und drückten zu. Fast hätte Meta annehmen müssen, ihr lieber Bruder wolle Mathis erwürgen.

»Ernsti«, sagte sie streng, und wandte ein bisschen mehr Kraft an, um seine Arme auseinanderzubiegen. Seine Finger hatten sich festgebissen.

»Ernsti!« Jetzt überfiel Meta doch ein wenig Panik. Sie bog Ernstis Arme auf den Rücken. Ernsti grunzte und protestierte, als sie ihn von dem röchelnden Mathis herunterzog. Er wand sich wütend schreiend, und was Mathis an Farbe im Gesicht zu viel hatte, das hatte Meta nun zu wenig. Kreidebleich klammerte sie sich an ihren Bruder in etwas, das aussah wie eine verzweifelte Umarmung.

»Er hat es nicht so gemeint!«, rief sie Mathis hinterher, als helfende Hände ihn aus dem Raum trugen. Und sie wiederholte es, als sie an seinem Krankenbett saß: »Er hat sich vertan. Er wollte mich doch nur beschützen.«

Aber Fakt war, dass vor Mathis niemand beschützt werden musste. Und dass es da neben den Prellungen und Quetschungen, den zwei gebrochenen Rippen und der Halskrause noch etwas viel Schlimmeres gab, das in ihm verletzt war. Und das war sein Herz. Meta hatte ihn geohrfeigt, als er sie geküsst hatte. Geohrfeigt wie ein kleines Kind.

»Und du? Hast du dich auch vertan?«, fragte er. Doch zum

521

Glück für Meta verstand sie ihn nicht. Es drang nämlich nur ein Krächzen aus Mathis' zerdrückter Kehle, das so zart war, dass sie es interpretieren konnte, wie immer sie wollte. Mitfühlend legte Meta die Hände an Mathis' Wangen und lächelte in sein zerschlagenes Gesicht.

Nach einigem Hin und Her und zahlreichen Diskussionen (an denen Mathis stimmbandbedingt nicht teilnehmen konnte) wurde entschieden, die Vorstellungen erst einmal ohne ihn fortzuführen. Seine Hand war seit dem Sommer immer noch nicht verheilt, und jetzt hatte er auch noch diese Blessuren am ganzen Körper. Er brauchte dringend eine Pause, entschieden die anderen.

Die Hauptarbeit hatte Mathis gemacht, sich alles ausgedacht und auf die Bühne gestellt. Während der Show bestand seine Aufgabe eigentlich nur darin, eine der drei Röntgenmaschinen zu bedienen. Dafür fanden die Brüder eine andere Person. Und als Mathis nach drei langen Wochen endlich wiederhergestellt war, war die ganze Schau schon fast vorbei. Von dem Applaus hatte er nicht viel mitbekommen. Aber immerhin konnte er jetzt wieder sprechen. Und das war notwendig, denn die Sache mit Ernsti musste geklärt werden.

Es konnte nicht sein, dass Mathis jedes Mal Gefahr lief, in Stücke zerlegt zu werden, wenn er sich Meta näherte. Und das hatte Mathis vor! Er wollte sich ihr pausenlos nähern, am liebsten ein ganzes Leben lang. Und er hatte wirklich nicht die Absicht zuzulassen, dass die Länge dieses Lebens erheblich von Metas Bruder beeinträchtigt würde.

Meta war überrascht, als Mathis sie zu einem Gespräch bat. So, als könnte sie kaum glauben, dass Ernstis Hände an Mathis' Hals irgendwie Ernstis Schuld gewesen sein mochten. Ernsti war ihr kleiner Bruder, ein empfindsames Wesen, das von ihr beschützt werden musste. Dass dieses Wesen inzwischen fast neunzig Kilo wog und ein Problem mit seinem Aggressionspotenzial hatte, war ihr so noch nicht aufgegangen.

Warum Mathis denn nun alles so kompliziert machen müsse? Ob sie nicht einfach darauf achten könnten, in Zukunft nicht wieder von Ernsti gesehen zu werden? Ernsti sei nun mal ein sehr liebebedürftiges Kind. Und sehr liebebedürftige Kinder teilten ihre Liebe nicht so gern mit anderen. So Metas Interpretation.

Mathis war kurz davor, ihr mitzuteilen, dass Ernsti weniger ein liebebedürftiges Kind als vielmehr ein boshaftes, fliegenzerdrückendes Ungeheuer war. Stattdessen sagte er nur vage, dass auch sehr liebebedürftige Kinder das Teilen lernen müssten. Und dass es wohl Metas Aufgabe als große Schwester sei, ihm das beizubringen.

Dieser Logik immerhin musste Meta zustimmen. Und sie versprach, sich Gedanken zu machen. Aber ob Mathis wohl etwas dagegen hätte, wenn sie ihre Liebe erst mal untereinander teilten? Sie hatte noch eine Stunde Zeit, bevor die Proben für ihren Auftritt begannen. Und wenn sie erst einmal wieder von dem Auto angefahren worden sei, würde das Liebemachen viel schmerzhafter für sie ausfallen.

Was sollte Mathis da anderes tun, als sie seufzend in die überlangen Arme zu schließen. Sein Vorsatz, die Beziehung auszusetzen, solange Meta die Sache nicht geklärt hatte, war zwar fest gewesen. Aber so fest, dass er einem jungen Kraftwunder standhielt, dann auch wieder nicht.

Tatsächlich war es bereits November, und die Sache mit Ernsti war immer noch nicht geklärt. Meta ließ sich allabendlich von einem Auto anfahren und erkundete ansonsten mit Mathis die Großstadt. Zu Beginn hatten sie noch versucht, Ernsti mitzunehmen. Doch der hatte gar nicht so großes Interesse gezeigt. Er wollte lieber auf dem Bett liegen bleiben oder auf der Kante hocken und an den Spielsachen herumbasteln, die er irgendwo fand.

»Was ist denn bloß los mit ihm?«, fragte Meta Mathis besorgt. »Er wird doch nicht krank sein?«

Doch auf Mathis wirkte Ernsti nicht kränker als sonst auch, und überhaupt war er nicht traurig darüber, dass Ernsti lieber den Eigenbrötler spielte. Er und Meta waren frisch verliebt ineinander und in die Stadt. Und Letztere war jetzt, wo sie an den Folies ein bisschen Geld verdienten, auch viel freundlicher zu ihnen. In einem Café zum Beispiel, in dem sie eigentlich nur etwas trinken wollten, erriet ein zuvorkommender Kellner, dass Mademoiselle doch sicher nicht Nein zu einem besonders guten Dessert sagen würde, einem glasierten Diplomatenpudding nämlich. Der Pudding sah aus wie ein Kuchen und schmeckte wie eine Mischung aus Zucker, Bisquitbröseln, Marmelade, kandierten Früchten, Rum, Butter, Eiern, Likör und Sirup (was wohl daran lag, dass er aus all diesen Zutaten bestand). Meta jedenfalls liebte den Pudding! Sie kratzte ihn bis zum letzten Zuckerkrümel vom Teller, leckte den Löffel ab, und das freundliche Café mit dem zuvorkommenden Kellner wurde zu einem heimlichen Rückzugsort, wenn Mathis und Meta einmal zu zweit sein wollten. Sie bestellten immer das Gleiche und saßen immer am selben Tisch. Direkt vorne am Fenster, mit Blick auf die Rue Saint-Augustin. Und die Rue Saint-Augustin blickte zurück.

Ernsti war an diesem Tag mal wieder im Tuileriengarten gewesen, der für seine barocken Blumenrabatten bekannt war. Blumen hatte Ernsti keine gesehen, dafür aber einen glänzenden metallenen Daumenaufstecker, der kleine Kinder davon abhalten sollte, am Daumen zu lutschen. Dass man das nicht tun durfte, hatte Ernsti dem Kleinen dann auch deutlich gezeigt. Das Kindermädchen hatte mit irgendeinem Mann auf der Parkbank geturtelt und gar nicht gemerkt, als Ernsti sich von hinten an den Kinderwagen herangepirscht hatte. Er war jetzt mutiger, was solche Aktionen betraf. Zu viel hatte er mitgehen lassen können, ohne ein einziges Mal erwischt worden zu sein. Die Pariser waren unaufmerksam. Und verliebte Pärchen waren es ganz besonders.

Ernsti kannte das Café, an dem er vorbeikam. Er hatte hier einmal einen Korkenzieher vom Tisch geklaut. Doch heute lag nichts draußen, das ihn interessiert hätte. Er blickte durch das Fenster. Und dann sah er sie.

Mathis saß Meta gegenüber und schob ihr gerade einen Löffel in den Mund, auf dem etwas lag, das aussah wie Bisquitbrösel, kandierte Früchte, Kuchen und Sirup in einem. Ernsti liebte Sirup. Er liebte Kuchen. Und er hasste Mathis, den Waschlappen. Er hasste auch, dass Meta Mathis so verträumt ansah, als sie sich die Sahne von den Lippen leckte. Er hasste es so sehr, dass er gar nicht anders konnte, als beide Pranken mit voller Wucht gegen das Fenster zu knallen. Das Fenster erzitterte, die beiden Verliebten dahinter fuhren erschrocken zusammen, und Ernsti machte seiner maßlosen Wut Platz, indem er noch einmal nachschlug und brüllte. Meta und Mathis sprangen von ihren Stühlen auf.

»Ach du Scheiße«, sagte Mathis ganz unsachlich, und Meta befahl dem zuvorkommenden Kellner, sofort die Tür abzuschließen. Zum Glück war das Café nicht nur besonders freundlich, sondern auch besonders gut zu verriegeln. Immerhin gab es hier drinnen Torten, die das Monatsgehalt eines durchschnittlichen Arbeiters überstiegen. Und auf der Straße draußen gab es viele durchschnittliche Arbeiter.

Der Kellner wurde bleich angesichts des Wüstlings, der da draußen an der Tür rüttelte. Er versuchte Mademoiselles Wunsch zu erraten, man möge die Polizei rufen. Doch diesen Wunsch hegte Meta nun wirklich nicht.

»Keine Polizei!«, rief sie.

»Mademoiselle, wir …«

»Keine Polizei!«, wiederholte Meta, die noch einen Rest Di-

525

plomatenpudding an der Oberlippe hatte, und wandte sich Mathis zu. »Was tun wir denn jetzt?«, rief sie. Doch Mathis' Kopf war leer. Wie Ernsti da draußen abwechselnd an der Türklinke riss und auf die Scheibe einschlug, machte ihm Angst.

»Es tut mir leid, Mademoiselle, aber wir rufen jetzt wirklich die Polizei!«

»Nein!« Flehend legte Meta ihre Hände von innen gegen das bebende Fenster. »Ernsti, bitte! Nun lass das doch!«

Und dann rief sie noch einmal Mathis' Namen. Als könnte Mathis etwas tun. Als hätte ausgerechnet Mathis dem tobenden Ernsti irgendetwas entgegenzusetzen!

»Rufen Sie nicht die Polizei«, hörte Mathis sich leise sagen. Und das, obwohl er sich eigentlich nichts sehnlicher wünschte als genau das: ein paar Uniformierte, die Metas Bruder abführen würden. Aber Meta hatte verzweifelt geklungen. Sie wollte seine Hilfe.

»Kennen Sie diesen Flegel etwa?«, fragte der Kellner entsetzt.

»Sein Name ist Ernsti. Er ist der Anführer einer Bande. Wenn Sie jetzt die Polizei rufen, dann schlagen seine Freunde Ihnen morgen das Café kurz und klein.« So zu lügen lernte man wirklich nur auf dem Jahrmarkt.

Der Kellner wurde noch ein wenig bleicher und stammelte, was um alles in der Welt sie denn sonst tun sollten. Sie konnten doch schlecht darauf warten, dass dieser Ernsti ihnen die Scheibe einschlagen oder die Tür eintreten würde.

Darauf wollte Mathis allerdings auch nicht warten. Vor allem, weil er wusste, wer Ernsti nach dem Fenster oder der Tür zum Opfer fallen würde. Er blickte in Metas bittendes Gesicht, auf die Sirupspuren an ihrer Oberlippe. Dann wanderte sein Blick zum Tisch, auf dem immer noch der Rest des Puddings stand. Plötzlich hatte er eine Eingebung.

»Versuchen wir es mit Diplomatie«, sagte er und wandte sich an den Kellner. »Hätten Sie noch ein Stück dieses besonders guten Desserts, Monsieur?«

526

Es war ein so verzweifelter Versuch, dass nur eine aussichtslose Situation wie diese ihn rechtfertigen konnte. Mathis kniete mit einem Teller sündhaft teuren Puddings vor der Tür und flüsterte Angebote durch den Briefschlitz, die das Friedensabkommen mit dem randalierenden Ernsti draußen sichern sollten.

Doch Sätze wie »Wenn du lieb und artig bist, bekommst du zur Belohnung diesen wunderbaren Pudding« quittierte Ernsti nur damit, dass er die Klappe des Briefschlitzes abriss.

Mathis blickte zu Meta auf.

»Was mag dein Bruder denn sonst noch, wenn ihn schon nicht der Diplomatenpudding überzeugt?«

»Wenn man ihm den Rücken krault«, meinte sie.

»Gut, das gestaltet sich ja gerade eher schwierig.«

»Und Komplimente!«

»Komplimente?« Mathis blickte zweifelnd auf die Hand, die sich wütend durch den Briefschlitz bohrte, um nach dem Pudding zu greifen.

»Na gut«, seufzte Mathis dann. »Ernsti, du bist doch im Grunde ein total netter Mensch.«

Er blickte noch einmal hoch zu Meta und dann zum Kellner, der neben ihr stand und angesichts der abgerissenen Briefklappe die Hände rang.

»Du bist außerdem … sehr groß und stark«, fuhr Mathis fort, obwohl er sich nicht sicher war, dass diese Eigenschaft in Ernstis Fall tatsächlich so positiv war. Auf der anderen Seite der Tür machte Ernsti Geräusche wie ein geifernder Hund. Und Mathis zermarterte sich das Hirn, was er noch sagen könnte.

»Du bist ein stiller Zuhörer«, fiel ihm ein. »Und du kannst auch sehr gut … Sachen zerlegen.«

Tatsächlich wurden die Geräusche auf der anderen Seite der Tür leiser. Fast überrascht hing Ernstis Hand in der Luft.

»Weiter«, sagte Meta begeistert, »es funktioniert!«

Doch Mathis war mit seiner Liste nun wirklich am Ende.

Hilfe suchend blickte er Meta an, die sich neben ihn hockte und Ernstis Hand in ihre nahm.

»Du bist ein freundlicher, liebenswerter Mensch«, sagte sie. »Und ein toller Bruder. Der beste, den ich mir wünschen kann.«

Da lag nicht die Spur von Ironie in ihrer Stimme, als sie Mathis zustimmte, Ernsti habe wirklich schon immer gerne Dinge auseinandergenommen, weil er sich für deren Inneres interessiere. Und dass er, was das beträfe, im Grunde ganz ähnlich wie Mathis sei. Und ob er sich vielleicht noch daran erinnern könne, wie er einmal das Vögelchen gerettet habe, im Garten des Kinderheims?

Mathis kannte Ernsti inzwischen gut genug, um zu wissen, dass es sich bei dieser Rettungsaktion nur um ein Versehen gehandelt haben konnte. Doch er unterbrach die beiden nicht, als Meta mit ihren Schmeicheleien fortfuhr. Sie erklärte Ernsti, es habe wirklich nichts mit ihm zu tun, wenn sie hin und wieder mal eine Beziehung mit einem anderen Jungen hätte. Im Gegenteil. Ernsti würde immer ihr kleiner geliebter Bruder bleiben, und daran könnte sich nie etwas ändern.

Mathis fand den Teil mit den verschiedenen Jungen nicht so gut. Das hätte Meta wirklich auch anders formulieren können, dachte er. Aber alles in allem schien die Sache zu funktionieren. Ernstis wütendes Schnaufen hatte gänzlich aufgehört.

»Und wenn wir jetzt diese Tür hier öffnen«, fuhr Meta fort, »dann machen wir das nur, weil wir dich mit all deinen positiven Eigenschaften gern um uns haben. Schau, Mathis hat dir sogar diesen leckeren Pudding gekauft, weil er dich so gern mag.«

»Wollen wir ihm den Pudding nicht doch lieber durch den Schlitz stecken?«, fragte Mathis nervös. »Nur für den Fall, dass Ernsti mich trotz all seiner positiven Eigenschaften einfach umhauen will?«

Doch Meta blickte ihn überrascht an. Mathis und Ernsti wollten ja lernen, sich auch ohne trennenden Briefspalt miteinander zu verstehen, meinte sie, und dann stand sie auf und bat

528

den bleichen Kellner auf Französisch, doch bitte die Tür zu öffnen.

»Öffnen?«, fragte der Kellner entsetzt, der kein Wort von dem verstanden hatte, was seine Gäste zu dem Bandenchef gesagt hatten.

»Öffnen«, bestätigte Meta. »Und dann würde ich gerne endlich meinen Pudding zu Ende genießen.«

Ernsti hatte das Kriegsbeil gegen Mathis vielleicht noch nicht begraben, aber doch zumindest neben den Stuhl gelegt. Und dafür bekam er nicht nur einen, sondern gleich zwei Puddings ganz für sich allein. Als Belohnung, weil er Mathis tatsächlich nicht umgehauen hatte und es mit der Diplomatie so gut klappte. Er schaufelte die süßen Kuchen begierig in sich hinein, ahnungslos, dass jeder Löffel so viel kostete wie Mathis' Wochenlohn.

Der zuvorkommende Kellner des freundlichen Cafés hielt sich unterdessen respektvoll im Hintergrund. Und als Mathis sich bei ihm erkundigte, ob der Herr Kellner nicht zufällig auch etwas Salziges im Angebot habe, nach all dem Kuchen heute sei ihnen allen doch etwas schummerig im Magen, rannte er sogar zum gegenüberliegenden Maronenröster und besorgte gleich vier Tüten warme Maroni. Mit einer Extraportion Salz. Die gehe aufs Haus. Und der Kuchen auch. Der Kellner hatte nicht vergessen, was Mathis über die Freunde des Bandenführers gesagt hatte. Und so einträchtig, wie seine beiden jungen Gäste da neben dem Randalierer saßen, mussten sie wohl zu diesem Freundeskreis gehören.

Diese Stadt war einfach nicht zu übertreffen, fand Meta. Und sie schenkte dem Kellner ein Lächeln, das dieser nervös erwiderte.

SECHSUNDZWANZIGSTES KAPITEL

Berlin, 1936

Mathis' Arbeit bei Römmler zog sich länger hin als erwartet. Aber das passte letztendlich beiden sehr gut in den Kram: Römmler, weil er es liebte, wenn andere den Erzählungen aus seinem ausgefüllten Leben lauschen mussten. Und Mathis, weil Römmler ihn großzügig dafür bezahlte.

Tatsächlich hatten er und Meta jetzt, da sie als falsche Krankenschwester und er als falscher Auftragsschreiber arbeiteten, zum ersten Mal ein recht vernünftiges Einkommen und konnten so Ersparnisse zur Seite legen, als der Monat vorbei war. Und sie brauchten Ersparnisse, wenn sie jemals an Flucht denken wollten.

Nachdem Römmler festgestellt hatte, dass sein Schreiber doch keine Schreibmaschine besaß und tatsächlich auch recht wenige Finger für derart umfangreiche Memoiren, hatte er Mathis außerdem seine tragbare »Stoewer Record« zur Verfügung gestellt. Und auf der zu tippen bot Mathis ganz neue Möglichkeiten.

Das Schreiben bereitete ihm nun keine Schmerzen mehr. Und er durfte die Schreibmaschine nach der Arbeit bei Römmler mit nach Hause nehmen, was bedeutete, dass er auf der Zugfahrt zwischen Dresden und Pirna jeweils vierzig Minuten für sein eigenes Buch hatte. Das reichte für zwei Seiten am Tag, eine auf dem Hin- und eine auf dem Rückweg, von denen weder Römmler noch Meta etwas mitbekamen. Zum ersten Mal, seit er mit dem Buch der vergessenen Artisten begonnen hatte, glaubte er, die Arbeit wirklich beenden zu können.

An einem Tag im April aber packte Mathis eine Unruhe, von der er wusste, dass sie mit Meta zu tun hatte. Er lauschte gerade Römmlers Ausführungen über den Schiffbruch, den dieser im Kaspischen Meer erlitten haben wollte, bevor ihn am Strand eine Räuberbande überfiel.

»Kommen wir doch direkt zur Räuberbande«, sagte Mathis, der glaubte, die gleiche Geschichte schon einmal von Meister Bo gehört zu haben. Er wippte mit den Knien. Römmler war so überrumpelt von der Unterbrechung, dass er den Faden verlor und die Erzählung noch einmal von vorn beginnen musste.

Mathis sah auf die Uhr. Er sah auf Römmler, der jetzt beim Erzählen die Augen geschlossen hielt, um ganz in seine erfundenen Erinnerungen abzutauchen. Irgendwo hatte Mathis gelesen, dass eineiige Zwillinge zur Telepathie fähig waren. Nun waren er und Meta vielleicht nicht besonders eineiig. Aber dass es da etwas gab, das sie nach mehr als dreißig Jahren Beziehung miteinander verband, war nicht zu leugnen. Mathis konnte sich kaum auf seinem Stuhl halten. Er wusste, dass Meta in Schwierigkeiten war.

Römmler dagegen erreichte sehr bequem ein weiteres Mal den Strand des Kaspischen Meers, und von dort aus ging es in die Räuberhöhle und über das Schwarze Meer zum Bosporus – oder war es umgekehrt? Mathis machte sich geistesabwesend ein paar Notizen. Da das meiste ohnehin erfunden war, glaubte er nicht, dass Römmler sich an die Details später noch erinnern würde.

Als die Uhr endlich vier schlug, konnte Mathis gar nicht schnell genug die Schreibmaschine unter den Arm klemmen und sich auf den Weg nach Pirna machen. Dort angekommen, humpelte er hastig zur Wohnung und schloss in der Hoffnung auf, Meta wie immer am Kühlschrank stehend zu finden, wo sie sich umdrehen würde, mit einem Glas Kirschmarmelade in der Hand und einem Löffel. Aber sie war nicht da. Mathis stellte die Schreibmaschine ab und stützte die Hände auf den Küchen-

531

tisch. Dann nahm er den Bus und fuhr zum Schloss, hinter dessen Dach der Himmel bereits dunkelte.

Meta sah Mathis nicht sofort. Er war schwarz angezogen und dünn und lang wie ein Schatten der Bäume, die an den Seiten des gepflasterten Schlosshofs standen. Erst als Mathis ihren Namen rief, zuckte sie zusammen. Aus reiner Gewohnheit erwartete sie Hermann Felfe. Doch der lag ja mit einer Gehirnerschütterung im Krankenbett und versuchte sich daran zu erinnern, wie Metas liebliches Gesicht und ihre Faust mit seinem Schmerz und dem Kuss zusammenhingen.

»Mathis! Was machst du hier!« Meta sah sich hektisch um. Sie erwartete Augen, die nicht da waren. Nicht alle hatten ihr die Geschichte so unkritisch abgenommen wie die naive Schwester Petra.

»Dich suchen«, sagte Mathis.

»Wir hatten Filmaufnahmen.«

»Filmaufnahmen?« Mathis blickte zum Schloss, doch Meta setzte sich schon wieder in Bewegung. Sie machte große Schritte, und Mathis eilte ihr hinterher.

»Sagst du mir, was passiert ist?«

Meta blickte sich noch einmal zum Schloss um.

»Ich habe Ernsti gefunden«, zischte sie. Und als sie den Fuß des Hügels erreichten, zog sie Mathis in eine enge Häusergasse, die sie sonst nie nahmen. Meta deutete auf ein Haus, über dem der Name »Zum Wurmstich« abblätterte.

»Hier rein!«

»Das ist die letzte Ranzenkneipe, die …«

»Genau. Darum werden auch hoffentlich nur alte, betrunkene Männer hier sitzen, die wir nicht kennen.«

Mit dieser Einschätzung hatte Meta recht. Sie nahmen Platz an einem Tisch zwischen zweien von ihnen: Der eine alte betrunkene Mann starrte in sein Glas und der andere auf die Hängebrüste der Kellnerin. Meta hätte lieber einen Tisch ganz in der

Ecke genommen, aber die waren in Kneipen wie diesen immer als Erstes belegt. Wer zum Trinken in die hinterletzte Schänke der Stadt ging, der wollte für gewöhnlich nicht vorne mittig am Fenster sitzen.

Die Kellnerin kam. Ihre Brüste hingen tatsächlich auf Augenhöhe der sitzenden Kunden. Vielleicht hatte das bei der Auswahl der Angestellten ja eine Rolle gespielt.

»Was wollt ihr?«, fragte sie gelangweilt.

Meta sah sich nach einer Karte um, die es nicht gab.

»Haben Sie eine Tagessuppe?«

»Wir haben Kornbrand«, sagte die Frau. Offensichtlich kam das einer Suppe in ihren Augen noch am nächsten.

»Wir nehmen zwei. Mit Brot dazu«, sagte Mathis.

Meta wartete, bis die Brüste sich aus ihrem Blickfeld bewegt hatten, dann beugte sie sich über den Tisch und begann mit leiser Stimme zu erzählen. Von dem Filmteam, den Aufnahmen, von Ernstis Apathie und dem Zusammenstoß mit Hermann Felfe.

»Ich musste die Gelegenheit einfach nutzen«, flüsterte sie, obwohl Mathis nicht vorgehabt hatte, ihr einen Vorwurf zu machen.

»Und diese Petra hat dir die Geschichte abgenommen?«, fragte er.

»Ich denke schon.«

Meta konnte es selbst kaum glauben. Doch Schwester Petra hatte den anderen die Geschichte so weitergegeben, wie Meta sie ihr vorgegaukelt hatte: dass Felfe ihre Leidenschaft mit all seinen Blumen und seinem Charme am Ende doch entfacht habe. Und sie einfach nicht mehr habe an sich halten können, als sie ihn im Flur habe stehen sehen.

»Dann denken jetzt alle, du bist stürmisch in diesen Felfe verliebt?«

Meta nickte beklommen.

»Und Felfe selbst?«

533

»Gehirnerschütterung«, sagte sie knapp.

Die zweifelhafte Tagessuppe kam. Tatsächlich gab es sogar zwei Schreiben trockenes Brot zum Schnaps. Auf einem Bierdeckel serviert, der schon mehrere Gläser von unten gesehen hatte.

»Ich glaube, da ist Schimmel drauf«, sagte Mathis, als Meta sich eins der Brote nahm und, ohne zu zögern, hineinbiss.

»Das ist Mehlstaub«, sagte die Kellnerin. Mathis bezweifelte das, denn der Mehlstaub war blau. Aber er diskutierte mit keiner der beiden Frauen und kippte stattdessen seinen Schnaps hinunter.

Meta hatte Ernsti also gefunden. Sie kannte seine Zimmernummer. Jetzt mussten sie nur noch sehen, wie sie ihn da rausbekamen. Und ihn dann außer Landes schafften. So ohne Pass.

»Willst du nicht?« Meta deutete kauend auf das zweite Brot.

»Nimm nur«, sagte Mathis abwesend, »aber kratz bitte vorher den Mehlstaub ab.«

Auf dem Bierdeckel unter dem Brot kam ein Pferd zum Vorschein, das auf den Hinterbeinen stand. Es war in einem Dreieck abgebildet. Mathis sah es an, und der Funke in seinem Kopf sprang mit solcher Heftigkeit über, dass Meta ihn in Mathis' Augen blitzen sehen konnte.

»Was ist los?«, fragte sie erschrocken.

»Ich glaube, ich weiß, wie wir Ernsti aus dem Land schmuggeln können«, sagte Mathis.

Hans Stosch-Sarrasani war seit jeher ein Pionier in Sachen Technik gewesen. Als Mathis und Meister Bo noch in dem alten Holzkarren des Feuerschluckers durch die Gegend gerattert waren, hatte sein Zirkus bereits eine eigene Eisenbahn gehabt. Und dazu auch noch eine, die ein Musterbild an Organisation und Komfort gewesen war. Jeder Artist hatte einen reservierten und gepolsterten Sitzplatz mit Namensschild über dem Fenster gehabt. Es hatte fahrbare Dynamos für die Lichterzeugung gegeben und eine rollende Dampfheizanlage für das Winterzelt. Und als die anderen Zirkusdirektoren endlich so weit gewesen waren und Mensch und Tier ebenfalls in Waggons verladen hatten, war Sarrasani bereits mit noch moderneren, gummibereiften Lastwagen an ihnen vorbeigerollt. Sein Direktorenwagen hatte elektrisches Licht gehabt. Der Bürowagen eine Gasheizung. Und selbst das Nilpferdauto war mit Warmwasserversorgung ausgestattet gewesen. Kurzum: Sarrasani war für alle uneinholbar gewesen. In einem einzigen Jahr pflasterte er 142 000 Quadratmeter mit bunt bedruckten Plakaten zu. Er inszenierte Skandale, ließ Kraftmänner Kneipen zerschlagen und bezahlte die Strafen mit einem Lächeln, weil sein Privatsekretär sie unter Werbeausgaben verbuchte. Für Sarrasani hörte der Zirkus nie auf. Er war Erfinder, Werbeprofi und Menschenversteher. Fast dürfte man sagen: ein Alleskönner. Nur lesen und schreiben hatte er nie richtig gelernt.

Geboren war Sarrasani eigentlich als Hans Erdmann Franz Stosch. Den Namen Sarrasani hatte er aus einer Novelle von Honoré de Balzac übernommen und ihn prompt falsch geschrieben. Aber als ihn der Erste auf den Fehler aufmerksam gemacht hatte, war es bereits zu spät gewesen. Sarrasani hatte den Schreibfehler auf seinen Zug malen lassen, auf die Plakate und auf Postkarten. Aber da der Großteil seines Publikums eh nicht zu den Belesensten gehörte, hatte das letztendlich auch nichts gemacht. Balzacs Novelle war langsam in Vergessenheit geraten, während man das von dem falschen Namensdouble nicht behaupten konnte: Jeder kannte Sarrasani. Inzwischen hatte er einen festen Zirkusbau in Dresden (der wenig verwunderlich der erste feste Zirkusbau in Europa gewesen war). Und der befand sich nur wenige Hundert Meter von dem Haus entfernt, in dem Mathis die Geschichten des alten Hoffotografen niederschrieb.

Umso erstaunlicher war es eigentlich, dass ein Bierdeckel nötig gewesen war, um Mathis auf die Idee mit dem Zirkus zu bringen.

Er wusste, dass Sarrasani Tourneen durch Südamerika und Brasilien unternahm. Mit seinem gesamten achthundertköpfigen Unternehmen, darunter auch Schmiede, Fleischer, Reklamechefs, Heizer und Chauffeure, überquerte er das Meer. Sie alle brauchten einen Reisepass. Wie viel Aufsehen würde da schon eine Person mehr oder weniger erregen? Und wie viel besser würde man Ernstis Andersartigkeit tarnen können als in einer Gruppe von Zirkusmenschen?

Die Idee war genial, zumal Mathis Sarrasani im Laufe der Zeit ein paarmal persönlich begegnet war. Er wusste, wie hilfsbereit der Zirkusdirektor war und wie viel er von Meister Bo gehalten hatte. Vor ein paar Jahren war bekannt geworden, dass Sarrasani sich sogar gegen die Judenverordnung gesträubt hatte.

Die Lösung war zu schön, um wahr zu sein.

Und das war sie dann auch tatsächlich.

Der Hans Stosch-Sarrasani, der Mathis und Meta an dem verregneten Aprilnachmittag gegenübertrat, sah zwar aus wie jener Mann, den Mathis kannte. Aber weil er tatsächlich genauso aussah, machte es Mathis doch ein wenig stutzig. Immerhin war das letzte Zusammentreffen mehr als zwanzig Jahre her.

»Hans Stosch?«, fragte er den Mann, der eigentlich über sechzig hätte sein müssen und nicht älter wirkte als Mathis selbst. »Hans Stosch-Sarrasani?«

Der Mann nickte ungeduldig. Er war aus einer wichtigen Probe gerufen worden und wollte das Treffen mit den beiden Unbekannten möglichst schnell hinter sich bringen.

»Erinnern Sie sich an mich?«, fragte Mathis.

»Nein.«

»Ich war der Gehilfe von August Bohe, dem Schausteller ...«

»Tut mir leid, ich erinnere mich nicht.«

Jetzt fiel Mathis doch auf, dass es da etwas im Gesicht seines Gegenübers gab, das Sarrasani nicht ähnlich sah. Ein unzufriedener, verbissener Zug, den Sarrasani nie gehabt hatte.

»Sie sind der Sohn«, stellte Mathis fest.

Sarrasani junior nickte und teilte mit, sein Vater sei vor anderthalb Jahren verstorben. Doch irgendwie wirkte er weniger betroffen als verärgert darüber.

»Wir haben eine Bitte an Sie«, sagte Meta, die sich nie lange mit beiläufigen Konversationen aufhielt. Aus einem Impuls heraus nahm Mathis Metas Hand und drückte sie unauffällig. Sie blickte ihn erstaunt an.

»Ja?«, sagte Sarrasani junior unfreundlich. Er war es gewohnt, dass Leute zu ihm kamen, um ihm Angebote zu machen oder Verträge auszuhandeln. Aber eine Bitte klang nicht so, als würde für ihn besonders viel dabei herausspringen.

Mathis dachte nach. Er hatte das ungute Gefühl, dass Vater und Sohn neben dem identischen Namen und ihrem Aussehen nicht viel miteinander teilten. Aber einen Plan B gab es nicht. Und auch wenn er selbst wenig über diesen neuen Sarrasani wusste, hatte Mathis doch immerhin Vertrauen in den Zirkus, für den er stand.

Möglichst vorsichtig und ohne Details zu nennen, die allzu sehr auf den illegalen Charakter des Vorhabens schließen ließen, begann Mathis zu erzählen. Was gar nicht so einfach war, wenn man bedachte, dass hier ein jüdischer Patient aus einer Irrenanstalt befreit, mit einem falschen Pass ausgestattet und unter falschem Vertrag ins Ausland geschafft werden sollte. Mal abgesehen davon, dass Mathis und Meta selbst ebenfalls einen solchen Vertrag brauchten.

Während er sich durch eine schonende Version dieses Vorhabens manövrierte, blickte Sarrasani junior ihn die ganze Zeit unverwandt an. Als Mathis geendet hatte, füllte Stille das Büro. Und sie dehnte sich aus, während Sarrasani überlegte.

»Ich weiß, dass mein Vater Ihnen geholfen hätte«, sagte er schließlich, und wieder lag da diese Bitterkeit in seiner Stimme, als er über den alten Sarrasani sprach. »Aber ich weiß auch, dass er dabei war, das Unternehmen vor die Hunde zu bringen. Und das soll mir nicht passieren. Das nächste Gastspiel im Ausland wird ein Gastspiel sein und keine Fahrkarte für falsche Artisten. Mein Vater ist in São Paolo gestorben, weil er seine jüdischen Angestellten in Südamerika in Sicherheit bringen wollte. Er hat ihnen zur Ausreise verholfen. Und was hat das ihm oder dem Zirkus gebracht? Als Direktor muss man die Interessen des Unternehmens über alles andere stellen, ob es richtig erscheint oder nicht. Mein Vater wusste das nicht, aber ich habe es vor.«

»Ist Ihr Vater gestorben, weil er seine jüdischen Angestellten nach Südamerika gebracht hat oder während er das gemacht hat?«, fragte Mathis.

Sarrasani und auch Meta sahen ihn verwirrt an.

»Wie bitte?«

»Ich frage ja nur, weil es so klang, als wäre Ihr Vater wegen dieser Rettungsaktion gestorben.«

»Er ist in Brasilien gestorben«, beharrte Sarrasani verbissen, »auf der Tournee.«

»Das spielt doch jetzt auch überhaupt keine Rolle«, sagte Meta schnell. Ihr Ton verriet Mathis, dass er schon wieder dabei war, seinen alten Ruf als Klugscheißer zu pflegen. »Und Sie müssten uns auch überhaupt nicht als falsche Artisten ausgeben, Herr Stosch. Wir sind nämlich Artisten.«

»Aber nicht in meinem Zirkus«, sagte Sarrasani.

»Nun, das ließe sich ja vielleicht ändern ... Wenn Sie uns für die Auslandstournee unter Vertrag nehmen, würden wir dort selbstverständlich arbeiten!«

»Für umsonst«, fügte Mathis hinzu, weil ihm das vorher schon mal bei einer ähnlichen Bitte geholfen hatte.

Sarrasani junior verschränkte die Arme vor der Brust und lehnte sich in seinem Stuhl zurück. Das Wort »umsonst« hatte in der Tat ein kleines Unternehmerglöckchen in seinem Ohr geläutet. Immerhin erkundigte er sich danach, was Mathis und Meta denn für Artisten seien.

»Ich bin Kraftfrau und Sensationskünstlerin«, sagte Meta, »und Mathis ist … Tierhypnotiseur.«

Mathis schluckte. In seinem ganzen Leben hatte er noch kein einziges Tier hypnotisiert.

»Und der werte Bruder aus dem Irrenhaus? Was macht der?«, fragte Sarrasani, während er Mathis von Kopf bis Fuß musterte.

Meta stieß Mathis Hilfe suchend mit dem Ellbogen an.

»Der war Fassroller«, sagte Mathis, weil es nicht viele Berufe gab, die man sich bei Ernsti vorstellen konnte. Fassroller waren in Deutschland einmal sehr beliebt gewesen. Mathis kannte zwei Brüder aus Homburg, die sich zwei Jahre lang in einem zentnerschweren Fass durch das Land gerollt hatten. Ihren Lebensunterhalt hatten sie durch den Verkauf von Postkarten bestritten. »Deutsch Ihre Tat, deutsch Ihre Ehre«, hatte auf der Postkarte gestanden. Obwohl den meisten Leuten nicht ganz klar gewesen war, was eine Reise im Fass mit deutscher Ehre zu tun hatte, hatten sie das Duo gefeiert, wo immer es aufgetaucht war. Und als das Jahr vorbei gewesen war und sie in ihr Heimatdorf zurückgerollt waren, war sogar ein Nachrichtenteam aus New York angereist.

Ernstis Geschichte dagegen ließ Mathis etwas tragischer enden. Er erzählte Sarrasani, wie Ernsti eines Tages in das Fass gestiegen sei, um einen Hügel hinunterzurollen, und dabei gegen einen Baum gekracht sei. Das Fass sei zerbrochen und Ernstis Kopf um ein Haar ebenfalls. Und seitdem sei er eben ein wenig verwirrt ums Hirn. Was auch der Grund für seine Einweisung in die Irrenanstalt gewesen sei.

»Fassroller kann ich nicht gebrauchen«, sagte Sarrasani wenig mitfühlend. Die seien doch schon seit Jahrzehnten nicht mehr in Mode. Und ein richtiger Zirkusberuf sei das auch nicht. Die Sache mit der Tierhypnose dagegen … »Welche Tiere hypnotisieren Sie denn so?«

Mathis blies Luft in die Wangen und blickte auf das Zirkusplakat hinter Sarrasanis Schreibtisch.

»Zebras, Hunde, Steinadler, Affen, Elefanten ...«, zählte er auf.

»Tiger?«, erkundigte Sarrasani sich.

Den hatte Mathis auf dem Plakat auch gesehen, aber ganz bewusst ausgespart.

»Na ja, mit Tigern ist das so eine Sache«, sagte er.

»Von den restlichen Tieren haben wir nicht mehr viele«, sagte Sarrasani. »Ich musste viele von ihnen einschläfern lassen, als wir den Zirkus dezimiert haben. Wegen der Kosten. Rationierung.«

»Mathis kann auch Tiger hypnotisieren«, sagte Meta und achtete gar nicht auf den Blick, den Mathis ihr dafür zuwarf.

»Erstaunlich«, sagte Sarrasani. Er erklärte, dass es ihm weniger um die Show ginge, aber dass das Problem das Verladen der Tiere sei. Immer wieder gäbe es unschöne Zwischenfälle, weil die Tiere auf der langen Reise unruhig würden oder auch seekrank. Und besonders bei den Tigern wolle man das doch möglichst vermeiden. Sie würden leicht bissig, wenn sie nervös würden. Einer der Pfleger habe kürzlich erst einen Arm verloren, weil der Tiger das Geschaukel auf hoher See nicht gut vertragen hatte.

Meta legte dem blassen Mathis eine Hand aufs Knie und erkundigte sich, ob das nun bedeute, dass sie für die Südamerikatournee gebucht seien. Sie würden nämlich nur zu dritt gehen.

Sarrasani lehnte sich im Stuhl zurück, während er die Möglichkeiten abwog.

»Sie arbeiten für die Dauer der Tournee umsonst? Egal was Ihre Aufgaben sind?«

»Gegen Überfahrt, Kost und Logis«, sagte Meta. »Und einen Reisepass für meinen Bruder.«

»Dann ist es abgemacht.« Sarrasani stand auf und wollte ihnen die Hand schütteln, strich sie sich angesichts Mathis' fehlender Finger dann aber doch lieber an der Weste ab.

»Die Tournee ist auf zwei Jahre angesetzt und startet im

August«, sagte er. »Sie können Namen und Daten Ihres Bruders meinem Sekretär mitteilen – der kümmert sich dann um die Formalitäten. Ich nehme an, er wird in der Lage sein, einen Stall auszumisten und einfache Arbeiten zu übernehmen?«

Mathis bestätigte, dass Ernsti das sei, obwohl seine Zweifel in Wahrheit nicht viel geringer waren als angesichts seiner eigenen neuen Aufgabe.

»Tierhypnotiseur?«, sagte er zu Meta, als sie draußen waren. »Die Chancen, mich loszuwerden, könnten ja gar nicht besser stehen.«

Doch Meta war so erleichtert über den Ausgang des Gesprächs, dass sie sich nur zu Mathis umdrehte und ihm einen Kuss auf den Mund drückte.

»Das war die beste Idee«, sagte sie und nahm seine Hand. Mathis seufzte, als er mit ihr nach vorn blickte, in Richtung einer Zukunft, mit der sie noch vor vierundzwanzig Stunden nicht gerechnet hatten.

Hätten sie stattdessen nach oben geschaut, dann wären ihnen die dunklen Wolken aufgefallen, die angerückt waren, um ein wenig Düsterkeit zu verbreiten. Und ihnen wären die Fahnen aufgefallen, die über Sarrasanis Prachtbau wehten, passend zu dieser Stimmung. Mit schwarzen Zeichen, die inzwischen schon viele im Land das Fürchten gelehrt hatten.

Wie der Zufall es so wollte, erhielt zur gleichen Zeit auch ein junger Mann im zweihundert Kilometer entfernten Berlin eine vermeintlich gute Nachricht. Man sagte ihm nämlich, er würde ab dem kommenden Sommer der Hauptwachleiter des neu gebauten Zigeunerlagers Marzahn werden. Und das klang doch erst mal nach einer so wichtigen Position, dass Kurt Kaltenhoff direkt die Brust anschwoll.

Allzu lange hielt die Schwellung dann allerdings nicht. Spätestens als er am 16. Juli auf die taunasse Wiese des Lagerplatzes trat und sich umsah, beschlich ihn nämlich das Gefühl, dass die neue Aufgabe vielleicht doch keine Ehre, sondern vielmehr eine Strafmaßnahme war.

Zunächst einmal gab es gar keine anderen Wachen im Lager, deren Haupt Kaltenhoff hätte sein können. Es gab nur einen Platz, der wie ein platt getretener Acker aussah, und ein paar marode Wohnwagen, von denen man die Räder abmontiert hatte. Und Zigeuner natürlich, die schmutzig waren und obendrein auch noch stanken! Es ging Kaltenhoff nicht auf, dass der Geruch eigentlich nicht von den Menschen, sondern von dem Standort selbst ausging. Denn das Lager befand sich direkt am Rand der Felder, auf denen das Abwasser von Berlin gereinigt wurde.

In jedem Fall würde die Arbeit eine einsame Sache werden. Und eine langweilige obendrein. Kaltenhoff sollte aufpassen, dass kein Arier das Lager betrat und dass während der Olympischen Sommerspiele auch kein Zigeuner das Lager verließ. Außerdem war er Hüter der Toilettenschlüssel. Und darauf hatte er nun wirklich keine Lust.

Kaltenhoff positionierte sich vor dem Lagereingang und verschreckte aus lauter Frust ein paar Kinder, die vorsichtig um die Ecke einer Baracke lugten. Dann beobachtete er, wie die ersten Zigeuner überrascht an der verschlossenen Tür des Toilettenhäuschens rappelten. Kaltenhoff spuckte auf den Boden. Er klärte niemanden darüber auf, dass sie den Schlüssel von nun an bei ihm zu erbetteln hatten.

Die ersten Zigeuner waren schon im Mai eingezogen. Aber erst heute, an Kaltenhoffs erstem Amtstag, sollte sich das Lager wirklich füllen. Es gab eine groß angelegte Razzia, die dafür sorgte, dass Berlin für die Olympischen Spiele zigeunerfrei sein würde. Und wenn Kaltenhoff so darüber nachdachte, wäre er doch lieber bei den Polizisten gewesen, die für die Verhaftung zuständig waren.

Es bestand ein nicht zu verachtender Reiz darin, Menschen aufzustöbern und ohne Vorwarnung abzuführen. Im Grunde

542

war das sogar viel spaßiger, als Verbrechern nachzujagen, die bereits wussten, dass sie Verbrechen begangen hatten.

Er erinnerte sich an die Räumung des Karlsbergs im vergangenen Jahr und machte sich kurz Sorgen, dass die unangenehmen Zwischenfälle dort dazu beigetragen haben könnten, dass er sich jetzt hier die Füße platt stand, statt mit den anderen auf Zigeunerjagd zu sein. Franz, sein Kollege, war nämlich ein mittelintelligenter Schimpanse, der auf der Wache prompt von dieser Frau gefaselt hatte, die er angefahren haben wollte. Was dazu geführt hatte, dass man den Wald durchkämmt und natürlich keine Frau, dafür aber zwei schlecht verscharrte Leichen gefunden hatte. (Da sah man doch mal wieder, was diese Zigeuner für ein Pack waren!) Und dann war der erste Läufer auf der Strecke auch noch über ein erschossenes Krokodil gestolpert, für das Kaltenhoff zur Rechenschaft gezogen wurde. Dass Kaltenhoff andererseits auch einen nicht registrierten Juden im Wohnwagen der Zwerge aufgetrieben hatte, war überhaupt nicht honoriert worden. Vielleicht deshalb, weil er die Zwerge selbst nicht mitgebracht hatte. Er spuckte noch einmal auf den stinkenden Boden. Alles gut, redete er sich ein, er war jetzt Hauptwachleiter eines ganzen Lagers! Dass dort lediglich »Lagerplatzverwalter Hr. Kaltenhof« (ohne das Haupt-) an der Hütte neben dem Eingang stand, war sicherlich ebenso ein Versehen wie sein falsch geschriebener Nachname.

Die ersten Wohnwagen kamen um elf. Glückliche junge Polizisten flankierten sie wie Kinder, die sich auf einen Jahrmarkt freuten. Am späten Nachmittag zählte Kaltenhoff bereits achtzig Wohnwagen und ein gutes Dutzend anderer Hütten, die man auf Tieflader verfrachtet hatte, weil sie keine Räder hatten. Familien, die ganz ohne Behausung kamen, weil man sie aus ihren Berliner Mietswohnungen gezerrt hatte, zogen in die letzten bereitstehenden Wagen ein. Und, als diese überfüllt waren, unter den freien Himmel.

Bis der Tag sich dem Ende zuneigte, sollte die eifrige Razzia sechshundert Sinti und Roma im Stadtraum aufstöbern und zusammentreiben. Die meisten davon unregistriert. Selbst in Hitlers Vielaugenstaat gab es tatsächlich noch immer tote Winkel, in denen sich ganze Sippschaften versteckten.

Das jedenfalls waren viel mehr Menschen als erwartet. Und so stellte man Kaltenhoff dann doch noch ein paar Männer an die Seite. Eine Einheit preußischer Schutzpolizisten nämlich, die das Lager bewachten, bis auf die Schnelle ein Zaun hochgezogen wurde. Und einen zweiten Lagerplatzverwalter. Weil bei so vielen Menschen schon allein die Ausgabe des Toilettenschlüssels eine Herausforderung wäre.

Dass man sich diesbezüglich ohnehin ein wenig verschätzt hatte, wurde in der Julihitze recht schnell klar. Auf das gesamte Lager kamen nämlich genau zwei Toilettenanlagen. Kein Wunder also, dass immer mehr Insassen ihre Notdurft am Platzrand unter freiem Himmel verrichteten. Und dabei von Reportern abgelichtet wurden. Es waren die Bilder, die man von schmutzigen Zigeunern erwartete.

Kaltenhoff übergab das Toilettenhäuschen und alle anderen langweiligen und schweißtreibenden Aufgaben seinem ersten und einzigen Mitarbeiter. Und präsentierte sich den Zigeunern als Leiter des Lagers. Was diese dann auch gleich so verstanden, dass er für ihre Beschwerden und ihr Wohlergehen zuständig wäre. Nach dem fünfzigsten Bewohner, der vor seinem Aufseherhäuschen Schlange gestanden hatte, um ihn aufzuklären, dass er entweder gar kein Roma sei oder dass er doch einer sei, aber mit seiner Familie in einer stets fristgerecht bezahlten Wohnung gelebt habe, bevor die Polizei sie verschleppt hätte, schlug Kaltenhoff wütend die Tür zu. Er würde sich nicht darauf einlassen, die Zigeuneridentität jedes Einzelnen zu besprechen. Wenn die Behörden sie auf die Verhaftungsliste gesetzt hatten, dann sollten sie das gottverdammt auch mal akzeptieren. So schwer konnte das doch wohl nicht sein.

Kaltenhoff besorgte eine Ausgabe des Runderlasses zur »Bekämpfung der Zigeunerplage«, in der die Notwendigkeit der Razzien erläutert wurde, und hämmerte sie an den neu gebauten Zaun. Der ein oder andere Asoziale hatte sich doch erstaunlich gebildet ausgedrückt. Man konnte zwar nicht davon ausgehen, aber vielleicht war ja sogar jemand unter ihnen, der des Lesens mächtig war.

Mathis erfuhr durch einen Brief vom neuen Zigeunerlager. Und dieser kam von Frieda. Neben Evalyn war sie die Einzige, die Mathis' und Metas Adresse in Pirna kannte, und sie schrieben sich in unregelmäßigen Abständen, um sicherzugehen, dass der jeweils andere noch lebte.

Die Beamten der Razzia hatten Frieda in der Wohnung ihrer Freundin aufgetrieben und in das Lager gesteckt. Aus dem sie allerdings ein paar Tage später von einem Mann gerettet wurde.

Der Mann, von dem die Rede war, hieß Wilfried Schramm und hatte diese Heldentat nicht ohne Eigennutz begangen. Er war der Besitzer einer fahrenden Zwergentruppe namens »Märchenreich Liliput« und froh darüber, dass die Nazis ihm, im Gegensatz zu den meisten Schaubudenbesitzern, nicht den Hahn abgedreht hatten, sondern ihn im Gegenteil noch großzügig bereicherten. Mit einer ganzen Zwergensammlung nämlich.

Wo immer ein Zwerg aufgegriffen und verhaftet wurde, rief man Zwergenvater Schramm, und der konnte sich die besten aussuchen. Dabei war Schramm schon drauf und dran gewesen, das Land zu verlassen, als die Zurschaustellung von »ekelerregenden menschlichen Abnormitäten« und »erbkranken Krüppeln« verboten worden war.

»Aber i wo!«, hatte der freundliche Nazi gerufen, der Schramm im letzten Moment noch davon hatte abhalten können. Das habe Schramm völlig falsch verstanden! Riesen und Zwerge seien doch ein ganz wichtiger Bestandteil der deutschen Märchenwelt! Wie Schramm denn überhaupt auf die Idee

545

kommen könne, sie mit Fisch- und Krebsmenschen und diesem ganzen Krüppelpack über einen Kamm zu scheren?

Schramm hatte bis dahin immer den Verdacht gehegt, dass es eher die Nationalsozialisten seien, die alle über einen Kamm scherten. Aber das sagte er dem freundlichen Nazi nicht. Sonst wäre es wohl kaum so weit gekommen, dass seine Märchenschau Liliput jetzt mit zwei großen Wohnwagen über die neue Reichsautobahn rollte.

Frieda hatte Schramm durch einen Hinweis gefunden. Er hatte sie hinter dem Zaun des neu gebauten Zigeunerlagers Berlin-Marzahn begutachtet und sein neues Haustier dann mitgenommen, als handele es sich um einen Hund aus dem Tierheim.

Wie Frieda schrieb, seien auch der Haarathlet Simson und der Ausbrecherkönig Habermann aufgefunden und ins Zwangslager Marzahn gebracht worden. Ob Mathis vielleicht hin und wieder nach den beiden sehen könne, wenn Frieda auf Schramms Tournee durch Deutschland sei?

Mathis blieben nur noch zwei Wochen bis zur Abreise mit dem Zirkus Sarrasani. Aber das konnte Frieda nicht wissen. Nicht einmal Evalyn hatten sie es erzählt. Aus lauter Vorsicht hatten er und Meta sich aus dem Staub machen und alle anderen zurücklassen wollen. Doch jetzt geriet Mathis ins Grübeln. Dass es Frieda nun den Umständen entsprechend gut getroffen hatte, beruhigte ihn zwar ein wenig. Und er glaubte auch, dass der Ausbrecherkönig Habermann zurechtkommen würde, immerhin umgab ihn lediglich ein dünner Lagerzaun. Aber was war mit den anderen? Und all jenen, die noch in Rummelsburg festsaßen? Mathis war lange genug unter Schaustellern gewesen, um zu wissen, dass man in diesem Geschäft zusammenkam und ohne große Abschiedsszenen wieder auseinanderging. Manchmal hob man nicht einmal die Hand zum Gruß. Ein Außenstehender konnte das nicht immer begreifen, aber die meisten, die ins Schaustellerleben hineingeboren wurden, waren schon als Kinder nie lange genug an einem Ort gewesen, um einen Freund zu haben. Einen engen Freund, jemanden, der auch noch da war, wenn der Jahrmarkt längst abgebaut war. Das war wohl der wahre Unterschied zwischen denen, die Hitler verächtlich Zigeuner nannte, und allen anderen. Wer nicht gelernt hatte, sich an etwas zu binden, der band sich auch nicht an den Führer. Der band sich an kein Haus und an keine Ideologie.

Aber Mathis war kein Schausteller. Das hatten sie ihm oft genug vorgehalten. Darum wünschte er sich, er könnte sie alle mitnehmen, wenn er und Meta nach Amerika gingen.

Bis zum Abendessen hatte sich der Gedanke in Mathis' Herz genistet. Er sah Meta an, doch die bemerkte seinen unglücklichen Blick nicht, weil sie gerade nach dem Pfeffer griff, um zu retten, was sich an der Suppe noch retten ließ. Sie hatte schon am Morgen ihr Brot ohne Butter essen müssen, weil Hitler eine Buttersteuer erfunden hatte. Und der Kohleintopf hob ihre Laune nicht gerade.

Seit Mauricia ihr geschrieben hatte, dass man in Amerika fast überall gebrutzelte platte Hackbällchen zwischen zwei Brothälften genießen könne, war die deutsche Küche Meta ohnehin zuwider. Hitlers neue deutsche Küche, musste man dazusagen, denn vor dessen verhängnisvollem Amtsantritt hatte es ja immerhin noch Fleisch gegeben.

Hitler hatte es sich in den Kopf gesetzt, Deutschland unabhängig von Nahrungsmitteln aus dem Ausland zu machen. Das hieß vor allem, dass er Fette strich, weil die importiert wurden. Was er nicht sah, war, dass die Fette aus dem Ausland bis dato vor allem die deutschen Tiere ernährt hatten, die wiederum die deutsche Bevölkerung ernährt hatten. Aber in Mathe war Adolf noch nie gut gewesen, ebenso wenig wie in kritischer Selbstreflexion. Deswegen versuchte er seinen Fehler jetzt zu vertuschen und propagierte deutsche Marmelade, Kartoffeln, Brot und Zucker als das Maß aller Dinge. Wie er mit dieser chroni-

547

schen Fehlernährung ein Volk starker Herrenmenschen heranzüchten wollte, traute sich niemand zu fragen.

»Ich habe mir etwas überlegt«, sagte Mathis, bevor Metas Gesicht über dem wässrigen Eintopf noch länger werden würde. »Könnten wir Ernstis Rettungsaktion nicht ausweiten und auch noch unsere Freunde aus Rummelsburg befreien? Vielleicht könnten wir Sarrasani bitten …«

»Welche Freunde?« Meta blickte ehrlich überrascht auf.

»Unsere ehemaligen Nachbarn«, sagte Mathis, »vom Karlsberg?«

Doch Meta sah ihn noch immer so verwirrt an, dass er sich wieder über seine Suppe beugte und murmelte, sie solle seinen Vorschlag einfach vergessen. Was Meta dann auch tat. Ihre ganze Sorge drehte sich um den Bruder und dessen Befreiung aus der Irrenanstalt. Und diese Aufgabe würde schon waghalsig genug werden.

Der Film über Schloss Sonnenstein war vierundzwanzig Minuten lang und inhaltlich zu brisant, um gleich an die breite Öffentlichkeit zu gehen. Zumal sich diese Öffentlichkeit so kurz vor den Olympischen Sommerspielen noch einmal ziemlich verbreitert hatte.

Ausländische Presseleute geisterten durch Berlin, amerikanische Stars und Schriftsteller. Da wollte man nicht riskieren, dass die schönen Aufnahmen aus der Psychiatrie gleich ein paar kritische Gegenstimmen bekamen.

Man verschob die Volkspremiere also auf das kommende Jahr, wenn sich der Qualm und Rauch um die Olympischen Spiele gelegt haben würde, und zeigte den Film stattdessen erst einmal im Rahmen geladener Gäste. Natürlich allesamt unkritische Anhänger des nationalsozialistischen Systems.

Kaltenhoff kam der Einladung zur Kinovorstellung mit Freude nach. Vor allem deshalb, weil sein untergeordneter Kollege keine erhalten hatte. Die beiden Männer verstanden sich nicht gerade gut, auch weil Kaltenhoff kein Mensch war, mit dem man sich generell gut verstehen konnte. Dabei hätte ein wenig Umgänglichkeit nicht geschadet, wenn man zusammen in einer einsamen Holzhütte neben einem Klärwerkfeld wohnte.

Kaltenhoff ließ seinen Untertanen also allein und nahm das Auto. Die Vorstellung fand in einem Kinosaal statt, vor dem ein großes Schild darüber informierte, dass es sich hier um einen Privatanlass handele. Darum schwoll Kaltenhoffs Brust noch einmal extra an, als er seine Einladung vorzeigte und diskret durch die Saaltür gelassen wurde. Der Raum war bereits voller Zuschauer. Alle trugen Uniform, und die Wände waren mit düsteren Fahnen geschmückt. Kaltenhoff setzte sich zufrieden in seinen Kinosessel, der sehr viel bequemer war als alles, was er im Zigeunerlager zur Verfügung hatte.

Der Mann, der den Film ankündigte, trug einen schlichten Anzug und sah aus wie einer, der seinen Schreibtisch selten verließ. In seiner Rolle als Vertreter des Rassenpolitischen Amts der NSDAP erläuterte er die Hintergründe des Films und stimmte die Zuschauer auf die Denkweise ein, die hier im Raum geboten war. Niemand stellte eine Frage oder widersprach, während er auf die Juden, Verbrecher und Behinderten schimpfte. Denn dafür war man ja eingeladen worden. Dies war keine Gruppe von Widersprechern.

Für seine Rede erhielt der Schreibtischmann Applaus. Er nahm an der Seite Platz, und dann wurde es still im Saal. Als das Licht heruntergedreht wurde, blieben von den Fahnen an der Wand nur die weißen Kreise um die Hakenkreuze sichtbar. Wie kantige Geister leuchteten sie im Dunkeln.

Der Film begann, und die Hetze ging weiter. Ein Text lief über die Filmrolle: »Wo den Nachkommen von Säufern und Schwachsinnigen Paläste gebaut werden, indes der Arbeiter und Bauer mit einer kümmerlichen Hütte vorliebnehmen muss, da geht das Volk mit Riesenschritten seinem Ende entgegen.« Kinder in heruntergekommenen Hinterhöfen hockten in der

Gosse. Traurige Wäscheleinen zwischen traurigen Mietskasernen wurden eingeblendet. Dann flackerte eine fast schon königliche Parkanlage über die Leinwand, mit einem Gebäude, das einem Schloss ähnelte. Die Irren wurden mit Tieren verglichen, die in der freien Natur nie überleben könnten. Nur der Mensch, mit seiner verqueren Art, sei auf die großartige Idee gekommen, sie zu pflegen und am Leben zu erhalten. Darum habe die Zahl der Geisteskranken um vierhundertfünfzig Prozent zugenommen, während die Bevölkerung nur um fünfzig Prozent gestiegen sei. Da könne man sich ja leicht ausrechnen, wie lange es dauern würde, bis Deutschland nur noch aus Behinderten und Verrückten bestünde.

So ganz kamen zwar nicht alle Zuschauer mit dem Rechnen hinterher, aber im Großen und Ganzen schindeten die dubiosen Zahlen doch Eindruck. Auch bei Kaltenhoff, der bei der Szene mit den Irren im Park bereits der Meinung war, dass man das ganze Pack am besten gleich erschießen und das schöne Schloss dem Volk zurückgeben sollte. (Wobei er vergaß, dass das Schloss ja im Grunde nie dem Volk gehört hatte.)

Ein Schwarzer wurde eingeblendet.

»Idiotischer Negerbastard aus dem Rheinland. Seit 22 Jahren in der Anstalt. Kostete den Staat bislang 24 200 Reichsmark.«

Ein Weißer wurde eingeblendet.

»Dieser Geisteskranke ermordete auf raffinierte Weise mithilfe seiner Schwester deren Ehemann.«

Ein Jude wurde eingeblendet.

Das gab dem Publikum nun endgültig den Rest. Protestierendes Gemurmel machte sich breit, in das Kaltenhoff schon einfallen wollte. Aber dann entdeckte er auf der Leinwand plötzlich eine Gestalt, die ihm bekannt vorkam. Eine erstaunlich große Wärterin, die einen Rollstuhl vor sich herschob. Kaltenhoff kniff die Augen zusammen. Die Wärterin war nur sehr kurz in Großaufnahme zu sehen gewesen, als man die tattrige Greisin im Rollstuhl gezeigt hatte. Aber im nächsten Bild konnte Kaltenhoff sie am Ende der Gruppe ausmachen. Sehr klein und sehr verschwommen. Er beugte sich auf seinem Sitz vor. Doch dann war schon ein neues Bild zu sehen. Im Wind wehendes Unkraut und eine Spitzhacke auf einem Kartoffelfeld. »Der Bauer, der das Überwuchern des Unkrauts verhindert, fördert das Wertvolle«, lautete das glorreiche Fazit. Der Film war zu Ende. Die Anwesenden klatschten. Nur Kaltenhoff blieb irritiert sitzen und rief sich noch einmal das Gesicht der Frau ins Gedächtnis.

Es wollte ihm beim besten Willen nicht einfallen, wo er sie schon mal gesehen hatte.

SIEBENUNDZWANZIGSTES KAPITEL

Paris, 1905

Nach dem Erfolg im Herbst bekam Mathis von den Brüdern Isola die Aufgabe, im neuen Jahr weitere Bühnenstücke für sein Skeletttheater zu entwerfen. Gerne auch gefährliche oder erotische, wenn Mathis denn so gut sein möge.

Der Wandschirm war ja bereits bezahlt und gebaut. Es musste also lediglich die Miete für die zwei zusätzlichen Röntgenapparate verlängert werden. Was sich als problemlos herausstellte, da das Interesse am Röntgen in medizinischen Kreisen gerade sowieso abnahm.

Man hatte jetzt neu das Radium entdeckt. Das hieß, eigentlich hatte Marie Curie es entdeckt. Aber alle konnten es sehr gut gebrauchen. In der Bekämpfung von Krebs, Asthma, Bronchitis und Leberschäden ebenso wie in der Bekämpfung von Körperbehaarung und Hautalterung. Ein gelb leuchtender Jungbrunnen war den Ärzten und der Industrie vor die Füße gefallen! Und sie machten sich gleich daran, den neuen Stoff ordentlich zu vermarkten.

In den Zeitungen gab es Werbungen für radioaktive Gesichts- und Zahncremes, für selbstleuchtende Radiumfarbe und für Radiumhauben, die gegen Haarausfall helfen sollten. Radium war gut gegen Fettleibigkeit und für die Leuchtkraft weißer Wäsche. Und sogar spezielle Radiumunterhosen für den Mann gab es, die mehr Stehkraft und Fruchtbarkeit versprachen. Da kamen Röntgens Strahlen nicht mehr mit. Man überließ Mathis die Maschinen, und er wurde zum wohl glücklichsten

Apparatebesitzer der Erde. Und der kreativste war er ebenfalls.

Mathis brachte skelettförmige Akrobaten auf die Röntgenbühne, Pferd und Reiter und sogar ein Pärchen auf einer Parkbank, dem die Zuschauer beim Küssen zusehen konnten. Und sehr zum Gefallen der Brüder baute Mathis auch immer wieder Meta alias Charmian ein. So häufig, dass das Publikum sich eigentlich hätte wundern müssen, dass die Trapezkünstlerin nicht mehr nach Amerika zurückging.

Doch das Publikum wunderte sich über gar nichts. Es war ja schließlich gekommen, um sich blenden zu lassen. Und zu viele Nachfragen ruinierten nur den Abend, der ohnehin ziemlich alkoholgeschwängert war. Die Männer tranken in der Bar, und sie tranken weiter, wenn sie im Publikum saßen. Mehr als einmal grölten sie Metas Gerippe zu, es solle sich schneller ausziehen. Für die Schönheit ihrer Knochen hatten sie überhaupt kein Auge.

Alles in allem waren Mathis und Meta dennoch sehr zufrieden. Sie konnten gemeinsam auf der Bühne stehen. Der Durchleuchtungsapparat duldete Meta, und Ernsti duldete Mathis. Es war ein einziges geduldetes Miteinander. Und mit diesem zufriedenen Gedanken saß Mathis in der Artistengarderobe, als eines Tages, im Herbst 1905, eine junge Frau an der Tür klopfte und Mathis zu sprechen wünschte.

Mathis kam der Aufforderung erstaunt nach. An der Garderobentür der vermeintlichen Charmian war es normal, dass dort stundenlang die Herren Schlange standen und darauf warteten, dass die Kraftakrobatin sich wieder anzog und die Tür öffnete (oder, noch besser, nur die Tür öffnete). Doch zu Mathis hatte bislang noch nie jemand gewollt.

Die junge Frau war hübsch und erstaunlich klein. Eigentlich war sie sogar erstaunlich hübsch und erstaunlich klein. Ihr Gesicht hatte etwas symmetrisch Perfektes an sich, das Mathis faszinierte. Sie stellte sich als Gabrielle Chanel vor, aber Mathis dürfe gerne Coco zu ihr sagen. Das täten alle, seit sie im Grand Café in Molies singe.

Coco Chanel stimmte den Song gleich an, der ihr den Namen eingebracht hatte: »Qui qu'a vu Coco?« Dann aber verriet sie Mathis, das ihr Beruf als Sängerin eigentlich gar nichts mit ihrem Erscheinen hier zu tun habe. Sie stand vielmehr in Mathis' Tür als Repräsentantin einer Gruppierung, die sich »A bas le corset« nannte.

»Nieder mit dem Korsett?«, fragte Mathis, der bislang noch überhaupt nicht zu Wort gekommen war, aber lang genug unter den ständig streikenden Franzosen gelebt hatte, um einen Schlachtruf zu verstehen. »Dafür gibt es eine Gruppierung?«

Die gebe es durchaus, sagte Coco, und zwar nicht nur in Frankreich, sondern in vielen Ländern. Sie streckte das Kinn vor und die Brust raus, die, wie Mathis errötend feststellte, tatsächlich in keinem Korsett steckte.

Coco erklärte, dass die extremen Schnürpraktiken bei Frauen zu Ohnmachtsanfällen führten, zu Quetschungen der Organe, zu Verdauungsproblemen, Fehlgeburten und Missbildungen der Kinder. Sie sei ja Laie. Ein Arzt könne ihm die medizinischen Details noch näher erklären. Aber Mathis fand, dass die Details schon detailliert genug waren.

Alles, was Coco jedenfalls wusste, war, dass sich in diesen blöden Schnürdingern kaum atmen lasse! Geschweige denn Sport treiben. Außerdem schleppe man fast fünf Kilo Walfischbein und Büffelhorn mit sich herum. Es gebe zwar auch Stahlkorsetts, aber die seien auch nicht viel leichter. Und wenn man da noch die diversen Unterröcke mit draufrechnete, wäre es ein Wunder, dass die bürgerlichen Frauen nicht schon vor dem Kleiderschrank in die Knie gingen.

Mathis bedankte sich mit einem Nicken für diesen Exkurs in die Welt der Damenunterwäsche. Auch wenn es ihn ein bisschen nervös machte, mit dieser hübschen jungen Dame über Unterröcke und Stahlkorsetts zu sprechen. Zudem verstand er immer noch nicht, warum sie ausgerechnet zu ihm gekommen war, um sich zu beschweren.

»Du sollst uns bei der Aufklärungsarbeit helfen«, erklärte Coco. Viele Ärzte kritisierten das Korsett nämlich schon seit Jahren, einige seit Jahrzehnten. Aber paradoxerweise seien es die Frauen selbst, die nicht darauf verzichten wollten.

Auf den Magazinen sahen sie Bilder von Wespentaillen und Sanduhrenkörpern. Und solche Maße verschenkte die Natur eben nicht freizügig. Wenn es dann hier oder dort einmal ziepte oder man in Ohnmacht fiel, dann schlug man wenigstens stilvoll und schlank auf dem Boden auf. So die Meinung der Damenwelt. Aber »A bas le corset« wollte den Frauen nun zeigen, was sie ihren Organen und dem potenziellen Nachwuchs damit antaten. Und dazu brauchten sie Mathis' Expertise in der Durchleuchtungsarbeit.

Coco stand so stolz und entschlossen in der Tür, als sei sie mit einem wehenden Banner über der Schulter hergeritten. Kein Wunder, dass die Gruppierung sie als Frontfrau geschickt hatte, dachte Mathis. Und was konnte er anderes tun, als Ja zu sagen? Er hätte sowieso zu so ziemlich allem Ja gesagt, was seine Röntgenpraktik erforderte. »Nieder mit dem Korsett« war etwas, das obendrein für einen guten Zweck zu sein schien. Und nebenbei bemerkt auch Meta sehr gut gefallen würde.

Sie besiegelten Mathis' Mitgliedschaft per Händedruck, und plötzlich war Mathis mittendrin in der Frauenbewegung. Er lernte eine ganze Allianz von Medizinern, Moralisten, Modeschöpfern und Feministen kennen. Drei Jahre später würde sogar die Königin von Portugal dazustoßen, die Mathis' Bilder in ihrem Land publik machte. Coco hatte nicht übertrieben. Die Auflehnung gegen das ungesunde Kleidungsstück war beachtlich.

Um der Gruppierung helfen zu können, musste Mathis sich allerdings zunächst überlegen, wie er das Bild der Organe von der Maschine auf ein Papier bringen wollte. Die Apparate, die er besaß, durchleuchteten die Menschen ja nur direkt. Es war zwar möglich, den Röntgenschirm durch eine Fotoplatte zu ersetzen, doch das Ergebnis war irgendwie immer unscharf und verzerrt, denn die Belichtungszeit betrug 30 Minuten. Und so lange konnte keins von Mathis' eingeschnürten Modellen still stehen und die Luft anhalten. Nicht einmal in einem Korsett.

Schließlich kam Mathis auf die Idee mit dem Abpausen. Er hatte das als Kind schon gemacht. Als er im Haus hatte bleiben müssen, weil sein Bein ihm nicht erlaubt hatte, mit den anderen zu spielen. Er hatte Papierblätter auf die Fensterscheibe gelegt und die Schatten, die er sehen konnte, mit einem Bleistift umrandet.

Der Einfall war ebenso simpel wie genial. Mathis musste sich lediglich mit Stift und Papier vor den Schirm stellen und die eingequetschten Organe abmalen.

Die erste Serie dieser Zeichnungen erschien im Sommer 1906 in einer medizinischen Fachzeitschrift. Ein paar Monate später hatten bereits fünf internationale Medizinzeitschriften sie kopiert. Und ein paar weitere Monate später druckte ein erstes vorsichtiges Modemagazin die Bilder ab. Allerdings nur im hinteren Teil und nachdem die neueste Kollektion von Schnürkorsagen für das Frühjahr 1907 schon vorgestellt worden war.

Die Zielgruppe konnte so natürlich nicht erreicht werden. Die medizinischen Fachzeitschriften fielen nur Medizinern in die Hände. Und in dem Modemagazin hatten Mathis' Bilder die Druckgröße einer Todesanzeige und waren ungefähr so attraktiv wie ein Artikel über Fettleibigkeit in einer Zeitung voller Backtorten. Darum änderte sich auf den französischen Straßen zunächst einmal nichts, während die Ärzte einfach in dem bestätigt wurden, was sie ohnehin schon wussten.

Nur für eine Person änderten Mathis' Bilder alles. Und diese Person war ironischerweise ein Mann.

Guido Holzknecht war Leiter des Wiener Allgemeinen Krankenhauses. Er stammte aus einer geachteten österreichischen Apothekerfamilie, hatte Medizin in allen möglichen wichtigen Städten studiert und 1899 seinen Doktor gemacht. Doch trotz all dieser augenscheinlichen Unterschiede zwischen ihm und Mathis hatten die Männer doch eine bedeutende Gemeinsamkeit: Sie waren beide in die gleiche Maschine verliebt. Und zwar in einer Form, die an Fanatismus grenzte.

Als Wilhelm Conrad Röntgen 1895 seine berühmten unheimlichen Strahlen entdeckte, war Guido gerade dreiundzwanzig Jahre alt. Ein fleißiger, hochinteressierter Student, der sich nach Wissen und Liebe sehnte. Er besuchte die Röntgenkurse von Gustav Kaiser im Wiener Krankenhaus, und das neue Licht, das dort strahlte, zog ihn an wie eine Motte. Von seiner Mutter wünschte er sich zu Weihnachten eine Röntgenmaschine und bekam sie im selben Jahr, in dem Gustav Kaiser seine Lehr- und Forschungstätigkeit einstellen musste, weil seine Hände sich anfühlten, als würden sie abfallen. Was sie wenig später dann auch taten.

Im Gegensatz zu Mathis ahnte Guido deswegen sehr wohl, dass rote, aufplatzende Haut an den Fingern und ständige Müdig- und Übelkeitsanfälle etwas mit der Arbeit an der Röntgenmaschine zu tun haben mochten. Aber das hielt ihn trotzdem nicht davon ab, jede mögliche Minute mit dem Apparat zu verbringen.

Vom Klinikleiter, einem freundlichen Mittfünfziger, der den undankbaren Nachnamen Nothnagel trug, bekam Guido einen kleinen Raum zur Verfügung gestellt, in dem er seine Maschine unterstellen konnte. Und da hockte er nun fröhlich und ungeachtet der Tatsache, dass kurz zuvor der Institutsdiener Barisch in dieser Kammer gestorben war. Er hatte mit Proben von Lungenpesterregern herumgeschlampt und sich dabei mit Pestkulturen angesteckt, die so hochgefährlich waren, dass Barisch seinen behandelnden Arzt gleich mit in den Tod gerissen hatte. Die beiden Verstorbenen wurden zu Märtyrern der Wissenschaft erklärt und der Raum mit größter Gründlichkeit gereinigt. Sogar der Putz wurde von den Wänden gekratzt. Eine Aufgabe, die einen weiteren Toten forderte. (Diesen allerdings kehrte man unter den Teppich, weil der betreffende Mann nicht im Dienste der Wissenschaft, sondern im Dienste einer Reinigungsfirma unterwegs gewesen war.)

Das war der Grund, warum die Kammer überhaupt leer stand und so großzügig an Guido übergeben wurde. Doch Guido störte das in keiner Weise. Er war in seine Maschine verliebt, da war ihm jedes bisschen Privatsphäre recht. Und dass da kein Putz an den Wänden war und der Raum aussah wie eine Höhle, nahm er bei der Arbeit im Dunkeln ohnehin nicht wahr.

Vielleicht war es Glück, dass er den Raum überlebte. Vielleicht dachte das Schicksal auch, dass eine lebenszerfressende Krankheit genug war, um daran zugrunde zu gehen. Man musste nicht gleich die Strahlenkrankheit und die Pest bekommen. Jedenfalls war Guido nach zwei Jahren in der verseuchten Dunkelkammer immer noch nicht tot. Und weil das ziemlichen Eindruck im Kollegium machte, wurde ihm eine Stelle im klinikeigenen Röntgenlabor angeboten.

Danach ging es die Karriereleiter hoch. Guido wurde Sekundararzt, Abteilungsassistent und schließlich Laborleiter. Es wäre übertrieben gewesen zu sagen, dass es ihm da noch gesundheitlich gut ging. Aber nichts konnte Guido davon abhalten, wie ein Besessener zu arbeiten.

Er war erfolgreicher auf seinem Gebiet als jeder andere. Doch was ihn wurmte, waren die verdammten Belichtungszeiten der Fotoplatten! Jedes noch so schöne Innenleben verschwamm, er konnte machen, was er wollte.

Der Klinikleiter nahm ihn beiseite und meinte, vielleicht sei Guido seiner Zeit einfach voraus, vielleicht müsse er ein bisschen Geduld haben, irgendwann würde die Fotografie schon etwas entwickeln, das vielleicht nur noch eine Viertelstunde Belichtungszeit benötigte. Doch davon wollte Guido nichts hören. Er brauchte jetzt eine Lösung! Jetzt und nicht erst in Jahren! Wütend erinnerte er den Direktor daran, welches Schild über seiner Labortür hing: »Nunquam fieri non posse – Komme mir keiner und sage: Das geht nicht.«

Guido hatte zwei Stunden und drei Pflaster gebraucht, um das Schild an die granitharte Wand zu schlagen, und das hatte er sicher nicht umsonst gemacht. Der Spruch war sein Lebensmotto.

Er legte sich ein Repertoire an Fotoapparaten und Fotoplatten zu, das selbst die Automatenhalle des Zürcher Panoptikums neidisch gemacht hätte. Und noch immer fand er keine Lösung. Bis im Sommer 1907 ein Assistent unter Guidos Türschild durchmarschierte und pfeifend eine medizinische Fachzeitschrift auf den Tisch warf.

Guido quollen die Augen über, als er das Titelbild sah. Drei durchsichtige Frauenkörper, so klar und detailliert abgedruckt, als säßen sie direkt hinter einem Röntgenschirm.

Das Schicksal der eingequetschten Damen war Guido relativ egal. Geschlechtsbedingt trug er schließlich kein Korsett. Aber wer immer die Bilder gemacht hatte, hatte die Methode gefunden, nach der er selbst seit Jahren so verzweifelt suchte! Guido, der sein Labor und seine Apparate sonst nie verließ, entzifferte die Urheberrechte und buchte umgehend ein Zugticket nach Paris, wo er ein paar Tage später in den Folies-Bergère stand und den Röntgenpionier Mathis Bohnsack zu sprechen wünschte.

Eigentlich hatte Guido ja vorgehabt, sich die Technik von diesem Mathis zeigen zu lassen, zurück nach Wien zu fahren und alles als seine eigene Idee zu verkaufen. Es gab schließlich immer noch genügend Trottel, die nicht wussten, dass ein einzigartiger Einfall nur dann einzigartig blieb, wenn man ihn zum

559

Patent anmeldete. Doch einmal in Paris angekommen, stellte er fest, dass er selten einer interessanteren Person begegnet war.

Dieser Bohnsack ging ja geradezu ... fanatisch mit seinen Röntgenapparaten um! Er war wie Guido! Eine halbe Stunde nach der ersten Begrüßung saßen die beiden Verliebten in der Bar der Folies und unterhielten sich über das Röntgen. Und zwar so unermüdlich, dass die Bar schloss, bevor sie mit der Diskussion auch nur bei der Leuchtanode angekommen waren. Am nächsten Morgen zum Frühstück setzten sie ihre Gespräche neben einer sichtlich gelangweilten Meta fort, die sich bald verabschiedete, um ihren Körperkräftigungsübungen nachzugehen. Körperkräftigung! So etwas war den beiden Röntgenpionieren viel zu weltlich. Sie philosophierten über Licht und Leuchtkraft, über Durchsichtigkeit und Elektromagnetismus.

Als am späten Nachmittag der Zug zurück nach Wien ging, lagen Guido und Mathis sich in den Armen. Sie verabschiedeten sich mit aller Herzlichkeit, die ein schmerzender Händedruck zuließ, und sahen dann verwundert auf ihre Finger. Die roten, haarlosen Hände waren die letzte tragische Gemeinsamkeit ihrer magischen Verbindung.

Guido versprach seinem Seelenverwandten, jederzeit einen Platz in seinem Röntgenlabor frei zu machen, wenn Mathis einmal genug haben sollte vom Bühnenleben und den Frauenrechtlern. Doch er fuhr mit schlechtem Gewissen nach Wien zurück. Er wusste, dass er die Schirmzeichnung dennoch als seine eigene Technik patentieren lassen musste. Sie war einfach zu genial, und Guido spürte, dass sie nach all der Vorarbeit, die er geleistet hatte, eigentlich ihm gebührte! Aber er legte auch ein Versprechen ab. Zwischen all den Baguettekrümeln auf den Sitzen schwor Guido sich hoch und heilig, Mathis tatsächlich einen Platz in seinem Labor frei zu machen, wenn dieser denn einmal nach einem fragen würde. Selbst wenn es dafür einen weiteren tragischen Unfall mit Pestkulturen oder etwas Ähnlichem brauchte. Genug Gefährliches stand ja herum, an dem sich ein unvorsichtiger Assistent verletzen konnte. Um dann von dem begabten Mathis Bohnsack ersetzt zu werden. Eine rechte Hand konnte Guido gut gebrauchen. Zumal seine eigene ohnehin schon ziemlich lädiert war. Guido hatte für die nächste Woche einen Arzttermin vereinbart, den er vielleicht nicht wahrnehmen würde. Was der Doktor ihm sagen würde, wusste Guido ohnehin, und hören wollte er es doch nicht.

Nunquam fieri non posse.

Immerhin würde der Doktor wohl genug Latein können, um Guidos Antwort zu verstehen.

Mathis hatte an Guidos Händen gesehen, dass auch dieser an der sonderbaren Krankheit aus der Zukunft litt. Doch Mathis begriff den Zusammenhang nur schleppend. Es war noch zu früh, um zu erkennen, dass die Durchleuchtungsmaschine ihre Verehrer nicht nur verwöhnte, sondern auch fraß. Kaum jemandem wäre im Jahr 1907 eingefallen, so etwas zu behaupten.

In Amerika wurden Leukämiepatienten mit Röntgenstrahlen behandelt, weil man sich eine Heilung erhoffte. Man setzte das Verfahren zur Haarentfernung ein. Und in Deutschland hatte ein Mann namens Heinrich Albers-Schönberg entdeckt, dass man zur Sterilisierung männlicher Tiere nur sehr intensiv und lange die Hoden bestrahlen musste.

»Ich habe die Haarlosigkeit von meiner Mutter geerbt«, wiederholte Mathis sein Mantra, wenn Meta über seine nackte Brust strich und sich wieder einmal darüber amüsierte, dass seine Haut so glatt war wie die einer Frau. Aber im Grunde war Mathis sich auch nicht sicher, ob da nicht tatsächlich etwas mehr Haar gesprossen war, als er das letzte Mal nachgesehen hatte. Und auch der Meister hatte eine rote, haarlose Brust gehabt.

Mathis musste also davon ausgehen, dass er sich bei ihm angesteckt hatte. Vielleicht war das auch der Grund für seine ständigen Erkältungen und die Erklärung, warum seine Hand nach dem Unfall mit dem Nagelbrett noch immer schmerzte. Aber andererseits war Mathis' Körper ja noch nie besonders stark gewesen.

Er arbeitete also weiter an der Röntgenmaschine und ging nicht zum Arzt. Und selbst wenn er hingegangen wäre, hätte es wohl kaum etwas gebracht. Schon Krankheiten der Gegenwart stellen Ärzte vor ein Rätsel. Da muss man ihnen mit Krankheiten aus der Zukunft gar nicht erst kommen. Außerdem gab es genug andere Dinge, um die Mathis sich Sorgen machte. Die Brüder erwarteten immer neue Ideen für das Röntgentheater. Und immer spektakulärere Auftritte von Meta. Mathis konnte kaum noch hinsehen, wenn sie sich wieder von irgendetwas überfahren, umhauen oder anschießen ließ.

Früher mochte es noch darum gegangen sein, dass Kraftfrauen ihre Stärke beim Ringen oder Eisenheben demonstrierten. Mittlerweile aber kam es nur noch darauf an, dass sie bei jedem Auftritt fast umkamen.

Mathis und Meta stritten oft darüber. Mathis warf Meta vor, zu viel Kontakt zu dieser verrückten Mauricia zu haben, die Meta meterlange Briefe aus Amerika schickte und ihr die Flausen mit der Kanonenkugel in den Kopf gesetzt hatte. Jetzt wollte Meta nämlich selbige mit ihrem Nacken auffangen.

»Niemand kann eine Kanonenkugel mit dem Nacken auffangen!«, rief Mathis verzweifelt. »Das ist völliger Irrsinn!«

Sie standen hinter der Bühne. Fuller legte Meta gerade einen selbst gebastelten Halsschutz um. Aus Höflichkeit ihr gegenüber stritten Meta und Mathis heute auf Englisch. Dabei hätte Fuller eigentlich liebend gern aufs Zuhören verzichtet.

Meta erwiderte, dass Mauricia überhaupt nicht verrückt, sondern nur sehr fortschrittlich und emanzipiert sei! Und dass sie den Kontakt zu ihrer Freundin allein schon deshalb aufrechterhalten werde, weil diese versprochen habe, sich für Meta in den USA nach einer Anstellung umzuhören. Im Übrigen dürfe Mathis sich nicht beschweren. Meta stelle mit ihren Auftritten immerhin sicher, dass sie an den Folies bleiben könnten. Mathis selbst fielen ja keine Skelettszenen mehr ein, die er noch auf die Bühne bringen könnte.

Neben den beiden Streithähnen und der peinlich berührten Fuller saßen noch einige Kandidaten für das Vorsprechen hinter der Bühne. Unter ihnen eine junge Dame, die Meta jetzt interessiert den Kopf zuwandte. Als Mathis es bemerkte, senkte er die Stimme.

»Woher willst du denn wissen, dass du die Kanonenkugel überhaupt überlebst?«, zischte er verzweifelt. Fuller schloss die Druckknöpfe von Metas Kragen. Hinten war ein kleines Kissen befestigt. Es war nicht viel größer als ein Duftsäckchen. Das also sollte den Schlag einer Eisenkugel abfedern, die anderswo eine ganze Mauer durchschlug?

»Ich habe meinen Nacken trainiert«, sagte Meta.

»Aber er ist trotzdem nicht aus Stahl!«, erwiderte Mathis, bevor ihm einfiel, dass auch Stahl unter einer Kanonenkugel verbeulte.

Die junge Frau, die ihnen so interessiert den Kopf zugewandt hatte, wurde auf die Bühne gerufen. Sie trat sehr aufrecht und gerade durch den Vorhang und stellte sich als Agatha Mary Clarissa Miller vor. Sie kam aus England und hatte gerade ein Studium an der Pariser Musikschule begonnen. Mathis, Meta und Fuller lauschten, als sie sang. Sie hatte eine hübsche Stimme, aber außergewöhnlich war sie nicht. Mathis war inzwischen so viele Monate an den Folies, dass er wusste, wonach die Brüder suchten. Agatha Miller kam enttäuscht von der Bühne zurück, und Meta wurde aufgerufen. Mathis hatte schweißnasse Hände, aus denen Metas Finger einfach herausglitten, als sie aufstand. Er begleitete sie zum Vorhang. Sie lächelte ihn aufmunternd an, und als sie auf die Bühne trat, zog sie ihre Kanone an einem Band hinter sich her, als führte sie einen großen Hund Gassi.

»Sie wird das schon machen«, sagte Fuller hinter ihm, doch Mathis antwortete nicht. Nervös sah er zu, wie Meta die Kanone an einer Seite der Bühne platzierte und dann auf die andere

563

ging. Fuller hatte ihnen mit komplizierten Zahlen und Zeichnungen vorgerechnet, dass die Wucht der Kugel mit zunehmender Entfernung abnahm. Darum sollte Meta sich an den äußersten Punkt der Flugbahn stellen.

»Entschuldigung, habe ich vorhin mitbekommen, dass du ein Bühnenstück für ein Skelett suchst?« Die britische Musikstudentin hatte sich neben Mathis gestellt. Sie war etwas jünger als er und reichte ihm bis zur Schulter.

Mathis schüttelte verwirrt den Kopf und wandte sich wieder der Bühne zu. Er musste sich auf Wichtigeres konzentrieren. Auf das Überleben seiner Freundin zum Beispiel.

»Ich habe deine Vorstellung vor zwei Wochen gesehen. Die Szene mit dem durchsichtigen Hund. Sie hat mir gut gefallen, wenn ich auch finde, dass es inhaltlich ein wenig an Plausibilität fehlt.«

Mathis sah, dass Meta etwas zu den Brüdern sagte. Aber er verstand nicht, was es war, weil das Mädchen ihn zuplapperte. Der Kanonier trat auf die Bühne und richtete die Waffe aus. Meta stand ganz still, das lächerliche Kissen im Nacken, und starrte nach vorn.

»Ich frage nur, weil ich ein paar Bühnenstücke in der Schreibtischschublade habe. Eigentlich sind es kurze Geschichten. Aber sie ließen sich leicht in Bühnenstücke umwandeln. Ich lese gerne Kriminalromane und habe irgendwann damit angefangen, auch selbst ein bisschen zu schreiben. Nichts Großes natürlich, aber in einigen kommt ein Skelett vor. Wenig überraschend. Es gibt bei einem Mordfall ja meist einen Toten, nicht wahr?« Sie lachte, doch Mathis lachte nicht mit, denn vor ihm wurde die Kanone abgefeuert. Alle zuckten zusammen, Meta, Fuller, die Brüder im Publikum, Mathis und auch die Musikstudentin. Doch die Kugel verfehlte das Kissen knapp und sauste an Metas Ohr vorbei über das Ende der Bühne, wo sie mit einem dumpfen Schlag zu Boden fiel. Mathis legte sich die Hand an die schweißnasse Stirn. Zielen konnte der Kanonier also auch nicht.

»Das war aber knapp. Er sollte aufpassen, dass er nicht ihren Kopf trifft«, sagte Agatha Mary Clarissa Miller. Inzwischen war Mathis kurz davor, ihr an den musikalischen Hals zu gehen. Er drehte sich um.

»Entschuldigen Sie ...«

»Agatha.«

»Agatha, sehen Sie nicht, dass ich gerade beschäftigt bin?«

Sie machte große Augen.

»Nein, tut mir leid. Ich dachte, Sie sehen nur zu.«

Nur, dachte Mathis und ließ vernehmen, dass die junge Dame, bei der er »nur« zusah, zufällig seine Freundin sei.

»Ja, das dachte ich mir«, sagte Agatha, »ich habe euch vorhin streiten hören. Deshalb bin ich ja auf die Idee gekommen, dass ...«

Hinter Mathis erklang ein weiterer Knall, und als er sich umdrehte, lag Meta mit dem Gesicht voran platt auf dem Boden, während die Kanonenkugel ganz gemütlich Richtung Bühnenrand rollte. Mathis stürzte durch den Vorhang auf die Bühne, so schnell sein Bein es zuließ. Als er Meta erreichte, regte sie sich. Sie legte sich eine Hand in den Nacken und setzte sich mühsam auf.

»Wir brauchen ein stärkeres Kissen«, sagte sie mit verzogenem Gesicht. Erst als sie ihre Lebensfunktionen ausreichend unter Beweis gestellt hatte, trauten die Brüder sich, ihr aus dem Publikumsraum vorsichtig Applaus zu spenden.

Die nächsten Tage verbrachte Meta mit einem Eisbeutel auf Kopf und Nacken im Bett und Mathis mit der hartnäckigen Musikstudentin im Café des Folies. Agatha hatte ihr Geplapper nach dem Unfall fortgesetzt, und er hatte ihr mehr oder weniger nachgegeben, ohne viel von ihrem Schreibtalent zu erwarten. Doch tatsächlich waren ihre Geschichten ebenso witzig wie geistreich.

Agatha brachte gleich eine ganze Tasche voll eng beschriebener Blätter mit. Und nachdem Mathis das dritte Manuskript verschlungen hatte, fragte er sie, warum sie eigentlich Musik studiere, statt das hier zu tun.

»Das hier?«, fragte sie.

»Schreiben!«

»Ach du liebe Güte, nein!«, lachte Agatha. Sie habe mit elf Jahren mal ein Gedicht in einer Lokalzeitung veröffentlicht. Das sei es dann aber auch gewesen. Ihr Herz gehöre nun der Musik. Mathis nickte, fand aber trotzdem, dass Agathas Stimme nicht halb so gut war wie ihre Fantasie.

In den meisten ihrer Kurzgeschichten hatte ein schrulliger Detektiv seinen Auftritt. Ein sehr korrekter, makelloser Mann, der von seiner Umwelt nicht ernst genommen wurde.

»Poirot?«, fragte Mathis, als er den Namen las. »Spielt die Geschichte denn in Frankreich?«

»Er ist Belgier«, stellte Agatha richtig, und dann machte sie sich lächelnd eine Notiz auf einem herumliegenden Zettel. Wie sie es oft tat, wenn sie sich mit Mathis unterhielt.

Tatsächlich hatte Agatha ein Talent dafür, ihre Umwelt wie mit dem Strohhalm aufzusaugen und in Geschichten zu verarbeiten. An einem Nachmittag fiel Mathis ein Text in die Hände, in dem eine junge Frau aus dem Zirkus bei einer Sensationsnummer starb. Ihr war ein Kanonenschuss in den Nacken verpasst worden. Und nun waren der Kanonier, die verschwisterten Zirkusdirektoren und der junge Liebhaber hinter dem Vorhang unter den Verdächtigen. Mathis zog fragend die Augenbrauen hoch, als er das zwanzigseitige Manuskript gelesen hatte.

»Ich war inspiriert«, lächelte Agatha und zuckte verlegen die Schultern. »Vielleicht fällt uns ja eine passende Besetzung für das Stück ein?«

»Nur wenn wir das Ende ändern«, sagte Mathis, dem es nicht gefiel, dass der junge Liebhaber hinter dem Vorhang der Schuldige bei dem Mordfall sein sollte.

Die Brüder mochten den exzentrischen belgischen Detektiv ebenfalls, und sie fanden Gefallen an dem Stück, in dem eine Frau ihren Liebhaber als totes Skelett im Schrank fand (der Schrank sollte zugunsten des Durchleuchtungseffekts möglichst oft geöffnet werden).

Ein anderes Stück, in dem eine alte Frau den Detektiv ausstach, indem sie an seiner Stelle den Mordfall löste, hielten sie dagegen für absurd. Eine alte Frau ohne kriminalistische Ausbildung? Als Freizeitdetektivin? Welchem Publikum sollte das wohl gefallen? Nein, sie wollten das Stück mit dem Skelett im Schrank! Unter der Voraussetzung allerdings, dass die Frau, die ihn fand, so wenig Kleidung wie möglich trug, wenn sie aus dem Bett sprang. Die Folies-Bergère hatten immerhin einen Ruf zu verlieren.

Das Stück mit der toten Sensationskünstlerin gefiel ihnen auch. Eine Kraftfrau und einen Kanonier nebst Kanone hatten sie ja bereits. Ob Mathis die Autorin Miller nur bitten könne, sich ein alternatives Ende zu überlegen? Dass ausgerechnet einer der Zirkusdirektoren der Mörder sein sollte, ging ihnen beiden doch gegen den Strich.

Das Skelett im Schrank verkaufte sich gut und wurde einen ganzen Monat lang gespielt, bevor der Darsteller des Toten sich mit Übelkeit und Erbrechen abmelden musste. Er hatte zusammengerechnet mehrere Stunden hinter dem Durchleuchtungsschirm gestanden, aber diesen Zusammenhang begriff natürlich niemand. Das Stück mit der zu erschießenden Kraftfrau sollte als Nächstes an die Reihe kommen. Meta hatte ihr Kanonenkunststück verfeinert und wurde von dem Schlag im Nacken nur noch alle paar Tage ausgeknockt. Sie hielt das für einen Fortschritt.

Für Mathis war es noch immer schmerzhaft anzusehen, wie sie unter der Wucht der Kugel zu Boden ging. Aber sowohl Meta als auch Mauricia waren der Meinung, dass das Publikum genau diesen Nervenkitzel brauchte. Dass Mathis dabei jedes Mal fast einen Herzstillstand erlitt, war ihnen egal. Ebenso wie all seine Versuche, sie vom Gegenteil zu überzeugen.

Die Geschichte des Bühnenstücks ging so, dass Meta sich zweimal anschießen ließ. In der ersten Szene, die eine Probe darstellte, sollte der Stunt funktionieren und sie stehen bleiben. In der zweiten Szene, die den Auftritt im Zirkus darstellte, musste Meta tot umfallen.

Die Idee war, das Publikum zu schocken, denn natürlich würde jeder denken, dass Meta tatsächlich gestorben war. (Leider dachte auch Mathis das regelmäßig bei den Proben.) Anschließend sollte der belgische Detektiv fahnden und herausfinden, dass der Kanonier der Mörder war. Er hatte aus Eifersucht gegenüber dem geheimen Liebhaber gehandelt.

»Und was macht die Röntgenmaschine da noch in der Geschichte?«, fragten die Isolas völlig zu Recht.

»Damit durchleuchten wir Meta, wenn sie stirbt.«

»Wozu das?«

»Damit das Publikum sieht, dass sie tot ist.«

»Sie fällt um, nachdem sie von einer Kanonenkugel getroffen wurde. Ich denke doch, dass das ein recht eindeutiges Zeichen für ihr Ableben ist.«

»Recht eindeutig«, bestätigte der andere Isola, »selbst unser betrunkenes Publikum wird das verstehen.«

Mathis blickte die Brüder zerknirscht an. Er sah die Durchleuchtung schon aus der Durchleuchtungsnummer fliegen. Aber dann hatte Agatha den genialen Einfall, den Kanonier statt der Toten zu durchleuchten – und zwar zum Zweck einer Überführung! Sie machte ein geheimnisvolles Gesicht. Der Kanonier habe nämlich vor lauter Eifersucht einen Ring verschluckt, den der Liebhaber eigentlich der nunmehr toten Kraftfrau habe schenken wollen. Dadurch würde sein Mordmotiv erkannt.

Émile kratzte sich am Kopf, als er versuchte, die Zusammenhänge nachzuvollziehen.

»Aber hier im Skript steht doch gar nichts von einem Ring«, sagte Vincent Isola.

»Das ist eine veraltete Version«, meinte Agatha fröhlich, »die neue Version wird heute Abend geschrieben.«

Mathis fand die Idee gut, so wie er alles gut gefunden hätte, das seine Maschine involvierte. Er gab aber zu bedenken, dass es sich aus röntgentechnischen Gründen um einen ziemlich großen Ring handeln müsse, damit das Publikum ihn auch sehe.

»Dann nehmen wir einen Serviettenring«, sagte Agatha.

»Ein Serviettenring? Für die Geliebte?«, fragte Émile.

»Oder einen Armreif«, schlug Agatha vor.

Der arme Kanonier wurde ganz blass bei dem Gedanken, was er da so verschlucken sollte. Aber für einen Auftritt in den Folies tat man ja so einiges.

»Wir können den Armreif vorher mit sehr viel Fett einreiben«, beruhigte Mathis den Mann, »dann geht er besser den Hals runter.«

Diesen Trick hatte er von Sybellas Sohn Grolimund gelernt, als er ihn auf Stricknadeln durchleuchtet hatte.

Alles in allem war das Krimistück *Die tödliche Kanone* nicht besonders erfolgreich. Wie die Brüder prophezeit hatten, verstand das Publikum zwar, dass Meta nach dem Kanonenschuss starb. Der Rest der Handlung war für den Alkoholpegel im Raum aber zu komplex. Dazu noch vermissten die Zuschauer eine Dame in Unterwäsche, wie sie sie im ersten Krimistück von Agatha Miller zu sehen bekommen hatten. Als sich der Saal nach drei Wochen nicht mehr füllen wollte, nahmen die Brüder deshalb kurzerhand eine Programmänderung vor und zeigten stattdessen mal wieder ein paar Mädchen, die mit Brüsten und Federn wackeln konnten.

In Zeiten der Not müsse man sich auf seine Stärken besinnen, sagten sei. Und als die Brüder im Anschluss daran eine Truppe aus England anheuerten, schwante Mathis und Meta, dass ihre Glanzzeit an den Folies-Bergère vorbei war. Ihr Engagement hatte ohnehin schon länger gedauert, als sie es sich erträumt hatten.

Zum ersten Mal erwog Mathis nun tatsächlich, das Angebot von Guido Holzknecht anzunehmen. Er könnte Meta heiraten und mit ihr nach Wien gehen. Er würde das Geld verdienen, und sie könnte zu Hause sein und ihre Kinder großziehen, ganz ohne Kanone, die auf ihren Nacken gerichtet wäre. Autos würden ihr nur noch auf der Straße gefährlich werden. Mathis wurde ganz schummrig vor Glück, wenn er nur daran dachte. Er würde Meta beim nächsten Diplomatenpudding fragen, wie ihr so ein Leben gefiele. Vielleicht würde er sogar einen Ring kaufen und in ihrem Pudding verstecken. Wobei er Gefahr laufen würde, dass Meta ihn aufaß, so wie sie schlang.

Dann alles lieber ganz schlicht und einfach halten, dachte Mathis und übte den Kniefall. Er wollte auf keinen Fall mit seinem verdrehten Bein auf dem Boden hocken und nicht mehr hochkommen, um seine zukünftige Braut zu küssen.

Während Mathis im Schlafsaal vor sich hin übte, riss Meta in der Herberge einen verhängnisvollen Brief auf. Es war der lang ersehnte aus Amerika. Mauricia schrieb, dass sie Meta ein Vorsprechen bei ihrem Tourneemanager organisiert hatte. Meta sprang im Kreis, biss vor lauter Übermut ins Briefpapier und umarmte die irritierte Herbergsmutter, die ihr den Brief gegeben hatte.

»Wir gehen nach Amerika!«, rief sie, drehte sich um und riss beinahe die Herbergstür ab, bevor sie quer über die Straße in die Folies rannte, wo sie Mathis komischerweise auf den Knien im Schlafsaal entdeckte. Er blickte sie erschrocken an, als sie mit dem Brief durch die Luft wedelte. Sie warf sich ihm an den Hals, und sie gingen beide zu Boden.

»Und das jetzt, wo wir hier sowieso alles abbrechen müssen! So viel Glück kann man doch gar nicht haben!«, rief Meta.

Und damit sollte sie leider recht haben.

ACHTUNDZWANZIGSTES KAPITEL

Berlin, 1936

Es war ein heißer Sommer. In den Krankengebäuden von Schloss Sonnenstein wurde geschwitzt und verhungert. Und auf Mathis' Drängen hatte Meta ihre Versuche, Ernsti zu sehen, schließlich ganz aufgegeben. Es waren die letzten Tage vor ihrer Flucht mit Sarrasani, und sie durften auf keinen Fall etwas tun, das ihre Unternehmung gefährdete. Denn gefährlich war ihre Unternehmung ohnehin.

Schwester Gisela hatte ihre Obacht gegenüber Meta noch verschärft, seit diese den armen Felfe niedergehauen hatte. Und zusätzlich war auch Schwester Petra nun äußerst aufmerksam. Ständig hatte Meta ihren Blick im Nacken, als ob die junge Schwester irgendetwas ahnte. Vielleicht war sie doch nicht so naiv, wie Meta gehofft hatte.

Im Doppelpack gaben die beiden Aufseherinnen jedenfalls eine ziemlich solide Wache ab, um die man Ernsti erst einmal würde herumschmuggeln müssen. Meta schlug deshalb vor, Ernsti besser in der Nacht aus der Klinik zu befreien. Aber es gab Nachtwachen, und ein Großteil des Personals schlief in Wohngebäuden auf dem Gelände. Darum war das Risiko, dass sie entdeckt wurden, zu groß.

»Wir müssen es irgendwie zu unserem Vorteil nutzen, dass die Gebäude voller Menschen sind«, sagte Mathis. »Wo viele Menschen sind, da liegt weniger Aufmerksamkeit auf den Einzelnen. Können wir nicht irgendein Chaos stiften?«

»Wir könnten ein Feuer legen«, überlegte Meta. Aber Mathis

weigerte sich, rund achthundert Menschen für ihre Flucht in Gefahr zu bringen.

»Dann eben ein falscher Feueralarm«, lenkte Meta ein wenig beleidigt ein. Doch sie fand nie heraus, wie sie den auslösen konnte, außer indem sie im Haus herumrannte und »Feuer! Feuer!« rief.

»Ein Chaos irgendeiner Art wäre trotzdem gut«, meinte Mathis. »Immerhin wissen wir nicht, wie ruhig Ernsti sich verhält, wenn wir ihn rausbringen wollen. Wie war er denn so, als du ihn das letzte Mal gesehen hast?«

»Verstört«, sagte Meta, und Mathis' Mut sank noch weiter. Schon im Normalzustand war Ernsti keiner, den man einfach im Rennen unter den Arm klemmen und aus einer Klinik retten konnte.

Meta seufzte und dachte daran, wie geisterhaft ihr kleiner Bruder zwischen den Verrückten gewirkt hatte, als sie ihn Tage zuvor im Garten beobachtet hatte. Außer dort, zwischen den gestutzten Rosenbüschen, sah sie ihn eigentlich nur noch in der Anstaltskirche, jeden Sonntagmorgen zur katholischen Messe. Aber dort saß er in der letzten Reihe, ganz im Dunkeln der Kirche, weil er Jude war. Gottes Segen könne zwar niemandem schaden, sagte das Sonnenstein-Personal, aber übertreiben müsse man es ja auch nicht gleich. Darum wurden alle Juden auf die Hinterbank gepfercht und durften nicht mit den Christen das Brot brechen.

»Die Kirche«, sagte Meta plötzlich.

Von der Messe waren wirklich nur die Bettlägerigen ausgenommen, was bedeutete, dass insgesamt rund sechshundert Verrückte von ihren Gebäuden zur Anstaltskirche und wieder zurück bugsiert werden mussten. Schwester Gisela bekam jedes Mal schon Hitzewallungen, wenn sie nur daran dachte. Denn natürlich endete dieser logistische Aufwand nicht selten in völliger Disziplinlosigkeit.

Es würde Metas und Mathis' Chance sein, an Ernsti heranzukommen, ohne das Gebäude der Männer auch nur betreten zu müssen.

»Ich kann Ernsti durch den Garten zu der Treppe lotsen, die zum Fluss führt. Und dort kannst du ihn übernehmen und zum Bahnhof bringen. Ich muss auf jeden Fall zurück zur Kirche laufen, sonst schöpft die alte Schreckschraube noch Verdacht. Dass Ernsti fehlt, merken die bestimmt nicht vor dem Mittagessen. Und dann seid ihr schon auf dem Weg nach Dresden.«

»Aha«, sagte Mathis, der sich zu Recht fragte, wie er den gut zwanzigminütigen Fußmarsch bis zum Bahnhof mit seinem Freund Ernsti bewerkstelligen sollte. Es wäre ihm lieber gewesen, Meta würde mit ihnen kommen. Doch er sah auch ein, dass sich die Stadtbewohner später besser nicht daran erinnern sollten, einen behinderten Mann mit einer ein Meter achtzig großen Frau in Schwesterntracht gesehen zu haben. Meta würde den Arbeitstag wie gewohnt beenden müssen und dann am Abend mit dem Zug nach Dresden nachkommen. Das schien ihnen, zumindest zu diesem Zeitpunkt, die sicherste Lösung.

»Es wird schon gehen«, sagte Meta, obwohl es doch sonst immer Mathis Aufgabe war, Optimismus zu versprühen. Tatsächlich konnte sie in der Nacht sogar schlafen, während Mathis sich im Bett herumwälzte und hellwach Visionen darüber durchlebte, was bei ihrer Flucht alles schiefgehen konnte. Ein lärmender Ernsti war darunter, der in der Stadt Theater machte und sich von Mathis losriss, bevor dieser ihn in den Zug setzen konnte. Dazu ein verspäteter oder ausfallender Zug. Und natürlich, dass Meta es erst gar nicht schaffte, Ernsti ungesehen von der Kirchengruppe abzusondern.

Die Bildhaftigkeit von Mathis' Visionen hätte wohl selbst Feuerwehrinspektor Stickelberger beeindruckt. Und doch war keine darunter, die sich am Ende bewahrheiten sollte. Etwas ganz anderes sollte geschehen. Etwas, mit dem weder der fabulierende Mathis noch die schlafende Meta gerechnet hatten.

Sie hatten den Tag von Ernstis Befreiung nicht im Kalender markiert. Es bestand keine Gefahr, dass sie ihn vergessen würden. Leer und weiß drohte das Feld im Kalenderblatt und machte sie nervöser, je näher sie dem Datum kamen. Es war der 2. August 1936. Ein Sonntag. Am 3. August sollte Sarrasani nach Amerika aufbrechen.

Seit den Filmaufnahmen bekam Meta auf dem Weg zur Messe stets eine Gruppe alter Frauen in besonders schweren Rollstühlen zugeteilt. Sie hatte sich ja darin bewiesen, dass sie fahrbare Sitzmöbel über widerspenstigen Kies wälzen konnte. Und der Weg zur Kirche war voller Kies! Irgendjemand hatte beim Bau nicht bedacht, dass das für den Transport der gehbehinderten Kirchengänger ein Problem darstellen könnte.

Es wunderte also niemanden, dass Meta für gewöhnlich als Letzte die Messe erreichte. Doch heute pflügte sie mit den Stühlen durch den Schotter, als gälte es, ein Rennen zu gewinnen. Schwester Gisela sah ihr erstaunt nach, als Meta sie und ihre Gruppe schwachsinniger Mädchen überholte. Aber Meta wusste, dass es noch viel auffallender wäre, wenn die alten Frauen am Ende verstreut auf dem Gelände herumsäßen und Meta plötzlich fehlte.

Wenn Ernsti aus dem Gebäude der Männer kam, musste Meta ihre Gruppe in der Kirche haben. Darum ließ sie den Eingang des Hauses nicht aus dem Augen, während sie vor und zurück hetzte und die Alten sich an die Armlehnen klammerten, als hätte ihr letztes Stündlein geschlagen.

Als Meta zum letzten Stuhl kam, in dem die vierundachtzigjährige Rosie saß, trat Ernsti gerade aus dem Haus. In einer Gruppe von Geisteskranken und in Begleitung von niemand anderem als dem Pfleger Hermann Felfe.

Meta fluchte so laut, dass sie Rosie anschließend beruhigend die Schulter tätscheln musste. Dann packte sie die Griffe und pflügte auf die Kirche zu.

Rosies Rollstuhl war tatsächlich eine der sperrigsten Konstruktionen von allen. Er hinterließ tiefe Furchen im Kies und stemmte sich geradezu gegen Metas Eile. Sie erkannte, dass sie die Kirche nicht erreichen konnte, bevor Ernsti mit Felfes Gruppe darin verschwand. Schwer atmend blieb Meta stehen und überdachte ihre Möglichkeiten. Ernsti nach der Messe abzufangen war keine davon. Der Zug nach Dresden wäre bereits abgefahren. Meta musste *jetzt* etwas tun! Sie blickte sich um. Die letzten Gruppen überholten sie bereits. Meta sah die Fliederbüsche am Wegrand und ließ sich dann kurzerhand ganz zurückfallen. Niemanden wunderte es, als sie stehen blieb und sich über die schweißnasse Stirn strich, nach dem Gehetze, das sie vorher an den Tag gelegt hatte.

Als die Gruppe an ihr vorbeigegangen war, hievte Meta den Rollstuhl mitsamt seiner Insassin vom Weg und bugsierte ihn hinter die Blüten der Fliederbüsche. Sie murmelte eine schnelle Entschuldigung. Doch so, wie sie Rosie kannte, würde diese Gottes Segen nur zu gern gegen eine ruhige Stunde im Garten eintauschen. Meta duckte sich hinter den Fliederbüschen bis zum Gebäude der Wäscherei und näherte sich der Kirche in Richtung Seitenkapelle. Felfes Gruppe stand in einer ungeordneten Traube vor dem Kirchengebäude, während der Pfleger sich mit einem Kollegen unterhielt.

Beide Männer warteten darauf, dass Schwester Giselas Gruppe schwachsinniger Mädchen die Kirche betrat. Aber von denen hatte sich eins in den Kies geworfen und schrie und zappelte. Schwester Gisela versuchte es am Arm aus dem Staub zu zerren, und Meta nutzte den Moment, um sich durch die Tür des Seitenschiffs in die Kirche zu schleichen. Dann spazierte sie vorne aus ihr heraus, so als hätte sie gerade den letzten Rollstuhl erfolgreich hinter die Sitzbänke verfrachtet.

Sie lächelte Felfe an, und der erbleichte. Er erinnerte sich zwar nicht mehr daran, wie genau es an jenem verhängnisvollen Tag zu seiner Gehirnerschütterung gekommen war, aber dass Meta etwas damit zu tun hatte, stand ihm noch verschwommen vor

Augen. Meta grüßte auch den anderen Pfleger und ging dann so nah an der Gruppe vorbei, dass ihre Schulter die von Ernsti streifte. Ernsti blickte auf. Doch seinem Gesicht war wieder nicht abzulesen, ob er Meta erkannte.

Das Mädchen aus Schwester Giselas Gruppe wand sich noch immer schreiend auf dem Kies und hatte inzwischen alle Aufmerksamkeit auf sich gezogen. Meta hoffte, dass diese Ablenkung reichen würde, um Ernsti ungesehen fortziehen zu können. Doch sie brauchte auch Deckung! Fieberhaft sah sie sich um. So nah vor der Kirche standen keine Bäume mehr, und bis zur nächsten Hecke waren es sicher zwanzig Meter. Meta haderte noch, als sie plötzlich einen Wagen auf dem Schlosshof vorfahren hörte. Das Motorengeblubber drang laut bis zur Kirche herüber. Einige der Verrückten bewegten sich neugierig in Richtung Schlosshof. Schwester Gisela sah unwirsch von dem zappelnden Mädchen auf und bellte die Pfleger an, sofort ihre Patienten zurückzupfeifen. Doch im monotonen Alltag der Kranken war bereits ein vorfahrendes Auto eine kleine Sensation.

»Will der wohl endlich den Motor abstellen!«, rief Schwester Gisela. Doch das wollte der Fahrer des Wagens ganz offensichtlich nicht. Zu allem Überfluss begann er nun auch noch zu hupen, was die ersten Geisteskranken vollends verrückt machte. Einige hielten sich die Ohren zu. Andere begannen zu schreien oder liefen auf den Wagen zu. Schwester Gisela fluchte, wie es sonst gar nicht ihre Art war, und wies Felfe an, das Mädchen auf dem Kies zu übernehmen, während sie dem Fahrer die Ohren lang ziehen wollte. Meta erkannte, dass sie keine bessere Chance als diese bekommen würde.

Als Felfe zu dem schwachsinnigen Mädchen ging und Schwester Gisela sich energischen Schrittes entfernte, packte sie Ernstis Hand und zog ihn von der Gruppe fort. Das kam so unerwartet für ihn, dass er die ersten Schritte taumelte und zu stürzen drohte. Er gab einen brummenden Laut von sich. Meta packte ihn fester am Arm.

»Sei still, Ernsti«, zischte sie. Ob es nun ihre Stimme war oder sein Name, jedenfalls verstummte er. Sie schaffte es, ihn hinter die Buschreihe zu zerren und von dort aus zu den Bäumen, die in einer langen Reihe zum Park führten. Das Gefühl, es geschafft zu haben, dass ihr Plan aufgehen würde, löste einen Glückssturm in ihrer Brust aus. Meta kannte diesen Adrenalinschub sonst nur von den Auftritten, wenn sie eine Sensationsnummer überlebt hatte. Aber dann stand Schwester Petra vor ihr.

Sie war so plötzlich aufgetaucht, als hätte sie hinter den Bäumen auf Meta gewartet. Doch dafür wirkte das Gesicht unter der hellblonden Wellenfrisur zu erschrocken. Keine der Frauen hatte die jeweils andere kommen sehen.

Ein paar Sekunden standen sie einfach nur da und starrten sich an. Metas erster Impuls war es, die junge Pflegerin einfach umzuhauen. Sie war Ernstis Befreiung so nah, dass sie sich von niemandem mehr aufhalten lassen wollte. Aber als sie einen Schritt nach vorn tat, sah Schwester Petra sie erschüttert an, so, als erriete sie Metas Absicht. Ihr Gesicht war ängstlich und kindlich, und da brachte Meta es nicht übers Herz.

»Schwester Petra«, fieberhaft suchte Meta nach einer Möglichkeit, sich zu erklären. Aber welche Ausrede konnte sie schon haben, wenn sie gerade mit einem Patienten im Schlepptau die Bäume entlangrannte? Und was machte diese Frau überhaupt schon zum zweiten Mal in Metas Nähe, wenn sie gerade mit Ernsti fliehen wollte?

Schwester Petra machte einen Schritt zur Seite.

»Gehen Sie schon«, zischte sie.

Das kam so unerwartet, dass Meta sie nur weiter überrascht anstarrte. Schwester Petra nickte ernst und machte eine Bewegung, Meta solle weitergehen. In ihrem Gesicht lag plötzlich überhaupt keine Naivität mehr. Vielmehr ein Verständnis, mit dem Meta nie gerechnet hatte. Meta zog Ernsti weiter, noch bevor ihr ganz klar wurde, was Schwester Petra da gerade getan hatte. Erst als sie die Baumgruppe hinter sich gelassen hatte,

577

kam ihr der Gedanke, dass die Schwester vielleicht schon beim ersten Zwischenfall begriffen hatte, was Meta vorhatte.

Wie vereinbart wartete Mathis am Fuß der Treppe, die zum Schloss hinaufführte. Sein ganzer Körper drückte Erleichterung aus, als er Meta und Ernsti kommen sah. »Ist alles gut gegangen?«, fragte er. Doch als Meta ihm knapp erklärte, dass Schwester Petra sie gesehen habe, erbleichte er. »Dann kannst du nicht zurück! Komm jetzt mit. Wir finden schon irgendeinen Weg. An der Grenze ...« »Nein, wir machen es wie geplant«, unterbrach Meta ihn. »Ich glaube, es ist in Ordnung. Sie hat mich gedeckt. Ich weiß auch nicht, wieso.«

Sie drückte Mathis einen Kuss auf den Mund und Ernsti einen auf die schmierigen Haare, die seit seiner Einweisung in die Klinik noch schütterer geworden waren. »Du gehst mit Mathis und benimmst dich. Wir sehen uns heute Abend.«

Sie rannte zurück die Treppe hoch, noch bevor Mathis sich richtig von ihr verabschieden konnte.

Ernsti verhielt sich ruhiger, als Mathis es von ihm gewohnt war. Er saß am Zugfenster und schaukelte vor und zurück, den Blick nach draußen gerichtet. Bei jedem anderen Menschen wären die Augen hin und her gezittert, während die Bäume hinter der Fensterscheibe vorbeiflogen. Doch Ernstis Pupillen blieben groß und starr. Es sah aus, als gähnten sie den Ereignissen entgegen.

Die Schmalkost in der Klinik hatte seine Haut fahl gemacht und die Wangen einfallen lassen. Aber dass er ganz dürr geworden war, wie Meta in letzter Zeit immer wieder gejammert hatte, konnte Mathis nicht bestätigen. Ernstis Körper wirkte aufgebläht unter dem Hemd, die Knöpfe spannten über seinem runden Bauch. Lediglich die Arme hingen dünn an den zusammengesunkenen Schultern. So, wie er Mathis jetzt gegenübersaß, wirkte Ernsti älter denn je.

Sie erreichten Dresden ohne Kontrolle. Nicht einmal ein Schaffner kam, um nach ihren Fahrausweisen zu fragen. Trotzdem war Mathis' Hemd im Rücken nass, als er die Koffer nahm und Ernsti bat, mit ihm auszusteigen. Ernsti blickte ihn desinteressiert und ein wenig verloren an, stand dann zu Mathis' Erstaunen sogar auf und wankte mit seinen tapsigen Bärenschritten auf den Ausstieg zu. Mathis schloss den Mund erst wieder, als sie draußen auf dem Bahnsteig waren.

Auf dem Armaturenbrett des Taxis lag eine Zeitung vom Vortag, auf deren Titelseite das olympische Feuer brannte. Und aus dem Radio brannte es ebenfalls. Das Sportfieber war über den Rand Berlins geschwappt und tränkte jeden Winkel des Landes. Es war das erste Mal, dass die Olympischen Spiele weltweit per Rundfunk übertragen wurden. Um das möglich zu machen, war ein enormer Aufwand an Technik und Personal nötig. Hitler wollte der Welt zeigen, wo Deutschland stand. An der Spitze nämlich. Sei es nun in puncto Organisation, Technik oder sportlicher Bestleistung.

»Der Startschuss des achten Vorlaufs ist gefallen, Borchmeyer schießt nach vorn. Er zieht an der Konkurrenz ...«

Sie fuhren über den Fluss, und der Empfang wurde schlecht. Die Stimme des Sprechers ertrank in einem Rauschen. Der Taxifahrer drehte hektisch an dem Knopf und versuchte den Sender neu einzustellen. Dabei war Apostolos Papadimos, wie er hieß, nicht einmal selbst ein Deutscher.

»Dieser Borchmeyer ist Hitlers Favorit«, sagte er zu Mathis, während er an dem Knopf des widerspenstigen Geräts drehte. Doch Mathis hörte dem Fahrer nicht zu. Er richtete sich auf dem Sitz auf und sah alarmiert auf das Gebäude, das hinter der Brücke am Horizont aufzog wie ein schnell näher kommendes Gewitter.

Wie hatten Mathis die Flaggen bei seinem letzten Besuch nicht auffallen können? So deutlich sichtbar, wie diese über dem Zirkusbau wehten! Es war zwar nichts Ungewöhnliches, dass Hitlers Fahnen am Gebäude montiert wurden. Man sah sie überall, und jetzt zu Olympia noch mehr als vorher. Aber Mathis kannte den alten Sarrasani gut genug, um zu wissen, dass er sie nie auf seinem Dach geduldet hätte.

»Da wären wir«, sagte der Taxifahrer und parkte den Wagen auf dem Platz vor dem Zirkuseingang.

Mathis hatte sich Sorgen gemacht, es mit Ernsti nicht bis hierher zu schaffen. Jetzt aber hätte er den Fahrer am liebsten darum gebeten, zu wenden und anderswohin zu fahren. Er spürte, dass etwas nicht stimmte. Als er ausstieg, tat er es, weil es von Anfang an der Plan gewesen war, und nicht, weil er sich wünschte, hier zu sein.

Der Taxifahrer ging zum Kofferraum, und Mathis wollte Ernstis Tür öffnen, doch plötzlich wollten seine Finger ihm nicht mehr gehorchen. Ein stechender Schmerz fuhr durch seine rechte Hand. Jetzt war es also so weit, dachte er. Die letzten Finger fielen ihm ab. Es würde ihm so ergehen wie Holzknecht, der vor fünf Jahren noch in einem Brief darüber gewitzelt hatte, dass die Röntgenstrahlen ihn vielleicht konserviert und unsterblich gemacht hatten. Und dann war er gestorben. Nach vierundsechzig verstümmelnden Operationen.

Mathis hielt die Hand an den Körper gepresst, bis der Schmerz nachließ. Er bewegte sie probeweise und wollte erneut den Türgriff fassen. Dann aber betrachtete er Ernsti, der die Stirn ans Fenster gelegt hatte und auf die weißen Flecken schielte, die sein Atem an der Scheibe hinterließ.

»Können Sie die Koffer und meinen Freund noch im Wagen lassen, bitte? Ich möchte mich erst vergewissern, dass man uns auch wirklich erwartet.«

Der Fahrer wuchtete den Koffer zurück. Er könne gerne warten, sagte er, aber die Uhr laufe. Mathis nickte. Er wollte sicher kein Geld verschwenden. Doch er hatte in seinem ganzen Leben auch noch nie gegen sein Gefühl gehandelt. Und das sagte ihm jetzt, dass es besser war, Ernsti und die Koffer im Auto zu lassen.

Er sah Sarrasani von Weitem. Die Hände in die Seiten gestützt, stand der Zirkusbesitzer mit zwei Männern in der Nähe der Ställe. Sein Gehabe wirkte nervös, er blickte auf die Uhr. Eine große Reise wie diese erforderte viel Organisation und Glück. Es war eine logistische Meisterleistung, Menschen, Tiere und das ganze Equipment von einem Kontinent zum anderen zu transportieren. Und es gab alles Mögliche, das schiefgehen konnte.

Mathis sah, dass Sarrasani sich suchend umblickte. Es war ungefähr die Zeit, zu der sie verabredet waren. Mathis hob die Hand, um auf sich aufmerksam zu machen. Da wurde er so plötzlich von der Seite angerempelt, dass er stolperte und fiel.

»Pardon!« Der graubärtige Mann, der ihn angerempelt hatte, führte ein großes weißes Pferd am Zügel. Er reichte Mathis die Hand. Trotz seines Alters hatte er erstaunlich viel Kraft in den Armen und zog ein wenig zu fest an Mathis' Arm, als er ihm auf die Beine half. Verwirrt kniff Mathis die Augen zusammen und betrachtete den Alten. Er erinnerte ihn an jemanden, doch es wollte ihm nicht einfallen, an wen.

»Kenne ich Sie?«, fragte er, während er sich die Hose abklopfte.

»Ich denke nicht. Aber Sie sind Herr Bohnenkamp. Der neue Tigerhypnotiseur«, meinte der Mann leise.

Mathis nickte verunsichert, zumal sein Nachname nicht ganz richtig war. In seinem Koffer im Wagen befanden sich die Beruhigungsmittel, die ihm bei der Tierhypnose ein wenig helfen sollten. Meta hatte so viele Tablettendosen aus der Klinik geschmuggelt, dass er damit halb Afrika hätte betäuben können.

Der Alte senkte die Stimme noch mehr, als er Mathis bat, mit ihm zu kommen. Mathis blickte sich um. Das Pferd raubte ihm jetzt die Sicht auf den Zirkusdirektor. Er war mit Sarrasani verabredet. Doch die Stimme des Alten hatte so eindringlich geklungen, dass Mathis nicht widersprach. Tatsächlich schien ihm, als duckte der Alte sich hinter dem Pferd, das er führte.

»Hören Sie, wenn Sie meine Dienste als Tierhypnotiseur brauchen, ich müsste noch an meinen ...«

»Seien Sie bitte still«, flüsterte der Mann, und Mathis verstummte. Mit einem Mal hatte er Gänsehaut.

Der Alte führte ihn und das Pferd über eine Rampe in den Kuppelbau, und sie standen am Rand einer kreisrunden Arena. Bis hoch zu der Decke erhoben sich die Zuschauerbänke. Es roch nach Sägespänen, Schießpulver und Tieren. Mathis blickte sich um. Niemand schien hier zu sein. Trotzdem zischte der Mann noch immer, als könnte jeder sie hören.

»Sie müssen gehen.«

»Gehen?«, Mathis sah ihn verwundert an. »Ich kann nicht gehen! Wir wurden von Sarrasani engagiert. Wir werden bei der Amerikatournee ...«

»Es wird keine Amerikatournee geben«, unterbrach der Alte ihn hektisch. Mathis' Mund wurde trocken.

»Was meinen Sie damit, es wird keine geben?«

»Sarrasani hat die Tournee abgesagt. Er bleibt hier. Für ein weiteres Jahr mindestens.«

»Aber – das hätte er mir doch mitgeteilt! Ich habe erst letzte Woche noch ...«

»Der Sohn des alten Hans Stosch ist ein Opportunist, Herr Bohnenkamp. Er tut nur Dinge, die sich für ihn lohnen. Und wenn er Ihnen *nicht* mitgeteilt hat, dass die Tournee abgesagt wurde, dann weil es sich für ihn lohnt.«

Mathis schüttelte den Kopf. Er überlegte, ob der alte Mann ein Interesse daran haben könnte, ihn und Meta von der Tournee fernzuhalten. Aber da lag nichts Verschlagenes in der Art, wie er Mathis ansah. Im Gegenteil. Seine hellen Augen waren voller Mitgefühl. In dem von Runzeln durchpflügten Gesicht sahen sie aus wie zwei türkisfarbene Steine.

»Es lohnt sich für ihn?«, hörte Mathis sich selbst sagen und hatte noch im gleichen Moment die schreckliche Ahnung, was der Alte damit meinte.

»Die beiden Männer, die da bei Sarrasani waren ...«

Der Mann nickte.

»Gestapo«, bestätigte er.

Mathis wurde kalt. Er sah sich um und prüfte instinktiv seine Fluchtmöglichkeiten. Dabei war die einzige Chance, die er und Meta hatten, die Flucht mit Sarrasanis Zirkus selbst.

»Hören Sie, diese Reise ist wichtig für uns«, sagte er verzweifelt.

»Ich weiß.«

»Nein, das wissen Sie nicht! Ich meine, sie ist überlebensnotwendig. Wir ...«

»Ich weiß«, unterbrach ihn der Alte so bestimmt, dass Mathis verstummte. Die beiden Männer blickten sich an.

»Warum erzählen Sie mir das?«, fragte Mathis schließlich. Der Alte fasste den Zügel fester. Das Pferd senkte den Kopf und schnupperte an der Jacke des Mannes. Es schnaubte.

»Ich kannte den alten Sarrasani seit über vierzig Jahren. Er war mehr als nur mein Arbeitgeber. Er hat meine jüdische Frau in Sicherheit gebracht.« Seine Augen wurden so glasig, als fielen die Steine in einen Bach. »Ein Sohn kann vielleicht den Zirkus seines Vaters übernehmen, aber nicht die Loyalität seiner Freunde.«

Mathis konnte nicht einmal mehr nicken. Er fühlte sich wie gelähmt. Es gab keinen Grund, dem Alten nicht zu glauben.

Der Mann verlor den Zügel, als das Pferd ruckartig den Kopf hob und sich umsah. Es hatte die schweren Schritte auf der Rampe als Erstes gehört.

»Vincent?«, brüllte jemand.

Mathis zuckte zusammen. Er sah den Alten panisch an,

583

dann drehte er sich um und rannte quer durch die Sägespäne auf die Zuschauerreihen zu. Er kletterte über die Balustrade, die so niedrig war, dass ein Mensch mit zwei gesunden Beinen sie mühelos hätte überspringen können. Doch Mathis blieb mit dem rechten Fuß hängen. Er fiel auf die andere Seite, und dann waren die drei Männer auch schon im Kuppelbau. Sie riefen etwas, als sie Mathis entdeckten, doch der rappelte sich auf und eilte weiter. Wie hatte ihm auf dem Platz nicht auffallen können, wie wenig diese Männer nach Zirkusleuten aussahen? Mathis erreichte das Tor des Haupteingangs in dem Moment, als die beiden Männer sich über die Balustrade schwangen. Sie waren jünger und gesünder als er. Es war keine Frage, dass sie ihn in wenigen Sekunden einholen würden. Mathis atmete schwer. Er dachte an das Taxi, das auf dem Hof vor dem Haupteingang stand und das er nicht mehr würde erreichen können. Es war vorbei. Die Flucht mit Ernsti. Metas Traum, am Ende doch noch nach Amerika zu reisen. Alles zerbrach vor Mathis' Augen, während er weiterhumpelte. Er hörte einen Schuss, duckte sich instinktiv und wunderte sich darüber, tatsächlich nicht getroffen worden zu sein. Er warf sich gegen die Tür und rannte durch den dunklen Ausgang ins Tageslicht. Trotz des Regens war er kurz geblendet. Aus den Augenwinkeln bemerkte er eine Bewegung von links. Doch seine ganze Aufmerksamkeit galt dem Taxi, das in etwa hundert Meter Entfernung mit tickender Uhr auf dem Parkplatz stand. Darum bemerkte er die Herde Gnus erst, als ihr Trampeln die nasse Wiese erschütterte. Hinter ihm wurden Schreie laut, denen weitere Schüsse folgten. Mathis duckte sich erneut, dann fuhr er herum. Sicherlich zwanzig, dreißig Tiere stürmten aus Richtung der Ställe auf den Eingang zu, aus dem Mathis gerade gekommen war. Irgendetwas oder jemand hatte sie in Panik versetzt. Eines der Gnus brach aus der Herde aus und streifte Mathis mit solcher Wucht, dass er stolperte und rücklings zu Boden krachte. Auf einen weiteren Schuss folgte ein Schrei, der entweder einem seiner Verfolger gehören musste oder Sarrasani, der sie davon abhielt, auf die Tiere zu schießen. Wenn die Polizisten es nicht geschafft hatten, rechtzeitig an die Zirkuswände zurückzuweichen, mussten sie von den Gnus niedergetrampelt werden. Mathis saß stocksteif da, bis eine Hand ihn zurück ins Hier und Jetzt holte. Derjenige, dem sie gehörte, war ein Fremder, nur wenig jünger als der Mann mit dem weißen Pferd. Er stieß Mathis vom Boden hoch und schubste ihn in Richtung Taxi. Er sah wütend aus, vorwurfsvoll. Und als Mathis auf der anderen Seite des Eingangs eine Frau entdeckte, die die Gnus mit zwei langen Peitschen davon abhielt, auf die Straße zu rennen, begriff er, dass dies eine geplante Panik war.

Ohne sich bedanken zu können, ohne überhaupt etwas denken oder sagen zu können, drehte Mathis sich um und humpelte weiter auf das Taxi zu, dessen Fahrer mit offenem Mund und offener Tür neben dem Wagen stand und das Szenario anstarrte. Aus dem Radio knisterte laut die Liveübertragung aus dem Olympiastadion.

Es war 11.29 Uhr. Mathis konnte nicht wissen, dass er die letzten hundert Meter bis zur rettenden Beifahrertür zeitgleich mit einem schwarzen Athleten namens Jesse Owens rannte, der in diesem Moment in Berlin den olympischen Rekord brach.

NEUNUNDZWANZIGSTES KAPITEL

Paris, 1908

Wenn zwischen zwei Verliebten und ihren potenziellen Arbeitsplätzen knapp siebentausend Kilometer und ein ausgewachsener Ozean lagen, konnte das für eine Beziehung durchaus schon mal zum Problem werden. Meta sah nicht ein, warum sie die Möglichkeit einer Karriere aufgeben sollte, bloß weil sie eine Frau war. Und Mathis sah das im Grunde ganz genauso. Nur hätte er es sich trotzdem sehr gewünscht. Wien wäre der sicherere Weg als dieser fremde Kontinent, zumal Meta ja lediglich ein Vorsprechen in Aussicht hatte. Mit der Stelle am Röntgeninstitut dagegen hatte Mathis eine fest versprochene Arbeit und ein Gehalt. Sie würden sich eine bescheidene Wohnung nehmen können. Sie würden zum ersten Mal seit Beginn ihrer Beziehung auch nachts im selben Bett schlafen (vorausgesetzt natürlich, Ernsti hätte nichts dagegen). Und sie würden nicht mehr alle paar Wochen völlig verrückte Ideen aushecken müssen, die den einen oder anderen von ihnen umbringen könnten.

Doch gegen all diese Verlockungen war Meta resistent. In ihren Augen leuchteten achtunddreißig Sterne und einige Streifen, deren genaue Zahl sie selbst nicht wusste. So wie sie überhaupt wenig von diesem Land wusste, in das sie da wollte.

Es reichte das Versprechen, dass man dort alles werden konnte. Und dass Artisten besser verdienten als in Europa und die größeren Tourneen bekämen. (Letzteres fand Mathis nicht weiter verwunderlich, denn er hatte sich Amerika auf der Karte angesehen.) Außerdem sei es das einzige Land, in dem auch Frauen wählen dürften. (Was ebenfalls nicht stimmte, denn wie Mathis herausfand, war das den Frauen in Australien und Finnland inzwischen ebenfalls erlaubt.) Aber Australien war noch weiter weg als Amerika, deshalb schlug Mathis es gar nicht erst vor. Und nach Finnland wollte Meta auch nicht.

Ein Ring jedenfalls leuchtete in ihren Augen nicht, kein Haus, keine Kinder und leider auch kein Mathis. Je näher sie dem Tag ihres neuen Lebens kamen, desto mehr hatte Mathis den Eindruck, dass für ihn kein Platz darin war.

»Willst du überhaupt mit mir zusammen nach Amerika gehen?«, fragte er verletzt.

»Natürlich würde ich am liebsten mit dir zusammen gehen«, sagte Meta. Doch sie fuhr sich nervös durch die Haare und ertränkte das »aber« in einem gelb sprudelnden Getränk namens Sinalco, das die Bar des Folies gerade neu im Angebot hatte.

Das Problem war, dass Mathis und Meta nicht das Geld hatten, um drei Fahrkarten zu kaufen. Das wussten sie beide, und es machte Mathis so traurig wie sonst nichts in seinem Leben. Er und Meta waren jetzt seit zweieinhalb Jahren zusammen, und er wusste schon gar nicht mehr, wie er es früher ohne sie ausgehalten hatte. Sie dagegen schien zwar nicht erfreut von dem Gedanken, dass sie im schlimmsten Fall getrennte Wege gehen müssten, daran zerbrechen würde sie aber auch nicht.

Neben Meta schlürfte Ernsti geräuschvoll seine Zuckerbrause und schmatzte zum Abschluss. Er musste sich keine Gedanken darum machen, dass Meta ihn möglicherweise nicht mitnehmen könnte.

»Wenn ich nur wüsste, wo ich das Geld für Ernstis Ticket hernehmen soll«, hatte Meta zwei Tage zuvor gesagt. Woraufhin Mathis die unvorsichtige Antwort gegeben hatte, das Geld schon irgendwie aufzutreiben.

»Wirklich? Du würdest uns dabei helfen?«, hatte Meta gefragt und Mathis hoffnungsvoll angesehen. Der hatte irritiert zurückgeblickt. Er hatte eigentlich gemeint, dass er versuchen wolle, das Geld für Ernstis Ticket irgendwie noch zusätzlich zu seinem eigenen aufzubringen. Und nicht, dass er Ernsti an seiner Stelle ein Ticket kaufen würde.

Doch Meta war ganz aus dem Häuschen gewesen angesichts Mathis' Selbstlosigkeit. Und als sie ihm am Abend versprochen hatte, ihm jeden Centime per Post zurückzuschicken, wenn sie in Amerika erst einmal zu Geld gekommen sei, hatte Mathis gewusst, von wem sie geredet hatte, als sie »uns« gesagt hatte. Von seinen Ersparnissen würde Mathis also keinen Ring kaufen und keine Fahrkarte, um mit Meta gehen zu können. Er würde ein Ticket für Ernsti kaufen, weil der im Gegensatz zu Mathis nicht alleine in Paris zurückbleiben konnte.

Natürlich sah Mathis den Grund dafür ein. Und er wäre nie auf die Idee gekommen, Meta die Bitte auszuschlagen. Aber es tat ihm trotzdem weh zu sehen, wie Meta dem Tag entgegenfieberte, an dem sie ihn geldlos am Quai von Le Havre stehen lassen würde. Meta-los. Das war noch viel schlimmer.

Nur einmal machte Meta sich Sorgen um Mathis. Als sie nämlich eine Woche später, an einem kalten Januartag des Jahres 1908, gemeinsam die Fahrkarten kauften und Mathis ihr das Ticket für Ernsti draußen auf der Straße übergab.

»Wirst du es denn schaffen?«, fragte sie, aber da hatte sie die Fahrkarte schon in der rot gefrorenen Hand, und nichts konnte mehr etwas an ihrem Plan ändern, Anfang März das Schiff zu besteigen, sobald der Winter abklang und der erste Frühling das Eis brach. Nichts, aber auch gar nichts – außer dem gemeinsamen Auftritt mit einem jungen Bühnenflop namens Charles Chaplin.

Die Brüder Isola hatten eine Komikertruppe aus England angeheuert, eine Handvoll junger Männer, die sich die Fred Karno Army nannten, weil sie dem Music-Hall-Produzenten Fred Karno gehörten.

Auf den ersten Blick war die Fred Karno Army eher eine Armee ziemlich armer Würste. Und auf den zweiten Blick stimmte das für mindestens eines der Mitglieder immer noch.

Charles Chaplin war ein ernster Achtzehnjähriger, an dem das Lebensglück stets haarscharf vorbeigezogen war. Es hatte alles damit begonnen, dass seine Mutter zu schön für die Monogamie gewesen war und in der Folge drei Kinder mit verschiedenen Haarfarben sowie die Syphilis bekommen hatte. Charles' Vater, ebenfalls ein Charles, hatte sich aus lauter Frust zu Tode gesoffen. Und so war für den damals zweijährigen Charles und seine zwei halben Brüder nur noch das Kinderheim geblieben – und danach die Straße. Mit dreizehn hatte er die Schule verlassen, das unterste soziale Milieu kennengelernt und sich mit Gelegenheitsarbeiten über Wasser gehalten, bevor er zu einer Tänzergruppe gekommen war, die durch Music Halls tourte. Charles' Eltern waren beide Sänger und Entertainer gewesen. Darum hatte Charles sich gedacht, dass er es mit diesem Berufsweg auch einmal probieren könnte.

Er trat in London in verschiedenen Theaterstücken auf, von denen die größte Katastrophe *Jim, A Romance of Cockayne* war. Charles konnte kaum eine Zeile seines Texts auswendig (was wohl daran lag, dass er nie vernünftig lesen gelernt hatte). Und auch sonst war er eher tollpatschig als talentiert. Doch während der Großteil des Publikums buhte, kam ein Mann auf die Idee, dass genau das Charles' Stärke sein mochte.

Fred Karno saß im Publikum der Forester Music Hall, als der junge Chaplin auf einem Bein hüpfend über die Bühne fegte. In seinen Bewegungen lag gleichzeitig etwas Unbeholfenes und ungewollt Drolliges, angesichts dessen man sich eigentlich nur fremdschämen konnte. Doch Karno erkannte ein Talent, wenn er es sah. Nach dem Auftritt hatte Charles deshalb nicht nur die schlechtesten Theaterkritiken der Welt, sondern auch einen Vertrag des damals wohl bekanntesten Music-Hall-Unternehmers in der Tasche.

Nun war es ja gemeinhin so, dass Komiker den Ruf hatten, besonders komisch zu sein. Das war in Charles' Fall allerdings überhaupt nicht so. Zumindest nicht, wenn man komisch im Sinne von lustig meinte.

Keiner in der Fred Karno Army hörte Charles jemals lachen. Er sonderte sich von der Truppe ab, hing seinen Gedanken nach. Wenn er vor sich hin vegetierte, sah er aus wie sein depressiv-betrunkener Vater, und wenn man ihn bat, doch mal zu lächeln, hatte er Ähnlichkeit mit seiner geisteskranken Mutter. Am Ende ließen die anderen Komiker ihn deshalb einfach in Ruhe. Doch sie schüttelten den Kopf darüber, wie Karno auf die Idee hatte kommen können, so eine Pflaume von der Bühne zu pflücken. Und sie schüttelten ihn noch mehr, als die Pflaume dann auch noch die Hauptrolle in ihrem aktuellen Stück bekam.

Karno wischte alle Proteste mit einer Handbewegung fort. Die Hauptperson des Stücks sei schließlich ein Betrunkener, sagte er, der keinen Text hatte, dem nichts im Leben gelang und der am Ende von einem Preisboxer vermöbelt würde. Wem, wenn nicht Charles, sei diese Rolle denn bitte auf den Leib geschrieben?

Während alle anderen noch murrten, stand besagter Charles daneben und ließ sich die Begründung durch den Kopf gehen. Zum ersten Mal machte er sich Gedanken darüber, ob es auch noch schnellere Wege in den Tod gäbe als den, den sein Vater gewählt hatte.

Am Ende wählte Charles dann aber doch nicht Strick, Pistole oder Flasche, sondern die Bühne. Und das war ein Glück, denn das Publikum liebte ihn. Als es am Schluss stürmisch applaudierte, zuckte Charles erschrocken zusammen und blickte sich um, als könnte der Beifall auf keinen Fall ihm gebühren. Deshalb schrieben die Zeitungen, dass der junge Chaplin nicht einmal nach dem Fall des Vorhangs aus seiner perfekt einstudierten Rolle gefallen sei.

Die übrigen Mitglieder der zweifelhaften Armee mussten zugeben, dass Karno möglicherweise doch einen richtigen Riecher gehabt hatte, und fanden sich mehrheitlich mit der Pflaume Chaplin ab. Nur einer gehörte nicht zu dieser Mehrheit. Und das war die ehemalige Hauptfigur des Stücks, ein Mann namens Larry Raley.

Die Gründe für Larrys inneren Unfrieden hatten nicht einmal etwas mit Neid oder Ego zu tun. Es war ganz einfach so, dass ihm die Rolle des betrunkenen Swell nicht gänzlich auf den Leib geschrieben war. Um sich in die Figur hineinzuversetzen, hatte Larry deshalb nachhelfen müssen. Mit Alkohol. Es gab schließlich nichts, was einen Betrunkenen so authentisch machte wie Alkohol.

Ein Jahr lang hatte Larry die Rolle allabendlich gespielt, bevor Charles kam. Allabendlich war er betrunken über die Bühne getorkelt, dann ins Bett gefallen und hatte den Rausch bis zum nächsten Auftritt ausgeschlafen. Tatsächlich hatte Larry dadurch so gut in die Rolle des Swell hineingefunden, dass er jetzt nicht wieder herausfand und den »fürchterlichen Türken« spielen konnte, den Preisboxer, gegen den Swell am Ende kämpfen sollte.

Kurz vor dem zweiten Auftritt, der in den Folies-Bergère stattfinden sollte, fanden sie Larry in der Bar des Folies, zwischen Tresen und Stuhl auf dem Boden, wo er mit offenem Mund schnarchte. Dass er in dieser Verfassung keinen authentischen fürchterlichen Türken abgeben würde, stellte Karno schnell fest. Nicht einmal gegen den tollpatschigen Swell würde er in dieser Verfassung einen Boxkampf gewinnen.

Karno entschuldigte sich hundertmal bei den Brüdern Isola und raufte sich die Haare bei der Frage danach, was um Himmels willen sie denn jetzt tun sollten.

»Sie brauchen einen Preisboxer?«, fragte Vincent, und weil sein Bruder immer das Gleiche dachte wie er, konnte er ergänzen: »Darf es eventuell auch eine Preisboxerin sein?«

591

Metas Kostüme waren eigentlich schon fertig verpackt. Immerhin sollte die große Reise in vier Wochen losgehen. Und dass Meta vorher noch einmal einen Boxer abgeben musste, hatte sie nicht vorausgesehen. Doch als die Brüder sie beknieten und ihr sagten, sie könne nötigenfalls auch das Kostüm des komatisierten Larry verwenden (ein Lendenschurz in Tigerfelloptik), öffnete sie ihren Koffer lieber doch noch mal.

»Was hat denn das Tigerfell überhaupt mit einem Türken zu tun?«, fragte Mathis.

»Es lässt ihn schrecklicher aussehen«, erklärte Karno beflissen, »er ist ja immerhin der schreckliche Türke.«

»Gibt es in der Türkei denn Tiger?«, fragte Mathis.

Das wusste Karno jetzt auch nicht so genau. Aber man könne dem Preisboxer ja schlecht ein Kopftuch aufsetzen, bloß weil das typisch für die Türkei sei. Oder einen Filz-Fes! Das hier sei schließlich immer noch ein Bühnenstück, verdammt! Und bei einem Bühnenstück müsse das Publikum sich eben manchmal etwas dazudenken.

»Wie die Muskeln des Preisboxers zum Beispiel?«, fragte Meta mit einem abschätzigen Blick auf den dünnen, schnarchenden Larry zu ihren Füßen.

Dann verließ sie die Bar, um sich für ihren vermeintlich letzten Auftritt auf europäischem Boden bereit zu machen.

Mathis musste zugeben, dass ihm das Stück gefiel, auch wenn Handlung und Bühnenbild eher einfach waren. Auf der Bühne war eine Bühne aufgebaut, weil das Stück in einer Music Hall spielte. Charles Chaplin torkelte durch das Publikum, stellte Unsinn mit einem Blasrohr an und versuchte, eine Zigarette am Scheinwerfer anzuzünden. Als ihm das nicht gelang, wurde ihm aus der Loge ein Streichholz angeboten. Doch bei dem Versuch, es zu greifen, fiel Swell in den Musikgraben. Er hüpfte außerdem drollig zu Saucy Soubrettes Lied »You Naughty, Naughty Man« – und nahm schließlich das Angebot an, für hundert Pfund gegen eine Preisboxerin zu kämpfen. Das war der Moment, als Meta die Bühne betrat.

Mathis fühlte sich augenblicklich ins Zürcher Panoptikum zurückversetzt. Meta war so stark und schön wie an dem Tag, als er sie zum ersten Mal gesehen hatte. Und Swell so unbeholfen, wie Mathis es bei seinem ersten Kampf gegen sie gewesen war.

Doch Meta hatte die Anweisung, Charles nicht gleich zu Boden zu boxen, sondern selbst ein paar Schläge zu kassieren. Außerdem einen Fußtritt von hinten, bei dem Swell dann ausrutschen und rücklings zu Boden gehen sollte. Das Publikum klatschte und lachte, als Swell ein paar Glückstreffer landete, und Mathis sah, wie Meta zum Bühnenrand schielte und auf das Zeichen wartete, diesem Swell endlich den finalen Kinnhaken verpassen zu dürfen. Ihr gefiel die Rolle nicht. Und einige Sekunden später sollte sie ihr noch weniger gefallen, denn in diesem Moment knallte es.

Das Unglück geschah so schnell, dass zunächst eigentlich niemand begriff, was gerade passiert war. Dann aber kreischte das Publikum vorne auf, an der Bühne qualmte etwas, und irgendwie war es dunkler geworden. Und plötzlich schrie Meta wie ein verwundetes Tier.

Mathis sprang auf und mit ihm ein ganzes Meer von Zuschauern. Vorne brach aufgrund des Qualms eine kleine Panik aus, und hinten reckten sie die Hälse, um zu sehen, was passiert war. Mathis drängte nach vorn und hörte immer wieder das Wort »Scheinwerfer«. Für den Boxring auf der Bühne hatten sie die Lampen verwendet, über denen Loïe Fuller sonst ihren Radium Dance aufgeführt hatte. Hundertmal hatten sie der Warnung getrotzt, dass irgendwann die übersteuerten Birnen durchbrennen würden. Doch ausgerechnet heute musste eine von ihnen tatsächlich explodieren.

Meta lag am Boden auf dem Bauch und schluchzte laut. Es waren schon andere Helfer herbeigeeilt, als Mathis sich zu ihr durchkämpfte. Im ersten Moment war er verwirrt, denn äußerlich konnte er an Meta nichts entdecken. Doch dann bemerkte er den roten Fleck auf ihrer Bluse.

Er befand sich ein paar Zentimeter oberhalb ihres Steißbeins, wo die rote Pluderhose aufhörte und die orientalische Jacke begann. Meta verrenkte den Arm, um an ihren Rücken zu greifen. Hinter ihr und den hilflosen Helfern schwelte noch immer der Scheinwerfer. Mathis kniete sich hin und hob mit klopfendem Herzen den Saum der Jacke an. In der Bluse steckte ein Glassplitter. Seine erste Reaktion war es, den Splitter einfach herauszuziehen, so wie man nach einem Holzspan griff, den jemand sich in die Fingerkuppe gejagt hatte. Dann erst begriff er, wie groß der Splitter war. Und dass er nicht nur in Metas Haut und Bluse, sondern in ihrer Wirbelsäule steckte.

Die Umstehenden zuckten fast synchron vor dem Anblick zurück. Jemand schrie nach einem Doktor, und Meta heulte noch lauter. Sie kam mit der Hand nicht an den Splitter. Es dauerte eine Ewigkeit, bis endlich jemand mit einer Arzttasche angerannt kam, in der es letztendlich nichts gab, was Meta hätte retten können.

Der Arzt fummelte erst mit einer Pinzette an dem Splitter herum und dann mit einer Zange. Meta jaulte auf. Eine Hand lag unter ihrer Stirn, mit der anderen versuchte sie vage den Arzt abzuwehren. Bis der Arzt Mathis bat, ihre Hände festzuhalten.

Hinter Mathis versuchten die Ordnungshüter die neugierige Menge zurück in den Zuschauerraum zu drängen, und neben Mathis stand Charles, nüchtern und wenig lächerlich. Er war mindestens ebenso blass wie Mathis.

»Halte sie doch jemand fest, verdammt!«, rief der Arzt, der sonst eigentlich nichts vom Fluchen hielt. Meta zappelte so heftig auf dem Boden, dass er den Splitter kaum zu fassen bekam.

»Sollten wir sie nicht lieber in ein Krankenhaus bringen? Das sieht mir nach einer größeren Operation aus«, sagte Mathis.

Der Doktor warf ihm einen Blick zu, der Mathis sagte, wer

hier die Ahnung habe und wer sich gefälligst um seine eigenen Angelegenheiten kümmern solle. Und dabei lag Mathis' Angelegenheit direkt zu seinen Füßen.

Der Arzt setzte die Zange an und zog den Splitter aus Metas Rücken. Sie schrie. Blut schoss aus der Wunde. Der Arzt übergab die Zange an einen neugierigen Zuschauer, der mit einem Mal gar nicht mehr neugierig, sondern ziemlich mitgenommen aussah. Auch Mathis starrte den Splitter an. Er hatte einiges in seinem Leben gesehen. Kuhgeburten, Schlachtungen. Aber niemals hatte er etwas so schmerzvoll gefunden wie die Vorstellung, dass dieses Ding in Metas Rücken gesteckt hatte.

Der Arzt drückte ein Tuch auf die Wunde, um die Blutung zu stillen. Meta wimmerte nur noch vor sich hin. Mathis beugte sich tiefer zu ihr hinunter und legte den Kopf an ihren.

»Es ist vorbei«, sagte er und wusste nicht, wie recht er damit hatte.

Wenn jemand so viel überlebt und überstanden hatte wie Meta – Sensationsnummern, Autostunts, sogar fliegende Kanonenkugeln, die in ihren Nacken krachten –, dann sollte es dem Schicksal eigentlich verboten sein, sie mit etwas so Simplem wie einem Scheinwerfer zu überwältigen.

Der verwundbarste Fleck zwischen Hosenbund und Jacke, zwischen Metas Wirbeln, war nicht größer als die Mitte einer Dartscheibe. Und der Splitter hatte trotzdem getroffen. Wie sollte Mathis da nicht annehmen, dass irgendjemand sehr genau gezielt haben musste? Und dass dieser jemand vielleicht er selbst gewesen war? Mit seinem dummen, dummen Wunsch, es möge etwas passieren, das Meta und ihn zusammenhielt.

Er fühlte sich miserabel, als er neben ihrem Bett saß. Und schon aus lauter Solidarität nahm er ihre blasse Gesichtsfarbe und ihre Appetitlosigkeit an. Die ersten Tage hatten noch alle erwartet, dass Meta sich erholen würde, so wie sie sich immer von allem erholte. Aber dann hatte sich die Wunde in ihrem Rücken entzündet. Und spätestens als sie nach ihrem rechten Bein unter der Decke gesucht hatte, hatte Mathis gewusst, dass etwas nicht stimmte.

Er wusste auch, wie es sich anfühlte, morgens aufzuwachen und nicht mehr laufen zu können. Darum saß er da und hielt ihre Hand so fest, als könnte Meta fortgeschwemmt werden, wenn er sie nicht gut genug vertäute.

Die Brüder kamen regelmäßig vorbei und erkundigten sich, wie es der Patientin gehe. An ihren nervösen Händen und dem erzwungenen Lächeln, das wie eine Kopie auf den zwei Gesichtern klebte, erkannte Mathis, dass sie sich ebenfalls schuldig fühlten.

Es war ihre Bühne gewesen, ihr explodierender Scheinwerfer und ihre Bettelei, Meta möge doch für den betrunkenen Larry einspringen. Darum schickten sie den Finanzberater nun in den längst überfälligen Urlaub und ließen auf Kosten der Folies jeden Arzt kommen, der im Umkreis aufzutreiben war.

Meta ließ alle Behandlungen stumm über sich ergehen. Doch ihre Hoffnung auf Heilung schwand mit jedem Tag, den sie eingesperrt in ihrem Körper unter der Decke lag.

Als die Abfahrt des Schiffs, das sie über den Ozean hatte bringen sollen, nur noch eine Woche entfernt war, sprach sie endlich aus, was niemand anders sich zu sagen getraut hätte:

»Ich werde nicht nach Amerika gehen können, oder?«

Und dann weinte sie, zum ersten Mal seit ihrer notdürftigen Operation auf dem Bühnenboden.

Zu der Schar an schuldbewussten Besuchern in Metas Krankenzimmer gesellte sich auch Larry Raley. Als er von dem Unglück erfahren hatte, hatte er sich sofort einer Abstinenzlergruppe angeschlossen. Die sprach zwar standortbedingt leider französisch, sodass er nichts verstand. Aber der gute Wille war immerhin da. Und so war Larry bei dem ein oder anderen Krankenbesuch auch tatsächlich etwas nüchtern.

Larry brachte Blumen vorbei. Karno brachte Blumen vorbei. Die Brüder organisierten Vasen für das ganze bunte Kraut. Und sogar Charles stand einmal in der Tür. Doch er starrte nur stumm, bevor er sich wieder abwandte und den Raum verließ. Er war kein großer Redner, dieser Chaplin. Darum sollte es noch ein Glück für ihn werden, dass die Filmindustrie den Tonfilm nicht früher erfand.

Wen Meta und Mathis ebenfalls selten zu Gesicht bekamen, war Ernsti. Meta war nur zu niedergeschlagen, um es zu merken, und Mathis zu erleichtert, um sie darauf hinzuweisen. Doch irgendwann kamen die Brüder Isola mit hochroten Köpfen herein und baten darum, Mathis unter vier Augen sprechen zu dürfen.

Ernsti hatte sich offenbar in die Umkleide der Damen geschlichen und hinter der Gardine versteckt. Um von dort aus zuzusehen, wie die Mädchen sich mit ihren Federn schmückten. Die Brüder wollten ja angesichts der besonderen Umstände eigentlich nichts sagen, meinte der eine Isola, und sie hätten Ernsti auch gern einen Raum in den Folies eingerichtet, nachdem die Sache mit Meta passiert sei. Ja, das hätten sie wirklich gern getan, bestätigte der zweite Isola mit Inbrunst. Aber dieses eine Mal sei er dann doch wirklich zu weit gegangen.

»Dieses Mal?«, fragte Mathis alarmiert, bevor der zweite Isola erneut das Echo spielen konnte.

Die Brüder sahen sich vielsagend an. Loïe Fuller habe Ernsti schon einmal in den Damenwaschräumen erwischt, teilte Nummer eins Mathis mit. Und außerdem hätten die Bühnenbildner ihn ein paarmal davon abgehalten, die Kulissen im Lagerraum auseinanderzunehmen, sagte Nummer zwei. Was einen der Bühnenbildner fast ein Auge gekostet hätte. Ach, und der kleine graue Hund des Clowns sei ebenfalls verschwunden, seit Ernsti mit ihm gespielt habe. Wie gesagt, man wolle ja nicht kleinlich sein, und der Hund sei ohnehin eine nervige Töle gewesen, die unter die Begonien der Köchin gekackt habe. Aber die Brüder hätten nun doch so langsam das Gefühl, dass bei diesem Ernsti ein paar Schrauben im Oberstübchen locker seien. Und ob Mathis ihnen das zufällig bestätigen könne. Das konnte Mathis durchaus. Nur lag die einzige Person, die Ernsti früher so halbwegs im Griff gehabt hatte, nun depressiv im Zimmer nebenan und konnte nicht mehr laufen.

»Was sollen wir denn jetzt machen?«, fragte Vincent.

»Die Showmädchen haben schon Angst vor ihm!«, bestätigte Émile.

»Gebt ihm etwas, das nur schwer kaputt zu machen ist, und sagt ihm, er soll es auf keinen Fall kaputt machen«, sagte Mathis, der Ernsti inzwischen besser kannte, als ihm eigentlich lieb war.

Fünf Wochen nach dem Unfall war neben dem Schiff auch der Winter abgezogen. Metas Wunde am Rücken verheilte, doch ihre Beine konnte oder wollte sie immer noch nicht bewegen. Sie hatte Krücken neben dem Bett stehen, die sie nie benutzte, weil sie keine Lust hatte aufzustehen.

Der letzte Arzt, der neben ihrem Bett saß, versicherte, nun alles getan zu haben. Jetzt könne Meta nur noch der liebe Gott helfen. Oder noch besser sie sich selbst, denn auf den lieben Gott sei erfahrungsgemäß auch nicht immer Verlass. In jedem Fall müsse Meta etwas essen und dieses stickige Zimmer verlassen. Das Gleiche gelte im Übrigen auch für Mathis. Ob er sich eigentlich seit dem Unfall schon mal wieder vor die Tür bewegt habe?

Das hatte Mathis nicht. Er war bei Meta geblieben und bei seinen Schuldgefühlen. Sie waren beide blass und auch dünner geworden. Was bei Mathis schon einen kritischen Zustand bedeutete, denn er hatte diese Krankenwache ja nicht gerade mit übermäßigen Fettreserven angetreten.

»Versuchen Sie Fräulein Kirschbacher doch mal etwas weniger zu bewachen und mehr aufzuheitern«, riet der Arzt. »Denken Sie sich eine Überraschung aus.«

Und das tat Mathis wirklich. Das heißt, eigentlich dachte er sie sich nicht aus, sondern nahm nur endlich in Angriff, was er schon seit Wochen, wenn nicht Monaten, vorgehabt hatte.

So führte der erste Ausflug aus den Folies Mathis in Metas Lieblingscafé, wo er einen wunderschön glasierten Diplomatenpudding bestellte. Er ließ ihn sich einpacken und kehrte dann zurück zu Metas Bett, wo er auf die zittrigen Knie ging und sie endlich fragte, ob sie seine Frau werden wolle. Er war so nervös, dass ihm die Tüte mit dem Diplomatenpudding aus den Händen rutschte.

»Ich wollte einen richtigen Ring kaufen«, entschuldigte er sich, »aber das Geld dafür habe ich für Ernstis Fahrkarte nach Amerika ausgegeben.«

Vielleicht hätte er das besser nicht sagen sollen, vielleicht hätte es aber auch keinen Unterschied gemacht. Jedenfalls begann Meta zu heulen. Nicht vor Freude, wie Mathis es sich hundertmal vorgestellt hatte, sondern vor Wut. Sie war wütend darüber, dass sie und Ernsti wegen dieses dummen Unfalls nicht längst auf der anderen Seite des Ozeans waren!

Dass da ein dünner, sie liebender junger Mann auf den Knien vor ihrem Bett kleinlaut um ihre Hand bat, übersah sie dabei völlig.

Meta sagte also nicht Ja zu Mathis' Antrag. Sie sagte auch nicht Nein. Alles, war sie tat, war, ihren Heulkrampf zu überleben und dann finster an die Decke zu starren und das Schicksal zu verfluchen.

Um zurück auf die Beine zu kommen, musste Mathis sich an der Bettkante hochziehen. Sein Körper fühlte sich wacklig an und seine Brust leer, so als hätte Meta ihm das Herz mit beiden Händen herausgerissen. Er blickte zu Boden, damit Meta nicht sah, wie verletzt er war. Die Tüte mit dem Antrags-Diplomatenpudding lag zwischen ihnen wie ein gefallener Strauß Rosen.

»Kann ich den Kuchen trotzdem essen?«, fragte Meta irgendwann, als die Stille zwischen ihnen nicht mehr auszuhalten war. Mathis schluckte schwer. Er bückte sich, hob die Tüte auf, bevor sein Blick auf die Krücken neben dem Bett fiel und er sich eines Besseren besann.

»Steh auf und hol ihn dir«, sagte er. Beim Verlassen des Raums legte er die Tüte auf die Kommode neben der Tür.

Wenn schon sein Antrag Meta nicht zum Aufstehen bewegte, dann sollte es wenigstens der Diplomatenpudding tun.

DREISSIGSTES KAPITEL

Berlin, 1936

Der Taxifahrer namens Apostolos trat aufs Gas, als wäre die verrückt gewordene Gnuherde direkt hinter ihm. Mathis war froh, dass er keine Fragen stellte. Überhaupt sprach niemand von ihnen, bis sie aus Dresden raus waren und Mathis sich daran erinnerte, dass Meta um 18 Uhr am Dresdner Hauptbahnhof ankommen würde. Er musste dort sein und sie abfangen, bevor sie wie besprochen zu Sarrasanis Zirkus fahren konnte.

»Und bis dahin?«, sagte Apostolos.

»Fahren Sie einfach irgendwohin.«

»Sie wollen, dass ich Sie vier Stunden durch die Gegend fahre?«

Mathis nickte und zuckte gleichzeitig die Schultern. Er stand noch immer unter Schock und starrte durch die Frontscheibe auf den Regen, der jetzt dichter fiel.

Apostolos überlegte. Vier Stunden! Was man in vier bezahlten Stunden alles machen könnte!

»Haben Sie was dagegen, wenn wir nach Görlitz fahren?«, fragte er schließlich. »Meine Familie wohnt da, aber es ist zu weit, um häufig hinzufahren. Meine Mutter hatte letzten Sonntag Geburtstag. Sie macht gute Moussaka. Nicht ganz so gut wie mein Vater, aber immerhin. Und Ouzo«, fügte er hinzu, als ihm auffiel, dass sein apathischer Fahrgast vielleicht etwas Stärkeres brauchte.

»Fahren Sie nur«, sagte Mathis, der weder Moussaka noch Ouzo kannte. Doch wo auch immer die Gestapo ihn suchte – sie würden ihn und Ernsti sicher nicht bei der Mutter eines griechischen Taxifahrers in Görlitz vermuten.

Dafür, dass Mathis auf der Flucht war, gestaltete sich der Spätnachmittag weit angenehmer als erwartet. Mama Papadimos gehörte zu jenen Gastgeberinnen, die jeden Besuch gleich amtlich adoptieren wollten. Sie war herzlich und rund, und ihre Küche war tatsächlich besser als alles, was Mathis in den letzten Jahren gegessen hatte. Sie lachte darüber, dass Ernsti ganze drei Portionen aß, und watschelte in die Küche, um gleich noch Nachschub zu bringen. Ihr Kühlschrank war voller Schüsseln mit kalten Gerichten, die vom Vortag, dem Frühstück und dem Mittagessen übrig waren.

Mathis erfuhr, wie die Familie Papadimos von Griechenland nach Görlitz gekommen war. Über eine Stadt mit dem nicht sehr vielversprechenden Namen Drama nämlich, wo Apostolos geboren war. Ein Drama war das Familienleben dann auch tatsächlich gewesen. Apostolos' Vater wäre nämlich gerne Koch geworden, erzählte Mama Papadimos, aber leider habe er das falsche Geschlecht dafür gehabt und musste deswegen zum Militär, wo er ausgerechnet dann zum Oberoffizier befördert worden sei, als der Erste Weltkrieg ausbrach. Griechenland steckte zu jener Zeit in der Krise. Die Balkankriege hatten nicht gerade zu seiner Beliebtheit unter den Nachbarländern beigetragen. Und die Türkei und Bulgarien lauerten darauf, einzumarschieren und dem Land die ein oder andere Insel abzuluchsen. Der deutschstämmige König von Griechenland war ein Pazifist und wollte sich am liebsten aus allem raushalten. Der griechische Ministerpräsident dagegen wünschte sich Krieg und bildete, weil der König nicht so richtig mitmachte, einfach seine eigene Regierung. Das Land war somit gespalten. Apostolos' Vater, der unfreiwillige Soldat, hielt es mit dem deutschen König. Er setzte sich für Pazifismus und mehr Salbei am Ziegenfleisch ein. Je brenzliger es draußen wurde, desto mehr wurde drinnen im Hause Papadimos gekocht. An dem Tag, als die Bulgaren einfielen, leckte der kleine Apostolos gerade die Reste der besten Moussaka von den Fingern, die Papa Papadimos je gekocht hatte.

Zwei Tage später saß Apostolos in einem Zug Richtung Preußen. Zusammen mit fast siebentausend anderen Griechen, von denen vier seine Brüder und zwei seine Eltern waren. Bis die Sache mit dem Krieg geklärt war, sollte das griechische Korps Unterschlupf in einer fernen Stadt namens Görlitz finden. Der Ministerpräsident hatte den Krieg gewollt. Jetzt sollte er zusehen, wie er ihn ohne Soldaten ausfocht.

Die Bewohner in Görlitz waren freundlich. Immerhin war das so vom König angeordnet worden. Nach der zwölf Tage langen, ermüdenden Reise von Drama nach Görlitz wurden die Griechen darum von einem riesigen goldenen Instrument angeblasen. Ein ganzes Militärorchester marschierte neben ihnen her, als sie sich müde zu den neuen Unterkünften schleppten. Die Bemühungen der Preußen um echte Gastfreundschaft waren rührend. Doch sie scheiterten grandios – nicht nur beim Musikgeschmack, sondern vor allem, wenn es um das Essen ging.

Die ohnehin schon eher aromenarme deutsche Küche war durch den Krieg um weitere Zutaten beraubt worden. Geschmacksneutraler Eintopf und gekochte Bohnen trafen auf Gaumen, die an Schafskäse, Zimt, Salbei und Kalamata-Oliven gewöhnt waren. Man wollte ja wirklich nicht jammern, aber verwendeten diese Deutschen eigentlich irgendwelche Gewürze in ihren Gerichten? Schließlich wurde der Oberoffizier losgeschickt, um in der Militärküche mal nach dem Rechten zu sehen. Und bei dem handelte es sich ausgerechnet um Apostolos' Vater.

Eine Liebe traf die andere. Angesichts der verheerenden Situation in der deutschen Küche störte es plötzlich keinen Griechen mehr, dass Papa Papadimos eigentlich das falsche Geschlecht für die Herdbenutzung hatte. Und auch unter den Bewohnern von Görlitz sprach sich nach und nach herum, dass nicht einmal

603

die Menükarte des Ratsstübels mit Papadimos' saftig-würzigen Frikadellen mithalten konnte.

Papa Papadimos übernahm die Küche. Das Militärlager wurde zum bestbesuchten Lokal der Stadt. Und als der Krieg vorbei war und die Griechen ins ferne Drama zurückkehrten, boten die Görlitzer dem kochenden Offizier ganz uneigennützig eine Lokalität an, in der er ein Restaurant eröffnen konnte. Das Papa Papadimos wurde das erste griechische Lokal von ganz Preußen. Der Rest der Großfamilie wurde nachgeholt und helenisierte damit gleich einen ganzen Stadtteil. Und den Kindern, Neffen, Großcousins und Nichten wurde versprochen, dass sie in ihrem Leben jeden Beruf erlernen durften, den sie wollten. Papadimos' Ältester trat daraufhin in die Fußstapfen seines Vaters. Und die restlichen Söhne wurden nacheinander Jurist, Mediziner, Astronom und Taxifahrer. (Letzteres allerdings nicht, weil es schon immer Apostolos' Traum gewesen war, ein Taxi zu fahren, sondern weil er Malerei an der Münchner Akademie der Künste studiert hatte.)

Apostolos zeigte sich ein wenig geknickt über diesen Teil der Geschichte, aber Mathis fand es dennoch großartig, dass der Vater seinen Söhnen freie Wahl bei den Berufen gelassen hatte. Bei ihm zu Hause hätte ja jedes Kind ein Bohnenbauer werden müssen. Selbst dann, wenn es eine Bohnenallergie hatte! An dieser Stelle sahen Apostolos und seine Mutter sich alarmiert an. Es sei doch hoffentlich nicht Mathis, der eine Bohnenallergie habe, fragte Mama Papadimos und zog die Schüssel mit Fava zu sich heran, ein Püree nach Rezept ihres Mannes, von dem Mathis sich zuvor eine ordentliche Portion auf den Teller gehäuft hatte.

Es dauerte zwei Stunden, bis Mathis nach seinem allergischen Schock wieder einigermaßen hergestellt war. Sein Gesicht war noch immer geschwollen, als er und Ernsti im Taxi saßen und zurück in Richtung Dresden rasten. Aber er hatte keine Zeit, weiter auf Mama Papadimos' Sofa zu liegen. Wenn der letzte

Zug aus Pirna eintraf, musste er am Bahnhof sein und Meta abfangen, bevor die Polizei es tat.

Mathis wusste nicht, wie genau die Gestapo ihren Plan kannte. Aber er würde es sich nicht verzeihen können, wenn Meta den Beamten in die Arme lief, bloß weil er lauwarmes Bohnenpüree mit Zwiebelringen gegessen hatte. Und Apostolos würde es sich ebenfalls nicht verzeihen. Darum fuhr er mit allem, was das Taxi hergab.

Der Dresdner Bahnhof sah in der Dunkelheit bedrohlich aus. Mathis ließ Ernsti im Wagen, als er durch den Regen auf das Gebäude zulief. Er fand Deckung hinter einer Säule, von der aus er die Menschen in der Halle betrachtete. Die Schwierigkeit würde vor allem darin bestehen, unsichtbar für die Polizei, aber sichtbar für Meta zu sein. Zumal er die Männer von der Gestapo nur von hinten gesehen hatte, und das nicht einmal gut. Jeder konnte es sein. Vielleicht war es besser, wenn er sich einfach unter die Menschen begab und hoffte, dass er in der Masse unterging.

Mathis wollte schon seinen Platz hinter der Säule verlassen, als ihm ein Mann auffiel, der sich anders verhielt als die übrigen Bahnhofsbesucher. Er stand mit dem Rücken zu den Schienen und studierte die Menschen um sich mit ebensolchem Argwohn, wie Mathis es tat. Als sein Blick in Richtung Säule ging, schob Mathis sich schnell wieder dahinter. Er hörte das Tuten des einfahrenden Zuges und hoffte, dass er es schaffen würde, Meta abzufangen, bevor der andere es tun konnte. Der Fremde stand viel näher am Bahnsteig. Aber einen Vorteil hatte Mathis, denn er kannte Meta, während der Mann höchstens eine Beschreibung von ihr haben konnte.

Der Zug hielt mit einem Quietschen und Zischen. Es war seine Endstation. Darum verdeckten keine einsteigenden Fahrgäste den Blick auf die Aussteigenden. Der Mann hatte sich ebenfalls dem Zug zugewendet und suchte wie Mathis die Türen ab. Mehr und noch mehr Menschen drängten auf den Bahn-

605

steig, bis der Zug vollständig ausgehöhlt war. Doch Meta war nicht unter ihnen.

Mathis sah sich suchend um. Er betete, dass sie nicht ausgerechnet auf die Idee gekommen war, ganz hinten im Zug einzusteigen, denn die letzte Tür konnte er von seinem Platz aus nicht sehen. Aber genau das musste wohl der Fall sein, denn Mathis konnte sie noch immer nirgends auf dem Bahngleis entdecken. Er blickte zum Eingang und zurück zu dem fremden Mann, der sich ebenfalls suchend umsah. Dann duckte Mathis sich, weil der Blick des anderen zum zweiten Mal in seine Richtung gegangen war. Er hielt den Kopf gesenkt, als er durch den Eingang zurück zum Taxi eilte.

»Hast du sie nicht gefunden?«, fragte Apostolos. Seit Mathis' Adoption durch Mama Papadimos waren sie zum Du übergegangen. Mathis schüttelte den Kopf, und als Apostolos ihm versicherte, dass auch er keine muskulöse, alle überragende blonde Frau aus dem Hauptbahnhof habe kommen sehen, wusste Mathis nicht, ob er beruhigt oder beunruhigt sein sollte. Er war sich nun ziemlich sicher, dass die Gestapo sie nicht abgefangen hatte. Irgendwo auf dem Bahnhofsgelände hätte es sonst einen Tumult gegeben. Meta war keine Frau, die sich klaglos abführen ließ. Doch wenn sie nicht mit dem Zug gekommen war – wo war sie dann?

»Wohin jetzt?«, fragte Apostolos.

»Ich weiß nicht«, sagte Mathis verzweifelt. Woraufhin Apostolos entschied, dass sein Langzeitfahrgast noch einen weiteren Ouzo vertragen könnte.

»Dann kommst du jetzt mit in meine Wohnung«, sagte er.

Mathis sah in den Rückspiegel. Ernsti war auf dem Rücksitz eingeschlafen.

Kaltenhoff saß auf einem Stuhl neben der Pritsche und besah sich das geschwollene Gesicht der Kraftfrau. Es würde nicht mehr lange dauern, bis sie zu Bewusstsein käme. Sie hatte bereits ein paarmal den Kopf gedreht und leise gestöhnt. Viel mehr Bewegung war in ihrer Stellung auch nicht möglich, denn Kaltenhoff hatte sie festgebunden. Sehr sorgfältig diesmal, deshalb ging er davon aus, dass es reichen würde, um sie in Schach zu halten. Er durfte nicht noch einmal unterschätzen, wie stark sie war. Unnatürlich stark. Sie war geradezu eine Beleidigung gegenüber dem männlichen Geschlecht.

Kaltenhoffs Hand fuhr zu der Platzwunde an seiner Schläfe. Es war ein Kratzer, nicht viel mehr, aber trotzdem eine Beleidigung! Die Kraftfrau hatte ihn dort getroffen, als sie sich mitsamt dem Stuhl an ihrem Rücken auf ihn geworfen hatte.

Die Erkenntnis, wer die große Frau auf der Leinwand gewesen war, hatte ihn erst vor ein paar Tagen getroffen. Völlig unerwartet, bei der Züchtigung eines Zigeunerkindes nämlich, und da hatte Kaltenhoff vor lauter Schreck gleich den Knüppel fallen lassen. Es hatte nur ein paar Anrufe gebraucht, um zu erfahren, wo der verhängnisvolle Film gedreht worden war. Ein Kinderspiel im Vergleich zu der Anstrengung, die es ihn gekostet hatte, diesen Koloss einer Frau dorthin zu bringen, wo sie jetzt war.

Kaltenhoff lehnte sich auf seinem Stuhl vor und ließ den Blick über ihre Schwesterntracht gleiten. Es überraschte ihn, dass ihr Aufzug ihn erregte. Er mochte Frauen normalerweise zart und zerbrechlich, was man von diesem Exemplar ja nun nicht gerade behaupten konnte. Es war widernatürlich, wenn nicht beängstigend, dass einige Frauen tatsächlich auf die Idee kamen, sich Muskeln wachsen zu lassen!

Kaltenhoff bemerkte eine Bewegung und richtete den Blick wieder auf ihr Gesicht. Sie hatte die Augen geöffnet. Oder zumindest das eine Auge, das sich noch öffnen ließ. Das rechte war geschwollen, seit Kaltenhoff den Schaft seiner Pistole dagegengerammt hatte. Aber dieses eine Auge reichte, um ihm Hass für zwei entgegenzuschleudern. Kaltenhoff lächelte.

»Fühlen Sie sich in dieser Position wohler, Fräulein Kirschbacher? Ich hatte den Eindruck, der Stuhl hatte Ihnen nicht ganz zugesagt.«

So viel Hass! Kaltenhoff glaubte nicht, dass ihn schon einmal jemand so unversöhnlich angesehen hatte. Auch das erregte ihn seltsamerweise. Sehr verwirrend das Ganze. »Vielleicht können wir das Verhör ja so etwas gesitteter fortführen?«

»Gesittet!«, spuckte Meta. Ihre Zunge tastete über die aufgesprungene Lippe. Kaltenhoff stellte sich vor, was er mit diesem blutverschmierten Mund alles anstellen könnte – und wie sie es verabscheuen würde. Sie war ihm ausgeliefert. Kaltenhoff war jetzt doch froh, sie gleich hier in der Klinik behalten zu haben, statt sie mit zur Wache zu nehmen, wo man ihm den interessantesten Teil der Arbeit wieder abgenommen hätte.

Schon in der Ausbildung hatte er sich am meisten für die verschiedenen Möglichkeiten interessiert, einen Menschen zum Geständnis zu zwingen. Auf der Wache gab es spezielle Verhörräume dafür, die mit Instrumenten zur verschärften Vernehmung ausgestattet waren. Schraubklemmen für Hände und Füße gehörten dazu, Schlagstöcke, Handschellen und Fesseln natürlich und ein Streckbett. In dieser Klinik aber musste Kaltenhoff improvisieren. Was zu seiner Überraschung einfacher war als gedacht.

Er zog den rollbaren Metalltisch heran, der in der Ecke des Raums stand. Ein weißer Kasten mit der Aufschrift »Siemens – Konvulsator« stand darauf. Die Kabel hingen wie Tentakel an den Seiten des Elektroschockgeräts. Kaltenhoff freute sich, als er sah, wie Metas Auge sich vor Entsetzen weitete.

Diese ganze Verhörsache war eine Mischung aus Spiel und Jagd, bei der von Anfang an klar war, wer am Ende gewinnen würde. Denn irgendwann redeten sie alle. Es gab keinen Delinquenten, der Schmerzen und Erniedrigung unendlich lange ertragen konnte. Der lustige Teil bestand nur in der Frage, wie lang es dauerte, bis man sie da hatte, wo man sie haben wollte. Und Kaltenhoff hatte so das Gefühl, dass diese Kirschbacher ein zäher Brocken werden würde.

»Ich nehme an, Sie kennen sich mit diesem Gerät aus. Immerhin haben Sie ja langjährige Erfahrung als Krankenschwester, nicht wahr?« Er lächelte ironisch und drehte probeweise an einem der Knöpfe. Die Maschine gab ein helles Summen von sich. Metas Zunge wischte nervös über ihre Lippen, und er verfolgte die Bewegung genau.

Er hatte nicht vergessen, was sie zu ihm gesagt hatte, als er sie in die Arrestzelle in Berlin gesperrt hatte. Ob er nicht auch gern ein Mann sein wolle, hatte sie gefragt, mit diesem überheblichen Lächeln, das ihn seitdem nicht mehr losgelassen hatte.

Er griff nach einem Kopfhörer, der seitlich an der Maschine hing.

»Da Sie ja nun so bewandert in diesem Beruf sind, können Sie mir sicher sagen, wo das hier hingehört.«

»An die Füße«, sagte Meta.

Kaltenhoff zuckte zusammen. Sie machte sich tatsächlich noch immer über ihn lustig. Und das in ihrer Lage! Kaltenhoff fand das unglaublich. Sah diese dumme Frau denn nicht, dass er ihr völlig überlegen war? Vielleicht sollte er damit beginnen, ein paar Stromklemmen an ihren vorlauten Lippen zu befestigen.

»Sie kommen sich wohl immer noch ziemlich stark vor, Fräulein Kirschbacher, nicht wahr? Haben sich noch ein paar Muskeln wachsen lassen, seit wir uns das letzte Mal gesehen haben?«

Diesmal antwortete sie nicht. Immerhin.

»Warum geben Sie sich hier als Krankenschwester aus? Wir wissen doch beide, dass Sie das in Wahrheit gar nicht sind.«

»Deshalb haben Sie mich hier festgebunden?«

»Wollen Sie mir vielleicht erzählen, Sie hätten Ihre neue Berufung gefunden? Ein Karrieresprung von der Kabarettbühne in die Irrenanstalt?«

»Die Zeiten für Jahrmarkt- und Zirkusartisten sind nicht gerade rosig, falls Sie das noch nicht bemerkt haben.«

Kaltenhoff hatte es sehr wohl bemerkt. Immerhin beaufsichtigte er ja nicht wenige dieser herumlungernden Zigeuner in seinem eigenen Lager! Aber er fand nicht, dass die gefesselte Meta in der Situation war, ihm darüber einen Vortrag zu halten.

»Und in Pirna hat man Sie mir nichts, dir nichts angenommen, weil Sie so wunderbare Qualifikationen mitbringen, was?«, spottete er.

»Ich kann schwer heben. Das war Qualifikation genug.«

»Der Klinikleiter hat mir Ihre Akte gegeben. Darin befindet sich ein Zertifikat, das eine angebliche Krankenschwesternausbildung bescheinigt. Und ein Zeugnis aus einem Spital in Berlin, in dem man Ihre langjährige Mitarbeit lobt.«

»Ich habe in meinem Leben schon in verschiedenen Positionen gearbeitet.«

»Dann haben Sie sicher nichts dagegen, wenn ich die Referenznummer nutze und mich dort nach Ihnen erkundige?«

»Tun Sie das ruhig.«

Die angegebene Nummer in der Referenz war die Direktwahl zu Evalyn Byrds Arbeitsplatz in der Redaktion. Sie hatten sie für den Fall angegeben, dass der Klinikleiter sich nach dem Vorstellungsgespräch tatsächlich nach Metas Leistungen hätte erkundigen wollen. Evalyn wusste das. Sie war instruiert, Auskünfte zu Metas Engagement in der letzten Klinik zu geben. Würde Kaltenhoff sie anrufen, würde sie wissen, dass Meta in Schwierigkeiten war, und vielleicht irgendwie Mathis kontaktieren können.

»Ich glaube Ihnen kein Wort«, bellte Kaltenhoff und warf die Mappe auf den Boden. Man ging doch nicht einfach vom Zirkus ins Spital, gottverdammt! Und dann auch noch in dieses Kaff in Pirna! Von Berlin! Irgendetwas versteckte diese unnatürliche Frau. Und es machte Kaltenhoff wahnsinnig, dass er nicht wusste, was es war.

Wahnsinnig, dachte er und kam plötzlich auf eine Idee, die völlig abstrus sein mochte. Aber dennoch ...

610

»Sie sind nicht zufällig aus privaten Gründen in diese Klinik gekommen, Fräulein Kirschbacher? Zum Beispiel, um jemandem nah zu sein, den Sie unverständlicherweise sehr mögen …?«

Als Kaltenhoff den Ausdruck in Metas Augen sah, war er von seinem eigenen Glückstreffer überrascht. Er hatte einfach ins Blaue geschossen, und bildlich gesprochen war ihm eine fette Taube vor die Füße gefallen. Wenn das kein Polizeiinstinkt war! Kaltenhoff gratulierte sich und wünschte nur, einer seiner Vorgesetzten hätte diesen Moment mitbekommen.

Begierig neigte er sich vor, um sein Gesicht nah an ihres zu bringen, das sich wieder verschlossen hatte. Doch es war zu spät. Kaltenhoff hatte ihren wunden Punkt entdeckt.

»Ihr Verlobter ist also hier«, schlussfolgerte er, »das Männlein in Frauenkleidern? Wie wenig überraschend. Wir hätten ihn gleich einweisen sollen, als er in dem Aufzug auf der Wache ankam. Haben Sie sich hier ein Liebesnest bei ihm eingerichtet? Unter den Augen des unwissenden Klinikleiters?«

»Woher haben Sie nur diesen Scharfsinn, Herr Kaltenhoff.« Ihr Sarkasmus irritierte ihn. Entweder war sie eine bessere Schauspielerin, als er dachte, oder er hatte sich gerade mit einem völligen Fehlgriff lächerlich gemacht. Dieses Fräulein Kirschbacher reagierte jedenfalls in keiner Weise so, wie er es von einem Befragten gewohnt war. Sie schien nicht einmal Angst vor ihm zu haben! Es war eigentlich Teil der Ausbildung bei der Gestapo, sich in einem Verhör nicht von Gefühlen übermannen zu lassen. Inzwischen aber brodelte Kaltenhoff vor Wut. Sie würde schon noch sehen, wer von ihnen beiden die Hosen anhatte. Sie würde sehen, dass Kaltenhoff ein echter Mann war! Einem plötzlichen Drang folgend, griff er ihr mit der rechten Hand an die Kehle und drückte ihren Hals auf die Pritsche. Meta verzog vor Schmerz das Gesicht. Sie strampelte mit den Beinen und wand sich, um seinem Griff zu entkommen. Doch ihre Arme waren an der Liege fixiert, und ihre Tritte gingen ins Leere.

»Sie sind es wohl nicht gewohnt, so von einem Mann rangenommen zu werden.« Kaltenhoff schielte auf ihre Brüste und verstärkte den Griff an ihrer Kehle. Meta biss die Zähne zusammen und gab einen gurgelnden Laut von sich.

»Was haben Sie gesagt?«

Meta zappelte so heftig, dass sie mit dem Fuß irgendwie ein Kabel der Maschine erwischte und der Rollschrank gegen Kaltenhoff krachte. Die Kabel schlenkerten, als käme plötzlich Leben in die Tentakel.

»Sie sind es wohl gewohnt, immer die Oberhand zu haben? Verraten Sie mir, Fräulein Kirschbacher, liegen Sie auch oben, wenn Sie mit Ihrem Männchen ins Bett steigen?« Kaltenhoff brachte seinen Körper näher an ihren, doch im selben Moment rammte Meta den Kopf nach vorn, sodass ihre Stirn gegen seine knallte. Kaltenhoff jaulte auf, seine Hand fuhr zur Stirn, und Meta schnappte nach Luft, als wäre sie zu lange unter Wasser gewesen. Kaltenhoff sah Sterne und realisierte zu spät, dass sie die Beine an den Körper zog. Sie stemmte die Füße auf die Pritsche und sich selbst gegen die Fesseln. Ihr Oberkörper beugte sich nach vorn, sie kam auf die Ellbogen, sodass sie mehr Hebelwirkung hatte. Die Fesseln waren aus Leder gefertigt, aber die Metallverstrebungen, an denen sie hingen, hatten bereits einige Jahre in dieser Klinik gedient. Kaltenhoff hörte das rostige Material ächzen. Hektisch warf er sich vor und Meta zurück auf die Matratze. Sie schrie auf. Ihr Gesicht war vor Wut verzerrt.

Kaltenhoff atmete heftig. Es war unglaublich, dass nicht einmal Fesseln an einem Metallbett diese unnatürliche Frau in Schach halten konnten! Was sollte er denn noch alles unternehmen? Sein Blick fiel auf den Heizkörper neben dem Fenster. Er war aus Gusseisen, aber mittlerweile war Kaltenhoff sich nicht sicher, ob sie nicht auch den aus der Wand reißen konnte, wenn er sie mit Handschellen daran festmachte. Sein Blick ging zurück zu dem Rollwagen.

»Alles, was in diesem Raum geschieht, liegt in Ihrer Hand,

Fräulein Kirschbacher«, log er. In der Ausbildung hatte er gelernt, dass dieser Satz eine verschärfte Vernehmung eröffnete. Er sollte dem Befragten vor Augen führen, dass dieser die Folter jederzeit durch ein Geständnis beenden konnte. Aber so richtig glauben wollten es wohl weder er noch Meta. Es ging inzwischen um mehr, als nur herauszufinden, warum sie sich hier als falsche Krankenschwester ausgab. Es ging darum, die Kraftfrau zu brechen.

Kaltenhoff nahm zwei der Kabel in die Hand. Am Ende des einen hing der Kopfhörer, am anderen eine Klemme. Die Bedienung des Apparats war mehr oder weniger selbsterklärend. Es gab einen Regler für Intensität und Frequenz sowie einen roten Knopf mit der Aufschrift »Schock«, dessen Funktion ebenfalls wenig Fehlinterpretationen zuließ. Und wenn Kaltenhoff die Intensität zunächst gering einstellte, bestand auch keine Gefahr, die Befragte gleich umzubringen. Das wollte er ohnehin gerne vermeiden. Eine Leiche würde Fragen aufwerfen, was seinen Alleingang in dieser Sache betraf.

»Sie wissen schon, dass ich Ihnen nichts sagen kann, wenn Sie mich mit dem Schockgerät ausschalten.« Es war Meta anzuhören, dass sie Schmerzen hatte. Auf ihrer Stirn stand Schweiß, und Kaltenhoffs Finger hatten Abdrücke an ihrem Hals hinterlassen.

Er betrachtete ihren breiten Körper. Sie hatte recht mit dem, was sie sagte. Bei der Folter ging es darum, empfindliche Körperstellen zu bearbeiten, ohne überlebenswichtige Funktionen, das Gehirn und die Sprachfähigkeit zu beeinträchtigen. Sein Blick glitt von ihrem Gesicht und Hals abwärts zu ihren Brüsten. Er ließ den Kopfhörer sinken und nahm ein Kabel mit Klemme zur Hand.

Die weißen Knöpfe sträubten sich unter den fremden Fingern, die ohnehin nicht so ruhig waren, wie Kaltenhoff es sich gewünscht hätte.

Er mied Metas Blick, der hasserfüllt und ein wenig spöttisch auf seinem blonden Musterhaar ruhte. Und er vermied es auch, den Kopf noch einmal in ihre Nähe zu bringen. Seine Stirn pochte noch immer. Er konnte spüren, dass er eine Beule bekommen würde. Auch dafür würde sie bezahlen.

»Sie haben das wohl noch nicht so oft gemacht, Herr Kaltenhoff?« Ihre geschwollenen Lippen bewegten sich kaum, als sie sprach. Dass sie es trotzdem tat – und dann auch noch solche Worte! Und das in ihrer Lage! Kaltenhoff schlug ihr die flache Hand ins Gesicht, ehe er noch darüber nachdenken konnte. Es war unprofessionell, sich bei einem Verhör von Gefühlen leiten zu lassen. Aber Kaltenhoff hatte inzwischen ein paar Gefühle zu viel – und ein persönliches Interesse daran, dass diese Frau litt!

Der Schlag warf Metas Kopf zurück auf die Pritsche. Zu seinen Fingerabdrücken an ihrem Hals gesellten sich nun auch noch jene auf der Wange. Doch in ihren Augen stand nichts weiter als Geringschätzung.

Wütend über sie und seine eigenen zitternden Hände setzte Kaltenhoff das Aufknöpfen fort. Unter ihrem Kittel kam ein weißer Büstenhalter zum Vorschein. Er hatte keine Ahnung, wo sich das Ding öffnen ließ, also zerrte er ihn einfach nach unten, bis der Rand unter den Brustwarzen saß. Ihre Brüste waren flach und fest. Kaltenhoff widerstand dem Impuls, sie in die Hände zu nehmen.

»Es geht Ihnen doch gar nicht um eine Antwort«, sagte Meta. »Es geht um das, was ich auf der Polizeiwache zu Ihnen gesagt habe, nicht wahr?«

Kaltenhoff konnte spüren, wie sie unter seinen Fingern zusammenzuckte, als er die Klammern befestigte. Er stand auf und wandte sich dem Apparat zu. Vielleicht würde er die kleinste Stromstufe gleich überspringen.

Obwohl Meta gewusst hatte, dass der Schmerz kommen würde, traf sie der Schlag so heftig, dass ihr Oberkörper aufzuckte und gegen die Pritsche knallte. Es war ein stechender, schriller

Schmerz, der zu dem Geräusch passte, das die Maschine von sich gab. Von den Brüsten schoss er ihr in den Körper, bis hinunter in die Fußspitzen. Meta biss die Zähne zusammen, aus ihrer Kehle drang ein unterdrückter Laut. Als der Stromschlag abklang, richtete sie sich wieder auf. Schweiß tropfte ihr von der Stirn.

»Das war erst Stufe zwei.« Kaltenhoff betrachtete Metas Gesicht. »Vielleicht haben Sie ja jetzt mehr Lust, mir zu sagen, warum Sie sich als Schwester getarnt haben?«

»Zum Teufel mit Ihnen.«

Der zweite Stromschlag war schlimmer als der erste. Metas Körper bäumte sich auf, sie biss die Zähne zusammen. Der Schmerz ließ ihre Beine zittern. Als es vorbei war, sank sie schwer atmend in sich zusammen. Kaltenhoff wartete kurz, bis er sicher war, dass sie ihm zusah. Dann drehte er den Regler noch ein wenig weiter. Zum ersten Mal bekam sie nun wirklich Angst vor ihm. Meta wusste, wie es Patienten ging, die von einer Elektroschocktherapie zurückgebracht wurden. Nach stundenlanger Bewusstlosigkeit wachten sie desorientiert auf, und es konnte Tage dauern, bis sie sich überhaupt zum ersten Mal wieder aus ihren Betten erheben konnten. Das durfte ihr nicht passieren. Mathis und Sarrasani warteten auf sie. Zum zweiten Mal in ihrem Leben hatte Meta ein Ticket nach Amerika, und sie war nicht bereit, sich die Chance noch einmal entgehen zu lassen. Sie keuchte, während sie nach Luft rang und ihren Körper auf den dritten Stromschlag vorbereitete. Das hier war wie ein Kampf. Sie hatte schon so viele überstanden. Egal was passierte, sie musste bei Bewusstsein bleiben!

»Jetzt sind Sie wohl nicht mehr so stark, Fräulein Kirschbacher?«

Sie hätte ihm gern gesagt, dass er sie losmachen solle, damit sie sehen konnten, wer von ihnen beiden nicht stark war. Aber sie war zu sehr mit Atmen und Überleben beschäftigt. Sie biss die Zähne zusammen und machte sich für den nächsten Schlag bereit.

Kaltenhoff schnalzte mit der Zunge.

»So viel Hochmut.«

Beim dritten Stromschlag konnte Meta den Schrei nicht mehr unterdrücken. Der Schmerz glitt durch ihren Körper und füllte jeden Winkel aus. Tränen schossen ihr in die Augen. Der Raum, Kaltenhoff und die Zimmerdecke entglitten ihrem Blick. Meta bekam Panik, als sie merkte, wie ihr vor lauter Schmerzen schwarz vor Augen wurde. Als es vorbei war, musste sie würgen.

»Sehen Sie es ein. Diesen Zweikampf können Sie nicht gewinnen.«

Meta keuchte und rang nach Atem.

»Für einen Zweikampf braucht es zwei Kämpfer, Herr Kaltenhoff.«

Seine Reaktion auf diesen Satz sah sie nicht, denn Kaltenhoff hatte sich heruntergebeugt und nahm gerade einen Gummipfropfen vom unteren Tablett des Tischchens. Die diversen Zahnabdrücke darin gaben ihm eine ungefähre Ahnung, wo der hingehören musste. Meta sträubte sich, als er ihr den Pfropfen zwischen die Zähne schob. Doch es war nicht mehr viel, das sie ihm nach den ersten drei Stromschlägen überhaupt noch entgegenzusetzen hatte.

Kaltenhoff drehte den Regler weiter nach rechts und legte den Finger auf den Knopf. Meta machte sich auf den schlimmsten Schmerz ihres Lebens gefasst, ihr Herz und Atem rasten. Statt den Pfropfen auszuspucken, wie sie es vorgehabt hatte, biss sie nun fest darauf. Doch als Kaltenhoff diesmal den Knopf betätigte, gab es nur einen lauten Knall. Der Strom ging aus. Das Summen der Maschine erstarb. Die Lampe über ihren Köpfen erlosch. Das alles ging so schnell, dass Metas Körper noch immer auf den Schmerz wartete, während Kaltenhoff sich schon irritiert umsah und herauszufinden versuchte, was passiert war.

Als es an der Tür klopfte, fuhr er verärgert zusammen.

»Nicht jetzt!«, brüllte er. »Wir sind noch beschäftigt.«

»Herr Oberstleutnant, es geht um den Stromausfall«, rief eine Frauenstimme durch das Holz. Meta öffnete die zusammengekniffenen Augen. Sie glaubte die Stimme von Schwester Annette zu erkennen.

Vielleicht lag es daran, dass die Schwester Kaltenhoffs Dienstgrad schmeichelnd oder unwissend um einige Stufen nach oben gesetzt hatte, vielleicht hatte ihn auch der Stromausfall in Ratlosigkeit versetzt. Jedenfalls entriegelte Kaltenhoff tatsächlich die Tür und öffnete sie energisch.

»Ja!«, bellte er, als stünde er einem SS-Anwärter gegenüber und nicht einer Pflegerin der Klinik.

»Der Herr Oberarzt schickt uns«, diesmal war Meta sich sicher, dass es die Stimme von Schwester Annette war. »Wir müssen hier kurz die Heizung ein- und ausstellen, damit der Strom wieder funktioniert.«

»Die Heizung?« Kaltenhoff hatte eigentlich vorgehabt, niemanden in den Raum zu lassen, aber Schwester Annettes umfangreicher Körper drängte ihn zur Seite, ehe ihm noch klar werden konnte, was für einen Unsinn sie da gerade erzählte. Sie schob sich in den Raum, gefolgt von einer schüchternen Schwester Petra, die sich noch kleiner und unscheinbarer machte, als sie ohnehin schon war.

»Du meine Güte!«, entfuhr es Schwester Annette, als ihr Blick auf Meta fiel. Sie bekreuzigte sich, und Schwester Petra erstarrte hinter ihrer breiteren Kollegin. Sie sah Meta mit Riesenaugen an. An ihrem herabhängenden Arm baumelte eine koffergroße tragbare Lampe.

»Die Vernehmung ist noch nicht abgeschlossen!«, bellte Kaltenhoff mit hochrotem Kopf und machte Anstalten, beide Schwestern wieder aus dem Raum zu bugsieren.

»Das können Sie doch nicht machen!«, rief Schwester Annette.

»Ich bin von der Polizei! Natürlich kann ich!«

Kaltenhoffs Kiefer schob sich trotzig vor. Doch seiner Stimme

617

war anzuhören, dass die Situation ihm selbst ein wenig peinlich war. Nicht einmal die dümmste Schwester konnte glauben, dass es zu dem normalen Verfahren der Polizei gehörte, elektrische Klemmen an den entblößten Brüsten einer Frau anzubringen. »Was soll sie denn getan haben!«, empörte Schwester Annette sich und richtete sich nun in ihrer vollen Breite vor Kaltenhoff auf.

»Das versuche ich ja gerade herauszufinden«, bellte Kaltenhoff wenig sinnreich zurück. Er nahm den Arm der Schwester, um sie zurück zur Tür zu steuern.

»Fassen Sie mich nicht an!«

»Ich bin von der Polizei!«

»Und wenn Sie vom Mars wären! So etwas tut man doch nicht!« Schwester Annette fuchtelte empört in Metas Richtung. Schwester Petra stand und starrte noch immer. Metas entblößter Anblick schien sie in eine dauerhafte Schockstarre versetzt zu haben.

»Haben Sie denn überhaupt keine Scham?«

»Ich bin von der Polizei«, schrie Kaltenhoff sein Mantra.

»Auch die Polizei muss sich irgendwann vor Gott verantworten. Sie machen jetzt auf der Stelle Schwester Meta los!«

»Sie ist keine Schwester, verdammt!« Kaltenhoff kreischte nun fast.

Doch Schwester Annette war in ihrer Karrierelaufbahn schon ganz anderen Patienten begegnet. Streng hob sie den Finger und wiederholte: »Sie machen jetzt auf der Stelle Schwester Meta los.«

»Die Heizung«, hauchte Schwester Petra, »... ist an der Wand.«

»Was redet sie denn da!«, fluchte Kaltenhoff. »Die Heizung hat doch nichts mit dem Stromausfall zu tun! Wollen Sie mich eigentlich alle zum Narren halten?«

»Fassen Sie mich nicht an!«, schrie Schwester Annette, als er erneut ihren Arm packte und sie zur Tür zog. Sie stemmte sich gegen Kaltenhoffs Griff, um im Raum zu bleiben, und jetzt wurde es Kaltenhoff endgültig zu viel. Mit der freien Hand zog er seine Pistole aus der Hose und richtete sie auf Schwester Annette, die nur noch lauter kreischte und an dem Arm zog. Schwester Petra fiel mit ein, und als Kaltenhoff Schwester Annette barsch befahl, sofort aufzuhören, eskalierte die Situation endgültig. Schwester Petra hob die kiloschwere Lampe und rammte sie seitlich gegen Kaltenhoffs Kopf. Es krachte, ein Schuss löste sich aus seiner Pistole, die Frauen schrien erneut auf, die Taschenlampe fiel zu Boden, gefolgt von Kaltenhoff, der schließlich dalag wie eine gefällte weiße Birke. Zwischen seinen weißblonden Haaren klaffte ein Loch, das sich langsam dunkel färbte. Die Holzecke der Lampe hatte ihn voll an der Schläfe erwischt.

»Wir haben ihn umgebracht!« Schwester Petra fuchtelte mit Beinen und Armen. Sie war vor Panik völlig außer sich.

»Ich habe niemanden umgebracht!«, korrigierte Schwester Annette, bekreuzigte sich aber vorsichtshalber. Immerhin mussten auch Krankenschwestern sich vor Gott behaupten.

»Oh mein Gott! Ich habe ihn umgebracht!« Schwester Petra schlug die Hände vor das Gesicht.

»Niemand wurde umgebracht«, sagte Meta schwach, obwohl sie sich da auch nicht sicher war. Sie konnte sich nicht bewegen, und soweit sie im Bilde war, lag Kaltenhoff immerhin am Boden und rührte sich nicht. Doch die Worte reichten aus, um die beiden Schwestern wieder auf Meta aufmerksam zu machen. Sie liefen zu ihr hinüber und lösten mit geübter Hand die Fesseln und Klemmen von ihrem Körper.

»Das ist wirklich widerlich. Widerlich ist das! Pfui! Man möchte es ihm ja doch fast gönnen, dass er ...«, murmelte Schwester Annette, unterbrach sich dann aber und bekreuzigte sich angesichts ihrer unchristlichen Gedanken noch einmal.

Die Schwestern halfen Meta von der Pritsche. Ihre Beine waren schwach und zittrig. Ansonsten aber fühlte Meta nur unendliche Dankbarkeit. Sie konnte nicht glauben, dass Schwester

Petra und Schwester Annette hier aufgetaucht waren und sie gerettet hatten.

»Sie sollten lieber zusehen, dass Sie von hier verschwinden«, sagte Schwester Annette, die merkte, dass Meta mit Worten kämpfte.

»Und was machen wir mit ihm?«, piepste Schwester Petra.

»Ich habe ihn doch nicht wirklich ...?«

Meta beugte sich zu Kaltenhoff hinunter und hielt einen Finger vor seine Nase.

»Atmet«, sagte sie und hatte kurz die Überlegung, etwas daran zu ändern. Aber wenn sie es mit Sarrasani bis zur Grenze schafften – vorausgesetzt, sie schaffte es denn überhaupt noch rechtzeitig zu Sarrasani –, dann wäre es äußerst unpraktisch, für den Mord an einem Polizisten gesucht zu werden.

»Na Gott sei Dank.« Schwester Annette rang kurz die Hände und wandte sich dann der wichtigeren Frage zu: nämlich der, wie sie Meta ungesehen aus dem Haus schleusen konnten.

»Ein Patient ist verschwunden«, sagte Schwester Petra, und an dem Nachdruck, mit dem sie jedes einzelne Wort aussprach, erkannte Meta, dass sie Schwester Annette nichts von Meta und Ernsti gesagt hatte. »Ein paar Pflegerinnen und Wärter sind in der Stadt, um ihn zu suchen. Da sollten Sie aufpassen, niemandem in die Arme zu laufen ...«

»Sie ist doch keine gesuchte Verbrecherin«, unterbrach sie Schwester Annette empört. »Der hier ist der wahre Schurke.«

»Trotzdem, danke für die Warnung«, sagte Meta. Sie hatte Schwester Petra verstanden.

»Auf dem Klinikgelände sollten Sie im Moment keine Probleme haben. Das gesamte Frauengebäude ist ohne Strom, und alle sind in Aufruhr, wegen des Patienten und jetzt auch wegen der Dunkelheit«, sagte Schwester Annette. »Aber es wird wahrscheinlich nicht lange dauern, bis sie merken werden, dass wir lediglich die Sicherungen rausgezogen haben.«

Meta stand der Mund offen, bevor ihr klar wurde, dass das

620

die einzige logische Erklärung war. Die Schwestern hatten gesagt, sie seien vom Oberarzt geschickt worden, aber zwischen dem Stromausfall und ihrem Klopfen an der Tür waren keine zwei Minuten vergangen. Zudem hatten sie umsichtigerweise gleich eine Lampe für den dunklen Flur dabeigehabt. Und dann noch die absurde Geschichte mit der Heizung ...

»Wir haben Sie schreien hören«, erklärte Schwester Petra. Und Schwester Annette fügte hinzu, dass neue Zeiten es wohl erfordern mochten, andere Saiten aufzuziehen. Alles dulden könne man dann doch auch nicht!

»Eine Schwester an den Elektrisierapparat schließen ...«, murmelte sie und sah den leblosen Kaltenhoff tadelnd an.

»Ja, da möchte man wirklich ...«, hauchte Schwester Petra, bevor sie sich selbst unterbrach. Errötend lockerte sie ihre geballten Fäuste. Für die immer sanfte Schwester Petra kam das schon einem Wutanfall gleich. Meta sah sie erstaunt an.

»Möchte man was?«, hakte sie nach.

»Ach, nichts.«

»Sagen Sie schon!«

»Ihn ... treten«, gestand Schwester Petra und senkte beschämt den hochroten Kopf.

Meta blickte auf Kaltenhoff. Sie konnte sich vorstellen, was Mathis jetzt sagen würde. Mathis mit seiner ehrenhaften und gutherzigen Art und seinem Glauben daran, dass die Boshaftigkeit der anderen einen selbst nicht ebenfalls zur Boshaftigkeit berechtigte. Niemals hätte Mathis jemanden getreten, der bereits am Boden lag. Andererseits hätte Mathis ohnehin nie jemanden getreten. Und Meta war nicht Mathis. Sie war überhaupt kein bisschen wie Mathis.

Sie trat einen Schritt zur Seite und gab mit einladender Geste den Weg für Schwester Petra frei.

»Nein, nein«, sagte Schwester Petra erschrocken.

»Verdient hätte er's«, knurrte Schwester Annette, die für diesen Satz am nächsten Morgen achtzehn Ave Maria beten würde.

»Meinen Sie wirklich?« Schwester Petra schluckte. Dann trat sie zögerlich vor und schob eine ebenso zögerliche Schwesternschuhspitze in die Seite des liegenden Kaltenhoff. Meta musste trotz Schmerz und Erschöpfung lächeln. Es war kaum zu glauben, dass dieselbe Schwester vorhin beherzt ausgeholt hatte, um Kaltenhoff die schwere Lampe auf den Kopf zu donnern. »Das haben Sie gut gemacht«, lobte sie. Schwester Petra lächelte ihre Füße an und fühlte sich zum ersten Mal in ihrem Leben ein kleines bisschen verwegen.

Bis die Oberschwestern endlich die verängstigten Patienten beruhigt, die Taschenlampen gefunden und mit deren Hilfe den Stromverteiler im Keller entdeckt hatten, war Meta bereits durch die Hintertür in den Garten geschlüpft. Sie kam nur langsam voran. Ihr ganzer Körper tat weh. Das rechte Augenlid fühlte sich an, als läge ein Teig darauf, und sie vermutete, dass sie eine Zerrung in der linken Schulter hatte. Wahrscheinlich von dem Moment, als sie sich gegen die Lederfesseln gestemmt hatte.

Draußen war es inzwischen dunkel geworden, und den letzten Zug hatte sie schon vor einer Stunde verpasst. Sie musste einen anderen Weg finden, um nach Dresden zu kommen. Meta mied den üblichen Weg durch die beleuchteten Straßen und ging stattdessen am Fluss entlang über eine schmale Brücke. Sie wollte nicht riskieren, dass einer der Suchtrupps sie sah, von denen Schwester Petra gesprochen hatte.

Dass man Ernsti inzwischen vermisste, war abzusehen gewesen. Doch offensichtlich hatte niemand sein Verschwinden mit der Vernehmung von Meta in Verbindung gebracht. Zumindest bis jetzt nicht. Meta konnte sich schon vorstellen, dass Kaltenhoff auf einen Zusammenhang kommen würde, wenn er wieder aufwachte.

Sie öffnete die Wohnungstür vorsichtig, für den Fall, dass die Gestapo sie hier erwartete. Doch alles war ruhig und leer. Alles sprach dafür, dass Kaltenhoff im Alleingang gekommen war.

Die beiden Koffer standen gepackt neben dem abgezogenen Bett, auf dem Metas Kleider lagen. Sie war so erschöpft und ausgebrannt von der Folter, dass sie sich beinahe danebengelegt hätte, um für ein paar Minuten die Augen zu schließen. Doch gleichzeitig fühlte sie sich aufgekratzt. Ihr Magen brannte vor Angst, den Weg bis nach Dresden nicht zu schaffen und somit die Abreise des Zirkus zu verpassen. Wie sollte sie auch ohne Zug nach Dresden kommen? Ein Taxi kam nicht infrage. Meta konnte die Kosten für so eine lange Strecke nicht absehen und hatte Angst, dass ihre Ersparnisse für Amerika aufgezehrt wären, bevor sie überhaupt losgefahren waren. Es blieb nur noch die Möglichkeit, zu Fuß zu gehen.

Schon während sie sich umzog, merkte Meta, dass ihr Körper mehr in Mitleidenschaft gezogen war, als sie sich eingestehen wollte. Als sie versuchte, die Koffer zu heben, zuckte ein stechender Schmerz durch ihre linke Schulter, und sie ließ fluchend den Griff los. Der Koffer polterte zu Boden, und da lag er dann, wütend von Meta angestarrt, bis ihr eine Lösung einfiel. Sie musste den Koffer auf ihren Rücken binden. Meta nahm zwei Gürtel, knüpfte sie aneinander und bastelte so eine Art Riemen, den sie durch den Koffergriff zog und vor ihrer Brust zusammenführen konnte. Sie würde Aufsehen erregen mit diesem ungewöhnlichen Accessoire. Andererseits glaubte sie kaum, dass auf den Bahnschienen, denen sie folgen würde, viele Menschen unterwegs wären, die sich darüber wundern konnten.

Meta schloss die Wohnung ab, als sie ging. Sie rechnete damit, dass sie längst in Amerika sein würden, wenn ihr Fehlen von der Vermieterin bemerkt würde. Dann trat sie ihre nächtliche Wanderung an.

Insgesamt dauerte der Marsch von Pirna nach Dresden etwa fünf Stunden, und Meta überstand sie nur, weil sie sich auf den Boden unter ihren Füßen konzentrierte. Sie hatte an diesem

Tag Rollstühle geschleppt, war mit einer Pistole niedergeschlagen und mit einem Elektroschocker gefoltert worden. Es hätte also Schöneres gegeben, als einen schweren Koffer eine knapp dreißig Kilometer lange Bahnstrecke entlangzuschleppen. Die Schienen schienen sich unter ihr zu bewegen, als sie lief. Wie ein Fließband, eine einzige automatische, sich ständig wiederholende Bewegung.

Kurz vor dem Hauptbahnhof verließ sie die Bahnstrecke und schlug sich auf Höhe des Dresdner Zoos durch die Stadt zur Elbe durch. Ein nächtlicher Wind strich über den Fluss, als sie die Brücke überquerte. Er trocknete den Schweiß, den der Weg hierher gekostet hatte. Inzwischen war es halb vier Uhr am Morgen. Die Straßen waren leer. Metas Augen suchten die Dächer auf der anderen Seite des Flusses ab – auf der Suche nach dem runden Kuppelbau, der ihr Ziel war. Als sie ihn endlich entdeckte, wäre sie vor lauter Erleichterung fast in die Knie gegangen. Sie taumelte die letzten Schritte bis zum Vorplatz. Und stellte zu spät fest, dass hier alles viel zu ruhig war.

In etwa zweieinhalb Stunden sollte ein ganzer Zirkus sich von Deutschland nach Amerika bewegen. Doch hier stand kein Wagen, niemand war auf den Beinen. Meta blickte sich in der abklingenden Dunkelheit um. Ganz in der Ferne wurde der Himmel bereits ein wenig heller. Wieso war hier niemand zur Abreise bereit?

»Hallo?«, rief sie dem schlafenden Zirkusbau entgegen. Und dann hörte sie tatsächlich eine Tür in den Angeln quietschen. Aus dem Schatten unter den Säulen löste sich eine müde Gestalt, die auf Meta zukam.

»Fräulein Kirschbacher!«, sagte der Fremde. »Wir haben Sie viel früher erwartet.«

Amerika

»Damals … lachten wir über diesen Hitler.
Ein Verrückter, sagten wir, ein Hanswurst,
ein Idiot; von der Sorte haben wir viele.«

Vicki Baum, Journalistin und Schriftstellerin,
aus ihren Erinnerungen

EINUNDDREISSIGSTES KAPITEL

Wien, 1908

Wien war ganz und gar nicht die harmlose, friedvolle Stadt, für die Mathis sie vor seiner Ankunft gehalten hatte. Österreich sollte ja voller Berge sein, hatte er gehört. Aber von denen war hier nun wirklich gar nicht viel zu sehen. Wien war eine Großstadt wie Paris – nur mit noch schlimmerem Verkehr.

Von den knapp dreitausend Automobilen, die in Österreich-Ungarn inzwischen zugelassen waren, drängelten sich über die Hälfte auf den Wiener Straßen. Mit Höchstgeschwindigkeiten von gut fünfundzwanzig Stundenkilometern rasten sie an Kutschen vorbei, rußten die Besucher in den Wiener Cafés ein und überfuhren jeden, der nicht rechtzeitig beiseitesprang.

Nun kannte Meta sich mit Autounfällen ja aus. In Paris hatte sie sich schließlich oft genug absichtlich anfahren lassen. Aber zu dem Zeitpunkt hatte sie weder Krücken noch Beinschienen gehabt. Mathis schwitzte, als er versuchte, sie unbeschadet über die Straße zu bugsieren. Die Beinschienen drückten, und jeder Schritt forderte Metas volle Konzentration. Daher war es an Mathis, vor die Autos zu springen und mit beiden Armen zu winken. Doch die verdammten Fahrer hupten meist nur, statt zu bremsen. Ernsti trottete wie ein Hund hinterher.

»Wir sind wirklich zwei Krüppel, du und ich«, sagte Meta, als sie auf der anderen Straßenseite ankamen. Und dann pfiff sie Ernsti heran, der vor einem wütend hupenden Auto stehen geblieben war und Motorhaube und Scheinwerfer mit dem Interesse eines siebenjährigen Kindes befühlte.

Ihre Wohnung, die erste, die sie je zusammen bewohnten, lag im Bezirk Mariahilf. Es war eine Zweizimmerwohnung im zweiten Stock in der Stumpergasse. Aus dem Fenster sahen sie die kahle, verrußte Rückwand des Vorderhauses, und alles war so dicht verbaut mit hohen Mietshäusern, dass sie schon den Kopf in den Nacken legten mussten, um ein Stückchen Himmel zu sehen. Die Wohnung hatte eine Küche. Toilette und Wasserstelle teilten sie sich mit den drei Nachbarn: Der eine war ein Journalist, dessen Pfeifenrauch regelmäßig unter der Wohnungstür hervorkroch, die zweite eine alte bucklige Tschechin, die den ganzen Tag Suppe kochte, und der dritte ein Kunststudent, der bei der kochenden Tschechin zur Untermiete wohnte.

Eine Badewanne gab es überhaupt nur in einem öffentlichen Bad in der Gumpendorfer Straße, einen guten Kilometer Fußmarsch entfernt. Die Benutzung kostete je nach Komfort und Schaumzulage sechzig Heller bis 1,20 Kronen. Mit Mathis' Verdienst im Röntgeninstitut würden sie sich das einmal alle zwei Wochen leisten können.

Insgesamt hätte das gemeinsame Leben in dieser neuen Stadt also besser beginnen können. Aber es hätte auch sehr viel schlechter beginnen können, fand Mathis. Er war ebenso entschlossen, das Zusammenwohnen mit Meta zu genießen, wie Meta entschlossen war, sich in Selbstmitleid zu baden. Und zwar sehr viel ausgiebiger als in der kilometerweit entfernten Badewanne.

Ihr tat noch immer der Rücken vom Unfall weh. Ihr taten die Beine von den Gehschienen weh. Und als Mathis anmerkte, Letzteres sei doch ein gutes Zeichen, denn immerhin scheine sie wieder Gefühl in den Beinen zu entwickeln, warf sie ihre Krücke nach ihm.

Tatsächlich hatten die Ärzte angemerkt, dass, mit oder ohne Gottes Hilfe, eine Besserung für Meta möglich sei. Dass Aussicht darauf bestünde, sie würde irgendwann einmal wieder ohne Krücken laufen können, wenn sie es nur genug wolle. Wenn sie fleißig übe. Was Meta aber nicht tat.

Meta hatte nach Amerika gehen wollen und sonst nirgend-wohin. Dazu hatten ihre Beine nicht getaugt, als es so weit gewesen war. Also taugten sie in Metas Augen zu gar nichts.

Einmal in der neuen Wohnung angekommen, verließ sie das Haus nicht mehr. Und das, obwohl sie wirklich niemand war, der sich gern in vier Wänden aufhielt. Die Übungen waren ihr zuwider. Sie fand sie schmerzhaft, sagte sie. Ausgerechnet Meta, die vorher Ringkämpfe ausgefochten und Kanonenkugeln mit dem Nacken aufgefangen hatte. Sie igelte sich einfach auf dem Bett ein und gewöhnte sich daran, ihr neues Leben zu hassen.

Ernsti dagegen gefiel es in Wien recht gut. Was wohl vor allem daran lag, dass er sich das Bessere der beiden Zimmer erkämpfte. Das Zimmer mit dem Licht nämlich.

Was die Elektrizität betraf, eiferte Wien Paris nach. Die öffentlichen Gebäude aller zehn Bezirke waren inzwischen erfolgreich beleuchtet. Und seit Ende des vergangenen Jahres gab es auch in den Privathaushalten eine stolze Glühbirne auf drei Wiener. In Mathis' und Metas Wohnung stimmte diese Statistik genau.

Als Ernsti die Birne unter der Decke in Mathis' und Metas Schlafzimmer entdeckte und herausfand, wie sie sich ein- und ausschalten ließ, schwang er sich sofort zum Herrn über das Licht auf. Stundenlang konnte er sich damit beschäftigen, es anzuschalten und wieder zu löschen. An, aus, an, aus. Leider praktizierte er sein neues Vergnügen sogar nachts, wenn Mathis und Meta in ebenjenem Raum schlafen wollten. Und als sie versuchten, ihn davon abzuhalten, weckte er das ganze Haus mit seinem Geschrei auf. Es gab ein Handgemenge, es gab Tränen, es gab einen abgerissenen Kofferdeckel. Und am Ende räumten Mathis und Meta seufzend das Feld und zogen ins Nebenzimmer um.

Dieser Raum war nur zehn Quadratmeter klein. Eine Bettnische. Mathis musste vom Fußende aus ins Bett krabbeln, weil es rechts und links keinen Platz an der Wand gab. Aber auch darüber beschwerte er sich nicht. Es war schon ein Fortschritt, dass

Ernsti ihn überhaupt neben Meta im Bett schlafen ließ, und das reichte für Mathis' Teil des gemeinsamen Glücks absolut aus.

Sie schoben Ernstis Bett nah an den Schalter, damit er die Lampe betätigen konnte, wann immer ihm danach war. Und meistens war ihm genau dann danach, wenn Mathis aus dem ein oder anderen Grund durch die dunkle Wohnung tappen musste und das Licht gebraucht hätte, um nicht gegen die Wand zu stolpern.

»Ihm ist eben langweilig«, verteidigte Meta ihren Bruder träge. Aber in Wahrheit war sie es, der langweilig war.

Ihr war es zuwider, die Wohnung zu putzen oder Essen auf den Tisch zu bringen, was wiederum ein Problem für sie selbst darstellte, da sie ständig hungrig war. So ernährten sie sich meistens von Brot, das Mathis auf dem Heimweg mitbrachte. Mit Butter und Aufschnitt, den er ebenfalls mitbrachte.

Hinter dem Krankenhaus der Barmherzigen Schwestern, nur ein paar Minuten von ihrer Wohnung entfernt, wurden Dreigängemenüs für dreißig Heller verteilt. Aber Mathis weigerte sich, dorthin zu gehen und den Bedürftigen ihre Mahlzeit wegzuessen, und Meta war zu lethargisch, um mit ihm zu streiten. Da sie ansonsten aber auch nichts Sinnvolles zu tun hatte, saß oder lag sie die meiste Zeit untätig herum und wurde so mürrisch, dass man sie für fünfzig Jahre älter hätte halten können.

»Wenn ich doch nur nach Amerika hätte gehen können!«, sagte sie oft. Oder: »Wenn ich doch nur nicht eingewilligt hätte, in diesem blöden Bühnenstück mitzuspielen!«

Sie entwickelte eine solche Neigung für diese Art von irrealen Wunschsätzen, dass es irgendwann sogar Ernsti zu viel wurde. Er verließ seinen Lichtschalter und machte sich auf, die Gegend zu erkunden und vielleicht ein paar Katzen zu erschlagen.

Mathis versuchte das Problem zu lösen und brachte Meta eine Benutzerkarte für die Bibliothek des St.-Vinzenz-Lesevereins mit. Die Bibliothek lag gleich gegenüber, in dem Haus, auf dessen Rückwand Meta zu starren pflegte, und Mathis hoffte, dass die Bücher sie ablenken und auf andere Gedanken bringen würden. Erst als er ihr die Karte übergab, fiel ihm ein, dass er ihr die Zeitungsartikel in Zürich immer hatte vorlesen müssen. Meta war nie zur Schule gegangen.

»Das Lesen bringen wir dir schon bei«, sagte er zuversichtlich. Doch ein missmutiger Schüler war kein guter Schüler. Ganz egal wie oft Mathis Meta die Buchstaben abends aufschreiben und vorlesen ließ, ihre Stimmung blieb gereizt, und die Bibliothekskarte nutzte sie nicht ein einziges Mal. Stattdessen gewöhnte sie es sich an, ihre Nachmittage bei der tschechischen Nachbarin und dem Kunststudenten zu verbringen. Wobei Letzterer eigentlich gar kein richtiger Kunststudent war. Die Akademie der bildenden Künste hatte ihn nämlich abgelehnt.

Das hinderte den fast Neunzehnjährigen aber nicht daran, sich als ausgewachsenen Künstler zu bezeichnen und mit den ganz Großen zu vergleichen. Seine Selbstüberschätzung war eine der vielen charakterlichen Schwächen, an denen er hätte arbeiten sollen, dieser junge Adolf Hitler.

Adolfs Kindheit war in einigen Punkten ziemlich ähnlich zu der von Mathis verlaufen. Geboren wurde er in der überschaubaren Gemeinde Braunau am Inn. Die Mutter hatte ihn verhätschelt und war stets seine Zuflucht gewesen. Der Vater dagegen war ein jähzorniger Tyrann gewesen, der Adolf geschlagen und verlangt hatte, sein Sohn solle in seine Fußstapfen treten. Anders als Mathis' Vater war Alois Hitler allerdings nicht Bohnenbauer, sondern Zollbeamter gewesen. Und auch sonst hörte es dort mit den Gemeinsamkeiten auf.

Während Mathis' Existenz nämlich bewies, dass auch ein geschlagenes Kind zu einem liebevollen, großherzigen Menschen heranwachsen konnte, entwickelte Adolf sich ins genaue Gegenteil. Er war ein bockiger Sohn, ein desinteressierter Schüler und ein Großmaul in seinem Freundeskreis. Zu den wenigen Dingen, die ihn interessierten, gehörten das Malen und das

631

Lesen. Aber im Haushalt gab es nur ein einziges Buch, und das war dreißig Jahre alt und informierte über die Glorien des Deutsch-Französischen Krieges. Eine Lektüre, die an sich schon wenig kindgerecht sein mochte, aber fatal in den Händen eines Jungen, der es liebte, mit dem Flobertgewehr auf Friedhofsratten zu schießen.

Die Mutter hielt in allen Belangen zu ihrem Sohn. Vor ihrem kleinen Hitler hatte es mit drei anderen Kindern nicht geklappt, aber ausgerechnet dieses eine hatte nun eben überlebt. Die Nachbarn wussten manchmal auch nicht, wo das Schicksal seinen Humor herhatte. Überhaupt ließ sich nicht behaupten, dass Klara Hitler geborene Pölzl ein glückliches Händchen für Familiengründung hatte. Sonst wäre ihr sicher aufgefallen, dass der Mann, den sie ehelichte, aus gutem Grund zweimal geschieden und verwitwet war. Alois ging nämlich nicht gerade zimperlich mit seinen Frauen um. Und mit seinem Sohn schon mal gar nicht.

1895 ging der Vater in Rente, und die kleine Familie zog auf ein noch abgelegeneres Gut in Oberösterreich, wo Alois Hitler sich seinen Traum erfüllte und Bienenzüchter wurde. Als Schutz gegen die Stiche rauchte er bei der Arbeit exzessiv Zigarren. Man hatte ihm gesagt, dass der Qualm die Biester abhalte. Und nicht einmal rund vierzig Stacheln, die Klara ihm allabendlich aus der Haut zupfte, konnten ihn vom Gegenteil überzeugen. Erst als er zwei Jahre später nach einer besonders schweren Bienenattacke völlig verbeult und verpustelt ins Haus kam und schlimmer aussah als seine geschlagene Frau, hatte sich der Traum vom Imker relativiert. Alois verkaufte den Hof samt Bienenstock und bestimmte für seinen Sohn eine Beamtenkarriere, wie er sie selbst durchlaufen hatte. Was geschah, wenn man falschen Träumen nachjagte, hatte Alois ja jetzt gesehen.

Auf der Realschule war Adolf ungenügend in Mathe, in Naturwissenschaften und in Fleiß und Betragen. Im ersten Jahr blieb er sitzen und im zweiten flog er von der Schule. Der Direktor bekreuzigte sich, und der Vater schlug ihn wieder mal. Dann verließ Alois das Haus, um seinem neuen Hobby nachzugehen, das er seit der misslungenen Bienenzüchterei pflegte. Es fand im Wirtshaus statt. Am Stammtisch war Alois ebenso aufbrausend und rechthaberisch wie zu Hause, aber immerhin machte der Alkohol alles ein bisschen lustiger. So lustig, dass er lachen musste, als ihm kurz nach Neujahr 1903 beim Husten plötzlich Blut aus dem Mund sprudelte. Er starb noch am gleichen Fleck im Wirtshaus, ohne dass ihm irgendwer auch nur eine Träne nachweinte.

Adolf war damals dreizehn. Er war pubertierend, mürrisch, verstockt und inzwischen der Meinung, es müssten alle erschossen werden. Allen voran die Professoren und Lehrer, die ihm die Fächer derart verekelten, dass er sogar in Deutsch eine Fünf kassiert hatte. Er flog auch von der nächsten Schule, zog mit der Mutter nach Linz und begann dort mit Pappmaché herumzubasteln. Wodurch ihm viele, viele Zeitungen durch die Finger gingen. Und die waren voll antisemitischer Artikel.

Der Judenhass war von Wien nach Linz geschwappt. Die Zeitungen bezeichneten sie als Mädchenverführer und Läuseplage, als Gefahr für den Staat und als Arbeiterschinder. Warum die Juden all das sein sollten, ging aus den polemischen Texten irgendwie nicht hervor. Und auch sonst wusste Adolf eigentlich nicht, ob er schon mal so einen Juden getroffen hatte und wie man ihn erkannte. Aber alles in allem war es ja gut, dass es da Gleichgesinnte gab, die ebenso grundlos hassen konnten wie Adolf selbst. Darauf würde man, zu gegebener Zeit, bestimmt aufbauen können.

Was Adolf sonst noch beschäftigte, war die Frage danach, was er nun tun sollte.

Mit den Schulen hatte es definitiv nicht geklappt, und auch ansonsten interessierte er sich wenig fürs Arbeiten. Zu den Dingen, für die er sich neben dem Rattenschießen begeistern konnte, gehörten das Theater und die Kunst. Er mochte Schiller und Wagner und sein Pappmaché. Darum wollte er jetzt Künstler werden.

Ein Vater war nicht mehr da, der ihm diese Flausen hätte austreiben können. Und die Mutter, die gerade so viel Witwenrente bekam, dass sie nicht vor die Hunde ging, liebte ihren Adi viel zu sehr, um ihm den Wunsch abzuschlagen. Sie kratzte ihr letztes Geld zusammen und ermöglichte ihm eine Reise nach Wien, wo er hocherhobenen Hauptes zur Akademie für bildende Künste ging. Oder zumindest durch das Eingangsportal und von dort in den Raum für das Probezeichnen. Weiter kam er allerdings nie.

Adolf fiel bei der Eignungsprüfung mit ungenügend durch. Offenbar arbeiteten auch hier, wie an allen Instituten und Schulen, nur Stümper und Trottel, die sein Talent nicht erkannten. Und als dann, im Dezember 1907, auch noch seine Mutter an Brustkrebs starb, war Hitlers Hass auf die Welt perfekt.

Er kehrte nach Wien zurück und bezog von seiner Waisenrente ein Zimmer in der Stumpergasse, zur Untermiete. Und dort saß er nun und fraß den Ärger über die Welt und die Institutionen in sich hinein. Oder er teilte sie mit der Tschechin und Meta, die mit ihrer Verdrossenheit recht gut in diesen neuen Nachbarschaftsclub passte.

Das Projekt Selbstmitleid scheiterte erst, als die drei Mitglieder feststellten, dass ihr Unmut eigentlich gar nicht so viele Berührungspunkte hatte. Um nicht zu sagen: Er hatte keine. Adolf verabscheute die Obrigkeiten im Allgemeinen und die nichtswissenden Kunstprofessoren im Besonderen. Meta dagegen regte sich über das Schicksal auf, über die Ironie, über den blöden Scheinwerfer und was sonst noch alles dafür verantwortlich sein mochte, dass sie jetzt nicht in Amerika war. Und die alte bucklige Maria meckerte ganz allgemein, wie alte Frauen das eben gerne tun. Über die Wiener zum Beispiel und darüber, dass hinter der Tür des Journalisten ständig ein anderes Weibsbild verschwand – und dass er außerdem nie seine Fenster putzte! Letzteres könne man bei gutem Wetter nämlich genau sehen. Zumindest wenn man sich im richtigen Winkel aus dem Fenster lehnte und hinübersah.

Noch schlimmer wurde es, als Meta und Adolf herausfanden, dass sie sich zwar beide als Artisten verstanden, den jeweils anderen jedoch nicht. Adolfs Verständnis von Kunst war ein durch und durch Altmodisches. Er mochte Wagners Opern, aber keine zeitgenössische Musik. Den Expressionismus hielt er für verkrüppeltes Gekleckse und die Wiener Moderne für eine lächerliche Erfindung der Juden. »Der Juden? Was haben die denn damit zu tun?«, fragte Meta, inzwischen ziemlich entnervt. Und die alte Maria schaltete sich ein, das hätte sie übrigens auch gern mal gewusst. Immerhin liebten die meisten Juden, die sie kannte, die Oper und die Literatur. Sie waren strebsam und fleißig (ganz im Gegensatz zu den Wienern) und fielen auch sonst nicht besonders negativ auf.

Woraufhin Adolf wetterte, die beiden Frauen sollten eben lieber mal die Zeitung lesen, als immer nur von der persönlichen Erfahrung auszugehen! Der Bürgermeister würde es sagen, Wagner und jedes Käseblatt, dass einem hinterhergeschmissen würde: Die Juden waren schuld an allem! Und dann zählte Adolf eine Handvoll jüdischer Künstlernamen auf, die Meta allesamt nichts sagten, weil sie eben am anderen Ende der Artistik stand. An dem Ende, wo das einfache Publikum für ein bisschen Unterhaltung Schlange stand. Der Jahrmarkt war nichts für Intellektuelle. Niemand würde eine Kraftathletin in die Kunstakademie aufnehmen. Und damit praktizierte sie für Adolf auch keine Kunst.

»Nun, wenn nur Kunst praktiziert, wer in die Akademie der bildenden Künste aufgenommen wird ...«, sagte Meta. Und damit waren die Fronten geklärt. Nach nur zwei Wochen hatte sich die Selbstmitleidsgruppe wieder aufgelöst.

Adolf hielt Meta für bedauernswert unkultiviert und obendrein nicht einmal für eine richtige Frau. Und Meta hielt Adolf für rechthaberisch, aufbrausend und unausstehlich – was ironischerweise genau die Eigenschaften waren, die man seinem Vater Alois immer nachgesagt hatte. Am Ende war der Sohn also doch noch geworden wie sein alter Herr. Und dabei war genau das Gegenteil der Plan gewesen.

Meta verließ die Wohnung der Nachbarin mit einem Kopfschütteln und der Gewissheit, dass sie das letzte Mal etwas von Adolf Hitler gehört hatte. Sie würde ihm vielleicht noch ein paarmal auf dem Hausflur begegnen müssen, das ließe sich nicht vermeiden, immerhin teilten sie sich eine Toilette. Aber darüber hinaus war sie durch mit diesem Hanswurst! Er war ein Eigenbrötler, ein Selbstüberschätzer. Rühmte sich damit, Wagner zu kennen und die teuren Plätze in der Oper zu kaufen, hatte in seinem Leben aber nicht einen Heller selbst verdient. Er hatte nicht mehr Schulabschluss als Meta und las obendrein billige Antijudenbroschüren, deren Parolen er nachquatschte. Ein Künstler würde aus dem jedenfalls nicht, wusste Meta. Und zumindest in diesem Punkt sollte sie ja auch irgendwie recht behalten.

Nachdem der Nachbarschaftsclub also auseinandergebrochen war, musste Meta ihren Frust wieder in den eigenen vier Wänden ausleben. Und so fruchteten Mathis' Alphabetisierungsversuche an Meta schließlich doch noch. Sie lieh sich zwar keine Bücher aus, aber ein paar Wochen nach ihrem Einzug erwischte er sie abends dabei, wie sie auf dem Bett saß und die Zeitung durchblätterte, die er am Vorabend mitgebracht hatte. Sie hatte auch schon früher Zeitungen durchgeblättert, war aber immer nach zwei Minuten fertig damit gewesen, weil sie sich nur die Bilder angesehen hatte. Diesmal aber blieb ihr Blick länger an den Seiten hängen, und ihre Lippen bewegten sich, während sie hier und dort einen Satz las. Mathis stand geräuschlos in der Tür und gab ihr Zeit. Er wollte sie nicht stören. Als sie aufblickte, faltete sie das Blatt zusammen und legte es zur Seite.

»Bilde ich mir das nur ein, oder hast du dein Desinteresse-Gesicht erst dann aufgesetzt, als du mich gesehen hast?«

»Du bist ein Klugscheißer, Mathis Bohnsack.«

»Das weiß ich. Wie war dein Tag?«

Meta verzog das Gesicht. Ihr war anzusehen, wie ihr Tag gewesen war. Und Mathis war es ebenfalls anzusehen. Er glühte vor Erschöpfung und Freude. In Holzknechts Röntgenlabor konnte er sich die ganze Zeit mit der einen Sache beschäftigen, die er neben Meta am meisten liebte. Seine Fragen wurden mit einer Selbstverständlichkeit beantwortet, als handelte es sich bei der Durchleuchtung tatsächlich um eine verständliche Methode und nicht um ein Wunder. Und noch dazu hatte Mathis ein geregeltes Einkommen, das es ihnen erlaubte, alle zwei Wochen öffentlich zu baden. Mathis ging es also blendend! Aber da Meta nicht fragte, schloss er die Hochstimmung vorerst in seinem Bauch ein. Er würde sich später, vor dem Schlafengehen, an ihr erfreuen.

»Irgendetwas Interessantes in der Zeitung?«, fragte er stattdessen.

»Sie ist von gestern«, sagte Meta, als würde das etwas an dem Grad der Interessantheit ändern.

»Die hier sind von heute.« Mathis warf zwei Zeitungen aufs Bett. Die Redaktion des *Alldeutschen Tagblatts* befand sich direkt auf der anderen Straßenseite, und er hatte es sich zur Gewohnheit gemacht, morgens auf dem Weg zur Straßenbahn eine Ausgabe davon zu kaufen. Immerhin dauerte die Fahrt zum Röntgeninstitut über eine Stunde. Wenn er sie durchgelesen hatte, kaufte er sich für den Rückweg noch *Die Presse*. So gut informiert wie jetzt war Mathis noch nie gewesen.

»Was bringt es dir überhaupt, wenn du die Neuigkeiten zweimal liest?«, fragte Meta.

Mathis erklärte ihr, dass er das nicht täte, weil eine der beiden Zeitungen nämlich immer nur Falsches berichtete. Das *Alldeutsche Tagblatt* nämlich, das sich ironischerweise damit rühmte, unverfälscht und unbestechlich zu sein. Im Grunde schimpfte es pausenlos auf die Juden, auf den Klerus und die Habsburger, vor allem aber auf die Juden. Von denen gebe es in Wien nämlich viel zu viele. Und wenn es sich zufällig bei einem, auf den das Blatt schimpfen wollte, nicht um einen Juden handelte (wie man zum Beispiel erfuhr, wenn man zusätzlich auch noch *Die Presse* las), dann wurden demjenigen einfach jüdische Wurzeln angedichtet.

»Was haben denn jetzt immer alle gegen die Juden«, sagte Meta, die das Thema spätestens seit ihrem Besuch bei dem Idioten Adolf wirklich leid war. Sie verdrehte die Augen, nahm dann aber doch eine der Zeitungen in die Hand, die Mathis auf das Bett geworfen hatte. Sie hatte es sich angewöhnt, nach Inseraten für Pauschalreisen zu blättern. Für zu viel Geld konnte man nämlich jetzt mit einer organisierten Gruppe Weltreisen unternehmen. Nach Ägypten, Indien, Ostasien, Skandinavien oder sogar Amerika! Unter den Überschriften (die Meta tatsächlich entzifferte, weil sie wissen wollte, um welches Land es sich handelte) waren Bilder von Frauen und Männern auf Schiffen abgedruckt, auf den Rücken von Kamelen oder in indischen Rikschas. Oder Karten von Schiffslinien, die alle Kontinente miteinander verbanden.

Für diese Art der Fernwehvermarktung war wohl niemand empfänglicher als Meta, deren abgelaufene Fahrkarte nach Amerika noch immer neben dem Bett lag wie eine aufgeschlagene Abendlektüre.

Da half es auch nichts, dass Mathis sie geradezu aus dem Haus zerrte, um Meta in den Zirkus, ins Theater oder ins Kino zu entführen. Wo immer sie hinkamen, war Meta mit ihrer kläglichen Sehnsucht goldrichtig aufgehoben: Im Kaisergarten des Praters gab es eine internationale Stadt mit japanischen, ägyptischen und spanischen Straßen. Wenn sie im Zirkus saßen, dann wurden garantiert Programme wie *China in Wien* oder *Ein Abend am Bosporus* gespielt. Und die Theater kannten ohnehin nichts anderes mehr als Jules Vernes *In 80 Tagen um die Welt*. Im Kino zeigten sie eine Reise zum Mond, und Mathis traute seinen Augen nicht, als sich die ersten Wiener Damen in japanische Kimonos kleideten. Selbst die elektrische Grottenbahn des Praters war eine wahre Fernwehmaschine. Mathis und Meta saßen im Waggon fest, während sie vom Nordpol über Venedig durch eine Wüste und bis zu den Niagarafällen gefahren wurden und Metas Laune sich immer mehr verschlechterte. Als sie aus der Bahn ausstiegen, ließ sie sich nicht einmal mehr durch Popcorn davon abhalten, sofort nach Hause zu wollen und ihre Amerikafahrkarte anzustarren.

Wien nahm Metas Melancholie tausendfach auf und warf sie zurück. Es war eine Weltstadt, die sich nach der Welt sehnte. Und die gleichzeitig so wenig weltoffen war, dass Mathis sich verwirrt am Kopf kratzte und den Spagat nicht verstand.

Die Wiener Zeitungen verteidigten jetzt das Deutsche. Es sollte eine reindeutsche Kultur in Österreich geben. International hieß schlecht, völkisch gut. Da das neue Wahlrecht im vergangenen Jahr wie erwartet für Chaos gesorgt hatte und der Reichsrat nun aus einer Zusammensetzung bestand, die jede Koalition oder auch nur statistische Erfassung unmöglich machte, wurde der Einfachheit halber aufgezählt, wie viele Tschechen, Polen, Ruthenen, Slowenen, Italiener, Kroaten und Rumänen im Parlament hockten und einem das Regieren erschwerten. Ganz zu schweigen von den Juden. Von denen brauchte man ja gar nicht erst anzufangen!

Es herrschte also Kampf an allen Fronten. Die Nationalitäten kämpften gegeneinander und untereinander. Nie hatte es ein Parlament gegeben, das so sehr stritt. Die Kroaten begannen nur noch auf Kroatisch zu debattieren, damit kein anderer etwas erwidern konnte. Die Ruthenen schlugen aufeinander ein, weil einige von ihnen für den Zaren und die anderen für die Habsburger waren. Und als ein Abgeordneter aus Galizien versuchte, sich auf Russisch verständlich zu machen, wurde auch der geschlagen, weil man ihn für einen Sympathisanten des Panslawismus hielt. Die einzige Ausnahme bildeten die Polen, die sich zu einem kleinen Club zusammenschlossen und lächelnd beobachteten, wie die anderen sich die Köpfe einschlugen. Wenn keiner außer ihnen mehr übrig war, dann würde man schon sehen, wer hier im Parlament das Sagen hatte, dachten sie.

Die Bürgerlichen und Wohlhabenden, denen früher das alleinige Wahlrecht gehört hatte, sahen angesichts dieser Zustände ihre schlimmsten Befürchtungen bestätigt. Sie hatten ja gleich gesagt, dass diese völkische Abstimmung 1907 keine gute Idee gewesen war! Als sie noch nach altem Wahlrecht hatten wählen dürfen, war es zumindest den Bürgerlichen und Wohlhabenden selbst wohl ergangen. Jetzt aber ging alles vor die Hunde, während die Politiker noch immer nicht über die Streitfrage hinauskamen, auf welcher Sprache sie sich denn nun bitte schön offiziell streiten durften.

Aber letztendlich spiegelte das österreichisch-ungarische Parlament nur genau das wider, was in der Bevölkerung los war. Der rauchende Journalist verdrehte die Augen über die tschechische Maria und umgekehrt. Im Zirkus wurde mit einem Mal betont, dass der präsentierte Indianer »zur Hälfte aber Deutscher« sei, da er in Deutschland erzogen und groß geworden sei.

Wie exotisch doch die Theater, Panoramen und Themenparks waren! Und wie schön die Welt zusammenwuchs, mit all diesen neuen Schifffahrts- und Reiselinien! Wer etwas Geld hatte, der konnte jene besuchen gehen, die er im eigenen Land nicht haben wollte.

Mathis und Meta hatten natürlich nicht das Geld. Mit nur einem Verdiener im Haus und mindestens zwei Menschen, die für vier aßen, konnten sie wohl in die Grottenbahn ausgehen. Für den Orient oder Amerika reichte es aber wirklich nicht.

»Und das alles nur wegen dem blöden Larry Raley!«, meckerte Meta, die, nach dem Schicksal, der Ironie und dem

Scheinwerfer, endlich einen neuen Schuldigen für ihre Situation gefunden hatte. Und einen Meter weiter, auf dem Bett, hockte ein ebenfalls missmutiger Kirschbacher und verbreitete schlechte Laune.

Weil seit einer Woche nichts als kalter Regen gegen das Fenster schlug, hatte Ernsti seine Streifzüge durch die Stadt vorläufig aussetzen müssen und stattdessen seinen Krieg mit Mathis wiederaufgenommen. Er stellte sich in Mathis' Weg, wenn dieser auf die Toilette musste, oder brüllte am Tisch herum, wenn Mathis gemeinsam mit ihnen essen wollte. An manchen Abenden durfte Mathis noch nicht einmal die Wohnung betreten, weil das nur durch die Stubentür möglich war, durch Ernstis Zimmer also. Dann musste Mathis auf dem Klo hocken, bis Meta ihren Bruder zur Vernunft gebracht hatte.

Es zog erst ein klein wenig Frieden in die ungleiche Wohngemeinschaft ein, als nebenan, in der Wohnung der alten Tschechin, kurz vor Ostern 1908 etwas mindestens ebenso Schönes einzog. Musik nämlich.

Es war ein Samstagmorgen, als etwas auf dem Flur polterte. Meta humpelte zur Tür und stellte fest, dass die sich nicht mehr öffnen ließ. Etwas Großes und Schweres stand davor.

»Ist das ein Flügel?«, staunte sie, während sie die Tür immer wieder gegen den Gegenstand rammte. So etwas Lächerliches wie ein Musikinstrument war für Meta ja schließlich kein Hindernis. Höchstens eine Herausforderung.

Erst als sie von draußen einen Entsetzensschrei hörte, ließ sie von der Tür ab. Mathis spähte durch den Spalt und bestätigte, ja, das sei wohl ein Flügel. Im Übrigen habe er jetzt ein paar Macken in der Seite.

Wie das große Instrument letztendlich in die kleine Nachbarswohnung passte, war Mathis ein Rätsel – ganz zu schweigen von dem jungen Mann, der mit dem Flügel ebenfalls dort einzog.

Sein Name war Gustl Kubizek. Er war ein Jugendfreund von Adolf, der aus Linz kam. Doch im Gegensatz zu Adolf hatte Gustl Talent. Durch die dünnen Wände der Wohnungen hörten sie jeden Tastenschlag, wenn er abends auf seinem Instrument übte.

Musik war nichts, was man in einer Zeit wie dieser täglich um sich hatte. Das Radio sollte erst fünfzehn Jahre später auf die Idee kommen, regelmäßig etwas Geklimper im Rundfunk zu übertragen. Darum waren die Klänge, die in diesem Frühling 1908 durch die Wand drangen, wie ein Zauber, der selbst Metas Bruder beruhigte.

Manchmal zog Ernsti den Stuhl an die Wand und legte eine Wange daran. Dann saßen sie einträchtig und lauschten Gustls Fingerübungen wie einem Konzert. Und es sprach wohl für sich, dass sich in all der Zeit kein einziger Nachbar über den Lärm beschwerte.

ZWEIUNDDREISSIGSTES KAPITEL

Berlin, 1936

Wie die meisten Menschen handelte auch Hans Stosch-Sarrasani junior stets nach bestem Wissen und Gewissen. Er konnte nichts dafür, dass eins wie das andere nicht besonders groß war. Sarrasanis Bildung war der Zirkus gewesen. Das war, was er kannte und wofür er Sorge trug. Wenn das in Zeiten wie diesen eben einmal einen Verrat bedeutete, dann war das durchaus mit seiner Philosophie vereinbar: Handele stets so, wie es für dich am besten ist.

Darum hatte er Tiere geschlachtet, um Geld zu sparen, Künstler entlassen, um das Programm aufzupeppen, und Juden rausgeworfen, um dem Nerv der Zeit zu entsprechen. Alles in allem fuhr das Unternehmen damit auch ganz gut. Nur war die Polizei noch immer misstrauisch, was die Loyalität des Zirkus gegenüber der Regierung betraf. Der Widerstand des alten Sarrasani hatte Spuren hinterlassen, die Sarrasani junior nicht so ohne Weiteres auswischen konnte.

Tatsächlich hatte Sarrasani ja auch überlegt, diesen Bohnenkamp und die Kraftfrau mitzunehmen. Einen Tierhypnotiseur hätte er gut gebrauchen können, und die Kraftfrau hatte auch relativ kräftig ausgesehen. Die hätte sicherlich mit anpacken können, wenn es ums Aufbauen und Verladen ging. Und was diesen verrückt gewordenen Fassroller betraf – nun, für den hätte sich bestimmt auch eine Lösung finden lassen. Immerhin konnte keiner so sehr auf den Kopf gefallen sein, dass er es nicht

643

einmal schaffte, einen Elefantenhaufen im Stroh zu finden und wegzuschüppen.

Aber als Sarrasani die Tournee hatte absagen müssen, war die zweitbeste Option eben jene gewesen, die beiden an die Polizei zu verraten. Das musste nun wirklich niemand persönlich nehmen. Die ganzen Mitarbeiter, die ihn nun kopfschüttelnd ansahen, hatten ja keine Ahnung, wie anstrengend es war, wahrhaft egoistisches Interesse zu verfolgen.

Sarrasani setzte sich die Nachthaube auf und drehte das Licht aus. Die Gestapo hatte ihm eigentlich aufgetragen, die Nacht über aufzubleiben, für den Fall, dass diese Kirschbacher vielleicht doch noch auftauchte. Er solle sie bis zum Morgen festhalten, hatten sie gesagt. Aber irgendwann war es in Sarrasanis Augen auch mal genug mit dem Gehorsam gegenüber der Polizei. Und dieses Irgendwann begann, wenn es um seinen Schlaf ging.

Sarrasani war nicht umsonst der Direktor eines Zirkusunternehmens mit mehreren Hundert Mitarbeitern. Er hatte die Nachtwache an den Tigerdompteur abgegeben. Wer mit fünf Tigern in der Manege zurechtkam, der würde wohl auch eine alternde Kraftfrau in Schach halten können, dachte Sarrasani, übersprang die Traumphase und ging gleich zum Tiefschlaf über, um seinem Unterbewusstsein erst gar keine Gelegenheit zu geben, ihm wegen irgendetwas Vorwürfe zu machen.

Der Tigerdompteur war sechsunddreißig Jahre alt, hieß Georg Kulovits und war dem neuen Zirkusdirektor ebenso ergeben wie dem alten. Doch ganz ohne Grundbedürfnisse war auch er nicht. Deswegen schlief er auf seinem Stuhl neben dem Eingang ein, etwa drei Stunden nachdem er die Wache begonnen hatte. Es war nicht einfach, auf eine Dame zu warten, von der man nicht wusste, ob sie überhaupt kam. Doch ihren Ruf vernahm er glücklicherweise trotzdem. Kulovits schreckte hoch und kam sofort auf die Beine, um die Tür zu öffnen.

»Fräulein Kirschbacher, wir hatten Sie schon viel früher erwartet!«

Sarrasani hatte Kulovits instruiert, es zunächst einmal mit Freundlichkeit zu versuchen und nur im Notfall Gewalt anzuwenden. Und wenn er sich die Frau dort im Dunkeln so ansah, wollte Kulovits auf Letztere ohnehin lieber verzichten. Sein Körper war eher schmächtig gebaut. Den Respekt der Tiger gewann ein Tigerdompteur sich durch die Peitsche. Die hatte er zu der Nachtwache allerdings nicht mitgenommen.

»Ich habe den letzten Zug verpasst«, sagte die Dame, die aussah wie ein Gladiator.

»Das tut mir leid. Wie sind Sie dann zu uns gekommen?«

»Zu Fuß.«

»Tatsächlich!« Erst jetzt bemerkte Kulovits, dass sie sich einen Koffer an den Körper gebunden hatte. Er runzelte die Stirn.

»Sie werden sicher froh sein, sich ein wenig ausruhen zu können. Wir haben ein Zimmer …«

»Wann ist die Abreise?«

»Welche Abreise?«

»Die Abreise für die Tournee! Nach Amerika!« Sie sprach in dem Tonfall von jemandem, der zu viel durchgemacht hatte, um noch irgendetwas ertragen zu können.

»Ach, *die* Abreise …«, sagte Kulovits gedehnt. Ihm wollte nicht mehr einfallen, ob Sarrasani ihn diesbezüglich instruiert hatte. »Die ist verschoben«, antwortete er schließlich wahrheitsgemäß.

»Verschoben?«

»Um ein paar … Tage.« Wie viele Tage es waren, wollte Kulovits lieber für sich behalten.

»Aber warum?«

»Wegen des – äh, Wetters.«

Der Gladiator blickte zum Himmel.

»Es ist doch vollkommen trocken.«

»Ja, jetzt noch, ja … aber es ist sehr wüst angesagt. Wir sollten lieber reingehen. Kann ich Ihnen etwas abnehmen?«

645

Sie sah ihn misstrauisch an. Das konnte ja schwieriger werden als erwartet, dachte Kulovits und fühlte sich plötzlich an die Versuche erinnert, einen neuen, ungelernten Tiger zum ersten Mal in den Käfig zu locken. Diese lauernde, ahnende Haltung. Es waren schlaue Tiere. Manchmal konnte es Stunden dauern, bis man sie so weit hatte, dass sie den Käfig betraten. Und nicht einmal ein saftiges Fleischstück auf dem Käfigboden konnte etwas daran ändern. Es sei denn, der Tiger war sehr, sehr hungrig ...

»Haben Sie Hunger?«, fragte Kulovits hoffnungsvoll.

»Wo sind meine Partner?«, fragte sie zurück.

»Ihre Partner?« Kulovits war irritiert. Er wusste nur von einem Partner, nämlich dem Kerl, den die Polizei am Mittag nicht erwischt hatte. Sarrasani war außer sich gewesen, weil er Verräter unter seinen Mitarbeitern vermutete und weil es Stunden gedauert hatte, bis sie alle Gnus wieder eingefangen hatten. Und die Polizisten waren außer sich gewesen, weil sie von den Gnus fast zu Tode getrampelt worden waren. Aber wer sollten die anderen Partner sein?

»Die schlafen«, sagte er, weil sich das plausibel anhörte.

»Würden Sie mich hinbringen, bitte?«

»Es ist vier Uhr morgens!«

»Sie werden sicher wissen wollen, dass ich gesund angekommen bin.«

Kulovits nickte langsam und drehte sich um. Immerhin folgte sie ihm nun ins Gebäude. Während er mit leeren Händen voranschritt, kam ihm der Gedanke, dass ein gelernter Dompteur dem Raubtier niemals den Rücken zuwandte.

»Hat meine Cousine die Reise gut überstanden?«, fragte sie plötzlich.

»Ihre Cousine?«

»Ja, die Dame, die mit dem Tierhypnotiseur angekommen ist.«

»Ach, das ist Ihre Cousine!« Kulovits war erleichtert, dass er nun immerhin wusste, wer der zweite Partner war. »Soweit ich weiß, haben alle die Anreise sehr gut überstanden.«

Meta schwieg. Die Gänsehaut in Kulovits' Rücken verstärkte sich. Er blieb an der Wand des Flurs stehen und machte eine einladende Geste.

»Gehen Sie doch voran, bitte«, sagte er.

»Wieso? Sie sind es doch, der den Weg kennt!«

»Ich werde Sie anleiten, gehen Sie nur.«

Sie zögerte.

»Und Sie bringen mich sicher zu meiner Cousine?«

»Das sagte ich doch.« Kulovits lächelte nervös, und plötzlich bemerkte er in ihrer Haltung eine Veränderung. Jeden anderen hätte der Schlag völlig unerwartet getroffen. Doch Kulovits arbeitete mit Raubtieren. Er hatte gelernt, Bewegungen früher wahrzunehmen als die meisten Menschen. In der Manege war es überlebensnotwendig, blitzschnell zu reagieren. Und das tat Kulovits jetzt. Er zuckte zusammen und hob reflexartig die Arme. Der Stoß gegen seinen Ellbogen war heftig, und Kulovits hegte keinen Zweifel daran, dass er jetzt bereits auf dem Boden läge, hätte Meta seine Halsschlagader getroffen.

»Hilfe!«, sagte er. Es war das Einzige, was er noch tun konnte. In einem Zweikampf war er dieser Frau hoffnungslos unterlegen. »Hilfe!«

Er hörte, wie irgendwo eine Tür aufgerissen wurde. Doch da hatte die Kraftfrau ihn schon gepackt und zu Boden geworfen. Die Luft wich mit einem Keuchen aus seinem Brustkorb. Neben seinem Gesicht polterte der Koffer zu Boden. Er rief noch einmal um Hilfe, sah die Bewegung ihrer Arme, die zum Schlag ausholten, und schützte sein Gesicht. Ein einziges Mal hatte er unter einem Tiger gelegen, der ihn bei einem Training angegriffen hatte, und die Situation stand ihm jetzt wieder vor Augen. Doch da waren Kollegen gewesen, die das Tier von ihm runtergepeitscht hatten. Jetzt war er allein mit dieser Frau. Kulovits wollte noch einmal um Hilfe rufen, doch als er dazu an-

647

setzte, war mit einem Mal kein Atem mehr da. Der Schlag hatte ihn zielsicher in der Magengrube getroffen. Kulovits krümmte sich. Sein letzter Gedanke war, dass ein Tiger so etwas nie getan hätte. Dann spürte er den Schlag gegen seinen Brustkorb, und Flur und Kraftfrau kippten zur Seite.

Meta saß noch auf ihrem Opfer, als sie die Schritte hörte. Es waren mehrere, und sie näherten sich schnell. Kulovits hatte zweimal laut um Hilfe gerufen. Und seine Reaktionen waren schneller gewesen, als sie erwartet hatte. Oder vielleicht war Meta auch einfach zu langsam, nach allem, was sie heute durchgemacht hatte.

Ein wenig zittrig stand sie auf. Sie hatte Schmerzen, als sie den Koffer aufhob. Aber es schwamm zu viel Adrenalin in ihrem Blut, als dass sie den Griff wieder losgelassen hätte.

Die Schritte näherten sich von vorn. Deshalb drehte sie um und rannte in die Richtung, aus der sie gekommen war.

Dieser Kulovits war ein ungeschickter Lügner, und sie wäre ihm auch gar nicht ins Gebäude gefolgt, wäre da nicht die Angst gewesen, dass Mathis und Ernsti vielleicht tatsächlich in ihren Schlafzimmern auf die verschobene Abreise warteten. Doch dann hatte Kulovits sich mit der angeblichen Cousine verraten.

Meta hoffte, dass sie richtiglag und weder Mathis noch Ernsti hier im Gebäude auf sie warteten. Möglicherweise hatten sie die Falle rechtzeitig bemerkt, oder vielleicht waren sie auch nie bis hierher gekommen. Meta hetzte um die Ecke des Flurs und in die Eingangshalle. Ihre Verfolger konnte sie noch immer hinter sich hören, doch ihre Stimmen kamen nicht näher. Wahrscheinlich waren sie stehen geblieben und kümmerten sich um den niedergestreckten Kulovits.

Meta riss die Eingangstür auf und lief unter den Säulen hervor nach draußen. Das Auto auf dem Parkplatz bemerkte sie erst, als die Scheinwerfer aufflammten und sie erfassten.

Meta war geblendet. Sie hob die freie Hand vors Gesicht und

zuckte zurück, schlug eine andere Richtung ein als die zur Brücke am Fluss. Hinter sich hörte sie das Auto hupen. Dann wurde mit lautem Getöse der Motor angelassen. Die Scheinwerfer erfassten sie erneut, als das Auto an Fahrt aufnahm. Verzweifelt hielt Meta nach einer Gasse Ausschau, durch die das Auto ihr nicht folgen konnte. Aber die Straßen rund um den Zirkusbau waren offen und weit. Sie hatte keine Chance, dem Fahrzeug zu entkommen. Zumal sie erschöpft war.

Meta konnte hören, wie das Auto sie einholte. Die Hupe dröhnte noch einmal laut hinter ihr, Meta fuhr zusammen, stolperte, fing sich. Als das Auto neben ihr war, setzte sie zu einem Sprint an, doch da bog es vor ihr auf den Gehweg und schnitt ihr mit quietschenden Reifen den Weg ab. Meta konnte nicht mehr schnell genug stoppen. Krachend landete sie auf der Motorhaube. Im Haus über ihr ging ein Fenster auf, jemand brüllte ein paar Flüche auf die Straße. Meta rappelte sich auf, sie hielt sich den Bauch vor Schmerzen, stolperte herum und wollte in die entgegengesetzte Richtung fliehen. Doch dann erstarrte sie. Jemand hatte ihren Namen gesagt.

Sie wandte sich um. Das Fenster des Autos war halb heruntergekurbelt. Und hinter dem Steuer saß niemand anders als Mathis.

»Steig ein!«, sagte er hastig und öffnete die Beifahrertür.

Dass Meta die Griffe ihres Koffers losließ, bemerkte sie erst, als dieser neben ihr zu Boden polterte.

Es dauerte ein paar Minuten, bis Mathis Meta erklärt hatte, warum er mitten in der Nacht mit dem schlafenden Ernsti auf dem Rücksitz in einem Taxi herumfuhr. Und warum er dem Taxifahrer inzwischen 38,90 Reichsmark schuldete.

»Achtunddreißig Reichsmark und neunzig Pfennige?«, echote Meta, die eigentlich während der gesamten Geschichte ungewöhnlich ruhig und bleich auf dem Beifahrersitz gesessen hatte.

Mathis musste zugeben, dass das ein Schock für jemanden sein musste, der, um Geld zu sparen, gut dreißig Kilometer zu Fuß gegangen war.

»Aber so viel Geld haben wir gar nicht!«

»Haben wir wohl. Wir hatten es nur anders ausgeben wollen.«

»Und willst du ohne einen Pfennig nach Amerika gehen?«

»Wenn die Alternative ist, gar nicht nach Amerika zu gehen, sondern ins Gefängnis oder irgendein Lager, dann ja.« Meta schüttelte den Kopf, sagte aber nichts. Sie war erschöpft. Mathis warf einen Blick in den Rückspiegel. Niemand schien sie zu verfolgen.

»Und was machen wir jetzt?«, fragte sie.

»Wir bringen das Taxi zurück. Und dann fahren wir irgendwie weiter nach Berlin.« Mathis hatte keine Ahnung, warum ausgerechnet nach Berlin. Aber es war ihr Lebensmittelpunkt der letzten Jahre gewesen. Sie kannten sich aus. Und irgendwo mussten sie ja hin.

»Nur damit ich das verstehe. Wir haben ein Taxi geklaut und schulden dem Fahrer neununddreißig Reichsmark ...«

»Achtunddreißig Reichsmark neunzig«, korrigierte Mathis.

»Und wir wollen nach Berlin. Aber du willst jetzt trotzdem das Taxi zurückbringen und die Schulden bezahlen, statt einfach das verdammte Auto zu nehmen und abzuhauen?«

Mathis sah sie entrüstet an.

»Ich habe das Taxi nicht geklaut. Ich habe es mir geborgt. Und wir können nicht einfach abhauen. Ich war bei der Mutter des Taxifahrers und habe Hackauflauf gegessen!«

»Ach so, na dann!«, höhnte Meta. Dass Mathis sich nicht nur im Taxi hatte rumkutschieren lassen, sondern auch noch zum Essen eingeladen gewesen war – und dann auch noch zu Hackauflauf! –, gab ihr endgültig den Rest.

»Du verstehst das nicht. Apostolos ist ein netter Mensch.«

»Du hältst jeden für einen netten Menschen, Mathis Bohnsack.«

»Manchmal muss man sich Verbündete machen statt immer nur weitere Feinde! Es reicht schon, wenn die Gestapo uns verfolgt, weil wir einen Verrückten aus einer Irrenanstalt befreit haben.«

»Ernsti ist nicht verrückt!«

»Im Übrigen waren die achtunddreißig Reichsmark neunzig ein Freundschaftspreis. Und einen Freund beklaue ich nicht!« Da lag so viel Nachdruck in dieser Aussage, dass Meta nur laut seufzen konnte und nicht weiter diskutierte. Also lenkte Mathis den Wagen zurück zur Wohnung des friedlich schlafenden Apostolos, von dem er hoffte, er möge möglicherweise auch noch Verwandte in Berlin haben, die er lange nicht besucht hatte.

Apostolos hatte keine Verwandten in Berlin, war aber dennoch bereit, Mathis, Meta und Ernsti in die Reichshauptstadt zu bringen. Bei den fast zweihundert Kilometern hätte ihm das Fahrvergnügen normalerweise um die fünfhundert Reichsmark eingebracht. Doch Mathis war immerhin bei der nachträglichen Geburtstagsfeier von Apostolos' Mutter mit von der Partie gewesen. Dort, wo Apostolos herkam, gehörte er somit zur Familie.

»Du erinnerst mich an Atalante«, sagte er zu Meta, als er sie im Rückspiegel ansah.

»Aha. Und wer soll das sein?«

»Eine Jägerin aus unserer griechischen Geschichte«, sagte Apostolos. Und danach fand auch Meta endlich, dass Apostolos wirklich ein netter Mensch war. Und ihr unzufriedenes Gesicht wurde gleich ein bisschen freundlicher.

Dass Apostolos dann aber auch noch erzählte, starke Frauen gehörten schon seit jeher zu Griechenland, immerhin sei es die Wiege der Amazonen und der Frauen aus Sparta, bekam Meta leider nicht mehr mit. Sie schlief die gesamte Fahrt auf dem Rücksitz, mit zurückgebogenem Kopf und Ernstis Hand in ihrem Schoß.

»Kannst du die Geschichte später noch einmal erzählen, wenn Meta aufwacht?«, bat Mathis Apostolos. Ihm war der Gedanke gekommen, dass Griechenland als neue Heimat nämlich deutlich einfacher zu erreichen war als Amerika.

Meta wachte nicht mehr auf, bevor das Taxi am Mittag Berlin erreichte. Wegen der Olympischen Sommerspiele war die Stadt voller Autos und auch Polizisten, bei deren Anblick sich Mathis immer tiefer in den Sitz drückte. Doch die Polizei war hier, um den störrischen Verkehr zu entwirren. Niemand hielt die vier ungleichen Menschen an, als das Taxi durch eineinhalb Stunden Stau zu Byrds Wohnung kroch. Aber Byrd war nicht da. Und auch bei der Wohnung von Claire Waldoff trafen sie niemanden an. Ernsti war inzwischen wach, Apostolos hungrig, Mathis verzweifelt und Meta alles zusammen. Sie steuerten einen Imbiss an, wo sie Apostolos Würstchen und Kartoffelpuffer ausgaben. Diese deckten zwar sicher nicht die Reise nach Berlin und waren auch nicht so lecker wie die Moussaka am Vortag, aber Apostolos war trotzdem dankbar.

Er fühlte sich, im Gegensatz zu seinen Fahrgästen, frisch und munter. Und dank der fettigen, geschmacksneutralen Kartoffelpuffer auch noch pappsatt. Jetzt, wo er schon in Berlin war, wollte er doch gerne mal die Olympischen Spiele sehen, meinte er. Immerhin kamen auch die ursprünglich aus Griechenland. Ob Mathis und Meta das gewusst hätten?

Mathis und Meta hatten das nicht gewusst und wollten auch eigentlich ungern mitten ins Olympiastadion rennen, wo sie doch gerade von der Polizei gesucht wurden. Aber andererseits würden sie nirgends so unsichtbar sein wie in einer Menschenmenge, und Apostolos hatte ihnen wirklich sehr geholfen. Das Mindeste, was sie im Gegenzug für ihn tun konnten, war, sich mit ihm auf die Spuren der griechischen Antike zu begeben. Apostolos reihte sich also begeistert in die Kolonne der Autos ein, die sich bis zum Olympiastadion stauten.

Für das Leichtathletikspektakel bekamen sie keine Plätze mehr. Die Dame an der Kasse hatte nur noch Eintrittskarten für das Gewichtheben, zum Schnäppchenpreis von nur einer Reichsmark pro Kopf. Apostolos fand, dass er das seinen neuen Freunden ruhig mal ausgeben könnte, wo sie ihm ja ohnehin inzwischen fast das Hundertfache schuldeten. Und da es ums Gewichtheben ging, war nun auch Meta gar nicht mehr so abgeneigt. Sie flüsterte Mathis zu, dass sie doch im Grunde nirgends so unsichtbar sein würden wie inmitten einer tausendköpfigen Menschenmasse. Dann hakte sie den noch immer viel zu ruhigen Ernsti unter und betrat als Erste die Halle.

Was die tausendköpfige Menschenmasse betraf, hatte Meta sich geirrt. Und der Wettkampf fand auch in keinem Stadion statt. Ein paar vereinzelte Gewichtheber-Plattformen standen in der Mitte einer mickrigen Halle und wurden von Scheinwerfern beleuchtet. Die meisten Olympiabesucher interessierten sich mehr für den Finalentscheid der Leichtathletik, der parallel in der großen Arena stattfand. Mit Fahnenschwenkern und Orchesterbegleitung. Und Hitler in der Hitlerloge.

In der Halle dagegen war es still und dunkel. Es herrschte eine ruhige und konzentrierte Atmosphäre. Wer hierherkam, der interessierte sich tatsächlich fürs Gewichtheben. Und entsprechend mager waren die Reihen gefüllt.

Die vier setzten sich. Zum ersten Mal, seit sie Ernstis Rettungsaktion gestartet und das Haus in Pirna am vorherigen Morgen verlassen hatten, spürte Mathis, wie sein Körper sich entspannte. Sie waren vielleicht noch nicht außer Gefahr und wussten nicht einmal, bei wem sie die Nacht verbringen sollten. Aber zumindest waren sie wieder zusammen. Meta war bei Mathis, und sie hatten Ernsti aus der Klinik geholt. Für den Moment schien alles gut.

Die schummrige Dunkelheit trug das Ihrige dazu bei, dass Mathis auf der Zuschauerbank einnickte. Sein Körper holte sich zurück, was Mathis ihm in der letzten Nacht verwehrt hatte.

Und er wachte auch nicht auf, als Meta neben ihm einen Schrei ausstieß. Erst als sie an seinem Arm rüttelte, fuhr er auf und blickte sich erschrocken um. Meta war neben ihm auf die Beine gesprungen. Sie starrte mit offenem Mund auf die Bühne. Der Wettkampf hatte längst begonnen. Das weiße Licht der Scheinwerfer blendete Mathis. Erst nach und nach konnte er in ihrem Kreis eine Gestalt im Trainingsanzug erkennen. »Auf der Stange befinden sich inzwischen einhundertzwanzig Kilogramm«, quäkte der Lautsprecher über ihnen. »Unglaublich, und das für so ein junges Mädchen! Und ihr Trainer gibt ein Zeichen, noch eine Scheibe mehr zuzulegen, meine verehrten Damen und Herren. Sollte sie die schaffen, wäre das ein neuer Weltrekord im Stoßen ...«

Mathis riss die Augen auf und kam neben Meta auf die Beine. Er kannte die kleine Gestalt, die da mit der Langhantel in der Mitte der Bühne stand.

Das junge Kraftwunder war ganz offensichtlich doch nicht nach Amerika gegangen.

Charlotte Rickert und Jesse Owens hatten im Wesentlichen eine Sache gemeinsam: Sie sorgten beide dafür, dass Hitler dieser Tag so richtig gründlich vermiest wurde.

Was dachten die sich überhaupt dabei! Ein Schwarzer und eine Frau. Rassentheoretisch war es doch völlig ausgeschlossen, dass sie so stark waren! Es war der deutsche Mann, der Arier, der in diesem Sommer über alle anderen triumphieren sollte! So hatte Adolf sich das ausgedacht, und so wollte er das gefälligst auch haben. Bei diesen Spielen lief aber auch wirklich alles anders als geplant! Oder besser gesagt: Es lief genau das anders, was Adolf nicht hatte planen können. Die Ergebnisse nämlich.

Dabei hatte der Führer doch alles getan, um die größten Beleidigungen von seinen Wettkämpfen fernzuhalten: Die jüdische Hochspringerin, die bereits im Training alle Rekorde gebrochen hatte, hatte er zum Glück von den Wettkämpfen fernhalten können. Und hier und da hatte es im Voraus noch ein paar weitere Unfälle gegeben, die der Öffentlichkeit nicht weiter auffielen, aber der arischen Sache dienten. In diesem Sinne hätte Adolf auch gern alle Schwarzen von den Olympischen Spielen ausgeschlossen. Aber vor allem die Amerikaner hatten natürlich dagegen gewettert.

Ausgerechnet die Amerikaner! Wo doch jeder wusste, dass die zu Hause Sondereingänge und Sondertoiletten für ihre Neger bauten! Im eigenen Land durften sich Schwarz und Weiß nicht mischen. Aber im schönen Berlin sollten sie Medaillen einsammeln! Adolf schäumte.

Gestern am Nachmittag, als der schwarze Owens seinen Rekord noch einmal selbst übertroffen hatte, hatte Adolf den Versuch kurzerhand aberkennen lassen. Ungültig, wegen des Rückenwinds. Mit so einem tollen Wind im Rücken wären die 10,2 Sekunden schließlich jedem gelungen! Aber jetzt, nach dem Halbfinale, waren selbst dem Führer die Hände gebunden. Hätte er alle außer den Deutschen von den Olympischen Spielen ausgeschlossen, hätte ihm ja keiner mehr seine weltoffene Fassade abgenommen.

Und dabei hatte Adolf es überlegt. Er hatte es wirklich überlegt.

Er blickte hoch zu dem Hakenkreuz, das über seinem Kopf wehte, und wünschte sich, die Fahnenstange möge einfach umfallen und den jubelnden Neger da unten auf dem Stadionplatz erschlagen. Das wäre doch auch symbolisch ein Zeichen sehr in seinem Sinne.

Es gab noch das Finale um 17 Uhr und drei weitere Disziplinen, für die Owens sich hatte aufstellen lassen. Drei weitere Disziplinen, in denen er über die weiße Rasse triumphieren konnte. Adolf wurde ganz schlecht bei dem Gedanken. Er hatte sich so auf seinen Olympia-Event gefreut. Aber wenn er jetzt so darüber nachdachte, hatte er Spiele eigentlich schon immer doof gefunden.

Die Menge unten hatte sich noch nicht wieder beruhigt, als ein Mann neben den Führer trat und sich untertänigst entschuldigte. Adolf blickte ihn unwirsch an.

Der Untertänige war vom Olympischen Komitee und sehr nervös.

Nebenan beim Wettkampf der Gewichtheber, sagte er, habe ein gewisses Fräulein Rickert gewonnen.

»Fräulein Rickert?!«, echote Adolf.

»Eine Dame«, piepste der Mann, obwohl Adolf das auch schon verstanden hatte.

»Wie konnte die denn am Gewichtheben teilnehmen!«, schnauzte er unter seinem Schnauzer hervor und stierte böse.

»Eine Sondererlaubnis«, piepste der Mann noch leiser.

»Und hatten Sie denn keine Ergebnisse von diesem Fräulein, als Sie die erteilt haben?«

»Doch, aber wir hatten ja keine Ahnung, dass sie gewinnen würde«, sagte der Untertänige.

Adolf verdrehte die Augen. Das war ja wieder klar gewesen, dass er in Ordnung bringen musste, was diese Herren des Olymps verbockt hatten.

»Dann erkennen Sie ihr die Leistung eben wieder ab!«, bellte er. Am Vortag, bei diesem Owens, hatte das ja auch schon mal geklappt.

Doch der kleinlaute Mann schüttelte den Kopf.

»Die Richter haben das Ergebnis bereits mehrmals geprüft und bestätigt. Sie hat tatsächlich olympisches Gold geholt.«

»Sie war die einzige Frau! Wie kann es sein, dass sie mehr heben kann als jeder Mann in diesem Wettbewerb?!«

»Das fragen wir uns auch!«, gab der Mann zu. »Sie sollte eigentlich nur eine unterhaltsame Abwechslung für das Publikum sein.«

Adolf brummte unwirsch, während er überlegte, ob er die Befugnis hatte, den Mann zu entlassen. Wahrscheinlich nicht. Aber andererseits hatte er ja zu allem die Befugnis. Er war

656

schließlich der Führer! Manchmal musste Adolf sich erst noch daran gewöhnen.

»Im Komitee ist der Vorschlag aufgekommen, dass wir eine eigene Kategorie für sie aufmachen könnten«, piepste der Untertänige. »Sie hat die Gewichte als Frau gehoben. Also ist ihr Ergebnis streng genommen nicht vergleichbar mit den Ergebnissen der Männer.«

»Hm?«, machte Adolf.

»Fräulein Rickert gewinnt eine Medaille in der Kategorie der Frauen«, erklärte der Untertänige, »und die Männer werden ganz normal in der Männerkategorie platziert.«

»Sie ist die einzige Frau, die angetreten ist. Wie soll sie da eine Goldmedaille gewinnen«, maulte Hitler, bevor ihm auffiel, dass der Mann genau darauf hinauswollte.

»In den offiziellen Listen wird sie nicht auftauchen. Keiner muss von ihrem Ergebnis erfahren«, versicherte er, »und die Reporter waren sowieso alle hier, beim Sieg von Jesse Owens.«

Danach sollte das Olympia-Komitee um ein irritiertes Mitglied ärmer sein. Und der arme Untertänige verstand noch nicht einmal, wieso.

Charlotte wurde also ganz bewusst unter den Teppich der Vergessenen gekehrt, während der Sieg von Jesse Owens um die Welt ging und Geschichte schrieb. Und zwar nicht nur als Triumph eines Amerikaners bei den Olympischen Spielen, sondern als Triumph von Schwarz über Weiß. Ein Triumph über diesen Hitler, von dem man im Ausland ohnehin fand, er würde sich doch ein bisschen zu sehr aufspielen.

Die Reporter waren außer sich. Jesse Owens wurde bejubelt. Und nebenan, in der Deutschlandhalle, stampfte eine junge Frau mit dem Fuß auf und ballte die Fäuste. Charlotte Rickert war kurz davor, hinüberzugehen und diesem Adolf Hitler den Schnauzbart abzureißen. Und am liebsten noch den ganzen Kopf dazu. Die Kraft dazu hätte sie gehabt. Und der Menschheit damit eine ganze Menge Ärger ersparen können. Aber das wusste sie da natürlich noch nicht.

»Im Gewichtheben geht es um Gewichtsklassen! Ich bin in meiner Gewichtsklasse angetreten, wie kann er mir das einfach aberkennen?!«

Mathis, Meta, Ernsti und der Taxifahrer Apostolos betraten gerade den Aufwärmraum, als Papa Rickert versuchte, das Geschimpfe seiner Tochter auf die Lautstärke zu drosseln, die angebracht war, wenn man den Führer kritisierte.

Es waren noch andere Gewichtheber im Raum, inklusive des glücklichen Zweitplatzierten, der dank Hitlers Entscheidung nun doch noch ganz oben auf das Siegertreppchen klettern durfte. Er nickte Richard Rickert so freundlich zu, als wollte er sich bedanken. Charlotte schäumte.

»Ich habe mehr gehoben als jeder andere hier! Ich habe einen Weltrekord gebrochen!«

»Und ich wusste, du würdest das schaffen, Lotte«, sagte der Vater selig. »Du hebst mehr, als ich es mir in meiner Karriere je hätte erträumen können.«

»Und wer wird das bei den nächsten Olympischen Spielen noch wissen? Ich will keine Sonderkategorie! Ich möchte eine faire Bewertung! Ich möchte auf dem Siegertreppchen stehen!«

Die anderen Gewichtheber im Raum sahen sich an. Einer zog die Augenbrauen hoch. Das hatte ja so kommen müssen, wenn man einer Frau erlaubte, bei ihnen mitzuheben, dachten sie. Jetzt wollte sie auch noch aufs Siegertreppchen! Stelle sich das mal einer vor.

Richard Rickert hielt seine Tochter am Arm fest, als diese sich auf die Muskelprotze stürzen wollte. Dabei fiel sein Blick auf die Besucher am Eingang.

»Lotte! Sieh mal, wer da ist!«, rief er, erleichtert über die Ablenkung. Charlotte drehte sich wild um. Dann klappte ihr angespannter Kiefer nach unten.

»Meta? Mathis?«

Ihr Blick fiel auf Apostolos.

»Ich bin der Taxifahrer«, erklärte dieser fröhlich.

Meta nahm Ernsti an die Hand, und sie betraten den Raum.

»Wir sind auch überrascht, dich zu sehen, Charlotte«, sagte Mathis. Und Meta, die Charlotte um zwei Köpfe und eine Schulterbreite überragte, fügte hinzu: »Und Adolf Hitler ist wirklich ein Idiot.«

Damit legte sie den Grundstein für ein Gespräch, das hastig in die privaten Räume der Rickerts verlegt wurde und bis in die späte Nacht hinein dauern sollte.

Die Rickerts wohnten im besseren Stadtteil von Berlin. Ihre Wohnung gehörte nicht zu den größten, doch sie hatten ein Gästezimmer und ein komfortables Sofa, das sie ihrem Besuch anbieten konnten. Meta und Ernsti bezogen den Gästeraum, während Mathis und der Taxifahrer im Wohnzimmer schlafen konnten. Letzterer hatte seine Abreise nämlich auf den nächsten Morgen verschoben, nachdem er herausgefunden hatte, dass Richard Rickerts Frau Helena aus Griechenland kam.

Tatsächlich stammte sie sogar aus einer Stadt in der Nähe des Ortes, in dem Apostolos' Großmutter geboren worden war! Mathis verstand den Zusammenhang nicht so ganz, aber irgendwie bedeutete das für Apostolos und Helena, dass sie sozusagen verwandt waren. Es gab ein ausgiebiges Hallo und Ouzo im Esszimmer. Und dann kochte Helena ein so mächtiges griechisches Abendessen, dass anschließend ohnehin niemand mehr von irgendwem erwarten konnte, zweihundert Kilometer bis nach Hause zu fahren.

Helena Rickert holte einen griechischen Wein aus der Anrichte, den sie extra für besondere Gelegenheiten wie diese aufbewahrt hatte. Und dann begannen sie und Apostolos sich auf Griechisch zu unterhalten, während die übrigen Tischgäste sich auf Deutsch weiter über Politik und die Zeiten aufregten. Alle bis auf Ernsti, der nur dasaß, aß und schwieg.

Richard und Charlotte waren entsetzt darüber, dass der jüngere Sarrasani Mathis und Meta an die Polizei verraten hatte. Was Charlotte aber wirklich erboste, war die Sache mit Metas Statue.

Tatsächlich löste die Geschichte etwas aus, das niemand am Tisch hätte voraussehen können. Es war der berühmte Tropfen, der das Fass zum Überlaufen brachte. Ganz unmädchenhaft schlug Charlotte mit der Faust auf den Tisch, so fest, dass dem irritierten Ernsti der Löffel entgegenflog.

»Liselotte«, ermahnte Helena ihre Tochter streng.

Doch besagte Liselotte hatte heute einen Weltrekord aufgestellt und keine Anerkennung dafür bekommen. Die Ermahnung der Mutter prallte an ihr ab wie der Löffel an Ernstis Kopf.

»So kann das nicht weitergehen! Wir müssen irgendwas tun! Ist dieser Künstler hier in Berlin? Wir brechen in sein Atelier ein und klauen die Statue. Und dann stellen wir sie einfach auf das Olympiagelände, wo sie hingehört. Ha! Wir könnten das, Meta. Du und ich. Wir sind stark genug dafür.«

Helena, die ihre Tochter nur zu gut kannte, bekreuzigte sich. Und Mathis, der Meta nicht weniger gut kannte, mischte sich hastig ein, dass er das nicht für eine besonders gute Idee halte.

»Wir sollten uns wirklich nicht noch weiter mit der Polizei anlegen. Der Plan war es, irgendwo leise unterzutauchen und dann so bald wie möglich mit Ernsti das Land zu verlassen. Vielleicht nach Amerika«, er vergewisserte sich, dass die Worte »Ernsti« und »Amerika« auch bis zu Meta durchgedrungen waren.

»Amerika!«, sagte Helena, der Griechenland viel besser gefiel. »Was haben die jungen Menschen heute alle mit Amerika? Liselotte will auch dorthin.«

»Aber ihr könnt das Land gar nicht verlassen, wenn ihr von der Polizei gesucht werdet«, sagte Richard Rickert. »Sie prüfen doch die Pässe an der Grenze.«

Darüber hatte Mathis sich auch schon den Kopf zerbrochen. Der Einzige, der vielleicht hätte ausreisen können, war er selbst. Der Mann mit dem Pferd hatte ihn Bohnenkamp genannt, nicht Bohnsack. Es mochte also gut sein, dass Sarrasani diesen Namen auch an die Polizei weitergegeben hatte. Doch Metas Namen hatten sie inzwischen sicher auf der Liste. Und Ernsti hatte erst gar keinen Pass.

Wie dumm sie gewesen waren, keine falschen Namen zu verwenden, als sie Sarrasani nach der Möglichkeit zur Ausreise gefragt hatten! Als hätten sie in all den Jahren auf dem Jahrmarkt nichts gelernt.

»Meta kann meinen Pass bekommen«, verkündete Charlotte.

»Liselotte!«, rief die Mutter.

»Nenn mich nicht immer Liselotte, Mutter!«

Die Mutter verschränkte die Arme.

»So hat dein Vater dich nun einmal genannt.«

»Wieso denn ich?«, sagte Richard. »Ich dachte, das war eine gemeinsame Entscheidung.«

»Bei dieser Tochter ist nichts gemeinsam. Sie kommt nur nach dir.«

»Ich meine es ernst«, sagte Charlotte. »Meta kann meinen Pass bekommen.«

»Da ist sehr lieb von dir, Lottchen. Aber es kommt trotzdem nicht infrage.«

»Wieso denn nicht, Papa? Es steht drin, dass ich Gewichtheberin bin! Und wie eine Gewichtheberin sieht Meta wohl aus!«

»Es steht auch drin, dass du 1919 geboren wurdest und nur eins fünfzig groß bist.«

»Außerdem wirst du wohl nicht vorhaben, deinen Pass mit jemandem zu tauschen, der von der Polizei gesucht wird!«, rief die Mutter.

Apostolos setzte sein Weinglas ab und sah Meta verschwommen an. Dass er eine Verbrecherin in seinem Taxi herumgefahren hatte, drang erst jetzt zu ihm durch. Wie aufregend sein Leben doch geworden war, seit sein neuer Bruder Mathis hineingetreten war!

»Na ja, eine Verbrecherin ist sie nun nicht«, sagte Mathis.

»Und außerdem will ich meinen Pass ja auch gar nicht mit ihr tauschen! Ich will ihr meinen schenken! In ein paar Tagen kann ich zum Amt gehen und sagen, ich hätte meinen Pass verlegt. Oder er sei mir geklaut worden. Im Aufwärmraum der Deutschlandhalle zum Beispiel.« Die Idee, den Diebstahl einem ihrer unverschämten Wettbewerbsmitstreiter anzuhängen, gefiel Charlotte.

»Ich habe Nein gesagt«, erwiderte die Mutter.

»Und ich habe Ja gesagt«, beharrte Charlotte.

»Richard, sag du doch auch mal was«, meinte die Mutter.

»Hm«, brummte Richard, der wusste, dass seine Tochter tatsächlich nach ihm kam. Somit war an diesem Punkt ohnehin schon Hopfen und Malz verloren.

Charlotte blieb auch weiterhin bei ihrer Entscheidung, Meta den Pass zu geben. Am nächsten Morgen lag er neben Metas Teller, als diese sich zum Frühstück setzte. Und das aus mehr als reiner Nächstenliebe. Es verschaffte Charlotte so etwas wie Genugtuung, das Land ein wenig austricksen zu können. Dass er ihr olympisches Gold verwehrt hatte, würde sie Hitler nie verzeihen.

Mathis hatte sich die ganze Nacht neben dem schnarchenden Apostolos gewälzt. Er hatte nachgedacht. Die Zeit für eine Ausreise war generell gut. Wegen der Olympischen Spiele würde mehr Verkehr an der Grenze herrschen. Da konnte es sein, dass der ein oder andere Pass nicht so genau geprüft wurde. Zum Beispiel im Hinblick darauf, ob jemand einen halben Meter größer oder kleiner war. Oder zwanzig Jahre jünger oder älter.

Mathis konnte sich als Metas Trainer ausgeben. Die Maße hatte er dazu ebenfalls nicht. Aber eine Gewichtheberin würde sicher nicht ohne ihren Trainer auf Tournee nach Amerika gehen.

Blieb nur die Frage, was sie mit Ernsti machen sollten.

»Wenn Ernsti keinen Pass hat, dann muss er so oder so ungesehen über die Grenze«, flüsterte Richard. Jetzt, wo seine Frau gerade in der Küche verschwunden war, konnte er doch zugeben, dass er heimlich Gefallen an dem aufregenden Plan fand. »Ihr müsstet ihn im Gepäck mitnehmen. Oder in einer Kiste. Wir haben einige große Kisten, in denen wir auf Reisen die Gewichte transportieren.«

»Ernsti würde sich nie in eine Kiste sperren lassen«, sagte Meta. »Er versteht nicht, dass er leise sein müsste. Und wenn er dann an der Grenze Theater machen würde …«, sie blickte zu ihrem Bruder, der auf dem Sofa saß und ganz versunken Federn aus Mathis' Kopfkissen zupfte.

Mathis wartete immer noch darauf, dass die ungewöhnliche Ruhe, die ihn umgab, plötzlich enden würde. Ernsti war nicht er selbst, seit er aus der Klinik gekommen war, und Mathis war froh, dass Schloss Sonnenstein inzwischen zu weit weg war, als dass Meta den Verantwortlichen einen Besuch hätte abstatten können. Der Klinikleiter Nitsche hätte sonst sicher mal am eigenen Leib erfahren können, wie es sich anfühlte, wenn man der Fähigkeit zum Kinderzeugen beraubt wurde.

»Die Beruhigungsmittel!«, sagte Mathis plötzlich. Sie hatten noch die Beruhigungsmittel aus der Klinik, die er für die Tiger hatte verwenden wollen.

Die Mutter steckte den Kopf aus der Küche, und Richard zog seinen schnell zurück und vertiefte sich in seine Kaffeetasse. Doch der Groschen war gefallen. Sie alle hatten verstanden, worauf Mathis hinauswollte.

Der Plan war gefährlich, und alles an ihm konnte schiefgehen. Aber es war immerhin ein Plan. Und das war vielleicht mehr, als sie in einer Situation wie ihrer erwarten konnten.

DREIUNDDREISSIGSTES KAPITEL

Wien, 1908

Mathis tat wirklich sein Bestes, um Meta das Leben in Wien zu erleichtern. Er führte sie ins Café aus und ins Restaurant, ins Vivarium und ins Riesenrad im Prater und in alles, was er sonst noch für ungefährlich hielt.

Doch so oder so mussten sie sich eingestehen, dass sich Meta in all der Zeit zwischen diesen Ausflügen nicht für die Rolle als Hausfrau qualifizierte. Es stellte sich also die Frage, was um alles in der Welt sie sonst tun sollte.

Der Prater war voller Vergnügungsstätten und Bühnen, auf denen auch Kraftkünstler auftraten. Noch vor einem Jahr hätte man Meta hier mit Kusshand genommen. Jetzt aber ging sie an Krücken. Und eine Frau auf Krücken mit Kanonenkugeln zu beschießen, das hätte wohl selbst beim Publikum eine Grenze überschritten. Zumindest hoffte Mathis das. Er war also froh, dass Meta diese Möglichkeit gar nicht erst vorschlug.

Um sich als Krüppel ausstellen zu lassen, reichte Metas Verletzung aber auch nicht. Eine Dame ohne Unterleib wäre eine Option, Mathis kannte inzwischen die Kniffe und Tricks, mit denen man Metas Beine auf der Bühne unsichtbar machen konnte. Allerdings waren Damen ohne Unterleib nicht mehr in Mode. Im ganzen Prater fanden sie niemanden, der die noch ausstellen wollte. Meister Bo hatte wohl recht gehabt, als er sagte, die Menschen in der Stadt hätten die Nase bald voll von dieser Art von Attraktionen. Ein paar Dicke und Dünne sah man noch, und alles was exotisch war, wurde ja ohnehin begeistert gesucht. Aber für nichts davon eignete Meta sich.

»Und wenn du in einem Restaurant arbeitest?«, schlug Mathis vor. Doch dafür hätte Meta gleichzeitig Krücken und ein Tablett halten müssen. Sie versuchten es im Präuer'schen Panoptikum, aber dort wurde ihnen nur gesagt, Meta solle sich noch einmal melden, wenn sie gestorben sei. Der Besitzer des Panoptikums war ein komischer alter Kauz, der nur eingelegte Abnormitäten annahm. Verstorbene Artisten aufzukaufen war nämlich billiger, als ihnen im lebenden Zustand eine Gage zu bezahlen. Mathis und Meta besahen sich stumm die Körper und Köpfe in den Einmachgläsern. Sie waren froh, den unheimlichen Bau wieder zu verlassen, dessen Besitzer obendrein so roch, als wäre er selbst schon eine Weile in Spiritus eingelegt.

Schließlich erbarmte sich eine Dame mit dem Namen Modesta Fuchs. Sie besaß eine, wie sie es nannte, »Wurstel-Bude« im Prater und hatte gehört, dass Meta auf der Suche nach Arbeit war. Etwas Hilfe könne Modesta gut gebrauchen. Sie komme nämlich langsam in die Jahre und könne ihre Arme nicht mehr lang genug nach oben strecken, um die Puppen zu bewegen. Metas Arme dagegen sähen ja nun aus, als wären sie der Aufgabe gewachsen.

Mathis und Meta waren zunächst einmal irritiert, bis ihnen aufging, dass die sogenannte Wurstel-Bude nichts mit Wurst zu tun hatte, sondern ein Kasperletheater war, dessen Hauptfigur der Wurstel war. Derzeit gab es im Prater drei dieser Buden, und sie trugen die kreativen Namen »Beim Wurstel«, »Kaiserwurstel« und »Zum Hanswurst«. Letztere gehörte Modesta Fuchs und befand sich neben einem gleichnamigen Restaurant, in dem die Eltern speisen konnten, während ihre Kinder bespaßt und unterhalten wurden.

Meta hatte mit Kindern eigentlich gar nichts am Hut. (Tatsächlich hatte Mathis schon länger die Befürchtung, dass das

665

Thema Fortpflanzung sich ähnlich kompliziert gestalten würde wie das Thema Hochzeit.) Aber besser, als zu Hause zu sitzen oder in einem Glas mit Spiritus zu dümpeln, fand Meta die Option dann doch. Und wenn man in einer Bude hinter einer Holzwand hockte, hielt sich der direkte Kontakt mit den Kindern ohnehin in Grenzen. Sichtbar waren nur die Puppen, die Meta in dem Fenster bewegte. Sie sagte zu, und Modesta ließ ihr freie Hand, was die Stücke und Themen betraf. Deswegen sah man im »Zum Hanswurst« von nun an zunehmend Szenen, in denen die gute Fee den Wurstel verhaute und Grete es mit dem Krokodil aufnahm. Das war mal etwas ganz anderes, und die Kinder liebten es! Vielleicht würde Meta ja sogar ein Stück weit zum Umdenken der nächsten Generation beitragen, dachte Mathis, der sich freute, wie sehr die neue Arbeit sie belebte.

Als sie abends mit langen Armen am Küchentisch saß, sah Mathis sie endlich wieder lächeln. Und als er sie ein paar Tage später nach der Arbeit von der Wurstel-Bude abholen wollte, schlug sie sogar vor, noch ein bisschen über den Prater zu schlendern und den Sommer zu genießen. Der hatte vor ihrer Wohnung in Mariahilf nämlich gerade so richtig begonnen.

Es war eine berauschende Stimmung. Der Prater war voller Menschen, die die Wärme ebenfalls aus dem Hause getrieben hatte. Mathis und Meta humpelten nebeneinander her und setzten sich in den Biergarten einer Gaststätte, als sie nicht mehr laufen konnten. Meta erzählte von den Geschichten, die sie sich für die Kinder ausgedacht hatte, und dass nach einer Vorstellung sogar ein erboster Herr gekommen sei und irgendetwas von Emanzipationskoller dahergeredet habe. Von einer Hysterie entarteter Weiber, die durch Frauen wie Meta zu einer Volkskrankheit würde oder so etwas … Metas Augen leuchteten, als sie das erzählte. Und sie leuchteten noch mehr, als der Kellner ihnen zwei Kalbsschnitzel servierte, die in ihrer Größe alles übertrafen, was sie in Zürich oder Paris je gegessen hatten. Mathis sah verliebt zu, als Meta die Gabel in die panierte Kruste des Schnitzels stach. Er hatte begriffen, dass sie auf der Puppenbühne fortsetzte, was sie auf der richtigen Bühne nicht mehr zeigen konnte. Es war der erste Abend, an dem er glaubte, dass sie in Wien doch noch glücklich werden könnten.

Ein paar Wochen nach Metas Arbeitsbeginn im Wursteltheater stellte Meta dann auch noch fest, dass ihre Zehen in den Schuhen drückten. Das war an sich natürlich kein Grund zur Freude und auch nicht weiter überraschend, denn inzwischen war es Hochsommer, und die Füße aller Wiener schwollen in der Hitze an. Aber Meta hatte ihre Zehen seit dem Unfall nicht mehr gespürt. Darum starrte sie ihre Füße an wie ein Wunder, als Mathis ihr am Abend aus den Schnürstiefeln half.

»Versuch mal, sie zu bewegen«, sagte er, und tatsächlich sah er ein winziges Zucken in Metas großem Zeh. Sie lagen sich in den Armen, und Mathis bestimmte, dass Meta das Zehenwackeln von nun an täglich üben sollte.

Doch von den Zehen bis zu den Beinen war es dann doch noch ein weiter Weg. Als wäre sie noch einmal ein Kleinkind, musste Meta das Laufen neu lernen. Sie stützte sich an Möbeln ab, stolperte von Kante zu Kante, fiel manchmal auf die Knie. Und leider war auch ihre Geduld die eines Kleinkindes.

»Das ist doch alles umsonst! Ich werde nie wieder richtig laufen lernen!«, schwarzmalte sie oft und schlug mit der Hand auf den Boden. Aber immerhin übte sie weiter. Die Arbeit im Prater und die Schnitzel, die sie dort nach Feierabend aßen, hatten sie endgültig von ihrer Altweiberlethargie geheilt.

Ihren Lieblingsnachbarn Gustl hörten sie in diesen Tagen leider nur noch selten spielen. Er hatte die Aufnahme am Konservatorium geschafft und seine Fingerübungen nun größtenteils nach dort verlegt. So blieb nur Adolf zu Hause, der den Vormittag verschlief und dann am Nachmittag stümperhaft auf dem Instrument seines Freundes herumklimperte. Plötzlich wollte er jetzt nämlich nicht mehr Maler werden, sondern Komponist. Und darum arbeitete Adolf Hitler nun an einer Oper.

Die alte Maria hatte sich wahrscheinlich auch nicht vorgestellt, dass ihre Wohnung einmal zu einem Proberaum umfunktioniert würde. Aber sonderlich stören tat es sie nicht. Solange der Flügel ihr nicht den Weg zum Herd versperrte und die beiden jungen Herren ihr den doppelten Mietpreis bezahlten (was bedeutete, dass sie den vollen Mietpreis bezahlten), hatte sie ausnahmsweise wenig zu meckern.

Allerdings verriet sie Mathis hinter vorgehaltener Hand, dass sie sich eigentlich gar nicht so sicher sei, wie viel Ahnung der junge Herr Hitler denn letztendlich vom Komponieren habe. Ja, ob er überhaupt Noten schreiben könne! Das würde am Abend nämlich immer der junge Herr Kubizek für ihn übernehmen, wenn dieser von seinen Studien heimkäme. Der junge Herr Kubizek saß am Klavier und spielte und schrieb, während der junge Herr Hitler ihm nur vorsummte, was er sich am Tag in etwa so ausgedacht hatte.

Überhaupt kam der junge Herr Hitler der alten Maria immer so blass und unzufrieden vor. Der junge Herr Kubizek, mit seiner dynamischen Art, der sei ihr da ja deutlich sympathischer!, sagte sie. Aber ob Mathis es nicht auch ein wenig seltsam fände, dass die beiden so eng miteinander seien und nebenan in ein und demselben Zimmer schliefen? So als erwachsene junge Herren?

»Aber was soll man da schon machen, nicht wahr?«, sagte sie dann, als Mathis keine Meinung hatte. »Man kann sich die Menschen eben nicht aussuchen.« Vor allem dann nicht, wenn sie einem die Miete bezahlen.

Mit der Bezahlung von Marias Miete war es dann allerdings auch recht schnell vorbei. Der junge Herr Hitler lebte nämlich trotz ansehnlicher Waisenrente hoffnungslos über seine Verhältnisse. Schließlich war er jetzt Komponist! Und als solcher musste er jede Oper besuchen, die in Wien aufgeführt wurde. Für die billigen Plätze war er sich dabei ebenso zu schade wie fürs Arbeiten generell. Oder vielleicht hatte er es auch wieder mal einfach nicht so mit dem Rechnen. Jedenfalls dauerte es nicht lange, bis die Waisenrente aufgebraucht war und Adolf für ein paar Tage die Stadt verließ, um ein Darlehen von seiner Tante zu erbetteln. Das nur wenig später dann ebenfalls aufgebraucht sein würde.

Er scheiterte erneut bei der Aufnahmeprüfung der künstlerischen Hochschule, zu der er bei diesem zweiten Versuch nicht einmal bis zum Probezeichnen vorgelassen wurde. Dann verschwand er. Ohne den letzten Teil der Miete zu bezahlen und ohne sich von seinem Freund Gustl zu verabschieden, dem er jetzt nämlich die Schuld an seiner Misere gab.

Was genau Gustls Fehler gewesen war, das verstand eigentlich niemand so genau – und am allerwenigsten der arme Gustl selbst, als er im Herbst 1908 nach Hause kam, die Glühbirne unter der Decke anschaltete und statt seines Freundes nur noch ein ungemachtes Bett vorfand. Nicht einmal Gustl wusste damals, dass die Gedankengänge von Adolf ganz eigene und sehr verquere Wege gingen. Und dass Adolfs Hass nicht immer einen Grund brauchte, solange er nur ein Ziel hatte.

VIERUNDDREISSIGSTES KAPITEL

Berlin, 1936

Als Mathis in der Nacht aufwachte, sah er seinen Zeigefinger auf dem Kopfkissen beben. Dann schoss plötzlich ein Schmerz durch seine Hand, der bis in den Unterarm reichte. Mathis verzog das Gesicht, er drückte den Finger ins Kissen, wie um ihn zu ersticken. Doch es war ein Kampf, bei dem er nicht gewinnen konnte. Mathis' Körper wehrte sich gegen seine eigenen Glieder. Am Frühstückstisch war er blass. Schweißperlen standen ihm auf der Stirn, als er versuchte, die Kaffeetasse entgegenzunehmen, die Mutter Rickert ihm reichte. Tasse und Untersetzer klirrten zwischen seinen Fingern und fielen dann ungebremst mitten auf den Frühstückstisch. Der Kaffee ergoss sich über das Graubrot, spritzte auf die Butter und ins Marmeladenglas. Mathis starrte seine Hand an, die vor schwarzem Kaffee troff. Er spürte die Flüssigkeit nicht einmal auf seinen Fingern.

»Wir haben einen guten Hausarzt«, sagte Richard Rickert ruhig. Als Einziger war er sitzen geblieben, als alle anderen erschrocken aufgesprungen waren und versuchten, die Situation zu retten. »Er kennt Charlotte, seit sie ein Baby war, und hat schon diverse Arme und Beine unserer Familie gerichtet. Wir fahren gleich hin.«

»Es kommt von seiner Arbeit mit dem Röntgengerät«, erklärte Meta entschuldigend, weil Mathis gerade zu nichts anderem als Blässe fähig war. »Mal ist es besser und mal etwas schlechter.«

»Und mal ist es Zeit, einen Arzt zu sehen«, sagte Richard

Rickert. Und er bestimmte, dass dieser Zeitpunkt genau jetzt war.

Dr. Alfons Nickel war ein zweifelhaftes Vorbild für seine Patienten. Er war kurzsichtig, asthmatisch und rauchte während einer einzigen Untersuchung so viele Zigaretten, dass er zwischendurch den Aschenbecher ausleeren musste.

Der Glimmstängel steckte einfach in einer vorgeformten Mulde seines Mundwinkels, bis die Zigarette abgebrannt war und ausgetauscht wurde. Außerdem redete der Doktor ständig über Krieg und Schlachtfelder, was Mathis nicht gerade von seinen Schmerzen ablenkte.

Doch Dr. Nickels Augen hinter der Zwickerbrille waren klug und hatten schon so einiges gesehen. Tatsächlich war er der erste Arzt, der nicht völlig entsetzt war oder gleich einen Fotoapparat heranschleppte, um Mathis' Verkrüppelung abzulichten.

Ruhig und fachkundig fuhren seine Hände Mathis' Fingerglieder ab. Eine Sache wie diese habe er schon mal gesehen, sagte er.

»Tatsächlich?«, hustete Mathis und blickte den Arzt durch den Qualm an. Er dachte sofort an die alte Sybella, doch Dr. Nickel nickte, auf dem Schlachtfeld von Verdun habe er einmal einen Soldaten behandelt, dem eine Granate die Hand zerfetzt habe. Es seien nur zwei Finger übrig gewesen, als er ihn behandelt habe.

»Und haben Sie die Finger retten können?«, fragte Richard Rickert und legte Mathis eine Hand auf die Schulter.

»Ich habe es bevorzugt, den Soldaten zu retten«, sagte Dr. Nickel.

Er schlug vor, nicht zu lange mit der Amputation zu warten. Besser würde es nicht mehr, der Körper habe bereits damit begonnen, die Finger abzustoßen.

»Ich habe nicht das Geld, um eine Amputation zu bezahlen«,

sagte Mathis. Woraufhin Dr. Nickel ihn wissen ließ, im Krieg hätte er seine Patienten auch nicht nach Geld gefragt.

»Lass das mal meine Sorge sein«, sagte auch Richard Rickert. Doch so richtig sorglos fühlte Mathis sich trotzdem nicht. Er hatte immer Angst vor der endgültigen Fingerlosigkeit gehabt. Vor der Idee der Otterpfote. Und nun empfahl Dr. Nickel auch noch, ihm gleich die ganze Hand abzunehmen. Bevor die Strahlenkrankheit auch davon noch Besitz ergriff.

»Sie werden dann eine Prothese tragen können«, sagte Dr. Nickel. »Die wird einfach am Armstumpf montiert. Die Nachbildungen dafür sind schon recht ausgeklügelt, seit der Krieg die Nachfrage gesteigert hat. Wenn Sie wollen, machen wir die Operation gleich auf beiden Seiten.«

Doch das wollte Mathis sicher nicht. Er hatte Holzknechts wachsende Prothesen gesehen und kannte die Unbeholfenheit, die einem diese bescherten. Wenn Dr. Nickel von ausgeklügelten Nachbildungen sprach, dann meinte er damit das Aussehen der Prothesen. Die Medizin sah es als Fortschritt, dass die unbeweglichen Plastikhände und -beine neuerdings hautfarben angemalt wurden.

Dr. Nickel schlug einen Termin in drei Tagen vor. Doch Richard Rickert merkte vorsichtig an, Herr Bohnsack habe geplant zu verreisen. Ob es eventuell möglich sei, die Amputation etwas zeitnäher durchzuführen?

»Und etwas zeitnäher bedeutet?«, fragte Dr. Nickel und kannte die Antwort bereits.

»Ja, wenn möglich sofort«, bestätigte Rickert, als wäre Mathis sein unmündiger Sohn.

»Nun, im Krieg hat man in solchen Fällen ja auch keine Zeit verloren«, meinte Dr. Nickel. Eine Amputation sei nun mal eine Amputation, und die führe man ja ohnehin nur durch, weil es dringend sei. Der verehrte Herr Bohnsack solle sich nur einen Moment gedulden, damit er die Operation vorbereiten könne. Und dann lief er zum Kiosk auf der gegenüberliegenden Straßenseite, um zwei neue Schachteln Zigaretten zu kaufen. Mathis, der damit beschäftigt war, vor Schmerz und Angst nicht ohnmächtig zu werden, erhob keinen Einspruch.

Zweifellos hatte Dr. Nickel auch den Einsatz von Schmerzmitteln auf dem Schlachtfeld gelernt. Nach der Operation schlief Mathis zwei Tage durch und spürte danach weder Finger, Hand, Arme noch sonst irgendwelche Körperteile. Meta war ganz überrascht, als sie ihn am Mittag des dritten Tages munter in den Kissen sitzen sah und er vorschlug, den Plan für ihre Ausreise zu Ende zu denken. Das hatten Meta, Charlotte und Richard Rickert in der Zwischenzeit allerdings schon getan.

»Wir hatten den 14. August überlegt«, sagte Meta vorsichtig. »Natürlich nur, wenn es dir bis dahin gut genug geht.«

»Der 14. August«, sagte Mathis und musste erst mal lange überlegen, wie viele Tage es bis dahin noch waren. Die Schmerztabletten wirkten so gründlich, dass sie auch gleich sein Gehirn betäubten.

Meta erklärte, dass es der letzte Freitag vor Ende der Olympischen Spiele sei. Ein Tag also, an dem sie maximalen Betrieb an der Grenze erwarteten. Was die Grenzbeamten hoffentlich nachlässiger machen würde. Und kurz vor Ende der Olympischen Spiele mache die Ausreise einer Athletin, die daran teilgenommen habe, sicherlich niemanden misstrauisch.

»Klingt doch toll!«, sagte Mathis fröhlich.

Meta sah ihn skeptisch an und steckte sich am Abend heimlich eine der Tabletten in den Mund, die Dr. Nickel Mathis mitgegeben hatte. Ein wenig Optimismus konnte in einer Situation wie dieser schließlich niemandem schaden.

Da sie in Dr. Nickel nun einen Experten in der Narkotisierung von Menschen gefunden hatten, wollte Meta ihn unbedingt auch wegen der Beruhigungsmittel für Ernsti kontaktieren. Denn ohne Anleitung hatte sie keine Ahnung, wie viele davon sie ihrem Bruder geben konnte. Sie hatte in der Klinik zwar Tabletten verabreicht, aber sie war dabei immer einem strikten Plan gefolgt. Wie viele Tabletten es brauchte, um einen Menschen nicht umzubringen, hatte sie nicht gelernt.

Nun konnten sie Dr. Nickel natürlich schlecht mit dem geflohenen Ernsti konfrontieren oder mit den vielen hoch gefüllten Pillengläsern aus Mathis' Koffer. Aber Richard Rickert schaffte es bei seinem nächsten Besuch in der Praxis dann doch irgendwie, so ganz allgemein über Beruhigungsmittel zu sprechen. Und darüber, dass einer seiner Gäste möglicherweise erhebliche Schlafstörungen habe. Ob man da mit diesen Pillen helfen könne, die er ganz zufällig bei sich im Badezimmer gefunden habe.

Er stellte eins der Gläser auf den Tisch, und Dr. Nickel schaute skeptisch über seine Brille. Er war darüber im Bilde, welche Medikamente die Rickerts in ihrem Badezimmer finden konnten. Schließlich hatte er alle davon selbst verschrieben. Und diese Pillen waren ganz sicher nicht darunter gewesen.

»Das sind aber ziemliche Hämmer«, sagte er. Ob Rickerts Gast es nicht vielleicht lieber mal mit einem Baldriantee versuchen wolle.

Doch Richard Rickert meinte, es solle dann doch schon etwas Stärkeres sein als Baldriantee. Wie viele Tabletten man denn – so rein theoretisch – schlucken dürfe, ohne sich umzubringen.

Dr. Nickel erkundigte sich besorgt, ob bei den Rickerts auch wirklich alles in Ordnung sei. Es habe doch hoffentlich niemand vor …

»Nein, nein«, sagte Richard Rickert schnell. Es ginge wirklich nur um seinen Gast. Woraufhin Dr. Nickel meinte, im Krieg hätten sie den Verwundeten immer Kartoffelschnaps in den Tee gekippt, wenn diese nicht schlafen konnten. Baldriantee und Kartoffelschnaps! Eine wirksamere Mischung würde man kaum finden.

Richard nickte freundlich. Doch er glaubte nicht, dass Baldrian und Schnaps Ernsti bis über die Grenze bringen würden.

So blieb das Problem mit der Dosierung am Ende doch an Meta hängen. Jeden Tag nahm sie die braunen Gläser aus dem Koffer und betrachtete sie, als könnten ihr die Pillen selbst ihre Dosierung zuflüstern. Doch die Gläser schwiegen, und auch sonst traute sich niemand im Haus, Meta einen Vorschlag zu machen.

»Ich bin doch keine Krankenschwester«, sagte sie einmal verzweifelt zu Mathis, der noch im Bett lag und sich darüber freute, dass sein Körper sich so schmerz- und schwerelos anfühlte. Er lächelte sie mitfühlend und ein wenig einfältig an, und es war gut, dass seinem benebelten Kopf nicht so recht einfallen wollte, wie er ihr helfen konnte. Ernsti und sein Wohlergehen waren allein Metas Verantwortung. Nicht auszudenken, was sie mit demjenigen tun würde, der ihren Bruder auf dem Gewissen hätte.

Neben Ernstis Beruhigung war das zweite große Problem das Foto in Liselottes Pass. Ein gelangweilter Grenzbeamter mochte die Angaben zu Größe und Geburtsdatum noch überlesen, zumal diese in wirklich krakeliger Schrift eingetragen waren. Doch auf der rechten Seite strahlte jedem, der den Pass aufschlug, eine viel zu junge Person entgegen. Charlotte war keine zwanzig Jahre alt, Meta dagegen über vierzig.

»Es ist gut, dass wir wenigstens beide blond sind«, sagte Charlotte in dem Versuch, Optimismus zu verbreiten. Einen Morgen später stand sie mit einer Schere vor Meta und hatte ihre Mutter im Schlepptau.

»Mama schneidet dir die Haare so wie meine«, sagte sie bestimmt.

Und damit wurde dann auch Frau Rickert zu einer unglücklichen Komplizin.

Mathis und Ernsti genasen fast zeitgleich. Der eine erholte sich von einer Amputation, der andere von einer Behandlung in der Irrenanstalt. Die Medikamente hatten sie beide für eine Zeit in eine wattige Welt bugsiert, die nun nach und nach wieder reale Formen annahm.

Mathis spürte die Operationsnarbe und wurde sich zum ersten Mal darüber bewusst, dass er seine rechte Hand verloren hatte. Und Ernsti fand zu seinem alten Ich zurück. Was bedeutete, dass er sofort in das Gästezimmer einzuziehen verlangte, in dem Mathis lag, und nun alle in seiner Gegenwart wieder aufpassen mussten, was sie taten oder sagten.

Mathis und Meta wollten keine Aufmerksamkeit erregen, weder in der Wohnung noch draußen auf der Straße. Doch mit einem Ernsti, der tobte, weil er seinen Willen nicht bekam, und der nicht eingesperrt werden wollte, war das leichter gesagt als getan. Die Rickerts betrachteten ihren Besuch mit zunehmendem Argwohn. Und Mathis sah sogar, wie Frau Rickert sich das ein oder andere Mal bekreuzigte, wenn Ernsti am Tisch Theater machte und Meta ihn in den Schwitzkasten nehmen musste, damit er das Porzellan nicht zertrümmerte.

Es war Zeit, dass sie gingen, bevor sie gefunden oder rausgeschmissen wurden.

Am Tag vor der Abreise, dem 13. August, war Meta stiller als sonst. Sie kaute nervös auf ihrer Unterlippe und ging immer wieder zu ihrem aufgeklappten Koffer, um die Medikamentengläser in der Hand zu wiegen.

»Noch können wir den Plan ändern«, sagte Mathis zu ihr. Doch sie wussten beide, dass sie das nicht konnten.

»Mit deiner Hand wird es gehen?«, fragte Meta.

»Ja.«

Die Narbe an Mathis' Stumpf war noch empfindlich und der Arm etwas geschwollen. Doch die Wunde verheilte gut. Vor allem wenn Mathis es mit den Komplikationen verglich, die es bei seinen ersten Amputationen gegeben hatte.

»Ich muss heute Nachmittag noch etwas erledigen, bevor wir abreisen«, sagte Mathis.

»Muss ich mir Sorgen machen?«

Er überlegte.

»Nein«, sagte er dann.

Sie nickte und fragte nicht weiter.

In einer Situation wie dieser musste jeder tun, was er eben tun musste. Bei Meta hieß das, an der Unterlippe zu kauen. Bei Mathis ein Buch wegzubringen, von dem er wusste, dass es eine zusätzliche Gefahr bei der Flucht darstellen würde. Er hatte schon zweimal echtes Glück gehabt. Einmal, als die Gestapo den Wohnwagen durchkämmt hatte, ohne auf das Manuskript zu achten. Und einmal, als er selbst den Koffer in Apostolos' Taxi gelassen hatte, statt ihn mit in Sarrasanis Zirkus zu nehmen.

Ein drittes Mal wollte er das Glück nicht aufs Spiel setzen. Wenn an der Grenze etwas schieflief und man sie durchsuchte, war ein Manuskript, das alles über Metas und Ernstis jüdische Identität verriet, das Letzte, was Mathis bei sich tragen wollte.

Er lieh sich einen Hut von Richard Rickert, steckte die Haare unter die Krempe und das Manuskript in einen Umschlag. So nahm er am späten Nachmittag die Straßenbahn zu Evalyn Byrds Wohnung.

Byrd war überrascht, als sie Mathis auf den Treppenstufen vor ihrer Haustür sitzen sah. Nach der Arbeit war sie noch zum Boxtraining gegangen, darum war sie spät dran. Ihre Locken klebten verschwitzt an den Schläfen.

»Hallo Evalyn«, sagte Mathis. Sie schloss auf und ließ ihn in die Wohnung. Sie hatte nicht gewusst, dass Meta und Mathis überhaupt in der Stadt waren. Mathis erklärte ihr, sie seien bei Freunden untergekommen, nachdem sie Evalyn am ersten Abend nicht angetroffen hatten.

»Ich habe ebenfalls versucht, euch zu erreichen«, sagte sie, nachdem sie die Wohnungstür hinter ihm geschlossen und den Schlüssel zweimal umgedreht hatte, »ich habe nämlich einen seltsamen Anruf bekommen.«

Byrd erzählte, vor zwei Tagen habe sich die Polizei bei ihr gemeldet und nach Metas Referenzen als Krankenschwester gefragt. Mathis wurde bleich.

»Und was hast du gesagt?«

»Dass ich keine Meta Kirschbacher kenne und dass es sich vielleicht um einen Nummerndreher handele. Und ob er sicher sei, dass er zur Redaktion vom *Querschnitt* wolle. Ich dachte, das würden die von der Polizei wohl sowieso herausfinden. Darum habe ich mich nicht getraut, so zu tun, als wäre ich vom Spital. Tut mir so leid, Mathis! Wenn es nun ein Arzt gewesen wäre, der angerufen hätte …«

Doch Mathis fand, dass es wahrscheinlich das Beste war, was Byrd hatte sagen können.

»Warum haben die überhaupt angerufen?«, fragte sie. »Was ist mit Meta? Geht es ihr gut? Setz dich erst mal, ich hab dir ja überhaupt noch nichts angeboten, du meine Güte.«

Mathis setzte sich an den Küchentisch, und Byrd füllte zwei Gläser mit Leitungswasser. Das eine davon trank sie noch am Wasserhahn stehend aus. Das zweite stellte sie vor Mathis ab.

So kurz und knapp wie möglich erzählte Mathis, was seit letztem Sonntag geschehen war.

»Du meine Güte«, entfuhr es Byrd mehrmals. Die Sache mit Ernstis Befreiung hatte sie sich auch einfacher vorgestellt. »Wenn es irgendetwas gibt, das ich für euch tun kann …«

Das Manuskript war inzwischen mehrere Hundert Seiten stark und machte ein dumpfes Geräusch, als Mathis es auf den Tisch legte. Byrd brauchte nicht zu fragen, worum es sich handelte. Sie machte große Augen. »Du hast es fertig geschrieben?«

»Es ist nicht fertig, nein. Vielleicht hätte ich es nie fertig bekommen. Wann immer ich denke, dass ich einen Punkt setzen könnte, kommt mir eine weitere Lebensgeschichte in den Sinn, die es wert wäre, aufgeschrieben zu werden.«

»Die Geschichte jedes Menschen wäre es wert, aufgeschrieben zu werden«, sagte Byrd.

Mathis dachte darüber nach, und es schien ihm richtig.

»In Dresden hatte ich die Schreibmaschine von Römmler und habe meine Notizen abgetippt. Bei meiner Handschrift wäre es wohl sonst kaum möglich gewesen, dass du irgendwas hättest entziffern können.«

Mathis hob vielsagend die Arme, von denen einer in einem dicken weißen Verband endete. Zwischen Evalyns Brauen bildete sich eine Sorgenfalte.

»Es tut mir leid, dass es so kommen musste«, meinte sie.

»Danke«, sagte Mathis.

»Würde ich einen Artikel über dich schreiben, dann würde ich den Leuten sagen, welches Opfer du im Dienste der Wissenschaft gebracht hast.«

»Nicht im Dienste der Wissenschaft, nein. Als ich mit dem Röntgen begonnen habe, hatte ich nicht einmal eine Ahnung, was Wissenschaft ist. Ich habe es aus Liebe getan«, er legte den Armstumpf auf das Manuskript, und selbst in dieser Bewegung lag etwas Zärtliches. »Kannst du alles hier nachlesen.«

»Es wird mir eine Ehre sein«, sagte Evalyn ernst. »Aber ich hoffe, du weißt, dass wir die Geschichte kaum bei uns veröffentlichen können. Wenn du sie deswegen zu mir gebracht hast …«

»Nein«, unterbrach Mathis sie, »ich möchte nur, dass sie irgendwo sicher liegt, bis ich … ich weiß auch nicht. Vielleicht, bis der Wahnsinn in diesem Land vorbei ist. Wenn du sie nur irgendwo in deinem Schrank vergraben könntest …«

»Bis der Wahnsinn vorbei ist«, sie nickte. »Du wirst sie bestimmt irgendwann veröffentlichen können, Mathis.«

»Das wäre schön. Aber wenn ich es nicht kann«, er ließ den Satz unbeendet und blickte auf den Verband. Es musste nicht ausgesprochen werden, dass Evalyn die längere Lebenserwartung von ihnen beiden hatte.

Das Gefühl der Erleichterung ging von der gewichtslosen, ausgeleerten Tasche aus, mit der Mathis zurück auf die Straße trat.

Es hatte sich richtig angefühlt, Evalyn das Manuskript zu geben. Und es war richtig gewesen, ihr Lebewohl zu sagen. So richtig, dass er gleich ein wenig übermütig wurde und darüber nachdachte, welche Menschen es noch gab, von denen er sich verabschieden wollte.

Mathis hatte nicht gewusst, dass der sogenannte »Rastplatz« Marzahn von einem Zaun umgeben war. Aus Friedas Brief hatte er herausgelesen, dass es sich einfach um einen neuen Ort handelte, an dem die Fahrenden ihre Wohnwagen abstellen mussten, um den Olympischen Spielen nicht im Weg zu sein.

Doch das hier hatte nichts von einem neuen Zuhause. Es sah eher aus wie ein Gefangenenlager, ein Käfig, in dem die Fahrenden eingesperrt waren wie Tiere. Der Gestank der nahe liegenden Rieselfelder war bestialisch. Da war nichts Natürliches, nichts Frisches mehr an dieser Wiese. Sie hatte das Abwasser der Großstadt in sich aufgesogen.

Mathis sah schmutzige Kinder, die zwischen den Wohnwagen umherrannten. Eine Frau kam mit einem Eimer aus einer Bretterbude, die wahrscheinlich das Toilettenhäuschen war. Mathis rief nach ihr, aber sie sah ihn nur abschätzig an und ging dann weiter. Dafür kam eins der spielenden Kinder bis zum Zaun und sah ihn mit großen Augen an. Der Junge mochte vielleicht sechs oder sieben Jahre alt sein.

Mathis erinnerte sich, dass er ein Pfefferminzbonbon in der Tasche hatte. Mit der linken Hand fischte er es hervor und steckte es durch den Zaun. Ausgestreckt auf der flachen Hand, als wollte er ein Pferd füttern. Den Jungen störte diese Art der Darreichung wenig. Er grabschte nach dem Bonbon und steckte es gierig in den verschmierten Mund, noch bevor es ganz ausgepackt war.

»Wie heißt du?«, fragte Mathis.

»Ingbert.« Der Junge zog das Bonbon mit den Zähnen vom Papier ab.

Ingbert, dachte Mathis. So hatte der schlimmste seiner Brüder geheißen. Ingbert mit der locker sitzenden Faust. Es war aber kein typischer Name für einen Zigeunerjungen.

»Kannst du mir einen Gefallen tun, Ingbert?«

Ingbert zuckte die Schultern. Gefallen waren offenbar nicht so seine Art.

»Hast du noch mehr Bonbons?«, fragte er.

»Leider nicht. Aber ich schicke dir eine ganze Packung per Post, wenn du jetzt etwas für mich tust. Kennst du eine Miss Cärri?«

Der Junge schüttelte den Kopf.

»Sie ist am ganzen Körper tätowiert«, erklärte Mathis.

»Vielleicht«, sagte Ingbert. Aber es klang nicht so, als fiele der Groschen. Mathis versuchte es mit weiteren Namen und gab zu jedem eine Erklärung ab. Aber erst bei Rosendo Fibolo, dem menschlichen Nadelkissen, hellte sich die Miene des Jungen auf.

»Ja, der macht für uns abends manchmal Tricks«, sagte er, »steckt sich Messer durch die Hand und so.«

Mathis wollte schon erleichtert rufen, dass das nur der Rosendo sein könne, den er meinte, als er einen Schuss hörte. Mathis und Ingbert zuckten zusammen. Der Junge machte auf dem Absatz kehrt und rannte zurück ins Lager, während Mathis sich erschrocken in die Richtung wandte, aus der der Schuss gekommen war.

In der Abenddämmerung kam ein Mann auf ihn zu.

»He da! Weg vom Zaun!«

Mathis trat einen Schritt zurück und dachte, dass es schon bezeichnend war, wenn jemand direkt zu schießen begann und danach erst sagte, was er eigentlich wollte. Doch dann erkannte er die hellen Haare und den markanten Kiefer. Und er wusste plötzlich, *wie* bezeichnend es wirklich war. Denn der Mann, der dort mit gezückter Pistole auf ihn zukam, war Kaltenhoff.

Kaltenhoff hielt ebenfalls verblüfft inne. Er hatte Mathis bisher nur in Frauenkleidern gesehen, darum dauerte es ein paar Sekunden länger, bis er begriff, wer da vor ihm stand. Wertvolle Sekunden, die Mathis dazu hätte nutzen sollen, sich umzudrehen und fortzulaufen. Doch stattdessen stand er still und starrte Kaltenhoff an wie eine Erscheinung. Bis dieser plötzlich losbrüllte und die Pistole drohend auf Mathis' Kopfhöhe richtete.

Mathis hob die Hände und legte sich flach auf den Boden, wie Kaltenhoff ihn anwies. Nach allem, was Meta ihm erzählt hatte, gab es keinen Zweifel, dass sein Gegenüber das Ding, mit dem er da herumfuchtelte, für mehr als nur Warnschüsse benutzen würde. An Flucht war jetzt nicht mehr zu denken. Kaltenhoff trat zu ihm und rammte ihm den Stiefel so hart in die Seite, dass Mathis die Augen zusammenkniff und sich krümmte. Er roch den modrigen, brackigen Boden und hoffte nur, dass kein Dreck durch den Verband in seine Wunde drang.

Kaltenhoff spuckte Mathis in den Nacken und trat dann noch einmal nach. Er sagte nicht einmal etwas, während er sein Opfer malträtierte. Es gab nichts, das Kaltenhoff von Mathis wollte außer Rache. Mathis begriff, dass er den Rest dessen zu spüren bekam, vor dem Meta geflohen war.

Beim nächsten Tritt wälzte er sich stöhnend auf den Rücken. Kaltenhoff packte ihn und riss ihn auf die Beine, von denen ihm eines wieder mal den Dienst versagte.

»Du bist eine Memme. Mit oder ohne Frauenkleider«, schrie Kaltenhoff ihm ins Gesicht, als er Mathis ein zweites Mal vom Boden hochriss. Dann drehte er Mathis den Arm auf den Rücken und führte ihn ab. Mathis spürte die Mündung der Pistole knapp über seinen Nieren.

In dem kleinen Holzhaus neben der Eingangsschranke brannte Licht. Ein zweiter, jüngerer Uniformierter steckte den Kopf durch die Tür und blickte Kaltenhoff verwirrt entgegen, als dieser Mathis die Stufen hinaufstieß.

»Der hat sich am Zaun rumgetrieben«, sagte Kaltenhoff.

Doch der junge Uniformierte sah nicht so aus, als würde ihm das Mathis' Misshandlung erklären. Er trat dennoch zur Seite, und Kaltenhoff stieß Mathis ins Haus, wo er ihn auf einen Stuhl setzte und ihm die Hände auf den Rücken fesselte.

Der junge Uniformierte an der Tür machte noch immer große Augen, aber jetzt wurde es Kaltenhoff wirklich zu viel. Er teilte dem anderen mit, dass er die Nachtwache sehr gut auch alleine übernehmen könne und ohnehin jetzt Feierabend sei. Was der Kollege hier eigentlich noch wolle.

»Ich war gerade im Begriff zu gehen, als ich den Schuss gehört habe«, verteidigte der Jüngere sich.

»Tja, der Schuss war ich, und wie gesagt, ich mache das hier alleine«, schnauzte Kaltenhoff. Das Nicken des anderen wirkte nervös und unsicher. Mathis konnte spüren, dass er Kaltenhoffs Befehl unterstand.

»Das dürfen Sie doch gar nicht«, sagte er in der vagen Hoffnung, der junge Uniformierte könnte Kaltenhoffs Verhalten einem Vorgesetzten melden, der mehr zu sagen hatte als er.

Kaltenhoffs Gesicht war hässlich, als er Mathis schlug. Er hatte den Mund zu einer bockigen Fratze verzogen, das Kinn vorgeschoben, die Mundwinkel auf Kinnhöhe.

»Geh jetzt!«, schnauzte er. Und der Jüngere entfernte sich tatsächlich. Mathis hörte, wie draußen der Motor eines Motorrads angelassen wurde. Er schmeckte Blut in seinem Mund. Kaltenhoffs Schläge waren ebenso erbarmungslos wie seine Tritte vorhin auf der Wiese. Kaltenhoff packte Mathis an den Haaren, bog seinen Kopf zurück und spuckte ihm noch einmal zwischen die Augen. Sein Verhalten erinnerte Mathis an den Wutausbruch eines tobenden Kindes.

»Ich habe keine Ahnung, warum du hier bist. Aber ich kann nicht leugnen, dass ich mich über den Besuch freue«, zischte Kaltenhoff und sah dabei eigentlich nicht besonders erfreut aus. Er stieß Mathis' Kopf so heftig zur Seite, dass der Stuhl wackelte.

Es war lange her, dass Mathis von jemandem verhauen wurde. Aber jetzt fühlte er wieder die altvertraute Panik in sich aufsteigen. Das Gefühl packte ihn ohne Vorwarnung. Plötzlich war er wieder fünfzehn und lag im Dreck des heimatlichen Hofes. Er glaubte die Wärme der Kuhfladen zu spüren, in die seine Brüder sein Gesicht gedrückt hatten. Er roch den Gestank und spürte die Hilflosigkeit, den anderen ausgeliefert zu sein. Mathis konnte sich noch so sehr versichern, dass er inzwischen fast fünfzig war und nur ein einziger Mann ihm gegenüberstand anstelle von zwölf Brüdern. Die Panik nahm überhand. Er begann zu schreien.

Der Knebel war schneller in Mathis' Mund, als er überhaupt reagieren konnte. Kaltenhoff zerrte ihn so fest, dass Mathis glaubte, seine Mundwinkel müssten zerreißen. Er stank und raubte ihm die Luft, Mathis atmete hektisch durch die Nase.

»Du schreist ja lauter als deine hässliche Freundin«, sagte Kaltenhoff. Das machte Mathis nun so wütend, dass er aufsprang und mit dem Stuhl nach vorn stieß. Kaltenhoff stand nah genug vor ihm, um zumindest einen Schlag von Mathis' Schulter abzubekommen, als dieser vornüberkippte. Doch das Schlimmste bekam Mathis selbst ab, weil er mit dem Gesicht voran stürzte. Seine Stirn traf auf den Boden, und sein Kopf explodierte. Der Knebel erstickte seinen Schrei. Mathis spürte etwas Nasses zwischen den Augen und wusste, was es war. Die Welt wurde rot und schwarz und grellweiß und wieder rot. Ausgerechnet die Farben der Hakenkreuzfahne.

Mathis kniff die Augen zusammen und wartete darauf, dass der Schmerz nachließ. Als Kaltenhoff den Stuhl zur Seite kippte, hatte Mathis keine Wahl, als sich ebenfalls auf die Seite zu drehen. Die Handschellen schnitten knapp über dem dicken Verband in seinen Arm. Er stöhnte.

»Ich hätte wohl wissen sollen, dass du und dein Mannsweib nicht gern auf Stühlen sitzt. Aber ich habe hier nicht so ein schönes Bett wie das, auf das ich sie gebunden habe.«

Mathis verdrehte die Augen, um Kaltenhoff ins Gesicht sehen zu können. Meta hatte ihm in groben Zügen erzählt, was in der Kammer der Klinik vorgefallen war. Aber von einem Bett hatte sie nichts gesagt. Und so süffisant, wie Kaltenhoff jetzt lächelte, hatte Mathis Angst, dass da vielleicht noch mehr gewesen war, von dem Meta ihm nicht erzählt hatte. Die Wut, die in ihm aufstieg, war noch größer als seine Angst. Er brüllte in seinen Knebel, was Kaltenhoff nur dazu brachte, noch breiter zu grinsen.

»Ich höre, du willst mir erzählen, was deine Verlobte mir eigentlich hätte verraten sollen. Aber leider kann ich dich nicht verstehen. Und ihr kleines Geheimnis ist sowieso schon aufgeflogen. Sie hat den verschwundenen Patienten aus der Klinik befreit, nicht wahr? Ein Judenschwein und obendrein noch so schwachsinnig, dass selbst die Zeitungen über ihn berichtet haben. Hast du etwa nicht gewusst, dass sie ein kleines Techtelmechtel in der Klinik hatte? Eine Schwäche für hässliche Männer scheint sie ja zu haben. Oder lässt sie sich vielleicht am Ende nur mit Juden ein?«

Mathis wand sich, als Kaltenhoff sich bückte und triumphierend den Gürtel von Mathis' Hose öffnete. Er trat und strampelte. Der Stuhl schob sich knarrend über den Boden, bevor er gegen den Tisch donnerte und Mathis nicht mehr weiterkam. Mit einem Ruck zog Kaltenhoff Mathis' Hose nach unten. Er sah aus wie ein vorfreudiges Kind, das ein Geschenk aufriss. Doch dann veränderte sich sein Gesichtsausdruck. Verwirrung machte sich in seinen Zügen breit. Er schob das Kinn nach vorn und malmte, weil er nicht vorfand, was er vorzufinden geglaubt hatte. Hinter der Fassade des starken, rigorosen Mannes konnte Mathis einen Anflug von Unsicherheit spüren.

Plötzlich brach draußen ein Chaos los. Schreie drangen vom Wohnwagenplatz zu ihnen in die Kabine, Kinder und Frauen. Kaltenhoff wandte sich irritiert um. Ein Wehklagen, als wäre jemand gestorben. Er ballte die Fäuste und riss die Tür auf.

»Was soll das!«, brüllte er in den Abend hinein. »Ruhe!« Doch das Schreien hörte nicht auf. Jetzt bei geöffneter Tür erkannte Mathis, dass es ganz aus der Nähe kam.

»Er hat sich erstochen!«, kreischte eine Frauenstimme. »Herr Wachmann! Bitte kommen! Er hat sich erstochen!«

Mathis verrenkte den Nacken, um durch die Tür zu sehen. Doch sein Blick reichte nicht weiter als bis zu Kaltenhoffs schweren Stiefeln.

»Wer hat sich erstochen?«, brüllte Kaltenhoff, um dann zu fluchen und mit einem weiteren Blick auf Mathis nach draußen zu stampfen und die Tür hinter sich zuzuschlagen.

Normalerweise interessierte es Kaltenhoff ja nicht besonders, ob und wann mal einer dieser sechshundert Zigeuner starb. Aber wenn es ausgerechnet während seiner Nachtwache geschah, und dann auch noch kurz nachdem er seinen tölpelhaften Kollegen fortgeschickt hatte, dann war das ein Ärgernis, das sicher wieder einmal Fragen nach sich ziehen würde.

Kaltenhoff hatte schon die Vernehmung von Meta nicht unter den Teppich kehren können, nachdem man ihn mit einer Platzwunde auf der Stirn in der Klinik gefunden hatte. Jetzt hatte man ein genaueres Auge auf ihn. Er hoffte deshalb, dass die Frau da draußen nur hysterisch war und sich nicht wirklich jemand erstochen hatte.

Doch leider schien genau das Gegenteil der Fall zu sein.

»Himmel, Arsch und Zwirn!«, fluchte Kaltenhoff. »Wie konnte das denn passieren!?«

Mathis hörte sein Toben durch die geschlossene Tür. Was auch immer draußen geschehen war, es gab ihm eine kurze Verschnaufpause und Zeit, seine Möglichkeiten zu überdenken. Was ziemlich schnell ging. Denn Mathis lag geknebelt und gefesselt auf einem umgekippten Stuhl am Boden. Selbst der Ausbrecherkönig Habermann hätte in einer Situation wie dieser keine guten Aussichten gehabt. Mathis konnte nichts anderes tun, als abzuwarten, dass Kaltenhoff zurückkam.

Er hörte ein Geräusch über sich am Fenster und drehte den Kopf. Vor der Scheibe hockte dieser Junge, Ingbert, und klopfte mit dem Fingernagel gegen das Glas. Mathis biss vor Überraschung auf seinen Knebel. Er wollte Ingbert etwas zurufen und wand sich, um auf sich aufmerksam zu machen. Dabei hatte Ingbert ihn längst entdeckt. Er sah Mathis direkt in die Augen und legte einen Finger auf den Mund. Mathis verstummte. Ihm ging auf, dass der Junge wohl kaum zufällig auf dem Fensterbrett des Wachhäuschens hockte.

Mit einer geschickten Bewegung, die aussah, als würde Ingbert das nicht zum ersten Mal machen, drückte er seine kleinen Finger unter das Fensterholz und schob es nach oben auf, bevor er leise ins Zimmer sprang. Noch einmal legte er den Finger auf die Lippen, bevor er den Knebel von Mathis' Mund löste.

»Die Packung Bonbons war aber ein Versprechen, oder?«, versicherte er sich. Mathis spuckte und nickte und hätte dem Jungen eine ganze Wagenladung Bonbons versprochen, wenn er denn vor lauter Erleichterung einen Ton herausbekommen hätte.

Ingbert beugte sich über ihn und wollte ihn vom Stuhl losmachen. Doch als er die Handschellen sah, war er ratlos.

»Da muss irgendwo ein Schlüssel sein«, sagte Mathis.

»Seh ich nicht«, sagte Ingbert.

»Schau mal auf der Küchenablage neben der Tür.«

»Nein.«

»Oder auf dem Tisch?«

Ingbert lief zum Tisch.

»Nein.«

»Verdammt«, Mathis hatte schon Sorge, Kaltenhoff könne den Schlüssel eingesteckt und mitgenommen haben, als Ingbert ihn auf dem Boden hinter dem Tisch entdeckte. Er war heruntergefallen, als Mathis mit dem Stuhl gegen das Tischbein gedonnert war.

Ingbert brauchte mehrere Versuche, bis er mit dem kleinen

Schlüssel das Schlüsselloch traf, dann öffneten sich die Handschellen mit einem Klicken. Mathis' Arme waren frei. Stöhnend nahm er sie nach vorn und rieb die Stelle über dem Verband. Doch insgesamt hatte die gut verpackte Operationsnarbe die Misshandlung besser überstanden als sein Kopf. Er blutete noch immer an der Stirn. Und als er sich aufsetzte, sah er Blitze vor den Augen.

»Schnell, da raus!« Ingbert lief zurück zum Fenster und kletterte behände auf das Brett. Er schob die Scheibe ganz nach oben, damit Mathis hindurchpasste. Doch der kämpfte mit Schmerzen und einem Körper, mit dem er es selbst vor zwanzig Jahren nicht ohne Weiteres durch ein so kleines Fenster geschafft hätte.

»Kann ich nicht durch die Tür?«

»Da sieht er Sie doch! Machen Sie, schnell!«

Mathis fluchte im Stillen das gesamte Vokabular herunter, das er in jungen Jahren bei Meister Bo gelernt hatte.

Die Stimmen und Kaltenhoffs geschnauzte Befehle waren deutlich zu vernehmen. Sie kamen von der anderen Seite des Wachhäuschens. Mathis konnte hören, dass noch mehr Menschen dazugekommen waren und nach einem Arzt verlangten.

»Was ist da passiert?«, keuchte er, während Ingberts Kinderhände versuchten, ihn durch das Fenster zu zerren.

»Herr Fibolo«, Ingbert hängte sich an den Teil von Mathis, der bereits aus dem Fenster schaute, »es war seine Idee. Er hat sich ein Messer in den Bauch gestochen und auf den Boden gelegt. Der Wachmeister weiß nicht, dass es nur gespielt ist.«

»Rosendo?«, fragte Mathis verblüfft. Er hatte das Fenster endlich passiert und plumpste auf der anderen Seite zu Boden. Vor Überraschung wäre er beinahe sitzen geblieben.

»Sie haben doch gesagt, ich soll ihn für Sie suchen.«

»Aber was hast du denn gesagt, wer ich bin? Hat er nicht nach einem Namen gefragt?«

Ingbert schüttelte den Kopf.

»Ich habe ihm gesagt, ein Herr ohne Hände hat nach ihm gefragt«, sagte er. Mathis war so dankbar, dass er kein Wort mehr herausbrachte.

»Kommen Sie! Sie müssen gehen!«, erinnerte ihn Ingbert, und Mathis rappelte sich auf. Der Junge hatte recht. Das Geschrei hinter der Hütte hatte sich verändert. Mathis hörte Kaltenhoff nicht mehr, und das war mit Sicherheit kein gutes Zeichen. »Lauf zurück zum Lager, bevor man dich hier draußen sieht«, sagte er zu dem Jungen.

»Ich komme schon zurecht«, sagte Ingbert und steckte mit einer sehr erwachsenen Geste beide Hände in die Taschen. »Laufen Sie lieber los, bevor er zurückkommt.«

Mathis nickte und humpelte los, in die entgegengesetzte Richtung der Stimmen. Als er den Waldrand erreichte, drehte er sich noch einmal um und sah Kaltenhoff energisch auf die Tür der Hütte zumarschieren. Der Junge namens Ingbert war bereits verschwunden.

Mathis traute sich nicht, die Straße zu nehmen, um zurück zum Ortskern von Marzahn zu kommen. Er hatte das Auto vor der Hütte gesehen und wusste, dass Kaltenhoff ihn verfolgen würde. Doch der Wald, in den Mathis lief, erwies sich als winziger Baumbestand. Und dahinter gab es nur Felder, auf denen er gut sichtbar war. Mathis hoffte, dass die Dunkelheit ausreiche, um ihn immerhin ein wenig zu decken. Während er vorwärtshumpelte, befühlte er immer wieder seine Stirn. Sie blutete inzwischen nicht mehr so stark, und Mathis hoffte, dass er den Weg schaffen würde. Ihm war noch immer etwas schwarz vor Augen, und er hatte nur eine ungefähre Ahnung von der Richtung, in die er lief. Hinter dem Feld tauchten Bahnschienen auf, doch es konnten nicht die sein, auf denen die S-Bahn vorhin, auf dem Weg hierher, gefahren war. Sie waren noch zu weit von Marzahn entfernt.

Mathis folgte den Schienen bis zur Straße und schlug sich

dann parallel zu dieser weiter querfeldein. Bei jedem Auto, dessen Lichter über den Asphalt glitten, duckte er sich ins Feld. Er durchwatete einen Bach, kam auf ein neues Feld, und auf der linken Seite tauchte ein großes Gebäude auf. Mathis erkannte die Städtische Heil- und Pflegeanstalt Herzberge. Demzufolge musste die große Straße neben ihm die Landsberger Allee sein. Wenn Mathis ihr weiter folgte, würde sie ihn ins Zentrum von Berlin bringen. Nur dass das zu Fuß und in seinem Zustand mehrere Stunden dauern konnte.

Mathis schleppte sich weiter und achtete nach wie vor darauf, sich nicht zu dicht an der Straße zu bewegen. Doch je näher er Berlin kam, desto kleiner wurden die Felder und desto mehr Autos waren da, vor denen er sich wegducken musste. Irgendwann wurde er müde. Vielleicht hatte Kaltenhoff ihn längst überholt und war in Richtung Berlin gefahren, um ihn dort zu suchen. Vielleicht vermutete er Mathis aber auch an einer der S-Bahn-Haltestellen. Immer häufiger musste Mathis jetzt eine Pause einlegen, weil ihm schwarz vor Augen wurde. Die Wunde an seiner Stirn leckte noch immer. Mathis fragte sich, wann er gefunden werden würde, wenn er jetzt im Kornfeld zusammenbrach.

Vor dem nächsten Auto duckte er sich schon kaum noch. Es kam aus Richtung Berlin, und Mathis erwartete Kaltenhoff nicht von dort. Erst als die Reifen auf der Straße quietschten, zuckte er zusammen und drehte sich um. Das Auto war stehen geblieben und wendete. Die Scheinwerfer erfassten ihn im Kornfeld. Mathis warf sich auf den Boden. Zwischen den Ähren kroch er weiter. Er hörte, wie eine Autotür aufgerissen wurde, und wusste, dass die Bewegung der Halme für seinen Verfolger sichtbar sein würde. Darum blieb er jetzt ganz still liegen und hielt die Luft an. Er hörte, wie jemand ins Feld kam. Die Halme raschelten, und die Bewegung kam näher. Mathis wusste nicht, wie er schnell genug auf die Füße kommen sollte, und im Grunde hatte er ohnehin keine Chance mehr. Nicht gegen die Geschwindigkeit von Kaltenhoffs gesunden Beinen und erst recht nicht gegen die Geschwindigkeit von dessen Waffe.

Er kniff die Augen zusammen und hoffte, dass Meta und Ernsti es bis nach Amerika schaffen würden. Dann hörte er die Stimme, die nach ihm rief.

Ungläubig keuchte Mathis auf.

»Mathis Bohnsack!« Meta klang mehr verärgert als besorgt. Doch das änderte sich, als sie Mathis blutend und erschöpft zwischen den Ähren ausgestreckt fand.

»Um Himmels willen!«, sagte sie. Sie klaubte ihn vom Boden auf und schleppte ihn zum Wagen, hinter dessen Steuer ein besorgter Richard Rickert saß und sich mehr und mehr fragte, in was er da hineingeraten war.

FÜNFUNDDREISSIGSTES KAPITEL

Wien, 1910

Paul Busch kam eigentlich in das Artistencafé in der Praterstraße, weil er auf der Suche nach einem Zeus war. Es war Wiens Umschlagplatz für Künstler. Wer nichts besaß und Arbeit brauchte, der kam hierher. Und wer einen Zirkus besaß und einen Zeus brauchte, der kam ebenfalls hierher. So fanden Künstler und Auftraggeber auf recht verlässlichem Weg zueinander. Normalerweise jedenfalls.

Nur suchte Busch schon seit einer Woche nach einer zufriedenstellenden Verkörperung seines Wettergottes. Und noch immer war er nicht fündig geworden. Die Künstler waren zu alt, zu dick, zu dünn, zu klein. Buschs Zeus aber sollte Muskeln haben und auf der Bühne mit Blitzen um sich werfen! Wenn das so weiterging, dann würde er wohl die Proben verschieben müssen.

Busch nahm den Hut ab, kratzte sich am Kopf und setzte sich dann für einen Trostschnaps an einen freien Tisch. Gegenüber einer jungen Dame, die finster ihre Suppe löffelte.

Busch brauchte nicht zweimal hinzusehen, um zu erkennen, dass der Bizeps dieser Dame größer war als sein Unterschenkel. Und dass auch ihre Statur und Miene zu einem wütenden Wettergott gut passen würden. Wenn da nur ihr hinderliches Geschlecht nicht wäre! Aber im Grunde, dachte Busch, im Grunde sprach ja nichts dagegen, wenn ein weiblicher Zeus in dem Stück spielte. Die Wiener liebten schließlich alles, was exotisch und nie da gewesen war.

Er hüstelte und nickte seiner neuen Wettergöttin zu, die erstaunt von ihrem Mittagessen aufsah.

Meta hatte sich nie über ihre Tätigkeit in der Wurstel-Bude beschwert. Aber es war auch nicht das, wofür sie geboren worden war. Da waren Paul Busch und sie der gleichen Meinung. »In einem Wursteltheater arbeiten Sie?«, fragte er entsetzt, nachdem sie sich einander vorgestellt hatten.

»Gleich nebenan«, bestätigte Meta.

»Was für eine Verschwendung!«

»Irgendetwas musste ich doch tun«, sagte Meta.

Und das musste Busch auch. Meta engagieren nämlich. Das sah doch ein Blinder mit dem Krückstock, dass diese Frau nicht in ein Wursteltheater gehörte! Metas Einwand, sie könne wegen eines Unfalls noch nicht wieder in vollem Maße kämpfen, fegte er mit einer Handbewegung zur Seite. Kämpfen müsse sie auch gar nicht. Nur dastehen und die Muskeln spielen lassen, während ein Gewitter durch die Manege zog.

Nachdem er die Details zu Metas Unfall gehört hatte, war er außerdem völlig entsetzt ob der Sicherheitsmängel, die in den Folies-Bergère geherrscht hatten. Ein explodierender Scheinwerfer! Wie leicht hätte der zu einem Brand im Gebäude führen können!

Was das Thema Feuersicherheit betraf, hätte Busch sich tatsächlich äußerst gut mit Feuerwehrinspektor Stickelberger verstanden. Als einer der Ersten in seiner Branche hatte er für seinen Zirkus ein Gebäude gekauft, das aus feuerfestem Stein und Eisen bestand. Was nicht gerade dumm war, wenn man zusammenzählte, wie häufig die anderen Zirkuszelte und Holzbauten in Flammen standen. Und besonders umsichtig war es angesichts des neuesten Programms, das Busch sich für seine Show ausgedacht hatte: Von Maschinen erzeugte, meterlange Blitze sollten die Luft des Kuppelbaus durchzucken, begleitet von krachendem Donner und einer Broschüre, die das Publikum darüber aufklärte, wie sündhaft teuer so ein Blitz sei.

Ein solches Unterfangen wäre in einem Zelt mit entzündbaren Wänden natürlich völlig undenkbar gewesen. Doch Mathis hatte trotzdem Zweifel, was die Überlebenschancen der rund zweitausendfünfhundert entzündlichen Menschen darin betraf. Und ganz besonders Sorge machte ihm ein entzündlicher Mensch, der in der Mitte stehen und die Wettergöttin geben sollte.

»Dass du immer gleich alles schwarzmalen musst, kaum dass ich wieder arbeite«, sagte Meta, als wäre es völlig aus der Luft gegriffen, dass ein wild umherzuckender Hundert-Volt-Blitz eine Gefahr für ihr Leben darstellen könnte! Aber Mathis durfte sich ohnehin nicht mehr zum Thema Sicherheit am Arbeitsplatz äußern. Inzwischen war nämlich klar geworden, wie wenig gesundheitsfördernd seine eigene Arbeit war.

Guido Holzknecht war in diesem Jahr der erste Finger amputiert worden. Ausgerechnet der, den er seiner Marianne auf dem Standesamt hatte entgegenstrecken wollen. Einige böse Zungen behaupteten deshalb, dass Gott den Ringfinger auf dem Gewissen habe. Denn Marianne war Jüdin, und um sie zu heiraten, hatte Holzknecht aus der Kirche austreten müssen. Aber Mathis hatte am Röntgeninstitut nun doch so einiges über Physik und den menschlichen Körper gelernt, um zu wissen, dass ein Finger nicht so einfach durch Religion abfiel. Oder durch den Austritt aus dieser. Der Zusammenhang musste also anderswo liegen.

Alle im Labor hatten Schmerzen in den Fingern und dieselbe rote, haarlose Haut. Holzknechts Hände waren sogar so voller Tumoren, dass auf die erste Amputation bald eine zweite folgte. Und eine dritte. Trotzdem stand er nach den Operationen jedes Mal wieder verbissen in der Tür des Labors, über der noch immer sein Wahlspruch hing. Er baute sich Prothesen, um die fehlenden Glieder der Hand zu ersetzen, und arbeitete weiter. Genauso wie auch Mathis es tat.

Sollte er Meta da Vorwürfe machen, zu dem Beruf zurückzukehren, der sie beim letzten Mal fast umgebracht hatte?

»Wir sind beide nicht ganz richtig im Kopf, Mathis Bohnsack«, sagte Meta und hatte damit wohl ein bisschen recht.

Meta hoffte also, dass Mathis den Tag überstand, und Mathis hoffte, dass Meta den Abend überstand. Und wenn alles erfolgreich überstanden war, lagen sie nachts im Bett und hielten einander dankbar fest. Auf eine sehr verquere Art führten ihre halsbrecherischen Berufe nämlich dazu, dass sie das Dasein des anderen nicht für selbstverständlich hielten. Sie stritten sich weniger und liebten sich mehr. Wenn ein Mehr in Mathis' Fall denn überhaupt noch möglich war. Denn er hatte Meta ja schon vorher mit seinem ganzen bodenlosen Herzen geliebt.

Es waren schöne Jahre, diese Jahre vor dem Krieg, trotz der Rivalitäten mit Ernsti und trotz der Misspolitik in Wien, die das Leben immer teurer machte. Sie lernten Menschen kennen, die es verdient hätten, berühmt zu werden, und solche, die berühmt wurden, obwohl Mathis und Meta ihre Namen schon nach dem ersten Zusammentreffen wieder vergessen hatten.

Wie hatte zum Beispiel noch gleich dieser verrückte Doktor geheißen, der seinen Bucherfolg im Wiener Prater gefeiert hatte? Ein wirklich seltsamer Zeitgenosse war das gewesen. Hatte sich hoffnungslos betrunken und ständig etwas von Lustsuche und Kastrationsangst gelallt. Und davon, dass Frauen nur aus einem einzigen Grund Sport trieben, nämlich weil sie neidisch auf den Penis der Männer seien. »Penisneid!«, hatte er gerufen, als wäre das tatsächlich eine Diagnose.

Mathis war sich immer noch nicht sicher, ob es wirklich der Schnaps war, der den wirr redenden Doktor letztendlich unter den Tisch befördert hatte, oder ob Meta nicht doch ein wenig nachgeholfen hatte.

Auch ihren ehemaligen Nachbarn Adolf Hitler sahen Mathis und Meta noch einmal. Er saß auf einem Stühlchen auf dem

Karlsplatz. Mathis wäre wohl an ihm vorbeigelaufen, hätte Meta nicht schmerzhaft den Ellbogen in seine Seite geklopft. Adolf hatte ein Papier auf den Knien und einen offenen Wassermalkasten neben sich. Offenbar versuchte er noch immer, sein Leben als Künstler zu bestreiten. Die Zungenspitze schaute verbissen unter seinem Schnauzbart hervor, und als er die Hand hob, um eine nervige schwarze Haarsträhne fortzuwischen, die ihm immer wieder in die Stirn fiel, hinterließ der Pinsel einen braunen Strich auf seinem Gesicht. Mathis wollte die Hand heben, um ihn immerhin zu grüßen, doch Meta hielt seinen Arm fest und steuerte ihn weiter, bis der erfolglose Künstler hinter den Menschen auf dem Karlsplatz verschwand. Danach sollten sie Hitler erst viele Jahre später wiedersehen. In einer Rolle, die ihm auch nicht besser stand, aber in der er viel erfolgreicher sein würde.

Bevor Hitler seinen inneren Krieg nach außen tragen konnte, gab es erst einmal einen anderen großen Knall in Europa. Es war das Jahr 1913. Das Jahr vor dem Ersten Weltkrieg also, aber das wussten die Leute noch nicht. Sie regten sich lieber über die Skandalkonzerte von Arnold Schönberg auf – dieses wenig melodiöse, schrille Gequietsche, das er »Fortschrittsmusik« nannte. Und über Lilly Steinschneider, die an der Wiener Flugwoche teilnehmen wollte. Eine weibliche Pilotin!

Lilly hatte schon vorher in echten Flugzeugen gesessen, aber nur als Ballast für Distanz- und Dauerflüge. Für so eine Aufgabe war sie nämlich gemacht. Sie war klein und leicht und hatte zudem ein hübsches Gesicht, mit dem sie nach dem Flug in die Kamera lächeln konnte. Aber selbst fliegen! Dafür brauchte man Beinkleider in dem Stil, wie Meta sie trug. Lilly sah aus wie ein Mann, als sie mit ihrer Pilotenkappe auf dem Flugplatz stand und die Reporter auf sie zustürmten, um sie in allen Blättern zu verreißen. Da konnte man mal wieder sehen, wie weit es kam, wenn man die Frauen nicht im Zaum hielt. Selbst den Himmel wollten sie einem nun streitig machen! (Lautete der Kommentar der Männer, die ein Parlament gewählt hatten, das immer noch vergeblich versuchte, mit dem Regieren anzufangen.)

Tatsächlich war sich das Parlament in Wien nach wie vor so uneins, dass das Haus im März 1914 wegen völliger Arbeitsunfähigkeit geschlossen wurde – und auch sonst alles den Bach runterging.

Im Juni 1914 ermordete nämlich ein bosnischer Student serbischer Nationalität (oder vielleicht war es auch umgekehrt) den Kaiserthronfolger Franz Ferdinand und seine Frau.

Wien, durch Schönbergs provokatives Gequietsche, die Misspolitik und die hohen Fleischpreise ohnehin schon erregt, verlangte sofort Rache an Serbien. Und wenn möglich auch an Bosnien. Und überhaupt an der ganzen Sippschaft da draußen, die nicht zu einem selbst gehörte. Und das waren ja nun einige.

Aber weil da nicht mehr viel Regierung übrig war, die den Vollzug dieser Rache vollstrecken konnte, legten die Wiener gleich selbst Hand an. Sie zertrümmerten Schaufenster serbischer und bosnischer Kaffeehäuser, demolierten das Haus eines Serbenführers, verbrannten diverse Flaggen vor diversen Botschaften, bewarfen Wachmänner mit Steinen und schlugen ein Pferd nieder, für den Fall, dass auch das serbisch oder bosnisch war.

Mathis und Meta, die unter den ständig protestierenden Franzosen schon ganz andere Aufstände erlebt hatten, beobachteten die Szenen kopfschüttelnd, aber mit der Zuversicht, dass sich am Ende wohl schon wieder alle vertragen würden. Solange sie nicht plötzlich ihre bosnischen oder serbischen Wurzeln entdeckten, schienen sie ja auch nicht direkt in Gefahr zu sein. Dachten sie zumindest. Bis sie in einer warmen Julinacht vom Gesang einer Menschenmenge wach wurden. An den Wänden des engen Schlafzimmers tanzte Fackelschein. Das Grölen der Menschen hallte von den Mauern wider. Es mussten Tausende sein, die dort marschierten. Mathis und Meta blickten sich an, dann sprangen sie auf und zogen die Gardinen zurück. Die Hauswand vor ihnen versperrte einen Teil der Sicht, doch durch die Zufahrt konnten sie die Menschen auf der Straße sehen. Es waren vornehmlich junge. Ihre schwarz-gelben Fahnen wirkten bedrohlich im Licht der Fackeln.

»Was singen sie?«, wollte Meta wissen, aber der Text kam aus zu vielen Kehlen, als dass Mathis ihn hätte verstehen können. Wie der Lärm einer sehr großen Welle, aus der ein einzelnes Plätschern nicht auszumachen war.

Was geschehen war, erfuhren sie erst am nächsten Tag aus den Extrablättern, die die Menschen sich aus den Händen rissen: Österreich-Ungarn zog in den Krieg. Und zwar unter vielen Hurrarufen und fröhlich winkenden Fahnen, denn zumindest in der Theorie sah so ein Krieg für die meisten ganz lustig und spannend aus.

Noch attraktiver wurde er, als die Zeitungsanzeigen jedem willigen Soldaten eine tägliche Ration Rindfleisch und Wein versprachen. Vierhundert Gramm von dem einen und fünfzig Zentiliter von dem anderen nämlich. Das war mehr, als der einfache Mann sich in zwei Wochen leisten konnte.

Wen der Kampf für Österreich also noch nicht überzeugt hatte, der kämpfte nun immerhin für sein täglich Fleisch. Wie viele Tage es auch immer sein mochten, die einem zum Essen noch blieben.

Pünktlich zu Kriegsbeginn kam auch der Kaiser aus seinem wohlverdienten Sommerurlaub zurück. Die Kinder hockten in den Ästen der Kastanienbäume, als er durch die Straßen fuhr, und er winkte und lächelte, denn das hatte er von klein auf so gelernt. Es gab zwei Gesichtsausdrücke, die der Kaiser beherrschte, das nachsichtige Lächeln und den strengen Kriegerblick. Letzteren würde er sich für den Moment aufsparen, in dem denn tatsächlich das Kriegshorn geblasen wurde.

Eigentlich hatte der Kaiser ja gehofft, ein paar Tage ohne den ganzen Zirkus auszukommen. Wozu begab man sich denn extra auf Sommerfrische, wenn man dann von irgendwelchen Untertanen aufgestöbert und zu einer Kriegserklärung gedrängt wurde? Den Ausnahmezustand hatte er nun praktisch aus dem Liegestuhl heraus ausrufen müssen! Dann waren da noch die Vereins-, Versammlungs- und Pressefreiheit, die aufgelöst werden mussten. Befehle zur Überwachung des Telefonverkehrs. Die Aufhebung des Briefgeheimnisses ... Die Leute wussten ja gar nicht, wie gut sie es hatten, *nicht* der Kaiser zu sein.

Und dann fasste der Kaiser sich an den gut bestückten Bauch, weil er sich nach der ermüdenden Reise doch ein wenig hungrig fühlte.

Wien war also bereit zum Kriegssturm. Nur gab es am Anfang noch einige Unklarheiten darüber, wie genau der vonstattengehen sollte. Mit der Gleichschaltung der Zeitungen hatte es aus dem kaiserlichen Urlaub nicht so richtig geklappt. Darum schwirrten jetzt überall sehr verwirrende und widersprüchliche Informationen zur Mobilmachung herum.

Zum Beispiel versammelten sich Tausende begeisterte Wiener frühmorgens am 1. August, um ihre Waffen und das Fleisch zu erhalten. Nur um dann stundenlang zu warten und schließlich zu erfahren, dass sie zwei Tage zu früh seien. Es sei immerhin Samstag, und die Kommissionen öffneten erst um 14 Uhr, rief man ihnen zu, was sie denn in aller Herrgottsfrühe schon hier wollten? Die ersten Rekruten begannen sich Sorgen zu machen, ob sie beim Krieg überhaupt dabei sein durften. Zwei Tage erschien ihnen doch ganz schön lang. Wo sie sich doch schon so auf den Wein und das Fleisch gefreut hatten.

Und dann machte auch noch das Gerücht die Runde, dass die Schießerei im montenegrischen Lovćen, in Russland und Kronstadt bereits ohne sie begonnen habe. Ja, dass Deutschland sogar schon besiegt worden sei!

Der Kaiser versuchte seine Schäfchen zu beruhigen. Noch sei

überhaupt niemand besiegt worden, verkündete er lächelnd. Es habe schon noch jeder die Chance, für sein Vaterland zu sterben. Und überhaupt dürfe ab jetzt weder falschen noch aufgebauschten Nachrichten geglaubt werden! Wo man denn so langsam hinkäme, wenn jeder fehlerhafte Informationen weitertratschen könne.

Wie die Menschen mit der abgeschafften Pressefreiheit allerdings zwischen richtigen und falschen Nachrichten unterscheiden sollten, das verkündete der Kaiser nicht. Er hatte auch so schon alle Hände voll mit der Organisation dieses verdammten Krieges zu tun.

An dem Tag, als Wien sich schließlich um mehrere Zehntausend Männer leerte, hatte Holzknecht gerade seine vierte Operation.

Mathis wollte mit der Straßenbahn zum Krankenhaus fahren, um ihn zu besuchen. Aber an der Haltestelle wartete er vergeblich. Auch die Angestellten der städtischen Verkehrsbetriebe waren nämlich in den Krieg gezogen. Und auf die Idee, dass vielleicht Frauen eine Bahn fahren konnten, war bislang noch niemand gekommen. Darum herrschte erst einmal Leere auf den Schienen und Straßen. Die Stadt wirkte seltsam hohl und ausgebrannt. Mathis wartete noch eine gute Stunde und trat den langen Weg zum Krankenhaus schließlich zu Fuß an.

Holzknecht sah blass aus. Ein weißes Gesicht auf einem weißen Kissen, und das im August. Er ging selten an die Sonne. Das Licht, in dem er für gewöhnlich lebte, war grün und bräunte nicht.

»Wie geht es dir?«, fragte Mathis. Holzknecht erwiderte schwach, die Ärzte hätten ihm ruhig mal sagen können, dass sie den ganzen Arm abnehmen müssten, dann hätte er sich die Sache mit den neu gebauten Fingerprothesen nämlich sparen können. Er hatte einen Verband an der Schulter. Die Schmerzen in seinen eigenen Händen ängstigten Mathis plötzlich ein kleines bisschen mehr.

Holzknecht sprach davon, dass er sich eine Armprothese bauen wollte. Und dass er sich außerdem Gedanken darüber gemacht habe, wie sich ein Gerät bauen ließe, das sie warnte, wenn die Intensität der Röntgenstrahlung im Raum zu hoch sei. Es sollte eine kleine Glühbirne haben, die bei Gefahr leuchtete. Und eine Anzeige, die die Strahlendosis maß. Das Gerät sollte Holzknecht-Radiometer heißen. Er habe sich das schon alles ganz genau überlegt. Mathis nickte beklommen. Es klang, als hätte er gerade den letzten Willen seines Freundes entgegengenommen. Und dabei war Holzknecht noch viele Jahre und sechzig Operationen von seinem Tod entfernt. Ganz im Gegensatz zu den begeisterten Kriegseuphoristen, die in diesem Moment in langen Zügen zu den Grenzen gekarrt wurden.

Die Verlustlisten kamen schon nach wenigen Wochen in Wien an. Und mit ihnen kam das Erwachen.

Waren zu Beginn noch 1,5 Millionen Männer bereitwillig vorgetreten, um dem Feind die Stirn zu bieten, zogen die meisten von ihnen nun doch eher kleinlaut die Füße zurück. Fleisch, Wein und Vaterland wurden im Allgemeinen vielleicht doch eher überbewertet, fanden sie. Und überhaupt habe man irgendwie nicht so recht bedacht, dass man bei diesem Kampf auch sterben könnte – also richtig sterben! Und das auch noch so schnell.

Bis Mitte September meldeten die Zeitungen bereits vierhunderttausend Opfer. Ende des Jahres waren es bereits eine Million. Und dabei war der Krieg noch nicht einmal ein halbes Jahr alt. Sofern man die Männer im Schlachtgetümmel noch finden und identifizieren konnte, wurden sie in die Stadt zurückgebracht, diesmal ohne Flaggen und Mützen, die aus den geöffneten Fenstern wehten. Und es strömten auch keine Menschen aus dem Zug, als er vor dem Zentralfriedhof hielt.

701

»Immer vier Gefallene ein Grab«, instruierte man den Totengräber. Für mehr reichte der Platz nicht. Der Totengräber nickte
und schaufelte mehr als je zuvor in seinem Leben. Nur einmal
hielt er inne, als er nämlich auf dem Haufen seinen jungen Gehilfen Alfred entdeckte. Der hatte die frisch gestempelte Toten-
gräberausbildung noch in der Tasche, als er sich in diesem stürmischen Sommer zum Kriegsdienst gemeldet hatte.

Kein Wunder also, dass die Zahl der Kampfbereiten nach den
ersten Wochen deutlich abnahm. Aber wo sich keine Freiwilligen meldeten, da war der Kriegsdienst keine Frage von Frei-
willigkeit mehr. Wer in Holzknechts Röntgenlabor noch nicht
der Arbeit zum Opfer gefallen war, der wurde jetzt ebenfalls als
Kanonenfutter an die Front geschickt. Es wurde still um Guido
und Mathis, der zum ersten Mal froh war, dass das Leben ihn
mit einem schlecht funktionierenden Bein beschenkt hatte. Mit
so einem Bein wollte ihn niemand an der Front.

Mathis bemerkte, dass die Menschen ihn nun anders ansahen, wenn er an ihnen vorbeihumpelte. Sie hielten ihn für einen
der vielen Kriegsverletzten und nickten ihm mitfühlend zu. Die
meisten Frauen waren aus ihren bunten Orientgewändern direkt in die schwarze Witwentracht geschlüpft, und auch sonst
änderte sich das Bild auf den Straßen. Flüchtlingsströme kamen
an, die meisten von ihnen aus dem jüdischen Teil Österreich-
Ungarns. Lazarette und Baracken wurden hochgezogen. Russi-
sche Kriegsgefangene kamen nach Wien.

Das seien alles ganz fesche, stämmige Burschen, verriet ihnen
der rauchende Journalist von nebenan, nachdem er die Gefangenen hatte bestaunen dürfen.

»Ein wenig dumm vielleicht«, meinte er, »die meisten von
ihnen können weder lesen noch schreiben. Wahrscheinlich um
sie da drüben in stumpfer Unwissenheit niederzuhalten ... Aber
sie haben den geduldigen Blick von großen Neufundländer
Hunden.« Als er Letzteres zu Mathis sagte, hellte sich sein Ge-

sicht auf, und er eilte über den Flur zurück in seine verqualmte Kammer, um den Vergleich sofort aufzuschreiben. Er wurde am nächsten Tag eins zu eins in der Zeitung abgedruckt.

Für Meta bedeutete der Kriegsbeginn das vorläufige Ende ihrer Arbeit. Erste Fälle von Cholera wurden laut, man hatte weniger Essen als je zuvor. An der Front wurden die Pferde geschlachtet, weil sich sonst das Versprechen mit der täglichen Fleischration nicht einhalten ließ. An einer lustigen Zirkusvorstellung war man also derzeit eher weniger interessiert. Mathis war nicht überrascht, als er Meta völlig aufgelöst in der Wohnung fand und sie ihm beichtete, ihr sei gekündigt worden. Er nahm sie nur fest in die Arme und legte den Kopf an das konfuse Nest ihrer Haare, weil das mal wieder nötig war. In einer Zeit wie dieser noch mehr als sonst.

»Der Krieg ist bald vorbei«, murmelte er, weil er auch nur das wusste, was die Zeitungen ihn glauben machen wollten. »Und dann gehen die Leute wieder in den Zirkus und in den Prater.«

Aber der Krieg war noch lange nicht vorbei. Das Schlimmste von ihm hatte ja nicht einmal begonnen.

SECHSUNDDREISSIGSTES KAPITEL

Deutschland, 1916

Sie sollten noch lange später »die Hölle« sagen, wenn sie von Verdun sprachen. Ein Friedhof der offenen Verwesung, auf dem man irgendwann aufgehört hatte, die vielen Toten überhaupt noch fortzuschaffen, geschweige denn zu zählen. Die Männer wateten durch die Menschenberge, so wie sie durch den Schlamm wateten, der ihnen inzwischen bis zur Hüfte ging. Nie wieder sollten mehr Soldaten auf so engem Raum sterben wie in Verdun.

Nach den versprochenen Weinrationen fragte angesichts dieser Zustände natürlich niemand mehr. Man wäre ja schon froh gewesen, wenn es wenigstens noch Trinkwasser gegeben hätte. Wer nicht verdursten wollte, der musste in der Abenddämmerung zu den Vaux-Teichen hinab oder das Wasser trinken, das sich in den Explosionskratern gesammelt hatte. In beiden schwammen Tote. Aber wer sollte hier schon noch Angst davor haben, krank zu werden.

Seit fast dreihundert Tagen hielten die Soldaten als Kanonenfutter her, und die Grenze zwischen Frankreich und Deutschland hatte sich immer noch nicht verschoben. Aber immerhin hatte man viel neues Kriegsmaterial erprobt und eine ganze Menge Dinge in die Luft gejagt. Unter anderem gut dreihunderttausend Franzosen und Deutsche, von denen sechs Mathis' Brüder waren.

Die Brüder hatten sich kurz zuvor noch freiwillig gemeldet. Als nach zwei Jahren noch immer niemand in ihrem verschlafenen Nest aufgetaucht war, um sie zu rekrutieren, sie keine Schusswaffe und keinen Reiter gesichtet, ja nicht einmal einen entfernten Kanonenschuss gehört hatten, waren die Bohnsack-Jungs voller Ungeduld zur Ortsbehörde in Höngen gefahren. Dort hatte man sie mit großen Augen bestaunt. Zwölf kräftige Burschen im besten Alter, die wie aus dem Nichts in ihrer Behörde auftauchten. Die konnte nur der liebe Gott geschickt haben! Vielleicht als Ausgleich dafür, dass er an anderer Stelle gerade so viele junge Burschen zu sich nahm.

Die andere Stelle hieß wie gesagt Verdun, und dahin wurden die Brüder auch geschickt. Vom Bohnenfeld direkt aufs Schlachtfeld, und das ohne weitere Vorbereitung. Aber die Jungs hatten ja ihre Jugend und ihre Kriegseuphorie. Und immerhin verpasste man es nicht, ihnen kurz die Funktion des Bajonetts zu erklären, das man ihnen in die Hand drückte.

Nach Kriegsende, als Mathis den Brief der Mutter erhielt, hatte sich nicht nur ihre Zahl halbiert, sondern auch die der Eltern. Der Vater war an einem Herzschlag gestorben, als er vom Tod seines Ältesten erfuhr. Jetzt waren nur noch Bruno, Dethard, Gustav, Ingbert, Johann und Laurenz da – was noch ein guter Schnitt war. Immerhin waren rund fünfzig Millionen Bomben und Granaten auf die Kämpfer in Verdun niedergeprasselt, das machte so ziemlich genau zwei Bomben pro Quadratmeter. Und die Chance, genau auf einem dieser Quadratmeter zu stehen, war doch ziemlich hoch gewesen.

Aber Eltern rechneten eben nicht in Schnitten oder Chancen. Deshalb hatte die Trauer tiefe Falten ins Gesicht der Mutter gegraben, als Mathis ihrem Ruf folgte und zur Beerdigung des Vaters zurückkehrte.

Als Mathis in Langweiler ankam, waren die Wunden des Ersten Weltkrieges noch ganz frisch. Nicht im Landstrich, der hatte sich nicht verändert. Außer vielleicht, dass ein paar Männer auf den Feldwegen fehlten und dass die Übriggebliebenen wie Schatten über den Acker schlichen. Es gab keine zerstörten Häuser, keine Einschusskrater und keine brach liegenden Schützengräben. Aber seine Mutter erkannte Mathis kaum mehr, und auch die zurückgekehrten Brüder hatten sich verändert. Ihre Körper waren dünner geworden und hielten sich gebückt, als lauerte hinter jedem Kuhzaun etwas, vor dem sie sich ducken müssten.

Mathis hatte keinen Kontakt mehr zu ihnen gehabt, seit er damals aus Langweiler abgereist war. Aber die Sorge um das Zusammentreffen mit ihnen erwies sich als grundlos. Auf dem Schlachtfeld hatten sie so viel geschlagen und gemordet, dass es für ein paar Jahre reichte. Vielleicht sogar für den Rest ihres Lebens. Sie ließen Mathis in Ruhe. Alfreds Nägel waren bis zu den Fingerkuppen abgekaut, Dethard zwinkerte nervös, und Johann zuckte während der Beerdigung so stark mit dem Kopf, dass Ingbert ihn wegführen musste, weil er die anwesenden Langweiler irritierte.

Die Gräber befanden sich direkt am Ende der Dorfstraße, bei der Wardener Gracht. Es war der entfernteste Punkt, den die meisten Bewohner dieses Nichtdorfs in ihrem Leben je erreichen würden.

Nach dem Tod des Vaters und des Ältesten hätte der Tradition zufolge Bruno den Hof fortführen sollen. Doch die Furchen des aufgewühlten schwarzen Ackers erinnerten ihn so sehr an die Schützengräben, dass er jedes Mal weinend auf dem Feld zusammenbrach, wenn er nur eine Spitzhacke in die Hand nahm. Der Drittgeborene, Carl, war ebenfalls im Krieg gefallen. Demnach war es jetzt an dem Vierten, den Platz des Vaters einzunehmen. Natürlich nur, weil das so Tradition war, und nicht, weil irgendein vernünftiger Mensch ausgerechnet Dethard einen ganzen Bohnenhof anvertraut hätte. Dass Dethard keine große Leuchte war und für einen Bauern viel zu gerne schlief, wusste immerhin jeder im Ort.

Mit frühzeitig gealterten Gesichtern hatten sie alle nach der Beerdigung über Frau Fromms kräftiger Rindfleischsuppe gehockt und ausgesehen, als löffelten sie in Wahrheit an ihrem selbst eingebrockten Albtraum.

Mathis hielt es lediglich der Mutter zuliebe eine ganze Woche zu Hause aus, bevor er nach Wien zurückfuhr. Er war ohnehin nur noch ein Gast hier und keiner mehr von ihnen. Die Langweiler sahen ihn an wie einen Fremden, und wie ein Fremder fühlte er sich.

In der ganzen Zeit fragten sie ihn nicht nach seinem Leben. Wien, Paris oder Zürich – das waren für sie nichts als fremde Namen. Sie lagen außerhalb der Langweiler Grenzen und waren damit eine Gefahr.

Verdun hatte ihnen das nur einmal mehr bewiesen.

SIEBENUNDDREISSIGSTES KAPITEL

Berlin, 1936

Meta war bei der Versorgung von Mathis' Wunden nicht ganz so vorsichtig, wie ein Kranker sich das vielleicht wünschen könnte. Sie säuberte das Loch an seinem Kopf, als schrubbte sie einen Küchentopf. Aber nach allem, was Mathis überlebt hatte, fiel die rigorose Behandlung auch nicht mehr ins Gewicht. Er war froh, im Bett zu liegen und ihre Nähe zu spüren.

Metas Mund war ein Strich. Sie war aufgewühlt. Ebenso wie Ernsti, der hinter ihrem Rücken unruhig hin und her pendelte, weil er keine Aufmerksamkeit bekam.

»Woher wusstest du, wo ich war?«, fragte Mathis mit schwacher Stimme.

»Ich kenne dich seit mehr als dreißig Jahren, Mathis Bohnsack.«

Meta sagte nicht: Du bist seit mehr als dreißig Jahren mein Partner, Mathis Bohnsack. Oder: Wir sind seit mehr als dreißig Jahren zusammen, Mathis Bohnsack. Noch nach der langen Zeit war es ihr wichtig zu betonen, dass jeder von ihnen sein eigenes Leben führte.

Mathis griff nach ihrer Hand, und Ernsti brummte unwillig.

»Geh raus, Ernsti«, sagte Meta. »Du machst mich heute ganz wahnsinnig!«

Ernsti war so erstaunt über den harschen Ton, dass er tatsächlich verstummte. Meta entzog Mathis ihre Hand und tupfte weiter.

»Wenn du nicht damit aufhörst, fängt die Wunde gleich wieder an zu bluten«, sagte Mathis.

»Seid still, alle beide.«

»Ich meine es ernst«, jammerte Mathis und versuchte dem rigorosen Lappen zu entgehen »Hast du das bei deinen Patienten auf Schloss Sonnenstein auch so gemacht?«

»Die hatten in der Regel keine selbst verschuldeten Löcher im Kopf.«

Ernsti gluckste. Es war das erste Mal seit seiner Befreiung aus der Klinik, dass er sich wieder über etwas freute. Und natürlich war Mathis' Leiden der Grund dafür.

Die Meta, die Mathis kannte, wäre aufgesprungen und hätte Ernsti freudig in die Arme genommen, weil die stumpfmachende Wirkung der Medikamente endlich abgeklungen war. Doch stattdessen drehte sie sich um und befahl ihrem Bruder in barschem Ton, sofort das Zimmer zu verlassen. Ernsti trollte sich beleidigt, und Mathis machte große Augen.

»Wie sollen wir dich denn jetzt um Himmels willen wiederherstellen?« Meta warf hilflos die Hände in die Luft und betrachtete Mathis, als wäre er ein Unfallwagen. »Wir wollten in ein paar Stunden aufbrechen! Was hat er denn überhaupt mit dir gemacht? Nein, warte, sag's mir lieber nicht. Sonst fahre ich am Ende noch hin und reiße ihm den Kopf ab!«

Sie sprang auf und stampfte energisch auf den Boden. Mathis musste daran denken, wie wütend er selbst geworden war, als Kaltenhoff darauf angespielt hatte, wie er Meta wehgetan hatte. Die Vorstellung, was sie durchlitten hatte, war schlimmer gewesen als der eigene Schmerz.

»Ihr fahrt morgen ab, wie geplant«, sagte Mathis. »Was heute geschehen ist, ist meine Schuld. Wir ändern den Plan deswegen nicht. Ich kann in ein paar Tagen nachkommen. Für die Geschichte mit der Gewichtheberin braucht ihr mich ohnehin nicht. Und Kaltenhoff …«

»Wenn du glaubst, ich würde ohne dich das Land verlassen,

Mathis Bohnsack!« Meta baute sich mit erhobenem Zeigefinger vor ihm auf, und diesmal war es Mathis, der zu verblüfft zum Antworten war.

»Wir gehen zusammen, wie geplant!«, bestimmte Meta. »Vielleicht geht es dir ja übermorgen wieder besser. Oder am Ende der Olympischen Spiele. Und selbst wenn es einen Monat dauert ...«

»Einen Monat haben wir nicht, Meta. Wenn Kaltenhoff uns sucht ...«

»Der soll sich bloß nicht in deine Nähe wagen!«

Mathis blickte Meta an. Er hatte immer geglaubt, dass sie nicht noch einmal eine Chance verpassen würde, sich in Richtung Amerika zu bewegen. Sie reiste zwar nicht mit einer Fahrkarte aus Deutschland aus. Aber dass es das Endziel ihrer Flucht sein würde, war beiden klar. Und jetzt ließ sie sich tatsächlich von dem Plan abbringen, weil ihr etwas noch wichtiger war als das. In Mathis flammten kleine Funken auf. Als wäre seine Brust plötzlich ein Glühwürmchenglas aus Sybellas Sammlung.

»Dann sehe ich wohl besser zu, wie ich bis morgen auf die Beine komme«, sagte Mathis, obwohl ebendiese Beine ihm wehtaten, als hätte er dreißig Kilometer Fußmarsch hinter sich. Er legte sich zurück ins Kissen, schloss die Augen, und sein schwerer Kopf sank zwischen die Federn wie ein Anker, den man ins Wasser geworfen hatte.

Mathis bereute sein Versprechen schon am nächsten Morgen. Sein Kopf brummte und pochte. Die Platzwunde an seiner Stirn blutete zwar nicht mehr, war aber auch mit einem Hut nicht zu überdecken. Und die blauen Flecken an seinem Brustkorb und seiner Seite zeigte er Meta erst gar nicht, um nicht zu riskieren, dass sie am Ende tatsächlich noch einmal zu Kaltenhoff rausfuhr.

Meta war am Küchentisch fahrig und nervös. Sie hatte

Ernsti die Beruhigungsmittel in den Kakao gerührt, und entsprechend blind war sie für Mathis' Empfindlichkeiten. Aber Charlotte beobachtete genau, wie dieser das Gesicht verzog, als er nach der Butter griff, und immer wieder nach seinem Kopf fühlte, als müsste er nachsehen, ob der noch an Ort und Stelle saß.

»Ihr wisst schon, dass ihr bleiben könnt, solange ihr wollt«, versicherte sie.

Frau Rickert bekam ihre Tasse Filterkaffee in den falschen Hals. Sie hustete und klopfte sich auf die Brust.

»Ich meine … falls es jemandem nicht gut geht«, sagte Charlotte.

»Es geht schon, Charlotte. Das sind nur die ersten Anzeichen der Medikamente«, Meta tätschelte besorgt Ernstis Rücken, obwohl dem noch überhaupt nichts anzumerken war. Die Tabletten würden erst in ein bis zwei Stunden wirken.

Mathis sah Charlotte an und versuchte zu lächeln.

»Danke, Charlotte. Wir gehen heute. Heute ist der beste Tag dafür.«

Zumindest theoretisch stimmte diese Aussage ja.

»Warum seid ihr eigentlich nicht verheiratet?«, fragte Charlotte. Es klang, als hätte ihr die Frage schon länger auf der Seele gebrannt.

»Lotte!«, sagte Richard Rickert.

»Schon gut«, meinte Mathis. »Das ist eine berechtigte Frage. Willst du darauf antworten, Meta?«

Doch das wollte Meta ganz sicher nicht. Sie sah Mathis finster an, während sie Ernsti weiter den Rücken klopfte.

»Meta glaubt nicht an die Ehe«, sagte Mathis.

»Du glaubst nicht an die Ehe?«, echote Charlotte. »Aber warum denn nicht?«

»Lotte!«, warnte Richard Rickert.

»Weil du in einer Ehe plötzlich mit einer Schürze in der Küche stehen und Kinder kriegen musst. Und dem Mann abends die Füße massieren, wenn er von der Arbeit nach Hause kommt, zu der du selbst kein Recht mehr hast …«

Diesmal verschluckte Frau Rickert sich so stark an ihrem Kaffee, dass sie prustend hustete. Wahrscheinlich hatte sie Richard Rickert gestern Abend die Füße massiert.

»Aber so wäre Mathis doch nicht«, sagte Charlotte verwundert.

»Es geht ums Prinzip«, erwiderte Meta.

»So! Ich werde dann mal … nach der Kiste unten sehen», rief Richard Rickert betont fröhlich und stand auf. »Lotte, kommst du mit?«

Richard Rickert mochte ja ein liberaler Mann sein, und er half Mathis und Meta gern. Schon allein deshalb, weil er in den Augen seiner Tochter ein Held sein wollte. Und weil dieses Land überhaupt vor die Hunde gehen würde, wenn nicht endlich mal jemand etwas tat.

Aber dass Meta seine Lotte womöglich auf dumme Ideen brachte und diese am Ende noch ohne Mann blieb, das ging dann doch zu weit.

Dummerweise wirkte Charlotte bereits nachdenklich, als sie sich von ihrem Stuhl erhob, um ihren Vater zu diesem angeblichen Kontrollgang zu begleiten. Im Gehen strich Richard Rickert ihr über den Kopf, wie um die Flausen darin fortzuwischen.

Die Mutter entschuldigte sich noch immer hustend und verschwand in der Küche. Damit blieben nur mehr Mathis, Meta und der noch immer frühstückende Ernsti am Esstisch. Als Mathis aufsah, begegnete er Metas Blick. Sie sah ihn an, als würde sie ihn kaum kennen.

»Was ist?«, fragte er. »Es stimmt doch, dass du diejenige von uns bist, die nicht heiraten will.«

Sie nickte, und Mathis wollte ihr gerade sagen, dass sie die Begründung allerdings etwas hätte beschönigen können, um kurz vor der Abreise nicht noch einen Herzinfarkt im Hause

Rickert zu provozieren, da hatte Meta ganz plötzlich Tränen in den Augen. Mathis schluckte den Kommentar überrascht herunter.

»Was ist los?«

»Ich bin wieder schwanger, Mathis Bohnsack.«

ACHTUNDDREISSIGSTES KAPITEL

Wien, 1923

Es war ein Donnerstag Ende Juli gewesen, als Meta ihr erstes Kind hatte wegmachen lassen. Ein Donnerstag in Wien.

Es war vielleicht nicht der günstigste Zeitpunkt für eine Schwangerschaft gewesen. Vielleicht gab es den günstigsten Zeitpunkt aber auch nie, und Mathis wollte sich nur einreden, dass Meta das Kind vielleicht behalten hätte, wenn es sich nicht ausgerechnet in diesem Jahr in ihrem Bauch eingenistet hätte. In dem Jahr nämlich, in dem sie Siegmund Breitbart herausforderte.

Die Schrecken des Krieges waren inzwischen weit genug fortgezogen, und die Vergnügungsstätten spielten wieder täglich. Die Frauen trugen lange Kleider mit tiefem Rückenausschnitt, wie sie sie in den neuen Stummfilmen sahen, und die Männer unterhielten sich über die bevorstehenden Wahlen und darüber, ob die Juden tatsächlich schuld an der Wohnungsnot in Wien waren. Der Prater blühte fünf Jahre nach dem Ersten Weltkrieg endlich wieder auf, und Meta blühte ebenfalls. Ihr war nichts mehr anzumerken von dem Unfall oder den Jahren des Hungers, die der Krieg mit sich gebracht hatte.

Während Mathis weiterhin in Guido Holzknechts Röntgenlabor arbeitete, trainierte sie am Tag und hatte am Abend ihre Auftritte. Sie war kräftiger als jemals zuvor, kräftiger als jeder andere in der Stadt. Darum war klar, dass es zu einem Duell kommen musste, als die Legende Siegmund Breitbart nach Wien kam.

714

Breitbart hatte sich als der »Eisenkönig« einen so berühmten Namen gemacht, dass der österreichische Regisseur Max Neufeld in diesem Jahr einen Film über ihn drehte. Er war der »Unbesiegbare«, der »letzte Gladiator«. Er war der Mann, der Hufeisen zerbrach und anschließend mit bloßen Händen ein neues formte. Große Steine, die auf seinen Kopf geworfen wurden, zerbrachen an seiner Schädeldecke. Er trieb sich Nägel in den Körper und hob einen ausgewachsenen Elefanten hoch. Und zu alldem war er auch noch ein strenggläubiger Jude. Ein Jude als Kraftprotz. Vielleicht sogar der stärkste Mensch auf Erden. Angesichts dieser explosiven Mischung war Wien natürlich völlig aus dem Häuschen.

Meta mochte nicht strenggläubig sein. Tatsächlich hatte ihr jüdischer Hintergrund sie nie sonderlich interessiert. Doch als so ein Aufsehen um Breitbart gemacht wurde, spielte sie zum ersten Mal mit dem Gedanken, ihre Religion zu Werbezwecken einzusetzen.

Der erste Zeitungsreporter, mit dem sie sprach, kratzte sich dann allerdings am Kinn und meinte, das käme aber jetzt ein wenig überraschend. Ob Meta das zufällig erst eingefallen sei, seit Breitbart in der Stadt wäre? Und ob sie denn für diese Behauptung einen Nachweis hätte?

Den hatte Meta nicht, und es war ein Glück, dass das Kinderheim, dem sie daraufhin schrieb, nie einen solchen Nachweis sandte.

Es war nämlich ganz und gar nicht die Zeit, um sich zum Judentum zu bekennen, und schon ein paar Jahre später wäre es für Meta unmöglich gewesen, aus der Sache wieder herauszukommen. Mal ganz abgesehen davon, dass die Bekennung ohnehin überflüssig war. Die Menschen fraßen Meta auch so aus der Hand, als sie es wagte, den unbesiegbaren Gladiator herauszufordern.

»Der Eisenkönig hat seine Eisenkönigin gefunden«, titelten die Zeitungen. Das Duell fand in einer ausverkauften Arena statt. Die Kämpfe waren schwitzig und die Zuschauer tobten, als eine Runde nach der anderen unentschieden ausging. Meta hob, warf und rang mit der gleichen Kraft wie Breitbart. Bei den Nägeln hatte er die Nase vorn. Dafür stellte Meta einen neuen Rekord auf, als sie ihn in seiner Königsdisziplin des Hufeisenbiegens überrundete und das Eisen ins Publikum warf. Damit hatte sie die Sympathie der Zuschauer für sich gewonnen.

Vor allem der judenfeindliche Teil des Publikums hoffte auf Metas Sieg, als die letzte Runde eingeläutet wurde. Es sollte darum gehen, auf einer Bank zu liegen und ein Stahlkarussell auf dem Körper zu tragen, das nach und nach von Zuschauern bestiegen wurde. Meta wusste, dass sie gut darin war. Wenn sie das Gewicht nur gleichmäßig auf ihrem Bauch verteilte, konnte sie so ziemlich alles aushalten, was man ihr aufbürdete. Mathis konnte kaum hinsehen, als nach den Kindern und Frauen, die lachend in der Reihe anstanden, auch die ersten Männer auf die Holzpferde stiegen. Acht Personen saßen bereits auf dem Karussell, gleich viele wie bei Breitbart zuvor. Aber Mathis spürte plötzlich, dass etwas nicht stimmte. Meta hatte die Hände um die Kanten des Bretts geklammert, das auf ihrem Bauch lag. Es sah aus, als wollte sie es von sich schieben. Das Karussell wackelte, die Frauen und Kinder auf den Pferden kreischten und klammerten sich fest. Und als der nächste Mann auf das Gerüst steigen wollte, keuchte Meta auf und gab mit der Hand das Zeichen zum Abbruch.

Mathis sprang sofort auf und lief zu ihr, als man sie unter dem Karussell hervorzog. In ihren Zügen lagen Verwirrung und Schmerz.

»Ich weiß nicht, was los war«, sagte sie, »ich konnte plötzlich nicht mehr atmen. Ich dachte, ich müsste mich übergeben.« Sie verzog das Gesicht und tastete ihren Bauch ab. Mathis überredete sie, noch ein wenig sitzen zu bleiben, während im Publikum ein Streit darüber ausbrach, wie der Ausgang des Kampfes nun zu deuten sei.

Es bestand kein Zweifel daran, dass es der spektakulärste Abend seit Langem gewesen war. Ein Kampf zwischen zwei Giganten, dem Eisenmann und der Eisenfrau. Aber Meta lag nur gleichauf, sie hatte Eisenbart nicht geschlagen. Was sie als Herausforderin hätte tun müssen, um den Unbesiegbaren zu fällen.

Das Ergebnis lautete also unentschieden. Was für die Zeitungen spektakulär genug war. Aber eben nicht für Meta. Deren Absicht war es schließlich nie gewesen, auf eine Stufe mit dem stärksten Mann gestellt zu werden. Sie hatte stärker sein wollen als er. Darum war ihr Gesicht verbissen, als Mathis ihr zu Hause aufs Sofa half, wo sie sich noch immer den Bauch hielt.

Als die Übelkeit in ihrem Magen auch am nächsten Tag noch anhielt, überredete Mathis sie schließlich, mit ihm ins Institut zu fahren und ein Röntgenbild zu machen. Nur um sicherzugehen, dass nach der Quetschung mit dem Karussell noch alle Organe dort waren, wo sie hingehörten.

Die Organe waren, wo sie hingehörten. Doch zwischen ihnen entdeckte Mathis etwas, das ihn auch auf den zweiten Blick noch irritierte. Er holte Holzknecht dazu, und der bestätigte, dass da ein Fremdkörper in Meta stecken musste. Ein ziemlich großer sogar.

»Wahrscheinlich ein Tumor«, sagte Holzknecht, der vielleicht der beste Röntgenexperte der Welt sein mochte, aber offensichtlich kein Experte der Gynäkologie.

Sie fuhren ins Krankenhaus, wo sie erfuhren, dass Meta im vierten Monat schwanger war. Mathis drehte sich um und wollte Meta glücklich in die Arme schließen, bevor er vor dem harten Ausdruck auf ihrem Gesicht zurückschrak und erfuhr, dass es hier ganz sicher keinen Anlass für Umarmungen gäbe.

Die Engelmacherin, zu der sie ein paar Tage später ging, warnte Meta. Diese sei nicht im vierten, sondern ganz sicher schon im fünften Monat, sagte sie. Viel zu spät für einen Abbruch, und überhaupt laufe Meta Gefahr, nie wieder schwanger werden zu können, wenn sie das Kind jetzt wegmachte.

Dass sie auch Gefahr liefe, bei dem Eingriff zu sterben, sagte die Engelmacherin nicht, und selbst wenn, dann hätte auch das nichts an Metas Entschluss geändert. Sie wollte dieses Kind nicht. Dass sie durch die Abtreibung unfruchtbar werden konnte, war weniger ein Risiko für sie als ein willkommener Nebeneffekt.

»Nun machen Sie schon«, knirschte sie und legte sich auf den Küchentisch.

Die Engelmacherin zuckte mit den Schultern und steckte eine Stricknadel in Meta. Der Schmerz war schlimmer als alles, was Meta in der Arena mit Breitbart durchgestanden hatte. Und er wurde auch nicht besser, als Meta das Wesen, das aus ihr herauskam, zwischen ihren Beinen liegen sah.

Auf dem Röntgenbild hatte sie nur einen verschwommenen Ball gesehen. Irgendetwas Fremdes, das sie aus ihrem Körper entfernt haben wollte. Schließlich war es dieser Ball, der ihren Sieg gegen Breitbart vereitelt hatte. Doch was da nun zerbrochen und klein auf dem Küchenhandtuch lag, war ein Miniaturkind, war ein Baby.

»Warum heißen Sie eigentlich Engelmacherin?«, fragte Meta die Frau, die tatsächlich einen viel zu hübschen Namen für so einen hässlichen Beruf hatte.

»Weil ich aus Kindern kleine Engel mache«, sagte die Engelmacherin.

Meta verließ das Haus mit zitternden Beinen und brach draußen auf der Straße vor Mathis' Augen zusammen. Was der Eisenkönig nicht geschafft hatte, das hatte die Abtreibung eines kleinen Engels erreicht.

Mathis half Meta nach Hause, wo sie über drei Wochen krank im Bett lag. In den ersten Tagen sickerte aus ihrem Körper Blut, und sie konnten nicht einmal einen Arzt rufen, weil Abtreibungen in Österreich illegal waren und mit Zuchthaus bestraft wurden. Mathis saß viele Tage neben ihr auf dem Bett und strich über Metas blasse Stirn, während draußen der Sommer zu Ende ging. Breitbart drehte seinen Film und ging dann nach Amerika. Ein gewisser Adolf Hitler legte den Malkasten endgültig beiseite und plante stattdessen einen Putschversuch auf die bayerische Landesregierung. Und im Wiener Prater kauften die Menschen gezuckerte Nüsse und kreischten im Riesenrad.

Mathis saß und streichelte und strich. Er sagte Meta nie, wie sehr er sich über das Kind gefreut hätte.

NEUNUNDDREISSIGSTES KAPITEL

Berlin, 1936

Für alle Nichteingeweihten musste es ein seltsamer Anblick sein: zwei Frauen, die eine schwere Kiste auf einen Anhänger stemmten, während die Männer danebenstanden und zusahen. Doch niemand beobachtete sie, und das war auch gut so. Das Vorhaben war schon ohne Zuschauer riskant genug.

Mit dem identischen Haarschnitt sahen Meta und Charlotte tatsächlich aus wie Schwestern, als sie sich zum Abschied umarmten. Meta trug flache Schuhe und ein geblümtes Sommerkleid, um so klein und jung wie möglich zu wirken. Und Charlottes Mutter hatte Metas Gesicht zusätzlich mit einer dicken Schicht Puder überzogen, um auch dieses jünger zu machen. Für einen unaufmerksamen Grenzbeamten männlichen Geschlechts konnte das reichen.

Als Mathis an der Reihe war, dankte er Charlotte für alles und erinnerte sie an das Paket und den Brief auf ihrem Wohnzimmertisch. Sie waren an zwei verschiedene Ingberts adressiert. Das Paket sollte im Zigeunerlager Marzahn ankommen und enthielt zwei ganze Tüten gelb eingewickelter »Storck 1 Pfennig Riesen«. Und der Brief sollte nach Langweiler gehen. Mathis wollte Frieden mit demjenigen schließen, den er in seiner Kindheit am meisten gefürchtet hatte.

Charlotte versprach, an beides zu denken und das Paket persönlich abzugeben, damit es nicht an der Wachpostenstelle hängen blieb. Sie umarmte Mathis und drückte ihrem Vater zum Abschied einen Kuss auf die Wange.

Richard Rickert hatte zu guter Letzt entschieden, dass er Mathis und Meta mit dem Transportlader über die polnische Grenze fahren würde. Das würde das Problem mit der schweren Kiste lösen und zudem glaubwürdiger sein, als wenn Meta alias Liselotte Rickert ohne ihren Vater auf Tournee ginge. Und dann auch noch mit dem Zug! Seine Frau hatte ihm den Entschluss nicht ausreden können. Richard Rickert hatte doch ohnehin einen gültigen Pass mit Ausreisegenehmigung. Da würde er wohl an einem sonnigen Freitag die Grenze passieren dürfen! Bei diesen Worten hatte er Charlotte zugezwinkert, und sein Herz hatte glücklich geklopft, weil seine Tochter ihn seit langer Zeit endlich wieder bewundernd ansah.

Mathis sollte nun Rickerts Assistenten spielen. Das war eine glaubwürdigere Rolle als der Trainer, denn so jemanden brauchte man immerhin zum Auf- und Abbau und für die Koordination der Tourneetermine. In Richard Rickerts Augen war der Plan so rund, dass damit eigentlich nichts mehr schiefgehen konnte. Tatsächlich wirkte er so vergnügt, dass Mathis ein Gedanke kam.

»Du, haben wir das Glas mit meinen Schmerztabletten eigentlich eingesteckt oder auf der Küchenanrichte stehen lassen?«, fragte er Meta.

Die Fahrt zum Grenzübergang dauerte fast fünf Stunden. Und sie dauerte noch länger, weil Meta alle zehn Minuten panisch anzuhalten verlangte, damit sie nach hinten rennen und ihr Ohr an die Kiste des schlafenden Ernsti legen konnte. Öffnen konnte sie den Deckel nicht, denn sie hatten ihn zugenagelt. Eine Vorsichtsmaßnahme, um sicherzugehen, dass kein Grenzbeamter die verbotene Fracht entdeckte.

»Ich kann ihn nicht schnarchen hören!«, rief Meta beim siebten Stopp panisch, als sie zum Fahrerhäuschen zurückrannte.

»Wir sind auf einer Autobahn, Meta. Du würdest wahrscheinlich nicht mal hören, wenn Ernsti da drin singt.«

»Aber wie soll ich dann wissen, ob er noch lebt?!«

»Vertrau einfach darauf«, meinte Richard Rickert mit seiner ruhigen, väterlichen Art. Doch Metas Miene war besorgter denn je, als sie weiterfuhren. Und sie blieb besorgt, als sie die Autobahn verließen und die Grenze erreichten, wo Mathis ihr schlichtweg verbot, noch einmal nach hinten zu rennen und an der Kiste zu lauschen.

»Wir haben Hanteln und Gewichte im Gepäck«, erinnerte Mathis sie. »Was, denkst du, macht es für einen Eindruck auf die Grenzbeamten, wenn du erst noch einmal nachhorchst, ob es denen gut geht?«

Sie saß rechts von ihm, und er hasste es, dass er ihre zitternde Hand nicht in seine nehmen konnte, weil die an seinem Armstumpf fehlte.

Wie sie gehofft hatten, war die Grenze an diesem letzten Olympiafreitag zu beiden Seiten voll. Autoschlangen rollten auf den Übergang zu, wo zwei Grenzbeamte die Pässe kontrollierten. Den Blonderen von ihnen hatte man wie einen deutschen Willkommensgruß auf der Seite platziert, wo die Besucher ins Land kamen. Der andere, kleiner und weniger blond, mit hellbraunem Schnauzbärtchen im Gesicht, stand auf der Seite der Ausreisenden.

Mathis suchte nach Anzeichen der Müdigkeit in ihren Gesichtern. Doch der blonde Beamte war noch zu jung, und der andere nahm seine Aufgabe zu ernst. Er machte ein wichtigtuerisches Gesicht, während er in die Pässe der Ausreisenden blickte und die Fotos mit den Insassen der Autos abglich. Bei voll besetzten Fahrzeugen ging er sogar um das Auto herum, um die Reisenden der anderen Seite besser sehen zu können. Plötzlich wusste Mathis, dass sie einen ersten Fehler gemacht hatten, als sie Meta auf die rechte Fensterseite des Fahrerhäuschens gesetzt hatten.

»Meta! Wir tauschen die Plätze. Jetzt sofort.«

»Was? Wieso?«

»Sofort.«

Meta gehorchte, doch die enge Kabine war nicht darauf ausgerichtet, unter- oder übereinander herzukriechen. Besonders, wenn man störrische Gliedmaßen wie Mathis hatte.

»Ihr seid viel zu auffällig«, zischte Richard Rickert, während sie eine Autolänge weiter auf die Grenze zurollten.

Mathis saß kaum auf seinem Platz, als der Grenzbeamte auch schon neben dem Wagen stand. Richard Rickert kurbelte das Fenster herunter, reichte die Pässe hinaus und beantwortete die Fragen zu ihrem Reiseziel.

»Und die Kiste auf dem Anhänger?«, wollte der Schnauzbart wissen.

»Gewichte, Hantelstangen, Kostüme. Meine Tochter hat an den Olympischen Spielen teilgenommen und eine sehr gute Platzierung bekommen.«

Meta drückte sich klein in den Sitz, als der Beamte an Rickert vorbei in den Wagen sah. Doch sein Blick war nicht skeptisch, sondern neugierig. Aus Rickerts Stimme hatte der Vaterstolz so authentisch geklungen, dass er gar nicht anders konnte, als ihm zu glauben.

»In den Papieren steht, dass Ihr Assistent ein Schausteller ist.«

»Weil er mit uns durchs Land fährt und bei den Auftritten mithilft.«

Der Beamte kam um den Wagen herum, um auch das Gesicht von Mathis mit dem Foto abzugleichen. Und zu spät fiel diesem auf, dass er mit der fehlenden Hand ja die Scheibe überhaupt nicht herunterkurbeln konnte. Er versuchte es mit der linken, doch dabei war er so langsam, dass Meta sich hinüberbeugen und ihm helfen musste.

»Klemmt«, sagte Mathis entschuldigend. Und Rickert rief augenzwinkernd hinterher: »Wie gut, dass wir eine junge Gewichtheberin dabeihaben.«

»Warten Sie hier«, sagte der Schnauzbart ohne einen Anflug

von Humor. Dann ging er soldatisch zum Grenzhäuschen und verschwand darin. Mathis schlug der Puls bis in die Ohren. Er tauschte einen stummen Blick mit Meta. Es konnte gut sein, dass sein Name es doch bis in die Fahndungsmappen der Polizei geschafft hatte. Dass er dort als Mathis Bohnsack und nicht als Bohnenkamp gelistet war, weil Sarrasani am Ende doch noch der richtige Name eingefallen war. Oder hatte Sarrasani den Namen ohnehin gewusst, und nur der alte Mann mit dem Pferd hatte sich vertan? Mathis war noch nicht fertig mit seinen Entsetzensszenarien, als der Grenzbeamte zurückkam.

»Fahren Sie dort ran«, sagte er. »Wir müssen einen Blick in die Kiste werfen.«

»Die Kiste ist fest verschlossen. Wegen der Überfahrt auf See«, sagte Rickert.

»Dann müssen wir sie öffnen«, beharrte der Mann.

Rickert vermied es, Mathis und Meta anzusehen, als er den Motor startete und auf den Platz fuhr, auf den der Beamte ihn wies.

»Können wir nicht einfach Gas geben und abhauen?«, wisperte Meta panisch. Sie war blass. Mathis sah, wie die Puderschicht ihr vom Gesicht floss.

Rickert schüttelte den Kopf.

»Bleib du im Wagen«, sagte er zu Meta, und sie krallte sich in den Seiten ihres Sitzes fest, um seiner Anweisung zu folgen. Doch was sie eigentlich wollte, war, hinauszurennen und Ernsti zu schützen.

Mathis und Rickert stiegen aus und gingen zur Ladefläche. Es war Mathis ein Rätsel, wie Rickert so ruhig bleiben konnte.

»Ist wie gesagt ziemlich fest verschlossen«, sagte er zu dem Beamten, der bereits zu der Kiste hinaufgeklettert war und die Seile löste, mit denen sie auf die Fläche gebunden war.

»Wir haben schon ganz andere Sachen aufbekommen«, sagte der Mann. Doch da sollte er sich täuschen. In seiner ganzen Beamtenlaufbahn war ihm sicherlich noch keine Kiste unterge-

kommen, die von einer Kraftfrau, einer olympischen Gewichtheberin und einem ehemaligen Gewichtheber vernagelt worden
war. Der Grenzmann musste erst seinen minderjährigen Kollegen zu Hilfe holen und anschließend eine Brechstange.

»Meine Güte!«, keuchte er, während er sich mit vollem Gewicht auf die Stange lehnte. Sein Kollege wusste nicht, wo er
anfassen sollte, und warf einen ängstlichen Blick auf die Autoschlangen, die hinter ihnen länger und länger wurden. »Ihnen
hätte doch klar sein müssen, dass wir die Fracht an der Grenze
einsehen müssen!«

Rickert zuckte die Schultern.

»Sie wissen ja, wie die Tölpel am Hafen beim Verladen sind!
Wenn man Pech hat, dann kippt der Kran um, und die Kiste
steht plötzlich eine ganze Fahrt lang Kopf. Und wenn der Inhalt
erst mal verloren ist, dann können wir auch gleich die ganze
Tournee absagen. Ich bin eben ein gründlicher Mensch, Herr
Grenzwachtmeister.«

»Das bin ich auch«, sagte der Grenzwachtmeister. Und das
war er leider tatsächlich. Er kletterte regelrecht auf die Brechstange, deren Ende in der Kerbe unter dem Deckel der Kiste
steckte. Die Stange bog sich. Mathis sah, wie die Nägel im Holz
sich gegen das Eisen stemmten, und kniff die Augen zusammen. Es war unausweichlich, dass die Männer Ernsti entdecken
würden. Und dann würde man sie alle verhaften.

»Sie haben doch Ihre Gewichthebertochter im Wagen! Holen Sie sie her!«, presste der Mann zwischen zusammengebissenen Zähnen hervor. Die Nägel zitterten. Die Stange bog sich
weiter.

»Tut mir leid, das kann ich nicht. Sie braucht für die Tournee noch beide Hände«, sagte Rickert. »Ich möchte nicht, dass
ihr das Gleiche passiert wie meinem Assistenten, als er das
letzte Mal mit einem Brecheisen hantiert hat.« Er deutete mit
einem Nicken auf Mathis, und als der Blick des Beamten auf
dessen verbundenen Armstumpf fiel, sprang er so schnell von

der Brechstange, als hätte sie plötzlich zu glühen begonnen. Das Metall fiel polternd zu Boden.

Der Beamte brummte etwas vor sich hin, sie hätten ohnehin nicht den ganzen Tag Zeit, sonst reiche die Schlange am Ende noch bis nach Berlin. Dann rieb er sich die schwitzenden Finger, erleichtert, dass diese noch vollzählig waren.

»Sehen Sie aber zu, dass Sie die Kiste beim nächsten Mal erst nach der Grenze vernageln. Der nächste Wachtmeister könnte vielleicht weniger nachsichtig sein als ich.«

Rickert nickte demütig. Dies war nicht der richtige Moment, um über den Unterschied zwischen Nachsicht und Feigheit zu diskutieren.

Der junge Blonde, der zuvor recht hübsch, aber nutzlos neben dem Schnauzbart gestanden hatte, hob die Brechstange und sprang hinter seinem Kollegen von der Ladefläche. Mathis stand stocksteif da und tat nichts. Er glaubte ein Geräusch im Innern der Kiste gehört zu haben. Ein Rumoren und einen dumpfen Schlag. Vielleicht ein Fuß, der gegen Holz gestoßen war.

Der Schnauzbärtige verschwand noch einmal kurz in seinem Häuschen, und als er zurückkam, war Mathis sich sicher, dass Ernsti in der Kiste wach war. Er hatte eindeutig Geräusche gehört und noch einen Tritt. Als der Beamte auf sie zutrat, musste er einen fürchterlichen Moment lang an den Tag zurückdenken, an dem Thorak bei ihnen im Wohnwagen erschienen war und sie Ernsti im Schrank versteckt hatten.

Doch hier gab es kein Gewitter, das ihnen aus der Klemme helfen konnte. Und Rickert würde auch keinen hysterischen Anfall vortäuschen können. Hier gab es nur Ernsti in der Kiste und einen Polizeibeamten, der Augen und Ohren hatte. Mathis betete, Ernsti möge nur noch einen kleinen Moment länger still sein.

»Ich habe telefoniert und Ihre Angaben überprüft. Es gab tatsächlich ein Fräulein Rickert bei den Olympischen Spielen. Allerdings hat es keine gute Platzierung gegeben, wie Sie behauptet hatten.«

Rickerts Züge wurden hart. »Das lag daran, dass sie die Einzige in ihrer Kategorie war«, sagte er steif.

Der Grenzbeamte nickte, auch wenn es nicht so aussah, als würde das für ihn einen Unterschied machen. Aber Rickerts verletzter Vaterstolz war ebenso plausibel wie der Inhalt der Kiste. Darum sah der Beamte keinen Grund, warum er sich weiter mit diesen Personen aufhalten sollte. Er gab ihnen die Pässe zurück und wünschte noch eine gute Weiterfahrt. Mathis und Rickert sahen sich an und konnten zu Recht kaum glauben, dass sie es überstanden hatten. Denn als sie sich gerade umdrehen und zum Fahrerhäuschen zurückgehen wollen, rief der Beamte hinter ihnen: »Halt! Moment noch!«

Mathis glaubte, ihm bliebe das Herz stehen. Langsam drehten sie sich zu dem Mann zurück, der tadelnd auf die Ladefläche deutete.

»Vergessen Sie die Seile nicht!«

»Natürlich«, sagte Rickert. »Vielen Dank, Herr Grenzwachtmeister.« Und dann raunte er Mathis zu, er solle schon in den Wagen steigen.

Meta saß noch immer an ihren Sitz geklammert da. Sie sah Mathis ängstlich an.

»Fast durch«, sagte er.

»Maria und Josef«, stieß sie hervor und blickte zum Wagendach. Als Richard Rickert einstieg, schwitzte auch er.

»Ernsti ist wach«, sagte er.

»Ich weiß«, sagte Mathis.

»Er ist wach?«, echote Meta ein wenig zu laut. Und zur Antwort drang ein fast unmenschlicher Schrei von der Wagenfläche. Es polterte mehrmals. Ernsti musste die Kiste von innen mit Händen und Füßen bearbeiten. Einen entsetzten Moment lang sahen sich alle an. Dann blickten sie aus dem Fenster. Es gab keine Möglichkeit, dass die Grenzbeamten das Poltern nicht gehört hätten. Beide Männer sahen von den Fahrerpapieren auf und zum Transporter.

»Scheiße«, fasste Rickert ihre Situation zusammen. Er startete den Motor. Doch die Grenzbeamten hatten die Papiere bereits fallen lassen.

»Halt!« Die Hand des Älteren war geübter, doch es war der Jüngere, der die Waffe schneller zog. Zumindest in Gedanken hatte dieser den Moment nämlich schon hundertmal durchgespielt.

Als Richard Rickert aufs Gas trat, fiel der erste Schuss. Und direkt darauf ein zweiter, der das Metall der Ladefläche traf. Meta schrie auf. Rickert lenkte den Wagen auf die Straße. Jetzt hatte auch der Dienstältere seine Waffe gezogen. Der Schuss schlug ein, und fast gleichzeitig kam Ernstis Brüllen, gefolgt von Metas Schrei.

»Sie schießen auf Ernsti!« Sie machte Anstalten, über Mathis zu klettern und die Beifahrertür zu öffnen.

»Meta, bleib im Wagen!«, rief Mathis und versperrte ihr den Weg. Doch Metas Sitzkapazitäten waren aufgebraucht. Sie hatte sich lange genug hier drinnen festgeklammert. Die Kiste auf der Ladefläche war eine zu gute Zielscheibe für die beiden Polizisten. Und Ernsti darin war ihre Verantwortung.

»Meta, bleib drinnen, wir geben Gas!«, rief Rickert.

Doch da krachte ein weiterer Schuss hinter ihnen, und diesmal bestand kein Zweifel, dass er die Kiste getroffen hatte.

Meta schrie, aber Ernstis Wutgebrüll war noch lauter. Tatsächlich war es lauter als alles, was Mathis je von ihm gehört hatte. Die Kiste krachte, als würde sie zersplittern. Meta war über Mathis geklettert, und Rickert musste bremsen, damit sie nicht bei voller Fahrt aus dem Wagen sprang. Der Laster schlingerte, Rickert fluchte, und Meta landete im Straßengraben und rannte zur Ladefläche. Rickert riss die Handbremse an und stieß die Wagentür auf. Auch Mathis sprang aus der Kabine. Sie waren erst ein paar Hundert Meter von der Grenze entfernt, und er konnte sehen, wie die Polizisten aufholten. Der jüngere Blonde legte noch im Laufen die Waffe an, und als er schoss,

728

sauste die Kugel nur knapp an der Kiste vorbei, aus der inzwischen ein Fuß schaute. Ernsti hatte die Holzwand eingetreten.

Meta rief ihrem Bruder zu, er solle ruhig bleiben, und machte Anstalten, über die Seitenwand zu klettern. Doch da zog der Fuß sich zurück, Ernsti brüllte erneut, und im nächsten Moment zerbarst die Seitenwand der Kiste. Ernsti war der Bruder einer Kraftfrau und zudem massig. Mit der Schulter voran kippte er wie ein schwerer Felsblock durch das Holz. Ein weiterer Schuss fiel. Meta ließ erschrocken die Seitenwand des Lasters los, und Mathis duckte sich. Ernsti dagegen polterte wütend und brüllend zur Rückseite der Ladefläche, wo er die Rückwand auftrat und auf die Straße sprang.

»Ernsti! Nicht!«, schrie Meta, als er wie ein wütender Bär direkt auf die beiden Männer zusteuerte, die Schritte noch tapsiger und unkoordinierter als sonst. Meta wollte ihm nachrennen, doch Mathis sprang ihr in den Weg und brachte sie damit beide zu Fall. Sie stolperte über ihn und fiel auf die Straße. Mathis rollte sich zur Seite. Er lag nun halb unter dem Wagen und konnte sehen, dass etwas Dunkles auf der anderen Seite lag.

»Meta!«, schrie er, noch immer auf dem Boden liegend. Sie war schon wieder auf den Beinen, um Ernsti zu folgen. Doch seine Stimme war so panisch, dass sie tatsächlich zusammenfuhr und innehielt. Sie blickte ihn an, und er deutete auf die Stelle, an der er den dunklen Schatten sah.

»Richard!«, stieß er hervor. Ein weiterer Schuss fiel. Metas Kopf flog herum, und als Mathis ihren schmerzvollen Schrei hörte, wusste er, dass dieser Schuss Ernsti niedergestreckt hatte. Sie rannte los, und Mathis brüllte ihr völlig umsonst hinterher. Sie hörte nicht auf ihn. Es ging um ihren Bruder.

Mathis wollte auf die Füße kommen, doch wie immer war es eine Unmöglichkeit, mit diesem verdammten Bein aufzustehen, ohne dass ihm etwas oder jemand half. Er robbte näher zum Wagen. Rickerts Körper lag noch immer auf der anderen Seite und rührte sich nicht. Mathis verfluchte seine Verkrüppelung, als er vergeblich versuchte, nach oben zu langen und Halt an der Ladefläche zu finden. Die Kante war mindestens einen halben Meter über ihm. Als der nächste Schuss fiel, schrie Mathis vor Angst und Verzweiflung auf. Das Wissen darum, dass die Polizisten diesmal Meta getroffen haben mussten, während er hier auf dem Boden herumkrauchelte, brachte ihn schier um den Verstand. Doch im nächsten Moment war Meta neben ihm, packte ihn am Arm und riss ihn auf die Beine.

»Verflucht seist du, Mathis Bohnsack!«, brüllte sie.

Sie sollte ihm nie verraten, warum sie ausgerechnet das im Moment seiner Rettung zu ihm sagte.

Mathis hing noch in Metas Arm, als er neben ihr zur Fahrerkabine humpelte. Sie sprang hinein, zog ihn hinter sich her und rutschte zur Fahrerseite durch. Ein weiterer Schuss traf die Kabine, während sie sich zu erinnern versuchte, wie man so ein Ding fuhr.

»Was ist mit Rickert?«, rief Mathis. »Und Ernsti?«

Meta schüttelte den Kopf. Tränen standen ihr in den Augen, aber auch ein Ausdruck fester Entschlossenheit. Der Motor lief noch. Meta trat probehalber aufs Gas.

»Handbremse!«, rief Mathis, und als sie die Bremse löste, ohne den Fuß vom Gas zu nehmen, machte der Wagen einen Satz nach vorn. Die Polizisten tauchten neben der Tür auf, der Schnauzbärtige war verschwitzt. Sinnloserweise rief er: »Halt!«, und richtete seine Pistole auf Meta. Aber als sie das Steuer herumriss, sprangen die Beamten schreiend zur Seite.

»Meta!«, rief Mathis, der ihren wutentbrannten Ausdruck richtig gedeutet hatte. Meta hatte tatsächlich vor, auf die Männer zuzuhalten.

»Andere Richtung! Andere Richtung!«, brüllte Mathis.

Sie fluchte noch einmal und lenkte den Wagen schlingernd auf die Straße.

»Verflucht seid ihr alle!«, rief sie, und dann gab sie Gas. Sie hörten noch zwei, drei Schüsse, doch die Beamten waren bereits zu weit zurückgefallen, und mit Metas fehlenden Fahrkünsten stellte der Wagen ohnehin kein stabiles Ziel dar.

»Sie werden bestimmt einen Wagen nehmen«, sagte Mathis, als er wieder zu Atem gekommen war. »Oder Verstärkung holen.«

Doch Meta antwortete nicht. Sie hatte keine Angst vor den Polizisten. Nur eine unendliche Wut, die sich gerade großzügig auf alles ausweitete, was ihr in die Quere kam. Wenn ein Auto vor ihnen auftauchte, hupte sie energisch oder schlug einen Haken, um es zu überholen. Und wenn sie nicht überholen konnte, dann riss sie ganz plötzlich das Lenkrad herum und bog ab, ohne vom Gas zu gehen. Sie waren schon zweimal von der Straße abgekommen, als Mathis sich endlich traute, seine linke Hand auf ihren Arm zu legen.

»Meta«, sagte er.

»Was!«, fuhr sie ihn an.

»Willst du mich nicht lieber fahren lassen?«

»Einen Furz lass ich fahren!« Sie riss das Steuer herum, bog planlos in einer viel zu kleinen Ortschaft ab und rumpelte über das Kopfsteinpflaster. Mathis klammerte sich an seinen Sitz und den Gedanken, dass Metas planloses Fahren ihre Verfolger immerhin verwirren mochte. Sie mussten nur zusehen, dass sie bis zum Abend diese Hafenstadt namens Gdynia erreichten.

Die ursprüngliche Idee war es gewesen, dass Mathis, Meta und Ernsti dort die Sieben-Uhr-Fähre nach Schweden nahmen, während Richard Rickert in einem Hotelzimmer unterkam und dann am nächsten Morgen nach Berlin zurückfuhr. Die Erkenntnis, dass das nun nicht mehr möglich war, dass es Rickert nicht mehr gab und dass dieser nie mehr zu seiner Familie würde heimkehren können, löste blankes Entsetzen in Mathis aus.

Es war alles schiefgegangen. Sie hatten Ernsti verloren, Rickert verloren, und wenn sie Pech hatten, würde die Polizei sie finden, bevor sie den Hafen auch nur annähernd erreichten.

»Halt an«, sagte er zu Meta.

»Was?«

»Halt sofort an.«

Sie stoppte den Wagen auf einer Dorfstraße, die kleiner war als der Name des Ortes selbst: Dziekanowice stand auf dem verwitterten Schild. Links der Straße gab es eine winzige hölzerne Kirche mit einer Mutter Maria. Rechts betrat eine alte Frau mit Kopftuch einen Friedhof. Meta stellte den Motor ab, und augenblicklich war es friedlich still um sie.

»Wir müssen umdrehen«, sagte Mathis.

Meta schwieg.

»Wir müssen umdrehen. Wir haben sie einfach zurückgelassen! Was ist, wenn wir uns geirrt haben und sie noch leben?«

Metas Unterlippe zitterte.

»Meta, sprich mit mir! Wir können sie doch nicht einfach dort liegen lassen! Was haben wir uns dabei gedacht, wir …«

»Dann steig du aus, und ich fahre zurück.«

»Was?«

»Mathis Bohnsack, wenn du nicht gewesen wärst, hätte ich diesen Männern den Hals umgedreht!«

»Wenn ich nicht gewesen wäre?«

»Ich bin wegen dir zurück zum Wagen gekommen und weggefahren, du verdammter, blöder Hund! Also sag mir jetzt gefälligst nicht, dass wir wieder umkehren müssen!«

»Wegen mir?«

»Jetzt hör endlich auf, alles zu wiederholen, was ich sage!«, schnappte Meta. Mathis klappte erschrocken den Mund zu, und dann kippte Meta plötzlich mit dem Gesicht voran gegen das Lenkrad und begann zu heulen.

»Ich habe ihn gesehen!« Ihre Worte waren zwischen den Schluchzern kaum zu verstehen. »Er ist mit offenen Armen in sie hineingelaufen. Sie haben ihm ein Loch in die Brust geschossen! Ernsti ist auf den Boden gefallen, und sie haben noch einmal geschossen. Ich hab die Schusswunden sogar auf seinem Rücken gesehen.«

Mathis schwieg betroffen.

Meta schluchzte weiter, sie sagte, wenn sie Ernsti hätte helfen können, hätte sie das getan. Sie hatte ihn nicht zurücklassen wollen, und sie sei doch so unglaublich wütend auf die Männer gewesen! Aber dann habe sie Rickert gesehen. Die Kugel habe ihn an der Schläfe erwischt, wahrscheinlich sei das auf die Entfernung Zufall gewesen. Einer der Polizisten musste einfach auf die Fahrerkabine gezielt haben, als Rickert gerade ausgestiegen war. Und da habe Meta begriffen, dass sie alle sterben würden, wenn sie sich jetzt ebenfalls abschießen lassen würde. Einschließlich des verdammten ungeborenen Kindes in ihrem Bauch und einschließlich des verdammten kriechenden Mathis hinter dem Wagen.

Meta hatte genug Kämpfe ausgefochten, um zu wissen, wann eine Situation aussichtslos war.

»Also sag mir noch mal, dass wir umdrehen müssen, und ich tu's. Aber dich nehme ich nicht mit. Und ich kann dir sagen, wenn ich fahre, dann wird es heute noch zwei Tote mehr geben!«

Mathis sah die Tränen in ihren Augen und schüttelte stumm den Kopf.

Er wiederholte auch seine Frage nicht, was sei, wenn einer der beiden Zurückgelassenen doch noch überlebt hatte. Eine Kugel in der Schläfe und zwei in der Brust ließen nicht viel Spielraum für Interpretationen. Und wenn Meta auch nur einen Funken Hoffnung hätte, dass Ernsti die Schüsse überlebt hätte, wäre sie nie und nimmer weggefahren. Auch für Mathis nicht.

Meta hatte den Tod ihres Bruders gesehen. Es überraschte ihn, dass sie überhaupt noch zu einer rationalen Entscheidung fähig gewesen war. Das Mindeste, was Mathis tun konnte, war, damit aufzuhören, ihr auch noch ein schlechtes Gewissen zu machen. Die Schuld würde sie noch lange genug bei sich selbst suchen. Ebenso wie Mathis. Er holte Luft, um ihr zu sagen, dass sie die Fähre nach Schweden nehmen würden, wie geplant.

Und von dort würden sie versuchen, sich nach England durchzuschlagen. Und dann hoffentlich nach Amerika. Mathis baute darauf, dass das Wort etwas in Meta auslösen würde, das sie aufbaute. Aber bevor er sprechen konnte, sagte Meta plötzlich: »Ich habe einen Schuh gefunden, als wir damals den Wohnwagen verlassen haben.«

Sie starrte durch die Windschutzscheibe, hinter der die alte Frau mit dem Kopftuch nun gebeugt über einem Grab stand. Mathis versuchte zu begreifen, von welcher Situation Meta sprach und warum das relevant war.

»Einen Schuh?«, fragte er.

»Cassandras Schuh. Der glitzernde. Er lag zwischen Ernstis Sachen.«

Mathis schluckte schwer und nickte. Er wusste nicht, was er anderes tun sollte.

»Er kann ihr den Schuh ja auch ausgezogen haben, als sie schon tot war, oder? Ernsti hätte ihr doch nichts getan? Er hat sie so gefunden und hat ihr dann den Schuh ausgezogen, sag?«

Mathis nickte noch einmal und krallte den Blick in die kleine, rot angestrichene Holzkirche. Dass Meta den Schuh in Ernstis Sachen gefunden hatte, bestätigte ihm nur einen Verdacht, den er schon lange gehabt hatte. Und Meta wohl auch. Hätte sie an Ernstis Unschuld geglaubt, hätte sie den Fund ja gar nicht so lange vor Mathis geheim halten müssen.

»Mathis?«, fragte Meta.

Mathis schluckte noch einmal. Er war nicht derjenige, der Metas Erinnerung an Ernsti reinwaschen konnte. Aber es machte auch keinen Sinn, jetzt noch über dessen Schuld zu streiten. Ernsti war ebenso tot wie Cassandra. Wie Richard. Mathis wollte immerhin dafür sorgen, dass Letzterer nicht umsonst gestorben war.

»Wir halten uns am besten an die kleinen Dörfer«, sagte er und nahm die Karte aus dem Handschuhfach. »Falls sie uns suchen. Und dann stellen wir den Wagen so bald wie möglich ab und fahren den Rest bis Gdynia mit dem Zug. Vielleicht können wir erst morgen früh die Fähre nehmen. Aber es ist der sicherere Weg.«

Meta nickte. Sie hatte Tränen in den Augen, als sie den Motor startete. Und erst als sie aus dem winzigen Ort herausfuhren, fiel Mathis auf, was Meta über das verdammte Kind in ihrem Bauch gesagt hatte.

VIERZIGSTES KAPITEL

New York, 1937

Im Februar kam auf der anderen Seite des Ozeans ein kleines Wesen zur Welt, das definitiv die Stärke seiner Mutter geerbt hatte. Noch im Geburtskanal trat und boxte es und machte das ganze freudige Ereignis damit gleich ein bisschen weniger freudig. Zudem schimpfte die Hebamme die werdende Mutter zwischen den Wehen aus. Erst mit über vierzig das erste Kind zu bekommen! Und dann auch noch mit diesen Muskeln im Beckenboden! Dabei wüsste doch jeder, dass Sport den Frauen die Fähigkeit zum Gebären austrieb.

Meta brüllte zurück, wenn die Hebamme jetzt nicht sofort die Klappe halte, dann könne sie gleich gehen, denn dann übernähme ihr Verlobter die Arbeit. Mathis schluckte blass in der Ecke, in die man ihn gesetzt hatte, damit er den Prozess nicht störte. Zum Glück aller Beteiligten blieb die Hebamme am Ende aber doch.

»Wenn ich das hier nicht überlebe, dann will ich, dass unser Sohn Ernsti heißt«, sagte Meta mit einem flehenden Blick in Richtung Mathis. Dabei hatten sie und er schon vor Monaten einen Brief an Charlotte geschickt und versprochen, dass sie ihn Richard nennen würden. Sie waren ihrem Retter noch immer so dankbar, dass es das Mindeste war, was sie tun konnten.

Aber Mathis schien dies nicht der richtige Zeitpunkt, um zu diskutieren. Zumal ihn die Idee, dass Meta möglicherweise sterben könnte, um einiges mehr beunruhigte als der Name.

»Du überlebst das. Du hast doch schon ganz anderes geschafft«, sagte er aufmunternd zu ihr, obwohl er sich da nicht ganz sicher war. Diese Geburt sah doch irgendwie sehr viel schmerzhafter als ein Ringkampf aus.

»Ich will, dass er Ernsti heißt!«, rief Meta noch einmal. »Versprich es!«

Mathis rang mit sich, aber so sehr verpflichten wollte er sich dann auch nicht. Die Vorstellung, dass er jedes Mal an seinen verstorbenen Schwager würde denken müssen, wenn er den Sohn rief, behagte ihm gar nicht.

»Was meinen Sie denn zu dem Namen Ernsti?«, fragte Mathis die mürrische Hebamme. »Wir hatten ja eigentlich Richard überlegt.«

Doch die mürrische Hebamme meinte erst mal gar nichts, bevor das Kind nicht auf der Welt war. Und danach meinte sie, dass wohl weder Richard noch Ernsti ein passender Name sei. Weil es sich bei dem Kind nämlich um ein Mädchen handele.

»Ein Mädchen?«, echote Meta. Woraufhin die mürrische Hebamme meinte, ja, ein Mädchen, so etwas käme schon mal vor.

Mathis schlug vor, das Kind doch einfach Charlotte zu nennen. Das konnte man, wie den Namen Richard, wenigstens auch im Englischen aussprechen.

»Ernsti kann man auch im Englischen aussprechen!«, trotzte Meta.

»Aber du willst sie doch nicht wirklich Ernsti nennen?«

Nein, das wollte Meta nicht. Und inzwischen war ihr die Namensgebung auch ziemlich egal. Sie war nur froh, den Schlamassel überlebt zu haben, und war ganz verliebt in das, was die Hebamme ihr da jetzt in die Arme legte.

Sie schrieben also Charlotte, dass Meta am 13. Februar eine kleine Charlotte geboren hatte, die sie aus verständlichen Gründen nicht Richard nennen konnten. Und Charlotte, für die ihr Papa ein Held war, ganz egal was Meta da geboren hatte, revanchierte sich auf ihre Weise und machte der Namensnachfolgerin ein Geschenk zur Geburt.

Mitte März trudelte ein Brief bei Mathis und Meta ein, der mehrere Zeitungsartikel aus dem *Völkischen Beobachter* und dem *Tagblatt* enthielt: In dem einen, datiert auf den 22. Februar, hieß es, auf dem Olympiagelände sei über Nacht eine Statue aufgetaucht, von der man nicht wisse, wer sie dort hingeschleppt haben könnte oder wen sie überhaupt darstelle. Es handele sich jedenfalls um eine große, viel zu muskulöse Frau, bei deren Anblick der Führer persönlich erblasst sei. Die Gestaltung lasse eigentlich nur auf die Handschrift des Staatskünstlers Josef Thorak schließen. Aber das könne ja nicht sein. Das wäre sicher völlig ausgeschlossen.

Ein weiterer Zeitungsartikel, datiert auf den 25. Februar, widerrief die Ausgeschlossenheit dann aber doch. Der ehemalige Kunstausschuss des Olympiastadions habe die Statue als Josef Thoraks Werk wiedererkannt, und Thorak selbst habe ein Geständnis abgelegt. Er behauptete aber, die Skulptur sei aus seinem Atelier entwendet worden. Mittlerweile habe man auch festgestellt, dass es sich bei der Porträtierten um eine geflohene Verbrecherin handele, die im August des letzten Jahres einen Angriff auf zwei Polizisten an der polnischen Grenze verübt habe. Was die Porträtierung durch Staatskünstler Thorak natürlich nur umso kurioser mache.

»Ich habe die Polizisten überhaupt nicht angegriffen!«, sagte Meta empört.

»Ich weiß«, sagte Mathis. »Darum haben die Beamten ja auch überlebt.«

Er grinste, als er sich vorstellte, was für ein Gesicht Adolf gemacht haben musste, als plötzlich Meta vor ihm stand. Die Frage danach, wer die zentnerschwere Statue auf dem Olympiagelände platziert hatte – und vor allem warum –, würde ihn wohl noch für einige Zeit beschäftigen. Ganz zu schweigen davon, wie sein lieber Staatskünstler auf die Idee hatte kommen können, ausgerechnet seine ehemalige Nachbarin aus Wien zu porträtieren. Eine Frau, mit der Hitler die Toilette geteilt hatte.

»Charlotte hat es also wirklich gemacht«, sagte Meta. »Vielleicht sollte sie lieber auch rüberkommen, nach Amerika. Querulanten kann Deutschland gerade nicht gebrauchen.«

»Querulanten sind genau das, was das Land braucht«, widersprach Mathis. »Es müsste eigentlich noch viel mehr von Charlottes Sorte geben.«

Oder von Richard Rickerts Sorte, dachte er.

»Wir sollten sie auf jeden Fall einladen.«

Mathis sah aus dem Fenster. Der Himmel war grau. Die Autos hatten den Schnee auf der Straße schwarz gefahren. Dahinter erhob sich ein kantiger roter Ziegelbau, der ein Kino beherbergte. Das Gebäude war so groß, dass man bequem ein paar Großfamilien darin hätte unterbringen können. Doch die Großfamilien hockten auf dieser Seite der Straße, in Zimmern eingepfercht, die den gleichen winzig kleinen Grundriss hatten wie das von Mathis und Meta.

Für die Bewohner der Stadt waren sie alle jüdische Flüchtlinge aus Deutschland und Österreich. Und man hatte sie nicht unbedingt mit Herzlichkeit empfangen.

Die USA steckten in einer Wirtschaftskrise. Die Menschen hatten im Jahr zuvor Franklin D. Roosevelt wiedergewählt, ohne viel Hoffnung, dass der den Karren noch aus dem Dreck ziehen könnte. In einer Umfrage hatten sich stattliche siebzig Prozent der Amerikaner dagegen ausgesprochen, jüdische Flüchtlingskinder aus Deutschland aufzunehmen. Und die Erwachsenen wollten sie noch weniger hierhaben. Die Amerikaner protestierten dagegen, die Einwandererquoten zu erhöhen. Dabei hatte Mathis gedacht, dass die Protestierenden hier vor gar nicht allzu langer Zeit selbst noch Einwanderer und Flüchtlinge gewesen seien.

Auch er und Meta wären wohl an der Grenze abgelehnt und

739

mit demselben Schiff zurückgeschickt worden, wenn Mauricia ihnen nicht geholfen hätte. Mauricia hatte eine Bürgschaftserklärung von einem befreundeten Amerikaner dabei, drei Hamburger aus dem Take-out und Adressen für Meta, bei denen sie nach der Schwangerschaft vorsprechen sollte.

Der Geschmack der tropfenden Burger war so großartig, wie Meta es sich vorgestellt hatte. Der ganze Rest war ein wenig ernüchternd. Aber sie kannten es ja vom Jahrmarkt, dass Realität und Geschichte nur bedingt zusammenpassten. Und dass man als fahrendes Volk nicht immer mit offenen Armen empfangen wurde.

Das Verrückte für Mathis war nur, dass die Amerikaner durchaus verstanden, warum all die fremden Menschen in dieses wunderbare Land fliehen wollten. Sie liebten es ja selbst, schwärmten in den höchsten Tönen davon und fanden, dass das Land, aus dem Mathis und Meta kamen, tatsächlich ein ganz grässliches war.

Vor zwei Monaten erst, am 15. März 1937, hatten sich zwanzigtausend Amerikaner zu einer neuen Anti-Nazi-Kampagne im Madison Square Garden zusammengerottet. Sie hatten Banner dabeigehabt, auf denen sie den Boykott deutscher Naziprodukte gefordert hatten, und Hitler über Lautsprecher ein Monster nannten, das den Frieden der Welt bedrohe.

Es war nicht der erste Aufmarsch dieser Art gewesen. Schon vier Jahre zuvor, im März 1933, als Adolf kaum an der Macht war und man in Deutschland noch euphorisch die Fähnchen geschwungen hatte, hatte es am selben Ort den gleichen Protest gegeben. Und inzwischen sah es wirklich so aus, als wolle Hitler in Europa einen Krieg beginnen.

Hoffentlich waren die Amerikaner besser darin, Wahnsinnige zu erkennen und gar nicht erst an die Macht zu lassen, dachte Mathis, der es nicht besser wissen konnte. Doch zumindest für die Zeit, in der er noch dort lebte, sollte das ja auch stimmen.

Er küsste Meta und Charlotte auf die jeweils blonden Haare und nahm den Mantel, um zwei Hamburger aus dem Diner in der 8th Avenue zu holen. Sie hatten bisher das Beste aus jedem Ort gemacht, an dem sie gelebt hatten. Und sie würden es auch diesmal tun.

Als er das Haus verließ, stieg im viertausend Kilometer entfernten Oakland, Kalifornien, wo die Sonne gerade erst aufgegangen war, die Flugpionierin Amelia Earhart in ihre Maschine, um den ersten Versuch einer Weltumrundung über den Äquator zu starten.

Und im sechstausend Kilometer entfernten Berlin, wo der Himmel bereits dunkelte und die Nachttischlampen brannten, legte Evalyn Byrd den Lockenkopf auf den aufgestützten Arm und drehte die letzte Seite des Manuskripts um.

DIE LETZTE SEITE

NEW YORK, 28. OKTOBER 1939

Mein lieber Mathis Bohnsack,

du wirst wohl kaum glauben können, dass ausgerechnet ich diese Widmung für dich schreibe, und wahrscheinlich müssen sie im Verlag alles verbessern. Aber es gibt so einiges, das ich neu lerne, seit du nicht mehr da bist.

Das meiste davon bringt mir unsere Tochter bei.

Charlotte kommt sehr nach dir. Sie ist neugierig auf alles und fest davon überzeugt, dass jeder, der ihr begegnet, einen liebenswerten Kern hat. Dass meine Puste Zauberkräfte hat. Ich kann jetzt besser verstehen, warum Richard Rickert uns damals geholfen hat. Er hat es für seine eigene Charlotte getan und dafür, ihr eine bessere Welt zu hinterlassen.

Die Welt jedenfalls, die deine Tochter noch nicht sieht, geht weiter vor die Hunde. Inzwischen hat Deutschland Polen den Krieg erklärt. Und in New York dreht sich währenddessen alles nur um diesen dämlichen Roboter auf der Weltausstellung. Mauricia und ich haben ihn gesehen (nachdem wir ganze zwei Stunden angestanden haben!). Er kann hölzern laufen, Zigaretten rauchen und macht so zweifelhafte Kommentare über Frauen, dass wir uns prompt mit dem Präsentator angelegt haben und rausgeworfen wurden. Darum konnte ich mir die neue Röntgenmaschine und den fliegenden Metallteppich im magischen Pavillon nicht mehr für dich ansehen. Das hätte ich gern getan.

Ich weiß nicht, wo du jetzt bist oder was du dort siehst. Aber wenn es den Himmel wirklich gibt, an den du geglaubt hast, dann wird es dort bestimmt auch Bücher für dich geben, und du kannst dieses eine in deine Sammlung einsortieren. Es ist nämlich deins.

Du wirst es vielleicht nicht gleich erkennen, denn Evalyn hat es um das ein oder andere Kapitel ergänzt. Tatsächlich hat sie sogar einen rechten Wälzer draus gemacht ... Sie konnte zum Beispiel überhaupt nicht verstehen, warum du dich selbst so aus der Geschichte herausgenommen hast. Jetzt taucht dein Name jedenfalls auf fast jeder Seite auf, und ein paar politische Kommentare zu Völkerschauen gibt es auch. (Du weißt ja, wie Evalyn ist.) Aber ich glaube, das Ergebnis würde dir gefallen. Es quillt fast über vor Geschichten von den Menschen, die du – auf deine Weise – retten wolltest.

Zum Glück hat Evalyn mir das Manuskript zusenden können, bevor in Deutschland endgültig der Wahnsinn ausbrach. Und ich habe hier in New York einen kleinen Verleger gefunden, der das Buch veröffentlichen will. Das Verlagshaus druckt eigentlich nur wissenschaftliche Texte. Aber der Besitzer ist vor einigen Jahren selbst aus Deutschland geflohen und schmuggelt jetzt Aufsätze von jüdischen Wissenschaftlern nach Amerika, die unter Adolf nicht mehr veröffentlichen dürfen. Der Verleger war ganz begeistert von deinem Manuskript. Und ich bin mir sicher, wenn du ihn kennengelernt hättest, dann wärst du auch begeistert von ihm. Wahrscheinlich hättest du seine Geschichte aufschreiben wollen.

Es ist nur eine kleine Auflage, die er drucken kann. Aber sobald der Krieg in Deutschland wieder vorbei ist, verspreche ich dir, dass ich eine Kopie an alle schicken werde, die in diesem Buch vorkommen und von denen ich eine Adresse finde. Einschließlich des Idioten Adolf, der wird sich ärgern.

Du sollst wissen, dass die Artisten nicht vergessen werden. Dass du nicht vergessen wirst, mein ewig besserwisserischer Mathis Bohnsack. Und dass es mir und Charlotte gut geht. Sie hat übrigens angefangen, mit meinen Hanteln zu spielen, als ich neulich für meinen Auftritt geprobt habe.

In Liebe und Dankbarkeit. Für alles,
deine Meta

NACHWORT UND DANK

Als ich mit den Recherchen zum Jahrmarktröntgen und dem »geheimnisvollen Leuchten« begann, wusste ich noch nicht, dass mich bald eine ganz andere Frage einsaugen sollte. Nämlich die, wohin die vielen Artisten, Völkerschauen, Kleinwüchsigen und ausgestellten Behinderten, auf die ich bei der Recherche traf, in den Dreißigerjahren verschwunden waren.

Ich habe versucht, ihre Spuren im Einzelnen zu verfolgen. Wie Mathis konnte ich nicht akzeptieren, dass ihre Existenzen einfach so von den Nazis hatten ausradiert werden können. Dass es nicht einmal Einträge zu Verhaftungen oder Einweisungen gab! Aber wo Menschen es gewohnt waren, in ihrem Leben schon wenig Spuren zu hinterlassen, wo sie keinen festen Wohnsitz und viele wechselnde Namen hatten, da musste es umso leichter gewesen sein, ihren Tod zu vertuschen.

Von den vielen Artisten, die im Nazideutschland verschollen sind, ist darum heute oft nicht mehr als eine verblichene Autogrammkarte übrig – und meist nicht einmal die. Und wo man doch noch Informationen findet, sind diese oft widersprüchlich.

Das Buch der vergessenen Artisten ist somit eine Mischung aus gefundenen und erfundenen Geschichten, aus akribischer Recherche, wie Byrd sie an den Tag gelegt hätte, und augenzwinkerischer Flunkerei, wie Meister Bo sie praktizierte. Es ist eine Geschichte über den Jahrmarkt, und auf dem Jahrmarkt gehen Realität und Lüge immer Hand in Hand – so wie in der Tradition des Geschichtenerzählens generell.

Was den gefundenen Teil der Geschichten betrifft, habe ich mich um Korrektheit bemüht, wo immer es ging, mir aber auch Freiheiten genommen, wo die Romanhandlung es erforderte. Es stimmt zum Beispiel, dass Thoraks Entwurf für das Olympiastadion vom Kunstausschuss 1936 abgelehnt wurde, aber nirgends werden Sie finden, dass es sich dabei um die Statue einer starken Frau gehandelt hätte. Und auch dass Agatha Miller (Christie) ihren berühmten Poirot schon während der Zeit des Musikstudiums in Paris konzipierte und in den Folies auf die Bühne brachte, ist eine Erfindung von mir. (Obwohl bekannt ist, dass Christie zu dieser Zeit bereits Kurzgeschichten schrieb.)

Andere Ereignisse musste ich vereinfachen oder zeitlich verlegen. Der Hungerkünstler Sacco beispielsweise wurde von den erzürnten Münchnern nicht 1902, sondern erst 1904 aus seinem gläsernen Hungersarg gezerrt. Carl Gabriels Beduinenlager dagegen hatte 1901 auf dem Oktoberfest stattgefunden. Die Amputation von Holzknechts Arm erfolgte nicht 1914, sondern erst 1931. Und auch von den Ereignissen im Zürcher Panoptikum habe ich einige um ein paar Monate verschoben oder zusammengefasst – größtenteils deshalb, weil so viel von dem unglaublichen Chaos dort eine Erzählung wert war. (An dieser Stelle ein erster herzlicher Dank an Rea Brändle, deren umfassende Recherche zu Völkerschauen in Zürich eine wertvolle Quelle für den Roman war!)

Es würde zu weit gehen, alle Details auf diese Weise aufzulisten. Und es wäre auch nicht im Sinne dieses Romans. Erwähnt sei lediglich noch, dass die Dreharbeiten auf Schloss Sonnenstein an Herbert Gerdes Film *Erbkrank* von 1936 angelehnt sind. Und dass die Anekdoten über den jungen Adolf Hitler – wie auch bei anderen meiner historischen Figuren – aus Quellen stammen, die rar und teils widersprüchlich sind. Hitler hatte sich später rigoros darum bemüht, alle Spuren aus seiner Linzer und Wiener Zeit zu verwischen und seine Vergangenheit in seiner Biografie *Mein Kampf* neu zu erfinden. Ein Vorhaben, das er ja auch in der (Kultur-)Geschichte Deutschlands leider mehr oder weniger erfolgreich betrieben hat.

Umso wichtiger ist es mir, eine Artistin herauszustellen, deren Vergessen ich persönlich ganz besonders schade finde: »Das junge Kraftwunder« Charlotte Rickert gab es nämlich tatsächlich, und sie hob bei den Olympischen Sommerspielen 1936 mehr als jeder Mann. Weil sie aber die einzige Frau in ihrer Disziplin war, bekam sie statt der Goldmedaille lediglich eine Sonderplatzierung und wird heute in keiner Liste mehr erwähnt. Vielleicht kann dieser Roman ihr, stellvertretend für so viele andere Artisten jener Zeit, ein kleines Denkmal setzen.

Ein besonderer Dank geht an meine Lektorin Anja und an meine Redakteurin Angela, die mit viel Hingabe wieder und wieder durch die Fakten dieses Buchs gegangen ist. Außerdem an Caro, fürs abschließende Lesen und Korrigieren, und an Georg, für seine prompten Antworten auf jede meiner Fragen und für seine Ungeduld auf diesen Roman.

Und natürlich geht mein größter Dank an meinen Mann, der mein Leben und mein Schreiben zum Leuchten bringt.

HISTORISCHE PERSONEN

Agosta – ein »Flügelmensch«

Der schöne Andrahama – ein Zauberer; Teil einer Völkerschau von Hagenbecks Singhalesen

Bartola und Maximo – »die letzten lebenden Azteken«

Siegmund Breitbart – der »Eisenkönig«; jüdischer Kraftathlet

Walter Brückner – Direktor des Zürcher Panoptikums (ab 1900)

Erich Carow – Besitzer der »Lachbühne« in Berlin

Coco Chanel – französische Modeschöpferin

Charles Chaplin – britischer Schauspieler und Komiker

Charmion (Laverie Vallee geb. Cooper) – Trapezkünstlerin und Kraftfrau

Agatha Christie (Agatha Mary Clarissa Miller) – Krimiautorin

Flora le Dirt (Dorothea Wilhelmine Picht geb. Drittel) – trat auf Jahrmärkten und in Varietés als Kolossal- und Riesendame auf

Cora Eckers (eigentlich Carrie Akers) – wurde in den 1860ern als »dicke, bärtige Zwergin« ausgestellt

Hansi Elastik – ein »Hautmensch«

Jakob Feigl – Impresario und bis 1933 Besitzer der Schaubude »Feigls Weltschau« im Wiener Prater

Rosendo Fibolo – »das menschliche Nadelkissen«

Werner Finck – Kabarettist, Schauspieler und Autor

Ingeborg Froeken, Miss Cärri und Miss Anita – drei tätowierte Schönheiten

Loïe Fuller – amerikanische Tänzerin und Erfinderin

Carl Gabriel – deutscher Schausteller und Kinobegründer; eröffnete auf dem Münchner Oktoberfest erstmalig Attraktionen wie das Teufelsrad (1910) und das Hippodrom (1902)

Herbert Gerdes – Regisseur von Nazi-Propagandafilmen wie *Erbkrank* (1936) und *Alles Leben ist Kampf* (1937)

Habermann – der »Ausbrecherkönig«

Guido Holzknecht – Röntgenpionier aus Wien

Vincent und Émile Isola – Direktoren der Les Folies-Bergère und weiterer Theater in Paris

Jonathan – der »verknöcherte Mann«

Fred Karno – britischer Theaterproduzent, der Chaplin in der »Fred Karno Army« unter Vertrag nahm

Walter Lieck – Kabarettist, Schauspieler und Drehbuchautor

Sabri Mahir – türkischer Fußballer und Boxer, der auf dem Ku'damm das Studio für Boxen und Leibeszucht betrieb

Carl Marquardt – bis 1896 Polizeichef in Samoa; später veranstaltete er als Impresario Völkerausstellungen

Michelona – eine Zwergenprinzessin

Dr. Paul Nitsche – Direktor der Heil- und Pflegeanstalten Leipzig-Dösen und Pirna-Sonnenstein, medizinischer Leiter der Aktion T4

Olga – ein Kolossalmädchen

Olly (Olga von Roeder) – Claire Waldoffs Lebenspartnerin

Raspania – ein Hermaphrodit

Charlotte Rickert – ein junges Kraftwunder

Emil Römmler – Königlich-Sächsischer Hofphotograph

Hans Sarrasani jun. – Direktor des Zirkus Sarrasani

Albert Scheuer – Schausteller und Impresario aus Hamburg-Altona

Simson – ein »Haarathlet«

Jean Speck – neuer Direktor des Zürcher Panoptikums (ab 1904)

Karl Straßburger – Zirkusbesitzer, wegen nationalsozialistischer Hetze zum Verkauf gezwungen

Therese – die »gemütliche Sächsin«; wurde als »einzige reisende Kolossaldame« vermarktet

Mauricia de Thiers (Anaïs-Marie Bétant) – Sensationskünstlerin, wurde mit ihrem Auto-Stunt berühmt; später Politikerin

Josef Thorak – österreichischer Bildhauer und NS-Staatskünstler

Claire Waldoff – Sängerin und Lesben-Ikone

Augusta von Zitzewitz – Berliner Porträtmalerin